D. J. MacHale

PENDRAGON
Der Palast der Illusionen

Journal einer Reise durch Zeit und Raum

Aus dem Amerikanischen
von Anja Schünemann

UEBERREUTER

Dies ist ein fiktionaler Text. Jegliche Bezugnahme auf historische Ereignisse sowie reale Personen oder Schauplätze ist fiktional. Sonstige Namen, Charaktere, Orte und Begebenheiten sind Fantasieprodukte des Autors und etwaige Ähnlichkeiten mit tatsächlichen Ereignissen, realen Orten und Personen, ob lebend oder tot, sind rein zufällig.

Für meine Schwester Patricia,
die wahre Künstlerin der Familie

ISBN 3-8000-5158-3
Alle Urheberrechte, insbesondere das Recht der Vervielfältigung,
Verbreitung und öffentlichen Wiedergabe in jeder Form,
einschließlich einer Verwertung in elektronischen Medien,
der reprografischen Vervielfältigung, einer digitalen Verbreitung
und der Aufnahme in Datenbanken, ausdrücklich vorbehalten.
Aus dem Amerikanischen von Anja Schünemann
Umschlagillustration von Dieter Wiesmüller
Originaltitel »Pendragon – The Reality Bug«
First Aladdin Paperbacks edition May 2003
Copyright © 2003 by D. J. MacHale
Genehmigte Lizenzausgabe für Verlag Carl Ueberreuter GmbH, Wien 2005.
© 2003 Wilhelm Heyne Verlag,
ein Verlag der Verlagsgruppe Randomhouse GmbH
Copyright © 2005 by Verlag Carl Ueberreuter, Wien
Druck: Ueberreuter Print
1 3 5 7 6 4 2

Ueberreuter im Internet: www.ueberreuter.at
»Pendragon« im Internet: www.thependragonadventure.com

Vorwort

Liebe Leser,

es ist wieder einmal an der Zeit, sich in die Flumes zu stürzen. Seit der erste Band der Pendragon-Reihe erschienen ist, werde ich immer wieder von Lesern angeschrieben, und die Frage, die sie mir am häufigsten stellen, lautet: Wird Bobby seine Familie und Onkel Press jemals wieder sehen?

Gute Frage. Sehr gute Frage. Aber die Antwort verrate ich nicht.

Jeder Pendragon-Band handelt zwar von einem einzelnen, in sich abgeschlossenen Abenteuer, aber zugleich ist jeder für sich auch Teil einer viel größeren Geschichte – der Geschichte von den Reisenden und Saint Dane und davon, wie Gut und Böse um die Herrschaft über Halla kämpfen. Jeder Band der Serie verrät ein wenig mehr darüber, was es mit den Reisenden auf sich hat, woher sie kommen und warum sie die Aufgabe haben, Halla zu schützen. Wenn ich jetzt vorgreifen und das Geheimnis lüften würde, wäre die Überraschung verdorben – so als ob man Geschenke schon lange vor seinem Geburtstag auspackt. Na ja, das ist vielleicht ein schlechtes Beispiel, denn schließlich packt jeder gern Geschenke aus, ganz egal wann er sie bekommt. Aber ihr wisst schon, was ich damit sagen will – nicht wahr?

Fürs Erste verrate ich nur so viel: Bobby wird älter und macht ein paar unglaubliche Entdeckungen über sich selbst und das Dasein an sich, doch dabei sind seine Familie und Onkel Press in seinen Gedanken und in seinem Herzen stets bei ihm. Wenn man den Band *Der Palast der Illusionen* liest, wird vermutlich klar, was ich meine. Auf Bobby und die übrigen Reisenden kommen eine Menge Überraschungen zu – und auf euch Leser ebenfalls. Doch ich kann nichts verraten, solange die Zeit noch nicht reif ist.

Denn so hat es sein sollen.

Hobey-Ho

D. J. MacHale

ZWEITE ERDE

Bobby Pendragon steckte sich den schweren Ring an den Finger. Doch kaum war der Ring wieder an seinem Platz, als er völlig unerwartet zu zucken begann.

»Was ist los?«, wollte Mark Dimond wissen.

»Er aktiviert sich«, erwiderte Bobby verblüfft.

»Wirklich? Meinst du, dass es hier irgendwo ein Flumetor gibt?«, fragte Courtney Chetwynde.

Der graue Stein in der Mitte des Ringes begann zu leuchten, dann zu funkeln. Eine Sekunde später schoss ein greller Lichtstrahl daraus hervor. Mit einem kurzen Aufblitzen fächerte sich der Strahl zu einem Bild auf, das vor den Freunden in der Luft schwebte.

Mark und Courtney wichen erschrocken einen Schritt zurück. Gunny van Dyke stellte sich schützend vor die beiden. Bobby hingegen blieb stehen, wo er stand. Von den vier Personen, die hier vor dem leeren Grundstück am Linden Place 2 auf Zweite Erde standen, war er der Einzige, der dieses eigenartige Phänomen schon einmal beobachtet hatte.

Vor ihnen schwebte das Bild eines Mädchens. Besser gesagt, eines Mädchenkopfes. Nur der Kopf, weiter nichts. Überlebensgroß, aber eindeutig ein Mädchen. Das blonde Haar war zu einem Pferdeschwanz gebunden und das Mädchen trug eine Brille mit kleinen gelb getönten Gläsern.

»Wow!«, stieß Courtney ehrfürchtig hervor.

»Allerdings, wow!«, schloss sich Mark an.

»Aja Killian«, flüsterte Bobby.

»Wer?«, fragte Gunny.

»Die Reisende von Veelox.«

»Wo warst du?«, fragte der schwebende Kopf zornig. »Ich versuche schon seit Ewigkeiten Kontakt zu dir aufzunehmen.«

»Lange Geschichte«, entgegnete Bobby.

»Ich will nichts davon hören, Pendragon!« Ajas Kopf fuhr ruckartig zurück. »Du solltest lieber nach Veelox zurückkommen.«

»Warum?«, fragte Bobby.

Der Aja-Kopf zögerte. Er wirkte nervös – sofern das bei einem schwebenden Drei-D-Kopf überhaupt möglich war. »Ich sage nicht, dass ich einen Fehler gemacht habe«, druckste Aja, der die Angelegenheit offenbar etwas peinlich war. »Möglicherweise ist das hier bloß falscher Alarm, aber –«

»Nun sag schon, was ist los?«, drängte Bobby.

»Na schön!«, sagte Aja. »Saint Dane ist möglicherweise durch mein Sicherheitssystem geschlüpft. Er ist hier auf Veelox.«

Bobby grinste und fragte mit spöttischem Unterton: »Heißt das, dein perfektes Sicherheitssystem ist doch nicht ganz so perfekt?«

»Kommst du jetzt her oder nicht?«, fragte Aja ungeduldig, die es nicht leiden konnte, wenn jemand ihre Fähigkeiten infrage stellte.

»Bin schon unterwegs«, erwiderte Bobby.

»Aber leg einen Zahn zu«, sagte Aja schnippisch. Dann verschwand die Projektion, und der Lichtstrahl zog sich blitzschnell wieder in den Ring zurück, der gleich darauf aussah, als sei nichts geschehen.

»Hm«, seufzte Courtney. »Das war ... eigenartig.«

»Ich schätze, dann mach ich mich mal auf den Weg nach Veelox«, sagte Bobby. Und zu Gunny gewandt fuhr er fort: »Wie steht's, willst du mitkommen?«

»Das werd ich mir doch nicht entgehen lassen«, erwiderte Gunny lächelnd.

Bobby wandte sich noch einmal an Mark und Courtney. »Das war die schönste Woche meines Lebens«, sagte er ernst.

Die drei Freunde hatten gerade eine herrliche Woche verbracht und für kurze Zeit vergessen, dass Bobby Pendragon ein Reisender war, der kreuz und quer durch das Universum jagte, um Halla vor einem bösen Dämon zu beschützen. Mark war den Tränen nahe und auch Courtney bewahrte nur mühsam die Fassung. Sie ging auf Bobby zu, packte ihn und drückte ihm, ehe er sichs versah, einen dicken Kuss auf die Lippen. Bobby leistete keinen Widerstand – im Gegenteil, kaum hatte er den ersten Schock überwunden, schlang er die Arme um Courtney und zog sie fest an sich.

Mark und Gunny wandten sich ab.

»Und, wie steht's mit den Yankees?«, erkundigte sich Gunny bei Mark.

Als Courtney und Bobby ihre Lippen endlich wieder voneinander lösten, war Bobbys Blick ein wenig verschleiert, Courtneys hingegen rasiermesserscharf.

»Und bis zum nächsten Kuss lassen wir nicht wieder ein Jahr vergehen, klar?«, sagte sie.

»Ähm … klar. Hört sich gut an«, erwiderte Bobby und versuchte krampfhaft das Zittern in seinen Knien zu unterdrücken.

Mark sah seinen besten Freund Bobby an und sagte: »Denk dran, worüber wir gesprochen haben, okay?«

»Mach ich«, versprach Bobby.

Dann gingen Bobby und Gunny zur Straße, wo die Limousine wartete, die sie in die Bronx und zum Flume bringen würde.

»Wie sieht's aus, Kleiner? Ich meine … was denkst du so über das Ganze – du weißt schon?«

»Ich habe das Gefühl, Saint Dane hat mich auf Erste Erde in die Tasche gesteckt«, entgegnete Bobby nachdenklich. Er blickte Gunny fest in die Augen und fügte mit tiefer Überzeugung hinzu: »Und das passiert mir nicht noch mal.«

Gunny kicherte.

»Was ist daran so komisch?«, fragte Bobby.

»Kleiner, du redest schon genau wie dein Onkel Press.«

Bobby grinste – das hörte er gern. Dann stiegen er und Gunny in das große Auto, der Fahrer gab Gas und sie waren wieder einmal unterwegs.

Mark und Courtney sahen zu, wie die schwarze Limousine auf der stillen Straße beschleunigte. Bobby winkte ihnen noch aus dem Fenster zu.

»Worüber habt ihr zwei denn gesprochen?«, fragte Courtney.

»Ach, über alles Mögliche«, erwiderte Mark geheimnistuerisch. »Aber eins sag ich dir: Ich wette, wir werden Bobby Pendragon wieder sehen, und zwar wesentlich eher, als du denkst.«

Die beiden warfen einen letzten Blick auf den Wagen, der sich rasch entfernte. Gerade verschwand Bobbys Hand wieder im Inneren. Das Auto bog auf die Hauptstraße ein und war gleich darauf außer Sichtweite.

ZWEITE ERDE

Mark Dimond lechzte nach einem Abenteuer.

In den ersten fünfzehn Jahren seines Lebens war er sich vorgekommen wie auf der Reservebank – er hatte immer nur zugesehen, während die anderen ihren Spaß hatten. Allmählich hing ihm das zum Hals heraus. Er hatte es satt, Tapete zu spielen, er hatte es satt, das Gespött seiner tollen, obercoolen Mitschüler zu sein, und er hatte es *gründlich* satt, sich ständig nur zu wünschen, er wäre jemand anders – irgendwer, Hauptsache nicht er selbst. Allerdings musste Mark sich eingestehen, dass es keine leichte Aufgabe war, sich aus dem tiefen Loch des Obertrotteltums, an dem er seit seiner Geburt gegraben hatte, herauszuziehen.

Als er klein war, hatten seine Eltern ihn kaum aus dem Haus gelassen, weil er auf alles außer Luft allergisch reagierte. Im Sport war Mark ein ziemlicher Versager – er hatte in drei Jahren Baseball in der Little League nur ein einziges Mal das Base erreicht, und das auch nur, weil er von einem Pitch getroffen worden war, wobei seine Brille zu Bruch ging. Vor Mädchen fürchtete er sich, was jedoch nicht wirklich ein Problem war, denn die meisten Mädchen würdigten ihn ohnehin keines Blickes. Sie interessierten sich nicht für einen Typen, der in einem fort Karotten mümmelte (um seine Sehschärfe zu verbessern), im Unterricht in der ersten Reihe saß (weil er auf jede, absolut *jede* Frage die richtige Antwort wusste) und dessen strähniges Haar ständig aussah, als hätte es spätestens gestern gewaschen werden müssen.

Nein, Mark hatte das Leben nicht gerade in vollen Zügen genossen. Doch jetzt, mit fünfzehn, war er entschlossen, daran etwas zu ändern. Er hatte sich fest vorgenommen die Gelegenheit zu nutzen, mit Volldampf in ein neues Leben voller Spannung und Abenteuer zu starten. Warum?

Weil er einen besten Kumpel namens Bobby Pendragon hatte.

Sie waren schon seit dem Kindergarten befreundet. Dabei fanden die meisten Leute, sie seien so unterschiedlich wie Ost und West – Bobby war sportlich, witzig und allseits beliebt, Mark hingegen war still und ungelenk. Aber für die beiden Freunde zählten solche Nebensächlichkeiten nicht.

Was Mark und Bobby verband, waren ihre außergewöhnlichen Vorlieben. Statt nur auf das abzufahren, was alle anderen Kids in ihrem Alter cool fanden, begeisterten sich die beiden Freunde für alte Abbott-und-Costello-Filme, Musik aus den Achtzigern, Thai-Essen und James-Bond-Romane (nicht die Filme, sondern die Originalbücher). Sie lachten über dieselben Witze. Sie hatten sogar mal zu zweit eine Band gegründet, nur dass Bobby leider ziemlich bescheiden Gitarre spielte und Mark kein anderes Instrument besaß als eine alte Bongo-Trommel. Singen konnten sie alle beide nicht. Sie waren einfach nur schlecht. Ihr Vorhaben wurde folglich zum totalen Fiasko.

Die zwei angelten gern in dem kleinen Fluss, der sich durch ihr Heimatstädtchen Stony Brook in Connecticut schlängelte. Dass sie kaum jemals einen Fisch fingen, störte sie absolut nicht – es ging ihnen nur darum, aus dem Haus zu kommen und stundenlang einfach abzuhängen. Wie die meisten Jungs redeten sie über Mädchen und Sport und darüber, welche Lehrer sie am liebsten vaporisiert hätten. Aber sie sprachen auch über kühne Ideen, über fremde Länder, die sie gern einmal bereist hätten, und über die Zukunft.

Wann immer einer von ihnen ein paar aufmunternde

Worte oder einen Tritt in den Hintern brauchte, schien der andere es zu spüren. Mark war der Einzige in Bobbys Freundeskreis, der außerhalb der eingefahrenen Gleise dachte. Bobby wiederum war für Mark eine Art Rettungsleine, jemand, der ihn mit dem Rest der Welt verband. Für beide stand fest, dass sie auf immer beste Freunde bleiben würden, ganz gleich welche Wendung ihr Leben nahm.

Was sie *nicht* gewusst hatten, war, dass in dem Winter, bevor sie beide fünfzehn wurden, Bobby und seine gesamte Familie auf mysteriöse Weise verschwinden würden. Die groß angelegte Suchaktion der Polizei ergab nichts. Buchstäblich nichts. Es war, als sei die Existenz der Pendragons durch Zauberhand ausgelöscht worden. Doch Mark kannte die Wahrheit.

Was aus den übrigen Pendragons geworden war, blieb auch für ihn ein Rätsel, aber er wusste, was es mit Bobbys Verschwinden auf sich hatte. Sein Onkel Press hatte ihn abgeholt und ihm eröffnet, dass er ein Reisender war. Bobby Pendragon und sein Onkel hatten sich durch ein Flume – eine Art Tunnel – in fremde, weit entfernte Territorien katapultiert, wo sie gemeinsam mit weiteren Reisenden gegen einen finsteren Dämon namens Saint Dane kämpften. In den anderthalb Jahren, seit Bobby sein Zuhause verlassen hatte, war er an der Rettung des mittelalterlichen Territoriums Denduron beteiligt gewesen, dessen Bewohner sich beinahe selbst in die Luft gesprengt hätten, er hatte in dem Unterwasser-Territorium Cloral die Ausbreitung eines Giftes aufgehalten, das die gesamte Bevölkerung auszulöschen drohte, und er war in die Vergangenheit gereist um zu verhindern, dass im Deutschland der Nazi-Zeit die erste Atombombe der Welt entwickelt wurde.

Was hatte Mark getan, während Bobby versuchte die Menschheit zu retten? Er hatte *SpongeBob Schwamm-*

13

kopf gesehen. Ja, Mark lechzte nach einem Abenteuer. Er *brauchte* ein Abenteuer.

Und er würde nicht mehr lange darauf warten müssen.

»Courtney!«, rief Mark.

Courtney Chetwynde war gerade aus dem Schulbus gestiegen, der sie zu ihrem ersten Unterrichtstag an der Davis Gregory High School brachte. Courtney hasste das Busfahren, aber zum Fahrradfahren war ihr der Weg zu weit und ihre Eltern erlaubten noch nicht, dass sie bei älteren Schülern im Auto mitfuhr. Courtney war außer Mark der einzige Mensch, der die Wahrheit über Bobby Pendragon kannte. Allerdings war Bobby für sie – anders als für Mark – immer ein Rivale gewesen, und zwar im Sport. Courtney hatte sich nach Kräften bemüht Bobby bei jeder Gelegenheit auszustechen. Das war ihre Art zu verbergen, dass sie unheimlich auf ihn abfuhr.

Inzwischen verging kein Tag mehr, ohne dass sie an den Abend vor anderthalb Jahren zurückdachte, als sie Bobby endlich ihre Zuneigung gestanden hatte. Die Situation hatte sich erfreulich entwickelt – Bobby hatte erwidert, dass er sie ebenfalls mochte. Die Situation hatte sich sogar *sehr* erfreulich entwickelt – sie hatten sich geküsst. Und dann war mit einem Schlag alles im Eimer gewesen, als ausgerechnet in diesem zauberhaften Augenblick Bobbys Onkel Press hereinplatzte und Bobby auf dem Soziussitz seines Motorrads mitnahm, um ihn in sein Leben als Reisender einzuführen. Wenn Courtney einen Wunsch frei gehabt hätte, dann hätte sie die Zeit bis zu jenem Abend zurückgedreht und Bobby daran gehindert, mit seinem Onkel zu gehen.

Als sie aus dem verhassten Schulbus stieg, erblickte sie Mark, der eilig auf sie zukam um sie zu begrüßen.

»Gibt's was Neues?«, erkundigte sich Courtney.

»Nichts«, erwiderte Mark.

Er wusste, wie Courtneys Frage gemeint war: Sie wollte

wissen, ob er ein neues Journal von Bobby erhalten hatte. Was aber nicht der Fall war.

Mark und Courtney gaben ein merkwürdiges Paar ab. Sie war hübsch, beliebt, selbstbewusst und sportlich. Er ... nichts von alledem. Ohne die Geschichte mit Bobby hätten die beiden einander vermutlich nie auf den Radarschirm bekommen.

»Unser erster Tag an der High School«, bemerkte Mark. »Aufgeregt?«

»Nein«, antwortete sie wahrheitsgemäß. Courtney ließ sich nicht so leicht aus der Ruhe bringen.

Die beiden Freunde kamen in die Zehnte, die unterste Klassenstufe der Davis Gregory High. Im vorigen Schuljahr, auf der Stony Brook Junior High, hatten sie als die Ältesten an der Spitze der Hackordnung gestanden. Jetzt fingen sie wieder ganz unten an.

Auf dem Weg zum Schulgebäude musste Mark fast laufen um mit Courtneys langen Schritten mitzuhalten. »Courtney, ich m-muss was mit dir besprechen.«

»He, du stotterst ja«, stellte Courtney beunruhigt fest. »Was ist los?«

»N-nichts«, beteuerte Mark. »Ich muss bloß mit dir über was reden.«

»Geht es um ... du weißt schon ... die Journale und so?«, fragte sie, nachdem sie sich vergewissert hatte, dass niemand ihr Gespräch mit anhörte.

»Gewissermaßen. Können wir uns nach der Schule treffen?«

»Ich habe Fußballtraining.«

»Ich komme zuschauen. Dann können wir anschließend reden.«

»Ist auch wirklich alles in Ordnung?«

»Klar. Also dann, mach's gut!«

Damit trennten sich die beiden und begannen den ersten Tag ihrer High-School-Laufbahn.

Courtney hielt sich die meiste Zeit an ihre bisherigen Freundinnen, interessierte sich aber auch für die neuen Mitschüler. Im Englischunterricht ertappte sie sich dabei, wie sie einen gut aussehenden Typen namens Frank anstarrte. Es war ein etwas eigenartiges Gefühl, fast so, als würde sie Bobby hintergehen. Andererseits hatte Bobby in seinen Journalen schließlich auch davon berichtet, wie umwerfend diese junge Reisende, Loor, aussah. Wenn Bobby ein Mädchen aus einem weit entfernten Territorium namens Zadaa interessant fand, warum sollte sie, Courtney, dann nicht einen Jungen interessant finden, der in einem Unterrichtsfach namens Englisch zwei Tische neben ihr saß?

Mark betrat die High School in der Erwartung, ein neues Leben zu beginnen. Auf der Davis Gregory kamen die Schüler von drei Junior Highs zusammen, was bedeutete, dass wenigstens zwei Drittel dieser Kids nichts von seiner Vergangenheit als Trottel vom Dienst wussten. Die Zaubertafel seines Lebens war gelöscht worden.

Leider hatte sich Mark bereits am Ende dieses ersten Schultags insgesamt sechsmal verlaufen, war zu jeder einzelnen Stunde zu spät erschienen, hatte einem Mädchen im Chemieunterricht Erstickungsanfälle beschert, weil seine Turnschuhe rochen wie ein missglücktes Experiment, und war in der Mittagspause unter dem tosenden Gelächter der anderen aus der Cafeteria geflohen, nachdem er den Fehler begangen hatte, sich neben einen Landesliga-Ringer zu setzen. Zur Strafe dafür, dass Mark in sein Revier eingedrungen war, hatte dieser Typ ihn gezwungen auf dem Tisch stehend »Wally the Green-nosed Tuna« zur Melodie von »Rudolph the Red-nosed Reindeer« zu singen.

Es war die gleiche Hölle wie an der Junior High, nur mit größeren Kids.

Während Mark die grässliche Erkenntnis dämmerte,

dass sein Leben als Fußabtreter kein Ende nahm, musste Courtney feststellen, dass für sie einiges nicht beim Alten blieb. Courtney war groß und hübsch, mit langem hellbraunem Haar, dunkelgrauen Augen und einem sympathischen Lächeln. Sie hatte viele Freunde – außer wenn es um Sport ging. Im Sport kannte Courtney keine Freundschaft. Verlieren war ihr ein Gräuel und sie verstand sich darauf, es zu vermeiden – ganz gleich um welche Sportart es sich handelte, sei es Baseball, Leichtathletik, Basketball oder sogar Judo. Sie besaß ein unerschütterliches Selbstvertrauen. Allmählich wurde es ihr geradezu langweilig, immer haushoch überlegen zu sein, sodass sie sich darauf freute, an der High School endlich auf ernsthafte Konkurrenz zu treffen.

Dieser Wunsch wurde ihr erfüllt.

»Chetwynde! Ziehen Sie Ihre Schuhe richtig herum an!«, schrie die Fußballtrainerin sie an.

Fußball war Courtneys Leidenschaft. Im Team ihrer Junior High war sie Mittelstürmerin gewesen und die beste Torschützin der ganzen Stadt. Sie hatte erwartet, auch in der High School Varsity, der ersten Mannschaft der Schule, wie gewohnt die Oberhand zu haben, sobald sie das Spielfeld betrat.

Doch es kam anders. Schon während der ersten Trainingseinheit wurde Courtney klar, dass sie ein Problem hatte. Sie übten Dribbeln. Courtney trat mit siegessicherem Lächeln an, um diesen High-School-Mädchen zu zeigen, was in Hurricane Courtney so alles drinsteckte. Sie täuschte nach rechts an, wich nach links aus, und … die Verteidigerin nahm ihr den Ball ab.

Huch!

Als sie an der Reihe war, Verteidigerin zu spielen, tricksten die anderen sie aus und dribbelten an ihr vorbei, als sei sie gar nicht da. Einem Mädchen gelang eine derart raffinierte Finte, dass Courtney über ihre eigenen

Füße stolperte und mit überkreuzten Beinen auf dem Allerwertesten landete – was die Trainerin zu der Bemerkung veranlasste, sie möge ihre Schuhe richtig herum anziehen.

Den ganzen Nachmittag über hinkte Courtney ständig einen Schritt hinterher. Diese High-School-Mädchen waren gut. Richtig gut. Sie spielten blinde Pässe, nahmen Courtney immer wieder den Ball ab und ließen sie dastehen wie ein kleines Kind, das versuchte mit den Großen mitzuhalten. Eine Spielerin jagte ihr den Ball ab, kickte ihn hoch, legte mit dem Knie vor und köpfte ihn weit über das Spielfeld. Dann grinste sie Courtney an und sagte: »Willkommen bei den Großen, Superstar.« Als Sprints an die Reihe kamen, war Courtney bei jedem Lauf eine der Letzten. Das war unerhört. Niemand schlug Courtney Chetwynde. Niemals! Was war geschehen?

Im Grunde gar nichts. Courtney war immer groß für ihr Alter gewesen, was ihr im Sport einen erheblichen Vorteil verschaffte. Doch zwischen der neunten und der zehnten Klasse hatten ihre Mitschülerinnen aufgeholt. Mädchen, die Courtney bisher nicht das Wasser reichen konnten, einfach weil sie so viel kleiner waren, standen ihr plötzlich auf Augenhöhe gegenüber. Nicht dass Courtney urplötzlich schlechter geworden wäre – aber alle anderen waren gewachsen und besser geworden. Viel besser. Für Courtney wurde der ultimative Albtraum wahr, doch sie war entschlossen sich das nicht anmerken zu lassen. Um alles in der Welt nicht.

Mark saß etwas abseits unter einem Baum und beobachtete das Training. Er traute seinen Augen nicht. Jeder hatte mal einen schlechten Tag, aber Courtney derart chancenlos zu sehen beunruhigte ihn ernsthaft. Es gab Dinge im Leben, die unumstößlich waren. Er wusste, dass der Radius eines Kreises zum Quadrat mal Pi die Fläche ergab, er wusste, dass Wasser aus zwei Teilen Wasserstoff und einem Teil Sauerstoff bestand, und er wusste: Wer gegen Courtney Chetwynde antrat, konnte nur verlieren.

Nun erwies sich die letzte von Marks unerschütterlichen Überzeugungen als falsch. Der perfekte Abschluss für einen durch und durch miesen Tag.

»Scheint, als ob sie doch nicht so 'ne große Heldin ist«, ertönte eine vertraute Stimme hinter ihm.

Mark blickte erschrocken auf und stellte fest, dass das Grauen dieses Tages noch immer kein Ende nahm. Neben ihm stand Andy Mitchell, der kräftig die Nase hochzog und dann ausspuckte, und zwar dicht neben Marks Hand. Als Mark hastig beiseite rutschte, schnippte Mitchell seine Zigarettenkippe in die andere Richtung, sodass Mark sich beinahe hineingesetzt hätte. Ihm blieb nichts anderes übrig als aufzuspringen, um nicht angerotzt oder angesengt zu werden.

»Was 'n los, Dimond?«, fragte Mitchell lachend. »Haste nervöse Zuckungen?«

»Was willst du?«, fauchte Mark.

»He, mach mich nicht an«, versetzte Mitchell. »Ich wollte hier bloß eine rauchen. Zuzusehen, wie Chetwynde abgezogen wird, ist mir natürlich ein Extravergnügen.« Mitchell lachte tonlos durch seine gelben, vom Zigarettenrauch fleckigen Zähne.

»Verschwinde!«, stieß Mark hervor und wandte sich zum Gehen, aber Mitchell folgte ihm.

»Ich hab's nicht vergessen, Dimond«, zischte Mitchell. »Das mit den Journalen. Pendragon ist irgendwo da draußen. Du weißt das und ich weiß es, und ich weiß, dass du weißt, dass ich es weiß.«

Genau genommen gab es nämlich noch jemanden, der wusste, was aus ihrem Freund Bobby Pendragon geworden war. Und zwar Andy Mitchell. Mitchell hatte eins von Bobbys Journalen in die Hände bekommen und Mark mittels Erpressung dazu gezwungen, ihm die übrigen zu zeigen.

Mark drehte sich zu Mitchell um. Die beiden standen so dicht voreinander, dass sich ihre Fußspitzen beinahe berührten. »Ich weiß nur eins: dass du ein Idiot bist. Ich habe keine Angst mehr vor dir!«

Sie starrten einander in die Augen. Mark hatte es satt, sich von Mitchell terrorisieren zu lassen. Eine Prügelei wäre ihm beinahe willkommen gewesen … *beinahe.* Mark war kein Kämpfer. Wenn Mitchell die Herausforderung annahm und ihm einen gezielten Haken verpasste, würde die Sache im Handumdrehen extrem unerfreulich werden. Und zwar für Mark.

»Hey, Mitchell«, sagte Courtney.

Sie stand hinter ihm, verschwitzt und verdreckt. Und sie sah aus, als käme man ihr im Augenblick besser nicht in die Quere. »Was machst du denn auf der High School? Ich dachte, du hättest inzwischen eine steile Karriere als Autoknacker angefangen.«

Andy wich vor ihr zurück. Courtney mochte beim Fußball eine lausige Figur abgegeben haben, aber er hütete sich dennoch sich mit ihr anzulegen.

»Echt komisch, Chetwynde«, versetzte er gehässig. »Ihr zwei haltet euch wohl für besonders schlau – aber ich weiß Bescheid.«

»Worüber weißt du Bescheid?«, erkundigte sich Courtney interessiert.

Mark warf ein: »Er weiß, dass wir wissen, dass er weiß … oder so ähnlich – du weißt schon.«

Die beiden Freunde kicherten. Mitchell konnte ihnen nicht mehr gefährlich werden. Dazu war er nicht clever genug.

»Lacht ihr nur«, höhnte er. »Ich habe die Journale gelesen. Ob ihr wohl auch noch lacht, wenn dieser Saint Dane hierher kommt und nach ihnen sucht?«

Damit zog Mitchell noch einmal kräftig die Nase hoch, wandte sich ab und machte sich hastig aus dem Staub.

Mark und Courtney wurden schlagartig ernst. Schweigend sahen sie zu, wie Mitchell davontrottete. Schließlich stellte Courtney fest: »Tja, ich würde sagen, dieser Tag ist ... ziemlich bescheiden gelaufen.«

Gemeinsam gingen sie zur Haltestelle, um mit dem letzten Schulbus nach Hause zu fahren. Normalerweise setzte sich Courtney immer nach hinten zu den coolen Kids und Mark nach vorn zu den uncoolen Kids. Heute nicht. Auf den hinteren Bänken saßen einige der Mädchen, die Courtney soeben auf dem Fußballfeld auseinander genommen hatten. Sie lachten und flirteten mit ein paar Typen aus dem Football-Team. Courtney war dort nicht erwünscht, sondern musste mit Mark vorn im Bus sitzen. Womit ihre Schmach perfekt war.

»Willst du erzählen, wie dein Tag war?«, fragte Courtney.

»Nein«, antwortete Mark. »Du?«

»Nein.«

Während sie stumm nebeneinander saßen, fragten sich beide insgeheim, ob es wohl für den Rest ihrer High-School-Zeit so mies weitergehen würde, wie es angefangen hatte. Schließlich brach Courtney das Schweigen. »Was wolltest du eigentlich mit mir besprechen?«

Mark vergewisserte sich, dass niemand zuhörte, ehe er leise begann: »Ich habe nachgedacht. Weißt du noch, was ich mal gesagt habe? Mitchell kann reden, was er will – ich glaube, wir sind davongekommen. Nachdem die Reisenden Saint Dane auf Erste Erde geschlagen haben, denke ich, dass alle drei Erd-Territorien in Sicherheit sind. Erinnerst du dich?«

»Klar erinnere ich mich«, erwiderte Courtney und mit aufsteigendem Zorn fügte sie hinzu: »Ich erinnere mich übrigens auch daran, wie enttäuscht du warst, weil du dir eigentlich gewünscht hattest, dass Saint Dane herkommt, damit du gemeinsam mit Bobby gegen ihn kämpfen kannst. Und ich erinnere mich auch daran, dass ich dich für völlig bekloppt erklärt habe. Erinnerst *du* dich daran auch noch, mein lieber Mark?«

Mark nickte.

»Sehr gut«, fuhr Courtney fort. »Dann solltest du in Zukunft weniger denken.«

»Aber ich würde Bobby immer noch gern helfen«, entgegnete Mark.

»Wir helfen ihm doch schon die ganze Zeit«, wandte Courtney ein. »Wir bewahren seine Journale auf.«

»Das zählt nicht«, widersprach Mark. »Ich will ihm *richtig* helfen.«

»Das *geht* aber nun mal nicht.«

Mark tat geheimnisvoll. »Da wäre ich mir an deiner Stelle nicht so sicher.«

Courtney blickte ihn lange forschend an. »Was hast du dir denn *jetzt* wieder in den Kopf gesetzt?«

»Ich will ein Akoluth werden. Ich will, dass wir *beide* Akoluthen werden.«

»Ako-was?«

»Akoluthen. Du weißt doch, Bobby hat sie in seinen Journalen erwähnt. Die Leute in den Territorien, die den Reisenden helfen. Sie bringen Kleidung und Ausrüstung zu den Flumes, sie haben sich um Press' Motorrad gekümmert, und als er wiederkam, stand das Auto bereit. Es ist eine völlig ungefährliche Aufgabe, aber trotzdem sehr wichtig.«

»Ungefährlich?«, versetzte Courtney skeptisch. »Findest du es etwa ungefährlich, in die stillgelegte U-Bahn-Station in der Bronx zu gehen, wo sich diese Quig-Hunde rumtreiben?«

»Vielleicht gibt es ja noch ein Flume auf Zweite Erde«, entgegnete Mark hoffnungsvoll. »In anderen Territorien gibt es schließlich auch mehr als eins – warum dann nicht hier?«

»Und wenn es in Alaska ist, was dann?«, konterte Courtney. »Willst du vielleicht nach Alaska ziehen?«

»Nach dem Tag, den ich gerade hinter mir habe – nichts lieber als das.«

»Das ist doch nicht dein Ernst.«

Sie schwiegen die nächsten paar Haltestellen. Ein paar der Mädchen aus der Fußballmannschaft stiegen aus, wobei sie Courtney demonstrativ ignorierten. Courtney kümmerte das nicht. Ihre Gedanken kreisten um Bobby und die Journale.

»Ich weiß ja, wie wichtig dir diese Sache ist, Mark«, begann sie nach einer Weile versöhnlich. »Mir doch auch. Aber selbst wenn ich fände, dass das mit den Akoluthen eine gute Idee ist – wie würden wir es anstellen?«

Mark richtete sich mit einem Ruck auf. Allein die Tatsache, dass Courtney über seine Idee nachdachte, gab ihm Auftrieb.

»Ich weiß es nicht, aber als Bobby hier war, habe ich ihn darauf angesprochen –«

»Du hast Bobby schon gefragt?«, fiel Courtney ihm ins Wort. »Ohne mir was davon zu sagen?«

»Ich habe ihn bloß gebeten sich mal zu erkundigen«, beschwichtigte Mark. »Er wusste über die Akoluthen auch nicht mehr, als in seinen Journalen steht, aber er hat mir versprochen, dass er versucht Näheres herauszufinden. Was denkst du?«

»Ich denke, ich muss mir das erst mal durch den Kopf gehen lassen. Und außerdem denke ich, dass ich jetzt aussteigen muss.« Courtney stand auf.

»Versprichst du mir das?«, fragte Mark. »Ich meine, dass du es dir durch den Kopf gehen lässt?«

»Ja«, antwortete Courtney. »Aber ich müsste schon

genauer wissen, was es überhaupt mit diesen Akoluthen auf sich hat.«

»Klar, auf jeden Fall«, pflichtete Mark ihr bei.

Courtney sprang die Stufen hinunter und stieg aus dem Bus. Mark fühlte sich zum ersten Mal an diesem Tag halbwegs gut. Wenn sie von Bobby mehr Informationen bekommen hatten, war Courtney bestimmt mit von der Partie, davon war er überzeugt. Eine herrliche Vorstellung – auf diese Weise bekam er vielleicht doch noch eine Chance, Bobby in seinem Kampf richtig beizustehen.

Als Mark an diesem Abend im Bett lag, kreisten seine Gedanken unaufhörlich um dasselbe Thema. Wenn sie Akoluthen wurden – konnten sie dann auch durch die Flumes reisen? Das wäre der Knüller! Im Geiste sah er sich selbst in Cloral an Bobbys Seite mit Wasserschlitten durch das Meer jagen. Er sah sich auf einem Schlitten die verschneiten Berghänge von Denduron hinabrasen, verfolgt von den Grisli-artigen Quigs. Er sah sich sogar auf Zadaa gemeinsam mit Loor den Wettkampf um die goldene Kette ausfechten.

Mark musste sich zwingen an etwas anderes zu denken, um nicht die ganze Nacht lang wach zu liegen. Er grübelte über mathematische Probleme nach. Er stellte sich vor, er läge am Point im Sand. Er versuchte sich einzubilden, dass sich sein Ring aktivierte und ein weiteres Journal von Bobby ankäme.

Plötzlich setzte er sich kerzengerade im Bett auf. Das war keine Einbildung – an seinem Finger regte sich tatsächlich etwas! Als Mark hinschaute, begann der Stein in dem schweren Silberring, der normalerweise dunkelgrau war, kristallklar zu leuchten. Das konnte nur eins bedeuten …

An Schlaf war vorerst nicht mehr zu denken.

Mark sprang aus dem Bett, nahm hastig den Ring ab

und legte ihn auf den Bettvorleger. Der kleine Kreis dehnte sich aus, und dort, wo normalerweise der Fußboden hätte sein müssen, tat sich ein dunkles Loch auf – ein Durchgang zu einem anderen Territorium, wie Mark wusste. Gleich darauf hörte er die zauberhaften Klänge, anfangs ganz fern, dann rasch immer lauter, bis gleißendes Licht aus dem Loch strahlte und das Zimmer erhellte wie tausend funkelnde Glühwürmchen. Mark hielt sich geblendet die Hand vor die Augen.

Im nächsten Moment verschwand die Erscheinung so plötzlich wie immer. Das Licht erlosch und die Töne verstummten. Mark spähte zwischen den Fingern hindurch und stellte fest, dass der Ring wieder seine normale Größe angenommen hatte. Und wie immer hatte der mysteriöse Ring der Reisenden ihm etwas gebracht.

Auf dem Bettvorleger lag Bobbys neuestes Journal.

Doch es sah anders aus als alles, was Bobby bisher geschickt hatte. Genauer gesagt ähnelte es nicht im Entferntesten einem Journal. Es war ein kleiner silbrig glänzender Gegenstand, etwa von der Größe und Form einer Kreditkarte und fast ebenso leicht. Als Mark ihn neugierig aufhob, bemerkte er an der Oberfläche drei flache, rechteckige Tasten. Eine war dunkelgrün, eine leuchtend orangefarben und die dritte schwarz. An dem Ding war ein Zettel befestigt, auf dem in Bobbys Handschrift stand: GRÜN – ABSPIELEN. SCHWARZ – ANHALTEN. ORANGE – ZURÜCKSPULEN.

Die Notiz erinnerte Mark an die Bedienungsanleitung eines CD-Players, nur dass dieses winzige Kärtchen keinem Abspielgerät glich, das er je gesehen hatte. Aber schließlich hatte Bobby es geschickt – wer war er, an dem Ding zu zweifeln? Er drückte auf die grüne Taste.

Augenblicklich schoss aus der schmalen Seite der Karte ein dünner Lichtstrahl hervor. Vor Schreck ließ Mark das Gerät fallen. Es landete auf dem Boden und der

Lichtstrahl glitt durchs Zimmer. Mark sprang mit einem Satz über sein Bett um dahinter in Deckung zu gehen. War das ein Laser? Wurde er jetzt in Scheiben geschnitten? Eine Sekunde später fächerte sich der Strahl immer weiter auf, bis mitten im Zimmer ein holografisches Bild erschien. Mark blinzelte, rieb sich die Augen und sah noch einmal genau hin – vor ihm stand tatsächlich Bobby Pendragon. Die Projektion wirkte so echt, als stünde sein Freund leibhaftig da. Das Einzige, was Mark daran erinnerte, dass er ein Hologramm vor sich hatte, war der Lichtstrahl aus dem silbernen Kärtchen auf dem Boden.

»Hi, Mark. Hallo, Courtney«, sagte Bobbys Bild klar und deutlich.

Mark setzte sich vor Verblüffung auf den Allerwertesten.

»Ich grüße euch aus dem Territorium Veelox. Was ihr gerade seht und hört, ist mein dreizehntes Journal. Ganz schön cool, nicht wahr?«

Dreizehntes Journal

Veelox

Hi, Mark. Hallo, Courtney. Ich grüße euch aus dem Territorium Veelox. Was ihr gerade seht und hört, ist mein dreizehntes Journal. Ganz schön cool, nicht wahr? Ich wette, das gefällt euch besser als meine Sauklaue entziffern zu müssen. Und ich kann euch sagen, mir gefällt es viel, viel besser, als alles aufzuschreiben. Ein Hoch auf die Technik. Allerdings ist dieser Projektor das reinste Kinderspielzeug im Vergleich zu dem sonstigen Science-Fiction-Kram hier. Es ist absolut unglaublich.

Nur um euch ein bisschen neidisch zu machen: Stellt euch das tollste Videospiel vor, das ihr je gespielt habt. Ihr wisst schon, umwerfende Drei-D-Grafik, realistischer Sound, geniale Herausforderungen und so weiter. Und jetzt stellt euch vor, dieses Spiel wäre ungefähr zwölf Milliarden Mal besser. So was gibt es hier auf Veelox. Ich übertreibe nicht. Anders kann ich es euch auf die Schnelle einfach nicht beschreiben. Ihr werdet es auf die gleiche Art erfahren müssen wie ich – langsam, Stückchen für Stückchen. Habt Geduld, es lohnt sich.

Aber bevor wir uns in die Wunderwelt von Veelox stürzen, möchte ich euch erzählen, wie es weiterging, nachdem wir uns auf Zweite Erde getrennt hatten. Um es mit Spaders Worten zu sagen: Ich bin Hals über Kopf in einen Tum-Tigger geraten.

Wieder einmal.

Gunny und ich ließen uns also in der Limousine von diesem alten Gangster, Peter Nelson, in die Bronx kutschieren, geradewegs zu der stillgelegten U-Bahn-Station, von der aus der Tunnel zum Flumetor führt. Unser Ziel war Veelox. Wie immer Saint Dane auf den Fersen.

Leider.

Während der Fahrt in die Bronx ging es in meinem Kopf drunter und drüber. Ich musste ständig darüber nachdenken, was auf Erste Erde geschehen war. Um es mal ganz simpel auszudrücken: Ich hatte versagt. Saint Dane hatte auf Erste Erde versucht zu beweisen, dass ich nicht würdig bin ein Reisender zu sein, und genau das war ihm gelungen. Alles drehte sich um den Augenblick, in dem der Zeppelin *Hindenburg* abgeschossen werden *sollte*. Wenn die Geschichte einen anderen Lauf genommen hätte, wäre Armageddon über die Erde hereingebrochen. Als ich da vor der Rakete stand, die jeden Moment losgehen und das Luftschiff in Brand setzen konnte, wusste ich, dass die Zukunft aller drei Erd-Territorien in meinen Händen lag.

Und dem war ich nicht gewachsen. In diesem grauenhaften Augenblick brachte ich es einfach nicht fertig, die unschuldigen Menschen in dem Zeppelin sterben zu lassen. Ich war drauf und dran, die Rakete umzustoßen, die *Hindenburg* zu retten, die Menschen darin zu retten und damit den Untergang über die Erd-Territorien heraufzubeschwören.

Aber Gunny hielt mich zurück. Er hat mich daran gehindert, den schlimmsten Fehler zu begehen, den man sich nur vorstellen kann. Die Rakete zündete und die *Hindenburg* ging in Flammen auf. Gunny hat die Erd-Territorien gerettet. So hat es sein sollen.

Auf diese Weise haben zwar die Reisenden Saint Dane geschlagen, aber zugleich hat Saint Dane *mich* geschlagen. Nennt es, wie ihr wollt – einen Test, eine

Prüfung, meinetwegen auch den Augenblick der Wahrheit. Jedenfalls habe ich es versiebt. Von dem Moment an zweifelte ich daran, dass ich diesem Job überhaupt gewachsen war. Verflixt, daran hatte ich ja schon vom ersten Tag an gezweifelt, aber diese Pleite auf Erste Erde hat mich völlig aus der Bahn geworfen. Ich nehme an, Saint Dane glaubte, ich würde mich daraufhin in das nächstbeste Mauseloch verkriechen und ihm bei seinem Aufstieg zur Herrschaft über Halla nie wieder in die Quere kommen. Und ihr könnt mir glauben, ich habe tatsächlich mit diesem Gedanken gespielt.

Doch es kam anders.

Mein Versagen auf Erste Erde hat letztendlich genau das Gegenteil bewirkt – es hat mich erst recht angestachelt. Ich wollte diesem Dämon beweisen, dass ich nicht der Loser bin, für den er mich hielt. Vielleicht wollte ich es auch hauptsächlich mir selbst beweisen. Wie auch immer, jedenfalls hatte ich zum ersten Mal, seit ich von zu Hause fortgegangen und ein Reisender geworden war, das Gefühl, dass ich es selbst so wollte. Ernsthaft. Ich wollte das Vertrauen rechtfertigen, das Onkel Press in mich gesetzt hatte. Saint Danes Schuss war nach hinten losgegangen. Statt zu erreichen, dass ich aufgab, hatte er mich erst richtig in Fahrt gebracht. Wenn er glaubt, ich sei zu schwach für diesen Job – desto besser. Dann rechnet er nicht damit, es so bald wieder mit mir zu tun zu bekommen.

Und er *wird* es wieder mit mir zu tun bekommen.

Nachdem die Limousine uns an der stillgelegten U-Bahn-Station abgesetzt hatte, standen Gunny und ich am Straßenrand und genossen die letzten Augenblicke im Sonnenschein von Zweite Erde. Gunny ist ein klasse Typ und ich bin stolz darauf, ihn zum Freund zu haben. Ich könnte eine Menge großartige Dinge über ihn sagen, aber das Wichtigste ist wohl, dass er stark genug war, auf Erste Erde für mich in die Bresche zu springen.

In diesem Moment, als wir da in der Bronx am Straßenrand standen, schien er es allerdings überhaupt nicht eilig zu haben, Saint Dane nachzujagen. Gunny, der Reisende von Erste Erde, dieser große, grauhaarige Afroamerikaner von einsneunzig oder mehr, stand mit geschlossenen Augen da, ließ sich die Sonne ins Gesicht scheinen und sah ziemlich glücklich aus.

»Woran denkst du?«, fragte ich ihn.

Gunny öffnete die Augen und schaute sich an der belebten Straßenkreuzung um – für ihn sicher ein ungewohnter Anblick, schließlich stammt er aus dem Jahr 1937.

»Sag, Kleiner – glaubst du, dass jemals der Tag kommt, an dem wir alle nach Hause gehen und wieder ein normales Leben führen können?«

Diese Frage hatte ich mir auch immer wieder gestellt, seit ich mein Zuhause verlassen hatte und mit Onkel Press gegangen war.

»Keine Ahnung«, antwortete ich wahrheitsgemäß. »Allerdings weiß ich inzwischen auch gar nicht mehr so genau, was überhaupt ›normal‹ ist.«

Dann ging ich voran, die mit Abfall übersäten Stufen hinunter zu der stillgelegten Station. Der Weg war mir mittlerweile vertraut. Eine mit Graffiti bedeckte Bretterwand versperrte den Zugang, aber ich wusste, wie man hineingelangte. Vier der Bretter waren lose – ein kleiner Ruck und schon war der Durchgang frei.

Die verlassene Station sah genauso aus wie an dem Abend, als Onkel Press mich zum ersten Mal dorthin mitgenommen hatte. Sie war ein längst vergessenes Stück New Yorker Geschichte – das heißt, von allen außer uns vergessen. Eine Bahn ratterte vorbei und wirbelte schmuddelige Zeitungsfetzen mit längst überholten Nachrichten auf. Nachdem sie durchgefahren war, sprangen wir schnell auf die Gleise hinunter und liefen an der ölfleckigen Tunnelwand entlang zu der Holztür mit dem Sternsymbol. Sekunden später betraten wir die Felshöhle, unsere letzte Station auf Zweite Erde. Die erste Etappe unserer Reise war der reinste Sonntagsspaziergang gewesen. Jetzt versprach die Sache interessant zu werden. Wir beide blieben einen Moment lang schweigend stehen und starrten in das tiefe, finstere Loch, das uns mit den anderen Territorien verband – das Flume.

»Erzähl mir von Veelox«, forderte Gunny mich auf.

»Da gibt's nicht viel zu erzählen«, antwortete ich. »Ich war ja nur ein paar Minuten lang dort und bin gar nicht aus dem Flume rausgekommen.«

»Dieses Mädchen mit dem schwebenden Kopf«, fuhr Gunny fort, »bist du sicher, dass das eine Reisende ist?«

»Sie behauptet es jedenfalls«, erwiderte ich.

Gunny schüttelte verwundert den Kopf. »Köpfe, die in der Luft schweben«, bemerkte er philosophisch. »Was wohl als Nächstes kommt?«

»Ich schätze, das werden wir gleich erfahren«, versetzte ich.

Er lächelte mir zu, dann trat er in die Mündung des Flumes, rief »*Veelox!*« und das Flume erwachte zum Leben. Die Felswände krachten und ächzten, als seien sie steif von einem langen Schlaf und müssten sich strecken. Tief in dem Tunnel wurde ein schwaches Licht sichtbar, das in Kürze hier ankommen und Gunny davontragen würde. Zugleich näherte sich das Durcheinander angenehmer Töne, das diese spektakuläre Lightshow stets begleitete.

Gunny wandte sich zu mir um. In seinen Augen erkannte ich eine leichte Anspannung. »Habe ich dir eigentlich schon mal gesagt, dass ich kein großer Fan von dieser Flumerei bin?«

Ich lachte. »Gunny, es gibt da draußen eine Menge Sachen, vor denen man sich fürchten muss, aber das Flumen gehört nun wirklich nicht dazu.«

Als das Licht näher kam, begann sich der dunkle Fels der Tunnelwand in klaren Kristall zu verwandeln.

»Ich nehm dich beim Wort!«, rief Gunny mir zu. Das Licht erstrahlte blendend hell, die Klänge hallten von den Felswänden wider und dann war Gunny verschwunden.

Als ich die Hand sinken ließ, sah ich gerade noch, wie das Licht wieder in den Tiefen des Tunnels verschwand. Das Flume war in seinen Normalzustand zurückgekehrt und wartete auf den nächsten Passagier. Mich.

»*Veelox!*«, rief ich, und als sich das Licht und die Klänge näherten, schloss ich die Augen und wartete darauf, eingesogen zu werden.

Die Reise hatte begonnen.

Der Flug durch das Flume nach Veelox verlief wie gewohnt. Ich verschränkte die Arme, entspannte mich und genoss das Gefühl, schwerelos durch den Kristalltunnel zu gleiten. Durch die klaren Wände betrachtete ich die Sterne draußen und suchte nach Sternbildern, aber ich entdeckte keine Konstellation, die ich kannte. Mir war immer noch nicht klar, wie das Flumen eigentlich funktionierte. Allmählich begriff ich, dass dabei mehr im Spiel sein musste als die drei räumlichen Dimensionen, die wir kennen – ihr wisst schon, so was wie oben und unten, vorn und hinten. Ich glaube, dass man beim Flug durch die Flumes noch durch eine vierte Dimension reist, nämlich die Zeit. Nur so ist es möglich, dass die Reisenden nicht nur immer an dem *Ort* auftauchen, wo sie gebraucht werden, sondern auch *zum richtigen Zeitpunkt*.

Onkel Press hatte mir erklärt, dass Halla alles ist –
jede Zeit, jeder Ort, jede Person, jedes Lebewesen und
jedes Ding, das es jemals gegeben hat. Und all das
existiert weiter. Wenn das stimmt, könnte es vielleicht
noch eine fünfte und sogar eine sechste Dimension geben und die Flumes wären interdimensionale Ver-
kehrswege, die all das verbinden. Das kommt mir ganz
vernünftig vor – sonst würde es wohl ziemlich eng
werden im Universum.

Sagte ich gerade, es käme mir vernünftig vor? Kleiner Scherz – kommt überhaupt jemandem *irgendetwas*
an dieser Geschichte vernünftig vor? Ich wusste nur
eins sicher: All das Gegrübel über multiple Dimensionen verdarb mir den Spaß am Flumen. Ich musste versuchen an etwas Nettes zu denken.

Zu spät. Die Klänge wurden lauter und intensiver –
ein Zeichen dafür, dass ich mich Veelox näherte. Wenige Sekunden später setzte die Schwerkraft wieder ein
und ich landete sanft auf den Füßen. Das Erste, was ich
sah, war Gunnys Rücken. Er stand in der Mündung des
Flumes, wenige Schritte vor mir. Und das Zweite, was
ich sah, war ...

Saint Dane.

Huch!

»Hallo, Pendragon«, sagte der Dämon mit einem
scheinheiligen Grinsen. »Willkommen auf Veelox.«

Dreizehntes Journal
(Fortsetzung)

Veelox

Saint Dane stand uns in dem finsteren Felsgewölbe gegenüber.

Seine eisblauen Augen durchbohrten die Dunkelheit wie kaltes Feuer. In seiner eigentlichen Gestalt war er mehr als zwei Meter groß und sein langes graues Haar fiel ihm in einer wallenden Mähne bis über die Schultern. Zu sagen, dass sein Anblick für mich ein Schock war, wäre noch entschieden zu harmlos ausgedrückt.

»Du überraschst mich, Pendragon«, sagte Saint Dane. »Ich hätte gedacht, nach dieser Peinlichkeit auf Erste Erde würdest du dein törichtes Vorhaben aufgeben.«

Ich brachte kein Wort heraus. Mein Hirn war wie gelähmt.

»Nun, wie auch immer«, fuhr er fort, »ich habe mein Werk hier vollendet. Veelox steht unmittelbar vor dem Zusammenbruch. Ich muss sagen, ich hatte nicht damit gerechnet, dass ausgerechnet Veelox als erstes Territorium untergehen würde, aber letztendlich ist das nicht von Belang – früher oder später erwartet ganz Halla dasselbe Schicksal.«

»Veelox steht vor dem Zusammenbruch?«, wiederholte Gunny entgeistert.

»Das glaube ich nicht«, versetzte ich, nachdem mein Gehirn endlich wieder in Gang gekommen war.

Saint Dane verzog höhnisch einen Mundwinkel. »Du sagst das, als ob es mich zu interessieren hätte. Jetzt sei

34

so nett und geh beiseite – ich habe noch anderswo zu tun.«

»Du gehst hier nicht weg«, entgegnete ich herausfordernd.

Gunny warf mir einen besorgten Blick zu. Es war ziemlich dreist von mir, so etwas zu sagen, insbesondere da ich keine Ahnung hatte, wie ich meine Forderung durchsetzen sollte.

»Was hast du vor?«, kicherte Saint Dane. »Willst du mich etwa aufhalten?«

»Wenn es sein muss«, antwortete ich und gab mir Mühe, das Zittern in meiner Stimme zu unterdrücken. Es war mir absolut ernst. Wenn Saint Dane versuchte durch das Flume zu entkommen, war ich bereit mich auf ihn zu stürzen. Wir *mussten* erfahren, was auf Veelox geschehen war.

»Ist das nicht ein wenig fantasielos?«, bemerkte Saint Dane. Doch die Worte kamen nicht aus seinem Mund. Sie kamen von rechts. Hä? Gunny und ich sahen uns verdutzt um und da stand …

… noch ein Saint Dane. Es gab zwei! »Ein bisschen mehr Kreativität hätte ich dir schon zugetraut«, sagte der zweite Saint Dane.

»Oder bist du etwa mit deinem Einfallsreichtum am Ende?«, ertönte eine weitere Stimme.

Oha. Gunny und ich fuhren herum und erblickten zu unserer Linken *noch einen* Saint Dane.

»Press wäre zutiefst enttäuscht von dir.«

Als wir uns umdrehten, stand hinter uns ein weiterer Saint Dane, genau in der Mündung des Flumes. »Die sind nicht echt, Gunny. Das sind Hologramme«, flüsterte ich. »So was Ähnliches wie die Filme im Kino.«

»Richtig!«, verkündete Saint Dane – der *fünfte* Saint Dane. Wir waren jetzt umringt von lauter Saint Danes. Ich zählte insgesamt zwanzig, die einander aufs Haar glichen. Sie begannen den Kreis um uns enger zu schließen.

»Die Frage ist«, sagten sie alle wie aus einem Mund, »welcher von uns ist der Echte?« Dann lachten sie, dass es mir kalt den Rücken hinunterlief. »Was nun? Was tun?«, höhnten sie im Chor.

Gunny und ich standen Rücken an Rücken und suchten nach einem Hinweis darauf, welcher das Original war. Aussichtslos – die Gestalten waren perfekte Klone. Dann riefen sie alle einstimmig: »*Eelong!*«

Oha. Das Flume erwachte zum Leben. Wir mussten etwas unternehmen, und zwar schnell. Gunny reagierte zuerst. Mit einem Satz stürzte er sich auf den nächstbesten Saint Dane und wollte ihn umklammern. Doch alles, was er zu fassen bekam, war ein Arm voll Luft.

Die Saint Danes lachten. Das Ganze war ein echter Spaß für ihn ... beziehungsweise für *sie* ... wie auch immer.

Das Licht aus dem Flume erhellte den Raum und die Musik ertönte bereits in nächster Nähe. Gunny sprang auf einen weiteren Saint Dane zu, aber wieder glitten seine Arme einfach durch das Hologramm hindurch, als sei da gar nichts. Eben weil da im Grunde tatsächlich *nichts* war. In wenigen Sekunden würde Saint Dane uns entkommen und sich auf den Weg ins nächste Territorium machen und wir durften hinter ihm die Scherben aufkehren. Sosehr es mir auch davor graute, ich stürzte mich auf einen der Saint Danes ...

... und bekam den dämonischen Reisenden zu fassen. Den echten. Ich hatte richtig geraten, gleich beim ersten Versuch. Ich Glückspilz.

Das Gefühl ist schwer zu beschreiben. Klar, ich war wie versteinert, das kann man sich wohl denken. Woran ich mich am deutlichsten erinnere, ist, dass sich Saint Dane kalt anfühlte. Es war, als ob ich einen Eisblock umklammerte. Das Kinn in seine Brust gebohrt, hob ich den Kopf und begegnete seinem Blick. Einen Moment lang fürchtete ich, mir würde das Blut in den Adern gefrieren. Was immerhin erklärt hätte, warum ich mich nicht vom Fleck rühren konnte. Als Saint Dane den Mund öffnete um zu sprechen, roch sein Atem, als ob in seinem Inneren etwas verweste.

»Heißt das, du kommst mit mir?«, fragte er mit höhnischem Grinsen.

Das haute mich um. Plötzlich hatte ich das Gefühl, wenn ich mich an ihn klammerte, würde ich ihn nicht aufhalten, sondern mich zu seinem Gefangenen machen. Diese Vorstellung war so grauenhaft, dass ich unwillkürlich losließ. Sehr ungeschickt, denn Saint Dane nutzte die Gelegenheit, um in das Flume zu rennen. Gunny versuchte ihn mit einem Hechtsprung aufzuhalten, doch der Dämon war zu schnell. Gerade als das Licht die Mündung erreichte, stürzte er sich in den Tunnel hinein und wurde augenblicklich eingesogen. Nur das Echo seines Gelächters hallte noch von den Felswänden wider.

Saint Dane war fort.

Die Hologramme ebenfalls. Gunny und ich standen allein in dem großen, leeren Raum und starrten in das dunkle Flume.

»Ich verfolge ihn«, verkündete Gunny.

»Nein!«, widersprach ich. »Wir müssen rauskriegen, was er hier auf Veelox angerichtet hat.«

»Damit er inzwischen schon im nächsten Territorium Unheil stiftet?«, versetzte Gunny. »Was hier geschehen ist, ist geschehen, Pendragon.«

»Wir wissen doch gar nicht, ob er die Wahrheit gesagt hat«, wandte ich ein. »Ehrlichkeit war noch nie sein Fall.«

Wir mussten uns entscheiden. Sollten wir hier bleiben und versuchen zu retten, was zu retten war, oder sollten wir uns lieber darauf konzentrieren, zu verhindern, dass Saint Dane sein Werk in einem weiteren Territorium namens Eelong begann?

»Du warst schon mal hier«, sagte Gunny. »Du kennst die Reisende. Wie heißt sie noch gleich?«

»Aja Killian.«

»Genau. Der schwebende Kopf. Ich denke, du solltest nach ihr suchen. Sie weiß sicher, was Saint Dane hier angerichtet hat.«

»Und was ist mit dir?«

»Ich folge ihm nach Eelong um zu sehen, was uns dort erwartet. Anschließend komme ich wieder hierher.«

»Mir ist nicht wohl bei der Vorstellung, dass wir uns trennen«, protestierte ich. »Weißt du noch, als Spader auf Erste Erde seinen Alleingang durchgezogen hat? Das hätte um ein Haar katastrophale Folgen gehabt.«

»Ich weiß«, versicherte Gunny. »Aber diesmal ist es etwas anderes. Spader wollte seinen eigenen Kopf durchsetzen. Du und ich, wir arbeiten *zusammen*.«

Ich wollte nicht, dass er ging. Andererseits durften wir uns aber die Chance nicht entgehen lassen, Saint Danes Pläne auf Eelong zu durchkreuzen, ehe er überhaupt richtig zum Zug kam.

»Versprich mir, dass du sofort den Rückzug antrittst, wenn dir irgendetwas schräg vorkommt«, verlangte ich.

Gunny lachte. »Ach, Kleiner, mir kommt diese ganze Sache reichlich schräg vor.«

»Du weißt schon, wie ich das meine.«

»Klar. Mach dir keine Sorgen, ich komm schon zurecht«, beteuerte Gunny.

Wir umarmten uns, dann schob er mich von sich und fragte: »Wie hieß dieses Territorium noch gleich?«

»Hörte sich an wie ›Eelong‹«, antwortete ich.

38

Gunny trat in die Mündung des Flumes, straffte sich und stellte sich mit dem Gesicht zum Tunnel auf. *»Ee-long!«*

Augenblicklich erwachte das Flume zum Leben. Im letzten Moment, bevor Gunny inmitten von Musik und gleißendem Licht verschwand, lächelte er mir zu und rief: »Wie sagt Spader immer?«

»Hobey-Ho, Gunny.«

»Hobey-Ho, Pendragon. Bis bald.«

Hoffentlich sehr bald. Im nächsten Augenblick war er verschwunden und ich blieb allein zurück. Einen Moment lang stand ich reglos da und versuchte meine Gedanken zu ordnen. Mir graute bei der Vorstellung, ich könnte Gunny verloren haben. Ich war drauf und dran, in das Flume zu springen und ihm zu folgen, als ich eine bekannte Stimme hörte.

»Wo bleibst du denn so lange?«

Ich fuhr herum. Vor mir schwebte ein riesenhaftes Gesicht – Aja Killian. Beziehungsweise das Hologramm von ihrem Kopf, wieder einmal. Ich blickte zu dem bizarren Bild auf und sagte: »Du hast mich gerufen. Hier bin ich. Und jetzt?«

Der Kopf verschwand. Eine Sekunde später hörte ich vom anderen Ende des Raumes her ein leises Geräusch. Als ich hinschaute, sah ich eine Tür, die sich von selbst öffnete. Durch den Spalt drang Licht.

Es war an der Zeit, Aja Killian persönlich kennen zu lernen und zum ersten Mal das Territorium Veelox mit eigenen Augen zu sehen.

Dreizehntes Journal
(Fortsetzung)

Veelox

Ich fand mich in einem langen, engen Gang wieder, der in beiden Richtungen kein Ende zu nehmen schien. Von der Decke hingen Glühbirnen, die den Tunnel jedoch nur schwach erleuchteten, weil jede zweite Lampe durchgebrannt oder zerbrochen war.

Krach!

Das Tor fiel hinter mir ins Schloss. Es war eine glatte Metalltür, die sich kaum von den angrenzenden Zementwänden abhob, weil sie dieselbe graue Farbe hatte. Nur das Sternsymbol verriet, dass es sich um ein Flumetor handelte. Ich hoffte, ich würde sie nicht in Eile wiederfinden müssen.

Als Nächstes stellte ich fest, dass ich auf einem Gleis stand. Mein Adrenalinpegel schnellte in die Höhe. Würde ich gleich vor einem fahrenden Zug flüchten müssen? Doch bei näherem Hinsehen wurde mir klar, dass diese Befürchtung unbegründet war. Große Stücke der Schienen fehlten und das Metall war mit einer dicken Rostschicht überzogen. Offenbar verkehrten hier schon seit langer Zeit keine Züge mehr.

»Geh nach rechts«, schallte Ajas Stimme aus dem Nichts. »Dort findest du eine Leiter.«

»Wo bist du?«, rief ich. Allmählich ging mir diese Geheimnistuerei auf die Nerven. »Wie wär's, wenn du dich endlich mal zeigst?«

»Geh zu der Leiter, Pendragon«, befahl Ajas Stimme.

Na herrlich. Ob es mir passte oder nicht, die Ge-

heimnistuerei ging weiter. Während ich den Tunnel
entlangging, fragte ich mich, ob Veelox womöglich
von Riesen bevölkert war. Wenn Ajas Projektion le-
bensgroß war, stand mir wohl ein Abenteuer wie aus
Gullivers Reisen bevor. Das konnte ja heiter werden.

Nach einer Weile erreichte ich eine Metallleiter, die
zu einer dunklen Öffnung in der Decke führte. Gerade
als ich hochklettern wollte, fiel mir etwas ein. Ich trug
immer noch das Flanellhemd und die Jeans, die du mir
auf Zweite Erde geliehen hattest, Mark. Aber wir dürfen ja nichts aus fremden Territorien mitbringen, auch
keine Kleidung. Allerdings hatten am Flume keine Vee-
lox-Kleider bereitgelegen. Was nun? Mir schoss ein verrückter Gedanke durch den Kopf: Von Aja hatte ich
bisher nur den Kopf gesehen – womöglich trugen die
Leute auf Veelox gar keine Kleidung? Stellt euch *das*
mal vor – gewaltige, schwebende nackte Riesen. Krass.
Ich würde mich jedenfalls nicht ausziehen, das kam gar
nicht infrage.

Die Leiter führte senkrecht nach oben in einen runden Schacht, der nicht viel breiter war als meine Schultern. Nach ein paar weiteren Sprossen stieß ich an die
Decke. Als ich probeweise dagegen drückte, gab sie
nach. Dies war also meine Eintrittspforte nach Veelox.
Ich atmete noch einmal tief durch um mich zu beruhigen, dann stemmte ich die schwere Klappe auf und
kletterte hindurch, um einen ersten Blick auf dieses
neue Territorium zu werfen.

Ich weiß selbst nicht, was ich erwartet hatte, aber
das ganz bestimmt nicht.

Zuallererst war ich erleichtert. Nachdem Saint Dane
behauptet hatte, er habe sein schmutziges Werk hier
bereits vollendet, hatte ich befürchtet ein Territorium
in Flammen vorzufinden, eine verwüstete Landschaft
oder Menschen, die panisch schreiend durcheinander

liefen. Doch nichts dergleichen erwartete mich. Was ich stattdessen sah, überraschte mich völlig – gerade weil überhaupt nichts Überraschendes daran war.

Veelox sah aus wie Zweite Erde. Ich fand mich auf einer Straße wieder, wie es sie in einem beliebigen Stadtviertel in meiner Heimat hätte geben können. Mein Ausstieg war, wie ich nun feststellte, ein Kanaldeckel. Entlang der Straße standen städtische Reihenhäuser aus braunem Sandstein. Es gab Gehwege, Bäume und sogar Straßenlaternen. Ich hätte beinahe glauben können, das Flume habe unterwegs die Richtung gewechselt und mich wieder auf Zweite Erde abgesetzt.

Dennoch beschlich mich ein eigenartiges Gefühl, so vertraut mir der Ort auch erschien. Ich sah mich um und versuchte herauszufinden, warum all das so seltsam auf mich wirkte. Nach ungefähr drei Sekunden begriff ich.

Die Gegend war völlig verlassen.

Nicht einfach nur menschenleer – ich meine ganz und gar ausgestorben. Keine Leute, keine Autos, keine Musik, nichts. Das einzige Geräusch war das des Windes, der an den Hauswänden entlangstrich und leise in den Bäumen raschelte. Es war gespenstisch. Dieser Ort war … tot. Das war das passende Wort. Tot. Veelox war ein Geisterterritorium.

Na großartig. Riesige, schwebende nackte *Gespenster*. Noch abgedrehter ging es wohl nicht.

»Hier entlang!«

Ich fuhr herum und erblickte etwas, das mir höchst willkommen war. An einer Straßenecke nicht weit von mir stand Aja Killian. Die echte. Erleichtert stellte ich fest, dass zu ihrem Kopf auch ein Körper gehörte. Noch erleichterter war ich, dass sie normal groß war. Und ganz besonders erleichtert war ich, dass sie Kleidung trug. Uff!

Ich lief zu ihr hinüber. Aja war kleiner als ich und schien ein bisschen älter zu sein. Sie trug einen dunkelblauen Overall, der ihr gut stand. Überhaupt sah sie ziemlich hübsch aus mit ihren großen blauen Augen hinter den gelb getönten Brillengläsern. Das Einzige an ihr, was verriet, dass sie nicht von Zweite Erde stammte, war ein Gerät, das sie um den rechten Unterarm geschnallt trug. Es handelte sich um ein breites silberfarbenes Armband mit massenhaft Tasten, das aussah wie ein Hightech-Taschenrechner.

Übrigens war sie ziemlich hübsch – erwähnte ich das?

»Hi«, sagte ich so charmant, wie ich konnte, und streckte ihr zur Begrüßung die Hand entgegen. Statt sie zu nehmen fauchte Aja mich zornig an: »Warum hast du so lange gebraucht um herzukommen?«

Hoppla. Was sollte *das* denn jetzt? Ich war gerade mal seit zehn Sekunden hier und schon fiel sie über mich her. Das fing ja gut an.

»Was heißt denn ›lange‹?«, protestierte ich.

»Ich habe schon seit Ewigkeiten versucht dich wegen Saint Dane zu benachrichtigen, aber du hast nicht geantwortet«, schimpfte sie. »Ich war kurz davor, es aufzugeben, als –«

»He, warte mal«, fiel ich ihr ins Wort. »Ich konnte deine Botschaft nicht bekommen, weil mein Ring gestohlen worden war. Sobald ich ihn wiederhatte, kam deine Nachricht an, und hier bin ich nun.«

Das nahm ihr ein wenig den Wind aus den Segeln, aber versöhnt war sie durchaus nicht. Vorwurfsvoll fragte sie: »Wie konntest du zulassen, dass jemand dir deinen Ring stiehlt? Weißt du etwa nicht, wie wichtig diese Ringe sind? Wenn du nicht –«

»*Stopp!*«, schrie ich. »Ich bin hergekommen, so schnell ich konnte, und damit gut. Okay?«

»Schön«, versetzte Aja schnippisch. »Jetzt ist hier jedenfalls alles wieder in Ordnung. Du kannst beruhigt diesem Gunny-Typen hinterherflumen und dir über ein anderes Territorium den Kopf zerbrechen. Tschüss, mach's gut.« Sie wandte sich ab und stolzierte davon.

Mir schwirrte der Kopf. Was ging hier vor? Kaum war ich da, wollte sie mich wieder loswerden?

»Auszeit!«, rief ich und rannte ihr nach. »Hast du gehört, was Saint Dane gesagt hat?«

»Natürlich. Ich überwache das Flume – falls du dich erinnerst. Ich erfahre alles, was dort unten vor sich geht.«

»Gut, dann weißt du auch, dass er gesagt hat, Veelox stehe kurz vor dem Zusammenbruch.«

»Er irrt sich«, konterte Aja ohne mich anzusehen.

»Erklären, bitte.«

Aja blieb so abrupt stehen, dass ich sie beinahe umgerannt hätte. »Technisch gesehen hat er Recht«, begann sie. »Veelox steht in der Tat kurz vor dem Zusammenbruch. Aber noch ist es nicht so weit und es wird auch nicht dazu kommen. Dafür habe ich gesorgt.«

»Was führt er denn überhaupt im Schilde?«, fragte ich. »Steht eine Schlacht bevor? Werden feindliche Armeen aufeinander losgehen? Wer kämpft hier gegen wen?«

Aja schüttelte den Kopf, als hielte sie mich für einen jämmerlichen, bedauernswerten Schwachkopf. »Nein, Pendragon. Es gibt keinen großen Krieg. Keine Gewehre, keine Bomben. Nichts, was in die Luft gesprengt zu werden droht – auch wenn dich das zweifellos enttäuscht.«

Diese Bemerkung überhörte ich geflissentlich. »Worum geht es dann? Was ist der Wendepunkt auf Veelox?«

Aja stellte sich dicht vor mich hin und tippte mir an die Stirn. »Der Wendepunkt liegt im Kopf jedes einzelnen Menschen auf Veelox. Hier gibt es keine ›Guten‹ und ›Bösen‹. Dieser Krieg wird nicht auf dem Schlachtfeld ausgefochten, sondern im menschlichen Geist.«

»Ich verstehe kein Wort«, gestand ich.

Aja schmunzelte. Ich nehme an, es gefiel ihr, sich überlegen zu fühlen.

»Das macht nichts. Es ist alles unter Kontrolle. Ich habe dich verständigt, weil es meine Pflicht war, aber du wirst hier nicht gebraucht, Pendragon. Veelox ist außer Gefahr. Und jetzt verschwinde.«

Wieder machte sie kehrt und ging davon. Ich hätte ihr nur zu gern geglaubt. Ein Territorium weniger, um das man sich Sorgen machen musste, wäre – na ja, es wäre eben ein Territorium weniger, um das man sich Sorgen machen musste. Aber ich hatte meine Zweifel, ob ich mich auf ihr Wort verlassen konnte. Also lief ich ihr wieder nach.

»Wie meinst du das – warum war es deine *Pflicht,* mich zu verständigen?«, wollte ich wissen.

»Weil du der Anführer der Reisenden bist«, entgegnete sie und warf mir einen verächtlichen Blick zu. »Auch wenn mir das unbegreiflich ist.«

Huch! Reizende Neuigkeiten. Anführer der Reisenden? Das hatte mir niemand gesagt. »Äh … wer behauptet denn, dass ich der Anführer bin?«

»Alle«, versetzte sie.

»Wer – alle?«

»Der Reisende von Denduron zum Beispiel. Alder hieß er. Hast du wirklich eine ganze Festung in die Luft gesprengt?«

»Ja. Alder hat dir also erzählt, dass ich der Anführer der Reisenden bin?«

»Zuerst habe ich es von Press Tilton gehört. Also, *den* hätte ich mir als Anführer vorstellen können. Kennst du ihn?«

45

»Allerdings«, antwortete ich. »Press war mein Onkel. Er ist tot.«

Aja blieb stehen. Es war etwas brutal von mir, ihr diese Neuigkeit so um die Ohren zu hauen, aber immerhin bewirkte es, dass sie für ein paar Sekunden ihre Gehässigkeit vergaß. »Das … das tut mir Leid, Pendragon«, sagte sie mit aufrichtigem Mitgefühl. »Das wusste ich nicht.«

Ich hatte keine Lust auf endlose Zankereien mit dieser verrückten Reisenden. Also beschloss ich – selbst auf die Gefahr hin, abermals beleidigt zu werden – die Karten auf den Tisch zu legen. »Ich will ganz offen sein, Aja«, begann ich. »Bis du das gerade gesagt hast, hatte ich keine Ahnung, dass ich ein Anführer bin. Ich weiß noch nicht mal, was das bedeutet. Aber ob es nun stimmt oder nicht – ich bin nicht dein Feind. Also hör auf, ständig auf mir rumzuhacken, in Ordnung?«

Ich blickte ihr in die Augen und versuchte sie mit Willenskraft dazu zu bringen, mir zu vertrauen. Ich wusste nicht, ob die hypnotischen Fähigkeiten der Reisenden auch bei anderen Reisenden wirkten, aber es war einen Versuch wert.

»Komm mit«, sagte sie schließlich und ging weiter.

Puh, das war doch schon mal ein Anfang. Wir gingen nebeneinander am Mittelstreifen der ausgestorbenen Straße entlang. Die Umgebung erinnerte mich an die riesigen Filmkulissen, die ich mal bei einer Führung durch die Universal Studios gesehen hatte. Alles schien ganz normal, nur eben völlig leblos.

»Wo sind die Menschen?«, fragte ich zögernd.

»Die meisten sind in Lifelight«, erwiderte sie.

»Was, Leifheit?«

»Nein, Lifelight.«

»Tut mir Leid, aber ich habe keine Ahnung, was das sein soll«, musste ich zugeben.

Aja blieb erneut stehen und hielt ihr silbernes Armband an meinen Kopf. Ich spürte eine kurze Vibration, Wärme und dann ließ sie das Gerät wieder sinken.

»Was war das?«, fragte ich beunruhigt.

Aja hob die Hand, drückte auf ein paar Tasten und sagte: »Schau.«

Als ich ihrem Blick folgte, hätte ich gleichzeitig lachen und weinen mögen. Da stand Marley, mein Golden Retriever, sah mich an und wedelte so heftig mit dem Schwanz, dass ihr ganzes Hinterteil wackelte. Sie grinste wie blöde und trug das grüne Halsband, das ich ihr vor zwei Jahren zu Weihnachten gekauft hatte. Das hier war nicht einfach irgendein Golden Retriever – es war *mein* Hund.

»Marley?«, rief ich leise.

Marley wedelte noch heftiger mit dem Schwanz und rannte auf mich zu. Als sie zum Sprung ansetzte, machte ich mich bereit sie aufzufangen, aber in dem Augenblick, als ihre Vorderpfoten vom Boden abhoben, verschwand sie. Puff – weg. Ich griff in die leere Luft. Für einen Moment war ich wie gelähmt, dann starrte ich Aja an und stieß verblüfft hervor: »Wie hast du das denn gemacht?«

»Lifelight«, erwiderte sie. »Es hat dieses Bild aus deiner Erinnerung gezogen.«

»Hä?«, war alles, was ich herausbrachte.

Aja lächelte. Jetzt war sie wieder die Überlegene. »Veelox ist das perfekte Territorium, Pendragon, weil wir jedes Leben führen können, das wir uns wünschen.«

Ich versank immer tiefer im Sumpf der Verwirrung. »Jetzt verstehe ich überhaupt nichts mehr«, beklagte ich mich.

»Stell dir einen perfekten Ort vor«, fuhr sie fort. »Wo du willst, ganz egal, und du entscheidest auch, wer außer dir noch dort ist. Wie zum Beispiel dieser Hund. Das ist Lifelight. Die Leute hier können ein Leben führen, das vollkommen auf ihre Wünsche zugeschnitten ist.«

»Lifelight bringt die Leute also an jeden Ort in diesem Territorium und richtet alles haargenau nach ihren Wünschen ein?«, erkundigte ich mich.

»Nein«, widersprach sie. »Ich sagte, dass die Leute genau das Leben führen können, das sie sich wünschen. Nicht dass sie dazu irgendwohin befördert werden.«

»Ich begreif's immer noch nicht«, bekannte ich.

Aja gab mir ein Zeichen, ihr zu folgen. Nach ein paar Schritten bog sie um eine Hausecke und zeigte auf etwas, das mir buchstäblich den Atem verschlug. Im Ernst – einen Moment lang bekam ich keine Luft, so überwältigend war es.

Mitten in der Stadt, vielleicht anderthalb Kilometer von uns entfernt, stand eine gewaltige Pyramide. Die Häuser in der Umgebung wirkten im Vergleich dazu winzig – als sei ein gewaltiges außerirdisches Raumschiff in der Innenstadt gelandet. Mit seinen glänzend schwarzen Wänden, die das Sonnenlicht reflektierten, wirkte das ungeheure Bauwerk eher wie ein Schatten als ein Gebäude.

»Willst du mir erzählen, dass alle Bewohner der Stadt in dieser Pyramide da stecken?«

»Nicht alle. Die meisten.«

»Warum?«

Aja schüttelte den Kopf wie eine Lehrerin, die einen hoffnungslos begriffsstutzigen Schüler vor sich hatte. Dann ging sie zu einem eigenartigen Tretfahrzeug, das am Straßenrand neben einem Laternenpfahl stand. Es hatte zwei Sitze nebeneinander und drei Räder wie ein Dreirad. Aja kletterte auf den linken Sitz und sagte: »Ich kann es dir erklären oder ich kann es dir zeigen. Was, meinst du, wäre einfacher?«

Mann, dieses Mädchen hielt mich wirklich für einen Schwachkopf. Aber ich hatte es satt, mit ihr zu streiten, und so setzte ich mich wortlos auf den rechten Sitz. Aja trat in die Pedale und dann trampelten wir gemeinsam auf die Monsterpyramide zu.

»Ist Lifelight so etwas wie ein Spiel in der virtuellen Realität?«, fragte ich.

»Von wegen ›Spiel‹«, versetzte Aja verächtlich.

»Aber das sind alles nur Hologramme, nicht wahr? Wie mein Hund und dein schwebender Riesenkopf.«

»Urteile nicht darüber, ehe du überhaupt weißt, wovon ich spreche.«

Das klang vernünftig. Ich beschloss mir erst einmal anzusehen, was es mit Lifelight auf sich hatte, ehe ich weitere Fragen stellte. Während wir schweigend weiterfuhren, nutzte ich die Gelegenheit, diese verlassene, trostlose Stadt näher in Augenschein zu nehmen. Wir kamen an Lebensmittelläden, Kleidergeschäften und Bürogebäuden vorbei, die alle ganz normal aussahen, nur dass sie menschenleer waren. Außerdem bemerkte ich beim genaueren Hinsehen überall Anzeichen von Verfall: vergilbte Ladenschilder, Abfall, der sich in Ecken und Nischen häufte, verdreckte Fensterscheiben. Es sah aus, als seien die Bewohner dieser Stadt einfach … auf und davon.

Immer wieder las ich auf Schildern das Wort »Gloid«. Es gab NEUES GLOID und GLOID MIT SENSATIONEL-LEM GESCHMACK und sogar GLOID EXTRA. Da dies eins der wenigen Wörter war, die mein Reisenden-Gehirn nicht übersetzte, musste es sich wohl um etwas handeln, das es nur auf Veelox gab. Ein anderes Wort, das mir immer wieder ins Auge fiel, war »Rubic«. An Straßenkreuzungen war RUBIC ZENTRUM ausgeschildert, und auch auf manchen Ladenschildern tauchte das Wort auf, zum Beispiel in RUBIC-WÄSCHEREI. Ich entdeckte sogar ein Schild, auf dem stand: DAS BESTE GLOID IN RUBIC. Das war der Punkt, an dem ich mir die Frage nicht mehr verkneifen konnte.

»Was ist Rubic?«

»So heißt diese Stadt«, antwortete Aja. »Rubic City.«

»Und was ist Gloid?«

»Das gehört zu den Dingen, die ich dir zeigen muss«, erwiderte sie.

Sosehr dieser Ort auch den Städten auf Zweite Erde ähnelte – immer wieder erinnerten mich kleine Unterschiede daran, dass ich von Zweite Erde buchstäblich Welten entfernt war. Was mich wiederum an etwas anderes erinnerte.

»Meine Kleider!«, platzte ich heraus. »Ich brauche Veelox-Kleidung.«

Aja musterte mich von oben bis unten. »Das merkt keiner«, urteilte sie gelassen.

Wenn sie sich deshalb keine Sorgen machte, brauchte ich mir wohl auch nicht den Kopf zu zerbrechen. Außerdem gab es im Augenblick Wichtigeres. Vor uns ragte die Lifelight-Pyramide auf. Mann, war die riesig! Bestimmt fünfzig Stockwerke hoch. Durch ihre glänzende schwarze Oberfläche, die in starkem Kontrast zu den hellen Farben der umliegenden Gebäude stand, wirkte sie noch eindrucksvoller.

»Ich bin gerade nicht im Dienst, darum kann ich dich herumführen«, erklärte Aja.

»Du arbeitest hier?«

»Ja, als Phader.«

»Als *was*?«

»Gib dir keine unnötige Mühe, das zu verstehen – ich werde dir zeigen, was es bedeutet.«

Ajas herablassende Art ließ mich mittlerweile kalt. Ich war vollauf damit beschäftigt, diese eigenartige Pyramide zu betrachten. Wir steuerten auf eine Drehtür zu, die am Fuß des gewaltigen Bauwerks winzig wirkte. Als wir näher kamen, sah ich endlich ein paar weitere Bewohner von Veelox. Sie gingen an den Wänden der Pyramide entlang und trugen ähnliche Overalls wie Aja, manche in Blau, andere in Rot. Mehr Abwechslung schien es nicht zu geben – Blau und Rot, das war alles. Die Kleidermode auf Veelox schien nicht besonders fantasievoll zu sein.

»Die Leute in Rot sind Vedder«, erklärte Aja. »Mit denen möchte ich um nichts in der Welt tauschen.«

»Was ist ihre Aufgabe?«, erkundigte ich mich.

»Das wirst du gleich sehen.«

Aja parkte das Tretfahrzeug neben der Drehtür und sprang hinaus. »Lass dich auf die Erfahrung ein, Pendragon. Bilde dir kein vorschnelles Urteil, ehe du es selbst erlebt hast.«

»Ehe ich *was* erlebt habe?«

»Lifelight natürlich. Ich werde dich auf die unglaublichste Reise schicken, die du dir vorstellen kannst.« Damit wandte sie sich der Pyramide zu und trat ein.

Ich hatte bereits einige ziemlich unglaubliche Reisen hinter mir. Aja würde sich anstrengen müssen, die noch zu toppen. Um ehrlich zu sein – ich war nicht scharf darauf, dass es ihr gelang. Eins stand für mich allerdings fest: Wenn ich herausbekommen wollte, was Saint Dane auf Veelox im Schilde geführt hatte, musste ich die Antwort in dieser Pyramide suchen.

Ich sah mich noch einmal um, dann betrat ich die dunkle Pyramide und damit zugleich eine andere Welt namens »Lifelight«.

Dreizehntes Journal
(Fortsetzung)

Veelox

Sagte ich, Veelox habe große Ähnlichkeit mit Zweite Erde? Vergesst es.

Sobald ich die Pyramide betreten hatte, kam ich mir vor wie in einer anderen Welt. Die Drehtür führte in einen engen Gang, der von langen Röhren mit violettem Neonlicht erhellt wurde. Drinnen richteten sich augenblicklich die Härchen an meinen Armen auf. Der Raum schien statisch aufgeladen zu sein.

»Sterilisation«, erklärte Aja.

Sterilisation? Klang wie das, was der Tierarzt mit Hunden machte, wenn man keine Welpen wollte. Schluck!

»Es ist völlig ungefährlich«, versicherte sie mir. »Es tötet die Mikroben ab, die man von draußen mit hereinbringt, weil sie das Grid verunreinigen könnten.«

»Klar, ich will auf keinen Fall das Grid verunreinigen.« Was immer *das* nun wieder heißen mochte.

Nachdem wir den Gang durchquert hatten, traten wir – frisch sterilisiert – durch eine weitere Drehtür in einen ruhigen, schwach beleuchteten Raum. Hinter einer langen Theke standen vier Personen in roten Overalls. »Vedder« hatte Aja sie genannt. Sie führte mich zu einem Typen, der ungefähr in meinem Alter war. Sein rabenschwarzes, in der Mitte gescheiteltes Haar fiel ihm bis auf die Schultern herab. Er hatte unverkennbar einen Gothic-Touch – auch wenn man das auf Veelox wahrscheinlich nicht so nannte.

»Tag«, begrüßte der Vedder Aja tonlos.

»Mein Freund ist zum ersten Mal hier – ich möchte ihn etwas herumführen.«

Der Vedder starrte mich an, als hätte ich zwei Köpfe. »Sie sind noch nie gejumpt?«

»Äh ... nicht dass ich wüsste«, erwiderte ich. Dann streckte ich ihm die Hand entgegen und sagte: »Ich heiße Pendragon.«

Der Gothic-Vedder blickte mich ausdruckslos an. Offenbar interessierte es ihn nicht im Mindesten, wie ich hieß. Er gab mir auch nicht die Hand. Gruseliger Typ.

»Tja, also dann, willkommen in Lifelight«, sagte er in völlig gelangweiltem Ton. Er erinnerte mich an jemanden, der zu lange bei McDonald's Hamburger verkauft hatte. Schließlich ergriff er doch noch meine Hand – aber statt sie zu schütteln drehte er sie um und rammte mir eine dünne Nadel in den kleinen Finger.

»Autsch!« Ich zog die Hand hastig zurück und steckte den angestochenen Finger in den Mund. »Was soll das?«

»Deine biometrischen Daten müssen erfasst werden«, erklärte Aja.

Erst wurde ich sterilisiert, dann ignoriert und schließlich auch noch gestochen. Bisher war mir nicht klar, was an Lifelight so toll sein sollte. Der Vedder steckte die Nadel in ein elektronisch aussehendes Gerät, das offenbar aus dem Blut, das er mir soeben ohne mein Einverständnis abgezapft hatte, diese Bio-Dingsda-Daten ermittelte. Während wir auf das Ergebnis warteten, sah ich mich ein wenig um. Der Raum erinnerte mich an den Ticketschalter am Flughafen. Alles war sehr modern. Ich entdeckte keinerlei Hinweisschilder, nur ein großes Ölgemälde, das an der Wand hinter der Theke hing. Es war das Porträt eines Kindes, genauer gesagt eines etwa elfjährigen Jungen mit kurzem blondem Haar und einem blauen Overall, wie Aja ihn trug. Ein ziemlich ernsthafter kleiner Bursche. Ich hatte das Gefühl, als ob er mich geradewegs anstarrte.

»Wer ist das?«, erkundigte ich mich.

Der Vedder warf mir einen Blick zu, als sei mir zusätzlich zu meinen zwei vorhandenen Köpfen plötzlich noch ein dritter gewachsen.

»Sehr komisch«, warf Aja ein, um mir aus der Patsche zu helfen, und an den Vedder gewandt fuhr sie fort: »Er kann es einfach nicht lassen, solche albernen Witze zu machen.«

Der Vedder schien das überhaupt nicht komisch zu finden. »Strecken Sie bitte die Hand aus.«

»Aber nicht, wenn Sie mich schon wieder stechen wollen«, protestierte ich.

Der Gothic-Typ warf Aja einen entnervten Blick zu.

»Streck deine Hand aus, Pendragon«, befahl sie.

Widerstrebend hielt ich dem Typen noch einmal die Hand hin und machte mich auf weitere Schmerzen gefasst. Doch diesmal schnallte mir der Vedder nur mit raschem Griff ein silbernes Armband ums Handgelenk. Es war schmaler als Ajas, nur etwa fünf Zentimeter breit, mit drei flachen Tasten an der Oberseite.

»Viel Spaß beim Jump«, sagte der Vedder, dem es offenbar völlig gleichgültig war, ob ich Spaß hatte oder nicht.

Ich lächelte dem Burschen trotzdem zu, ehe ich Aja zu einer Tür am anderen Ende des Raumes folgte. »Wer war der Junge auf dem Bild?«, flüsterte ich.

»Dr. Zetlin, der Erfinder von Lifelight.«

»Das alles hat ein *Kind* erfunden?«, fragte ich ungläubig.

»Ein ziemlich cleveres Kind«, lautete ihre Antwort.

»Was du nicht sagst.«

Aja stieß die Tür auf und wir betraten einen langen

Gang, für den mir keine bessere Beschreibung einfällt als *Mission Control* ... mal tausend. Hinter Glaswänden zu beiden Seiten des Ganges befanden sich lauter kleine Kabinen mit Hightech-Computerstationen, die aussahen, als ob jede einzelne über genügend Elektronik verfügte, um eine Million Spaceshuttles ins All zu schicken. Auf jeder Seite gab es etwa fünfzig dieser Kabinen zu ebener Erde und darüber noch eine weitere Etage mit derselben Anzahl. Das machte grob geschätzt zweihundert solcher Hightech-Kontrollstationen.

In jeder Kabine saß ein Phader im blauen Einheitsoverall, und zwar auf dem coolsten Sitzmöbel, das ich je gesehen habe. Der Sessel war schwarz, mit einer hohen Lehne, die geformt war wie bei einem Ohrensessel. In die breiten Armlehnen war jeweils eine silberfarbene Kontrolltafel mit unzähligen Tasten eingelassen, mit denen der Phader ... weiß der Himmel was bewerkstelligen konnte.

Jeder Phader hatte vor sich eine Wand voller Computermonitore – ungefähr dreißig pro Arbeitsplatz, wie ich rasch überschlug. Und jetzt kommt das Verrückteste (als ob das Ganze bis hierher noch nicht verrückt genug gewesen wäre): Auf jedem dieser Bildschirme war ein anderer Film zu sehen. Schätzungsweise zweihundert Kabinen mit jeweils dreißig Filmen – das ergab sechstausend Filme, die alle gleichzeitig liefen. Mir kam die Idee, dass wir uns womöglich in einer Art Satelliten-Fernsehstation befanden, die Programme über ganz Veelox ausstrahlte.

Ich hätte mich nicht gründlicher irren können.

»Hier arbeite ich«, erklärte Aja. »Wir nennen diesen Bereich den ›Core‹. Die Phader warten die Hardware, beheben Störungen, nehmen Upgrades vor wenn nötig und überwachen die Jumps um sicherzustellen, dass alles reibungslos läuft.«

»Und was tun die Vedder?«

»Sie sind für das körperliche Wohlergehen der Jumper zuständig. Deshalb haben sie dir Blut abgenommen. Sie sorgen dafür, dass keine Gesundheitsrisiken für die Jumper entstehen.«

»Was sind das für Filme, die die Phader da sehen?«, fragte ich weiter.

»Das sind die *Jumps*«, erwiderte Aja, offenbar bemüht nicht allzu entnervt zu klingen.

Als ich eine der Monitor-Anordnungen hinter der Glaswand näher betrachtete, stellte ich fest, dass die Bildschirme keine fortlaufende Handlung zeigten. Alle paar Sekunden wechselten die Bilder, wie wenn man beim Fernsehen in einen anderen Kanal umschaltet. Ich konzentrierte mich auf einen einzelnen Monitor und sah ein schnittiges Segelboot durch tropische Gewässer gleiten. Dann wechselte die Szene und man sah einen verschneiten Berghang aus der Perspektive eines Skifahrers, der einen meisterhaften Slalom zwischen den Baumstämmen hinlegte. Der Bildschirm daneben zeigte so etwas wie ein Stadion voller Zuschauer, die ein Spiel verfolgten, das an Fußball erinnerte, nur dass es mit einem orangefarbenen Ball von der Größe eines Monsterkürbisses gespielt wurde. Gleich darauf erschien stattdessen eine gemütliche Szene am Kamin mit einer älteren Frau, die Tee trank.

»Die Leute kommen also hierher, um Filme zu sehen?«, erkundigte ich mich.

Aja kicherte. »So ähnlich. Komm mit.«

Sie führte mich den langen Gang hinunter, vorbei an den Kabinen. Unterwegs warf ich hin und wieder einen Blick in die Kontrollstationen des Cores und überlegte, welche Sorte Film ich mir aussuchen würde, wenn ich an der Reihe war. Am liebsten einen über Basketball. Ich hatte seit Ewigkeiten nicht mehr richtig gespielt und vermisste es sehr. Hoffentlich kannten sie diese Sportart hier auf Veelox überhaupt.

Als wir das Ende des Ganges erreichten, fragte Aja: »Bist du bereit?«

»Äh … ja. Schätze schon.« Ich hatte keine Ahnung, ob ich bereit war, weil ich nicht die geringste Vorstellung davon hatte, was mich erwartete.

Aja schüttelte erneut den Kopf in ungläubigem Erstaunen über meine Arglosigkeit … oder Dummheit. Wir gingen durch eine weitere Drehtür, und was ich auf der anderen Seite sah, bewies nur eines:

Ich war keineswegs bereit.

Wir gelangten nun in den Innenraum der Pyramide. Bis hierher war alles nur Aufwärmtraining gewesen, jetzt kam erst der eigentliche Anpfiff. Ich tat einen Schritt hinein, blickte nach oben und meine Knie wurden weich, als ich sah, *wie* riesig dieses Ding tatsächlich war. Das Innere des Bauwerks bestand hauptsächlich aus einem gewaltigen Hohlraum, sodass man freie Sicht bis ganz nach oben hatte. In der Mitte der Pyramide ragte eine Röhre senkrecht vom Boden bis zur Spitze auf. Von dieser Mittelachse gingen in unterschiedlicher Höhe nach allen Seiten Aberhunderte von Stegen ab wie Speichen von einer Radnabe. Sie führten zu den Innenwänden der Pyramide, an denen auf Hunderten Etagen rundum begehbare Galerien verliefen.

Aja schwieg eine Weile. Ich nehme an, sie wollte mir Zeit geben, diesen Anblick zu verdauen. Das hätte sie sich sparen können – er war absolut unverdaulich.

»Du wolltest wissen, wo all die Menschen sind«, sagte sie schließlich. Dann deutete sie hinauf zu den Wänden der Pyramide.

»Soll das heißen, sämtliche Bewohner von Veelox sind jetzt gerade da oben?«

»Nein, aber fast sämtliche Bewohner von Rubic City«,

korrigierte sie. »Es gibt überall auf Veelox solche Pyramiden, insgesamt mindestens achthundert.«

Eine atemberaubende Vorstellung. »Die Leute sind also alle hier drin und sehen Filme?«, fragte ich weiter.

Wortlos hob Aja den Arm, starrte aufmerksam auf ihr breites silbernes Armband und drückte ein paar der Tasten.

»Was machst du da?«, wollte ich wissen.

»Ich suche nach einer freien Kabine«, antwortete sie und ging los. Ich folgte ihr wie ein Hündchen bis zur Mitte der Pyramide – ein ganz schön weiter Weg. Unterwegs begegneten wir mehreren Phadern und Veddern, die irgendwelche Materialien oder Geräte transportierten. Die Leute wechselten kaum ein Wort miteinander. Mir kamen sie alle etwas deprimiert vor. Vielleicht nicht so schlimm wie die Bergleute auf Denduron, aber sie erledigten ihre Arbeit auch nicht gerade fröhlich pfeifend. Schließlich betraten wir einen Aufzug, der durch das Mittelrohr schnell nach oben glitt.

Als Aja den Aufzug anhielt und die Tür öffnete, wurden meine Handflächen augenblicklich schweißnass, denn die Geländer des Steges waren gerade mal kniehoch. Aja stieg aus. Ich nicht.

»Es ist völlig ungefährlich, Pendragon«, versicherte sie. »Schau einfach geradeaus und geh hinter mir her.« Sie trat auf eine der Brücken hinaus, die zur Außenwand der Pyramide führten. »Sieh bloß nicht nach unten.«

Na toll. Das war das Erste, was ich tat. Schluck! Wir befanden uns etwa in der Mitte zwischen Boden und Spitze der Pyramide, was bei diesem gewaltigen Bauwerk schon eine beträchtliche Höhe war. Ich kam mir vor, als stünde ich auf einer wackeligen Lego-Konstruktion, und hoffte nur, dass diese Stege stabiler waren, als sie aussahen. Ich nahm allen Mut zusammen und lief los. Dabei hatte ich es so eilig, wieder von dieser Brücke runterzukommen, dass ich Aja nach ein paar Sekunden überholte und wenig später das andere Ende erreichte, an dem eine Galerie über die gesamte Breite der Seitenwand verlief.

Aja warf mir einen missbilligenden Blick zu. »Bist du sicher, dass du der Anführer der Reisenden bist?«, fragte sie.

»Nein. Wohin gehen wir jetzt?«

Aja schaute noch einmal auf ihr Hightech-Armband, dann ging sie die Galerie entlang. Ich folgte ihr, wobei ich mich dicht an der Wand hielt, um nur ja nicht in die Nähe des Abgrunds zu kommen. Alle paar Schritte kamen wir an einer Tür vorbei. Wenn man sich vorstellte, dass dies nur *eine* Etage an *einer* Seite der Pyramide war, musste es insgesamt Hunderttausende von diesen Türen geben. Über jeder leuchtete ein kleines weißes Lämpchen. Aja blieb vor einer Tür mit der Nummer 124-70 stehen. Die Lampe über dieser Tür brannte im Unterschied zu den übrigen nicht, was wohl bedeutete, dass die Kabine leer war. Sobald Aja die Tür berührte, glitt sie zur Seite, als stünden wir am Eingang zur Brücke des Raumschiffs *Enterprise*.

Der Raum dahinter war kahl und wirkte so steril wie ein Untersuchungszimmer beim Arzt. Es gab keinerlei Möbel, nur an der Rückwand eine runde Metallscheibe von etwa einem Meter Durchmesser. Daneben war eine rechteckige Metalltafel in die Wand eingelassen, die aussah wie Ajas Armband, nur größer. Auf der Tafel befanden sich reihenweise flache silberne Tasten, allesamt ohne Beschriftung, und darüber ein schmales schwarzes Display, offenbar eine Anzeige für … weiß der Himmel was. Aja ging zielstrebig auf die Tafel zu und begann die Tastatur zu bearbeiten. Auf dem kleinen Anzeigefeld leuchteten grüne Zahlen auf.

»Die Kapazität dieser Pyramide ist momentan zu rund siebenundachtzig Prozent ausgelastet«, teilte sie mir mit.

Nachdem sie noch eine Taste gedrückt hatte, glitt die silberne Scheibe mit einem leisen Summen zur Seite und gab eine runde Röhre frei, die gut zwei Meter tief waagerecht nach hinten in die Wand hineinreichte. Auf einen weiteren Knopfdruck fuhr aus der Röhre langsam eine weiße Liege heraus.

»Leg dich hin«, befahl Aja.

Aber sicher! Wenn sie sich einbildete, ich würde mich ohne jegliche Erklärung auf die Liege legen und in diese Science-Fiction-mäßige Röhre hineinschieben lassen, war sie ganz entschieden auf dem Holzweg.

»Sag mir erst, was dann passiert.«

»Vertraust du mir etwa nicht?«, versetzte sie mit einem hinterhältigen Lächeln.

»Es ist nicht so, dass ich dir nicht vertraue«, beeilte ich mich zu versichern. »Es ist nur ... das ist alles so ... ich meine, ich habe noch nie etwas gesehen, das ... ich verstehe das nicht ... äh – nein, ich vertraue dir nicht.«

»Obwohl ich eine Reisende bin?«

»Hör mal«, platzte ich heraus, »ich weiß nicht, warum du mich so auf dem Kieker hast, aber wenn du willst, dass ich dir vertraue, solltest du allmählich anfangen dich ein bisschen menschlicher zu benehmen.«

Ajas Verachtung wurmte mich, keine Ahnung warum. Sie war eine Reisende, schön und gut, aber ich konnte mir beim besten Willen nicht vorstellen, wie sie gegen Quigs kämpfte, dem Kugelhagel von Maschinengewehren entkam, aus einem Flugzeug sprang oder sonst irgendwelche haarsträubenden Abenteuer bestand, wie ich sie bereits hinter mir hatte. Was war an ihr so besonders?

Sie schwieg kurz, dann entgegnete sie: »Entschuldige. Lifelight ist bei uns einfach ein fester Bestandteil des Lebens. Deshalb fällt es mir schwer, mir vorzustellen, dass jemand nicht darüber Bescheid weiß.«

»Okay. Dann fang mal an zu erklären – vorher lege ich mich nicht auf dieses Ding.«

»Es ist völlig ungefährlich«, begann Aja. »Körperlich passiert überhaupt nichts mit dir – alles, was du dort drin erlebst, geschieht nur in deinen Gedanken. Wenn du dich auf die Liege legst, gleitet sie in die Röhre zurück und ich schließe die runde Scheibe. Zugegeben – manche Leute reagieren darauf etwas ängstlich, weil es dunkel und eng ist. Aber das Gefühl geht rasch vorüber, das verspreche ich dir.«

»Und was kommt dann? Ich liege da und sehe einen Film?«

»Du konzentrierst dich. Denke intensiv an einen Ort, an dem du gern wärst, oder eine Person, die du sehen möchtest. Mehr ist gar nicht nötig.«

»Und das Ding liest meine Gedanken? Wie vorhin, als plötzlich mein Hund aufgetaucht ist?«

»Ganz genau.«

Es schien unmöglich, doch andererseits hatte Marley verflixt echt ausgesehen, auch wenn sie nur ein holografisches Trugbild gewesen war. Die Täuschung war zweifellos gelungen.

»Was ist, wenn irgendwas schief läuft? Wenn ich Platzangst bekomme oder so?«

»Dazu wird es nicht kommen«, beteuerte sie. »Aber wenn es dich beruhigt – die Vedder und Phader überwachen vom Core aus sämtliche Jumps. Wenn etwas Unvorhergesehenes passiert, brechen sie den Vorgang ab. Glaub mir, wir wissen schon, was wir hier tun.«

Ich inspizierte das silberne Ding mit den drei Tasten, das ich am Handgelenk trug. »Wozu ist das da?«

»Damit kannst du selbst deinen Jump steuern. Wenn

du mit deinem Phader sprechen willst, musst du die linke Taste drücken, wenn du den Jump beenden willst, die rechte.«

»Und die mittlere Taste?«

»Das ist der Reset-Knopf, der ist nur für fortgeschrittene Jumper. Lass besser die Finger davon.«

O Mann, das wirkte ungefähr so wie »schau nicht nach unten«. Natürlich verspürte ich auf der Stelle den unwiderstehlichen Drang, diese mittlere Taste zu drücken. »Wie lange werde ich da drinbleiben?«, erkundigte ich mich.

»Ich programmiere deinen Jump so, dass er nach ein paar Minuten endet. Es soll nur eine kurze Demonstration sein, damit du begreifst, was es mit Lifelight auf sich hat. Anschließend kann ich dir erklären, warum Saint Dane für Veelox keine Gefahr mehr darstellt.«

Womit wir wieder bei der Ausgangsfrage angelangt waren – der Frage, die ich hier klären musste. Ich war hergekommen, um herauszufinden, worin der Wendepunkt auf Veelox bestand und was Saint Dane angezettelt hatte, um das Territorium ins Chaos zu stürzen. Allmählich verstand ich, warum Aja darauf bestanden hatte, mir all dies live *vorzuführen*, statt es mir nur zu erklären. Nach meinem »Jump«, wie sie es nannte, konnte ich hoffentlich etwas besser mitreden und mich endlich auf das eigentliche Problem konzentrieren: Saint Dane.

»Jetzt leg dich hin«, wies Aja mich an. »Füße voran.«

Schulterzuckend ließ ich mich nieder. Die Liege war weich und schmiegte sich an meinen Körper an. Sehr bequem – kein Wunder, schließlich sollte man es längere Zeit darauf aushalten können.

»Versuch dich zu entspannen«, fuhr Aja mit überraschend sanfter, beruhigender Stimme fort. »Verschränk die Arme über der Brust. Ich fahre dich jetzt auf dieser

Liege in die Röhre hinein. Vergiss nicht zu atmen. Wenn es dir hilft, mach die Augen zu. Danach verschließe ich die Öffnung und es wird völlig dunkel in der Röhre. Mach dir darüber keine Gedanken, das ist okay so. Deine Aufgabe ist es, dich zu konzentrieren.«

Mein Puls beschleunigte sich. Sollte ich diesem Mädchen wirklich vertrauen? Oder war es im Begriff, mich in einen Hightech-Atomisierer zu schicken, der mich in meine chemischen Bestandteile zerlegte? Aber Aja war eine Reisende. Ich musste daran glauben, dass sie wusste, was sie tat.

»Bereit?«, fragte sie.

»Ja«, log ich.

Mit einem kleinen Ruck und einem leisen Summen glitt die Liege mit mir in das Rohr hinein. Schluck! Ich hätte am liebsten gerufen: »Auszeit!«, aber damit hätte ich die Tortur nur verlängert. Ich musste die Zähne zusammenbeißen. Ein paar Sekunden später sah ich dicht über meinem Gesicht den Rand der Röhre vorbeigleiten, ehe ich ganz darin verschwand. Vielleicht hätte ich wirklich besser die Augen geschlossen, aber ich wollte mitbekommen, was vor sich ging. Nun lag ich also in der engen, runden Röhre und starrte zur Innenwand hoch, die sich nur eine Handbreit über meiner Nase wölbte. Ich hatte noch nie Probleme mit engen Räumen gehabt, aber einen besseren Anlass, klaustrophobisch zu werden, konnte man sich kaum vorstellen.

»Alles okay mit dir?«, erkundigte sich Aja.

»Bestens«, log ich wieder. Eine Frage brannte mir noch auf den Nägeln. Sie war weder besonders wissenschaftlich noch intelligent – womöglich würde ich mich damit als Jammerlappen outen. Aber ich musste sie stellen. »Aja?«, setzte ich zögernd an und versuchte das Zittern in meiner Stimme zu unterdrücken. »Wird es wehtun?«

Aja beugte sich zu der Öffnung herunter. Als sie antwortete, hatte ich zum ersten Mal das Gefühl, dass hinter diesen gelb getönten Brillengläsern tatsächlich ein menschliches Wesen mit Gefühlen steckte.

»Pendragon«, sagte sie dicht hinter meinem Kopf, »dich erwartet das herrlichste Erlebnis, das du je hattest.«

Gleich darauf summte es noch einmal und die Verschlussplatte schob sich vor den Eingang der Röhre. Sekunden später erlosch der letzte Lichtschein aus dem kleinen Raum und ich befand mich in völliger Dunkelheit.

ZWEITE ERDE

Es war eine Tat, die ungeheure Willenskraft erforderte.

Mark bückte sich nach dem kleinen silbernen Projektor, der auf dem Boden lag, und drückte die schwarze Taste. Augenblicklich verschwand das Hologramm von Bobby. Mark konnte sich nur mühsam dazu durchringen, die Wiedergabe zu stoppen – erst recht an einem solch entscheidenden Punkt. Der projizierte Bobby war gerade kurz davor gewesen, das Geheimnis von Lifelight zu lüften. Doch genau deswegen hatte Mark das Gerät abschalten müssen.

Courtney war nicht bei ihm.

Mark fühlte sich bereits schuldig, weil er das Journal bis zu dieser Stelle ohne sie abgespielt hatte. Aber das Hologramm hatte ihn derart in seinen Bann geschlagen, dass ihm erst nach geraumer Zeit überhaupt bewusst wurde, was er da tat. Er und Courtney lasen Bobbys Journale immer gemeinsam, das war Regel Nummer eins. Gegen diese Regel hatte er soeben verstoßen ... jedenfalls teilweise. Er würde Courtney erklären müssen, dass er vor lauter Verblüffung über Bobbys Drei-D-Projektion einfach nicht schnell genug reagiert hatte. Er hatte überhaupt nicht beabsichtigt das Journal ohne sie abzuspielen. Es war ihm einfach so passiert. Courtney würde das verstehen.

Nein, würde sie nicht, korrigierte sich Mark. Sie würde fürchterlich eingeschnappt sein.

Bei dem bloßen Gedanken brach ihm der Schweiß aus. Er hatte Courtneys Vertrauen schon einmal enttäuscht, indem er ihr verschwieg, dass Andy Mitchell hinter die Sache mit den Journalen gekommen war. Jetzt hatte er sie zum zweiten Mal hintergangen. Courtney würde ausrasten, und zwar berechtigterweise, das war Mark klar.

Er verstaute das Projektionsgerät in seiner Nachttischschublade, legte sich wieder ins Bett und versuchte sich zu entspannen. Schon bevor das Journal eingetroffen war, hatte er nicht einschlafen können. Jetzt war gar nicht mehr an Schlaf zu denken. Er brannte darauf, zu erfahren, was Bobby in Lifelight erlebt hatte. Die Antwort steckte in der Schublade, nur Zentimeter von seinem Kopf entfernt. Die reinste Folter!

Im Geiste ging er alles, was er gesehen und gehört hatte, noch einmal durch. Diese Technik war unglaublich. Es sah nicht nur so aus, als stünde Bobby mitten im Zimmer und redete mit ihm – Bobby konnte das Geschilderte sogar vorspielen. Er schlüpfte abwechselnd in die verschiedenen Rollen, ahmte Stimme und Mimik der jeweiligen Person nach und untermalte seine Erzählung mit Gesten. Bobby verstand sich aufs Geschichtenerzählen, das musste man wirklich sagen. Seine schriftlichen Journale waren schon toll, aber zu hören, wie er den Bericht mit seiner eigenen Stimme erzählte, und ihn dabei auch noch zu sehen war der Hammer. Mark konnte es nicht erwarten, mehr zu erfahren.

Den Rest der Nacht brachte er damit zu, an die Decke zu starren.

Als endlich der Morgen kam, verstaute Mark das Metallkärtchen sicher in einer kleinen Reißverschlusstasche seines Rucksacks und nahm es mit zur Schule. Er hoffte darauf, dass Courtney ihre Wut über den spannenden Neuigkeiten rasch vergessen würde. Da sie beide an diesem Tag keine gemeinsamen Kurse hatten, wollte er sie nach dem Fußballtraining abpassen. Blieb nur zu hoffen, dass das Training diesmal besser lief als am Vortag, damit er es nicht mit einer stinkwütenden Courtney zu tun bekam.

Marks zweiter Tag an der High School verlief weniger quälend als der erste, was hauptsächlich daran lag, dass er die meiste Zeit für sich blieb. Das fiel ihm nicht schwer – sein Körper befand sich zwar an der Davis Gregory High School, aber sein Geist weilte auf Veelox. So verging der Tag ohne größere Zwischenfälle, bis die letzte Unterrichtsstunde zu Ende ging. Mark hörte kaum, was der Chemielehrer sagte, weil er ständig auf die Uhr starrte und wünschte, dass die Zeiger schneller vorrückten. Sobald es klingelte, raffte er seine Sachen zusammen und war als Erster zur Tür hinaus.

»Entschuldigung? Mark Dimond?«

Mark fuhr herum und sah, dass ihm ein Lehrer vom anderen Ende des Flures aus zuwinkte. Es war Mr Pike, der Physiklehrer. Jeder kannte ihn, denn er war einer der jüngeren, coolen Lehrer. Sein Haar war etwas länger und er trug Jeans und einen Baumwollpulli. Mark fand, man hätte ihn eher für einen Künstler als für einen Lehrer der Naturwissenschaften halten können.

»Ja?«, erwiderte Mark schüchtern.

»Ich freue mich schon lange darauf, Sie endlich selbst kennen zu lernen«, sagte der Lehrer und streckte ihm die Hand entgegen. »Mein Name ist David Pike, ich unterrichte Physik.«

»J-ja, ich weiß, w-wer Sie sind.« Mark war es nicht gewohnt, dass sich ihm Erwachsene mit Vornamen vorstellten. Erst recht nicht Lehrer.

»Wie gefällt es Ihnen bisher an der Davis Gregory?«, erkundigte sich Mr Pike.

»Äh … ganz gut.« Mark verstand nicht, was der Lehrer von ihm wollte. »Sie haben sich darauf gefreut, *mich* kennen zu lernen? Mark Dimond?«

»Ganz recht.« Mr Pike lachte. »Ich habe Ihren Kampfroboter auf der Regionalmesse für Wissenschaft und Technik gesehen. Ich war beeindruckt – und als er dann

67

sogar den ersten Preis im Jugendwettbewerb davontrug, war mir klar, dass wir hier an unserer Schule einen echten Star zu erwarten haben.«

Mark hatte im vergangenen Sommer als Technikprojekt einen Killer-Kampfroboter gebaut, der die Konkurrenz buchstäblich in der Luft zerrissen hatte. Er verfügte über einen Haken, mit dem er die Beute an der Flucht hinderte, eine Schaufel, mit der er den Gegner niederstreckte, und eine Kreissäge, mit der er ihn schließlich erledigte. Der Roboter gewann jeden Kampf. Mark hatte in Erwägung gezogen damit in einer Fernsehshow aufzutreten, um sein Baby gegen die ausgewachsene Konkurrenz antreten zu lassen, doch nach dem Sieg im Wettbewerb hatte er beschlossen lieber auf dem Höhepunkt Schluss zu machen und ungeschlagen zu bleiben. Also hatte er seinen Killer-Roboter eingemottet und die ganze Sache vergessen. Bis jetzt.

»Ihre Konzeption war denen der anderen Schüler um Lichtjahre voraus«, fuhr Pike fort. »Ich war ganz begeistert, als ich erfuhr, dass Sie an die Davis Gregory High School kommen würden.«

An Komplimente war Mark erst recht nicht gewöhnt. »Das war doch gar nicht so schwer«, nuschelte er mit gesenktem Blick.

»Sie sind bescheiden«, stellte Pike fest. »Haben Sie schon mal daran gedacht, den Sci-Clops beizutreten?«

Mark traute seinen Ohren nicht. Die Sci-Clops waren ein Technik-Club, in den nur die Cleversten der Schule aufgenommen wurden. Er war legendär, jedenfalls unter Technik-Freaks. Eine Mitgliedschaft bei den Sci-Clops war ein unschätzbarer Pluspunkt, wenn man sich nach der High School an einer der berühmten technischen Universitäten bewarb. Ein paar ehemalige Sci-Clops-Mitglieder waren sogar am Michigan Institute of Technology aufgenommen worden.

»Es ist wirklich nur zu Ihrem Besten«, schloss Horkey.

»Ja, sicher«, murmelte Courtney vor sich hin. Dann trabte Horkey voraus, auf das Schulgebäude zu.

Courtney wäre am liebsten auf der Stelle nach Hause gerannt. Sie wollte nicht in die Umkleidekabine gehen – zu all den Mädchen, die sie ansehen würden wie eine Versagerin. Sie war keine Versagerin. Auch wenn sie sich im Augenblick so fühlte.

»Courtney!«, schrie Mark und kam auf sie zugelaufen. »Du ahnst ja nicht, was passiert ist! Ich wurde aufgefordert den Sci-Clops beizutreten!«

»Was für ein Klops?«

»*Sci-Clops* – ›Sci‹ wie ›Science‹. Gar nichts Besonderes – nur zufällig der angesehenste Wissenschafts- und Technik-Club in diesem Staat. Ist das nicht irre?«

»Ja klar, Mark, das ist großartig«, erwiderte Courtney nicht sehr überzeugend. Sie ging unbeirrt weiter auf die Schule zu.

»Oh. Das Training ist wohl wieder nicht so gut gelaufen?«

»Ich bin soeben aus der Mannschaft geflogen.«

»*Was?*«

»Na ja, nicht ganz. Ich bin in die zweite runtergestuft worden.«

Mark wusste nicht, was er dazu sagen sollte. Das war für ihn gänzlich fremdes Terrain. Er war es nicht gewohnt, Courtneys Selbstvertrauen auf die Sprünge helfen zu müssen.

»Du weißt doch, dass du mehr draufhast«, sagte er ernst.

»Habe ich das?«, entgegnete sie leise.

Courtney hatte noch nie zuvor eine Schwäche eingestanden. Mark sah sich rasch um, ob es auch niemand außer ihm gehört hatte. »Red doch nicht so«, protestierte er. »Du hattest einfach einen schlechten Start.« Dann fiel ihm etwas ein und er fügte hinzu: »Übrigens habe ich noch eine gute Neuigkeit.«

Er wartete ihre Reaktion ab. Es dauerte einen Moment, doch schließlich blickte Courtney ihn an und lächelte tatsächlich.

»Im Ernst?«, fragte sie zögernd.

»Es ist gestern Abend angekommen«, verkündete Mark mit breitem Grinsen. »Allerdings muss ich dir etwas beichten. Wenn du das Journal siehst, wirst du sicher verstehen, warum es mir passiert ist – ich habe schon ein bisschen hineingeschaut.«

Courtney blieb wie angewurzelt stehen und starrte Mark an. Er beeilte sich, die Sache zu erklären. »Ich wollte es nicht, aber dieses Journal ist nicht wie die anderen. Es ist in Hologramm-Form.«

»Was soll das heißen?«

»Bobby hat das Journal aufgezeichnet wie einen Drei-D-Film. Ich war so überrascht, dass ich nicht gleich daran gedacht habe, es wieder abzuschalten. Aber ich habe nur den Anfang abgespielt. Bevor es richtig zur Sache ging, habe ich es angehalten. Ich wollte es nicht ohne dich sehen.«

Das entsprach der Wahrheit – mehr oder weniger. Mark konnte nur hoffen, dass Courtney ihn verstand. Sekunden vergingen. Mark war auf alles gefasst – er wusste nicht, ob Courtney ihm verzeihen oder ihm den Kopf abreißen würde.

Nach einer Ewigkeit sagte Courtney: »Okay. Ich verstehe. Kannst du heute Abend zu mir rüberkommen?«

»Gleich nach dem Essen«, antwortete er grenzenlos erleichtert.

Ohne ein weiteres Wort setzte sich Courtney wieder in Trab und verschwand im Schulgebäude. Mark hätte am liebsten einen Luftsprung gemacht. Dieser Tag war unglaublich – erst die Sache mit den Sci-Clops und jetzt war

Courtney nicht mal richtig sauer auf ihn. In Hochstimmung lief er um das Gebäude herum zur Bushaltestelle. Alles entwickelte sich prächtig.

Dennoch hatte er ein seltsames Gefühl. Courtney derart niedergeschlagen und kleinlaut zu erleben war für ihn absolut ungewohnt. Er fand, sie hätte ihm wenigstens *etwas* Schuldgefühle machen müssen, weil er ohne sie angefangen hatte das Journal abzuspielen. Aber sie hatte die Sache einfach auf sich beruhen lassen. Es schien, als sei ihre Freundschaft auf einer neuen Stufe angekommen.

Mark wusste noch nicht recht, ob ihm diese Entwicklung gefiel.

Ein paar Stunden später saßen Mark und Courtney nebeneinander auf dem alten, verstaubten Sofa im Keller der Chetwyndes. Dorthin zogen sie sich meist zurück um Bobbys Journale zu lesen. Courtneys Vater hatte sich in diesem Raum eine Werkstatt eingerichtet, die er jedoch nie benutzte – die Werkzeuge rosteten seit Jahren vor sich hin, weshalb Courtney den Hobbykeller auch als »Werkzeugmuseum« bezeichnete. Hier konnten die beiden in aller Ruhe lesen und über die Journale sprechen. Diesmal war es ganz besonders wichtig, dass sie ungestört waren, denn sie würden nicht lesen, sondern das Journal ansehen und hören.

»Wie funktioniert dieses Ding?«, erkundigte sich Courtney. Nachdem einige Zeit vergangen war, in der sie geduscht und sich ein gutes Abendessen einverleibt hatte, fühlte sie sich schon wieder etwas besser. Das neue Journal von Bobby tat ein Übriges.

Mark trug noch dieselbe Kleidung wie in der Schule und hatte vor Aufregung überhaupt nichts gegessen. Jetzt förderte er aus seinem Rucksack das kleine silberne Gerät zutage, das Bobbys Journal enthielt.

»Es funktioniert so ähnlich wie ein CD-Player«, erklärte

er. »Ich spule zum Anfang zurück.« Er drückte die orangefarbene Taste. Es gab weder ein Geräusch noch eine Vibration.

»Wie viel hast du schon gesehen?«, wollte Courtney wissen.

»Nicht viel«, antwortete Mark ausweichend. Da sie es ohnehin gemeinsam noch einmal von Anfang an abspielen würden, konnte es nicht schaden, die Wahrheit ein wenig zu beschönigen.

»Geht es Bobby gut?«, fragte Courtney weiter.

»Scheint so«, erwiderte Mark. »Aber das wirst du ja gleich selbst sehen.« Er legte das Gerät auf den Couchtisch und drückte die grüne Taste. Augenblicklich schoss der Lichtstrahl daraus hervor und Bobbys lebensgroßes Bild wurde in den Raum projiziert.

»Hi, Mark. Hallo, Courtney«, begann Bobbys Projektion.

»Wow!«, entfuhr es Courtney. »Das ist ja wie das Hologramm mit dem schwebenden Kopf.«

Mark atmete erleichtert auf, denn er hatte befürchtet, das Gerät habe vielleicht nicht ganz bis zum Anfang zurückgespult. Dann wäre sein kleiner Schwindel aufgeflogen und Courtney bestimmt sauer geworden. Aber jetzt war alles okay. Dass er den Anfang schon kannte, störte ihn nicht – Hauptsache, es konnte losgehen.

Und Courtney war dabei.

Bald würden sie erfahren, was es mit Lifelight auf sich hatte.

76

Dreizehntes Journal
(Fortsetzung)

Veelox

»Bobby! Zeit zum Aufstehen!«, ertönte eine Stimme in vertrautem Singsang.

Ich schlief noch halb. Es war ein absolut wohliger Moment – ganz gleich wie ich mich herumwälzte, jede neue Lage war noch etwas bequemer als die vorige. Es interessierte mich nicht, wie spät es war. Ich wollte im Bett bleiben.

»Heute ist doch dein großer Tag!«, ertönte die freundliche Stimme wieder.

Ich scherte mich nicht darum, sondern drehte mich nur träge auf die andere Seite. Nichts konnte mich in meiner Gemütlichkeit stören – dachte ich. Bis plötzlich etwas furchtbar Schweres auf mir landete. Ich wusste, was als Nächstes kam. Jegliche Chance, liegen zu bleiben, war mit einem Schlag dahin, denn …

… eine nasse, raue Zunge begann sich in mein Ohr zu bohren. Ich habe nie begriffen, was an meinem Ohr so besonders schmackhaft ist, aber jedenfalls leckte Marley mich immer an dieser Stelle, wenn sie wollte, dass ich aufstand.

»Schon gut, schon gut!« Lachend schob ich meine Golden-Retriever-Hündin von mir runter. Wahrscheinlich gefiel ihr diese Mich-im-Schlaf-Überfallen-und-in-den-Ohren-Lecken-Nummer deshalb so gut, weil das einer der wenigen Momente war, in denen ich ihr völlig ausgeliefert war. Und natürlich wenn ich mit ihr spazieren ging und ihre Häufchen wegmachen musste.

Im nächsten Moment landete noch etwas Schweres auf dem Bett. Wieder wusste ich sofort, was es war: meine kleine Schwester Shannon.

»Das Frühstück ist fertig«, verkündete sie. »Du musst was essen, sonst hast du keine Kraft für das Spiel.«

Shannon bildete sich ein, über alles genauestens Bescheid zu wissen, und für eine Achtjährige war sie in der Tat ausgesprochen clever. Außerdem war sie hübsch. Sie hatte langes dunkelbraunes Haar, das sie immer in zwei Zöpfen trug, große braune Augen und ein strahlendes Lächeln, das den ganzen Raum heller machte. Mom bekam ständig zu hören, Shannon sollte später mal Model werden, aber diese Vorstellung behagte Mom nicht besonders. Ich glaube, es war ihr etwas unheimlich, wie schnell Shannon erwachsen wurde.

»Iss früh, damit du noch genug Zeit zum Verdauen hast«, fuhr sie fort. »Ich will nicht zusehen müssen, wenn du nachher reihernd auf dem Spielfeld stehst.« Nachdem sie diesen weisen Rat zum Besten gegeben hatte, hüpfte sie vom Bett und rannte aus dem Zimmer. Marley sprang auf und stürmte hinter ihr her.

Als mir der Duft von gebratenem Schinken in die Nase stieg, war ich vollends überzeugt. Ich liebe Schinken und wir bekamen nicht oft welchen zum Frühstück, weil Mom fand, er sei zu fett oder so. Aber hin und wieder, zu besonderen Anlässen, machte sie eine Ausnahme. Anscheinend galt das heutige Basketballspiel als besonderer Anlass. Na, mir sollte es recht sein. Munter schwang ich die Beine über die Bettkante, stand auf und zog mir eine Trainingshose über die Boxershorts – in Unterwäsche am Frühstückstisch zu sitzen war schließlich nicht besonders cool. Dann hob ich ein T-Shirt vom Boden auf, roch daran, um mich zu überzeugen, dass es nicht miefte, und schlüpfte hinein.

Der Tag versprach gut zu werden: zuerst ein tolles Frühstück, später dann das Basketballspiel, vielleicht würde Courtney kommen und zuschauen und …

… was zum Teufel …?

Mit einem Schlag brach die Realität über mich herein. Meine Knie wurden weich und ich sackte buchstäblich auf dem Bett zusammen. Was ging hier vor? Als ich mich im Zimmer umsah, war alles wie immer – der vertraute Schreibtisch, mein Computer, meine Pokale, mein CD-Ständer, meine Poster von den New York Jets, sogar meine Klamotten lagen wie immer auf dem Boden verstreut. Dies war mein Zimmer. Zu Hause. In Stony Brook.

Auf … ich fass es nicht … Zweite … Erde!

Alles schien völlig normal – nur dass es absolut unmöglich war. Wie kam ich hierher? Ich begann zu hyperventilieren. Das war doch total verrückt, gerade *weil* überhaupt nichts irgendwie ungewöhnlich war. Sollte ich etwa alles nur geträumt haben? Alles, was geschehen war, seit Onkel Press mich auf dem Motorrad mitgenommen hatte – Denduron, Cloral, die *Hindenburg,* Saint Dane … war all das nur ein Albtraum gewesen? Ich warf einen Blick zum Fenster und rechnete halb damit, dass Professor Marvel aus *Der Zauberer von Oz* den Kopf hereinsteckte um sich zu vergewissern, dass mit mir alles in Ordnung war.

»Komm schon, Bobby, das Frühstück wird kalt!«, drang erneut die vertraute Stimme durch meine Zimmertür. Was war hier los? Seit ich ein Reisender war, hatte ich schon eine Menge irrwitziger Situationen erlebt, aber dies hier war mit Abstand die Nummer eins auf der Abgedrehtheitsskala. Ich nahm all meinen Mut zusammen und überredete meine Beine mich nach draußen zu tragen. Ich *musste* herausfinden, was das alles zu bedeuten hatte.

Als ich zögernd mein Zimmer verließ, sah ich auf dem Flur im Obergeschoss den vertrauten Teppich liegen, an den Wänden hingen die Bilder, die ich von früher kannte, die Türen waren dieselben … alles war genauso, wie ich es in Erinnerung hatte. Halb ging, halb schwebte ich die Treppe hinunter, durchquerte Wohnzimmer und Esszimmer und öffnete die Küchentür. Als ich den Kopf hineinsteckte, sah ich eine Szene vor mir, die völlig normal und zugleich völlig unmöglich war.

Der Frühstückstisch war gedeckt. Mom schaufelte gerade Rührei aus einer Pfanne auf die Teller, Dad saß auf seinem gewohnten Platz und goss allen Orangensaft ein, Shannon saß ebenfalls dort, wo sie immer saß, und wartete höflich, bis alle am Tisch versammelt waren, damit sie anfangen konnte. Neben ihr auf dem Boden hockte Marley und wartete ebenso geduldig darauf, dass jemand etwas Essbares fallen ließ.

Ich stand in der Tür und starrte die vier wortlos an. Ein Teil von mir wollte hineinstürmen, sie alle in die Arme schließen und weinen wie ein Baby. Ein anderer Teil hätte am liebsten auf dem Absatz kehrtgemacht und wäre davongelaufen.

Schließlich forderte Mom mich auf: »Iss! Du bist spät dran.«

Da mir nichts Besseres einfiel, schwebte ich zum Tisch hinüber und ließ mich auf dem Stuhl am Fenster nieder – meinem angestammten Platz, seit ich alt genug war allein am Tisch zu sitzen. Ich hatte mir nicht träumen lassen, dass ich je wieder dort sitzen würde, nachdem damals mein Zuhause und meine ganze Familie verschwunden waren.

Aber nun war all das wieder da.

Offenbar sah man mir meine Verwirrung an, denn mein Vater fragte mich: »Ist was, Bobby?«

Ja, allerdings, nur dass ich keine Ahnung hatte, wie

ich es sagen sollte. »Ehrlich gesagt, Dad ... ich bin etwas irritiert.«

»Weshalb denn, Schatz?«, erkundigte sich Mom arglos.

Ich suchte fieberhaft nach den richtigen Worten, denn mir war klar, wie absurd das klingen musste. »Ist irgendetwas ... Besonderes passiert?«

»Was denn zum Beispiel?«, entgegnete Dad.

Shannon schaltete sich ein: »Es gibt Schinken zum Frühstück. Das ist was Besonderes.«

»Worauf willst du hinaus?«, fragte Mom, während sie sich zu uns an den Tisch setzte. Ich saß da und schaute meine Familie an. Die drei erwiderten meinen Blick über ihre Teller voller Schinken und Rührei hinweg und warteten darauf, dass ich etwas sagte. Marley streckte ihre braune, gummiartige Nase unter dem Tisch hervor und sah mich ebenfalls an, auch wenn sie sich wohl mehr für den Schinkenduft interessierte. Nach einer Weile spießte ich wortlos ein Stück Schinken auf die Gabel und biss hinein. Es war der köstlichste Schinken, den ich je gegessen hatte. Nicht zu kross gebraten – gerade so, wie ich ihn am liebsten mochte. Ich weiß nicht warum, aber das überraschte mich.

Schließlich ließ ich das angebissene Schinkenstück auf den Teller fallen und stand auf. »Ich ... ich habe keinen Appetit. Ich geh mich lieber umziehen.« Ich wandte mich ab und ging auf die Esszimmertür zu.

»Aber du musst doch vor dem Spiel etwas essen!«, rief Mom mir nach.

»Später!«, rief ich zurück.

Ich drehte allmählich durch. Ich hätte es ja noch verstanden, wenn meine Eltern gesagt hätten: »Tja, weißt du, Bobby – du hast die letzten anderthalb Jahre im Koma gelegen.« Das hätte bedeutet, dass ich die ganze Geschichte mit den Territorien nur geträumt hatte.

Aber sie sagten nichts dergleichen, sondern taten, als sei überhaupt nichts Außergewöhnliches geschehen.

Dafür gab es nur eine mögliche Erklärung: Es musste tatsächlich ein Traum gewesen sein. Ein sehr langer lebhafter, völlig unglaublicher Traum, der sich in einer einzigen Nacht abgespielt hatte. War es nicht so bei Scrooge in Dickens' *Ein Weihnachtslied?* Ich habe mal irgendwo gelesen, dass Träume einem lang vorkommen können, auch wenn sie in Wirklichkeit nur ein paar Sekunden dauern. So musste es gewesen sein, versuchte ich mir einzureden, während ich zurück zur Treppe ging. Für kurze Zeit gelang es mir, mich ein wenig zu entspannen. Ich war zu Hause. Der Albtraum war vorbei. Mein Leben ging ganz normal weiter.

Doch dieses warme, ein wenig benommene Gefühl hielt nicht lange an.

Mein Blick fiel auf einen Spiegel, und was ich darin sah, war nicht der Typ, der Courtney geküsst hatte und dann mit Onkel Press auf dem Motorrad zum Flume gefahren war. Auf keinen Fall. Dieser Typ war älter. Um genau zu sein: schätzungsweise anderthalb Jahre älter. Alles in diesem Haus war genauso, wie ich es in Erinnerung hatte … bis auf mich selbst. Womit meine Traumtheorie augenblicklich zusammenbrach. Ich konnte unmöglich eine normale Nacht lang geschlafen und das ganze Abenteuer zusammengeträumt haben, denn ich selbst war nicht mehr derselbe wie damals. Nein, so einfach war die Sache nicht.

In diesem Moment kam mir ein einzelnes Wort in den Sinn. Ich wusste zunächst nicht, was es bedeutete, aber ich hatte das dringende Gefühl, dass es der Schlüssel zu diesem Rätsel war.

Es lautete: Lifelight.

Kaum hatte ich mich an dieses Wort erinnert, da fühlte ich etwas an meinem Handgelenk. Als ich hinschaute, stellte ich fest, dass ich ein breites silbernes Armband trug, an dem sich drei Tasten befanden. Anfangs war ich überrascht, denn eine Sekunde zuvor schien es noch nicht da gewesen zu sein. Trotzdem kam es mir bekannt vor. Wie war das doch gleich? Wenn ich mit jemandem reden wollte, musste ich die linke Taste drücken. Allerdings! Ich hatte das Bedürfnis, mit jemandem zu reden, und zwar dringender als je zuvor. Also drückte ich die linke Taste. Sie leuchtete kurz auf und ein leises Summen ertönte.

»Nicht schlecht, Pendragon«, hörte ich eine Stimme vom oberen Treppenabsatz. »Du bist schneller dahintergekommen als die meisten anderen.«

Ich fuhr herum und sah jemanden auf der obersten Stufe sitzen. Dieser Jemand war das Einzige in diesem Haus, das nicht hierher gehörte. Außer mir, versteht sich. Es war ein hübsches Mädchen mit einem blonden Pferdeschwanz, blauen Augen und gelb getönten Brillengläsern. Ich starrte sie sekundenlang verwirrt an. Es war, wie wenn einem die Antwort auf eine Frage auf der Zunge liegt, aber man kommt einfach nicht drauf.

»Ganz ruhig atmen, Pendragon«, riet das Mädchen. »Es wird dir gleich wieder einfallen.«

»Aja ...«, sagte ich.

Aja lächelte und klatschte in die Hände. »Sehr gut. Am Anfang ist es immer ein wenig verwirrend, besonders wenn man noch nie gejumpt ist.«

Ich blickte mich in dem Haus um – *meinem* Haus. So real es auch wirkte, der Schein trog. Das Ganze war eine Illusion. Eine unglaubliche, wunderbare, herzzerreißende Illusion. Schlagartig wurde mir alles wieder bewusst: Ich war nicht zu Hause, sondern lag in einer dunklen Röhre in einer riesigen Pyramide in dem Territorium Veelox, und dies hier spielte sich nur in meinem Kopf ab.

83

»Ich weiß, was du denkst«, sagte Aja. »Du hast einen kleinen Einblick in die Möglichkeiten von Lifelight gewonnen und du bist mächtig beeindruckt.« Sie kam die Treppe herunter und stellte sich vor mich. »Aber das ist nur ein winziger Vorgeschmack. In Lifelight gibt es keine anderen Grenzen als die, die du selbst setzt.« Sie tippte mir mit dem Finger an die Stirn. »Es ist alles da drin und wartet nur darauf, herauszukommen.«

»Heißt das, es geht noch weiter?«, fragte ich.

Aja lachte. »Pendragon, das hier ist erst der Anfang.«

Dreizehntes Journal
(Fortsetzung)

Veelox

Ich wanderte ganz benommen durch das Wohnzimmer. Oder besser gesagt, durch die Illusion des Wohnzimmers. Die Benommenheit war allerdings keine Illusion, die war echt. Ich strich mit der Hand über die Sofalehne und fühlte den weichen Baumwollstoff. Ich knipste den Schalter einer Stehlampe an und sie leuchtete. Ich nahm ein gerahmtes Foto in die Hand, das mich mit der neugeborenen Shannon im Arm zeigte – es war an dem Tag aufgenommen worden, als sie aus dem Krankenhaus kam. Alles, was ich sah und anfasste, schien völlig normal und real.

»Das braucht dich nicht zu überraschen«, kommentierte Aja. »Natürlich ist alles so wie immer – es kommt ja aus deinem Kopf.«

»Aber ich kann die Sachen *fühlen*«, erwiderte ich. »Und den Schinken konnte ich sogar schmecken. Wie ist das möglich?«

»Du weißt, wie er normalerweise schmeckt, also hat er eben so geschmeckt. Ganz simpel.«

Ganz simpel? Sie machte wohl Witze! Etwas weniger Simples hätte man sich überhaupt nicht vorstellen können. Ich hatte eine ungefähr zehn Kilometer lange Liste mit Fragen im Kopf. »Was ist, wenn ich mich verletze?«, fragte ich, während mir die unglaublichsten Möglichkeiten durch den Kopf schwirrten. »Passiert mir dann in Wirklichkeit etwas?«

»Nein. Wenn du dich verletzt, empfindest du zwar den

Schmerz und du behältst die Verletzung auch, bis der Jump beendet ist, aber in Wirklichkeit liegt dein Körper die ganze Zeit sicher und unversehrt in der Lifelight-Pyramide. Dies alles spielt sich nur in deinem Kopf ab.«

»Das heißt, ich könnte auch nicht sterben oder so?«

»Wenn du stirbst, ist der Jump zu Ende.«

Ich betrachtete das silberne Armband, das wie von Zauberhand erschienen war, als ich mich an Lifelight zu erinnern begann. »Warum habe ich das vorhin nicht gesehen?«, fragte ich und hielt die Hand hoch.

»Das Ziel von Lifelight ist es, dass du völlig in die Erlebnisse eintauchst«, antwortete Aja. »Der Controller an deinem Handgelenk würde dich ständig daran erinnern, dass du dich in einer Illusion befindest. Deshalb siehst du ihn nur dann, wenn du ihn brauchst.«

»Echt? So als ob mein Verstand dem Armband sagt, wann es zu erscheinen hat?«

»Ganz genau. Dein Verstand steuert alles.«

»Heißt das, ich könnte mir zum Beispiel eine Pizza herbeiwünschen? Oder ich könnte mir wünschen, dass in der Garage ein Swimmingpool ist? Oder dass im Vorgarten ein Raumschiff landet, das mich zum Mars mitnimmt?«

Aja lachte. Tatsächlich, sie schien zur Abwechslung einmal nicht genervt oder verärgert. Ich schätze, es gefiel ihr, ein bisschen damit anzugeben, was in Lifelight alles möglich war. »Klar, aber nur wenn so etwas in der normalen Welt auch vorkommen könnte. Lifelight ist darauf ausgerichtet, ein perfektes Erlebnis zu schaffen. Ein *realistisches* Erlebnis. Dir können nicht plötzlich Flügel wachsen, mit denen du davonfliegst. Das würde dein Verstand nicht zulassen, weil du weißt, dass es in Wirklichkeit nicht möglich ist. Du unterliegst den Gesetzen der Realität. Nur dass es eine *perfekte* Version der Realität ist ... eben darum geht es.«

Sie berührte kurz die mittlere Taste an meinem Armband-Controller. *Dingdong*, ertönte die Türklingel. Mom eilte aus der Küche herbei.

»Erwartest du Besuch?«, fragte sie mich auf dem Weg zur Haustür.

Ich zuckte die Schultern. Ich erwartete überhaupt nichts … und alles. Als sie öffnete, sah ich draußen einen Pizzaboten von Domino's Pizza stehen.

»Eine große Peperoni mit extra Käse«, verkündete der junge Mann.

Mom warf mir einen vorwurfsvollen Blick zu. »Kein Wunder, dass du dein Frühstück nicht essen wolltest.« Sie bezahlte den Boten und nahm die Pizza entgegen. »Ich finde es absolut widerlich, solches Zeug am frühen Morgen zu essen.«

»Äh – na ja …«, antwortete ich verlegen.

Daraufhin lächelte Mom und sagte: »Schön, von mir aus kannst du die Pizza essen, schließlich hast du heute ein Spiel. Aber setz dich damit in die Küche. Und gib Shannon nichts ab und Marley und deinem Vater auch nicht.«

Sie verschwand mitsamt der Pizza wieder in der Küche. Über Aja hatte sie kein Wort verloren.

»Lifelight hat meine Gedanken gelesen«, flüsterte ich vor mich hin.

»Das versuche ich dir doch die ganze Zeit zu erklären«, versetzte Aja.

»Warum hast du auf die Taste gedrückt? Was hat sie bewirkt?«

»Das ist schon etwas fortgeschrittener«, erklärte sie. »Zu Beginn deines Jumps habe ich dir gesagt, du sollst an einen Ort denken, an dem du gern wärst. Diese Gedanken hat Lifelight eingelesen und daraufhin deine Familie und euer Haus hervorgebracht. Das ist die einfache Form des Jumps. Die mittlere Taste brauchst du nur, wenn du an dieser Grundlage etwas verändern willst. Sagen wir zum Beispiel, deine Familie hat ein Picknick geplant, aber es regnet. Dann bräuchtest du nur die mittlere Taste zu drücken und das Unwetter würde abziehen. Oder wenn du wolltest, dass ein alter Freund von dir in diesem Jump vorkommt, müsstest du die Taste drücken und er würde auftauchen.«

»Das heißt, ich kann damit steuern, was ich erlebe?«

»Ganz recht. Aber zugleich ist diese Taste auch eine Sicherheitsvorkehrung. Wenn du einen Jump anfängst, erschafft Lifelight die Umgebung, an die du denkst. Sobald du dich darin befindest, reagiert Lifelight nur noch auf das, was tatsächlich geschieht. Das Problem daran ist, dass du deine Gedanken niemals völlig unter Kontrolle hast. Vielleicht stellst du dir plötzlich vor, du wärst auf einem Boot. Damit kann Lifelight nichts anfangen, solange du nicht diese Taste drückst. Wenn die Taste nicht wäre und Lifelight alles aufnehmen würde, was dir gerade einfällt, gäbe es viel zu viel Input und der Jump würde in heillosem Chaos enden.«

»Dann könnte ich also jetzt ans Bergsteigen denken —«

»Und nichts würde geschehen, solange du nicht die Taste drückst. Wenn du das tust, könnte zum Beispiel ein Freund von dir vorbeikommen, von einer Bergtour erzählen, die er gerade vorhat, und dich einladen mitzukommen.«

»Ganz schön cool!«, stieß ich ehrfürchtig hervor.

»So könnte man es ausdrücken«, versetzte Aja.

»Aber wo bist du?«, wollte ich wissen. »Ich meine, Lifelight liest doch nicht auch deine Gedanken, oder?«

»Ich überwache diesen Jump als dein Phader. Erinnerst du dich noch, wie wir auf dem Weg in die Pyramide durch den Core gekommen sind? Ich sitze in einer dieser Kontrollkabinen und beobachte deinen Jump.«

»Die Videomonitore!«, rief ich aus. »Sie zeigen, was die Jumper gerade erleben.«

»Genau. Die Phader überwachen die Jumps um sicherzustellen, dass alles reibungslos läuft. Ehrlich gesagt ein ziemlich langweiliger Job – es geht nur ganz selten etwas schief. Aber hin und wieder braucht doch mal ein Jumper Hilfe oder sein Armband-Controller ist defekt oder es tritt irgendein kleines Problem auf und wir werden in den Jump gerufen. Allerdings haben wir von uns aus keinen Zugang zu den Jumps, solange der Jumper nicht die linke Taste drückt. Darum konnte ich jetzt gerade hier erscheinen. Wenn du die Taste nicht gedrückt hättest, wäre ich nicht bei dir.«

»Kannst du den Jump jetzt auch steuern?«, forschte ich weiter.

»Nein, ich bin darin nur zu Gast.«

»Bobby? Isst du diese Pizza wohl noch, ehe sie kalt wird?«, wollte Mom wissen. Sie stand im Türrahmen des Wohnzimmers.

»Äh – klar, komme gleich. Es ist nur gerade eine Freundin von mir hier, mit der ich was zu besprechen habe.« Ich hatte keine Ahnung, wie ich Ajas Anwesenheit sonst erklären sollte.

Mom warf mir einen skeptischen Blick zu. »Willst du mich schon wieder auf den Arm nehmen?«, fragte sie.

»Sie kann mich nicht sehen«, erklärte Aja kichernd. »Ich bin nicht Bestandteil dieses Jumps.«

War das nicht abgedreht? Aja war gewissermaßen ein Gespenst. Es gab wirklich eine Menge Regeln in dieser unglaublichen Fantasiewelt.

»Vergiss es«, sagte ich zu Mom. »Ich komme sofort.«

Mom starrte mich noch einmal skeptisch an, ehe sie wieder in der Küche verschwand.

»Und was mache ich jetzt?«, erkundigte ich mich.

»Was du willst. Soweit ich verstanden habe, findet irgendein Spiel statt, bei dem du mitmachst?«

»Ja! Das Basketball-Match! Ich kann tatsächlich mitspielen?«

»Wenn du willst.«

»O Mann, das ist Klasse! Wie lange geht das noch weiter?«

»Mach dir darüber keine Gedanken. Amüsier dich. Wenn du zurück bist, reden wir in Ruhe über alles.«

»Jetzt mach schon, Bobby!«, rief Shannon ungeduldig. Sie stand in der Tür, die Hände in die Seiten gestemmt, und war offenkundig sauer, weil ich so herumtrödelte.

»Komme sofort!«, versprach ich erneut. Dann wollte ich mich wieder Aja zuwenden, doch sie war verschwunden. Einfach so. Mein silbernes Controller-Armband war ebenfalls verschwunden, das heißt, ich konnte es nicht mehr sehen. Einen Moment lang war ich unschlüssig, wie es weitergehen sollte, aber dann entschied ich, dass ich die Sache durchziehen musste. Nur so konnte ich erfahren, was es mit Lifelight wirklich auf sich hatte. Außerdem kam mir ein kleines Basketballspiel gerade recht. Also beschloss ich mich auf dieses Erlebnis einzulassen, rannte in die Küche und machte mich über die köstlichste Pizza her, die ich je gegessen hatte. Noch toller war es allerdings, mit meiner Familie zusammen zu sein. Shannon erzählte mir ausführlich von einem Theaterstück, das sie mit ihrer Schulklasse einstudierte. Dad redete über einen Zeitungsartikel, zu dem ihm die Inspiration fehlte, und Mom verkündete, ihr stehe in der Bibliothek eine Beförderung bevor. Es war so … wunderbar, zu Hause zu sein. Der einzige Wermutstropfen war, dass ich meiner Familie nichts von mir erzählen konnte. Das wäre wohl nicht nur Sand, sondern gleich ein ausgewachsener

Felsbrocken im Getriebe dieser Illusion gewesen. Also hielt ich den Mund, was mir nicht schwer fiel, denn niemand stellte mir Fragen.

Nach dem Frühstück zwängten wir uns alle in den Wagen und fuhren los zum Basketballspiel. Ich hatte mit Spader auf Erste Erde ein paarmal auf der Straße mit einem behelfsmäßigen Korb Basketball gespielt, aber das war etwas völlig anderes, als ein richtiges Trikot anzuziehen und in einer Sporthalle Mannschaft gegen Mannschaft anzutreten. Mein letztes richtiges Match hatte ich im Team der Stony Brook Junior High School gespielt. Wenn ich nicht von zu Hause fortgegangen wäre, hätte ich jetzt an der Davis Gregory High School sein müssen. Womit sich die Frage stellte, wohin meine Fantasie uns führen würde – zur Junior High oder zur High School?

Dad fuhr zur Davis Gregory High. Ich war schon früher dort gewesen und hatte in der Halle dieser Schule sogar beim Stadtmeisterschaftsfinale mitgespielt, sodass ich mich auskannte. Nachdem ich mich von meiner Familie verabschiedet hatte, ging ich schnurstracks in die Umkleidekabine ohne recht zu wissen, was mich dort erwartete. Einen Moment lang kam ich mir vor wie in einem dieser Träume, in denen man zu einer Prüfung antreten muss und einem kurz vorher plötzlich klar wird, dass man überhaupt keine Ahnung von dem Thema hat, weil man nie in dem betreffenden Kurs war. Doch ich geriet keineswegs in Panik, sondern beruhigte mich mit dem Gedanken, dass in Lifelight schließlich alles perfekt ablaufen sollte.

Ich wurde nicht enttäuscht. Als ich den Umkleideraum betrat, stellte ich begeistert fest, dass all meine Teamkameraden von der Junior High School bereits versammelt waren. Allerdings trugen sie nicht mehr die gelben Trikots der Stony Brook Wildcats, sondern die scharlachroten der Davis Gregory Cardinals. Für die Cardinals zu spielen war immer mein Traum gewesen. Und jetzt wurde dieser Traum wahr – gewissermaßen.

Die Jungs begrüßten mich, aber niemand tat, als sei irgendetwas Ungewöhnliches dabei. Ich hätte sie am liebsten allesamt umarmt und ihnen gesagt, wie irrsinnig toll ich es fand, wieder da zu sein, aber ich riss mich zusammen und tat ganz cool. Seltsamerweise wusste ich genau, welcher Spind meiner war, und als ich ihn öffnete, hing darin tatsächlich ein Trikot der Cardinals mit meiner Nummer: 15. Der letzte Zweifel daran, dass ich hier richtig war, schwand dahin, als ich das Trikot umdrehte und die aufgestickten Buchstaben über meiner Nummer sah. Dort stand: PENDRAGON.

Im Rückblick wird mir klar, warum Lifelight alles so geschehen ließ, wie es geschah. Aber während ich diesen Jump erlebte, steckte ich völlig in der Illusion drin. Eigentlich wusste ich zwar, was hier vor sich ging, doch es kümmerte mich nicht. Ich weiß nicht, ob Lifelight das bewirkte oder mein eigener Verstand, jedenfalls schien es, als hätte ich vergessen, dass ich in einer gigantischen Pyramide lag und im Geiste mithilfe eines Computers diese Reise erlebte. Mir kam es vor, als sei ich wirklich hier.

Das Spiel war sagenhaft. Die Zuschauerbänke waren gedrängt voll und es ging zu wie bei einem Meisterschaftsspiel. Die Band schmetterte einen Marsch. Die Cheerleader brachten die Fans der Heimmannschaft in Stimmung. Die Gegner waren unsere Erzrivalen, die Black Knights von der Easthill High School am anderen Ende der Stadt. Wir spielten in derselben Mannschaftsaufstellung wie damals an der Junior High: ich, Jimmy Jag, Crutch, Petey Boy und Joe Zip. Mann, wie ich die Jungs vermisst hatte! Trainer Darula saß auf der Bank und wirkte zuversichtlich wie eh und je. Als wir aus der

92

Umkleide in die Halle gingen, empfand ich ein vertrautes Gefühl in der Magengegend: Schmetterlinge im Bauch. Sie fingen immer kurz vor dem Sprungball an zu flattern. Es war das Zeichen dafür, dass ich bereit war zu spielen.

Und *wie* ich spielte, Mannomann!

Von der ersten Sekunde an war ich der reinste Tornado. Als Spielmacher war ich es gewohnt, häufig am Ball zu sein und viel zu punkten, aber was in diesem Spiel abging, war schlichtweg phänomenal. Alles passte haargenau. Wir spielten zusammen wie ein Dream-Team. Fast jeder meiner Korbwürfe ging sauber ins Netz. Dabei preschte ich nicht einfach vor, um im Alleingang sämtliche Punkte zu holen – o nein, ich servierte meinen Mannschaftskameraden förmlich den Ball. Ich passte ihn blind Joe Zip zu, der ihn reinmachte. Crutch, der hoch genug springen konnte, fing mehrmals Pässe von mir über Korbhöhe auf und versenkte sie mit Dunking-Würfen. Ich nahm den Gegnern immer wieder den Ball ab und organisierte die Verteidigung insgesamt wie ein Profi. Es war ein traumhaftes Spiel. Ja, *genau das* war es.

Wir gewannen nicht etwa haushoch – nein, das Spiel blieb bis zur letzten Minute spannend. Sekunden vor dem Ende der Spielzeit lagen wir sogar um zwei Punkte im Rückstand. Nach einem Give-and-Go mit Jimmy Jag dribbelte ich von der Grundlinie bis zur Freiwurflinie, und gerade als ich zum Korbwurf ansetzte, wurde ich vom gegnerischen Center gefoult. Ihr ahnt, was jetzt kommt ... zwei Punkte im Rückstand und ich bekam zwei Freiwürfe. Prickelnder hätte es nicht sein können. Ich stand an der Linie, die Hände in die Seiten gestemmt, völlig ausgepowert und schweißgebadet. Es war atemberaubend.

Mein Blick wanderte zur Tribüne. Alle waren aufgesprungen und feuerten mich an. Der Schiri warf mir den Ball zu. Ich dribbelte einmal, beugte leicht die Knie, zielte und … wusch. Astrein versenkt. Die Menge tobte. Ich kostete die Sekunden aus, ehe ich zum zweiten Wurf ansetzte. Auf der Tribüne sah ich ein Meer aufgeregter Gesichter – manche, die ich kannte, und andere, die ich noch nie gesehen hatte, doch sie alle feuerten mich an.

Dann bemerkte ich etwas, das diesen göttlichen Augenblick noch göttlicher machte. Dort oben hinter unserer Bank saß meine Familie: Mum, Dad und Shannon. Doch das war noch nicht alles. Hinter ihnen sah ich dich sitzen, Mark. Und neben dir Courtney. Und alle winkten und jubelten. Es war das Wunderbarste, was ich mir denken konnte.

Wieder warf mir der Schiri den Ball zu und die Menge verstummte. Ich zielte, setzte zum Wurf an und … o ja, es war ein guter Wurf. Das Signal ertönte: Es ging in die Verlängerung. Während ich zu unserer Bank hinübertrabte, schaute ich zu euch beiden hoch. Ihr wart ganz aus dem Häuschen. Ich hätte mir nichts Herrlicheres vorstellen können. Genau genommen und nach allem, was ich über Lifelight wusste, *war* dies ja tatsächlich nichts anderes als die herrlichste Vorstellung, zu der meine Fantasie fähig war.

Der Team-Manager warf mir ein Handtuch zu und ich ließ mich auf die Bank fallen um wieder zu Atem zu kommen. Während ich mir den Schweiß vom Gesicht wischte, bemühte ich mich mein Grinsen etwas unter Kontrolle zu bringen. Und dann hörte ich eine Stimme, die ich gerade jetzt lieber nicht gehört hätte.

»Macht's Spaß?«, fragte die unerwünschte Person.

Ich blickte auf und sah Aja neben mir auf der Bank sitzen. Wieder dauerte es einen Moment, bis mir einfiel, wer sie war. Aber schließlich besann ich mich und das gefiel mir ganz und gar nicht. Ich wollte sie hier nicht dabeihaben, um keinen Preis. Sie würde alles verderben.

Aja warf einen Blick auf die jubelnde Zuschauermenge und fuhr fort: »Wow, du stehst wohl auf echte Adrenalinschübe, wie?«

»Na und?«, konterte ich. »Das hier ist meine Fantasie. Darin kann ich tun und lassen, was ich will, oder etwa nicht?«

»Sicher«, erwiderte Aja. »Es gibt da nur ein kleines Problem. Dein Jump ist zu Ende.«

»Was?«, schrie ich. »Das geht jetzt nicht, jetzt kommt die Verlängerung!«

»Tut mir Leid«, versetzte Aja achselzuckend. »Ich habe dir doch gesagt, dass die Zeit für deinen Jump begrenzt ist.«

»Gib mir noch zwanzig Minuten«, bettelte ich.

»Tut mir Leid«, wiederholte Aja. »Im Übrigen ist dies der perfekte Abschluss für das, was ich dir zeigen wollte.«

»Es ist überhaupt nichts Perfektes daran, jetzt Schluss zu machen«, protestierte ich. Gleich darauf bemerkte ich, dass das Metallarmband an meinem Handgelenk wieder sichtbar geworden war. Die rechte Taste blinkte rot, ein Anblick, der mir gar nicht behagte.

Aja schnappte sich noch ein Handtuch und warf es mir zu. »Trockne dich ab, du bist ganz verschwitzt«, befahl sie.

Ich fing das Handtuch auf und wischte mir damit übers Gesicht. Doch als ich es fallen ließ, stellte ich mit Entsetzen fest, dass ich blind geworden war. Wenigstens kam es mir so vor, denn die Halle war auf einmal pechschwarz. Und es kam noch schlimmer: Ich schien auch taub geworden zu sein. Gerade noch hatte ich den tosenden Jubel Hunderter aufgeregter Fans gehört, jetzt kam es mir vor, als hätte jemand beim Fernsehen den Stecker herausgezogen. Um mich herum war alles still und dunkel und ich war völlig orientierungslos, bis ich eine Stimme hörte. Eine ruhige, vertraute Stimme, die mich in die Wirklichkeit zurückholte.

»Entspann dich, Pendragon«, sagte Aja. »Es ist alles in Ordnung. Du kommst gerade aus dem Jump.«

Schlagartig begriff ich: Ich war weder taub noch blind, sondern ich lag in einer dunklen, stillen Röhre.

»Bleib einfach noch für ein paar Minuten ruhig liegen«, sagte Aja. »Ich bin gleich bei dir und hole dich raus.«

Ich erlebte einen Wirrwarr unterschiedlicher Empfindungen. Zuerst mal war ich wütend, und zwar nicht zu knapp. Lifelight hatte mir gerade das wunderbarste Geschenk gemacht, das es für mich hätte geben können, und es mir dann sofort wieder weggenommen. Zugleich war ich noch ganz aufgewühlt von dem Spiel. Ich war nicht körperlich erschöpft – schließlich hatte ich mich ja in Wirklichkeit überhaupt nicht angestrengt –, aber die Gefühle waren noch da. Ich erinnerte mich lebhaft an den Nervenkitzel der beiden Freiwürfe und an das Triumphgefühl, als ich beide Male gepunktet hatte. Doch vor allem empfand ich Trauer. Ich hatte eine kleine Kostprobe davon bekommen, wie es wäre, wieder bei meiner Familie zu sein. Es hatte alles so real gewirkt, dass ich sie nun umso heftiger vermisste.

Ein leises Summen ertönte und gleich darauf drang Licht in die Röhre. Die Metallplatte hinter meinem Kopf glitt in die Wand zurück. Damit stand fest: Ich hatte mich keinen Zentimeter von der Stelle bewegt, seit ich hier eingeschlossen worden war. Ich war in eine Computersimulation »gejumpt«. Im nächsten Moment glitt die Liege sanft aus der Röhre. Das Erste, was ich sah, war Aja. Sie stand an der Kontrolltafel und blickte auf mich herab.

»Wie fühlst du dich?«, erkundigte sie sich.

»Als ob ich zwanzig Minuten zu früh da rausgeholt wurde, danke der Nachfrage!«

»Ich bin froh, dass es so geendet hat – es verdeutlicht besonders gut das, worauf ich hinauswill.«

»Und worauf willst du hinaus?«

Ehe sie antworten konnte, ertönte eine Alarmsirene. Wenigstens erinnerte mich das Geräusch an eine Alarmsirene – es war ein lauter, anhaltender Ton, der die Pyramide durchdrang. Aja warf einen raschen Blick auf das Gerät an ihrem Handgelenk.

»Was ist los?«, wollte ich wissen.

»Medizinischer Notfall«, erwiderte sie, mit einem Schlag wieder sachlich und professionell. »In diesem Sektor.«

Ohne ein weiteres Wort der Erklärung rannte sie zur Tür. Ich fühlte mich noch etwas benommen von dem Jump, aus dem ich gerade erst zurückgekehrt war, aber da ich nichts verpassen wollte, rappelte ich mich hastig von der Liege auf. Anfangs stand ich ziemlich wackelig auf den Beinen, doch im nächsten Moment rannte ich bereits hinter Aja her.

Ich stürmte zur Tür hinaus und drohte kurz darauf schon wieder das Gleichgewicht zu verlieren, als sich plötzlich der gigantische Innenraum der Pyramide vor mir auftat. Mann, das war ein ziemlich krasses Erwachen! Ich musste meine Benommenheit abschütteln, und zwar schnell. Vor der Tür hielt ich nach beiden Seiten Ausschau und sah Aja die Galerie entlangsprinten. Ich riss mich zusammen und rannte ihr nach.

Ein Stück weiter blinkte an einer der Türen eine rote Leuchte. Man brauchte kein Genie zu sein um sich denken zu können, dass der Alarm von dort kam. Kurz bevor Aja die Tür erreicht hatte, sah ich einen Vedder in rotem Overall, der aus der anderen Richtung angerannt kam.

»Wo ist der Phader dieses Jumpers?«, wollte Aja wissen.

»Ich weiß nicht«, antwortete der Vedder.

Sie betraten die Kabine, an deren Tür das Licht blinkte. Als ich ebenfalls dort angelangt war und durch die offene Tür spähte, sah ich Aja an der Kontrolltafel stehen und hastig mehrere Tasten drücken. Gleich darauf verstummte die Alarmsirene.

»Es ist aus heiterem Himmel passiert«, berichtete der Vedder sichtlich beunruhigt. »Ohne jede Vorwarnung.«

»Hat der Jumper versucht abzubrechen?«, erkundigte sich Aja.

»Nein! Seine Werte haben einfach plötzlich verrückt gespielt.«

Dann öffnete sich die Verschlussplatte in der Wand und die Liege mit dem Jumper glitt aus der Röhre heraus. Der Vedder begann sofort ihn zu untersuchen. Es handelte sich um einen Mann, der etwa so alt war wie mein Vater. Er sah nicht aus, als ob mit ihm irgendetwas nicht stimmte – er schien einfach nur friedlich zu schlafen. Der Vedder zückte ein Gerät, das mich an einen Gameboy erinnerte, setzte es auf der Brust des Jumpers an und las die Werte ab, die auf dem Display erschienen. Nach wenigen Sekunden nahm er es wieder weg und schüttelte den Kopf.

»Zu spät«, sagte er traurig.

»Zu spät?«, wiederholte ich, während ich den Raum betrat. »Was soll das heißen – ›zu spät‹?«

»Was glaubst du wohl, was es heißt, Pendragon?«, erwiderte Aja leise. »Er ist tot.«

Oh. Das ging voll an meiner Deckung vorbei. Auf so

etwas war ich nicht gefasst. »Ich dachte, das ist alles ganz ungefährlich«, sagte ich wie betäubt.

»Ist es ja auch«, versetzte Aja. »Nur manchmal … geht eben etwas schief.«

Der Vedder wandte sich zum Gehen.

»Wo wollen Sie hin?«, fragte Aja. »Sie müssen noch den Bericht schreiben!«

»Nicht mehr mein Job«, entgegnete der Vedder ungerührt. »Meine Schicht ist zu Ende. Ich gehe jetzt jumpen. Um den Papierkram kann sich die nächste Schicht kümmern.«

Damit ging der Typ. Nicht zu fassen – soeben war jemand in seiner Abteilung gestorben, und er hatte nichts Besseres zu tun als in seine eigene Fantasiewelt zu verschwinden.

»Aja, was ist passiert?«, wollte ich wissen.

Aja wirkte erschüttert. Sie versuchte sich zu sammeln. »Ich weiß es nicht. Wir müssen uns die Aufzeichnung seines Jumps ansehen. In dieser Pyramide halten sich ständig Tausende von Leuten auf, da kann es schon mal passieren, dass jemand eines natürlichen Todes stirbt. Allerdings …«

»Allerdings was?«

»Allerdings kommt es in letzter Zeit immer häufiger vor«, lautete ihre nüchterne Antwort.

Das klang gar nicht gut.

»Du hast Lifelight von seiner besten Seite kennen gelernt, Pendragon«, fuhr sie fort. »Es ist ein wunderbares Werkzeug, das den Menschen auf Veelox Freude gebracht hat. Aber es gibt auch eine Schattenseite. Die musst du als Nächstes kennen lernen.«

Ich beende das Journal an dieser Stelle, Leute. Während Aja an dem toten Jumper eine Leichenschau vornahm, ließ sie mich in einem anderen Raum mit diesem unglaublichen Aufzeichnungsgerät allein. Eigentlich wäre ich lieber bei der Untersuchung dabei gewesen, aber Aja wusste nicht, wie sie meine Anwesenheit hätte erklären sollen. Tja, jetzt bin ich mal gespannt, was dabei herauskommt. Wenn sie fertig sind, nimmt Aja mich mit nach Hause. Morgen zeigt sie mir dann mehr von Rubic City.

Allerdings bin ich nicht als Tourist hier – ich bin weder hergekommen, um die Wunder von Lifelight kennen zu lernen, noch um die Stadt zu besichtigen oder Reisen in meine eigene Fantasie zu unternehmen. Ich bin hergekommen, um herauszufinden, was Saint Dane in diesem Territorium Übles angerichtet hat. Seit dem Zwischenfall mit diesem Jumper werde ich das ungute Gefühl nicht los, dass ich gerade einen ersten Vorgeschmack darauf bekommen habe.

Hiermit melde ich mich also ab – dies ist das Ende meines dreizehnten Journals. Bis ich das vierzehnte aufzeichne, werde ich wohl mehr Antworten auf meine Fragen haben. Tschüss, Leute, macht's gut. Ich vermisse euch.

(Ende des dreizehnten Journals)

ZWEITE ERDE

Bobby winkte noch einmal zum Abschied, dann flackerte das Bild kurz und war gleich darauf verschwunden. Mark und Courtney starrten in den leeren Hobbykeller. Keiner der beiden brachte ein Wort heraus. Sie hatten Bobbys Erzählung völlig gebannt verfolgt und dabei fast vergessen, dass er nicht leibhaftig vor ihnen stand.

»Also, das war ... *anders*«, brach Courtney nach mehreren Sekunden das Schweigen.

»Ich kann mir einfach nicht vorstellen, dass es so etwas wie Lifelight wirklich gibt«, sagte Mark nachdenklich. Er nahm den kreditkartengroßen Projektor vom Tisch und betrachtete ihn von allen Seiten. »Andererseits – so was wie das hier hätte ich mir auch niemals träumen lassen.«

»Glaubst du, dass Saint Dane Lifelight sabotiert hat?«, fragte Courtney.

»Für mich sieht's fast danach aus«, erwiderte Mark. »Aber ich wette, ganz so einfach ist es nicht. Da ist garantiert wieder irgendein Haken dabei. Mann, was würde ich darum geben, dieses Lifelight selbst mal auszuprobieren!«

»Was würdest du tun?«

»Eine Million Sachen«, antwortete Mark prompt. »Ich würde auf einem Pferd reiten – das habe ich mir schon immer gewünscht. Ich würde ein Flugzeug fliegen und in einer Rockband spielen und beim New-York-Marathon mitlaufen.«

»Aber das alles kannst du auch in Wirklichkeit tun«, versetzte Courtney.

Mark zuckte die Schultern. Ihm selbst kamen diese Dinge absolut unerreichbar vor. »Was würdest *du* denn tun?«, wollte er von Courtney wissen.

Ohne zu zögern erwiderte sie: »Ich würde dieser Fuß-ballmannschaft mal so richtig zeigen, wo's langgeht.«

»Das wiederum kannst *du* auch in Wirklichkeit«, parier-te Mark.

Woraufhin Courtney ihrerseits die Schultern zuckte. Ihr Selbstvertrauen war derart angeschlagen, dass ihr die Vorstellung, irgendjemandem so richtig zu zeigen, wo es langging, völlig fantastisch erschien. Mark richtete seine Aufmerksamkeit wieder auf den Hologrammprojektor. Plötzlich fiel ihm etwas ein und er runzelte die Stirn.

»Was ist?«, erkundigte sich Courtney.

»Das ist nicht in Ordnung«, murmelte Mark. »Bobby hätte uns dieses Ding nicht schicken dürfen.«

»Warum nicht? Ist doch viel besser, als wenn wir die Journale lesen müssen.«

»Aber es ist nicht erlaubt, Gegenstände in Territorien zu bringen, in die sie nicht gehören«, wandte Mark ein, während er das Gerät nervös in den Händen drehte. »Das verstößt ganz klar gegen die Regeln.«

»Wir können es ja im Schließfach in der Bank verwah-ren«, schlug Courtney vor. »Da sieht es niemand.«

»Gute Idee. Ich bringe es morgen gleich nach der Schule hin«, stimmte Mark zu. »Mann, warum hat Bobby daran nicht gedacht?«

»Vielleicht wird auf Veelox überhaupt kein Papier be-nutzt und dieses Ding war die einzige Möglichkeit, wie er uns das Journal schicken konnte.«

»Trotzdem«, beharrte Mark. »Es könnte –«

In diesem Moment begann sich sein Ring zu aktivieren. Mark verstummte und hob die Hand.

»Machst du Witze?«, stieß Courtney überrascht hervor. »Das ging aber schnell!«

Mark betrachtete den Ring forschend. »Es fühlt sich anders an«, stellte er irritiert fest.

Rasch nahm er den Ring ab und legte ihn auf den

Tisch. Courtney sprang auf und die beiden Freunde starrten erwartungsvoll auf den grauen Stein in der Mitte. Normalerweise, wenn ein neues Journal von Bobby ankam, wurde zuerst dieser Stein kristallklar, ehe sich der Ring ausdehnte und das Journal in einem Wirbel aus gleißendem Licht erschien, begleitet von Klängen. Diesmal jedoch geschah nichts dergleichen. Der große graue Stein blieb, wie er war. Stattdessen veränderte sich etwas anderes.

Um den Stein herum waren mehrere eigentümliche Schriftzeichen eingraviert. Jedes Symbol sah anders aus und es war kein Zusammenhang zwischen ihnen zu erkennen. Mark hatte damals, als er den Ring erhielt, im Internet nach den Zeichen gesucht um herauszufinden, was sie bedeuteten. Doch er hatte keine Erklärung gefunden. Nach endlosen Recherchen stand am Ende nur eines fest: Diese Zeichen kamen in keiner Sprache oder Kultur vor, die auf der Erde bekannt war.

Jetzt begann eins der Symbole zu leuchten, als ob ein Licht aus dem Inneren des Ringes durch die Gravur nach außen dringen würde. Das Zeichen bestand nur aus einer Wellenlinie, durch die ein gerader Strich verlief. Schließlich begann sich der Ring unter Marks und Courtneys verblüfften Blicken auszudehnen.

»Ich glaube, da kommt was«, flüsterte Mark.

Der Ring wurde nicht so groß wie sonst, aber die beiden Freunde hörten dieselben vertrauten Klänge, die immer die Ankunft der Journale begleiteten. Dann erstrahlte das Zeichen plötzlich so hell, dass Mark und Courtney geblendet die Augen schließen mussten. Gleich darauf sahen sie den Ring wieder in seiner ursprünglichen Größe auf dem Tisch liegen. Wie immer war das Ereignis ganz plötzlich vorbei – das Licht erlosch, die Musik verstummte, nichts war anders als zuvor …

… bis auf das, was der Ring gebracht hatte. Diesmal

war es kein Journal, sondern ein Briefumschlag. Ein ganz gewöhnlicher weißer Zweite-Erde-Briefumschlag.

»Was ist das?«, fragte Courtney.

»Ein Brief«, antwortete Mark.

Courtney verdrehte die Augen. »Was du nicht sagst! Ich meine, warum schickt Bobby uns einen Brief?«

Mark griff zögernd nach dem Umschlag. Er drehte ihn um und betrachtete ihn von allen Seiten, konnte jedoch nichts Außergewöhnliches daran entdecken. Der Umschlag war zugeklebt und nicht beschriftet. Courtney nickte Mark aufmunternd zu und er öffnete den Umschlag vorsichtig, wobei er darauf achtete, das Papier möglichst wenig einzureißen. Zum Vorschein kam ein weißer, unlinierter Zettel.

»Ich glaube nicht, dass der von Bobby kommt«, sagte Mark.

Courtney warf einen Blick auf den Zettel. Es stand etwas darauf geschrieben, jedoch eindeutig nicht in Bobbys Handschrift. Bobby schrieb eine saubere Schreibschrift. Diese Nachricht war in Druckbuchstaben notiert. Außerdem wirkte die Schrift zittrig, als ob sie von jemandem stammte, der keine ruhige Hand hatte. Auf dem Papier stand eine Adresse, weiter nichts.

»›Amsterdam Place Nummer vierhundertneunundzwanzig. Apartment fünf A. New York City‹«, las Mark vor. »Kennst du zufällig jemanden, der da wohnt?«

»Nein«, antwortete Courtney. »Warum sollte Bobby uns eine Adresse schicken? Einfach so, ohne irgendeine Erklärung?«

Plötzlich blickte Mark auf. Ihm war etwas eingefallen.

»Was ist?«, wollte Courtney wissen.

»Könnte das womöglich …?«, murmelte er mehr zu sich selbst als zu Courtney.

»Könnte *was*?«, drängte Courtney, die allmählich ungeduldig wurde.

Mark betrachtete noch einmal den Zettel mit der Adresse, dann seinen Ring. »Könnte das etwas mit den Akoluthen zu tun haben?«

Courtney ließ sich auf die Couch zurückfallen. Das war nicht die Antwort, die sie hatte hören wollen. »Bist du etwa immer noch auf diesem Trip?«

Mark wurde ganz eifrig. »Ich habe Bobby gebeten sich zu erkundigen. Vielleicht will er uns auf diese Weise den Weg zeigen!«

»Ich will nichts mehr davon hören«, versetzte Courtney energisch.

»Du hast versprochen, dass du darüber nachdenkst«, protestierte Mark.

»Hab ich ja auch. Ich habe nachgedacht und bin zu dem Schluss gekommen, dass ich nichts mehr davon hören will.«

»Aber das könnte unsere Chance sein, Bobby zu helfen – *wirklich* zu helfen!«

»Mark, ich habe schon genug eigene Sorgen.«

Mark ließ nicht locker. »Und welche wären das?«, fragte er sarkastisch. »*Fußball?*«

Das Wort wirkte wie ein rotes Tuch auf einen zornigen Stier. Courtney sprang auf. »Ja, Fußball!«

Früher hätte Mark angesichts einer derart wütenden Courtney sofort klein beigegeben. Doch diesmal blieb er hartnäckig. »Wie kannst du dir um diesen blöden Sport Gedanken machen, wenn es so viel Wichtigeres gibt?«

»Für mich ist Fußball eben wichtig!«, verteidigte sich Courtney.

»Aber es ist nur ein Spiel!«, konterte Mark.

»Ist es nicht! Begreifst du denn nicht? Ich habe noch nie derart versagt. Noch *nie!* Du kannst dir einfach nicht vorstellen, wie das ist!«

Mark runzelte die Stirn. »Und warum wohl nicht? Vielleicht weil ich es gewöhnt bin, ständig zu versagen?«

105

Als Courtney bewusst wurde, was sie da gesagt hatte, riss sie sich zusammen und versuchte sich zu beruhigen. »Entschuldige. So habe ich das nicht gemeint.« Sie ließ sich wieder auf das weiche Sofa sinken und atmete tief durch. »Es geht mir nicht nur um Fußball«, fuhr sie fort. »Jeder hat eine bestimmte Rolle – verstehst du, eine Identität. Ich fand meine gut. Es gefiel mir, dass andere zu mir aufblickten. Aber nach dem, was in den letzten Tagen gelaufen ist, glaube ich allmählich, ich bin gar nicht der Mensch, für den ich mich immer gehalten habe.«

»Aber Courtney, es ist doch nur ein *Spiel*«, versuchte Mark sie zu beschwichtigen.

»Ja, vielleicht«, erwiderte Courtney. »Aber wer weiß, was morgen kommt? Ich zweifle gerade zum ersten Mal an mir selbst. Zum allerersten Mal.«

Mark überlegte einen Moment lang, dann nahm er den Hologrammprojektor und den Briefumschlag mit der Adresse vom Tisch und steckte beides in seinen Rucksack.

»Es tut mir Leid, Courtney«, sagte er mitfühlend. »Ich verstehe ja, wie du das meinst mit den Rollen und so. Ich dachte bisher immer, meine Rolle ist die des Trottels, über den sich alle anderen lustig machen. Aber neuerdings fange ich an zu glauben, dass mehr in mir steckt. Vielleicht bist du auch nicht die, für die du dich immer gehalten hast – und vielleicht ist das gar nicht mal so übel. Es könnte bedeuten, für dich gibt es noch etwas Wichtigeres zu tun.«

Courtney warf Mark einen kurzen, verunsicherten Blick zu. Er war bereits aufgestanden und ging zur Treppe. »Morgen ist Freitag«, fuhr er fort. »Dann bringe ich die Sachen ins Schließfach. Am Samstag fahre ich zu der Adresse, die auf diesem Zettel steht. Ich hoffe, du kommst mit, aber ich kann auch verstehen, wenn du nicht willst.«

Damit ließ er Courtney allein im Hobbykeller zurück.

Am nächsten Tag begegneten sich Mark und Courtney in der Schule nicht. Mark hatte eine Besprechung mit Mr Pike wegen der Sci-Clops und bekam einen Terminplan für die Treffen bis zum Ende des Schulhalbjahres. Er gab sich Mühe, sich darüber zu freuen, aber es fiel ihm schwer. Er konnte an nichts anderes denken als daran, dass ihm womöglich noch ein viel größeres Abenteuer bevorstand.

Nach Schulschluss ging Mark zur Nationalbank von Stony Brook an der Ave. Die verkniffene Miss Jane Jansen führte ihn in den Tresorraum, wo er den Projektor mit Bobbys dreizehntem Journal in dem Schließfach verstaute, in dem bereits die Journale eins bis zwölf verwahrt waren. Den mysteriösen Zettel mit der New Yorker Adresse legte er allerdings nicht mit in das Fach. Den brauchte er noch.

Courtney traf indessen die schwere Entscheidung, sich tatsächlich in die zweite Mannschaft zurückstufen zu lassen – allerdings mit dem festen Vorsatz, sich dort als so überlegen zu beweisen, dass Trainerin Horkey gar nichts anderes übrig blieb als sie sofort wieder in die erste aufzunehmen.

Doch es kam anders. Im Training am Freitag zeigte sich, dass Courtney zwar zu den stärkeren Spielerinnen im Team zählte, aber keineswegs herausragend war. Sie selbst versuchte nach Kräften diese Erkenntnis zu verdrängen und vorerst das Beste aus der Situation zu machen, auch wenn sie weit davon entfernt war, sich in ihr Schicksal zu fügen.

Am nächsten Tag, dem Samstag, machte sich Mark früh auf den Weg. Seinen Eltern hatte er erzählt, er wolle in New York City ein Technikmuseum besichtigen. Schließlich war er alt genug einen solchen Ausflug allein zu unternehmen. Mit dem Zug in die Stadt zu fahren war kein Problem – der Bahnhof lag am Ende der Stony Brook

Avenue, nicht weit von Marks Elternhaus entfernt. Er hatte auf dem Fahrplan nachgesehen und beschlossen die Bahn um 8.05 Uhr zu nehmen, mit der er gegen 9 an der Grand Central Station sein würde. Auf diese Weise blieb ihm reichlich Zeit, die Adresse ausfindig zu machen, die auf dem Zettel stand, und rechtzeitig zum Abendessen wieder zu Hause zu sein.

Er hatte auf einen Anruf von Courtney gehofft, doch sie meldete sich nicht und er wollte ihr nicht nachlaufen. Also stand er am frühen Samstagmorgen allein auf dem Bahnsteig, bereit das nächste Kapitel in diesem Abenteuer zu beginnen, das vor so langer Zeit mit Bobbys Verschwinden begonnen hatte.

Die Bahn fuhr ein und die Türen öffneten sich leise. Wochentags war der Zug immer rappelvoll mit Pendlern auf dem Weg zur Arbeit. Am Samstag hingegen fuhren nicht viele Leute in die Stadt, sodass Mark den Wagon beinahe für sich allein hatte. Er suchte sich einen Platz in der Mitte aus, weil er wusste, dass es dort am wenigsten holperte, warf seinen Rucksack ins Gepäcknetz und ließ sich auf den Sitz fallen.

»Was ist los?«, ertönte eine Stimme hinter ihm. »Willst du dich nicht neben mich setzen?«

Mark fuhr überrascht herum und sah …

Courtney.

»Ich habe bei dir angerufen, aber da warst du gerade weg«, erklärte sie. »Deine Mom hat mir erzählt, dass du mit diesem Zug fahren willst. Ich bin eine Station früher eingestiegen.«

»Bist du sicher, dass du mitkommen möchtest?«, fragte Mark vorsichtig.

»Nein, aber wer soll denn sonst auf dich aufpassen?«, antwortete sie mit einem schelmischen Grinsen.

Mark strahlte über das ganze Gesicht und setzte sich zu ihr. Sie waren wieder ein Team – wenigstens vorerst.

Auf der Zugfahrt redeten sie über alles Mögliche, nur nicht über die mysteriöse Nachricht. Nicht dass sie das Thema absichtlich vermieden hätten – sie hatten einfach keine Ahnung, was sie am Amsterdam Place erwartete.

An der Grand Central Station stiegen sie in die U-Bahn um. Courtney wusste, dass der Amsterdam Place an der Upper East Side von Manhattan lag, und so fanden sie mithilfe des Linienplans schnell heraus, mit welchen Bahnen sie fahren mussten. Nach weiteren zwanzig Minuten und einmaligem Umsteigen standen sie in der U-Bahn-Station am Amsterdam Place. Mark überprüfte noch einmal die Hausnummer – 429 –, dann gingen sie zu Fuß zwei Blocks nach Norden.

Schließlich standen die beiden Freunde vor einem alten Ziegelgebäude, einem Apartmenthaus in recht hübscher Lage, wie es schien, mit Blick auf den East River. Gegenüber gab es einen Park, in dem kleine Kinder umherliefen und eine Gruppe älterer Jungs Touch Football spielte. Da es September war, hatte sich das Laub an den Bäumen bereits herbstlich gefärbt, doch die Luft war mild und der Himmel von einem tiefen Blau, wie es nur im Herbst vorkommt. Die gesamte Umgebung wirkte so normal und harmlos, wie man es sich nur vorstellen konnte.

Außer, dass Mark und Courtney jetzt herausfinden mussten, was sie in Apartment 5A erwartete. Sie wechselten noch einen raschen Blick, dann stiegen sie die Zementstufen zum Eingang hoch. Die schwarze, zweiflügelige Tür sah aus, als sei sie schon ungefähr fünfhundertmal überstrichen worden. Mark packte den Messingknauf, öffnete die Tür und ließ Courtney den Vortritt. Drinnen standen sie vor einer weiteren Tür, die jedoch verschlossen war. Es gab nur eine Möglichkeit, hineinzugelangen: Einer der Hausbewohner musste den Türöffner betätigen. Rechts an der Wand entdeckten sie eine graue Metallplatte, auf der kleine Schildchen mit den Namen sämtlicher Mieter im Gebäude angebracht waren. Eifrig suchten Mark und Courtney nach dem Apartment 5A.

»›Dorney‹«, las Mark. »Klingt eigentlich ganz normal.«

»Was dachtest du denn, was da steht?«, fragte Courtney. »Vielleicht ›Akoluthen-Hauptquartier‹?«

Mark musste trotz seiner Nervosität lachen. Sie standen eine Weile lang da und starrten auf das gedruckte Namensschild. Daneben befand sich ein schwarzer Knopf. Keiner der beiden Freunde hatte es eilig, ihn zu betätigen.

»Was sollen wir sagen?«, fragte Mark.

»Wie wär's mit: ›Hallo! Wir möchten uns gern um die Stelle als Akoluthen bewerben.‹«

Mark grinste Courtney an. Dann drückte er schnell, bevor er es sich anders überlegen konnte, auf den Klingelknopf. Sie warteten. Nichts geschah.

»Vielleicht ist der Akoluth gerade im Einsatz«, vermutete Courtney.

Mark klingelte noch einmal. Keine Reaktion. Schließlich sagte er: »Nun, am besten versuchen wir es ein andermal –«

»Ja?«, ertönte eine unfreundliche Männerstimme aus dem Lautsprecher neben den Namensschildern.

Mark und Courtney wechselten einen raschen Blick. Courtney fasste sich als Erste und sagte in die Sprechanlage: »Äh … Mr Dorney?«

»Wer ist da?«, fragte die barsche Stimme.

»Äh … ich heiße Courtney. Ich bin mit meinem Freund Mark hier. Wir wollten fragen, ob –«

»Verschwindet!«, blaffte der Mann und die Sprechanlage wurde abgeschaltet.

Mark drückte erneut auf den Knopf.

»Ich kaufe nichts!«, knurrte die Stimme.

»Wir wollen Ihnen auch gar nichts verkaufen«, erwiderte Mark höflich. »Wir möchten mit Ihnen über ... äh ... Bobby Pendragon sprechen.«

Schweigen. Mark und Courtney blickten sich ratlos an. Mark wollte gerade zum dritten Mal klingeln, doch kaum hatte er die Hand ausgestreckt, da ertönte ein lautes Summen.

»Was ist das?«, fragte er erschrocken.

Courtney drückte probeweise gegen die Tür – tatsächlich, sie ließ sich öffnen.

»Er hat uns reingelassen«, stellte sie fest. Unschlüssig blieb sie in der offenen Tür stehen. »Letzte Gelegenheit ...«

»Sag das nicht«, versetzte Mark. »Sonst überlege ich es mir wirklich noch anders.«

Er holte noch einmal tief Luft und ging dann rasch an Courtney vorbei in den Hausflur. Sie folgte ihm und ließ die Tür hinter sich ins Schloss fallen.

Nächster Halt: Apartment 5A.

ZWEITE ERDE
(Fortsetzung)

Der klapprige Fahrstuhl brachte sie zur fünften Etage hinauf. Mark und Courtney beobachteten angespannt, wie über der Tür eine Zahl nach der anderen aufleuchtete.

»Was, wenn es Saint Dane ist?«, platzte Courtney ängstlich heraus. »Ich meine, vielleicht will er uns in eine Falle locken.«

»Daran habe ich auch schon gedacht«, erwiderte Mark kaum weniger ängstlich. »Aber warum sollte er sich mit uns abgeben? Wir sind doch nur zwei ganz normale Kids.«

»Klar, aber zwei Kids, die er dazu benutzen könnte, mit Bobby abzurechnen«, gab Courtney zu bedenken.

Mark schluckte. Dieser Gedanke war ihm noch nicht gekommen. Im nächsten Moment hielt der Aufzug mit einem Ruck und die Türen glitten auf. Sollten sie die Sache wirklich durchziehen?

»Wenn er an uns rankommen wollte, könnte er das viel einfacher haben«, sagte Mark und versuchte überzeugend zu klingen. »Dazu bräuchte er gar nicht solchen Aufwand zu treiben.«

Courtney nickte und trat in den mit Teppich ausgelegten Flur hinaus. Mark hielt sich dicht hinter ihr. Die Etage wirkte einladend – durch ein Fenster an einem Ende schien warm die Herbstsonne herein und davor stand ein Tischchen mit einem hübschen Blumengesteck. Wahrscheinlich künstlich, aber es erzeugte dennoch eine anheimelnde Atmosphäre. Insgesamt war das Haus zwar nicht besonders vornehm, jedoch auch keineswegs heruntergekommen. Zu beiden Seiten des Ganges befanden sich in gleichmäßigen Abständen insgesamt etwa ein Dutzend Apartmenttüren, die alle mit demselben glänzenden schwarzen Lack gestrichen waren wie die Haustür. An jeder Tür waren ein Türklopfer aus Messing und ein Metallschild mit eingraviertem Namen angebracht. Während sich Mark nach rechts wandte, um nach der richtigen Tür Ausschau zu halten, ging Courtney nach links. Wie sich herausstellte, lag das Apartment »A« gleich neben dem Aufzug.

»Sollen wir? Sollen wir nicht?«, fragte Courtney.

Statt einer Antwort griff Mark nach dem Türklopfer und klopfte zweimal – nicht zu heftig, um nicht aufdringlich zu erscheinen, aber doch fest genug, dass es entschlossen wirkte. Gleich darauf hörten die beiden Freunde, wie drinnen jemand zur Tür schlurfte. Dann verstummten die Schritte – wahrscheinlich schaute der Mann durch den Türspion. Mark und Courtney glaubten seinen prüfenden Blick regelrecht zu spüren. Beide stellten sich ganz gerade hin und setzten eine ernsthafte Miene auf. Nach ein paar Sekunden wurde die Tür entriegelt und einen Spaltbreit geöffnet. Nur einen schmalen Spalt. Mark und Courtney wechselten einen unschlüssigen Blick – und jetzt? Nach kurzem Zögern trat Courtney einen Schritt vor und schob die Tür vorsichtig weiter auf.

Das Erste, was sie sahen, war der Rücken eines Mannes, der schlurfend wieder in der Wohnung verschwand. Der Mann war alt, trug ein kariertes Hemd und eine Khakihose und sein graues Haar war kurz geschnitten.

»Macht die Tür zu«, befahl er ohne sich umzudrehen.

Mark und Courtney traten ein und schlossen die Tür hinter sich. Allerdings nicht ganz. Mit einer stummen Geste gab Courtney Mark zu verstehen, die Tür einen winzigen Spalt offen zu lassen – nur für den Fall, dass sie eilig den Rückzug antreten mussten.

»Kommt schon!«, rief der Mann ihnen ungeduldig zu.

»Nun seid ihr schon mal hier – jetzt nur keine Schüchternheit.«

Die beiden Freunde gingen zögernd den Flur entlang und machten sich darauf gefasst, beim ersten Anzeichen von Gefahr sofort loszurennen.

Die Wohnung sah eigentlich ziemlich normal aus, so wie man sich die Wohnung eines alten Mannes vorstellte. Die Möbel waren alt, aber gut in Schuss, an den Wänden hingen Landschaftsgemälde in Öl und auf polierten Mahagonitischchchen standen Bilderrahmen mit Fotos von lächelnden Gesichtern. Nichts in dem ganzen Raum wirkte auch nur im Entferntesten modern.

Zweierlei fiel auf. Zunächst einmal die Bücher, die zu Tausenden in Bücherschränken standen und auf Tischen bis zur Decke aufgestapelt lagen. Wer auch immer dieser Bursche sein mochte – offenbar las er gern. Das zweite Bemerkenswerte waren die Pflanzen, von denen es so viele gab, dass man sich wie im Gewächshaus vorkam. Dutzende von Topfpflanzen standen herum, und an den Wänden und über die Bücherschränke rankten sich Kletterpflanzen in einem dichten Gewirr, das weder Anfang noch Ende zu haben schien.

Insgesamt wirkte das Apartment sehr sauber, trotz der vielen Pflanzen. Hier wohnte durchaus kein verlotterter alter Mann, der sich nicht mehr selbst versorgen konnte. Mark und Courtney wussten nun, dass sie es mit einem ordnungsliebenden Menschen zu tun hatten, der viel las und einen grünen Daumen besaß – was sie allerdings der Lösung des Rätsels, *wer* er überhaupt war, keinen Schritt näher brachte.

»Setzt euch«, forderte der Alte sie auf, wobei er auf ein üppig gepolstertes Sofa deutete. Dann schlurfte er zu einem Sessel und ließ sich schwerfällig darin nieder. Die beiden Freunde ließen ihn keine Sekunde lang aus den Augen. Beim Hinsetzen musste er sich an der Sessellehne festhalten, als brächten seine Beine nicht mehr die nötige Kraft auf. Der Kerl war nicht wirklich gebrechlich, aber er hätte auch keinen Marathon mehr laufen können. Mark und Courtney folgten der Einladung und setzten sich nebeneinander auf die Couch. Beide nahmen einen schwachen Geruch nach Mottenkugeln wahr. Keiner von beiden verlor ein Wort darüber.

Nun, da sie dem alten Mann gegenübersaßen, stellten sie fest, dass er eine Brille mit kleinen Gläsern und Drahtgestell trug. Der Schnitt seines grauen Haares wirkte geradezu militärisch. Seine Haltung war sehr würdevoll, was Mark und Courtney dazu veranlasste, sich ebenfalls kerzengerade hinzusetzen. Der Mann musterte sie lange mit durchdringendem Blick, wie um sie abzuschätzen. Alt mochte er sein, aber geistig war er zweifellos auf der Höhe.

Mark brachte den Ball ins Rollen. »Ich heiße M-Mark Dimond.«

»Und ich bin Courtney Chetwynde.«

Endlose Sekunden vergingen. Der Mann starrte sie unbeirrt an. Schließlich fragte er: »Was wollt ihr?«

Mark und Courtney blickten ihn verständnislos an.

»Wie meinen Sie das?«, fragte Courtney.

»Ihr seid schließlich hergekommen«, versetzte der Mann barsch. »Also, was wollt ihr?«

Mark begann vor Aufregung zu stottern. »W-wir haben Ihre Adresse bekommen –«

»Das weiß ich selbst«, fuhr ihm der Alte über den Mund. »Wenn ihr meine Adresse nicht hättet, wärt ihr jetzt nicht hier. Ich will wissen warum.«

Offenbar hatte dieser Mann eine Vorliebe für deutliche Worte. Er gab sich keinerlei Mühe, höflich zu sein oder den netten Gastgeber zu spielen.

»Wir sind hergekommen, weil wir unserem Freund helfen wollen – Bobby Pendragon«, sagte Mark.

»Gut«, versetzte der Mann prompt. »Warum?«

»Er ist unser Freund«, schaltete sich Courtney ein. »Reicht das nicht?«

»Kommt drauf an«, lautete die knappe Antwort.

»Worauf?«, schoss Courtney zurück.

»Darauf, ob ihr bereit seid für ihn zu sterben.«

Huch! Die Spannung im Raum erhöhte sich schlagartig. Der alte Mann zuckte nicht mit der Wimper. Mark und Courtney wussten nicht, was sie darauf erwidern sollten.

Und dann begann Marks Ring zu zucken.

Er warf einen raschen Blick auf seine Hand. Auch Courtney hatte es bemerkt: Der graue Stein veränderte allmählich seine Farbe. Hastig bedeckte Mark den Ring mit der anderen Hand.

Zu spät.

»Nimm ihn ab!«, befahl der alte Mann.

Mark blickte ihn mit aufsteigender Panik an.

»Ich sagte, nimm ihn ab! Leg ihn auf den Tisch.«

Mark hatte keine andere Wahl, denn der Ring begann sich bereits auszudehnen. Er zog ihn vom Finger und legte ihn vor sich auf den Couchtisch. Gleißendes Licht drang aus dem Stein und erfüllte das gesamte Zimmer mit blendender Helligkeit. Der Ring dehnte sich rasch aus, bis er die Größe eines Frisbee erreicht hatte, und in der Mitte tat sich ein dunkles Loch auf. Dann kamen die vertrauten Klänge und nach einem letzten Aufblitzen des Lichtes und Anschwellen der Töne kehrte der Ring in seinen Normalzustand zurück.

Als Mark und Courtney wieder hinsehen konnten, lag auf dem Tisch ein weiterer kleiner silberner Hologrammprojektor. Bobby hatte sein nächstes Journal geschickt – im denkbar ungünstigsten Moment. Mark schnappte sich seinen Ring und das Journal und stand auf.

»Das Ganze war ein Irrtum«, sagte er hastig. »Wir gehen.«

Er wandte sich zur Tür. Courtney fiel nichts Besseres ein als ihm zu folgen.

»Bleibt stehen!«, verlangte der alte Mann, während er sich mühsam aus seinem Sessel hochstemmte.

Mark drehte sich zu ihm um. »H-hören Sie, Mister«, stieß er heftig hervor. »Wir sind hergekommen, weil wir nach Antworten suchen, und stattdessen bekommen wir nichts als Fragen zu hören. Wissen Sie was? Ich traue Ihnen nicht. Warum sollte ich? Wenn Sie glauben, wir bleiben hier brav sitzen und lassen uns ausquetschen und einschüchtern, dann nennen Sie uns erst mal einen guten Grund dafür. Sonst gehen wir jetzt nämlich.«

Courtney starrte Mark verdattert an – sie hatte gar nicht gewusst, dass er so energisch werden konnte. Dann wandte sie sich dem alten Mann zu und bekräftigte: »Genau!«

Der Mann hielt ihrem Blick sekundenlang schweigend stand, ehe er bedächtig nickte. Dann kehrte er seinen Besuchern den Rücken und schlurfte zu einem Einbauschrank in der Wand.

»Ich heiße Tom Dorney«, sagte er mit fester Stimme. »Ich wohne schon seit fast fünfzig Jahren hier. Ledig, nie verheiratet gewesen. Ich habe zwei Schwestern und drei Neffen.« Dorney zog einen Schlüsselbund aus der Tasche und öffnete die Schranktür. Mehrere Metallkisten kamen zum Vorschein, jede etwa sechzig mal sechzig Zentimeter groß.

»Ich habe zwanzig Jahre lang beim Militär gedient«, fuhr er fort. »War im Zweiten Weltkrieg in Kampfhandlungen verwickelt. Im Südpazifik.« Er wuchtete eine der Kisten aus dem Schrank und trug sie zum Couchtisch hinüber. Die Kiste schien ziemlich schwer zu sein, aber weder Mark noch Courtney machten Anstalten, mit anzufassen. Der Mann sah nicht so aus, als ob er Hilfe wollte oder bräuchte.

117

»Diese Kisten sind feuerfest«, erklärte er. »Selbst wenn das ganze Haus niederbrennen würde, bliebe der Inhalt unversehrt.« Mit einem weiteren Schlüssel von seinem Bund schloss Dorney die Kiste auf. Zögernd ließ er den Blick noch einmal auf Mark und Courtney ruhen, als sei er unschlüssig, ob er sein Geheimnis wirklich lüften sollte.

Schließlich fügte er hinzu: »Und ich bin ein Akoluth. Soll ich es euch beweisen?«

Mark und Courtney nickten stumm.

Dorney klappte den Deckel der Kiste auf. Zum Vorschein kamen eine Menge Papiere – manche in Heftern, andere zusammengerollt und mit Kordel verschnürt. Die beiden Freunde starrten ungläubig darauf.

Mark setzte zaghaft an: »Sind das …?«

»Das sind die Journale eines Reisenden«, verkündete Dorney.

»Von welchem Reisenden?«, erkundigte sich Courtney.

»Sie stammen von meinem besten Freund – Press Tilton.«

Dorney hob die Hand. An einem Finger trug er einen Ring, der genauso aussah wie Marks. »Ich habe euch beide herkommen lassen, weil ich allmählich alt werde und Hilfe brauche. Also, meine Frage steht noch: Was wollt ihr? Wenn ich darauf nicht die richtige Antwort bekomme, könnt ihr schnurstracks wieder nach Hause gehen. Was dieser junge Pendragon von euch hält, interessiert mich nicht.«

Vierzehntes Journal

Veelox

Hi, Leute. Na, gewöhnt ihr euch allmählich daran, mich so zu sehen?

Es ist verrückt – nach meinem Erlebnis in Lifelight kommt mir die Vorstellung, eine holografische Aufzeichnung von mir selbst zu machen, technisch schon fast primitiv vor. Lifelight ist eine unglaubliche Erfindung ... und eine unglaublich gefährliche noch dazu. Die Sache ist die: Ich fürchte, Saint Dane ist sich dessen bewusst, und womöglich können wir nicht mehr verhindern, dass er daraus seinen Vorteil zieht. Ich meine das ernst – es sieht fast so aus, als sei es bereits zu spät, um Veelox zu retten. Aber noch gebe ich nicht auf. Aja und ich haben einen Plan ausgeheckt. Um ihn in die Tat umzusetzen muss ich allerdings noch einmal in einen Jump gehen. Ehrlich gesagt fürchte ich mich davor zu Tode, denn diesmal wird es nicht wieder solch ein herrlicher Fantasiebesuch zu Hause werden wie beim letzten Mal.

Dieser Jump wird eine haarige Sache.

Ich weiß, ihr denkt bestimmt: Wie schlimm soll es schon werden, wenn sich alles nur in meinem Geist abspielt? Tja, der menschliche Geist ist ganz schön mächtig. Die Fantasie ebenfalls. Glaubt mir, ich habe gerade mit eigenen Augen gesehen, wie so was ausgehen kann. Das ist nicht schön. Ich will das Risiko eigentlich nicht erneut eingehen, aber ich sehe keine andere Möglichkeit. Ich muss noch einmal nach Lifelight. Ich weiß, was ich zu tun habe.

Glaube ich jedenfalls.

Lasst mich erzählen, wie es dazu gekommen ist, dass ich diesen Wahnsinnstrip unternehmen muss …

Nach meinem ersten Jump hielt ich Lifelight für eine ziemlich coole Angelegenheit. Es war einfach fantastisch, wieder zu Hause zu sein, meine Familie wieder zu sehen und die Mannschaft der Easthill High so richtig abzuziehen, auch wenn das alles nichts als eine Illusion war. Das ist bestimmt schwer zu begreifen, aber während ich mich in Lifelight befand, habe ich in gewisser Weise vergessen, dass das Ganze nicht echt war. Es kam mir alles so wirklich vor, dass mein Verstand glauben wollte, es sei die Realität. Zumindest wollte mein Herz es glauben. Klingt das verständlich? Ihr würdet es verstehen, wenn ihr es selbst erlebt hättet.

Aber dann, kaum dass mein Jump beendet war, wurde ich Zeuge, wie jemand anderes tot aus Lifelight zurückkehrte. Damit war ziemlich klar, dass das Jumpen gewisse Risiken birgt. Worin diese Risiken bestehen, sollte ich erfahren, nachdem Aja aus der Besprechung zurückkam.

»Wir gehen erst mal zu mir nach Hause und essen was«, verkündete sie, als sie eilig das Büro betrat, in dem ich mein voriges Journal aufgezeichnet hatte. »Anschließend widme ich mich weiter deiner Ausbildung.«

Ausbildung – du meine Güte! Aja legte es wirklich darauf an, mich spüren zu lassen, dass sie mir geistig haushoch überlegen war. Ich musste mich wohl glücklich schätzen, dass sie sich überhaupt mit mir abgab.

»Was war mit diesem Jumper?«, wollte ich wissen. »Woran ist er gestorben?«

»So etwas kommt vor«, entgegnete sie ausweichend. »Schließlich halten sich massenhaft Leute in der Pyramide auf.«

»Aber du hast vorhin gesagt, es käme in letzter Zeit häufiger vor.«

»Das war ein Unfall, klar?«, fauchte sie. »Ich habe dir doch schon gesagt, hier ist alles unter Kontrolle.«

Autsch. Da hatte ich wohl einen wunden Punkt getroffen. Offenbar war ganz und gar nicht alles unter Kontrolle. Aber es war zwecklos, darüber zu streiten. Ohne ein weiteres Wort verließ Aja das Büro. Vermutlich erwartete sie, dass ich ihr folgte, was ich dann auch tat.

Wir verließen die Lifelight-Pyramide, stiegen wieder in das dreirädrige Gefährt, mit dem wir hergekommen waren, und fuhren die stille Straße entlang. Ich hatte eine Million Fragen im Kopf – über Lifelight und wie es funktionierte, warum Aja so sicher war, dass Saint Danes Plan scheitern würde, und worin zum Teufel Saint Danes Plan überhaupt *bestand*. Aber die Gelegenheit schien nicht günstig, etwas aus Aja herauszubekommen. Sie wirkte ziemlich aufgewühlt. Während sie in die Pedale trat, starrte sie ausdruckslos vor sich hin, als sei sie mit ihren Gedanken meilenweit entfernt.

Ich stand vor einem echten Dilemma, Freunde. Nach meinen bisherigen Schilderungen ist euch wohl klar, dass sich Aja nicht gerade besonders umgänglich aufführte. Mit ihrem hitzigen Gemüt brauste sie beim geringsten Anlass sofort auf, sie wirkte stolz und wahnsinnig intellektuell … und ließ keine Gelegenheit aus, ihren Grips unter Beweis zu stellen. Damit war sie das genaue Gegenteil von Leuten wie zum Beispiel Onkel Press, der zwar über so ziemlich alles Bescheid wusste, einem das aber nicht ständig auf die Nase band. Ich schätze, er war selbstbewusst genug um das nicht nötig zu haben. Bei Aja hingegen hegte ich den Verdacht, dass sie hinter ihrer überlegenen Fassade im Grunde durchaus nicht so felsenfest von sich überzeugt war und gerade deshalb ständig versuchte ihre Genialität zu beweisen.

Wie auch immer, sie war nun mal die Reisende von Veelox, also blieb uns wohl nichts anderes übrig als uns irgendwie zu arrangieren. Wenn sie Recht hatte und Saint Danes Plan bereits vereitelt war – umso besser, dann konnte ich gleich wieder verschwinden und wir brauchten uns nicht länger miteinander herumzuschlagen. Leider bezweifelte ich ernsthaft, dass die Dinge so einfach lagen. Immerhin hatte ich aus Saint Danes eigenem Mund gehört, er habe auf Veelox bereits gewonnen, und zudem war mir mittlerweile klar geworden, dass es gewisse Probleme mit Lifelight gab. Folglich mussten Aja und ich eine Möglichkeit finden, zusammenzuarbeiten – beziehungsweise *ich* musste eine Möglichkeit finden, denn Aja schien nicht sonderlich erpicht darauf zu sein.

Ich beschloss es mit einer harmlosen Unterhaltung zu versuchen. »Bist du hier aufgewachsen?«, erkundigte ich mich.

»Ja.«

»In Rubic City?«

»Ja.«

»Wann hast du erfahren, dass du eine Reisende bist?«

»Vor zwei Jahren.«

Übermäßig gesprächig war sie nicht. Aber ich gab nicht so schnell auf.

»Wie alt bist du?«

»Achtzehn.«

»Wow! Sind alle Phader so jung?«

»Willst du meine Lebensgeschichte hören, Pendragon?«, fauchte sie plötzlich. »Bitte sehr: Ich bin schon als Baby in eine Heimgruppe gekommen und dort aufgewachsen. Meine Eltern habe ich nie kennen gelernt. Ich weiß bis heute nicht, ob man mich ihnen weggenommen hat oder ob sie mich selbst in die Ausbildung gegeben haben.«

Uff! Das war ganz schön viel Stoff für ein paar kurze Sätze. Ich überlegte kurz, worauf ich zuerst eingehen sollte.

»Ausbildung?«, hakte ich schließlich nach. Dieser Teil kam mir weniger gefühlsbeladen vor als das Thema »schon als Baby in eine Heimgruppe gekommen«.

»Die Direktoren machen begabte Babys ausfindig und bilden sie zu Phadern und Veddern aus. Sobald ich sitzen konnte, wurde ich an eine Computertastatur gesetzt und lernte programmieren. Mit zwölf trat ich eine Vollzeitstelle als Phader an. Inzwischen habe ich eine leitende Position inne.«

Sie benahm sich nicht mehr so zugeknöpft – das war gut. »Wer sind die Direktoren?«, erkundigte ich mich.

»Das sind die Leute, die die Entscheidungen über Lifelight treffen. Aber um deine Frage zu beantworten – ja, alle Phader sind jung. Die Vedder ebenfalls. Die Direktoren setzen zur Überwachung nur die cleversten Köpfe ein. Das ist allerdings nicht der einzige Grund … Wenn die Leute älter werden, sind sie es recht bald leid, ihre Zeit an den Überwachungsmonitoren zu verbringen. Sie wollen lieber selbst jumpen. Spätestens mit fünfundzwanzig hängen die Phader ihren Job mehr oder weniger an den Nagel.«

»Und was wird dann aus ihnen?«

Statt einer Antwort schaute sich Aja nur wortlos um. Ich folgte ihrem Blick, und was ich sah, war … eine völlig ausgestorbene Stadt. Ich hatte ja schon erzählt, im Grunde sah alles ganz ähnlich aus wie auf Zweite Erde, nur dass die Menschen fehlten. Der Wind wehte Abfall durch die Straßen und trieb ihn in den Gassen zusammen. Die Fensterscheiben waren blind vor lauter Dreck. Viele der Fahrzeuge, die überall am Straßen-

123

rand geparkt standen, hatten keine Luft mehr in den Reifen. Früher musste dies einmal eine belebte Gegend gewesen sein.

Allmählich dämmerte mir, wo das Problem lag.

»Sie sind alle in Lifelight, stimmt's?«, fragte ich leise.

»Warum sollten sie sich irgendwo anders aufhalten, wenn sie sich das Leben ihrer Träume erschaffen können?«, versetzte Aja scharf.

»Ist es überall so?«, wollte ich wissen. »Ich meine, nicht nur in Rubic City?«

»Im gesamten Territorium, Pendragon«, erwiderte sie. »Die Wirklichkeit dient auf Veelox nur noch dazu, die Fantasie zu ermöglichen.« Sie blickte mich eindringlich an. »Deshalb glaubt Saint Dane, er hätte gewonnen. Dieses Territorium steht kurz vor dem Zerfall, aber das haben wir allein uns selbst zuzuschreiben.«

Das klang verflixt plausibel. Wenn niemand in der Realität leben wollte, ging das Territorium zwangsläufig zugrunde. Ich musste an einen Typen denken, mit dem wir früher zusammen zur Schule gegangen sind. Erinnert ihr euch noch an Eddie Ingalls? Er hatte sich derart in irgendein Online-Fantasy-Computerspiel reingesteigert, dass er stundenlang nur in seinem Zimmer vor dem Rechner hockte. Wahrscheinlich schlief er kaum noch, vor allem an den Wochenenden. Irgendwann hatte er fast nichts anderes mehr im Kopf und verbrachte so viel Zeit mit diesem Spiel, dass er die meisten seiner Freunde verlor. Er war einfach nie dabei, wenn etwas unternommen wurde. Dann gingen auch noch seine Schulleistungen in den Keller. Ich weiß nicht genau, was aus ihm geworden ist, aber ich glaube, seine Eltern mussten ihn auf eine spezielle Schule schicken, damit er wieder ins wirkliche Leben zurückfand. Tja, was damals mit Eddie Ingalls passierte, war mehr oder weniger das Gleiche, was gerade auf

Veelox im Gange war – nur dass es hier ungefähr im achtmilliardenfachen Ausmaß geschah.

Die Vorstellung entsetzte mich. Mein Puls begann zu rasen. Wir hatten Veelox verloren, bevor wir überhaupt eine Chance gehabt hatten, es zu retten!

»Dann hatte Saint Dane also Recht«, folgerte ich. »Es ist zu spät, er *hat* bereits gewonnen!«

»Immer mit der Ruhe«, widersprach Aja energisch. »Ich sagte doch schon, ich habe alles unter Kontrolle.«

»Unter Kontrolle? Ich sehe hier keine Spur von Kontrolle! Diese Stadt bricht zusammen. Wie lange dauert es noch, bis auch Lifelight zusammenbricht? Das wird nämlich passieren, jede Wette. Gibt es deshalb Todesfälle unter den Jumpern? Ist das die Zukunft von Veelox? Dass alle Jumper früher oder später in ihrer Fantasiewelt sterben, weil sich niemand mehr um die Realität schert? Wir müssen sie da rausholen! Vielleicht können wir den Stecker rausziehen und sie zwingen aufzuwachen. Das ist die einzige Möglichkeit, wie sie —«

»Stopp!«, schrie Aja und trat so heftig auf die Bremse, dass ich beinahe mit dem Kopf voran durch die Scheibe geflogen wäre. Sie starrte mich mit solch glühendem Zorn an, dass ich das Gefühl hatte, mein Gehirn müsse unter ihrem Blick schmelzen.

»Ich versuche gerade, dir zu erklären, was hier vor sich geht«, sagte sie mit fester Stimme. »Wir können nicht einfach ›den Stecker rausziehen‹ und allen sagen, sie sollen wieder in ihr normales Leben zurückkehren – auch wenn du dir bestimmt wünschst, es wäre so einfach. Hier gibt es nur eine Möglichkeit, etwas zu bewirken: Man muss *in der Fantasie* ansetzen. Wenn du nicht imstande bist, das zu begreifen, kannst du dich gleich wieder nach Hause flumen.«

Ich musste mich zusammenreißen. Auch wenn mein gesunder Menschenverstand mir das Gegenteil sagte –

mir blieb nichts anderes übrig als darauf zu vertrauen, dass Aja wusste, wovon sie sprach. Die Technik auf Veelox war mir völlig fremd. Wenn sie behauptete alles unter Kontrolle zu haben, musste ich ihr im Zweifelsfall glauben. Wenigstens vorerst.

»Tut mir Leid«, sagte ich und zwang mich zur Ruhe. »Ich würde gern hier bleiben und mehr über Veelox erfahren.«

Aja starrte mich an. Ich rechnete damit, dass sie mich zum Teufel jagen oder mir den Kopf abreißen würde. Oder beides. Zum Glück tat sie weder das eine noch das andere, sondern trat schweigend wieder in die Pedale. Wir sprachen kein weiteres Wort miteinander, bis wir bei ihr zu Hause ankamen.

Aja wohnte in einem prächtigen Haus an einer ruhigen Allee. Sagte ich »ruhig«? Sehr witzig – hier war es überall ruhig. Das Gebäude war ein dreistöckiger Ziegelbau, der aussah wie das Zuhause eines Millionärs. Und um das Bild abzurunden standen entlang der Straße riesige, üppig grüne Bäume, die der Gegend die Atmosphäre eines gepflegten Parks verliehen.

»Wohnen alle Phader so vornehm?«, erkundigte ich mich, während wir die Marmortreppe zum Eingang hochstiegen.

»Wir wohnen mehr oder weniger, wo wir wollen«, lautete die Antwort. »Die meisten Häuser sind verlassen. Dieses gehört einer Direktorin. Der leitenden Direktorin um genau zu sein. Dr. Kree Sever.«

»Nett von ihr, dich hier wohnen zu lassen«, bemerkte ich.

»Das ist Dr. Sever ziemlich egal«, versetzte Aja. »Sie befindet sich in einem Jump und hat Lifelight schon seit über einem Jahr nicht mehr verlassen.«

Ein ganzes Jahr in Lifelight – unglaublich!

Aja öffnete die massive Holztür und wir betraten das

herrschaftliche Haus. »Bin gleich wieder da«, versprach sie und rannte die Treppe hoch in die erste Etage.

Auch von innen sah das Haus prächtig aus. Die große Eingangshalle war mit dicken, gemusterten Teppichen ausgelegt. Das geschnitzte Holzgeländer der Treppe zum ersten Stock war auf Hochglanz poliert. Von der Eingangshalle aus führte ein Gang tiefer ins Haus hinein und zu beiden Seiten gingen mehrere Zimmer ab. Durch ein paar offen stehende Türen erspähte ich große Räume mit hohen Decken. Ich konnte mir kaum vorstellen, dass jemand ein solch herrliches Haus verließ um in einer Fantasiewelt zu leben. Aber vielleicht bewohnte Dr. Sever in ihrer Fantasie ja ein doppelt so schönes Haus. Oder sie besaß ein ganzes Dutzend Häuser. Schließlich war es ihre Fantasie und sie konnte darin alles haben, was sie wollte.

Eines fiel mir bei näherem Hinsehen auf: Alles war absolut sauber. Ich meine, so makellos sauber, dass man vom Fußboden hätte essen können. Das Holz war poliert, die Kristallvitrinen mit allerlei Ziergegenständen funkelten nur so und nirgendwo lag auch nur ein Stäubchen. Rubic City war eine verfallende, heruntergekommene Stadt, weil sich niemand darum kümmerte, aber hier drin war alles tipptopp in Schuss. Ich konnte mir nicht vorstellen, dass sich Aja die Zeit nahm, derart gründlich zu putzen. Wer hielt diese Räume also in Schuss?

Gleich darauf stand die Antwort auf meine Frage leibhaftig vor mir.

»Du musst Bobby Pendragon sein!«, ertönte eine warme Stimme aus dem Inneren des Hauses.

Eine ältere Frau kam über den Flur auf mich zu. Sie sah haargenau so aus, wie man sich eine richtig tolle Oma vorstellt. Das graue Haar trug sie in einem Pferdeschwanz, ähnlich wie Aja. Sie hatte einen dunkelblauen Pullover an, eine dunkle Hose und schwarze Stiefel – wahrhaftig keine Oma-Klamotten. Als sie mir die Hand entgegenstreckte, wusste ich nicht recht, wie fest ich zupacken sollte, doch wie sich herausstellte, hatte sie einen kräftigen Griff. Auch wenn sie nicht mehr die Jüngste war – diese Dame war noch gänzlich auf der Höhe.

»Ach, das ist doch albern – komm, lass dich umarmen«, sagte sie.

Bevor ich etwas erwidern konnte, legte sie die Arme um mich und drückte mich fest an sich. Ich hatte mit einer kurzen Umarmung gerechnet, doch zu meiner Überraschung schien sie mich gar nicht wieder loslassen zu wollen. Es war mir furchtbar peinlich – ich wusste nicht, ob ich die Umarmung erwidern sollte oder nicht. Schließlich waren wir uns gerade zum ersten Mal begegnet und hatten uns noch nicht einmal vorgestellt.

»Es tut mir so Leid, was Press zugestoßen ist«, fuhr sie fort. »Er war ein wunderbarer Mensch!«

Okay, ich hatte begriffen – sie bemitleidete mich wegen meines Onkels. Die Situation war mir zwar nach wie vor peinlich, aber schon deutlich weniger. Dann hielt die alte Dame mich auf Armeslänge von sich und stellte fest: »Du bist genau so, wie er dich beschrieben hat.«

Ihre Augen blickten freundlich, mit einem Anflug von Traurigkeit.

»Danke«, erwiderte ich. »Onkel Press war ein toller Kerl.«

»Wir alle werden ihn vermissen.« Sie lächelte. »Komm mit. Du bist gerade rechtzeitig zum Abendessen.«

Abendessen – ausgezeichnet. Ich hatte seit dem Frühstück mit euch beiden auf Zweite Erde nichts mehr gegessen. Die Fantasie-Pizza in Lifelight zählte schließlich nicht. Die Frau nahm mich bei der Hand und führte mich in den hinteren Teil des Hauses.

»Sie … wir haben uns noch gar nicht vorgestellt«, bemerkte ich.

Sie lachte gutmütig. »Wie unhöflich von mir. Ich heiße Evangeline und ich finde, wir sollten uns duzen. Ich bin Ajas Tante.«

Huch – das passte so gar nicht zusammen.

»Tante? Ich dachte, Aja kennt ihre Familie gar nicht.«

»Na ja, ich bin nicht ihre leibliche Tante. Ich arbeite in dem Heim, in dem Aja aufgewachsen ist. Ich liebe alle Kinder dort, aber Aja war schon immer etwas Besonderes. Als sie alt genug war das Heim zu verlassen, kam es mir vor, als ob ich mein eigenes Kind hergeben sollte. Darum haben wir beschlossen zusammenzuziehen und nun wohnen wir hier.«

»Euer Haus ist wunderschön«, bemerkte ich. Bestimmt hörte eine ältere Dame so etwas gern.

»Danke, aber in Wirklichkeit gehört es uns gar nicht«, erwiderte sie flüsternd, als ob sie mir ein Geheimnis anvertraute. »Ich glaube zwar nicht, dass Dr. Sever in absehbarer Zeit wiederkommt, aber ich halte trotzdem alles schön sauber und ordentlich – für alle Fälle. Hast du Hunger?«

»Ich bin völlig ausgehungert.«

»Ausgezeichnet! Dann kannst du dich jetzt auf einen echten Leckerbissen freuen.«

Ich fing an, Evangeline zu mögen. Zuerst mal war sie nett zu mir. Außerdem wirkte sie sympathisch und hatte Humor. Und sie schien mich ebenfalls zu mögen. Mit anderen Worten: Sie unterschied sich in jeder Hinsicht von Aja. Wir betraten die große Küche, in der der Tisch für zwei Personen gedeckt war. Evangeline legte ein drittes Gedeck für mich auf. Ich wurde mit jeder Sekunde hungriger.

»Was gibt es zum Abendessen?«, erkundigte sich Aja, die hinter mir eintrat. Statt ihres blauen Phader-Overalls trug sie jetzt einen grauen Trainingsanzug und dunkle, sportlich wirkende Schuhe. Man hätte sie glatt für eine ganz normale Jugendliche halten können statt für eine nervtötend besserwisserische, superintellektuelle Reisende.

»Deine Lieblingsspeise«, verkündete Evangeline. »Dreifarben-Gloid.«

Gloid. Ich erinnerte mich an die Gloid-Werbung in den Schaufenstern der Geschäfte. Blieb nur zu hoffen, dass dieses Gloid ebenso köstlich war wie die Pizza in Lifelight.

Fehlanzeige. Evangeline stellte auf jeden der drei Plätze am Tisch eine kleine Schale mit etwas, das ... nun ja ... dreifarbig aussah. Es war eine Art Gelee mit fingerbreiten Streifen von unterschiedlicher Farbe – abwechselnd in leuchtendem Grün, Orange und Königsblau. Mich erinnerte das Zeug an Fingerfarbe.

Evangeline und Aja ließen sich auf ihren Plätzen nieder und griffen zum Löffel.

»Setz dich, Bobby«, forderte Aja mich auf. »Guten Appetit!«

Widerstrebend setzte ich mich auf den freien Stuhl und beäugte misstrauisch den Inhalt meines Schüsselchens. Mir war schlagartig der Appetit vergangen. Doch Aja und Evangeline hauten rein, als sei dieses Zeug das köstlichste Gericht im gesamten Territorium. Und nach allem, was ich bisher erfahren hatte, schien es das tatsächlich zu sein. Ich beobachtete, wie sie ihre Löffel in der glibberigen Masse versenkten, die die Konsistenz von Vogelkot hatte. Evangeline kostete genießerisch von jeder Farbe einzeln, Aja hingegen schaufelte kurzerhand alle drei auf einmal auf den Löffel.

»Dreifarben-Gloid gibt es bei uns nicht oft«, erklärte Evangeline. »Es ist immer schwerer zu bekommen.«

Ich lächelte und tat beeindruckt. Was ich keineswegs war.

»Ich möchte wirklich nicht unhöflich sein«, sagte ich, »aber ich habe noch nie Gloid gegessen.«

Aja und Evangeline wechselten befremdete Blicke. Hoppla – offenbar hatte ich etwas Falsches gesagt. Aja würde es verstehen, weil sie wusste, dass ich aus einem anderen Territorium stammte. Aber wenn hier alle Welt ganz verrückt nach Gloid war, wie sollte ich dann Evangeline erklären, dass ich das Zeug noch nie gegessen hatte? Das war ungefähr so unwahrscheinlich wie die Tatsache, dass ich Dr. Zetlin, den Erfinder von Lifelight, nicht kannte. Ich zermarterte mir das Hirn nach einer Ausrede, aber ich wusste einfach nicht gut genug über Veelox Bescheid, als dass mir etwas Plausibles eingefallen wäre.

»Gloid ist unser Hauptnahrungsmittel«, erklärte Aja. »Eigentlich haben die Vedder es entwickelt um Jumper zu ernähren, die längere Zeit in der Pyramide verbringen. Es gibt eine spezielle Sorte, die über die Haut aufgenommen wird.«

Ich hatte mich schon gefragt, wie die Leute so lange in Lifelight überleben konnten ohne zu essen. Gerade als ich mich auf unbequeme Fragen von Evangeline gefasst machte, sagte Aja plötzlich zu ihr: »Ich glaube, auf Zweite Erde gibt es kein Gloid.«

Wusste Evangeline etwa von den Territorien und den Reisenden? Sie hatte Onkel Press gekannt, aber Onkel Press war mit einer Menge Leuten in anderen Territorien bekannt gewesen, denen er nie erzählt hatte, dass er ein Reisender war. Soweit ich wusste, hatte er sich immer herausgeredet, indem er behauptete, er käme aus einem entlegenen Teil des Territoriums.

Evangeline wandte sich an mich. »Press hat mir mal von etwas erzählt, das es bei euch gibt ... ›Gatorade‹. Ist das so etwas Ähnliches wie Gloid?«

»Ähm ... nicht wirklich«, stammelte ich völlig verdutzt. »Gatorade ist ein Getränk, das man trinkt, wenn man sich beim Sport besonders angestrengt hat und ... Entschuldigung, aber das verstehe ich nicht. Du weißt über Zweite Erde Bescheid?«

Ich sagte mir, dass ich nicht mehr viel zu verlieren hatte. Schließlich hatte Evangeline selbst mit dem Thema angefangen.

»Natürlich«, erwiderte sie lächelnd. »Warum denn nicht?«

Okay, dann konnte ich auch gleich auf den Punkt kommen. »Evangeline, bist du eine Reisende?«, fragte ich.

Aja und Evangeline lachten.

»Aber nein, du Dummerchen«, kicherte Evangeline. »Natürlich nicht.«

Jetzt begriff ich überhaupt nichts mehr. Wenn sie keine Reisende war, warum wusste sie dann über Zweite Erde Bescheid?

Evangeline fasste sich an den Hals und zog eine silberne Kette unter dem Pullover hervor. Daran hing etwas, das sehr vertraut aussah: ein silberner Ring mit einem schweren grauen Stein in der Mitte.

»Ich bin keine Reisende«, erklärte Evangeline, »ich bin ein Akoluth. Und jetzt lasst uns bitte unser Gloid essen.«

Vierzehntes Journal
(Fortsetzung)

Veelox

Akoluth.

Schon wieder dieses Wort. Onkel Press hatte mir erklärt, dass die Akoluthen Leute aus den Territorien waren, die den Reisenden halfen. Aber der einzige Beweis dafür, den ich jemals gesehen hatte, waren die Kleider und Ausrüstungsgegenstände, die an den Flumes bereitlagen. Ich war noch nie einem Akoluthen begegnet ... bis jetzt. Es war ein irres Gefühl – als würde ein weiteres Puzzleteil in das große Bild der Reisenden-Welt eingefügt.

»Iss dein Gloid, Bobby«, mahnte Evangeline freundlich.

Mann, mir gefiel nicht mal der Name. Gloid – das klang wie irgendein inneres Organ, als ob ein Arzt sagte: »Ich fürchte, wir müssen Ihr Gloid operativ entfernen.« Igitt! Doch ich wollte schließlich nicht unhöflich sein und so griff ich zum Löffel und tauchte die Spitze vorsichtig in den orangefarbenen Streifen. Das Zeug war schleimig wie Pudding. Nichts gegen Pudding, aber die leuchtende Farbe irritierte mich. Andererseits schienen Aja und Evangeline es sehr zu mögen, also konnte es doch wohl nicht so ekelhaft sein ... oder? Am liebsten hätte ich mir die Nase zugehalten um überhaupt nichts zu schmecken, nur dass das leider ziemlich uncool gewirkt hätte. Stattdessen holte ich tief Luft und steckte den Löffel in den Mund.

Es schmeckte gar nicht übel – ein wenig bitter und

nussig. Anschließend probierte ich Grün und stellte fest, dass es ebenfalls ganz lecker war, wenn es auch völlig anders schmeckte als Orange. Das Grüne erinnerte eher an Beeren – anfangs süß mit einem herben, säuerlichen Nachgeschmack. Erheblich weniger misstrauisch tauchte ich den Löffel schließlich in einen blauen Streifen ... und hätte beinahe gewürgt. Blau war widerlich. Ich musste mich zwingen es nicht prompt wieder auszuspucken. Es schmeckte wie verdorbener Rosenkohl vermischt mit dem Inhalt eines Katzenklos.

Genau in dem Moment, als ich aufblickte, schob sich Evangeline einen großen Löffel Blau in den Mund. Mir drehte sich der Magen um. Trotzdem musste ich mein Schälchen Gloid wohl irgendwie leer essen, also versuchte ich es mit Ajas Methode und mischte alle drei Farben. Das war ein geschickter Spielzug – Orange und Grün überdeckten den scheußlichen Geschmack von Blau ein bisschen, sodass ich das Ganze hinunterbrachte.

Als ich aufgegessen hatte, stellte ich überrascht fest, dass ich keinen Hunger mehr verspürte. Und das lag nicht etwa daran, dass mir der merkwürdige Geschmack den Appetit verdorben hatte. Nein, ich war richtig satt, als hätte ich gerade eine reichliche Mahlzeit verdrückt. Außerdem fühlte ich mich stark und voller Energie. Was immer dieses Zeug sein mochte, es tat jedenfalls seine Wirkung. Eine stinknormale große Peperoni-Pizza wäre mir zwar immer noch lieber gewesen, aber eigentlich konnte ich mich nicht beklagen.

»Das war ... köstlich«, log ich. »Du machst wirklich ausgezeichnetes Gloid.«

»Danke«, erwiderte Evangeline schmunzelnd. »Ja, ich muss sagen, es ist schon eine Kunst, Gloid fachmännisch aus der Dose zu löffeln.« Dabei zwinkerte sie mir zu – aha, das war ein Scherz. Anscheinend gab es das Gloid fertig zu kaufen, wie Eiscreme. Da hätte ich mir die Schleimerei wohl sparen können.

»Wir ernähren uns hier fast nur noch von Gloid«, mischte sich Aja ein. »Richtige Nahrungsmittel werden kaum noch angebaut, einfach weil die Leute dazu fehlen.«

»Eine Schande«, bemerkte Evangeline. Dann räumte sie das Geschirr ab und Aja machte sich daran, es zu spülen.

»Wie kann ich mich nützlich machen?«, erkundigte ich mich.

Evangeline winkte ab. »Gar nicht. Wir sind im Handumdrehen fertig.«

Es drängte mich, sie zu fragen, was es mit den Akoluthen auf sich hatte. Nur wusste ich nicht recht, wie ich das Thema ansprechen sollte ohne mich als völlig dumm zu outen.

»Du hast keinen blassen Schimmer, was ein Akoluth ist, stimmt's, Bobby?«, fragte Aja von oben herab.

Prima, vielen Dank auch, Aja. Sie konnte es wirklich nicht lassen, mir meine Unwissenheit unter die Nase zu reiben. Na ja, immerhin war das eine günstige Gelegenheit, meine Fragen loszuwerden.

»Onkel Press hat mir ein bisschen von den Akoluthen erzählt, aber nur ganz allgemein«, entgegnete ich. »Ich würde gern viel mehr über sie erfahren.«

Evangeline trocknete sich die Hände ab und setzte sich wieder an den Tisch. Aja kehrte uns beiden den Rücken und machte sich weiter an der Spüle zu schaffen.

»Jeder Mensch braucht eine Aufgabe«, sagte Evangeline eindringlich zu mir. »Und ich kann mir keine erstrebenswertere Aufgabe vorstellen, als diejenigen zu unterstützen, die eine höhere Berufung haben.«

»Höhere Berufung?«, wiederholte ich.

»Wie sonst soll man es nennen?«, erwiderte Evangeline ohne zu zögern. »Die Reisenden setzen sich für das Wohl der Territorien ein. Eine höhere Berufung ist wohl kaum denkbar. Mich persönlich beruhigt es jedenfalls sehr, dass es euch Reisende gibt. Wenn ich daran denke, dass ihr irgendwo dort draußen unterwegs seid, kann ich nachts ruhiger schlafen.«

Wie bitte? Evangeline konnte ruhiger schlafen, weil Leute wie *ich* die Territorien beschützten? War das nicht völlig verrückt? Ich fragte mich, ob sie über Saint Dane Bescheid wusste. Garantiert hätte sie nicht so ruhig geschlafen, wenn ihr klar gewesen wäre, was er Übles im Schilde führte.

»Ich muss gestehen, Evangeline, ich durchschaue diese ganze Reisenden-Geschichte noch nicht richtig«, gab ich zu. »Onkel Press hat gesagt, ich würde nach und nach alles erfahren, was ich wissen muss. Aber bisher habe ich nicht das Gefühl, besonders viel verstanden zu haben.«

Evangeline lächelte mir kurz zu, dann fasste sie meine Hand.

»Was ist mit Denduron?«, fragte sie. »Wie ich hörte, hast du das Territorium vor einem verheerenden Bürgerkrieg bewahrt.«

Wow! Sie wusste sogar von Denduron?

»Das war doch nicht ich allein«, protestierte ich hastig.

»Und Cloral wäre durch Gift dahingerafft worden, wenn du und die anderen Reisenden nicht eingegriffen hättet«, fuhr sie fort.

»Die Bewohner von Faar haben Cloral gerettet«, berichtigte ich sie.

»Und auf Erste Erde? Da hat Saint Dane versucht gleich drei Territorien auf einmal ins Verderben zu stürzen. Wenn dieser Zeppelin gerettet worden wäre, hätte das den Lauf der Geschichte unwiderruflich verändert.«

Nun, sie wusste wohl doch von Saint Dane.

»Das klingt viel dramatischer, als es in Wirklichkeit war«, wandte ich ein.

»Tatsächlich?«, versetzte sie. »Bobby, du hast schon einen ganz ordentlichen Ruf. Ich denke, du hast sehr wohl verstanden, was es heißt, ein Reisender zu sein.«

»Woher weißt du so gut über mich Bescheid?«, erkundigte ich mich.

Evangeline warf einen Blick zu Aja, die zugehört hatte und uns nun wieder den Rücken kehrte. Sie schien verärgert. Das war an sich nichts Neues, aber warum diesmal?

»Die Akoluthen tauschen untereinander Informationen aus«, erklärte Evangeline und hielt den Ring an ihrer Kette hoch. »Viele von uns bewahren auch die Journale eines Reisenden auf. Als Aja mich bat ihre zu verwahren, war das eine große Ehre für mich, aber ich wollte noch mehr tun. Und so bin ich Akoluth geworden.«

Womit wir bei meinem Anliegen waren. »Gut, dass du das erwähnst. Ich habe zwei Freunde, die auch gern Akoluthen werden wollen. Ihnen schicke ich auch meine Journale.«

»Kannst du ihnen vertrauen?«, schaltete sich Aja ein.

Allmählich hatte ich ihre ständigen Provokationen satt. »Sonst würde ich ihnen wohl kaum meine Journale schicken, wie?«, versetzte ich ebenso herausfordernd.

»Ich meine nicht, ob du ihnen zutraust einen Haufen Papier sicher aufzubewahren, Pendragon«, konterte Aja. »Ich meine, ob sie immer für dich da sind, zu jeder Tages- und Nachtzeit, ohne Wenn und Aber.«

»Sie sind meine Freunde. Ich vertraue ihnen«, verkündete ich energisch. Es gefiel mir nicht, wie Aja euch beide infrage stellte – und damit zugleich natürlich auch mich.

»Ich werde mich darum kümmern, Bobby«, unterbrach Evangeline beschwichtigend. »Dein Freund wird eine Chance bekommen.«

»Zwei Freunde«, korrigierte ich. »Mark Dimond und Courtney Chetwynde.«

»Können wir jetzt vielleicht mal zur Sache kommen?«, warf Aja ungeduldig ein.

»Und welche Sache wäre das, Liebes?«, erkundigte sich Evangeline.

»Ich versuche schon die ganze Zeit, Pendragon davon zu überzeugen, dass Saint Dane keine Gefahr für Veelox darstellt und er hier nur seine Zeit vergeudet.«

Jetzt reichte es mir. Aja war zu weit gegangen. Zu Evangeline gewandt sagte ich knapp: »Tut mir Leid.«

Evangeline nickte, als wüsste sie genau, was in mir vorging, und erwiderte: »Ich verstehe schon.«

Dann blickte ich Aja fest an und legte los: »Jetzt lass uns mal Klartext reden, ja? Seit wir uns das erste Mal begegnet sind, behandelst du mich wie einen Vollidioten. Ich habe mir das eine ganze Weile gefallen lassen, weil ich nicht wusste, wie es in eurem Territorium zugeht. Aber jetzt habe ich mir einen Eindruck verschafft und muss sagen: Saint Dane hat Recht. Er hat den Sieg in der Tasche. Veelox steht unmittelbar vor dem Zusammenbruch. Du behauptest, du hättest alles unter Kontrolle? Davon sehe ich aber nichts. Fang lieber endlich an, vernünftig mit mir zu reden und mir meine Fragen zu beantworten, sonst flume ich mich nämlich von hier weg und komme mit einem ganzen Haufen Freunden zurück, die dieselbe höhere Berufung haben wie ich, und dann –«

»Und dann was?«, fiel Aja mir heftig ins Wort. »Wollt

ihr vielleicht die Pyramiden in die Luft sprengen? Life-light in Schutt und Asche legen? Die Menschen über-zeugen, dass es nicht gut ist, sich nur in Fantasien zu flüchten, und sie sich besser wieder der Wirklichkeit zuwenden? Ist es das, was ihr tun würdet?«

Ich war völlig außer mir ... und hatte ehrlich gesagt keine Ahnung, was ich tun würde. Aber Aja durfte na-türlich auf keinen Fall merken, dass ich nicht weiter-wusste. Ich zwang mich zur Ruhe, blieb jedoch beharr-lich auf Konfrontationskurs.

»Du hast keine Ahnung, wozu Saint Dane fähig ist«, fuhr ich mit zusammengebissenen Zähnen fort. »Warst du überhaupt schon jemals in einem anderen Territo-rium?«

Diese Frage brachte Aja sichtlich aus dem Konzept. »Äh ... nein, ich habe hier zu viel zu tun und —«

»Tja, ich schon, und selbst nach all dem Grauenhaf-ten, das ich gesehen habe, bin ich nicht überzeugt, dass ich die Abgründe von Saint Danes Bosheit voll-ständig ermessen kann. Das ist der Unterschied zwi-schen uns beiden: Ich mache mir Gedanken über das, was ich *nicht* weiß. Und an deiner Stelle würde ich schleunigst anfangen mir auch etwas mehr Gedanken zu machen.«

Es schien, als hätte Aja nur auf dieses Stichwort ge-wartet. Sie wandte sich kurz ab und zog etwas aus der Tasche.

»Was in den anderen Territorien vorgefallen ist, inte-ressiert mich nicht, Pendragon. Hier kannst du Saint Dane jedenfalls nicht im Kampf schlagen. Hier gibt es weder Schurken zu besiegen noch Zeppeline abzu-schießen. Trotzdem ist die Gefahr kein bisschen gerin-ger als bei deinen bisherigen Abenteuern — was daran liegt, dass der eigentliche Feind hier die *Perfektion* ist.«

»Das habe ich ja schon verstanden«, versetzte ich.

»Man muss den Leuten eben begreiflich machen, dass ihre reale Welt den Bach runtergeht, wenn sie sich nur noch in Fantasien flüchten.«

»Das wissen sie bereits!«, konterte Aja. »Es interessiert sie nicht! Sie bilden sich ein, sie hätten ein perfektes System geschaffen, das sich von selbst aufrechterhält. Aber in Wirklichkeit würden sämtliche Phader und Vedder lieber jumpen als ihre Arbeit tun. Du hast doch den einen Vedder heute gesehen – gerade eben war jemand gestorben und der Typ hatte nichts Besseres zu tun als sich in den nächsten Jump zu stürzen. Du selbst hast erst einen kleinen Vorgeschmack auf Lifelight bekommen, Pendragon. Und was war? Du wolltest nicht zurückkommen. ›Nur noch zwanzig Minuten‹ … *alle* wollen noch zwanzig Minuten, noch zwanzig Stunden, zwanzig Tage, Wochen, Monate! Die meisten sind sich überhaupt nicht mehr im Klaren darüber, dass sie sich in einer Fantasiewelt befinden. Wenn ich deinen Jump nicht zeitlich begrenzt hätte, wärst du jetzt noch nicht zurück.«

Sie hatte Recht, das konnte ich nicht leugnen.

»Okay, du hast mich überzeugt«, räumte ich ein. »Lifelight ist … na ja, man könnte sagen, es macht süchtig. Aber meine Frage hast du immer noch nicht beantwortet: Warum glaubst du das Ganze unter Kontrolle zu haben?«

Aja warf das Ding, das sie aus der Tasche gezogen hatte, auf den Tisch. In einer durchsichtigen Plastikhülle steckte eine kleine silbrig glänzende Scheibe, die aussah wie eine CD, nur dass sie höchstens ein Fünftel des Durchmessers von unseren Zweite-Erde-CDs hatte.

»Ich habe fast ein Jahr lang daran gearbeitet«, verkündete sie voller Stolz.

Evangeline hob das Ding vom Tisch auf und überreichte es mir ehrfürchtig. »Sie denkt Tag und Nacht an nichts anderes«, ergänzte sie.

140

»In gewisser Hinsicht hatte Saint Dane Recht«, fuhr Aja fort. »Er hat auf Veelox die Weichen gestellt. Wenn das Territorium auf diesem Kurs bliebe, wäre es nur noch eine Frage der Zeit bis zum endgültigen Zusammenbruch. Veelox würde untergehen und Lifelight müsste zwangsläufig bald folgen. Aber ich weiß, wie ich das verhindern kann.«

»Damit?«, erkundigte ich mich und hielt die silberne Scheibe hoch.

»Damit«, bestätigte sie siegesgewiss.

»Was ist das?«

»Ich nenne es den ›Reality Bug‹«, erwiderte sie. »Morgen wirst du noch einen Jump machen und in Lifelight selbst erleben, wie er funktioniert.«

Vierzehntes Journal
(Fortsetzung)

Veelox

Ich war mir gar nicht so sicher, ob ich noch einmal jumpen wollte – nicht nachdem ich gesehen hatte, wie jemand tot aus Lifelight zurückkam. Außerdem machte ich mir allmählich Sorgen um Gunny, der Saint Dane in das Territorium Eelong gefolgt war. Eigentlich hatte er sich dort nur rasch umsehen wollen um dann gleich nach Veelox nachzukommen. Da Aja das Flumetor überwachte, würden wir sofort erfahren, wenn Gunny eintraf. Ich fragte mich immer wieder, was er wohl auf Eelong vorgefunden haben mochte. Nach meiner Vermutung nichts Gutes – aber ich gehe nun einmal immer vom Schlimmsten aus.

Das Problem ist nur, dass ich damit meistens richtig liege.

Ich beschloss, es sei das Beste, wenn ich mich auf Veelox konzentrierte und darauf vertraute, dass Gunny allein zurechtkam. Diese Nacht verbrachte ich in einem Gästezimmer des herrschaftlichen Hauses. Es war wirklich komfortabel und ich hätte bestimmt wunderbar geschlafen, wenn es mir nur gelungen wäre, meine Gedanken abzuschalten. Ständig gingen mir meine Sorgen um Gunny und meine Befürchtungen wegen des bevorstehenden zweiten Jumps durch den Kopf. Letztendlich wälzte ich mich den größten Teil der Nacht schlaflos herum und wartete mit Bangen darauf, was der nächste Tag bringen würde.

Am Morgen servierte Evangeline uns ein leckeres

Frühstück aus – na, was wohl? – Gloid. Diesmal gab es nicht das ganz besondere dreifarbige, sondern nur Orange. Mir sollte es recht sein, Hauptsache kein Blau. Wieder überraschte es mich, wie gesättigt ich mich nach dem kleinen Schälchen Glibbermasse fühlte. Ein paar Pfannkuchen mit Ahornsirup wären mir zwar lieber gewesen, aber das Gloid erfüllte seinen Zweck.

Aja trug schon ihren blauen Dienstoverall. Mir gab sie einen Dunkelgrünen mit der Erklärung, dass die Jumper Grün trugen, wenn sie längere Zeit in Lifelight zubrachten. Ich hatte zwar nicht vor, länger als unbedingt nötig in dem Jump zu bleiben, hielt es aber dennoch für besser, Veelox-Kleidung zu tragen. Also tauschte ich meine Jeans und das Flanellhemd gegen diese Uniform. Außerdem gab Aja mir ein Paar leichte schwarze Stiefel. Meine Boxershorts behielt ich allerdings an, Regeln hin oder her. Von meinen Boxershorts trenne ich mich nie.

Als wir bereit zum Aufbruch waren, umarmte Evangeline mich herzlich. Diesmal erwiderte ich die Umarmung. Ich mochte diese Frau. Im Übrigen musste sie ein außergewöhnlicher Mensch sein, wenn sie es auf Dauer mit Aja aushielt.

»Pass auf dich auf, Bobby«, sagte sie.

»Und denk an meine beiden Freunde, Evangeline«, erinnerte ich sie. »Ich habe ihnen versprochen, dass ich mich danach erkundige, was es mit den Akoluthen auf sich hat.«

»Ich werde es nicht vergessen«, versicherte Evangeline.

Nachdem ich sie zum Dank noch einmal in den Arm genommen hatte, ging ich mit Aja über die Marmortreppe zur Straße hinab, wo wir in das Tretfahrzeug stiegen. Evangeline blickte uns nach.

»Bye, Vange!«, rief Aja ihrer Tante zu. »Bis nachher irgendwann.«

Dann traten wir zwei in die Pedale und machten uns auf den Weg zur Lifelight-Pyramide.

»Erzähl mir von diesem Reality Bug«, forderte ich Aja auf.

»Du wirst gleich selbst erleben, wie er funktioniert«, entgegnete sie.

»Ich weiß. Aber ein paar Informationen vorab könnten nicht schaden.«

»Es ist einfacher, wenn ich es dir zeige«, widersprach sie.

»Klar.« Allmählich war ich mit meiner Geduld am Ende. »Nur wäre es ganz hilfreich, wenn ich eine Ahnung hätte, worauf ich mich gefasst machen muss.«

Aja seufzte. Ich hatte das Gefühl, dass sie mich für ein hoffnungslos unterlegenes Individuum hielt, das nicht einmal zwei und zwei zusammenzählen konnte ohne sich geistig zu überanstrengen.

»Es ist ein Computerprogramm«, begann sie widerstrebend zu erklären. »Lifelight ist so eingerichtet, dass es die Gedanken des Jumpers aufnimmt und ihm auf dieser Grundlage ein perfektes Erlebnis verschafft. Der Reality Bug verändert die Wirkungsweise des Programms ... geringfügig.«

»Wie?«

»Er hängt sich an den Datenstrom und beeinflusst ihn so, dass das Erlebnis nicht mehr perfekt ist.«

»Tatsächlich? Inwiefern?«

»Das ist es ja gerade, was ich dir demonstrieren will«, versetzte Aja unwirsch. »Nun warte doch erst mal ab, was ich dir zeige, dann klären sich die meisten Fragen von selbst.«

Ich hatte keine Lust, mich schon wieder mit ihr zu streiten. Sie saß nun mal am längeren Hebel. Also hielt ich den Mund, tröstete mich damit, dass ich so oder so bald erfahren würde, was ich wissen musste, und be-

144

schloss die Sache auf ihre Art durchzuziehen – das war wohl am schmerzlosesten. Den Rest der Strecke legten wir schweigend zurück.

In der Pyramide lief alles so ab wie beim vorigen Mal. Wir gingen durch den langen violett beleuchteten Sterilisationsgang, er verursachte mir immer noch eine Gänsehaut, dann zu dem Flugticket-Schalter, wo ich wieder ein Metallarmband mit drei Tasten umge- schnallt bekam. Diesmal zapfte man mir netterweise kein Blut ab, da ich bereits registriert war.

Während ich auf mein Controller-Armband wartete, betrachtete ich aufmerksam das Porträt von dem Jun- gen, den Aja als Dr. Zetlin bezeichnet hatte. Nachdem ich Lifelight kennen gelernt hatte, fiel es mir noch schwerer, mir vorzustellen, dass ein Kind eine solch unglaubliche Technik entwickelt haben sollte. Ande- rerseits – hatte Beethoven nicht schon mit ungefähr vier Jahren Sinfonien geschrieben? Ich nehme an, man- chen ist es einfach gegeben.

Von der Controller-Ausgabe gingen wir weiter durch den Core. Diesmal blieb Aja vor einer der Kabinen mit den Überwachungsstationen stehen. Die Glastür öffne- te sich automatisch und wir betraten den Hightech- Raum. In dem obercoolen Sessel saß ein hagerer klei- ner Phader von ungefähr zwölf Jahren. Er starrte zu der Wand mit den Monitoren hoch und löffelte dabei blau- es Gloid. Igitt.

»Hi, Alex, wir wollen einen Tandem-Jump machen. Wir brauchen dich als Phader«, verkündete Aja.

Der Junge, Alex, ließ die Bildschirme nicht aus den Augen. Mir fiel auf, dass er an heftiger Akne litt. Welche Farbe von Gloid wohl dafür verantwortlich war?

»Meine Schicht ist bald zu Ende«, versetzte er mit ho- her, näselnder Stimme.

»Aber ich hasse es, mit irgendeinem anderen Phader

zu jumpen. Du bist nun mal der Beste, Alex«, schmeichelte Aja.

Auf Alex' Gesicht erschien der Anflug eines Lächelns. Aja hatte ihn rumgekriegt. Sie wusste offenbar, wie sie den Burschen um den Finger wickeln konnte.

»Brauchst du auch einen Vedder?«, fragte er.

»Nicht nötig, es wird nur ein netter kleiner Kurztrip«, erwiderte Aja.

Das hörte ich gern.

Alex riss sich endlich von seinen Monitoren los und blickte uns an. Erst musterte er mich, dann sagte er mit einem verschwörerischen Grinsen zu Aja: »Passt auf, was ihr da drin macht. Ich sehe alles.«

»Kannst du dir ungefähr vorstellen, wie gruselig das klingt?«, versetzte Aja kühl.

Sein Lächeln erstarb augenblicklich und er wandte sich verlegen wieder den Monitoren zu.

»Macht's aber wirklich kurz«, mahnte er zwischen zwei Löffeln blauem Gloid. »Wenn meine Schicht zu Ende ist, will ich selbst jumpen gehen.«

»Keine Sorge«, erwiderte Aja und wandte sich zum Gehen. Ich folgte ihr in den Gang hinaus.

»Er ist ein Idiot«, bemerkte sie, nachdem sich die Tür hinter uns geschlossen hatte. »Aber es gibt in ganz Rubic City keinen besseren Phader als ihn – außer mir, versteht sich.«

»Und warum bist du dann nicht wieder mein Phader wie beim letzten Mal?«, erkundigte ich mich.

»Weil wir zusammen jumpen. Hast du nicht gehört, was ich gerade gesagt habe?«

»Schon, aber ich wusste gar nicht, dass so was überhaupt geht«, erwiderte ich völlig überrascht.

Aja ließ sich zu keiner Erklärung herab. Stattdessen machte sie erneut an einer Überwachungskabine Halt und trat ein. Diese Station war gerade nicht in Betrieb –

146

der Sessel leer, die Bildschirme dunkel. Nachdem sich Aja vergewissert hatte, dass niemand in der Nähe war, setzte sie sich und drückte zielsicher ein paar Tasten auf dem Kontrollfeld, das in die Armlehne eingelassen war. Augenblicklich leuchteten in einem kleinen Bereich der Konsole vor uns Lämpchen auf. Aja zog die Mini-CD mit ihrem so genannten Reality Bug aus der Tasche, warf noch einmal einen raschen Blick in den Gang hinaus und stand dann auf, um die Scheibe in einen Schlitz an der Konsole einzuschieben. Anschließend setzte sie sich hastig wieder hin und bearbeitete erneut das Tastenfeld, ehe sie die Scheibe wieder herausnahm und in der Tasche ihres Overalls verschwinden ließ. Schließlich drückte sie ein paar weitere Tasten, woraufhin die Lämpchen an der Konsole erloschen. Der ganze Vorgang hatte kaum länger als zwanzig Sekunden gedauert.

»Er ist hochgeladen«, verkündete sie, schon wieder auf dem Weg zur Tür.

Entweder wusste sie genau, was sie tat, oder aber sie war eine ausgezeichnete Schauspielerin.

»Was hast du da gerade gemacht?«, wollte ich wissen.

Aja warf mir einen flüchtigen Blick zu, der besagte: »Halt die Klappe, du Idiot!«

Als wir ins Zentrum der Pyramide traten, war ich erneut überwältigt von der immensen Größe dieses Bauwerks. Wir fuhren mit dem Aufzug nach oben, erreichten nach einem Schwindel erregenden Gang über einen der Stege die Seitenwand und standen wenig später vor einer freien Kabine. Sie war größer als die anderen, die ich bisher gesehen hatte, und an der Wand befanden sich nebeneinander zwei runde Metallplatten statt nur einer. Aja ging schnurstracks zur Kontrolltafel und machte sich daran, unseren Jump zu programmieren.

»Wie funktioniert das?«, erkundigte ich mich. »Ich meine, wie können wir zusammen jumpen?«

»Eigentlich ist es dein Jump«, erklärte sie, während sie unbeirrt weiter Befehle eingab. »Lifelight wird die Inhalte ausschließlich aus deiner Vorstellung beziehen. Ich bin nur deine Begleitung.«

»Kannst du Einfluss darauf nehmen, was geschieht?«

»Nein, ich sagte doch schon, es ist dein Jump. Aber ich nehme daran teil und erlebe alles mit.«

Sie drückte noch ein paar Tasten, woraufhin die beiden Verschlussplatten an der Wand zur Seite glitten und die Öffnungen zu zwei Röhren freigaben, aus denen langsam die Liegen herausfuhren.

»Eins verstehe ich nicht —«

»Du verstehst eine ganze Menge nicht«, fiel sie mir ins Wort.

Ich überhörte die Beleidigung. »Wenn die Leute Monate oder sogar Jahre hier drin verbringen – wie essen sie? Und wie gehen sie zur Toilette?«

Aja deutete in eine der Röhren. »Siehst du die zwei Polster da?«

Oben in der weißen Röhre waren in die Innenwand zwei schwarze Rechtecke eingelassen. »Wenn ein Jump länger dauert, senken sich diese beiden Polster herab und die Vedder befestigen sie am Bauch des Jumpers.«

Sie zeigte mir, dass unsere Overalls vorn zwei Reißverschlüsse hatten, jeweils etwa zehn Zentimeter lang – genau in der Größe der schwarzen Polster.

»Befestigen? Das klingt ja gruselig.«

»Es tut nicht weh«, versicherte Aja. »Sie liegen einfach auf der Haut auf. Eins der beiden Polster gibt eine Art Gloid ab, das durch die Haut absorbiert wird. Durch das andere werden die Abfallstoffe aufgenommen.«

»Das heißt, man isst und … äh … verrichtet sein *Geschäft* durch diese Polster?«, fragte ich angewidert.

»Geschäft?«

»Du weißt schon, was ich meine.«

»Das System umgeht die normalen Stoffwechselprozesse des Körpers. Das Prinzip beruht darauf, dass alles in kleinste chemische Bestandteile aufgespalten wird, die die Haut durchdringen können. Wie das im Einzelnen funktioniert, weiß ich nicht, das ist nicht mein Fachgebiet. Aber eins weiß ich jedenfalls: Das Ernährungssystem zu perfektionieren war das letzte Puzzleteil in der Entwicklung. Sobald es möglich wurde, die Menschen in den Röhren über lange Zeiträume am Leben zu erhalten, gab es für sie keinen Grund mehr, die Jumps zu unterbrechen.«

Die Vorstellung, in einer stockfinsteren Röhre zu liegen, durch die Haut ernährt zu werden und Abfallstoffe an ein kleines Polster abzugeben, war ziemlich ungeheuerlich. Ich war froh, dass unser Jump nicht lange dauern würde.

»Los geht's«, sagte Aja und stieg auf eine der Liegen.

»Was muss ich tun?«, fragte ich, während ich auf die andere kletterte.

»Das Gleiche wie beim letzten Mal. Denk an einen Ort, an dem du gern wärst, dann kommen wir dorthin.«

»Aber durch den Reality Bug wird es anders sein?«

Aja kicherte. »Allerdings.«

Das gefiel mir gar nicht. Ich wollte genau wissen, *wie* anders es sein würde, aber noch ehe ich danach fragen konnte, hatte Aja bereits ein paar Tasten an ihrem Armband-Controller gedrückt und unsere Liegen glitten in die Röhren zurück.

»Ich hoffe, du weißt, was du tust?«, war alles, was ich noch herausbrachte, ehe mein Kopf im Inneren verschwand. Gleich darauf lag ich ganz in der Röhre und die Verschlussplatte schob sich hinter mir zu.

Ich sah wieder mal schwarz – und bemühte mich nicht allzu schwarz zu sehen. Wohin würde Lifelight mich diesmal schicken?

Vierzehntes Journal
(Fortsetzung)

Veelox

Mein Körper begann sich schwer anzufühlen, als würde ich in das Polster der Liege hineingedrückt. Außerdem wurde ich etwas schläfrig. Beides beunruhigte mich nicht, da ich das Gefühl schon vom letzten Mal kannte. Trotzdem beschleunigte sich mein Puls vor gespannter Erwartung.

Als Nächstes spürte ich etwas Trockenes, Raues auf meinem Gesicht. Obwohl ich keine Ahnung hatte, was es war, machte es mir keine Angst – es fühlte sich irgendwie an, als ob es so richtig war. Neugierig griff ich danach um herauszufinden, womit ich es zu tun hatte, und ertastete ein Handtuch. Wie kam ein Handtuch auf mein Gesicht? Ich packte es, zog es weg …

… und zugleich brandete der tosende Lärm in der Sporthalle wieder auf, als hätte jemand eine schalldichte Tür geöffnet. Ich fand mich auf der Bank zwischen Petey Boy und Jimmy Jag wieder – in genau dem Moment im Basketballspiel, an dem ich beim letzten Mal abgebrochen hatte. Genial! Nun bekam ich doch noch die ersehnte Verlängerung.

Ich brauchte ein paar Sekunden um mich wieder in die Situation hineinzufinden. Die Anzeigetafel verriet mir, dass wir mit achtundfünfzig Punkten im Gleichstand lagen. Soeben hatte ich unmittelbar vor dem Ende der regulären Spielzeit meine beiden Freiwürfe versenkt, woraufhin die Zuschauermenge schier Amok lief. Gerade kam Trainer Darula auf uns zu.

»Fünf Minuten Verlängerung!«, schrie er über den Lärm der Menge hinweg. »Jungs, denkt dran, ihr macht das nicht zum ersten Mal. Wir haben die Erfahrung, wir haben die Kondition und wir haben den Gegner verunsichert. Jetzt müssen wir nur noch die Nerven behalten und das Spiel gehört uns. Also los, zieht es durch.«

Wir legten unsere Hände übereinander und der Coach rief: »Eins, zwei, drei …«

Wie aus einem Mund schrien wir: *»Sieg!«*, dann ließen wir die Hände fallen, sprangen auf und trabten aufs Spielfeld. Ich stellte fest, dass ich bestens aufgewärmt war, seltsamerweise sogar etwas müde und verschwitzt, als hätte ich gerade eine volle Spielzeit Basketball hinter mir … was in meiner Fantasie ja auch der Fall war. Und dann hörte ich hinter mir, von der Zuschauertribüne her, eine einzelne Stimme. Obwohl sie nicht besonders laut war, konnte ich sie über den Lärm der Menge hinweg deutlich verstehen.

»Viel Glück.«

Ich drehte mich um und sah hinter der Trainerbank Aja sitzen, die in Jeans und Sweatshirt wie eine ganz normale High-School-Schülerin aussah. Sie hielt ein rotes Fähnchen mit dem Schriftzug der Cardinals in der Hand, das sie absolut ohne jede Begeisterung schwenkte – ein krasser Gegensatz zu der übrigen Menge, die völlig außer Rand und Band war.

Etwas an der Art, wie sie »Viel Glück« gesagt hatte, behagte mir nicht. Und noch etwas beunruhigte mich: Als ich mich nach euch beiden umsah, Mark und Courtney, wart ihr nicht mehr da. Komisch – sonst schien alles genauso zu sein wie am Ende meines letzten Jumps, nur dass ihr zwei verschwunden wart. Und meine Familie ebenfalls, wie ich gleich darauf feststellte. Das musste wohl etwas mit Ajas Reality Bug zu tun haben. Sie hatte ja gesagt, er werde bewirken, dass nicht mehr alles perfekt sei.

Als ich zum Sprungball in die Feldmitte ging, bemerkte ich eine weitere Veränderung: Die Spieler des Easthill-Teams wirkten größer als vorher. Nicht dass sie sich plötzlich in Riesen verwandelt hätten, aber sie waren eindeutig kräftiger und ein paar Zentimeter größer geworden. Außerdem sahen sie nicht mehr so abgekämpft aus. Ich wusste nicht recht, was hier vor sich ging, aber eins war mir klar: Diese Verlängerung konnte lang werden.

Der Schiri warf den Ball hoch, die gegnerische Mannschaft brachte ihn in ihren Besitz und damit ging der Spaß richtig los. Es war grauenhaft. Mit einem Schlag lief ein völlig anderes Spiel. Ob es nun daran lag, dass diese Typen plötzlich besser geworden waren, oder ob wir so stark nachgelassen hatten – egal, im Endeffekt lief es auf dasselbe hinaus. Sie zogen uns gnadenlos ab.

Technisch waren sie uns haushoch überlegen: Sie dribbelten um uns herum, passten sich den Ball hinter dem Rücken zu, fingen Pässe über Korbhöhe im Sprung auf und machten ihn im Dunking rein. Auch an Kraft und Fitness hatten wir diesen Gegnern nichts entgegenzusetzen – sie schubsten uns herum wie kleine Kinder. Als ich mich zum Beispiel mit dem Rücken zum Korb dribbelnd der Freiwurflinie näherte, legte mir der Verteidiger eine Hand auf den Rücken, sodass ich nicht mehr von der Stelle kam. Ich versuchte noch zu passen, doch er nahm mir prompt den Ball ab und punktete nach einem Fastbreak über das gesamte Feld ganz lässig mit einem Korbleger.

Bereits nach den ersten drei Minuten der Verlängerung hatten unsere Gegner zwölf Punkte gemacht, wir hingegen erst einen. Es war mehr als blamabel. Diesen einen Punkt verdankten wir zu allem Unglück auch noch der Tatsache, dass ich einen Sprungwurf versuchte und der Center mir beim Abwehren den Ball so heftig ins Gesicht schmetterte, dass er zurückprallte und in der zweiten Zuschauerreihe landete.

Um ehrlich zu sein war das überhaupt kein Foul, aber der Schiri ließ Gnade walten und pfiff. Anders als beim letzten Mal war es totenstill, als ich an die Freiwurflinie trat. Ich hätte es nicht für möglich gehalten, dass eine so große Menschenmenge derart ruhig sein konnte.

Ich versenkte den ersten Freiwurf – das war unser Punkt. Aber den zweiten verpatzte ich und dieser Fehler kam uns in mehr als einer Hinsicht teuer zu stehen. Als der Ball vom Ring zurückprallte, versuchte ich einen Rebound. Der große Center der gegnerischen Mannschaft sprang ebenfalls, allerdings höher als ich. Er schnappte mir den Ball weg und landete ... mit dem Ellenbogen auf meiner Nase.

Jaul! Mann, ich sah echt Sternchen! Ich ging zu Boden und die ganze Halle drehte sich um mich. Fantasie hin oder her, meine Nase schmerzte in diesem Moment für mich völlig real. Das Spiel musste unterbrochen werden und Trainer Darula kam angerannt um mir auf die Beine zu helfen. Blut strömte aus meiner Nase wie Wasser aus dem Hahn. Mir war schwindelig. Ich konnte kaum die paar Schritte bis zur Bank gehen – Crutch und Joe Zip mussten mich stützen.

Die Zuschauer spendeten mir einen Anstandsapplaus – immerhin ein Zeichen dafür, dass sie noch am Leben waren. Dann, als ich mich gerade hinsetzen wollte, fiel mein Blick auf Aja. Sie strahlte und schien völlig begeistert darüber zu sein, dass ich was auf die Nase bekommen hatte. Ich beschränkte mich darauf, ihr einen bitterbösen Blick zuzuwerfen, woraufhin sie mit den Schultern zuckte. Anschließend ließ ich mich mit blutender Nase und schwummerigem Kopf auf die Bank sinken. Ich war fertig mit dem Tag.

Aber der Tag war noch nicht fertig mit mir.

Obwohl wir im Grunde längst geschlagen waren, feuerte Trainer Darula sein Team an wie verrückt. Pausenlos rannte er an der Seitenlinie auf und ab, rief den Spielern Ratschläge und Anweisungen zu und schrie »Foul!«, wenn das gegnerische Team mal wieder zu ruppig wurde (was eigentlich ständig der Fall war). Er war so außer sich, wie ich ihn noch nie erlebt hatte. Sein Gesicht war knallrot angelaufen und ich machte mir allmählich Sorgen, dass er es übertrieb. Berechtigte Sorgen, wie sich herausstellte.

Dreißig Sekunden vor dem Ende der Verlängerung lagen wir um fünfzehn Punkte im Rückstand und hatten nicht die geringste Chance, noch aufzuholen. Zu diesem Zeitpunkt kämpften unsere Jungs nur noch ums Überleben. Während ich von der Bank aus zusah, befielen mich echte Schuldgefühle, denn schließlich hatten sie diese vernichtende Niederlage mir zu verdanken. Ich musste mir immer wieder ins Bewusstsein rufen, dass all dies nur eine Fantasie war. Meine geschundene Nase fühlte sich jedenfalls wirklicher an, als mir lieb war. Gerade hatte Easthill einen Korb erzielt – wieder einmal – und Trainer Darula bat um eine Unterbrechung. Er sprang von der Bank auf, rief dem Schiri etwas zu, signalisierte per Handzeichen, dass er eine Auszeit wollte … und dann geschah es. Unser Coach umklammerte seinen linken Arm, sein Gesicht wurde plötzlich ganz starr und er sank in die Knie. Man musste kein Arzt sein um zu erraten, was da vor sich ging.

Er hatte einen Herzinfarkt. Das Spiel wurde unterbrochen, der Schiedsrichter rannte herbei und drehte den Trainer auf den Rücken. Dann winkte er nach den Sanitätern. Sekunden später kamen zwei uniformierte Typen angelaufen und kümmerten sich um Darula. Ich hätte es nicht für möglich gehalten, aber die Menge wurde noch stiller als zuvor bei meinem Freiwurf. Wenige Minuten später wurde der Coach auf einer Trage hinausgebracht, während die Zuschauer ganz verstört applaudierten.

Das Spiel interessierte niemanden mehr – es war ohnehin entschieden. Alle verließen die Halle wie im Schock, auch die Jungs von der Easthill-Mannschaft, die ihren Sieg nicht mal feierten. Niemand konnte so recht fassen, was geschehen war. Ich sah mich nach Aja um, doch sie war verschwunden. Da mir nichts Besseres einfiel, folgte ich meinen Teamkameraden in die Umkleidekabine um erst mal zu duschen. Meine Nase hatte endlich aufgehört zu bluten und das warme Wasser fühlte sich angenehm an. Eine ganze Weile stand ich allein mit meiner schmerzenden Nase unter der Dusche, wusch mir das eingetrocknete Blut vom Gesicht und sah zu, wie es im Abfluss verschwand.

»Noch Fragen?«, ertönte plötzlich eine vertraute Stimme.

Im Eingang zum Duschraum stand Aja, die Arme vor der Brust verschränkt und mit selbstgefälliger Miene. Hastig schnappte ich mir mein Handtuch und wickelte es mir um die Hüfte. Verflixt, war das Fiasko denn noch nicht perfekt?

»Ich habe einen Haufen Fragen«, erwiderte ich, während ich das Wasser abdrehte. »Aber zuerst will ich wissen, warum mir meine Nase so elend wehtut, wenn sich doch alles nur in meinem Kopf abspielt.«

Aja kicherte. »Du bist nicht verletzt, Pendragon. Nicht in Wirklichkeit. Sobald wir den Jump beenden, ist deine Nase wieder völlig in Ordnung.«

»Gut. Würde es dir vielleicht etwas ausmachen, dich umzudrehen, damit ich mich anziehen kann?«

Aja verdrehte die Augen und wandte sich ab. Ich ging zu meinem Spind und zog die Kleidung an, die ich in meinem ersten Jump dort zurückgelassen hatte. Der Umkleideraum war jetzt leer, alle anderen waren längst gegangen. Während ich meine Schuhe zuband, kam Aja herein und setzte sich neben mich auf die Bank.

»Lifelight hat aus deinen Gedanken eine Fantasie geschaffen, in der alles perfekt war«, erklärte sie. »Der Reality Bug hingegen hat bewirkt, dass nicht nur das Gute aus deiner Vorstellung verarbeitet wird, sondern auch die Ängste und Unvollkommenheiten. So wie in der Realität auch nicht alles ideal ist. Offenbar hattest du Angst vor einer Niederlage. Wahrscheinlich hast du sogar schon mal befürchtet, dass sich dein Trainer eines Tages übernehmen könnte und seine Gesundheit den vielen Stress auf Dauer nicht mitmacht. Der Reality Bug hat diese Ängste aufgespürt und sie wahr werden lassen.«

»Aber was soll das Ganze?«

Aja stand auf und begann auf und ab zu gehen. »Hast du denn überhaupt nichts begriffen? Die Leute auf Veelox werden niemals von sich aus auf Lifelight verzichten. Das gesamte Territorium verfällt, weil sich niemand mehr mit der Wirklichkeit herumschlagen will. Die Realität ist den Leuten zu unbequem, denn darin müssen sie arbeiten, ihre Häuser instand halten, sich um ihre Nahrung kümmern, Kinder bekommen und sich mit anderen auseinander setzen, die nicht ihrer Meinung sind – all das, was nun einmal zum richtigen Leben gehört. In Lifelight hingegen brauchen sie sich um so etwas keine Gedanken zu machen. Deshalb steht Saint Dane kurz vor dem Sieg – weil er die Fantasie auf seiner Seite hat. Aber mein Reality Bug ist die

156

ideale Lösung. Wenn Lifelight weniger vollkommen ist, verbringen die Leute auch nicht mehr so viel Zeit dort wie bisher. Auf diese Weise sind sie gezwungen ins wirkliche Leben zurückzukehren.«

»Heißt das ... du hast den Bug schon an anderen Jumpern ausprobiert?«

»An einigen. Und er hat jedes Mal bewirkt, dass die Leute ihre Jumps vorzeitig abgebrochen haben. Es funktioniert, Pendragon! Wenn ich den Bug erst ins gesamte System eingeschleust habe, beeinflusst er sämtliche Jumps in allen Pyramiden auf ganz Veelox.«

Aja setzte sich wieder neben mich. Zum ersten Mal, seit ich sie kannte, sah sie glücklich aus.

»Verstehst du denn nicht?«, fuhr sie fort. »Der Bug bewirkt, dass Lifelight der Realität ähnlicher wird, und dadurch verliert es seine Attraktivität. Kein Mensch wird jemals erfahren, wie es dazu gekommen ist. Ich habe den Bug so tief im System versteckt, dass niemand ihn je finden wird.«

So ungern ich es zugab – Ajas Plan klang verflixt vernünftig. Eins machte mir allerdings noch Sorgen.

»Ich halte das für eine großartige Idee, Aja, wirklich«, beteuerte ich, während ich noch versuchte meine Gedanken zu ordnen. »Wenn alles so funktioniert, wie du sagst, dann hast du es tatsächlich geschafft – damit wäre Saint Dane geschlagen.«

»Danke!«, erwiderte sie mit einem tiefen, theatralischen Seufzer, als hätte ich endlich das gesagt, worauf sie die ganze Zeit gewartet hatte.

»Aber –«

»Es gibt kein Aber«, fiel sie mir ins Wort.

»Vielleicht nicht, nur ... du hast gesagt, dass sich der Kampf auf Veelox in der Fantasie der Menschen abspielt. Das habe ich mittlerweile begriffen. Aber ist die Fantasie nicht etwas ziemlich schwer Kontrollierbares?

157

Ich meine, schau mich an: Ich habe was auf die Nase bekommen. Du sagst, der Grund dafür waren meine eigenen Ängste. Was ist nun, wenn jemand Angst vor etwas richtig Großem und Schrecklichem hat? Ich meine … die Jumps könnten gefährlich werden.«

»Na und?«, versetzte Aja. »Das ist doch alles nur Fantasie. Niemandem stößt tatsächlich etwas zu. In Wirklichkeit liegen alle sicher in der Pyramide.«

»Heißt das, wenn wir hier rauskommen, tut meine Nase nicht mehr weh?«, hakte ich nach.

»Ganz genau!«

Ich wollte ihr glauben, aber noch etwas ließ mir keine Ruhe. Dieser Reality Bug war im Grunde nichts anderes als ein besonders raffinierter Computervirus. Und Computerviren waren eine heikle Angelegenheit. Man konnte nie wissen, wo sie auftauchen oder welchen Schaden sie anrichten würden. Ich hatte zu Hause auf meinem Computer mal einen Virus, der mir die Festplatte geschrottet hat. Wenn ein Virus fähig war meinen mickrigen PC zu killen, mochte ich mir gar nicht vorstellen, was er in einem hochkomplexen System wie Lifelight anrichten konnte.

»Weißt du was – ich beweise es dir«, verkündete Aja entschlossen. »Lass uns den ultimativen Test durchführen. Gleich hier und jetzt.«

»Einen Test?«, wiederholte ich skeptisch.

»Dein Armband-Controller«, sagte sie. »Weißt du noch, wozu die mittlere Taste dient?«

Ich hob den Arm und stellte fest, dass das silberne Armband mit den drei Tasten wieder sichtbar war. »Die mittlere Taste bewirkt eine Veränderung in dem Jump, nicht wahr?«

»Ganz recht. Drück die Taste – wir wollen sehen, was dann passiert.«

»Bist du noch zu retten?«, stieß ich entsetzt hervor

und sprang auf. »Was, wenn der Schlamassel dann erst richtig losgeht?«

»Das will ich doch hoffen«, versetzte Aja. »Nur so kann ich dir das, worauf ich hinauswill, beweisen: Ganz gleich wie katastrophal der Jump verläuft – sobald wir ihn beenden, ist alles wieder in Ordnung.«

Ich schüttelte misstrauisch den Kopf. Die Sache wurde mir entschieden zu unheimlich.

»Dies ist der letzte große Test, Pendragon. Sobald die Jumps anders laufen als gewünscht, wird jeder Jumper als Erstes diese Taste drücken um seine Fantasie zu verändern. Lass uns sehen, was dann passiert.«

»Was glaubst *du* denn, was passieren wird?«, erkundigte ich mich.

»Ich weiß es nicht. Das hängt ganz von dir ab.«

Offen gestanden fürchtete ich mich zu Tode bei der Vorstellung, was geschehen könnte. Was, wenn Feuer ausbrach? Oder wenn es ein Erdbeben gab? Solche Katastrophen wollte ich wirklich nicht durchmachen müssen, auch wenn sie sich nur in meiner Fantasie ereigneten. Meine Nase tat schon übel genug weh.

»Mach endlich, Pendragon«, drängte Aja. »Du bist doch der große, tapfere Reisende, der Saint Dane schon so oft geschlagen hat. Sei noch einmal ein Held! Drück die Taste. Lass uns ein für alle Mal beweisen, dass der Reality Bug funktioniert.«

»Versprichst du mir, wir können jederzeit aussteigen? Ich meine, dass ich nur ›Stopp!‹ sagen muss und du den Jump dann sofort beendest?«

»Das kannst du doch sogar selbst – schon vergessen?«, erwiderte sie und deutete auf den Controller an meinem Handgelenk. »Wenn du den Jump abbrechen willst, brauchst du nur die rechte Taste zu drücken. Der Reality Bug verändert nur die Ereignisse in der Fantasie, alles andere funktioniert genau wie immer.«

Es schien tatsächlich, als hätte Aja mit ihrem Bug die Lösung zu dem Problem gefunden, das Veelox bedrohte. Wenn er planmäßig funktionierte, würde er die Menschen zwingen sich wieder der realen Welt zuzuwenden. Damit wäre der Wendepunkt überwunden, die Reisenden hätten Saint Dane geschlagen und das Territorium wieder auf den richtigen Kurs gebracht. Alles, was noch zu tun blieb, war, die mittlere Taste auszuprobieren. Keine Frage, wir mussten es wagen.

»Bist du sicher, dass du weißt, was du tust?«, erkundigte ich mich.

»Das hast du mich schon mal gefragt«, versetzte sie ungeduldig. »Habe ich es immer noch nicht geschafft, dich zu beeindrucken?«

Okay – doch, das hatte sie. Ich holte tief Luft, hob den Arm und legte einen Finger auf die mittlere Taste meines silbernen Armbands.

»Bist du bereit?«, fragte ich Aja.

»Jederzeit«, antwortete sie prompt.

Ich drückte die Taste. Sie leuchtete für einen Moment rot auf, und …

… weiter geschah überhaupt nichts. Weder bebte die Erde noch stürzte das Dach ein. Wir standen da wie zwei Vollidioten.

»Es hat sich nichts verändert«, stellte ich fest. »Vielleicht hat es nicht –«

Und dann kam der große Hammer.

Aja starrte auf ihr breites silbernes Armband. »Mein Controller«, stieß sie überrascht hervor. »Er aktiviert sich!«

»Was hat das zu bedeuten?«

Im nächsten Moment schoss ein Lichtstrahl aus Ajas Controller hervor und ein holografisches Bild wurde in den Raum projiziert. Wie war das – der Reality Bug suchte in meinem Unterbewussten nach meinen tiefsten Ängsten? Dann machte er seine Sache wirklich ver-

160

teufelt gut, denn vor uns in der Umkleidekabine stand die Gestalt, die ich am meisten fürchtete.

Saint Dane.

»Schachmatt!«, rief der Dämon lachend.

»Ist das meine Fantasie?«, fragte ich Aja fassungslos.

»Nein!«, stieß sie mit zitternder Stimme hervor. »Dein Jump ist nicht mit meinem Controller gekoppelt. Das hier muss aus dem Speicher kommen. Es ist eine Aufzeichnung.«

»Aja, du törichtes Ding«, höhnte die Projektion von Saint Dane. »Dachtest du wirklich, ich würde zulassen, dass du Lifelight sabotierst? Ich habe so viele Jahre lang hart daran gearbeitet, den Programmierern bei der Erschaffung von Lifelight zu helfen – da kann ich doch nicht zulassen, dass ein simpler Computervirus alles zunichte macht.«

Aja starrte die Gestalt entgeistert an. Dies war nicht meine Horrorfantasie. Sondern ihre.

»Süße kleine Aja«, säuselte Saint Danes Bild. »Ich habe dich vom Tag deiner Geburt an im Auge behalten. Ich habe dafür gesorgt, dass die Direktoren dich für das Phader-Ausbildungsprogramm auswählten, ich habe zugesehen, wie du zu einer arroganten jungen Reisenden herangewachsen bist, und ich habe dir sogar geholfen deinen fiesen kleinen Bug zu programmieren. Pendragon hat dir zweifellos erzählt, dass ich nie fern bin. Ich wette, du hast ihm nicht geglaubt.«

Allerdings nicht. Aber gerade schien sie damit anzufangen.

»Siehst du, Kleines«, fuhr Saint Dane fort, »du warst mein Plan B für den Fall, dass Veelox nicht durch Vernachlässigung von selbst zugrunde geht. Darum habe ich sichergestellt, dass dein Reality Bug besser funktioniert, als du es dir jemals hast träumen lassen. Und glaub mir, das wird er!«

Saint Dane lachte so gehässig, dass es mich eiskalt überlief.

»So oder so habe ich gewonnen«, schloss er triumphierend. »Vielen Dank für deine wertvolle Hilfe, Aja. Dank dir war es ein reines Vergnügen für mich, Veelox zu vernichten! Grüße den jungen Pendragon von mir.«

Damit verschwand das aufgezeichnete Bild von Saint Dane. Aja sah aus, als drohte sie jeden Moment in Ohnmacht zu fallen. All das konnte für sie überhaupt keinen Sinn ergeben. Für mich leider schon: Saint Dane hatte offenbar von Anfang an genau gewusst, was vor sich ging. Er hatte absolut alles unter Kontrolle. Wie immer.

»Er lügt!«, stieß Aja hervor. »Der Reality Bug wird nicht versagen.«

»Ich glaube, genau darin liegt das Problem«, gab ich zu bedenken. »Er hat doch gesagt, der Bug würde besser funktionieren, als du geplant hast.«

»Wie konnte er überhaupt davon wissen?«

»Ich hab's dir doch von Anfang an gesagt, Aja!«, rief ich. »So was macht er ständig – er benutzt einen, legt einem Hinweise in den Weg, lässt einen aber glauben, man sei von allein darauf gekommen. Auf diese Weise bringt er einen dazu, sich selbst ins Verderben zu stürzen. Man ahnt nicht, was er im Schilde führt, bis es zu spät ist. Du bist clever, Aja, aber du hast einen gewaltigen Fehler begangen. Du hast dich für cleverer als Saint Dane gehalten.«

Aja warf mir einen verletzten, zornigen Blick zu. Aber es war nun einmal die Wahrheit – immer wenn man sich einbildet, man hätte Saint Dane überlistet, taucht er plötzlich auf und haut einen mit irgendeinem heimtückischen Trick in die Pfanne. Und in *der* Pfanne, in der wir gerade wieder mal gelandet waren, wurde es zusehends ungemütlich.

»Aja? Bist du da drin?«, drang eine Stimme durch die Tür der Umkleidekabine.

»Wer ist das?«, fragte ich.

»Alex«, antwortete Aja überrascht.

Sie rannte zur Tür, ich hinterher. Von der Kabine führte ein Gang zur Sporthalle, wo wir Alex, unseren Phader, erblickten. Wir standen nun an entgegengesetzten Enden des kurzen Ganges – Aja und ich in der Tür zur Umkleide, Alex in der leeren Halle. Er drückte hektisch auf den Tasten an seinem Armband-Controller herum.

»Aja, was ist los?«, rief er beunruhigt.

»Was meinst du?«, fragte Aja zurück.

»Ich verliere die Kontrolle über die Jumps«, klagte er. »Auf einmal ist in meinem Quadranten ein gewaltiger Datenstrom durch das Grid geflossen und ich habe die Quelle bis zu euch zurückverfolgt.«

»Was bedeutet das?«, erkundigte ich mich.

»Schwer zu sagen«, erwiderte Aja, die sich offenbar bemühte einen klaren Kopf zu bewahren. »Möglicherweise hat sich der Reality Bug aktiviert.«

»Ich dachte, er ist bereits aktiviert?«, fragte ich und betastete meine schmerzende Nase.

»Schon, aber nur für unseren Jump«, entgegnete Aja. »Eigentlich ist er so programmiert, dass er sich im gesamten Grid verbreitet, aber dazu habe ich noch nicht den Befehl gegeben.«

»Tja, dann hat wohl jemand anders den Befehl dazu gegeben«, folgerte ich nüchtern. »Ich schätze, Saint Dane hat das selbst übernommen.«

»Reality Bug?«, schaltete sich Alex ein. »Was ist das denn?«

»Brich den Jump ab«, wies Aja mich an. »Wir müssen zurück in den Core.«

Ich drückte hastig auf die Beenden-Taste an meinem Armband.

163

Nichts geschah.

»Warum sind wir immer noch hier?«, wollte ich wissen.

»Ich übernehme und beende den Jump selbst«, kündigte Aja an, drückte rasch ein paar Tasten an ihrem Controller und starrte dann stirnrunzelnd auf das Display.

»Was ist?«, fragte ich.

»Er reagiert nicht.«

»Er reagiert nicht?«, wiederholte ich und drückte verzweifelt auf der Taste an meinem Armband herum, aber es tat sich noch immer nichts. Aja bearbeitete hektisch die Tastatur ihres Controllers und suchte nach dem richtigen Befehl um die Kontrolle wiederzuerlangen. Vergebens.

»Alex!«, rief sie mit schriller Stimme dem Phader zu, der noch immer am anderen Ende des Ganges stand und seinerseits auf seinem Armband-Controller herumtippte. »Geh zurück in den Core und brich diesen Jump ab, egal wie. Hol uns hier raus!«

»Meinst du wirklich?«, entgegnete Alex skeptisch. »Was, wenn —«

Grrrrr.

Das Geräusch kam aus der Halle hinter ihm.

»Was war das?«, fragte Aja. Neugierig trat sie in den Gang hinaus, aber ich packte sie am Arm und hielt sie zurück.

»Ich weiß es nicht«, erwiderte ich. Doch das Geräusch kam mir seltsam bekannt vor.

»Alex!«, rief ich, »siehst du da irgendwas?«

Der Phader blickte sich um und zuckte die Schultern. »Nein, nichts.«

GRRRRRRR ...

Was immer das war, es kam näher.

»Wir müssen hier weg, Aja«, drängte ich.

»Das versuche ich ja die ganze Zeit«, entgegnete sie, während sie weiterhin auf die Tasten an ihrem nutzlos gewordenen Controller einhämmerte.

Gleich darauf hörte ich ein scharrendes Geräusch, als ob etwas Schweres über eine harte Oberfläche schleifte. Ich *kannte* dieses Geräusch. Es kam mir so vertraut vor ... nur dass ich es einfach nicht einordnen konnte. Was war das nur?

Und dann fiel der Groschen. Aber das war doch nicht möglich – nicht hier, nicht auf Veelox. Beziehungsweise auf einer Fantasieversion von Zweite Erde oder wie man das nennen mochte, wo wir waren. Ein solches Geräusch hatte ich bisher erst in einem einzigen Territorium gehört, und zwar weder auf Zweite Erde noch auf Veelox. Der Klang weckte grauenhafte Erinnerungen an einen Ort, den ich nie vergessen werde.

Denduron.

»Huch!«, rief Alex überrascht aus.

Aja und ich blickten auf. Der Phader stand noch immer in der Tür zur Sporthalle. Er schaute nach rechts ... und er sah ziemlich verschreckt aus. »Wer denkt sich denn *so was* aus?«, stieß er mit zittriger Stimme hervor.

»Was ist es, Alex?«, wollte Aja wissen.

Alex wich mit angstvollem Blick zwei Schritte zurück. »Ich geh lieber wieder in den —«

Noch ehe er den Satz beenden konnte, schloss sich ein mächtiges Gebiss um seine Kehle. Aja schrie auf. Ich ging erschrocken einen Schritt rückwärts. Die Bestie war aus dem Nichts aufgetaucht und hatte Alex angefallen.

»Wie konnte das passieren? Ich dachte, die Phader sind eigentlich gar nicht mit im Jump?«, stieß ich hervor, verzweifelt bemüht einen halbwegs klaren Kopf zu bewahren.

»Sind sie auch nicht!«, versetzte Aja erschüttert. »Das hier ist unser Jump. Er ist nicht daran beteiligt.«

»Ach nein?«, höhnte ich. »Erzähl das Alex ... und dem Quig, das ihn gerade umgebracht hat.«

In diesem Moment ließ die Bestie von ihrem Opfer ab und starrte in den Flur herein. Der Anblick ihrer bluttriefenden Zähne war mir nur allzu vertraut. Es handelte sich tatsächlich um ein Quig von Denduron. Das Untier stand in der Sporthalle einer High School in meiner Fantasie ...

... und es hatte soeben Aja und mich ins Visier genommen.

Vierzehntes Journal
(Fortsetzung)

Veelox

Ein Albtraum aus meiner Vergangenheit war soeben meinem Gehirn entsprungen und stand jetzt vor uns. Leibhaftig.

Irgendwie hatte Ajas Reality Bug ihn in meiner Erinnerung gefunden und zum Leben erweckt. Auch wenn es völlig unmöglich war – hier stand ein Quig, das genauso aussah wie die Biester auf Denduron. Es glich einem Urzeit-Bären mit übergroßem Kopf, der hauptsächlich aus einem gewaltigen Gebiss bestand. Aus seinem Ober- und Unterkiefer ragten wie bei einem Keiler mächtige spitze Hauer hervor. Der Körper war mit schmutzig grauem Fell bedeckt, aus dem entlang der Wirbelsäule gelbe Knochen herausstanden, und an den riesigen Pranken hatte das Ungetüm messerscharfe Krallen. Doch was ich an diesen Quigs – ebenso wie an denen aller anderen Territorien – am lebhaftesten in Erinnerung hatte, waren die Augen. Sie waren gelb, wütend und starrten mit durchdringendem Blick …

… auf uns.

Dieses Exemplar war kleiner als die Quigs in meiner Erinnerung, etwa so groß wie ein Grisli. Umso schlimmer, denn das bedeutete, dass es durch Türen passte. Aja und ich waren nur zwei Türen und einen kurzen Gang davon entfernt, gefressen zu werden. Das Quig stieg über Alex' leblosen Körper hinweg und pirschte sich an die Umkleidekabine an. Mir fiel nur eins ein.

Ich schloss die Tür an unserem Ende des Ganges.

Gerade noch rechtzeitig, denn das Quig hatte bereits zum Sprung angesetzt. Einen Sekundenbruchteil später krachte es mit einem abscheulichen *Rums* gegen die Tür. Dass sie nicht abgeschlossen war, machte nichts – dieses Vieh war mit Sicherheit nicht schlau genug den Drehknopf zu betätigen. Blieb nur zu hoffen, dass die Tür standhielt, wenn es versuchte sie einzurennen.

Aja stand stocksteif vor Entsetzen, die Augen angstvoll aufgerissen.

»Woher kommt diese Bestie so plötzlich?«, wollte ich wissen.

»A-aus deinem Kopf«, stammelte sie. »Ich sagte doch, das Programm findet in deiner Erinnerung Dinge, vor denen du Angst hast.«

»Aber du hast auch gesagt, dass in Lifelight nur Sachen vorkommen können, die es wirklich gibt«, protestierte ich.

»Und, ist dir das Ungeheuer da draußen etwa nicht wirklich genug?«

Wie zur Antwort warf sich das Quig zum zweiten Mal krachend gegen die Tür.

»Schon, aber so was gibt es auf Zweite Erde nicht. Diese Biester gehören in ein anderes Territorium. Nach Denduron.«

»Das ist unmöglich!«, protestierte Aja. »Das geht in Lifelight nicht!«

Das Quig rannte zum dritten Mal gegen die Tür und brüllte vor Schmerz und Wut auf.

»Mir scheint, neuerdings geht es doch!«

Die Tür begann zu splittern. Noch ein paar Anläufe und sie würde nachgeben.

»Komm!« Ich packte Aja an der Hand und rannte los. Ich wusste zwar nicht wohin, aber hier konnten wir jedenfalls nicht bleiben. Wir entdeckten eine Tür am anderen Ende der Umkleidekabine und stürmten hindurch. Die Tür führte ins Freie, doch kaum dass wir draußen waren, blieben wir wie angewurzelt stehen.

Nicht weit von uns entfernt sahen wir den großen Football-Trainingsplatz. Nur dass sich heute keine Spieler dort tummelten, sondern noch mehr Quigs! Der Rasen wimmelte von gelbäugigen Bestien in allen Größen – manche waren so riesig wie die Biester, die auf Denduron in der Arena der Bedoowan gekämpft hatten, andere kleiner, so wie das aus der Sporthalle. Ein paar Quigs kämpften miteinander und versuchten sich gegenseitig die Kehle aufzuschlitzen. Ich wusste, wie das ausgehen würde: Diese Quigs waren Kannibalen. Wenn eins von ihnen zu Boden ging, würden sich die anderen darauf stürzen und es zerfleischen.

»Die Tür!«, schrie ich erschrocken.

Sie fiel hinter uns langsam zu. Wenn das Schloss einrastete, waren wir Geschichte. Aja, die näher an der Tür stand, stellte geistesgegenwärtig einen Fuß in den Spalt – gerade noch rechtzeitig. Hätte sie nicht so schnell reagiert, dann wären wir wohl Quig-Futter gewesen. Garantiert hätten wir besser geschmeckt als blaues Gloid.

Einige der Quigs hoben die Köpfe. Sie hatten uns gewittert. In wenigen Sekunden würden sie zum Angriff übergehen und dann … Mahlzeit.

»Schnell wieder rein!« Ich riss die Tür auf. Sobald Aja und ich hindurchgeschlüpft waren, zog ich die Tür wieder zu und achtete darauf, dass sie auch wirklich einrastete. Nicht ganz unwichtig, denn eine Hand voll Quigs hatte uns entdeckt und kam angriffslustig auf uns zugerannt.

»Gibt es noch einen anderen Weg hier raus?«, fragte Aja verzweifelt.

»Ich … denke schon.«

Wir durchquerten die Umkleidekabine. Gerade als wir an der Tür zur Halle vorbeigerannt waren, brach sie plötzlich mit einem *Krach!* aus den Angeln, und das Quig stand da mit einem Blick, als würde es ihm mächtig stinken, dass sein Mittagessen derartige Scherereien machte. Aja und ich sprinteten weiter auf die Verbindungstür zur Mädchenumkleide zu. Das Quig verfolgte uns, wobei es unbeholfen gegen die Spinde prallte. Jedes Mal wenn sein massiger Körper gegen das Blech der Türen schlug, ertönte ein hohles, metallisches Dröhnen.

Die Tür zur Kabine der Mädchen hatte zwar kein Schloss, das einrastete, aber sie ging nach außen auf. Das war ein Riesenglück, denn dem Quig würde es auf keinen Fall gelingen, die Tür aufzu*ziehen.* Aja und ich rannten hindurch und gelangten in einen Raum, der spiegelbildlich zur Kabine der Jungen angelegt war. Hier waren wir in Sicherheit … aber wie lange?

»Bring uns hier raus!«, brüllte ich Aja an.

»Keine Panik, das ist alles gar nicht so schlimm, wie es scheint, Pendragon«, erwiderte sie.

»Machst du Witze?«

»Nein – dies hier ist eine *Fantasie!* Selbst wenn eine der Bestien uns erwischt und tötet, wachen wir nachher einfach in der Lifelight-Pyramide wieder auf.«

»Da bin ich mir nicht so sicher«, widersprach ich. »Hier läuft einiges nicht so, wie es sollte. Schließlich dürften die Quigs in dieser Fantasie eigentlich gar nicht vorkommen und trotzdem sind sie da. Unsere Armband-Controller müssten eigentlich funktionieren – tun sie aber nicht. Und Alex dürfte nicht tot da draußen in der Sporthalle liegen, weil er überhaupt nicht mit in diesem Jump ist – aber mir kam er trotzdem ziemlich tot vor. Hier passieren entschieden zu viele unmögliche Dinge, als dass ich es riskieren würde, mich von ei-

170

nem dieser Ungeheuer in die Wirklichkeit zurückfressen zu lassen!«

»Aber —«

»Du hast selbst gehört, was Saint Dane gesagt hat. Er *wusste,* was du mit dem Reality Bug vorhattest. Er hat dein Programm manipuliert. Wer weiß, wozu es jetzt imstande ist? Wir müssen lebend hier wegkommen und rausfinden, was passiert ist.«

Aja nickte. Ausnahmsweise schien sie das, was ich sagte, für vernünftig zu halten.

»Nur dass ich leider keine Ahnung habe, wie wir aus diesem Jump rauskommen sollen«, fügte ich hinzu. »Du musst dir was einfallen lassen.«

Man konnte die Rädchen in Ajas Kopf förmlich rattern hören, während sie fieberhaft über eine Möglichkeit nachdachte, uns in die Wirklichkeit zurückzubefördern. Schließlich erklärte sie: »Aus irgendwelchen Gründen sind unsere Controller offline gegangen. Was immer Saint Dane da angerichtet hat – es muss geschehen sein, als du die Reset-Taste gedrückt hast.«

»Okay, dann werden ab sofort keine Reset-Tasten mehr gedrückt«, folgerte ich.

»Aber Alex' Controller ist mit dem Hauptgrid verbunden. Er hängt an einem anderen Port.«

»Kannst du damit den Jump abbrechen?«, fragte ich hoffnungsvoll.

»Jederzeit«, antwortete Aja mit Überzeugung. »Vorausgesetzt, er ist nicht beschädigt.«

Mir war klar, was das bedeutete: Wir mussten zurück in die Sporthalle, zu Alex' Leiche, und seinen Controller holen. Ganz einfach, oder? Aber sicher doch. Die Tür, die aus der Umkleide zurück in die Halle führte, hatten wir rasch gefunden. Aja und ich öffneten sie behutsam einen Spaltbreit und spähten hinaus.

Die große Sporthalle war gespenstisch leer. Vor kurzer Zeit war sie noch gedrängt voll mit schreienden Basketball-Fans gewesen, doch jetzt befand sich nur noch ein einziger Mensch in der Halle. Alex. Und der schrie nicht ... nicht mehr. Blieb nur noch die Frage: Wo steckte das Quig?

»Bist du sicher, dass dies die einzige Möglichkeit ist, den Jump abzubrechen?«, fragte ich Aja flüsternd.

»Nein, aber die einzige, die mir einfällt.«

»Dann müssen wir es riskieren«, entschied ich. »Warte hier.«

Ich ging einen Schritt in die Halle hinein, aber Aja hielt mich am Arm zurück. »Was hast du vor?«

»Ich hole den Controller – was dachtest du denn?«

»Du weißt doch gar nicht, wie du ihn von seinem Arm bekommst.«

Da hatte sie allerdings Recht. Dann mussten wir wohl zusammen gehen. In diesem Moment trafen sich unsere Blicke auf eine Weise, wie wir einander noch nie angesehen hatten. Wir waren zwar beide Reisende, aber bisher hatte sich unsere Beziehung nur von einem ständigen Kampf zu einer Art Waffenstillstand entwickelt. Jetzt jedoch waren wir im Begriff, uns in höchste Gefahr zu begeben. Der Blick, den wir tauschten, sagte alles. Wir mussten diese Sache gemeinsam durchstehen, ob es uns passte oder nicht. Ich nickte Aja kurz zu, dann betraten wir die Halle.

Die Entfernung zwischen uns und Alex betrug nur knapp zwanzig Meter, aber es hätte genauso gut ein Kilometer sein können. Wenn das Quig uns mitten in der Sporthalle überraschte, gab es keinerlei Zuflucht für uns. Anfangs gingen wir langsam, doch mit jedem Schritt wurden wir etwas schneller – offenbar hatte Aja ebenso wie ich das Bedürfnis, die Sache so rasch wie möglich hinter sich zu bringen.

Alex' Leiche lag an der Tür zum Gang, der in die Jungen-Umkleidekabine führte. Das Quig war vermutlich noch immer dort drin. Ich ließ die offene Tür nicht aus den Augen, jeden Moment darauf gefasst, dass es daraus hervorgaloppierte. Die ganze Zeit sprachen Aja und ich kein Wort aus Angst, die Bestie auf uns aufmerksam zu machen.

Als wir uns der Leiche näherten, graute mir davor, zu sehen, wie schrecklich das Quig den armen Kerl zugerichtet hatte. Fantasie hin oder her – das hier war nur allzu real. Aber ich konnte jetzt nicht kneifen. Wir waren nur noch wenige Schritte von dem Toten entfernt und ich begann schon zu glauben, unser Plan könnte gelingen.

Das war ein Irrtum.

Das Quig kam aus dem Gang gestürmt, genau wie ich befürchtet hatte. Ohne nachzudenken packte ich Aja am Arm und zerrte sie unter die Tribüne. Eine andere Zuflucht gab es nicht. Die Tribüne war noch vom Basketballspiel ausgefahren. Dieses Ausweichmanöver rettete uns das Leben – wenigstens vorläufig.

Gerade als ich geduckt unter einer Metallstange hindurchschlüpfte, hieb das Quig mit der Pranke nach mir. Dabei zerschmetterte es die Stange, erwischte allerdings mit einer Kralle auch meinen Arm von hinten und schlitzte den Stoff des Overalls auf … und meinen Oberarm, wie der stechende Schmerz mir verriet. Aber ganz gleich wie sehr es wehtat, ich blieb jetzt ganz bestimmt nicht stehen.

»Lauf weiter!«, drängte ich Aja.

Die Stützkonstruktion der Tribüne bestand aus einem komplizierten Metallgestänge. Wir krochen in panischer Flucht vor dem Quig durch das Labyrinth, kletterten über Stangen hinweg, schlüpften an ihnen vorbei oder unter ihnen hindurch. Als ich mich hastig umblickte, stellte ich fest, dass das Untier uns noch immer verfolgte. Zwar fiel es ihm erheblich schwerer als uns beiden, in dem Gewirr von Metallstangen vorwärts zu kommen, aber davon ließ es sich nicht aufhalten. Diese Bestie nahm buchstäblich die Tribüne auseinander um uns zu verfolgen.

In diesem Moment kam mir eine brillante Idee. »Schnell, zur anderen Seite, beeil dich!«, rief ich Aja zu.

Wenn mein Plan funktionieren sollte, mussten wir so schnell wie möglich von hier unten verschwinden. Immer wieder schob ich Aja von hinten an und zwang sie sich noch schneller durch das Gestänge zu winden. Schließlich gelangten wir auf der anderen Seite ins Freie.

»Wohin jetzt?«, fragte sie.

»Bleib genau da stehen!«, befahl ich.

Aja starrte mich an, als ob ich den Verstand verloren hätte, aber ich konnte mich jetzt nicht mit Erklärungen aufhalten. Sie mochte Ahnung von Computern haben – ich hingegen war in Sporthallen quasi zu Hause. Bevor ich ein Reisender wurde, hatte ich jede freie Minute darin verbracht. Hier kannte *ich* mich mit der Technik aus. Rasch lief ich zu einem kleinen Metallkästchen an der Wand, öffnete eine Klappe und drückte auf den roten Knopf dahinter.

Augenblicklich begann sich die Tribüne einzufahren und das Quig saß darunter in der Falle.

»Genial!«, rief Aja aus.

Es war das erste Kompliment, das ich von ihr zu hören bekam. Gemeinsam sahen wir zu, wie sich das Gewirr aus Stahlrohren immer dichter um das Quig zusammenzog, und hofften inständig, es möge darin zermalmt werden. Eine Minute hätte schon ausgereicht um den Controller zu holen.

Leider war uns diese Minute nicht vergönnt.

Mit einem markerschütternden Brüllen brach das

Quig aus der halb eingefahrenen Tribüne hervor, wobei es Teile der Metallstützen mitriss. Anscheinend war meine geniale Idee doch nicht so genial gewesen. Schon wieder mussten Aja und ich um unser Leben rennen. Als wir quer durch die Halle sprinteten, kamen wir Alex' Controller für einen Moment zum Verrücktwerden nahe, doch uns blieb keine Zeit, ihn mitzunehmen. Schließlich erreichten wir einen Gang, der zum Hauptkomplex der Schule führte.

Leere Schulgebäude fand ich schon immer unheimlich. Keine Ahnung warum – vielleicht weil man so daran gewöhnt ist, dass es in Schulen lebhaft und laut zugeht. Eine stille Schule wirkt irgendwie, als ob etwas nicht stimmt. Tja, in dieser Schule stimmte eindeutig etwas nicht, was allerdings nicht daran lag, dass sie leer war. Aja und ich rannten den langen Gang mit der Glaswand entlang, der vom Sportflügel in die große Halle führte – den zentralen Teil des Gebäudes, von wo aus sämtliche Seitenflügel erreichbar waren. Es handelte sich um einen riesigen Raum von der Größe eines Flugzeug-Hangars. Aja und ich stellten uns in die Mitte, um nach allen Seiten Ausschau halten zu können. Wenn irgendetwas auf der Suche nach uns in diese Halle kam, blieb uns reichlich Zeit, in die entgegengesetzte Richtung zu verschwinden.

»Es muss noch eine andere Möglichkeit geben, den Jump abzubrechen«, keuchte ich, während ich nach Luft rang.

Aja drückte wieder mehrere Tasten an ihrem Armband-Controller, dann stöhnte sie entnervt auf. »Das gibt's doch nicht! Ich habe einfach keinen Zugriff!«

Es gab also *keine* andere Möglichkeit. Folglich mussten wir uns etwas ausdenken, um an dem Quig vorbeizukommen oder es wenigstens für eine Weile abzulenken, damit wir Alex' Controller holen konnten.

»Du kennst diesen Ort«, sagte Aja. »Gibt es hier irgendwelche Waffen?«

»In einer Schule? Klar, bestimmt!«

»Denk nach, Pendragon! Gibt es etwas, was wir als Waffe *benutzen* können?«

Mein erster Impuls war, nein zu sagen, aber das hätte uns nicht weitergebracht. Ich musste mir was einfallen lassen. Gab es irgendetwas in dieser Schule, womit wir das Quig bekämpfen konnten? Onkel Press hatte Quigs mit Speeren erlegt, nur dass es so etwas hier in der Davis Gregory High mit Sicherheit nicht gab. Bei einer anderen Gelegenheit hatten wir ein Quig mit Tak in die Luft gesprengt, doch auch Sprengstoff war hier garantiert nicht aufzutreiben. Was konnten wir sonst noch einsetzen?

Mir dämmerte etwas.

»Diese Quigs ... ich weiß, Lifelight hat sie geschaffen, aber sind sie echt?«, fragte ich Aja. »Ich meine, sind sie genauso wie echte Quigs?«

»Sie sind so, wie du die echten in Erinnerung hast«, erklärte Aja. »Lifelight hat sie aus deinen Gedanken geschaffen. Es kommt nicht darauf an, wie Quigs in Wirklichkeit *sind*, sondern darauf, was du über sie *weißt*. Wenn du überzeugt wärst, dass sie in der Lage sind, ein Lied zu singen, dann könnten sie auch singen.«

»Dann brauchen wir eine Hundepfeife«, verkündete ich.

»Eine *was?*«

»Quigs reagieren irrsinnig empfindlich auf hohe, schrille Töne. Sie drehen völlig durch, sobald sie welche hören. Wenn wir eine Pfeife oder so was Ähnliches auftreiben, können wir das Quig lange genug in Schach halten um an Alex' Controller zu kommen.«

»Hervorragend!«, erwiderte Aja. »Und wo finden wir eine Pfeife?«

»Das weiß ich nicht«, gestand ich.

»Aaah!«, stöhnte Aja verzweifelt auf. »Denk nach! Gibt es irgendwas, womit wir einen schrillen Ton erzeugen können?«

In diesem Moment hörten wir einen Lärm, der wie Donnergrollen klang. Ich sah mich erschrocken um und bemerkte eine Bewegung draußen vor den Fenstern. Bei dem Anblick hätte ich am liebsten laut aufgeschrien. Die Quigs hatten uns aufgespürt! Sie starrten durch die Scheiben zu uns herein und schienen gerade über die beste Angriffstaktik nachzudenken. In diesem Moment wünschte ich von ganzem Herzen, ich könnte *hundert* Pfeifen auftreiben.

Hundert Pfeifen ...

In meinem Kopf nahm eine Idee vage Gestalt an.

»Pendragon«, beschwor Aja mich flüsternd, »uns bleibt nicht mehr viel Zeit.«

Ich hatte es – ich hatte einen Plan B. Hundert Pfeifen.

»Hier entlang!«, rief ich und rannte los, wobei ich Aja an der Hand mitzerrte. Durch die große Halle gelangten wir in den Verwaltungsflügel. Hier hatte der Direktor sein Büro, hier arbeiteten die Sekretärinnen, und wenn ich mich nicht sehr täuschte, würden wir hier etwas finden, womit wir die Quigs außer Gefecht setzen konnten.

Der Raum war dunkel und verlassen. Ich lief auf die lange Empfangstheke zu, als plötzlich ... *klirr!* ... ein Fenster zersplitterte. Aja und ich machten vor Schreck einen Satz rückwärts. Gleich darauf sahen wir ein Quig durch die eingeschlagene Scheibe hereinklettern. *Klirr! Klirr!* Zwei weitere Fenster gingen in Scherben und immer mehr Quigs drängten ins Gebäude. Sie wussten ganz genau, wo wir waren. Entweder funktionierte das, was ich vorhatte, oder Plan B würde uns zu einem Ehrenplatz auf der Speisekarte der Quigs verhelfen.

»Was sollen wir hier drin?«, fragte Aja. Ich hörte die aufsteigende Panik in ihrer Stimme.

»Hundert Pfeifen«, erwiderte ich, während ich hinter die Empfangstheke lief. »Wir haben zwar keine einzige Pfeife, aber ich glaube, *hundert* Pfeifen kann ich uns beschaffen.«

Ich suchte nach der Lautsprecheranlage für die Durchsagen. Jede Schule hat so ein Ding – ich hoffte inständig, dass das auch für die Davis Gregory High galt. Es war unsere letzte, größte Hoffnung.

Klirr! Klirr! Wieder zerbarsten zwei Fenster, dass die Scherben nur so zu Boden prasselten. Die Quigs kamen von allen Seiten. Jetzt oder nie! Unter der langen Empfangstheke entdeckte ich die Anlage. Nun musste ich nur noch herausfinden, wie man sie bediente.

Da war der Einschalthebel. Ich legte ihn hastig um und sofort leuchteten die Lämpchen an dem Gerät auf. Außerdem gab es eine lange Reihe von Knöpfen, wahrscheinlich für die Lautsprecher in den einzelnen Teilen des Schulgebäudes. Gerade als ich sie alle einschalten wollte, bemerkte ich einen Kippschalter mit der Beschriftung »Alle Lautsprecher«. Ha, sehr gut! Ich betätigte ihn.

Inzwischen hatte sich das erste Quig durch das Fenster gezwängt und machte sich zum Angriff bereit. In wenigen Sekunden würde es sich auf uns stürzen.

Ich drehte den Lautstärkeregler auf fünfzehn. Hätte die Skala bis zwanzig gereicht, dann hätte ich auch bis zwanzig aufgedreht. Anschließend schnappte ich mir das Mikrofon. Es steckte in einer Halterung und hatte einen Knopf zum Einschalten. Mit einem raschen Blick zu Aja drückte ich den Knopf und hielt das Mikrofon an den Verstärker.

Man nennt dieses Phänomen Rückkopplung. Jeder hat es schon einmal gehört – was sage ich, schon tausendmal. Ich kann nicht genau erklären, wodurch es verursacht wird, aber soweit ich weiß, tritt es immer dann auf, wenn etwas verstärkt wird und die Lautstärke zu hoch eingestellt ist. Ich nehme an, es hängt damit zusammen, dass das System überlastet wird und … ehrlich gesagt war mir in diesem Moment ziemlich egal, wodurch es entstand. Die Hauptsache war jetzt, *dass* es entstand.

Und das tat es. Aus dem Lautsprecher ertönte ein schriller, durchdringender Ton. Es war grässlich … und wunderbar. Die Quigs brüllten vor Schmerz auf, genau wie damals auf Denduron, als ich in die Hundepfeife geblasen hatte. Die Bestien waren außer Gefecht gesetzt – hervorragend. Hastig schnappte ich mir ein Klebeband, das in meiner Reichweite lag, und umwickelte damit das Mikrofon, damit der Knopf in der richtigen Stellung blieb, wenn ich losließ. Dann lehnte ich es gegen den Verstärker. Solange keine Sicherung rausflog, hatten wir unsere hundert Pfeifen.

Aja verzog das Gesicht, weil das grässliche Geräusch ihr in den Ohren wehtat, aber sie brachte dennoch ein Lächeln zustande.

»Können wir jetzt gehen?«, schrie sie mir über das Quietschen hinweg zu.

Wir machten uns auf den Weg zurück zur Sporthalle. Der furchtbare Lärm schallte tatsächlich durch die ganze Schule. Durch die Scheiben sah ich, wie draußen Quigs panisch flüchteten. Verglichen mit einer gewöhnlichen kleinen Hundepfeife war diese Rückkopplung ungeheuerlich.

Aja und ich rannten durch die große Halle wieder den langen Gang entlang, der zum Sportflügel führte. Garantiert litt das Quig in der Halle ebensolche Höllen-

179

qualen wie die übrigen. Jetzt hing alles davon ab, dass der Controller am Handgelenk des armen Alex funktionierte.

Als wir die Sporthalle erreichten, spähten wir vorsichtig hinein. Tatsächlich, da lag unser alter Freund, das Quig, und wand sich vor Schmerz auf dem Boden. Aja und ich wechselten einen erleichterten Blick und betraten die Halle.

In diesem Moment setzte der schrille Ton aus.

Einfach so. Vielleicht war der Verstärker durchgebrannt. Vielleicht war der Strom ausgefallen. Vielleicht, vielleicht, vielleicht. Eines stand jedenfalls fest: Unsere hundert Pfeifen waren verstummt.

Und das Quig kam wieder auf die Beine und machte sich zum Angriff bereit.

Vierzehntes Journal
(Fortsetzung)

Veelox

Aja und ich erstarrten. Nicht so das Quig. Es hatte wieder die Oberhand gewonnen und war wütender denn je. Sobald es uns erblickte, ging es zum Angriff über. Wir konnten nichts weiter tun als rennen.

In diesem Moment sah ich es. Keine Ahnung, warum ich nicht früher daran gedacht hatte – egal, jedenfalls sah ich es nun und wir hatten nichts zu verlieren, wenn wir es versuchten. Als wir den Ausgang der Halle erreicht hatten, betätigte ich den Hebel neben der Tür, der den Feueralarm auslöste.

Augenblicklich erfüllte das Heulen der Sirene die Sporthalle. Es war noch lauter als die Rückkopplung aus der Lautsprecheranlage. Aber war es auch schrill genug um das Quig zu beeindrucken? Aja und ich wandten uns um …

… und sahen die Bestie wie vorhin auf dem Boden liegen, die Pranken an den Kopf gepresst. Wir waren wieder im Rennen. Aja überlegte nicht lange, sondern sprintete schnurstracks auf Alex zu. Ich folgte ihr dicht auf den Fersen. Wir schlugen einen Bogen um das sich windende Quig und erreichten gleich darauf den Körper des armen Phaders. Ich konnte mich nicht überwinden ihn richtig anzusehen. Er lag reglos da. Auf dem Boden der Sporthalle hatte sich eine Blutlache ausgebreitet. Näheres brauchte ich gar nicht zu wissen.

Aja griff hastig nach seinem Arm, an dem der große Controller mit den vielen Tasten festgeschnallt war.

»Funktioniert er?«, erkundigte ich mich.

»Das werden wir gleich feststellen.«

Sie gab rasch eine Abfolge von Befehlen ein … und dann geschah etwas ganz Merkwürdiges. Mir wurde schwindelig. Es kam mir vor, als ob sich die ganze Halle um mich drehte. Ich fragte mich, ob mir vielleicht das Kreischen der Rückkopplung und das Getöse der Alarmsirene auf die Ohren geschlagen waren.

Im nächsten Moment war es plötzlich stockfinster. Hieß das, ich lag wieder in der Lifelight-Pyramide? Seltsamerweise hörte ich die Sirene aber immer noch heulen. Das ergab doch keinen Sinn – entweder war ich noch hier oder wieder dort. Eine Sekunde später wurde es blendend hell. Das Erste, was ich sah, waren meine schwarzen Stiefel. Ich lag tatsächlich in der Röhre. Der Jump war beendet!

Aber warum hörte ich dann weiterhin den Alarm? Sobald ich aus der Röhre herausgefahren wurde, blickte ich nach links, wo Aja bereits von ihrer Liege aufsprang.

»Was ist los?«, wollte ich wissen.

»Komm mit!«, rief sie statt einer Antwort.

Wir liefen hinaus in den Innenraum der Pyramide. Als ich mich umsah, begriff ich mit einem Schlag das Problem. Hunderte roter Lämpchen blinkten über den Kabinentüren. Phader und Vedder rannten wie verrückt umher. Die Sirene, die ich hörte, hatte nichts mit dem Feueralarm in meiner Fantasie zu tun. Dies hier war ein Notfall von immensem Ausmaß … und zwar ein echter.

»Wir müssen in den Core!«, schrie Aja und rannte auf die Röhre mit dem Aufzug zu. Wir sprinteten über einen der Verbindungsstege zum Aufzug und rasten in die Tiefe.

In dem verglasten Gang im Core war die Hölle los.

Alarmsirenen heulten und überall blinkten rote Warnleuchten.

Ein Phader packte Aja am Arm und brüllte: »Hunderte von Jumps sind außer Kontrolle geraten!«

»Verständigen Sie die Direktoren!«, schrie Aja zurück und lief an dem Phader vorbei den Gang entlang. Ich hielt mich dicht hinter ihr. Während wir an den Überwachungsstationen vorbeirannten, sah ich, dass mehrere der Bildschirme, auf denen die Jumps angezeigt wurden, flackerten. Die Phader in den Kontrollsesseln bearbeiteten verzweifelt die Tastaturen an ihren Armlehnen, doch sie schienen nichts bewirken zu können. Sekunden später wurde mir klar, wohin Aja so eilig wollte. Sie riss die Tür zu Alex' Kabine auf.

»Alex! Was ist passiert?«, schrie sie.

Alex konnte nicht antworten. Er saß in seinem Sessel und starrte mit glasigen Augen auf die Monitore.

Alex war tot. An seinem Hals waren Bissspuren zu sehen. Es gab nur eine Erklärung: Das Quig aus meiner Fantasie hatte Alex ganz real getötet. Was immer der Reality Bug bewirkt haben mochte, jedenfalls hatte er die Gesetze von Lifelight völlig umgekrempelt. In diesem Moment schwebten unzählige Menschen in Lebensgefahr – nicht nur in den Kabinen dieser Pyramide, sondern auch in weiteren Pyramiden überall auf Veelox –, weil sie in ihren Fantasien ihren schlimmsten Albträumen begegneten ... und zwar in echt.

»Schalt es ab«, verlangte ich.

Aja starrte noch immer fassungslos auf Alex und rührte sich nicht von der Stelle.

»Aja, schalt es ab!«, schrie ich sie an. »Du musst diese Menschen retten!«

»Das ist alles völlig unmöglich!«, stieß sie entgeistert hervor. »Es sind doch nur *Fantasien!*«

Ich packte sie an den Schultern und zwang sie mich anzusehen. »Jetzt nicht mehr!«

»Aber es ist alles Illusion!«, protestierte Aja. »Es passiert nicht wirklich!«

»Ist dir das nicht wirklich genug?«, konterte ich und deutete auf den armen toten Alex.

»Es muss eine andere Erklärung geben«, beharrte sie.

»Ach ja?«, versetzte ich. »Und wie erklärst du dann das hier?« Ich ließ sie los, drehte mich um und streckte meinen Arm aus. Ich hatte einen hieb- und stichfesten Beweis dafür, dass das, was in Lifelight geschah, keine bloße Fantasie war: An der Stelle, die das Quig mit seiner Klaue aufgerissen hatte, als wir unter die Tribüne flüchteten, war mein Overall zerfetzt und mit eingetrocknetem Blut verkrustet.

»Dieses Blut ist echt«, fuhr ich fort. »Und die Wunde tut weh und meine Nase auch. Meine Verletzungen sind nicht verschwunden, als der Jump endete.«

Aja starrte auf meinen Arm, als ob ihr Verstand sich dagegen sträubte, zu glauben, was sie mit eigenen Augen sah.

»Aja«, setzte ich leise hinzu, »das ist keine Fantasie mehr.«

Die Verwirrung stand ihr ins Gesicht geschrieben. Ihre wohl geordnete, systematische Welt war soeben in Scherben gegangen. Im nächsten Moment wurde die Kabinentür aufgerissen und ein Phader kam hereingestürmt.

»Aja!«, rief er in heller Panik. »Überall auf ganz Veelox geschieht das Gleiche wie hier. Lifelight läuft völlig aus dem Ruder!«

Aja riss sich aus ihrer Erstarrung. Sie blinzelte kurz, dann wurde ihr Blick klar. »Haben Sie die Direktoren verständigt?«, fragte sie.

»Die stecken selbst in ihren Jumps«, meldete der

Phader. »Alle, ausnahmslos. Wir kommen nicht an sie ran!«

Ajas Blick glitt über Alex' Kontrollinstrumente.

»Schalt es ab, Aja«, beschwor ich sie noch einmal.

»Ich kann nicht«, antwortete sie entschieden. »So einfach geht das nicht. Dadurch würden Menschen sterben.«

»Aber wir müssen doch etwas tun!«, drängte ich.

Ajas Verstand arbeitete fieberhaft. Ich sah ein Funkeln in ihren Augen – offenbar hatte sie eine Idee. Sie wandte sich wieder dem Phader zu und sagte: »Wir müssen das Grid offline nehmen.«

»Was?«, stieß der Phader hervor. »Unmöglich!«

»Haben Sie eine bessere Idee?«

Offenbar nicht.

»Ihren Schlüssel!«, verlangte Aja, während sie selbst unter ihrem Overall eine schwarze Kordel hervorzog, die um ihren Hals hing. Daran war eine große grüne Plastikkarte befestigt.

Der Phader stand wie zur Salzsäule erstarrt.

»Jetzt machen Sie schon!«, befahl Aja.

Der Phader schreckte auf. Während er hastig an die Kontrolltafel trat, zog er an einem Band, das er ebenfalls um den Hals trug, eine grüne Karte hervor, die genauso aussah wie Ajas. Die beiden stellten sich an entgegengesetzten Enden der großen, kompliziert aussehenden Steuerungskonsole auf.

»Ich hoffe, Sie wissen, was Sie da tun«, sagte der Phader leise.

Aja blickte ihm nur fest in die Augen. »Karte einschieben!«

Sie steckten ihre grünen Karten in Schlitze an beiden Seiten der Anlage. Anschließend betätigte Aja ungefähr ein Dutzend Schalter. Ganz zuletzt klappte sie eine durchsichtige Kunststoffscheibe auf und legte den Finger auf einen roten Kippschalter, der sich darunter befand. Der Phader betätigte auf seiner Seite der Konsole eine entsprechende Anzahl Schalter und öffnete danach die Abdeckung eines ebensolchen roten Kippschalters.

Aja holte tief Luft und wies ihren Kollegen an: »Auf mein Kommando. Drei, zwei, eins … *Verbindung trennen.*«

Beide drückten gleichzeitig die roten Schalter.

Augenblicklich erloschen sämtliche Bildschirme. Statt abertausende Bilder, die eben noch über die Monitore geflimmert waren, zeigten nun alle einheitlich grüne Flächen. Zugleich verstummten die Alarmsirenen, sodass plötzlich gespenstische Stille herrschte.

Ich sah den Phader an. Er weinte.

»Was ist passiert?«, wollte ich wissen.

Aja starrte ausdruckslos vor sich hin. Ihre Stimme klang ruhig und gefasst. »Wir haben gerade das Grid offline genommen.«

»Du meinst, ihr habt es abgeschaltet?«, fragte ich.

»Nein, die Jumper sind immer noch in Lifelight, die Jumps sind nur angehalten. Es geschieht nichts mehr darin. In diesem Moment liegen Millionen Menschen auf ganz Veelox im Grid und warten.«

»Worauf?«

Aja richtete den Blick auf mich. Ihre Augen waren gerötet und voller Angst. »Sie warten darauf, dass ich herausfinde, was schief gelaufen ist.«

Vierzehntes Journal
(Fortsetzung)

Veelox

»Wie konnten Sie das tun?«

»Was ist passiert?«

»Das gibt es doch nicht!«

Aja wurde von einer aufgebrachten Horde aus Phadern und Veddern bestürmt, die alle durcheinander auf sie einschrien und wissen wollten, warum sie das Grid offline genommen hatte – was immer das heißen mochte. Sobald sie und ihr Kollege die beiden Schalter umgelegt hatten, strömten auch schon die ersten Techniker in ihren blauen und roten Overalls in den Kontrollraum und verlangten nach Erklärungen. Die meisten der Monitore zeigten inzwischen Live-Bilder von Phadern und Veddern auf ganz Veelox, die ebenfalls erfahren wollten, was los war. Erst als ich diese Bilder sah, begriff ich allmählich das ganze Ausmaß des Problems.

Aja hatte nicht nur hier in Rubic City Lifelight offline geschaltet, sondern im *gesamten Territorium*. Es war, wie sie gesagt hatte: In diesem Moment befanden sich Millionen Menschen überall auf Veelox in angehaltenen Jumps.

»Alle mal herhören!«, schrie Aja. Niemand hörte auf sie. Sie hatten zu große Angst. Was ich ihnen nicht verdenken konnte, denn schließlich stand ihre komplette Welt am Rand des Abgrunds. Verflixt, wer sich in dieser Situation nicht fürchtete, sollte schnellstens damit anfangen.

»Bitte, hören Sie mir zu!«, flehte Aja. Aber sie wurde unablässig weiter mit Fragen bombardiert.

»Meine ganze Familie steckt in einem Jump!«

»Wir müssen sofort wieder online gehen und die Leute da rausholen!«

Es herrschte das absolute Chaos. Ich konnte nichts weiter tun als mich im Hintergrund zu halten und darauf zu hoffen, dass Aja die Situation meisterte. Nachdem sie eine Weile lang vergeblich versucht hatte sich Gehör zu verschaffen, trat sie schließlich an die Kontrolltafel und drückte mit einem Ausdruck finsterer Entschlossenheit auf einen großen grünen Knopf. Eine Sirene schrillte so laut, dass sich alle, mich eingeschlossen, die Ohren zuhalten mussten. Auch die Techniker auf den Monitoren zuckten zusammen.

Nach ein paar Sekunden ließ Aja den Knopf los, woraufhin es still wurde. Die Phader und Vedder schwiegen erschrocken. Sie schienen zu befürchten, dass Aja sie sonst noch einmal mit diesem Höllenlärm quälen würde. Aja drückte eine weitere Taste und sprach in ein Mikrofon auf der Konsole. Ihre Stimme wurde in der gesamten Pyramide verstärkt wiedergegeben und auch die Techniker auf den Monitoren hörten sie offenbar.

»Ich heiße Aja Killian«, begann sie ruhig und sachlich. »Ich bin momentan hier in Rubic City der leitende Dienst habende Phader. Die Anordnung, das Grid offline zu schalten, stammte von mir.«

Wieder brach der Tumult los.

Aja betätigte prompt die Sirene und erneut verstummten alle. Sie ließ den Knopf los, hielt ihren Finger aber dicht darüber, um jederzeit wieder drücken zu können, falls irgendwer sich nicht zurückhielt.

»Es lag ein Notfall vor«, erklärte sie. »Überall auf Veelox waren Jumper in Gefahr.«

Auf den Monitoren an der Wand sah ich mehrere der Techniker nicken. Zum ersten Mal fiel mir auf, wie jung sie alle wirkten. Ich suchte die Bildschirme Reihe um Reihe nach wenigstens einem weisen, grauhaarigen Wissenschaftler ab, der rettend einschreiten könnte – vergebens.

»Soweit ich es bisher beurteilen kann, sind Fehler im Programmablauf aufgetreten«, fuhr Aja fort.

Alle schnappten entgeistert nach Luft. Ich hatte zwar keine Ahnung, was das bedeutete, aber es musste etwas Schlimmes sein.

»Wie konnte das passieren?«, rief ein Phader und riskierte damit ein erneutes Aufheulen der Sirene. »So etwas ist noch nie vorgekommen!«

Mein Blick ruhte auf Aja. Dies musste der schwerste Augenblick ihres Lebens sein. Sie wusste ganz genau, wie es dazu gekommen war, dass alles aus dem Ruder lief: Sie selbst hatte einen Bug ins System eingeschleust. Den Reality Bug. Schlimmer noch, dieser Bug war durch Saint Danes Einmischung irgendwie noch wirksamer geworden, als er eigentlich hätte sein sollen.

»Nun, jetzt *ist* es jedenfalls passiert«, verkündete sie energisch. »Die Jumper sind in Gefahr. Das Grid offline zu nehmen war die einzige Möglichkeit, Schlimmeres zu verhindern. Auf diese Weise haben wir Zeit gewonnen, um das Problem zu lösen.«

Das schien allen einzuleuchten. Ein Punkt für Aja.

»Solange das Grid offline bleibt, kann den Jumpern nichts zustoßen«, fuhr sie fort. »Ich habe mir bereits einen Überblick über die Situation verschafft und glaube, dass ich dem Problem auf die Spur kommen werde.«

»Wir können die Leute doch nicht einfach so in diesem Zustand lassen«, protestierte ein Vedder.

»Wir haben keine andere Wahl«, konterte Aja. »Wenn wir die Verbindung wiederherstellen, ohne den Fehler im Programm behoben zu haben, sind wir wieder am Anfang und die Jumper werden immer noch in großer Gefahr sein.«

Eine Menge Köpfe nickten beunruhigt, aber zustimmend.

Aja blickte sich um. »Wo ist der leitende Dienst habende Vedder?«

Ein Typ trat vor, dem deutlich anzusehen war, dass er sich alles andere als wohl in seiner Haut fühlte. »Meine Schicht hatte gerade erst begonnen, als der Alarm losging«, teilte er Aja leise mit.

Ich wette, er wünschte, er hätte verschlafen.

»Wie lange kann das Grid offline bleiben, ohne dass für die Jumper eine Gefahr besteht?«, wollte Aja wissen.

»Theoretisch für unbegrenzte Zeit«, antwortete der leitende Vedder. »Praktisch wurde es allerdings noch nie getestet, daher kann ich es nicht mit Sicherheit sagen …«

»Das ist schon in Ordnung«, erwiderte Aja zuversichtlich. »Es wird nicht ewig dauern, das Problem zu beheben. Ich gehe jetzt gleich in den Alpha-Core und sehe mir das Ganze näher an.«

»Was tun wir so lange?«, fragte der leitende Vedder.

»Nichts«, versetzte Aja. »Bleiben Sie nur in der Nähe und halten Sie sich zur Verfügung – sobald ich der Sache auf die Spur gekommen bin, müssen alle einsatzbereit sein, damit wir den Betrieb schnellstmöglich wieder aufnehmen können.«

Dann blickte sie zu den Gesichtern auf den Monitoren hoch. »Dasselbe gilt für Sie«, sprach sie in das Mikrofon. »Lassen Sie mir etwas Zeit, am Programmcode zu arbeiten. Ich halte Sie über meine Fortschritte auf dem Laufenden.«

Es war ein großartiger Auftritt. Aja hatte unerschütterliche Autorität an den Tag gelegt, und nach den Gesichtern ihrer Zuhörer zu urteilen, zweifelte niemand mehr daran, dass sie in der Lage war, das Problem zu lösen. Die Frage war: Glaubte Aja selbst, es würde ihr gelingen? Ich hoffte es inständig, als sie jedoch das Mikrofon ausschaltete, sah ich, dass ihre Hand zitterte. O Mann. Sie stand kurz vor dem Nervenzusammenbruch.

Kein Zweifel, sie hatte Angst, ich las es in ihren Augen. Blieb nur zu hoffen, dass ich der Einzige war, der es bemerkte. Leise sagte sie zu dem leitenden Vedder: »Sie kümmern sich um Alex, ja?«

Der Vedder nickte beklommen.

Aja warf mir einen raschen Blick zu. »Dann mal los.«

Sie bahnte sich durch die Menge der Techniker einen Weg zur Tür und hinaus auf den Gang. Alle Augen ruhten auf ihr, alle suchten nach einer Bestätigung dafür, dass sie das Problem lösen würde.

Ich folgte ihr zwischen den Glaswänden hindurch zum anderen Ende des Ganges, wo sie vor einer Stahltür Halt machte. ALPHA-CORE – ZUTRITT NUR FÜR AUTORISIERTE MITARBEITER, stand auf einem Schild. Aja zückte wieder die grüne Karte, die sie an dem Band um den Hals trug, und schob sie in einen Schlitz neben dem Türrahmen ein. Ein metallisches *Klack* signalisierte, dass die Tür entriegelt war. Aja trat ein und ich folgte ihr.

Ich fand mich in einem Kontrollraum wieder, der sich geringfügig von den anderen unterschied. Mir kam er irgendwie wichtiger vor, was daran liegen konnte, dass es ein richtiger, abgeschlossener Raum war statt einer verglasten Kabine. An der Wand befand sich nur ein einziger großer Monitor. Davor stand ein Sessel und unter dem Monitor sah ich eine Unmenge

Tasten, Schalter und Kontrollleuchten, genau wie in den anderen Überwachungskabinen. Eine Armlehne des Sessels war extra lang und darin war ein silbernes Tastenfeld eingelassen, das erheblich komplizierter aussah als die in den Kabinen. Bei diesem Anblick war ich schlagartig überzeugt, dass dies der Ort sein musste, von dem aus wir den Schaden rückgängig machen und das Territorium retten konnten.

Aja ließ sich in den Sessel fallen und brach in Tränen aus.

Oje, das fing ja gut an. Es musste sie jedes verfügbare Mikrogramm Willenskraft gekostet haben, vor den Phadern und Veddern die Fassung zu bewahren, und jetzt, kaum dass wir allein waren, brach ihre Beherrschung zusammen. Ich machte mir Sorgen um Aja, aber noch größere Sorgen machte ich mir um die vielen Menschen, die quasi in einem Vakuum schwebten, solange Lifelight eingefroren blieb. Aja war ihre einzige Hoffnung, sicher dort herauszukommen, doch gerade sah sie ganz und gar nicht so aus, als sei sie imstande irgendwen zu retten. Nach einer Weile nahm sie die Brille ab und rieb sich die Augen.

»Ich wollte dich nicht hier auf Veelox haben, Pendragon«, bekannte sie. »Und weißt du, warum nicht?«

»Äh – nein«, lautete meine geistlose, aber wahrheitsgemäße Antwort.

»Weil du eben … *du* bist«, sagte sie.

»Was soll *das* denn schon wieder heißen?«

»Versteh doch!« Ihr stiegen erneut Tränen in die Augen. »Du bist der Anführer der Reisenden. Du flumst dich von einem Territorium ins nächste und nimmst es mit Saint Dane auf wie eine Art furchtloser Retter. Denduron, Cloral, Erste Erde … jedes Mal ein Sieg für die gute Seite. Dir fällt das alles so leicht.«

Ich hätte am liebsten laut gelacht. Also ehrlich –

furchtlos? Retter? *Ich?* Sicher doch. Ich wusste ja nicht, welche Geschichten sie gehört hatte, aber offenbar lagen da ein paar Fehlinformationen vor.

»Ich bin nicht so wie du«, fuhr sie fort. »Ich bin keine große Abenteurerin. Was ich kann, ist logisch denken. Und zwar besser als du. Das ist keine Angeberei, das ist eine Tatsache. Ich wurde von klein auf darauf gedrillt, meine geistigen Fähigkeiten optimal zu entwickeln. Ich bin unter lauter Lehrern und Wissenschaftlern groß geworden. Evangeline war meine einzige Freundin. Es war eine freudlose Kindheit. Ich fand es schrecklich, so aufzuwachsen. Dann tauchte eines Tages dein Onkel auf und eröffnete mir, ich sei eine Reisende. Plötzlich ergab all das einen Sinn. Ich erkannte, dass ich eine Bestimmung hatte. Meine Ausbildung, das ewige Lernen, die Einsamkeit, unter der ich ständig gelitten hatte – all das trug dazu bei, dass ich die Fähigkeiten erwarb, die ich brauchte um Veelox zu retten. Es kam mir vor, als sei ich plötzlich zum Leben erwacht, denn mein Dasein hatte nun einen Sinn. Ich konzentrierte mich ganz darauf, Saint Dane mit der Waffe zu schlagen, mit der ich am besten umgehen konnte: mit meinem Verstand.«

Aja verstummte und schien mit den Tränen zu kämpfen. Nach einer Weile schluckte sie und fügte hinzu: »Ich wollte dich nicht hier haben, Pendragon, damit du mir diese Chance nicht kaputtmachst.«

Allmählich begriff ich – endlich. Aja hatte sich mir gegenüber so abweisend verhalten, weil sie fürchtete, ich könnte ihr das Einzige wegnehmen, was ihrem Leben einen Sinn gab.

»Aber jetzt ist nicht nur mein Versuch gescheitert, Veelox zu retten, sondern ich habe sogar alles noch schlimmer gemacht«, fuhr Aja fort, sichtlich um Fassung ringend. »Ich habe Saint Dane keinen Strich durch die

Rechnung gemacht – im Gegenteil, ich habe ihm auch noch *geholfen!*«

»Das wissen wir doch noch gar nicht –«

»Ach nein?«, stieß sie aufgebracht hervor und ließ ihren Sessel zu mir herumwirbeln. »Ich habe den Reality Bug geschaffen. Ich bin schuld, dass Millionen Menschen in Gefahr schweben. Und dass Alex … Ich kam mir so wahnsinnig clever vor und dabei habe ich die ganze Zeit den größten Fehler gemacht, den ich nur machen konnte.«

»Aja, du musst verstehen«, warf ich beschwichtigend ein. »Saint Dane hat bei alldem wahrscheinlich viel mehr mitgemischt, als dir bewusst ist.«

»Nein! *Ich* habe den Bug programmiert. Ich habe ihn aktiviert. Ich ganz allein.«

»Das weiß ich doch, aber wie ich schon sagte: Saint Dane ist unvorstellbar hinterhältig. Ich behaupte gar nicht, dass er neben dir gestanden und dir geholfen hat dieses Ding zu programmieren, aber wahrscheinlich hat er dir irgendwie auf die Sprünge geholfen. Das kann schon vor Jahren begonnen haben. Vielleicht war er ein Lehrer, der dich auf die Idee gebracht hat, es sei besser, wenn Lifelight weniger perfekt wäre. Vielleicht war er ein Phader, der mal beiläufig über die Möglichkeit spekuliert hat, den Programmablauf zu beeinflussen, oder ein Vedder, der gesagt hat, es wäre im Grunde gar nicht schlimm, wenn sich jemand in einem Jump verletzte, weil er ja nicht wirklich zu Schaden käme. Genau das ist Saint Danes Masche, Aja. Er bringt Leute auf falsche Ideen. Er verleitet dich zu Gedankengängen, die dir richtig vorkommen, in Wirklichkeit aber völlig verkehrt sind.«

Aja starrte mich die ganze Zeit unverwandt an. Zum ersten Mal hörte sie mir wirklich zu.

»Und wahrscheinlich warst du nicht die Einzige«,

fügte ich hinzu. »Ich wette, er hat dasselbe auch mit anderen Phadern abgezogen und sie dazu gebracht, an Lifelight herumzufuschen, damit der Bug, sobald er installiert war, die verheerenden Auswirkungen haben würde, die er dann ja auch tatsächlich hatte.«

Aja ließ diese Information in ihr Bewusstsein sickern. Ich wünschte, sie hätte das schon bei unserer ersten Begegnung getan, aber – tja, Schnee von gestern.

»Und noch etwas«, ergänzte ich. »Ich weiß nicht, wer dir diese Geschichten über mich erzählt hat, aber das hat sich alles nicht so abgespielt, wie du anscheinend denkst. Ja, wir haben Saint Dane ein paarmal ein Schnippchen geschlagen – aber nicht weil ich so ein mutiger Typ bin, der mal eben angeflumt kommt und im Handumdrehen für Ordnung sorgt. Die meiste Zeit hatte ich solche Angst, dass ich keinen klaren Gedanken fassen konnte.«

»Und wie ist es dir dann gelungen, ihn zu schlagen?«, fragte sie etwas verwirrt.

»Vor allem mit einer ordentlichen Portion Glück«, sagte ich. »Übrigens muss ich zugeben, dass ich es auf Erste Erde vermasselt habe. Wenn ich allein gewesen wäre, hätte es dort eine noch größere Katastrophe gegeben als die, mit der wir es hier zu tun haben. Damit komme ich heute noch nicht klar.«

»Aber es ist doch gut ausgegangen«, wandte Aja ein.

»Nur weil ich nicht allein war. Gunny hat die Sache für mich rumgerissen. Ich glaube nicht, dass irgendwer es im Alleingang mit Saint Dane aufnehmen kann, Aja. Nur wenn wir zusammenhalten, haben wir eine Chance.«

Ich hoffte, das würde zu ihr durchdringen. Die Zukunft von Veelox hing davon ab ... vom übrigen Halla gar nicht zu reden.

Nach kurzem Schweigen fügte ich hinzu: »Allerdings liegen die Dinge hier ein kleines bisschen anders.«

»Inwiefern?«, fragte sie verständnislos.

Ich stellte mich vor die riesige Konsole und betrachtete das Meer aus Schaltern und Tasten.

»Der Reality Bug war eine brillante Idee. Wenn Saint Dane nicht die Finger im Spiel gehabt hätte, wäre der Plan vielleicht aufgegangen. Aber er hat nun einmal mitgemischt und daran ist jetzt nichts mehr zu ändern. Uns bleibt nichts anderes übrig als uns auf die Zukunft zu konzentrieren. Unsere Aufgabe ist es, Veelox zu retten, doch dazu müssen wir zuerst den Reality Bug unschädlich machen. *Ich* habe allerdings nicht die leiseste Ahnung wie. Das kannst nur du. Ich bin bei dir und ich will dich gern unterstützen, aber du bist die Einzige, die den Bug tatsächlich aufhalten kann. Das heißt im Klartext: Dies ist deine Chance, Veelox zu retten.«

Bis jetzt hatte Aja ausgesehen, als würde sie sich am liebsten im nächstbesten Mauseloch verkriechen, doch plötzlich kehrte das Funkeln in ihre Augen zurück. Sie erhob sich und setzte die getönte Brille wieder auf. Dann stellte sie sich vor mich hin und blickte mich mit derselben Entschiedenheit an wie zuvor die Techniker.

»Kein Problem«, verkündete sie. »Ich brauche mich bloß ins Grid einzuklinken und den Bug aus dem Programmcode zu beseitigen.«

Was auch immer *das* nun wieder heißen mochte.

»Damit ist das eigentliche Problem allerdings noch immer nicht gelöst«, fügte sie hinzu. »Wenn ich fertig bin, wird Lifelight wieder normal funktionieren und Veelox droht dieselbe Gefahr wie vorher.«

»Eins nach dem anderen«, beruhigte ich sie.

Aja kam auf mich zu, fasste mich an den Schultern und drehte mich herum. Ich hatte keine Ahnung, was das sollte, bis ich begriff, dass sie die Schramme an meinem Arm inspizierte. »Geh zu einem Vedder und lass das verarzten«, wies sie mich an. Dabei klang sie aufrichtig um mein Wohlergehen besorgt. Zumindest ein bisschen.

»Bist du sicher, dass du mich nicht brauchst?«, vergewisserte ich mich.

In diesem Moment geschah ... ein Wunder. Aja lächelte. War das möglich? Natürlich würde ich gern behaupten, es sei mein Verdienst, sie aufgeheitert zu haben. Aber vermutlich war es doch eher die Tatsache, dass beinahe Millionen von Menschen durch ihre Schuld umgekommen wären und sie die Katastrophe gerade noch um Haaresbreite verhindert hatte können. Ein solch erschütterndes Erlebnis hätte wohl jeden Menschen verändert, selbst einen extremen Egotypen wie Aja. Ein wenig hilflos lächelte ich zurück.

»Ich kann den Reality Bug schneller beseitigen als du deinen Arm verarztet bekommst«, verkündete sie. Dann machte sie auf dem Absatz kehrt und ließ sich wieder in den Kontrollsessel fallen. Sie zog die Tastatur zu sich herum, bereit sich ans Werk zu machen. Nachdem sie ein paar Befehle eingegeben hatte, leuchtete der Monitor auf. Sie war in die Computerwelt eingetaucht. Ich ließ sie allein und machte mich auf die Suche nach Jod und Wundkompressen.

In dem verglasten Flur war es still und menschenleer. Die Techniker waren verschwunden, die Monitore sämtlicher Kontrollstationen einheitlich grün. Es war geradezu unheimlich, den Core so ausgestorben zu sehen. Hastig lief ich weiter.

Am anderen Ende des Ganges gelangte ich in die Schalterhalle, wo normalerweise die Armband-Controller für die Jumps ausgegeben wurden. Auch hier traf ich keinen Menschen. Ich ging an die Theke und betrachtete das Porträt des jungen Dr. Zetlin, des Erfin-

197

ders von Lifelight. Er sah überhaupt nicht aus wie ein Genie, eher wie ein ziemlich normaler Junge.

»Hi, Doc«, sagte ich. »Na, hättest du dir so was träumen lassen, als du Lifelight erfunden hast?«

Prompt ertönte hinter der Theke eine Stimme: »Mit wem reden Sie?«

Ich fuhr erschrocken zusammen. Im ersten Moment glaubte ich tatsächlich, das Gemälde habe zu mir gesprochen. Aber dann stellte sich heraus, dass es der gothic-mäßig aussehende Vedder war, der mich gestern in den Finger gestochen hatte.

»Ähm … mit niemandem«, antwortete ich verlegen. »Hey, könnten Sie sich vielleicht mal kurz meinen Arm ansehen?«

Der Vedder verdrehte die Augen. »Wenn's sein muss«, erwiderte er, als sei das eine entsetzliche Zumutung. Keine Ahnung warum – nicht etwa, dass er sonst irgendetwas zu tun gehabt hätte. Ich öffnete den Reißverschluss meines Overalls bis zur Taille und streifte den Ärmel ab.

»Wo sind die anderen hin?«, fragte ich, während er die Schramme untersuchte.

»Die sind alle oben in der Pyramide«, antwortete er. »Sie warten darauf, dass Aja Lifelight wieder online bringt, damit sie jumpen können.«

Unglaublich. Selbst mitten in einer solchen Krise hatten diese Typen nichts anderes im Kopf als ihren nächsten Jump.

»Und Sie?«, erkundigte ich mich. »Wollen Sie nicht jumpen?«

»Ich bin nicht mehr so scharf drauf«, versetzte er. »Mir kommt's allmählich so vor, als ob es in der Wirklichkeit sicherer ist als in der Illusion.«

Das hörte ich gern. Vielleicht bestand doch noch Hoffnung für das Territorium.

»Die Schramme ist nicht weiter schlimm«, stellte er fest. »Der Overall hat das meiste abgehalten.«

Der Vedder trug eine Salbe auf, woraufhin der Schmerz augenblicklich nachließ. Dann klebte er eine gelbe Kompresse über die Wunde und schon war ich fertig verarztet.

»Danke«, sagte ich.

»Machen Sie sich keine Sorgen«, entgegnete der Typ ernsthaft. »Aja ist die Beste. Wenn ich irgendwem hier vertraue, dann ihr.«

Ich nickte und hoffte inständig, er möge Recht behalten.

Da es für mich nichts weiter zu tun gab, spazierte ich zurück zum Alpha-Core um nachzusehen, wie Aja vorankam. Die Tür war unverschlossen. Leise schlüpfte ich hinein um sie nicht zu stören.

Aja war völlig in ihre Arbeit versunken. Der große Monitor zeigte Unmengen von Computercodes an, jede Zeile in einer anderen Farbe und eine komplizierter als die andere. Aja tippte fieberhaft Zahlen ein und bei jeder neuen Eingabe erschienen weitere Code-Zeilen. Sie war gut. Meine Zuversicht wuchs.

»Wir haben ein Problem«, verkündete Aja tonlos.

So viel zum Thema Zuversicht.

»Aber du hast doch gesagt, dass es ganz einfach ist, den Bug aus Lifelight zu entfernen?«

»Das wäre es auch – wenn ich drankäme«, versetzte sie. Während sie sprach, bearbeitete sie unablässig weiter die Tastatur. »Das Problem ist nicht der Reality Bug, sondern der Zugang zum Ursprungscode.«

»Das ist mir zu hoch«, gestand ich.

»Im System sind Sicherheitscodes eingebaut um den Zugang zu erschweren«, erklärte Aja, während sie arbeitete. »Damit soll verhindert werden, dass jemand ohne Zugriffsberechtigung am Grid herumpfuscht. Als leitender Phader kenne ich die meisten Passwörter, aber … aber …« Sie schlug vor Wut mit der Faust auf die Konsole.

»Aber was?«

»Als der Reality Bug das Grid infiziert hat, ist er so tief ins System vorgedrungen, dass die einzige Möglichkeit, ihn zu erreichen, darin besteht, auf den Ursprungscode zuzugreifen. Und dazu fehlt mir das letzte Passwort!«

»Aber jemand muss es doch kennen?«, fragte ich um irgendwas Nützliches beizutragen.

Aja sprang auf und begann auf und ab zu gehen. »Dieses Passwort kennt nur eine einzige Person.«

»Dann nichts wie hin zu dieser Person.«

»Leichter gesagt als getan. Der Betreffende wurde seit drei Jahren nicht mehr gesehen.«

»Seit drei Jahren? Wer ist es denn?«

»Dr. Zetlin«, antwortete Aja.

»Der Junge auf dem Bild? Und warum kennt der als Einziger das Passwort zum Ursprungscode?«

»Tja, warum wohl?«, versetzte Aja, nun wieder sarkastisch wie eh und je. »Vielleicht weil er den Ursprungscode *geschrieben* hat!«

Das klang einleuchtend.

»Außerdem ist er kein Junge mehr«, fuhr sie fort. »Er muss mittlerweile weit über siebzig sein.«

»Gut – machen wir ihn also ausfindig, kochen ihm eine Honigmilch, erklären ihm das Problem und lassen uns von ihm das verdammte Passwort geben!«

»Das ist leider nicht so einfach«, wandte Aja ein.

»Und warum nicht?«

»Weil Dr. Zetlin in Lifelight ist, Pendragon.«

Oh. Das war allerdings ein Problem. Und zwar ein kapitales.

Aja starrte zu dem Monitor hoch und erklärte: »Solange ich nicht an diesen Code komme, kann ich den Reality Bug nicht beseitigen. Und solange ich den Bug nicht beseitigen kann, können wir Lifelight nicht wieder online bringen.«

»Und wenn uns das nicht irgendwie gelingt, ist fast die gesamte Bevölkerung von Veelox so gut wie tot«, schloss ich. Mich beschlich der grässliche Verdacht, dass Saint Dane Recht gehabt hatte. Die Schlacht um Veelox war entschieden, und zwar für ihn.

»Du hast nicht zufällig noch einen Plan B in petto?«, erkundigte ich mich.

Während ich das sagte, rechnete ich fest damit, dass Aja mich anbrüllen würde: »Nein, Pendragon, du verdammter Idiot, ich habe *keinen* Plan B!«, oder etwas in der Art. Stattdessen schlug sie die Augen nieder. Die Rädchen in ihrem Kopf rotierten auf Hochtouren. Das war gut. Sie hatte einen cleveren Kopf mit flinken Rädchen.

»Worüber denkst du nach?«, fragte ich.

»Es gibt eine Möglichkeit«, antwortete sie widerstrebend. »Aber das wäre zu viel verlangt.«

»Verlang es!«, platzte ich heraus.

Aja seufzte und erklärte: »Es wäre möglich, in Dr. Zetlins Jump vorzudringen und in Lifelight mit ihm zu sprechen.«

»Aber ich dachte, das Grid ist abgeschaltet?«

»Offline genommen«, korrigierte sie mich.

»Von mir aus auch das.«

»Schon, aber es gibt trotzdem noch eine Möglichkeit«, erwiderte Aja.

Sie ging zu einer Tür am anderen Ende des Alpha-Cores hinüber und schob ihre grüne Karte in einen Schlitz daneben ein. Augenblicklich glitt die Tür auf und dahinter sah ich zu meiner Überraschung einen Raum, der den Jump-Kabinen an den Seitenwänden der Pyramide ähnelte. Nur dass sich hier sogar drei

Metallscheiben nebeneinander an der Wand befanden.

»Dies ist die Kerneinheit, das Alpha-Grid«, erklärte Aja. »Es arbeitet unabhängig vom Haupt-Grid. Ich könnte es isoliert wieder online bringen.«

Ich starrte zu den Jump-Röhren hinüber und ganz allmählich dämmerte mir, worauf sie hinauswollte. »Willst du damit sagen –«

»… dass Dr. Zetlin dort drinliegt, ja.«

Wow! Der Vater von Lifelight befand sich nur wenige Schritte von uns entfernt. Ich kam mir vor, als hätte ich einen Blick in eine Grabkammer geworfen. Aber jetzt war nicht der geeignete Zeitpunkt für andächtiges Staunen.

»Dann los – fahr das Alpha-Grid hoch und hol den alten Knaben da raus!«, forderte ich sie auf.

»Das kann ich nicht«, entgegnete Aja. »Er will nicht herauskommen.«

»Na und?«

»Und damit stehen wir wieder vor demselben Problem«, fuhr Aja bemüht geduldig fort. »Er hat den Jump so programmiert, dass niemand ihn durch äußeren Zugriff beenden kann. Er hat nicht einmal einen Phader. Ohne Zugang zum Ursprungscode kann ich diesen Jump nicht beenden.« Sie blickte nachdenklich in die Kabine hinein und fügte nach kurzem Schweigen hinzu: »Aber ich kann eine weitere Person in den Jump einschleusen.«

»Soll das heißen, dass wir mit in seine Fantasie reingehen könnten, so wie du vorhin in meinem Jump dabei warst?«

»Na ja … so ähnlich.«

»Erklär's mir genau, Aja. Los!« Verflixt, plötzlich verstand ich die Redensart »jemandem die Würmer einzeln aus der Nase ziehen«.

202

»Okay – ja, es ist möglich, in diesen Jump einzudringen. Dann steht man nur noch vor der Schwierigkeit, Zetlin zu finden und ihn dazu zu bringen, das Passwort herauszurücken.«

»Also dann – packen wir's an!«

»Das geht nicht. Ich meine, *wir* können nicht ... beziehungsweise *ich* ... ich kann dich nicht begleiten.«

»Warum nicht?«

»Weil jemand als Phader hier bleiben muss, sonst geht womöglich etwas schief und du kommst nie wieder raus. Du müsstest allein gehen, Pendragon. Und – wie ich schon sagte – das wäre zu viel verlangt.«

Schluck! Bis vor ein paar Minuten hatte ich noch geglaubt, Aja bräuchte sich nur vor die Konsole zu setzen und könnte alles wieder in schönste Ordnung bringen. Jetzt sah es ganz danach aus, als müsste ich mich noch einmal in diese verrückte Fantasiewelt wagen.

»Ich habe eine Frage«, sagte ich. »Wenn Zetlins Jump an einem anderen Schaltkreis hängt –«

»Grid.«

»Meinetwegen, Grid. Hör auf, mich ständig zu verbessern. Also wenn er eben von den anderen isoliert ist, hat der Reality Bug ihn dann trotzdem infiziert?«

»Das kann ich nicht mit absoluter Sicherheit sagen«, antwortete Aja zögernd. »Aber ich muss gestehen ... vermutlich schon. Die Betriebssoftware ist im Prinzip dieselbe und dort setzt der Bug an.«

»Also heißt das im Klartext: Es gibt nur eine Möglichkeit, den Reality Bug loszuwerden, nämlich indem jemand in Dr. Zetlins Fantasie jumpt und sich von ihm dieses Passwort geben lässt«, fasste ich zusammen. »Nur dass der Jump leider zum Horrortrip geworden sein könnte, wenn der Bug dort tatsächlich aktiv ist. Richtig?«

»Ja, das kann man ungefähr so sagen.«

O Mann, es gab wirklich einiges, was ich lieber getan hätte. Nach dem, was ich in meiner eigenen Fantasie mit den Quigs erlebt hatte, war die Vorstellung, in die Fantasie eines anderen zu jumpen, schlichtweg grauenhaft. Und was das Ganze noch schlimmer machte – ich musste es allein tun.

»Ich will nicht, dass du gehst, Pendragon«, sagte Aja leise. »Es ist zu gefährlich.«

»Tja, denkst du etwa, ich will? Aber was bleibt mir anderes übrig?«

Aja schüttelte den Kopf. »Denk daran, was du vorhin selbst gesagt hast – dass wir nur zusammen stark sind. Es wäre viel zu gefährlich, wenn du den Jump allein unternimmst. Ich weiß wirklich nicht mehr weiter.«

Allmählich drang die Situation in mein Bewusstsein vor. Ich würde also tatsächlich allein jumpen müssen.

Doch dann fiel mir plötzlich etwas ein. »Vielleicht gibt es noch eine andere Möglichkeit«, sagte ich. »Was, wenn ich jemand anderen mitnehmen würde?«

»Wen denn?«, entgegnete Aja prompt. »Vielleicht einen von den Technikern da draußen? Vergiss es – wenn die erfahren, was tatsächlich los ist, gibt es einen Aufstand.«

»Die meine ich auch gar nicht«, entgegnete ich. »Ich rede von einem anderen Reisenden. Von jemandem, der darüber Bescheid weiß, wie wichtig das hier ist. Wenn irgendwer mich in diesen Jump begleiten soll, kommt nur ein Reisender infrage.«

Aja dachte kurz darüber nach, dann nickte sie. »Klar, ich könnte euch auch zu zweit in den Jump einschleusen. Denkst du an jemand Bestimmten?«

»Allerdings«, bestätigte ich. »An jemanden, dem ich eher als irgendwem sonst zutraue, mich aus haarigen Situationen rauszuholen ... und zwar lebend.«

Vierzehntes Journal
(Fortsetzung)

Veelox

»Ich schwöre, wenn ich eine bessere Idee hätte, würde ich dich jetzt garantiert nicht um Hilfe bitten«, beteuerte ich.

Diese Sache fiel mir nicht leicht. Ich hatte gerade eine befreundete Person, die ebenfalls zu den Reisenden gehörte, gebeten mich auf einer gefährlichen Mission zu begleiten – einer Mission, die in mancher Hinsicht riskanter war als alles, womit wir es bisher zu tun gehabt hatten, denn hier mussten wir es mit etwas gänzlich Unbekanntem aufnehmen. In meinem eigenen Jump hatte der Reality Bug meine Erinnerungen und meine Fantasie nach etwas durchsucht, wovor ich mich fürchtete, und war dabei auf diese Quig-Viecher gestoßen. So beängstigend das auch war – wenigstens wusste ich über die Quigs Bescheid und konnte dadurch eine Möglichkeit finden, sie zu bekämpfen. Aber wenn wir in Dr. Zetlins Jump steckten, würden die Gefahren aus *seiner* Vorstellung stammen, und wir würden keine Ahnung haben, wie wir die Scheußlichkeiten abwehren sollten, die womöglich aus seinem genialen Hirn zum Leben erwachten.

»Ich könnte auch allein gehen«, fuhr ich fort. »Und das werde ich, wenn mir nichts anderes übrig bleibt. Aber ich denke, zusammen hätten wir eine bessere Chance, diese Sache durchzuziehen.«

Ich hätte jeden anderen Reisenden bitten können mir zu helfen – mit Ausnahme von Gunny, von dem ich nicht wusste, wie es ihm auf Eelong erging. Doch unter allen Reisenden gab es eine Person, bei der ich das Gefühl hatte, dass ich mit ihr am ehesten gegen jegliches Schreckgespenst ankommen würde, dem wir beim Jump in Dr. Zetlins Fantasiewelt womöglich begegneten.

Diese Person war Loor.

»Du hast dieses Lifelight sehr gut erklärt, Pendragon«, erwiderte sie. »Trotzdem kann ich mir kaum vorstellen, dass es möglich ist.«

»Hast du nicht selbst mal zu mir gesagt, nach allem, was wir schon erlebt haben, sollten wir *nichts* mehr für unmöglich halten?«

Loor blickte mir fest in die Augen und lächelte auf ihre zurückhaltende Art. Das kam nicht oft vor – Loor war kein Smile-Typ. Aber wenn sie lächelte, schmolz mein Herz. Erst jetzt, bei diesem Wiedersehen in ihrem Heimatterritorium Zadaa, wurde mir bewusst, wie sehr ich sie vermisst hatte.

Aja hatte mich zurück zum Flume begleitet, von wo aus ich nach Zadaa reiste. Ich muss gestehen, dass ein Teil von mir am liebsten nach Eelong geflumt wäre um Gunny zu suchen. Aber ich musste Loor finden und inzwischen darauf hoffen, dass Gunny allein zurechtkam.

Ich war schon einmal in Loors Territorium gewesen, damals mit Spader, sodass ich wusste, wo ich sie finden konnte. Auf Zadaa angekommen zog ich rasch das weiße Gewand an, das am Flumetor für mich bereitlag (wobei ich meine Boxershorts wie immer anbehielt). Dann eilte ich durch das Labyrinth unterirdischer Gänge bis zu dem breiten Fluss, der unter der Stadt Xhaxhu dahinströmte. Hinter dem Wasserfall, der den Fluss speiste, befand sich ein Durchgang zu der Rampe, die hinauf in die Stadt führte. Alles war ziemlich genauso, wie ich es in Erinnerung hatte – bis auf ein paar Veränderungen, die mir zu denken gaben.

Wenn man den Wasserfall hinter sich gelassen hatte, gelangte man zu der riesigen Apparatur, die die unterirdischen Wasserströme von Zadaa steuerte. Es war eine sagenhafte Anlage mit Dutzenden unterschiedlich dicken Rohren, die vom Boden bis zur Decke reichten. Vor diesen Rohren befand sich eine Plattform mit Unmengen von Hebeln, Rädern und Schaltern, mit denen der Durchfluss geregelt wurde. Als ich das letzte Mal mit Spader hier gewesen war, hatten wir einen Typen gesehen, der fieberhaft damit beschäftigt war, die Apparatur zu betätigen. Tja, als ich diesmal den Raum betrat, arbeitete ebenfalls ein Typ an den Reglern, allerdings mit einem erheblichen Unterschied.

»Keinen Schritt weiter!«, blaffte mich eine ruppige Stimme an. »Wo willst du hin?«

Es war ein großer, kräftiger Wachmann mit einem langen, unerfreulich aussehenden Knüppel, der bestimmt ziemlichen Schaden anrichten würde, wenn er mit irgendeinem Teil meines Körpers in Kontakt käme. Genauer gesagt standen drei dieser wüsten Kerle herum und bewachten den Wasserregler. Die Leute, die unterirdisch lebten, nannten sich Rokador. Loor hatte mir erzählt, dass es Spannungen gab zwischen diesem Stamm und den Leuten, die an der Oberfläche lebten, den Batu. Ich wusste nicht näher darüber Bescheid, aber es war offensichtlich, dass sich die Spannungen seit meinem letzten Besuch hier verschärft hatten. Damals hatten die Rokador jedenfalls keine Wächter gebraucht.

»Ich … äh … ich wollte rauf in die Stadt, äh, Vorräte beschaffen«, stammelte ich, wobei ich mich bemühte mir nicht anmerken zu lassen, dass ich mir diesen Vorwand gerade erst aus den Fingern saugte. Die Rokador waren hellhäutig wie ich, sodass sie mich für einen der

Ihren hielten. Mein Glück, denn sonst hätten sie mich wohl auf der Stelle zum Punchingball erklärt.

»Brauchst du Geleitschutz?«, fragte der Wachposten. Gar keine schlechte Idee – wenn ich hier unten bei den Rokador sicher war, folgte daraus, dass ich an der Oberfläche bei den Batu durchaus in Schwierigkeiten geraten konnte. Leider hatte ich keine Ahnung, wie ich diesen Typen erklären sollte, warum ich Loor suchte, eine Batu.

»Danke, nein«, antwortete ich.

»Nimm dich in Acht«, knurrte der Wachposten. »Komm vor Sonnenuntergang zurück.«

Jetzt wurde ich allmählich nervös. Wenn hier auf Zadaa der Schlamassel in vollem Gange war, konnte es schwierig werden, Loor aufzutreiben, ohne von irgendeinem Batu, der einen Hals auf die Rokador hatte, was auf den Schädel zu bekommen. Ich musste mich unsichtbar machen, so gut ich konnte. Hastig lief ich die gewundene Rampe hoch, die in ein Gebäude an der Oberfläche führte. Von dort aus sah ich zum zweiten Mal die prächtige Stadt Xhaxhu.

Falls ihr euch erinnert, Leute – ich hatte euch erzählt, dass sie mit ihren hohen Sandsteingebäuden wie eine Stadt im alten Ägypten aussah. Die Straßen waren mit Stein gepflastert und mit Palmen gesäumt. Es gab Statuen jeder Größe – manche ragten so hoch auf wie die Gebäude. Das Ganze war eine herrliche Oase inmitten einer gewaltigen, dürren Wüste. Ihr Wasser bezog die Stadt aus dem unterirdischen Fluss. Ohne dieses Wasser wäre Xhaxhu ausgetrocknet und vom Wüstenwind verweht worden wie eine vergessene Sandburg, das wusste ich. Und etwas, das ich nun sah, beunruhigte mich.

Neben vielen der Straßen verliefen Rinnen, durch die das Wasser in alle Teile der Stadt geleitet wurde. An fast jeder Kreuzung befanden sich Springbrunnen, aus denen prächtige Fontänen sprudelten. Wenigstens war es so gewesen, als ich die Stadt zum letzten Mal gesehen hatte. Diesmal hingegen waren die Rinnen fast ausgetrocknet, nur kümmerliche Rinnsale flossen darin. Die Springbrunnen waren auch nicht mehr in Betrieb. Das schien mir ein wirklich schlechtes Zeichen zu sein – wenn es ein Problem mit der Wasserversorgung gab, steckte die Stadt in Schwierigkeiten.

Aber darüber konnte ich mir später Gedanken machen, jetzt musste ich erst mal Loor finden. Auf dem Weg wurde mir angst und bange. Überall auf den Straßen waren Leute unterwegs, hauptsächlich Batu. Wie ich schon geschrieben hatte, waren die Batu dunkelhäutige Krieger. Sie trugen leichte Lederkleidung, die ihre schlanke, muskulöse Gestalt besonders zur Geltung brachte. Mit meiner hellen Haut und dem weißen Gewand hob ich mich aus der Menge ab wie ein Blitzlicht im finsteren Wald. Und diese Leute waren mir ganz offensichtlich nicht freundlich gesinnt. Wenn Blicke töten könnten, hätte ich keine zwei Minuten lang überlebt. Ernsthaft. Ich spürte den puren Hass, den sie mir entgegenschleuderten, sobald sie mich zu Gesicht bekamen. Und nicht etwa nur die kriegerisch aussehenden Kerle – auch die Frauen warfen mir böse Blicke zu und ihre Kinder ebenfalls. Verflixt, wenn ich einem Batu-Hund begegnet wäre, hätte er mich garantiert angepinkelt. Ich eilte mit gesenktem Kopf weiter und hoffte, es heil und ganz bis zu Loors Wohnung zu schaffen.

Loor wohnte in einem großen einstöckigen Gebäude, das dem Militär vorbehalten war. Sie befand sich in der Ausbildung zur Kriegerin und die Armee stellte ihr ein kleines Apartment zur Verfügung. Ich fand recht problemlos dorthin und sah die Tür schon wenige Schritte vor mir, als mich das Glück verließ.

Ohne Vorwarnung packte mich jemand von hinten

am Gewand und hob mich hoch wie eine Puppe. Als der Typ mich herumwirbelte, stand ich Auge in Auge einem riesenhaften Batu-Krieger gegenüber. Ich korrigiere mich: vier riesenhaften Batu-Kriegern. Sie alle starrten mich an und keiner von ihnen schien besonders erfreut mich zu sehen.

»Du hast dich wohl verlaufen, kleines Rokador-Schäfchen«, höhnte der Typ, der mich am Schlafittchen hatte. »Willst dir wohl was von deinem kostbaren Wasser zurückholen?«

»Äh … nein, eigentlich nicht«, antwortete ich bemüht freundlich. »Ich suche —«

»Wasser!«, schrie er. »Wasser ist alles, was ihr kennt, und Wasser sollst du kriegen!«

Die anderen Batu-Krieger johlten zustimmend.

»Aber meine Freundin wohnt gleich da vorn in —«

»Hier hast du dein kostbares Wasser!«, fuhr er mir über den Mund.

Der Batu-Krieger zerrte mich zu einer Trennwand nahe der Gebäudefront. Ich versuchte mich loszureißen, aber der Typ war zu stark. Und selbst wenn es mir gelungen wäre, mich aus seinem Griff zu entwinden, wären sofort die anderen drei Kerle über mich hergefallen. Hinter der Trennwand befand sich das Gemeinschaftsbad. An einer Seite des abgetrennten Raumes lief durch einen langen Trog frisches Wasser zum Trinken und Waschen. Auf der anderen Seite befanden sich mehrere Löcher im Boden und darunter strömte Wasser für – ja, ihr habt es erraten – die Kanalisation. Im Klartext: Es handelte sich um eine Art Toilette. Leider machten wir nicht bei dem Frischwassertrog Halt.

Vor einer der offenen Latrinen blieb der Krieger stehen. »Du bist also scharf auf Wasser?«, fauchte er mir ins Gesicht, seine Nase dicht vor meiner. »Dann sollst du welches haben.«

Damit packte er mich und hob mich verkehrt herum hoch. Die anderen drei lachten beifällig.

»Hey, stopp!«, schrie ich. »Sie machen da einen Fehler!« Nicht besonders originell, ich weiß, aber mir fiel nichts Besseres ein. Der Typ hielt mich an den Fußknöcheln genau über eins der Löcher im Boden und ließ mich langsam hinab. Er wollte mich kopfüber in der Kanalisation versenken! In meiner Panik kam ich gar nicht auf die Idee, die hypnotischen Fähigkeiten einzusetzen, über die wir Reisenden verfügen. Ich war vollauf damit beschäftigt, mir vorzustellen, dass ich gleich in der stinkenden Brühe landen würde. Mein Kopf näherte sich bereits dem Rand des Loches. Ich schätzte rasch die Größenverhältnisse ab und kam leider zu dem Schluss, dass ich problemlos durchpasste. Gleich würde es richtig fies werden. Als mein Kopf nur noch Zentimeter von der Grenze zum Land des Ekels und Gestanks entfernt war, schrie plötzlich jemand: »Lass ihn runter!«

Ich hoffte *inständigst,* dass ich gemeint war. Tatsächlich – der Krieger stellte mich wieder auf die Füße. Ich blickte auf und sah …

Loor.

Ich hätte sie knutschen mögen, aber das wäre in dieser Situation ein ganz ungeschickter Spielzug gewesen.

»Ich kenne den Burschen«, verkündete Loor. »Er liefert mir Informationen über die Rokador. Ihr dürft ihm nichts tun.«

Die Krieger murrten enttäuscht und trotteten davon. Loor hatte ihnen den Spaß verdorben. Tja, welch ein Jammer! Ich hasse Leute, die sich einen Spaß daraus machen, andere zu tyrannisieren.

»Folge mir, Rokador!«, blaffte sie mich an und machte auf dem Absatz kehrt. Es gab nichts, was ich lieber getan hätte. Sekunden später betraten wir ihr Apartment.

»Feine Freunde hast du«, bemerkte ich.

»Sie mögen keine Rokador«, entgegnete Loor trocken.

»Das habe ich gemerkt. Danke, dass du mich gerettet hast.«

»Nichts zu danken. Schließlich hätte ich sonst deinen Gestank in meiner Wohnung ertragen müssen.«

Wir blickten uns an, dann prustete ich los. Auch Loor entspannte sich sichtlich.

»Mensch, bin ich froh dich zu sehen, Loor.« Ich ging auf sie zu und nahm sie in den Arm. Sie erwiderte die Umarmung nicht. Was nicht etwa daran lag, dass sie mich nicht mochte – Loor zeigte eben nie Gefühle. Während ich sie fest an mich drückte, klopfte sie mir nur ein paarmal freundschaftlich auf den Rücken. Was soll ich sagen? So ist Loor nun mal.

Sie zündete ein Feuer an und wir ließen uns auf ihren Rattanstühlen nieder. Zuerst erzählte ich ihr ausführlich von meinen Erlebnissen auf Erste Erde und vom Unglück der *Hindenburg*. Allerdings verschwieg ich die Tatsache, dass ich im entscheidenden Moment versagt hatte. Ich wollte nicht, dass Loor davon erfuhr.

Anschließend berichtete Loor mir von dem Konflikt zwischen den Batu und den Rokador. Die Spannungen waren schlimmer denn je, sodass sie fürchtete, es könne zum Krieg kommen. Die Batu besaßen eine Streitkraft, aber die Rokador kontrollierten den Wasserfluss. Im Herzen wusste Loor, dies würde der Wendepunkt auf Zadaa sein, aber sie hatte keine Ahnung, was sie unternehmen sollte.

Schließlich erzählte ich ihr von Veelox, Lifelight und dem Reality Bug. Als Kriegerin aus einem Territorium, das über keinerlei moderne Technologie verfügte, konnte sich Loor kaum das Prinzip einer Armbanduhr vorstellen, geschweige denn etwas so Unglaubliches wie Lifelight. Trotzdem hörte sie aufmerksam zu und bemühte sich nach Kräften zu verstehen.

Während ich da in diesem Zimmer mit Holzfußboden vor dem knisternden Feuer saß, konnte ich meinen Blick nicht von ihr losreißen. Der Schein der Flammen verlieh ihrer dunklen Haut einen warmen Glanz, sodass sie aussah wie aus einem Gemälde entstiegen. Aus einem ziemlich außergewöhnlichen Gemälde. Ihr Körper war athletisch und ihre Lederkleidung unterstrich die langen, starken Muskeln an ihren Schultern und Armen. Ich hatte gesehen, wie sie mit Typen kämpfte, die beinahe doppelt so groß waren und trotzdem keine Chance gegen sie hatten. Noch wichtiger als ihre körperliche Stärke war jedoch ihre ungeheuer klare Sichtweise. Sie war kein Typ für endlose Grübeleien und machte die Dinge nicht komplizierter, als sie waren, so wie es mir manchmal passiert. Okay, wie es mir *ständig* passiert. Für Loor gab es nur zwei Wege: den richtigen und den falschen. Sie zögerte keine Sekunde, wenn es darum ging, einen Feind niederzumachen oder für einen Freund ihr Leben zu riskieren.

Genau darum war ich hergekommen. Ich brauchte Loor – damit sie ein paar Feinde niedermachte und ihr Leben für einen Freund riskierte. Für mich.

»Ich würde dir gern helfen, Pendragon«, beteuerte sie. »Aber ich mache mir Sorgen, dass in der Zwischenzeit auf Zadaa etwas passiert. Wenn die Probleme hier richtig losgehen, will ich zur Stelle sein.«

»Das verstehe ich«, versicherte ich ihr. »Und wenn die Zeit gekommen ist, will ich auch hier sein, um dir zu helfen. Aber denk dran, die Flumes bringen uns immer an den richtigen Ort, zur *richtigen Zeit*. Ich verstehe zwar nicht, wie das funktioniert, doch es ist so. Wenn die Zeit gekommen ist und du auf Zadaa gebraucht wirst, dann wirst du hier sein.«

»Und was, wenn dieses Lifelight wirklich so gefährlich ist, wie du sagst, und wir die Sache nicht überleben?«

Oh. Gute Frage.

»Ich weiß nicht«, war alles, was mir darauf einfiel. »Aber ich weiß, dass gerade jetzt Millionen Menschen in Gefahr sind. Wenn sie sterben, stirbt Veelox mit ihnen und dann hat Saint Dane seinen ersten Sieg errungen. Das kann ich nicht zulassen.«

Loor stocherte in der Glut. Im Licht des niedergebrannten Feuers sah sie aus wie ihre Mutter – Osa, die Frau, die ihr Leben geopfert hatte um mich zu retten. Loor war seit unserem Abenteuer auf Denduron ein wenig älter geworden. Ich ebenfalls. Kaum zu glauben, dass das überhaupt möglich war, aber sie sah noch schöner aus als damals. Schlagartig wurde mir bewusst: Ich wollte nicht, dass ihr etwas zustieß. Weder hier noch auf Veelox und ganz bestimmt nicht in der Fantasiewelt eines abgedrehten alten Wissenschaftlers.

Ich wollte mich gerade wieder verabschieden, als sie sich zu mir umdrehte und sagte: »Okay, aber ich muss so schnell wie möglich hierher zurückkommen.«

»Nein«, widersprach ich hastig und stand auf. »Das Ganze war eine Schnapsidee. Du brauchst nicht auf mich aufzupassen. Dein Platz ist hier. Es tut mir Leid, es war ein Fehler, dich überhaupt zu fragen. Ich gehe gleich wieder zurück und –«

»Pendragon!«, unterbrach sie mich energisch. »Ich bin eine Reisende. Es ist unsere Aufgabe – so soll es sein.«

Sie richtete sich auf und packte ein gefährlich aussehendes Schwert, das am Kamin lehnte. Gekonnt wirbelte sie es herum, sodass die Klinge im Feuerschein aufblitzte. »Welche Waffen werde ich auf Veelox benutzen?«

»Das erfahren wir erst, wenn wir in Lifelight sind.«

Loor ließ das Schwert noch einmal durch die Luft sausen, dann stellte sie es wieder ab. Ich sah ihr an, dass sie es am liebsten mitgenommen hätte, doch das verstieß gegen die Regeln.

»Wie sagt Spader immer?«, fragte sie.

»Hobey-Ho?«, erwiderte ich und grinste.

»Genau. Hobey-Ho, Pendragon. Unser Platz ist auf Veelox.«

Wir waren wieder ein Team.

Der Rückweg durch die Straßen von Xhaxhu verlief problemlos – niemand hätte sich mit mir angelegt, solange ich mich in Begleitung einer Batu-Kriegerin befand. Doch um zum Flume zu gelangen, mussten wir unter die Erde, ins Reich der Rokador.

»Wir müssen an ein paar Rokador-Wachposten vorbei«, warnte ich Loor. »Sie bewachen die Anlage, mit der das Wasser geregelt wird.«

»Bleib immer dicht hinter mir«, versetzte Loor ungerührt.

Wir liefen, so schnell wir konnten, die Rampe hinunter, die zu dem System unterirdischer Gänge und Höhlen führte. Ich dachte, wenn wir uns genügend beeilten, würde uns niemand bemerken.

Was ein Irrtum war.

Ehe ich Loor zurückhalten konnte, marschierte sie dreist in den Raum mit den Wachen hinein. Geschickter Spielzug – dadurch hatte sie den Überraschungseffekt auf ihrer Seite. Eine junge Batu-Kriegerin, die plötzlich hier in dieser verborgenen Höhle unter der Erde auftauchte, war garantiert das Letzte, womit die Typen rechneten.

Noch ehe sich die Männer von ihrem Schreck erholt hatten, ging Loor zum Angriff über. Sie sprang hoch und erledigte den ersten Gegner mit einem Tritt gegen die Brust. Den zweiten fegte sie mit einem Beinschlag zu Boden und traf ihn noch aus der Drehung heraus mit der Ferse seitlich am Kopf. Doch den dritten erwischte es am schlimmsten: Als er sich von hinten auf Loor stürzte und sie mit den Armen umklammerte, stieß sich Loor mit beiden Beinen vom Boden ab und schleuderte den Kerl rücklings quer durch den Raum bis zum Durchgang nach draußen. Dort gab sie ihm den Rest, indem sie ihn über die Schulter in den Wasserfall warf, sodass er mit den Wassermassen in den reißenden Fluss hinabstürzte.

Ich sah zu dem Rokador auf, der die Regler betätigte. Er unterbrach seine Arbeit nicht, warf mir aber einen beunruhigten Blick zu.

»Sie müssten sie erst mal erleben, wenn sie *richtig* in Fahrt ist!«, sagte ich zu dem verängstigten Typen.

Der arme Kerl sah aus, als würde er jeden Moment in Ohnmacht fallen. Ich rannte los, sprang über die beiden stöhnend auf dem Boden liegenden Wachen hinweg und holte Loor auf dem Vorsprung hinter dem Wasserfall ein.

»Genug ausgetobt?«, erkundigte ich mich.

Sie zwinkerte mir verschwörerisch zu und gemeinsam setzten wir unseren Weg fort. Ein paar Minuten später erreichten wir das Flumetor und ließen Zadaa hinter uns.

Als wir auf Veelox eintrafen, stellte ich erleichtert fest, dass zwei grüne Overalls für uns bereitlagen. Evangeline war also hier gewesen. Ich nahm mir vor, sie bei Gelegenheit zu fragen, woher die Akoluthen wussten, wann sie Sachen zu den Flumes bringen mussten. Loor und ich zogen uns rasch um, dann folgten wir den kaputten U-Bahn-Schienen bis zur Leiter, kletterten hoch und stiegen durch den Kanaldeckel auf die stille Straße in Rubic City hinauf.

Zu meiner Freude wartete Aja bereits auf uns. Sie saß am Steuer eines neuen Gefährts, das zwar ebenso wie das vorige mit Pedalen betrieben wurde, aber vier Sitze hatte statt nur zwei.

»Ich dachte nicht, dass es so lange dauert«, war das Erste, was Aja sagte.

»Die Freude ist ganz meinerseits, Aja«, versetze ich. »Darf ich vorstellen – Loor. Loor, dies ist Aja.«

Aja musterte Loor von oben bis unten, ehe sie fragte: »Ist Loor ein Männer- oder ein Frauenname?«

Loor antwortete ungerührt: »Es ist der Name einer legendären Heldin auf Zadaa.«

»Tatsächlich? Was hat sie denn so Heldenhaftes getan?«, erkundigte sich Aja.

»Sie hat ihre Feinde getötet und verspeist.«

Aja riss entsetzt die Augen auf. Dann wandte sie sich nach vorn und umklammerte ängstlich das Lenkrad. Loor zwinkerte mir zu – sie hatte sich einen Scherz erlaubt. Sehr beruhigend.

»Also, dann mal los«, sagte ich und setzte mich neben Aja. Loor stieg auf den Rücksitz und wir strampelten los in Richtung Lifelight-Pyramide.

Unterwegs versuchte ich Loor noch alles über Lifelight zu erklären, was ich bisher ausgelassen hatte. Sie sollte so gut wie möglich vorbereitet sein, denn wenn es erst richtig losging, erwarteten uns noch genügend Überraschungen. Ich rechnete ständig damit, dass Aja mir ins Wort fallen und mich verbessern würde, aber sie war wohl so verängstigt, dass sie sich nicht traute den Mund aufzumachen. Umso besser.

Nachdem ich ein paar Minuten lang geredet hatte, hob Loor die Hand um mich zu unterbrechen.

»Bin ich zu schnell?«, fragte ich.

»Du musst verstehen, Pendragon«, erwiderte Loor, »das, was du da beschreibst, übersteigt meine Vorstellungskraft. Du redest von Computern und Programmcodes, als ob das so normal wäre wie Luft und Wasser.«

Aja schnaubte verächtlich und verdrehte die Augen. Ich hätte ihr am liebsten eine runtergehauen.

»Wenn Aja so schlau ist, wie du sagst, vertraue ich darauf, dass sie auf uns aufpasst und uns an den richtigen Ort bringt. Die Einzelheiten brauche ich gar nicht zu wissen. Ich vertraue auf Aja.«

Gespannt erwartete ich Ajas Reaktion. Als sie mich anblickte, stand ihr die Überraschung ins Gesicht geschrieben. Sie lächelte sogar ansatzweise.

»Danke, Loor«, sagte Aja. Ich glaube, sie meinte es ernst.

»Wofür?«, fragte Loor.

»Dafür, dass du mir vertraust ... und dass du hergekommen bist. Wir brauchen dich wirklich.«

Wir hatten uns zusammengerauft. Jetzt konnte es losgehen.

An dieser Stelle beende ich das Journal, Leute. Während Aja unseren Tandem-Jump in Zetlins Fantasie vorbereitete, hatte ich Zeit, diesen Bericht fertig zu stellen. Ich schicke ihn euch jetzt – und macht euch darauf gefasst, dass möglicherweise eine gewisse Evangeline Kontakt zu euch aufnehmen wird. Wenn ihr ernsthaft den Wunsch habt, Akoluthen zu werden, sollt ihr die Chance dazu bekommen.

Ich habe keine Ahnung, was auf Loor und mich zukommt, wenn wir erst in Lifelight sind. Dr. Zetlin zu finden wird vermutlich das geringste Problem sein. Was mir viel mehr Sorgen macht, ist die Vorstellung, dass wir es mit seinen größten Ängsten zu tun bekommen. Aber Loors Unterstützung gibt mir jede Menge Mut. Es ist toll, sie dabeizuhaben.

Passt auf euch auf und denkt ab und zu an mich. Wir sehen uns wieder, wenn die Sache ausgestanden ist.

(Ende des vierzehnten Journals)

ZWEITE ERDE

Bobbys Bild verschwand.

Courtney und Mark starrten weiterhin wie gebannt auf die Stelle, wo bis eben das Hologramm gestanden hatte. Keiner der beiden wusste etwas zu sagen.

Auf einmal begann Dorney zu lachen. Es fing mit einem leisen Kichern an und steigerte sich zu einem schallenden Gelächter, das in einem derart heftigen Hustenanfall endete, dass der alte Mann kaum noch Luft bekam. Courtney sprang auf um ein Glas Wasser zu holen. Dorney nahm es dankbar entgegen und trank es in wenigen Zügen aus.

»Sind Sie o. k.?«, fragte Courtney, während sie sich wieder neben Mark setzte.

Dorney räusperte sich, dann atmete er tief durch. Offenbar hatte er sich erholt.

»Was ist denn so komisch?«, wollte Mark wissen.

»Der Junge ist genau wie sein Onkel«, antwortete Dorney schmunzelnd. »Stürzt sich immer von einem Schlamassel in den nächsten, noch größeren.«

Mark beäugte die Metallkisten, die Press' Aufzeichnungen enthielten. »Können wir vielleicht was davon lesen?«

Dorneys Lächeln erstarb. Sein Blick wanderte von den beiden Freunden zu Press' Journalen und wieder zurück. »Kommt drauf an.«

»Worauf?«, hakte Courtney nach.

»Darauf, was ihr mir zu sagen habt und was ich anschließend von euch halte.«

»Wir sind wegen Bobby hergekommen«, versetzte Mark heftig. »Sie haben doch gehört, was Bobby zu Evangeline gesagt hat.«

»Evangeline?« Dorney schnaubte verächtlich. »Die Gute würde den Teufel persönlich zum Tee einladen, wenn er ihr erzählt, dass er sich missverstanden fühlt.«

»Sie kennen sie?«, fragte Courtney entgeistert.

»Was dachtest du denn, wie ich auf die Idee gekommen bin, euch meine Adresse zu schicken?«

»Aber sie ist doch von –«

»Veelox. Ja, und?«

»Aber Sie sagten doch, Sie sind kein Reisender«, wandte Mark ein.

»Bin ich auch nicht! Seid ihr schwer von Begriff, oder wie?«

Courtney und Mark brachten kein Wort heraus.

»T-tut mir Leid, wenn ich so dumm frage«, stammelte Mark schließlich, »aber ich dachte, nur Reisende können die Flumes benutzen. Wenn Sie kein Reisender sind, wie können Sie dann jemanden aus einem anderen Territorium kennen?«

Dorney starrte die beiden Freunde einen Moment lang an, als überlegte er, ob er sie überhaupt einer Antwort würdigen sollte. Schließlich hob er die Hand – die, an der er den Ring der Reisenden trug.

»Die Ringe«, sagte er. »Die Ringe sind der Schlüssel zum Ganzen.«

Mark und Courtney warteten geduldig auf weitere Erklärungen – vergebens. Stattdessen stemmte sich der alte Mann ächzend aus seinem Sessel hoch, um die Metallkiste mit Press' Journalen wieder in den Schrank zu räumen.

»Ich war ein solider, praktisch veranlagter Mensch«, begann Dorney schließlich in ernstem Ton. »Ich dachte immer, alles hätte seine Ordnung. Auf A folgte B, auf eins folgte zwei, das war nie anders gewesen. Aber dann trat Press Tilton in mein Leben. Man könnte sagen, er öffnete mir die Augen – ich fing an zu begreifen, dass es noch etwas anderes gab. Etwas, das größer war als ich und mein harmloses, kleines Leben. Ich gestehe freimütig, die Vorstellung machte mir Angst. All diese Geschichten über das Flumen und die Territorien, die in unterschiedlichen Zeiten existieren – da kann einem schon der Wunsch kommen, sich in seinem Zimmer einzuschließen und nie wieder auch nur die Nasenspitze rauszustecken.«

Mark und Courtney nickten. Dieses Gefühl kannten sie.

»Aber was mir noch mehr Angst macht, ist, dass sich da draußen jemand rumtreibt, der Probleme heraufbeschwört«, fuhr er fort. »Das Wissen darum, dass Saint Dane auf Untergang und Vernichtung aus ist, raubt mir seit bald zehn Jahren den Schlaf. Das Einzige, was mir wenigstens ansatzweise meinen Seelenfrieden zurückgibt, ist die Gewissheit, dass die Reisenden ihn bekämpfen. Deshalb bin ich Akoluth. Ich tue, was in meiner Macht steht, um die gute Seite zu unterstützen.«

Dorney hatte inzwischen die Schranktür abgeschlossen und verstaute den Schlüsselbund wieder in seiner Tasche.

»Das Problem ist, dass ich allmählich zu alt dafür werde. Seit Press nicht mehr bei uns ist, beginne ich daran zu zweifeln, dass ich noch die nötige Kraft habe. Womit wir wieder bei euch beiden wären. Pendragon scheint euch zu vertrauen. Bleibt nur noch die Frage, ob ich das auch tun soll.«

»Wir haben Ihnen doch schon gesagt, Bobby ist unser Freund!«, rief Courtney aufgebracht, wie um sich zu verteidigen. »Wir wollen ihm helfen und –«

Mark legte ihr beschwichtigend eine Hand auf den Arm. »Sie haben Recht«, sagte er ganz nüchtern. »Sie kennen uns nicht. Wir können nichts weiter sagen, als dass uns diese Geschichte mit Saint Dane ebenso verrückt macht wie Sie. Abgesehen davon müssen Sie darauf vertrauen, dass Bobby weiß, wovon er redet.«

Dorney blickte abwechselnd Mark und Courtney an. Schließlich brummelte er achselzuckend: »Was soll's – die Entscheidung liegt ohnehin nicht bei mir.«

»Wie meinen Sie das?«, wollte Courtney wissen. »Wer entscheidet denn sonst darüber?«

Dorney schlurfte zur Wohnungstür. »Geht nach Hause.«

Die beiden Freunde sprangen völlig verblüfft auf.

»Mr D-Dorney«, stotterte Mark, »wir sind hergekommen, weil wir wissen wollen, wie man Akoluth wird. Sie können uns doch jetzt nicht einfach rauswerfen!«

Dorney öffnete die Tür und trat beiseite. »Ich kann tun und lassen, was mir passt«, versetzte er. »Ihr zwei seid offenbar noch nicht so weit.«

»D-doch!«, protestierte Mark.

»Nach allem, was ich bislang von euch gehört habe, nicht«, konterte Dorney. »Wenn die Zeit reif ist, kommt wieder her. Dann werde ich euch helfen, aber vorher nicht.«

Mark und Courtney wechselten einen Blick. Ihnen war klar, dass jede Diskussion zwecklos gewesen wäre. Also nahm Mark den silbernen Hologrammprojektor vom Tisch und stopfte ihn in seinen Rucksack.

»Woher wissen wir, wann die Zeit reif ist?«, bohrte Courtney nach.

Dorney kicherte. »Das werdet ihr schon merken, wenn es so weit ist.« Dann öffnete er die Tür noch weiter – eine unmissverständliche Aufforderung, zu gehen.

»Wir kommen wieder«, kündigte Mark an, während sie hinausgingen. »Darauf können Sie sich verlassen.«

»Das hoffe ich«, erwiderte Dorney ernst. »Wahrhaftig, das hoffe ich.«

Damit schloss er die Tür und ließ Mark und Courtney allein in dem leeren Flur stehen.

»Tja, das war wohl nichts«, bemerkte Courtney. »Wir

sind extra den weiten Weg hierher gefahren und er hat uns nichts anderes zu sagen, als dass wir noch nicht so weit sind?«

Mark ging zum Aufzug. Courtney folgte ihm. »So schnell geben wir doch nicht auf, oder?«

»Wir geben überhaupt nicht auf«, entgegnete Mark. »Ich denke, Dorney glaubt, wir können Akoluthen werden. Nur dass eben die Zeit noch nicht reif ist.«

»*Ich* glaube, er ist ein verrückter alter Knacker, dem es Spaß macht, uns zappeln zu lassen«, versetzte Courtney.

»Ja, das auch«, räumte Mark ein. »Aber ich wette um alles, was du willst, dass wir nicht zum letzten Mal hergekommen sind.«

Die beiden Freunde fuhren mit dem Aufzug nach unten und verließen das Haus. Auf dem Rückweg nach Stony Brook sprachen sie pausenlos über Bobbys neues Journal mit seinem Bericht von Lifelight und dem Reality Bug. Mark war völlig fasziniert von der Vorstellung, dass die Fantasiewelt, die ein Computer aus den menschlichen Gedanken schuf, tatsächlich Auswirkungen auf die Wirklichkeit haben konnte. Courtney war ebenfalls beeindruckt von den technischen Möglichkeiten, aber sie hatte außerdem das dringende Bedürfnis, über Loor zu reden. Sie war der Ansicht, Bobby habe eine Fehlentscheidung getroffen. Ihrer Meinung nach hätte er Spader zu Hilfe holen sollen. Mark erinnerte sie daran, dass Bobby nicht hundertprozentig sicher war, ob er sich auf Spader verlassen konnte, doch diesen Einwand ließ Courtney nicht gelten. Für sie war Spader die bessere Wahl.

Mark konnte sich denken, was Courtney so wurmte: Sie war eifersüchtig. Nach Bobbys neuestem Journal zu urteilen hegte er ganz offensichtlich Gefühle für Loor. Doch diese Beobachtung behielt Mark wohlweislich für sich. Er war nicht scharf darauf, einen Kinnhaken zu riskieren.

Nachdem die beiden Freunde in Stony Brook aus dem

Zug gestiegen waren, standen sie etwas ratlos auf dem leeren Bahnsteig am Ende der Stony Brook Avenue.

»Und jetzt?«, fragte Courtney.

»Keine Ahnung«, erwiderte Mark. Plötzlich fiel ihm etwas ein. »Hey, heißt das jetzt, du willst tatsächlich auch Akoluth werden?«

Darüber musste Courtney einen Moment lang nachdenken. »Es heißt, dass ich immer noch erfahren will, was es überhaupt damit auf sich hat«, entgegnete sie schließlich. »Mehr kann ich nicht versprechen.«

»Das ist ja schon mal was«, versetzte Mark. »Vielleicht erfahren wir aus Bobbys nächstem Journal mehr.«

Courtney nickte. »Sagst du mir Bescheid, wenn –«

»Sobald was ankommt«, versicherte Mark.

Courtney lächelte ihm kurz zu, dann wandte sie sich ab und machte sich auf den Heimweg. Mark blieb nachdenklich stehen und drehte den Ring an seinem Finger. Wenn Bobby mitten in einem Abenteuer steckte, trafen die Journale meist in rascher Folge ein. Mark rechnete jederzeit damit, dass sein Ring die Fortsetzung lieferte.

Fehlanzeige.

Mark gab sich Mühe, nicht ständig nur an Bobby zu denken, und wandte sich stattdessen wieder seinem eigenen Leben zu. Er widmete sich den Aufgaben in der Schule und ging zu seinem ersten Sci-Clops-Treffen. Es übertraf all seine Erwartungen. Mr Pike – beziehungsweise David, wie er sich anreden ließ – stellte ihn den übrigen Mitgliedern vor, die ausnahmslos älter waren als Mark. Sie alle arbeiteten an unterschiedlichen Projekten, zum Beispiel an der Entwicklung einer einzigartigen, besonders leichten Metalllegierung oder eines Computers, der auf Augenbewegungen reagierte. Vieles davon kam Mark so abgehoben vor, dass er schon fürchtete, überhaupt nicht mitreden zu können. Aber nach kurzer Zeit stellte er fest, dass sie alle dieselbe Sprache sprachen. Endlich hatte er eine Gruppe gefunden, in der er sich zu Hause fühlte.

Courtney konzentrierte sich auf den Unterricht und das Fußballtraining. Sie trainierte weiterhin mit der zweiten Mannschaft und machte sich dort recht gut, schielte jedoch ständig mit einem Auge nach dem Varsity-Team, das auf der anderen Hälfte des Platzes trainierte. Ihr sehnlichster Wunsch war, sich als würdig zu erweisen wieder dort aufgenommen zu werden.

Einige Tage vergingen ohne Nachricht von Bobby. Mark begann schon zu fürchten, seinem Freund sei in dem Jump mit Loor etwas Schreckliches zugestoßen. Aber er zwang sich optimistisch zu denken und rief sich immer wieder ins Bewusstsein, dass sich die Zeit zwischen den Territorien nicht relativ verhielt. Dennoch – je mehr Zeit verstrich, desto öfter kreisten Marks Gedanken um die Probleme auf Veelox.

Dann, gegen Ende der Woche, geschah endlich etwas.

An diesem Nachmittag fand kein Sci-Clops-Treffen statt, sodass Mark nach dem Unterricht mit dem frühen Bus nach Hause fuhr. Der Bus hielt ein paar Straßen von Marks Haus entfernt und normalerweise ging er immer auf dem direkten Weg von der Haltestelle nach Hause. Doch heute nahm er einen Umweg. Er wusste selbst nicht recht warum – ihm war einfach danach, sich noch ein wenig die Beine zu vertreten.

Mark kannte die Häuser im Viertel ziemlich gut. Es gab nur wenige Neubauten, die meisten Häuser hingegen standen schon ziemlich lange, manche seit über hundert Jahren. Zu jedem Haus gehörte ein großes Grundstück mit riesigen Laubbäumen, die ihre Schatten auf den Rasen warfen. Es wurde schon zusehends herbstlich und an vielen Bäumen war das Grün bereits leuchtenden Gelb-

und Orangetönen gewichen. Diese Jahreszeit mochte Mark am liebsten. Frostig, aber noch nicht winterlich. Ein frischer Wind wehte, der Himmel war blau, und selbst der Geruch nach verbranntem Laub, der in der Luft lag, gefiel Mark. Es war der perfekte Nachmittag für einen kleinen Abstecher, um sich von den Grübeleien über Territorien und Reisende abzulenken.

Marks Auszeit währte nicht lange.

Als er über den aufgesprungenen Asphalt des Gehwegs spazierte und mit den Füßen durch das Laub raschelte, begann plötzlich sein Ring zu zucken. Mark blieb wie angewurzelt stehen. Sein erster Gedanke war natürlich: »Bobbys nächstes Journal!« Aber als er den Ring betrachtete, stellte er fest, dass sich der große graue Stein in der Mitte nicht wie sonst veränderte. Stattdessen leuchtete eins der merkwürdigen Symbole auf – dasselbe, das die Botschaft von Dorney angekündigt hatte. Vielleicht war die Zeit nun reif und der alte Mann wollte ihm mehr über die Akoluthen verraten!

Mark schlug sich nahe einer hohen Zementmauer in die Büsche. Er wollte nicht, dass irgendjemand sah, was jetzt gleich geschehen würde. Nachdem er seinen Rucksack abgestellt hatte, nahm er den Ring vom Finger, legte ihn auf den Boden und wartete darauf, dass er sich ausdehnte.

Was er jedoch nicht tat. Aus dem Symbol drang weiterhin Licht, aber im Übrigen blieb der Ring, wie er war. Was hatte das zu bedeuten? Mark hob ihn auf und steckte ihn wieder an den Finger. Das geheimnisvolle Zeichen leuchtete, weiter nichts. Keine Veränderung, keine Botschaft, kein gar nichts. Eigenartig. Schulterzuckend setzte Mark seinen Weg fort. An der nächsten Straßenecke bemerkte er, dass das Leuchten erloschen war.

Falscher Alarm, sagte er sich und ging weiter.

Während er die Straße überquerte, fiel ihm plötzlich

ein, dass er seinen Rucksack an der Mauer liegen gelassen hatte. *Mist!* Er machte auf dem Absatz kehrt und trabte zurück. Aber kaum hatte er die Stelle erreicht, da zuckte der Ring und das Zeichen leuchtete wieder auf. Mark wartete ein paar Minuten lang, ob mit dem Ring noch irgendetwas Dramatisches passierte, doch wieder geschah nichts. Schließlich schulterte er seinen Rucksack und machte sich auf den Heimweg. An der Straße hörte das Symbol auf zu leuchten, genau wie vorher. Mark war überzeugt, dass all dies etwas zu bedeuten hatte, aber er konnte sich nicht erklären was.

Plötzlich kam ihm eine Idee. Er machte noch einmal kehrt und ging langsam zu der Mauer zurück. Tatsächlich – sobald er sich ihr näherte, strahlte das Symbol erneut hell auf. Oha. Offenbar doch kein falscher Alarm. Das Leuchten schien etwas mit dem Ort zu tun zu haben, an dem er sich befand. Mark blickte an der Zementwand empor und verlor augenblicklich den Mut.

»Na großartig«, murmelte er vor sich hin.

Er stand vor dem Sherwood-Haus. Jeder kannte es – das größte Anwesen im Stadtviertel. Das Haus war im frühen zwanzigsten Jahrhundert von einem reichen Typen erbaut worden, der sein Vermögen ausgerechnet damit gemacht hatte, Hühnchen zu züchten und Eier zu verkaufen. Die Geflügelfarm, die sich auf dem Grundstück befunden hatte, gab es längst nicht mehr, aber das Haus stand noch, umgeben von der hohen Zementmauer. Es war ein riesiges hochherrschaftliches Haus.

Allerdings war es schon seit Jahren unbewohnt. Marks Mutter hatte ihm einmal erzählt, nach dem Tod des alten Sherwood habe keins seiner Kinder die Geflügelfarm weiterführen wollen. Und da sich die Erben nicht einig wurden, was aus dem Anwesen werden sollte, stand das große, alte Herrenhaus nun also auf dem riesigen Gelände und verfiel allmählich.

Natürlich kursierten unter den Kids in der Nachbarschaft allerlei Spukgeschichten über Schatten, die sich hinter den Fenstern bewegten, über seltsame Geräusche an Halloween. Am besten gefiel Mark eine Geschichte, die Bobby mal erfunden hatte und in der die Gespenster in Wirklichkeit die Geister rachlustiger Hühnchen waren. Aber er glaubte nicht an Gespenster und hatte nie auch nur eine Minute lang gedacht, dass es in dem Haus wirklich spukte. Dennoch war er nie allein in der Nähe des Grundstücks gewesen.

Bis heute.

Das leuchtende Symbol an seinem Ring wollte ihm etwas mitteilen, und – was immer es sein mochte – Mark hatte das unbehagliche Gefühl, dass die Erklärung dazu im Sherwood-Haus zu finden war. *Schluck!* Einen Moment lang dachte er daran, das Ganze vorerst auf sich beruhen zu lassen und später gemeinsam mit Courtney noch einmal herzukommen, aber dann siegte seine Neugier über die Angst.

Auf halbem Weg zur nächsten Straßenkreuzung gab es ein großes, altes zweiflügeliges Tor aus schwarzem Schmiedeeisen, das allerdings mit einer dicken Stahlkette und einem Vorhängeschloss gesichert war. Auf diesem Weg kam er also nicht hinein. Blieb nur noch eine Möglichkeit: Mark musste über die Mauer klettern. Er ging daran entlang, bis er einen geeigneten Baum fand, über den er auf die Mauer gelangen konnte. Ganz wohl war ihm nicht bei der Vorstellung. Nicht etwa weil er sich Gedanken machte um Spuk, böse Geister oder Hühnchen, die mit abgehacktem Kopf durch die Gegend liefen – das war Kinderkram. Was ihm Kopfzerbrechen bereitete, war vielmehr die Gefahr, dabei erwischt zu werden, wie er sich Zutritt zu einem fremden Grundstück verschaffte. Seine Eltern vom Polizeirevier aus anzurufen war keine besonders prickelnde Vorstellung. Trotzdem – das beharrliche Leuchten des Zeichens an seinem Ring sagte ihm, dass er die Sache durchziehen musste.

Entschlossen strich er sich das Haar aus der Stirn, packte einen Ast und stemmte seine Turnschuhe gegen den Baumstamm. Sekunden später war er oben, ließ sich auf der anderen Seite der Mauer hinab und landete im hohen Gras. So weit, so gut. Mit einem Blick auf seinen Ring stellte er fest, dass das kleine Symbol noch heller leuchtete. Offensichtlich war er auf der richtigen Fährte.

Als Mark an dem Haus emporschaute, konnte er verstehen, warum die Kinder glaubten, dass es dort spukte. Der Bau war wirklich uralt. Ein Windstoß ließ die herbstlichen Bäume schwanken, sodass ihre Zweige die Mauern streiften. Das Grundstück wirkte ziemlich heruntergekommen. Zwar sah man hier vielleicht einmal im Monat einen Hausmeister, der herabgefallene Zweige aufsammelte und kleinere Reparaturen vornahm, aber das reichte nicht, um das Haus bewohnt erscheinen zu lassen. Nein, dies war ein großes, leeres, verlassenes altes Haus – ein typisches Spukhaus.

Und Mark war gerade im Begriff, es zu betreten.

Um das Erdgeschoss herum verlief eine breite Veranda. Er stellte sich vor, wie die Leute dort an warmen Sommerabenden in Schaukelstühlen gesessen, Eistee getrunken und sich über Hühnchen unterhalten hatten. Aber diese Zeiten waren vorbei – jetzt gab es da nichts mehr zu sehen als welke Blätter. Mark stieg die fünf Steinstufen hoch und betrat die Veranda.

Plötzlich kam es ihm vor, als hätte er durch ein Fenster eine Bewegung im Haus gesehen. Nur ganz kurz – er war sich nicht einmal sicher, ob er es sich nicht nur eingebildet hatte, aber dennoch richteten sich die Härchen an seinen Armen auf. Er blieb auf der obersten Stufe stehen und spähte durch die dunklen Fenster. Drinnen rührte sich nichts.

Mark ging einen Schritt auf die Eingangstür zu ... und sah wieder etwas. Ein Schatten huschte am Fenster vorbei. Im ersten Moment dachte Mark tatsächlich, es sei ein Gespenst. Aber Gespenster existierten nicht. Andererseits ... er hätte auch nie geglaubt, dass es so etwas wie Reisende gab. Bei näherem Hinsehen kam er zu dem Schluss, dass sich ein im Wind schwankender Zweig in der Scheibe gespiegelt haben musste. Jedenfalls versuchte er sich einzureden, das sei die Erklärung.

Mark trat an die Tür und probierte die Klinke. Abgeschlossen. »Na toll«, sagte er zu sich selbst. »Und jetzt?«

In diesem Moment hörte er etwas im Haus. Ein scharrendes Geräusch, das klang, als sei drinnen etwas dicht hinter der Tür vorbeigelaufen.

»Kooomm, put put put put!«, krächzte Mark nervös, so absurd die Vorstellung auch war, dass hier noch immer Hühner umherliefen. Er inspizierte seinen Ring. Das Symbol leuchtete jetzt gleißend hell. Er musste herausfinden warum.

Er stellte sich vor das große Fenster neben der Tür, drückte die Nase an die Scheibe und versuchte das Licht von draußen mit den Händen abzuschirmen, so gut es ging. Auf diese Weise konnte er mehr vom Inneren des Sherwood-Hauses erkennen.

Was er sah, waren leere Räume. Das einzige – ziemlich spärliche – Licht kam von Fenstern weiter hinten im Haus. Höchst unheimlich. Es gab weder Möbel noch Bilder an den Wänden noch irgendein Lebenszeichen –

GRRRRRR!

Eine hässliche schwarze Tierfratze tauchte blitzartig aus dem Schatten da drinnen auf und starrte Mark geradewegs in die Augen. Geifer troff von den weißen Reißzähnen, während die Bestie unter wütendem Knurren versuchte durch die Fensterscheibe einen Happen Mark-Fleisch zu ergattern.

Mark japste vor Schreck und zuckte so heftig zurück, dass er auf dem Allerwertesten landete. Als er zum Fenster hochstarrte, erblickte er noch zwei weitere Bestien. Es waren grässliche schwarze Kreaturen, die am ehesten Hunden ähnelten – nur dass Mark noch nie einen Hund gesehen hatte, der so böse aussah wie diese Viecher. Sie hatten ihn ins Visier genommen und nur eine dünne Glasscheibe hielt sie zurück.

Mark rutschte auf dem Boden der Veranda rückwärts, während die Biester drinnen kläfften und knurrten. Sein Gehirn arbeitete fieberhaft. Was hatten Hunde in diesem Haus zu suchen? Waren es Wachhunde? Gewöhnliche Hunde konnten es jedenfalls nicht sein. Dies waren böse, unkontrollierbare, blutrünstige Ungeheuer. Es waren …

Plötzlich fiel es ihm wie Schuppen von den Augen. In Bobbys allererstem Journal war von solchen Bestien die Rede gewesen. Was sie verriet, waren die schrecklichen gelben Augen. Kein Zweifel …

»Quigs«, hauchte Mark.

ZWEITE ERDE
(Fortsetzung)

Krach!

Die Bestien warfen sich wie rasend gegen die Fensterscheiben um Mark anzufallen.

Mark war klar, dass das Glas diesen Biestern nicht lange standhalten würde. Er musste hier weg, und zwar schnell. Hastig rappelte er sich auf und rannte los. Nach ein paar Schritten fiel ihm ein, dass er seinen Rucksack auf der Veranda liegen gelassen hatte, aber deswegen umzukehren kam nicht infrage. Das Geschepper am Fenster klang immer bedrohlicher. Mark sprintete über das zugewucherte Gelände auf die rettende Mauer zu.

Doch als er sie beinahe erreicht hatte, wurde ihm schlagartig bewusst, dass er ernsthaft in Schwierigkeiten steckte. Vorhin hatte er sich solche Sorgen ums Ertapptwerden gemacht, dass er gar nicht darüber nachgedacht hatte, wie er wieder zurück über die Mauer klettern sollte. Jetzt machte ihm etwas anderes Sorgen: die Aussicht, in der Falle zu sitzen und gefressen zu werden.

Klirr!

Die Fensterscheibe zerbarst. Die Quigs kamen. Mark hörte sie kläffend und knurrend darum rangeln, wer zuerst durch das eingeschlagene Fenster kletterte.

Er war noch knapp zwanzig Meter von der fast drei Meter hohen Mauer entfernt. Verzweifelt hielt er nach einer Stelle Ausschau, wo er hinüberklettern konnte. Ohne Hilfe würde er es bestimmt nicht schaffen. Er wagte nicht sich umzublicken, weil er wusste, was er dann sehen würde. Jede Sekunde zählte. Wenn die Quigs ihn einholten, ehe er sich über die Mauer in Sicherheit bringen konnte, würden keine nennenswerten Spuren von ihm übrig bleiben.

Mark sah weit und breit nichts, woran er hätte hochklettern können.

Das Knurren der Quigs kam immer näher. In ein paar Sekunden würden sie sich auf ihn stürzen. Trotz aller Panik konzentrierte sich Mark fest auf das Wesentliche: sich schnellstens etwas einfallen zu lassen, um nicht in wenigen Augenblicken als Hundefutter zu enden. Obwohl er nun fast bei der Mauer angekommen war, rannte er mit unverminderter Geschwindigkeit weiter. »Ich renne einfach daran hoch!«, sagte er zu sich selbst.

In vollem Lauf stemmte er seinen Turnschuh gegen den bröckelnden Zement. Die Fußspitze fand Halt. Er stieß sich ab und bekam die Oberkante der Mauer zu fassen. Im Sportunterricht war Mark nicht einmal in der Lage, über das Pferd zu springen. Aber im Sportunterricht verlieh ihm sein Adrenalinpegel auch keinen Düsenantrieb. Er zog sich mit den Armen hoch, schwang beide Beine zu einer Seite und wuchtete sich über die Kante.

Kaum war er drüber, als alle drei Quigs an der Mauer hochsprangen und vor Wut über die entgangene Beute heulten und kläfften. Mark schlug auf dem Boden auf, wobei er von Glück sagen konnte, dass er sich nicht den Knöchel brach. Hastig rappelte er sich hoch und vergewisserte sich, dass noch alle Körperteile in Ordnung waren. Keine ernsthaften Verletzungen festzustellen. Einen Moment lang blieb er stehen um wieder zu Atem zu kommen. Auf der anderen Seite der Mauer hörte er die Quigs noch immer enttäuscht knurren.

Mark grinste. Er hatte es geschafft! Dies war wohl der aufregendste Augenblick in seinem Leben. Er wagte sogar den Gedanken, dass dieses Abenteuer einigen von Bobbys Erlebnissen Konkurrenz machte. Immerhin war er einer Meute hungriger Quigs begegnet und mit dem Leben davongekommen.

Doch seine Freude hielt nicht lange an. Der leuchtende Ring an seinem Finger holte ihn rasch in die Wirklichkeit zurück. Dieses Abenteuer war noch längst nicht ausgestanden. Was immer in dem Haus sein mochte, das seinen Ring zum Leuchten brachte – er würde wiederkommen müssen um es ausfindig zu machen. Wegrennen brachte ihn nicht weiter. Er musste an diesen Quigs vorbeikommen.

Aber beim nächsten Mal würde er Courtney mitnehmen.

Courtney witterte eine erstklassige Chance.

Für diesen Nachmittag war ein Trainingsspiel zwischen der ersten und der zweiten Mannschaft angesetzt. Sie hatte in der Junior Varsity hart an sich gearbeitet, hatte sich über ihren gekränkten Stolz hinweggesetzt und an ihrer Technik gefeilt, und nun sah sie eine Gelegenheit, sich würdig zu erweisen wieder in die Varsity aufgenommen zu werden. Dies war ihr großer Tag. Heute stand sie erneut den Mädchen gegenüber, die den glorreichen Ruf der unschlagbaren Courtney Chetwynde angekratzt hatten. Was Courtney im Sinn hatte, als sie das Spielfeld betrat, konnte man ohne Übertreibung als Rache bezeichnen. Sie setzte eine unerschütterliche Miene auf, hielt ihre Gefühle im Zaum – sie war bereit.

Die Varsity ebenfalls. Es schien, als ob die gesamte Spieltaktik des Teams darauf abzielte, Courtney kaltzustellen. Ständig wurde sie von zwei Spielerinnen gedeckt, sodass sie kaum an den Ball kam. Wenige Minuten vor dem Ende der Spielzeit lag die Junior Varsity drei zu fünf im Rückstand. Allerdings war es Courtney im Grunde ziemlich egal, ob sie gewannen oder verloren. Ihr ging es einzig und allein darum, ihre Fähigkeiten unter Beweis zu stellen. Was ihr nicht gelang.

Schließlich, Sekunden vor dem Abpfiff, kam sie doch noch zum Zug. Sie spielte gerade im Angriff, und kurz nachdem sie in Ballbesitz kam, stürzte eine der beiden Verteidigerinnen. Mit einem geschickten Manöver gelang es Courtney, auch die zweite Verteidigerin zu umspielen. Jetzt stand ihr nur noch die Torhüterin gegenüber. Dies war der große Moment ... Courtneys Chance, das Spiel mit einem Paukenschlag zu beenden. Sie brannte darauf, diesen Treffer zu erzielen. Sie *musste* diesen Treffer erzielen. Flink dribbelte sie auf das Tor zu und täuschte nach rechts an, um den Ball dann in die entgegengesetzte Ecke des Netzes zu schießen. Es war perfekt.

Beinahe.

Gerade als sie zum entscheidenden Stoß ansetzte, holte die Verteidigerin sie ein und brachte sie zu Fall. Es war ein klares Foul – das Mädchen grätschte Courtney mit voller Wucht von hinten in die Beine. Courtney verfehlte den Ball und landete unsanft auf dem Rücken. Der Schiedsrichter pfiff zum Elfmeter, doch das konnte Courtney jetzt nicht mehr trösten. Ihr großer Augenblick war dahin.

Sie sprang auf und schrie: »Was zum Teufel sollte das?«

Ehe die Verteidigerin wusste, wie ihr geschah, stieß Courtney sie derart grob, dass sie der Länge nach auf den Rasen fiel. Dann stürzte sie sich auf ihre Gegnerin und drückte sie mit dem Knie zu Boden. All ihre Wut brach endlich aus ihr hervor.

»Der Ball wäre drin gewesen, das weißt du ganz genau!«, brüllte sie.

Im nächsten Augenblick kamen die übrigen Spielerinnen angelaufen und trennten die beiden Mädchen. Courtney war so in Rage, dass die anderen Schwierigkeiten hatten, sie von ihrer Gegnerin wegzuzerren. Die Verteidigerin rappelte sich wieder hoch und baute sich kampflustig vor Courtney auf.

»Na los, komm doch her!«, rief sie herausfordernd.

Courtney wollte sich erneut auf sie stürzen, aber ihre Teamkameradinnen hielten sie zurück. Schließlich ging Trainerin Horkey dazwischen.

»Jetzt reicht's aber!«, schrie sie. »Laura« – das war die Verteidigerin – »ab in die Kabine. Ihr anderen auch, allesamt. Rein mit euch, aber ein bisschen plötzlich.«

Die Rauferei war beendet, das Spiel ebenfalls. Die Mädchen trotteten murrend davon.

»Courtney, Sie bleiben hier«, befahl die Trainerin energisch.

Laura, die Verteidigerin, drehte sich im Gehen noch einmal zu Courtney um und zischte: »Loser!«

»Es reicht!«, brüllte Horkey erbost. Laura ging mit gesenktem Kopf weiter. Courtney blickte der Trainerin trotzig in die Augen. Sie atmete noch immer schwer und war ganz erhitzt von dem Kampf.

»Sie hatte es verdient, Coach«, sagte sie. »Der Ball war so gut wie drin. Sie hat mir den Punkt geklaut.«

»Sie hat verteidigt«, konterte Horkey. »Wenn auch aggressiv.«

»Aber sehen Sie denn nicht, was hier läuft? Die legen es alle nur darauf an, mich fertig zu machen! Schon vom ersten Tag an!«

»Ich will Ihnen sagen, was ich sehe«, versetzte die Trainerin. »Ich sehe ein Mädchen, das zum ersten Mal in seinem Leben vor einer Herausforderung steht. Vor einer *echten* Herausforderung. Und das dieser Situation nicht gewachsen ist. Courtney, Sie sind eine talentierte Sportlerin, aber um erfolgreich zu sein braucht man mehr als nur Talent und Technik. Sie sind es gewöhnt, immer die Oberhand zu haben. Mit Niederlagen können Sie nicht umgehen. Und solange Sie das nicht gelernt haben, sind Sie keine Bereicherung für das Team – weder für dieses noch für irgendein anderes.«

Courtney schwieg. So ungern sie es sich eingestand –
Horkey hatte nicht ganz Unrecht.

»Ich suspendiere Sie für zwei Wochen«, fügte die Trainerin hinzu.

»*Was?*«

»Ich dulde in meinem Team keine Gewalttätigkeiten.
Denken Sie darüber nach und kommen Sie in zwei Wochen wieder.« Damit trabte Horkey über den Rasen davon.

Courtney hatte es die Sprache verschlagen. Nicht genug damit, dass sie aus der ersten in die zweite Mannschaft runtergestuft worden war – jetzt flog sie auch noch
aus der Junior Varsity! Sie stand mitten auf dem Spielfeld,
lehmverschmiert und außer Atem, und versuchte vergebens diese unglaubliche Wendung zu verdauen. Wie hatte es so weit kommen können? Wie konnte sie so tief sinken? Innerlich war sie noch immer überzeugt, es mit jedem aufnehmen zu können, doch die Wirklichkeit bewies
ihr das Gegenteil.

Schließlich trottete Courtney vom Platz, aber nicht in
Richtung Umkleidekabine. Sie wollte den anderen Mädchen nicht begegnen. Sie wusste: Die *alte* Courtney wäre
schnurstracks in die Kabine gegangen und hätte allem
getrotzt. Andererseits war sie noch nie in der Situation gewesen, allem trotzen zu müssen. Sie fragte sich allmählich, ob es die alte Courtney überhaupt jemals gegeben
hatte. Vielleicht war sie schon immer so gewesen … ein
Feigling ohne Rückgrat.

Zähneknirschend beschloss sie zu Fuß nach Hause zu
gehen. Es war ein weiter Weg, aber sie brachte es einfach nicht über sich, jetzt in den Schulbus zu steigen. Am
liebsten hätte sie sich auf der Stelle ins Bett verkrochen.
Zum Glück war Freitag, sodass sie wenigstens in den
nächsten zwei Tagen niemandem zu begegnen brauchte.

»Courtney!«, ertönte eine vertraute Stimme.

Courtney hatte das Schulgebäude umrundet und wollte gerade auf den Bürgersteig treten, als Mark auf dem Fahrrad ankam. Er war völlig außer Atem.

»Du wirst es nicht glauben!«, rief er ihr aufgeregt entgegen. »Ich war ...« Plötzlich wurde ihm bewusst, dass Courtney ungeduscht, noch in Trikot und Stollen, vom Schulgelände kam. »Was ist los?«

»Frag nicht«, versetzte sie knapp.

Mark stieg vom Rad und ging neben ihr her. »Willst du etwa nach Hause *laufen*?«, fragte er verwirrt.

»Mir ist wirklich nicht nach Erzählen zumute, Mark«, erwiderte sie. »Ich erklär dir ein andermal, was los ist, okay?« .

»Klar.« Die beiden Freunde gingen schweigend weiter. Mark brannte darauf, Courtney zu berichten, was er beim Sherwood-Haus erlebt hatte, aber er wusste nicht recht, ob sie dazu in Stimmung war. Trotzdem – sie musste es erfahren.

»Können wir denn über was anderes reden?«, erkundigte er sich vorsichtig.

»Von mir aus.«

»Vorhin ist was passiert«, begann Mark. »Ich ... ich weiß nicht recht, was es zu bedeuten hat, aber ich schätze, es hat was mit dieser Akoluthen-Geschichte zu tun.«

Courtney blieb wie angewurzelt stehen. Eben hatte sie noch wie eine wandelnde Leiche ausgesehen, jetzt erkannte Mark wieder ein Funkeln in ihren Augen. Was immer beim Fußball vorgefallen war, es musste sie ziemlich mitgenommen haben. Aber sie hatte noch Feuer in sich. Er kannte Courtney zu gut, als dass er daran gezweifelt hätte.

»Ein neues Journal?«, fragte sie.

»Nein«, erwiderte Mark. »Komm, steig auf.«

Mark versuchte Courtney auf dem Lenker seines Fahrrads mitzunehmen, aber es klappte nicht. Courtney war zu groß und Mark war zu ... Mark. Schließlich tauschten sie die Plätze: Mark setzte sich auf den Lenker und Courtney fuhr. Unterwegs erzählte er ihr, was bei dem verlassenen Haus vorgefallen war. Courtney hörte zu, ohne ihn mit Fragen zu unterbrechen. Als Mark am Ende seiner Geschichte angelangt war, erreichten sie gerade die Stelle, wo die rätselhaften Ereignisse ihren Anfang genommen hatten. Die beiden Freunde stiegen vom Rad und standen nun vor dem verschlossenen Eisentor des unheimlichen alten Hauses.

Mark hielt seinen Ring hoch. Das Symbol leuchtete wieder. »Was hältst du davon?«, fragte er.

»Nun, wir müssen wohl rausfinden, was in diesem Haus ist«, antwortete Courtney.

»Leichter gesagt als getan«, wandte Mark ein. »Du hast diese Hunde nicht gesehen.«

Courtney stellte mit einem Blick zum Himmel fest: »Es wird bald dunkel. Ich würde sagen, wir kommen morgen wieder – mit Verstärkung.«

Wo sie sich Verstärkung verschaffen würden, lag für Courtney auf der Hand. Die beiden warteten bis zum nächsten Morgen, dann holte Mark Courtney zu Hause ab und sie besuchten gemeinsam ihren Freund bei der Polizei von Stony Brook, Captain Hirsch.

Sie hatten Captain Hirsch kennen gelernt, nachdem Bobby und seine Familie plötzlich spurlos verschwunden waren. Hirsch bearbeitete seit damals den Fall um die vermissten Personen. Mark und Courtney wussten natürlich, was aus Bobby geworden war, hatten aber beschlossen es niemandem zu verraten, weil sie fürchteten, damit Bobbys Mission als Reisender zu gefährden. Trotzdem blieben sie in Kontakt mit Hirsch. Er war wirklich schwer in Ordnung. Jetzt hofften sie, dass er ihnen helfen würde, der Lösung des Rätsels um die Akoluthen einen Schritt näher zu kommen.

Mark berichtete Captain Hirsch, dass auf dem Sherwood-Anwesen sehr seltsame Hunde umherliefen. Er beschrieb in den schillerndsten Farben, wie wild und gefährlich sie seien, und betonte, es könne sich auf keinen Fall um Haustiere handeln. Wohlweislich verschwieg Mark dabei die Tatsache, dass er sich unerlaubterweise Zutritt zum Grundstück verschafft hatte, und es kam ihm auch nicht ratsam vor, zu erwähnen, dass die Hunde in Wirklichkeit böse Quigs waren, die vermutlich ein Geheimnis im Inneren des Hauses bewachten.

Eine halbe Stunde später trafen sich Mark und Courtney vor dem Tor zum Sherwood-Haus mit zwei uniformierten Polizisten.

»Hallo, ihr zwei«, begrüßte sie einer der beiden. »Ich bin Officer Wilson – kennt ihr mich noch?«

»Klar doch!«, erwiderte Courtney.

Officer Wilson hatte sie und Mark einmal mit dem Streifenwagen zum Revier gefahren. Er war ebenfalls ein netter Kerl.

»Dies ist mein Kollege, Officer Matt.« Alle vier gaben sich die Hände. »Dann erzähl mal, was du gesehen hast, Mark.«

Mark berichtete von den drei riesigen, wilden, geifernden Hunden mit spitzen Reißzähnen. Seine Beschreibung war keineswegs übertrieben und schließlich sollten die Polizisten wissen, worauf sie sich einließen.

Officer Wilson hatte einen Schlüssel zum Eingangstor mitgebracht. Die Polizisten erklärten Mark und Courtney, die Sherwoods hätten ihn für Notfälle bei der Polizei hinterlegt. Und hier handelte es sich offensichtlich um einen Notfall. Während Wilson aufschloss, holte Officer Matt zweierlei aus dem Kofferraum des Streifenwagens: eine lange Metallstange mit einer Drahtschlinge am Ende, die die Polizisten zum Einfangen von Hunden benutzten, und ein Betäubungsgewehr. Für Mark stand fest, diese Hunde würden sich keine Gelegenheit entgehen lassen, einen Menschen zu zerfleischen. Und er war nicht überzeugt, dass ein Betäubungspfeil sie davon abhalten würde. Nun, immerhin besser als nichts.

»Die Schlinge können Sie vergessen«, bemerkte er. »Diese Biester lassen sich garantiert nicht einfangen.«

Officer Matt schmunzelte nur.

»Wir würden gern mitkommen«, bat Courtney.

Die beiden Polizisten wechselten einen Blick. Die Vorstellung, zwei Kids womöglich in Gefahr zu bringen, behagte ihnen gar nicht.

»Bitte!«, drängte Courtney. »Wir bleiben auch hinter Ihnen. Und schließlich haben Sie doch Waffen und die Schlinge und so, da kann doch gar nichts passieren.«

Wilson zuckte die Schultern. »Na gut, von mir aus. Aber haltet euch wirklich dicht hinter uns.«

Die beiden Freunde folgten den Polizisten auf das Grundstück. Wilson hielt die Schlinge bereit, Matt hatte das Betäubungsgewehr im Anschlag, richtete es jedoch auf den Boden.

Mark schloss das eiserne Tor sorgfältig hinter sich. Außerdem nahm er den Ring ab und steckte ihn in die Hosentasche. Er legte keinen Wert darauf, den Polizisten erklären zu müssen, warum er einen Ring trug, der leuchtete.

Officer Wilson pfiff. »Hierher, Jungs! Hierher!« Er pfiff noch einmal.

Nichts geschah.

Die vier stiegen die Stufen zur Veranda hoch. Mark blickte sich immer wieder besorgt um, ob sich nicht etwa einer der schwarzen Hunde von hinten anschlich.

»Oha, was haben wir denn da?« Officer Matt bückte sich und hob die zerfetzten Überreste von Marks Rucksack auf. Huch, daran hatte Mark gar nicht mehr gedacht.

»Das ist meiner«, sagte er. »Ich hatte ihn vor dem Tor fallen gelassen. Sie müssen ihn durch das Gitter reingezerrt haben.« Das entsprach nicht ganz der Wahrheit, aber Mark wollte nicht zugeben, dass er auf dem Grundstück gewesen war. »Sehen Sie das kaputte Fenster da«, fügte er hinzu, um die Polizisten von seinem Rucksack abzulenken. »Die Viecher haben die Scheibe eingerannt um rauszukommen.«

Wilson deutete auf die Scherben, die auf der Veranda lagen. »Von innen zerschlagen«, folgerte er. »Die müssen sich ganz schön aufgeschlitzt haben.«

»Woher weißt du denn, dass sie durch das Fenster rausgekommen sind?«, fragte Officer Matt Mark. »Man kann es doch vom Tor aus gar nicht sehen.«

Hoppla. Mark suchte fieberhaft nach einer Ausrede. »Ich habe gehört, wie das Glas splitterte, und dann rannten die Hunde auf einmal übers Gelände.«

Ob die Polizisten ihm diese Geschichte wohl abkauften? Selbstverständlich. Mark war schließlich nicht der Typ, der sich auf fremdem Privatgelände rumtrieb … Das würden sie jedenfalls denken. Mark inspizierte die Überreste seines Rucksacks. Die Quigs hatten ihn wirklich gründlich zerlegt. Zwei Schulbücher waren dahin, ein Buch aus der Bücherei, ein Schokoriegel und sein gesamter Vorrat an Karotten. Mark wusste, Schokolade war für Hunde nicht gut, und hoffte inständig, dass sie sich daran vergiftet hatten.

»Sehen wir uns drinnen mal um«, schlug Officer Wilson vor.

Er besaß auch einen Schlüssel zur Eingangstür. Während sie nacheinander eintraten, dachten Mark und Courtney das Gleiche: *ein Spukhaus*. Eine riesige Eingangshalle, hohe Decken und eine geschwungene Treppe ins Obergeschoss.

»Hierher, Bursche!«, rief Wilson noch einmal und pfiff.

Wieder keine Reaktion. Mark warf Courtney einen Blick zu und zuckte ratlos die Schultern. Er hätte wirklich gern nachgesehen, wie sich sein Ring hier drin verhielt, wollte es aber nicht riskieren, ihn aus der Tasche zu nehmen. Die Polizisten überprüften mit den beiden Kids im Gefolge jeden einzelnen Raum im ganzen Haus. Zuerst nahmen sie das Erdgeschoss in Augenschein. Durch die prächtige Eingangshalle gingen sie ins Wohnzimmer, von dort aus weiter in das hochherrschaftliche Esszimmer und die geräumige Küche. Abgesehen von der kaputten Fensterscheibe gab es keine Spur von den Hunden.

Anschließend stiegen sie in den Keller hinab, einen riesigen Raum mit Zementfußboden, von dem ein paar Türen abgingen. Die Polizisten öffneten eine nach der anderen. In einem Raum sahen sie nichts als leere Holzregale – das war der Weinkeller. In einem anderen stand ein langer hölzerner Tisch voller Kerben und Farbflecken: die Werkstatt. Wiederum ein anderer Raum war kühl und völlig leer bis auf ein paar Schnüre unter der Decke, an denen vertrocknete Kräuter hingen. Mark hatte schon mal von so etwas gehört – seine Großmutter nannte es einen Wurzelkeller. Es war ein kühler, trockener Raum, in dem man Zwiebeln, Kartoffeln und dergleichen lagerte. Dieser Teil des Kellers erinnerte an eine unterirdische Höhle, denn die komplette Rückwand bestand aus Naturgestein. Offenbar grenzte das Fundament des Hauses unmittelbar an einen großen Felsen.

So interessant das alles auch sein mochte, von den Hunden fehlte noch immer jede Spur.

Als Nächstes durchsuchten die vier das Obergeschoss. Dort lagen zu beiden Seiten eines langen Ganges leere Schlafzimmer, die untereinander mit Zwischentüren verbunden waren, sodass man die gesamte Länge des Hauses durchqueren konnte ohne den Flur zu betreten. Wieder keine Hunde.

Schließlich war die zweite Etage an der Reihe, die kleiner war als die anderen. Auf der einen Seite gab es zwei

Schlafzimmer und auf der anderen einen geräumigen Speicher mit hoher, spitz zulaufender Decke, an der das Gebälk des Dachstuhls offen lag. Auch dieser Raum war leer. Weder Hunde noch irgendein Anzeichen dafür, dass sich hier jemals ein Hund aufgehalten hatte. Als die vier den Speicher betraten – den letzten Raum im Haus –, entspannten sich die Polizisten sichtlich.

»Was immer du gesehen hast, Mark – es ist jetzt nicht mehr da«, stellte Wilson fest.

»Sind Sie sicher? Ich meine, wir sollten auch auf dem Gelände nachsehen.«

Wilson zuckte die Schultern. »Von mir aus, warum nicht?«

Die beiden Officers, Mark und Courtney stiegen die Treppen wieder hinunter und verließen das Haus über die Veranda. Vorsichtig gingen sie das gesamte Grundstück ab. Mark hatte nicht geahnt, *wie* riesig es war. Sie sahen ein paar alte Holzschuppen, die wahrscheinlich noch aus der Zeit der Hühnerfarm stammten, außerdem viele Bäume, einen leeren Swimmingpool und sogar einen kleinen Golfrasen. Früher war dieses Gelände offenbar rege genutzt worden, doch jetzt war es verlassen und bot einen trostlosen Anblick. Die Polizisten inspizierten jeden Zentimeter der Mauer, die das Grundstück umgab, um festzustellen, ob sich dort vielleicht ein Tier einen Durchschlupf gegraben hatte. Doch sie fanden keinerlei Spuren.

»Sonst noch irgendwelche Vorschläge?«, fragte Officer Wilson. Der Polizist nahm Mark wirklich ernst. Wenn irgendein anderer Junge mit einer solch abenteuerlichen Geschichte angekommen wäre, hätten er und sein Kollege vermutlich kein Wort geglaubt.

»Nein«, murmelte Mark verlegen. »Es tut mir Leid.«

Courtney warf ihm einen verstohlenen Blick zu, als wollte sie fragen: »Bist du *sicher*, dass du die Hunde gesehen hast?« Mark zuckte stumm die Schultern.

»Das braucht dir nicht Leid zu tun«, versicherte Wilson. »Es war trotzdem gut, dass du uns Bescheid gegeben hast. Was immer sich hier rumgetrieben hat, muss wohl in der Zwischenzeit verschwunden sein.«

Sie gingen wieder auf die Straße hinaus. Während Officer Matt das Tor abschloss, verstaute Officer Wilson das Betäubungsgewehr und die Schlinge im Kofferraum des Wagens.

»Wenn dir noch mal irgendetwas auffällt, gib uns Bescheid, okay?«, schärfte er Mark ein.

»Okay«, antwortete Mark.

Nachdem der Streifenwagen abgefahren war, standen Mark und Courtney allein vor dem Haus.

»Ich habe mir das nicht ausgedacht, Courtney«, beteuerte Mark.

»Das wollte ich dir auch nicht unterstellen.«

»Aber was ist nur aus den Quigs geworden?«, rätselte er, während er seinen Ring aus der Tasche zog. Das eigenartige Symbol leuchtete hell.

»Ich weiß es nicht«, erwiderte Courtney. »Aber wir haben so ziemlich jeden Quadratzentimeter da drin abgesucht und es war nichts Auffälliges zu entdecken. Nichts, das erklären würde, warum der Ring leuchtet.«

»Dann müssen wir etwas übersehen haben«, folgerte Mark.

Die beiden Freunde blickten sich an. Jeder wusste, was der andere dachte.

»Wir müssen noch mal da rein«, verkündete Mark entschlossen.

»Allerdings«, bekräftigte Courtney. »Wo ist der Baum, an dem du hochgeklettert bist?«

ZWEITE ERDE
(Fortsetzung)

Mark zeigte Courtney den Baum an der Seite des Grundstücks, den sie als Aufstiegshilfe benutzen konnten. Courtney machte für Mark eine Räuberleiter und anschließend reichte er ihr von oben die Hand. Sekunden später sprangen die beiden auf der anderen Seite von der Mauer und schon standen sie wieder auf dem Gelände des Sherwood-Hauses.

»Warte mal.« Mark sah sich nach beiden Seiten um.

»Was suchst du?«, wollte Courtney wissen.

»Da!« Er deutete auf einen alten, hölzernen Geräteschuppen. »Falls wir flüchten müssen, rennen wir zu diesem Schuppen. Vom Dach aus können wir auf die Mauer klettern.«

Er hatte nicht vor, denselben Fehler zweimal zu begehen. Diesmal wollte er vorbereitet sein. Courtney nickte zustimmend, dann gingen sie gemeinsam auf das Haus zu. Keiner der beiden Freunde hatte große Angst – schließlich hatten sie das Gebäude gerade erst gründlich durchsucht und wussten, dass die Quigs verschwunden waren.

»Wir fangen im Haus an«, entschied Courtney. »Da gibt es so viele Zimmer, dass wir leicht was übersehen haben können.«

Sie stiegen die Verandatreppe hoch und blieben vor dem zerbrochenen Fenster stehen.

»Das ist unser Eingang«, sagte Mark. Als er durch das Fenster einsteigen wollte, hielt Courtney ihn zurück.

»Mark, ich bin dabei«, sagte sie.

»Wie meinst du das?«

»Ich meine, ich will auch Akoluth werden.«

Mark konnte sich ein Grinsen nicht verkneifen. »Bist du sicher?«

»Ja. Ich habe nur eine Weile gebraucht um mich mit dem Gedanken anzufreunden«, erklärte Courtney ernst. »Ich denke, es ist eine wichtige Aufgabe. Und ich will dich nicht im Stich lassen ... und Bobby natürlich auch nicht.«

Mark strahlte. »Ich wusste doch, auf dich ist Verlass«, sagte er, während er ein Bein auf den Fenstersims schwang.

Marks Vertrauen gab Courtney mehr Auftrieb als alles, was sie in den letzten Wochen erlebt hatte. Vielleicht hatte er Recht – vielleicht war ihr eine wichtigere Rolle zugedacht als die der gefeierten Sportskanone. Eins wusste sie jedenfalls sicher: Sie wollte sich die Chance nicht entgehen lassen, es herauszufinden. Aber jetzt war keine Zeit für große Gefühle. Sie beide hatten eine Aufgabe zu bewältigen. Courtney folgte Mark ins Innere des Hauses.

In der großen Eingangshalle blickten sich die beiden Freunde unschlüssig um.

»Wohin zuerst?«, fragte Courtney.

Mark hielt seinen Ring hoch und stellte fest, dass das eingravierte Zeichen noch immer strahlend hell leuchtete.

»Fangen wir auf dem Speicher an und arbeiten uns nach –« Mark verstummte. Er hatte etwas gehört. Courtney ebenfalls.

»Was war das?«, flüsterte sie.

»Klang wie ein Scharren auf Holz.«

»Da ist es wieder!«, stellte Courtney fest. »Es kommt von draußen, von der Veranda.«

Die beiden Freunde wandten sich zu dem zersplitterten Fenster um, durch das sie eben eingestiegen waren.

»Vielleicht Backenhörnchen«, vermutete Mark hoffnungsvoll.

Wieder ein Scharren. Was immer es sein mochte – es bewegte sich schnell auf der Veranda hin und her.

»Oder Vögel«, schlug Courtney vor.

»Oder ... Quigs.«

Courtney stieß ein nervöses Lachen aus. »Darüber macht man keine Wit...«

Klirr! Klirr! Klirr!

Drei Fensterscheiben gingen zu Bruch und gleich darauf drangen schwarze Quig-Hunde ins Haus ein.

»Komm, schnell!« Courtney packte Mark an der Hand und sie rannten die Treppe hoch. Die Bestien waren noch etwas benommen, da ihre Köpfe gerade erst mit den Fensterscheiben kollidiert waren, sodass Mark und Courtney ausreichend Zeit blieb, ins Obergeschoss zu flüchten. Doch gleich darauf hatten sich die Quigs wieder aufgerappelt, nahmen die Witterung auf und stürmten hinter den beiden Freunden her die Treppe hinauf.

Mark und Courtney sprinteten verzweifelt den Flur entlang. Sie hatten keine Ahnung, wie sie den Quigs entkommen sollten.

»Das Fenster am anderen Ende!«, rief Mark.

»Bis dahin schaffen wir es nicht«, keuchte Courtney. Hastig zerrte sie Mark in eins der leeren Schlafzimmer und schlug die Tür zu. Allerdings gab es noch die beiden Durchgänge zu den angrenzenden Schlafzimmern.

»Türen zu!«, befahl Courtney.

Mark rannte zur einen, Courtney zur anderen Seite und sie schlossen hastig die Türen.

»Wir sind geliefert«, sagte Mark.

Courtney lief zum Fenster. Sie versuchte es aufzustemmen, aber es war seit Jahren nicht geöffnet worden und ließ sich keinen Zentimeter bewegen.

Plötzlich fiel Mark etwas auf. »Guck mal«, sagte er und hielt die Hand hoch. Das Leuchten an seinem Ring war erloschen.

»Dazu ist jetzt keine Zeit, Mark. Warte hier«, wies Courtney ihn an, während sie auf die Tür zum Nebenraum zurannte.

»Wo willst du hin?«

Krach!

Die Quigs hatten sie aufgespürt und versuchten nun die Tür einzurennen, die Mark soeben geschlossen hatte. Mark stemmte sich verzweifelt dagegen. Er hörte das zornige Knurren.

»Mach die Tür auf, wenn ich es sage«, befahl Courtney und stürmte aus dem Zimmer.

»Was?«, schrie Mark entsetzt. Um nichts in der Welt würde er diese Tür öffnen.

Courtney schlich hastig durch das angrenzende Schlafzimmer und spähte in den Flur hinaus. Er war leer. Sie hörte, wie sich die Quigs gegen die Tür warfen, die Mark zuhielt.

»Hey!«, schrie sie. »Satanshunde! Mahlzeit! Kommt und holt euch euer Fressen!«

Das Poltern hörte auf und gleich darauf kamen alle drei Quigs aus dem Zimmer auf den Gang herausgaloppiert, geradewegs auf Courtney zu.

»Reingelegt!«, rief sie, schlüpfte hastig wieder ins Zimmer, sprintete zurück zur Tür und wieder in das Schlafzimmer, in dem Mark auf sie wartete. Die Tür ließ sie hinter sich offen.

Mark schrie: »Mach die Tür zu!«

»Nein!«, versetzte Courtney. »Mach deine auf!«

Mark zögerte. Er wusste nicht, dass die Quigs nicht mehr im Zimmer waren. Aber Courtney war anzusehen, dass sie nicht stehen bleiben würde. Wenn er die Tür nicht öffnete, würde sie geradewegs dagegenrennen. Er schluckte krampfhaft und riss die Tür auf. Keine Sekunde zu früh – schon raste Courtney mit Höchstgeschwindigkeit an ihm vorbei.

»Mach sie hinter dir wieder zu!«, schrie sie.

Mark hatte keine Ahnung, was sie bezweckte, bis er sich umblickte und die drei Quigs durch das Zimmer auf sich zustürmen sah. Sie waren durch die Tür hereingekommen, die Courtney offen gelassen hatte. Mark war mit einem Satz aus dem Zimmer und zog die Tür hinter sich zu, als auch schon – *Krach! Krach! Krach!* – alle drei Quigs in vollem Lauf dagegenprallten. Mark stand jetzt dort, wo eben noch die drei Quigs gestanden hatten, und umgekehrt. Er begriff immer noch nicht, was Courtney sich bei diesem Manöver dachte.

Courtney rannte unbeirrt weiter auf den Flur hinaus, auf demselben Weg, auf dem die Quigs sie gerade verfolgt hatten. Ihr war klar: Entweder ihr Vorhaben gelang oder sie servierte sich selbst zum Mittagessen. Sie rannte durch das dritte Schlafzimmer bis zu der Verbindungstür zum zweiten. Ihr Plan bestand darin, die Quigs im mittleren Zimmer einzusperren.

Leider hatten die Quigs inzwischen Lunte gerochen. Sie ließen von der Tür ab, die sie gerade einzurennen versuchten, und wandten sich wieder der zu, durch die sie hereingekommen waren. Aber Courtney war schneller. Sie packte den Türknauf, rief: »Gute Nacht, Jungs!«, und schlug die Tür zu, sodass die Quigs in der Falle saßen. Wieder warfen sich die blutrünstigen Bestien wie rasend gegen die Tür.

Mark spähte ins Zimmer. »Könnten wir jetzt bitte von hier verschwinden?«, erkundigte er sich.

Die beiden Freunde rannten über die Treppe zurück ins Erdgeschoss. Gerade als sie durch das zerbrochene Fenster wieder ins Freie klettern wollten, hielt Mark inne.

»Sieh mal!«, rief er aus und hielt die Hand mit seinem Ring hoch. Das Symbol leuchtete wieder. »Was auch immer es ist – es muss hier unten sein … oder *da* unten«, fuhr er fort und deutete auf die Tür zum Kellergeschoss.

»Vergiss es! Die Biester können jeden Moment –«

Mark hörte gar nicht zu. Er rannte zur Kellertür und öffnete sie. Tatsächlich – das Leuchten an seinem Ring wurde noch heller.

»Es *ist* da unten!«

»Wenn die Quigs rauskommen, sitzen wir in der Falle«, warnte Courtney. Zu spät, denn Mark war bereits auf dem Weg die Treppe hinunter. Courtney lief ihm nach. Diesmal achtete sie darauf, die Tür hinter sich zuzumachen ... für alle Fälle.

Der weitläufige Keller sah nicht anders aus als vorhin, nur dass aus Marks Ring jetzt gleißendes Licht strahlte.

»Hier muss es sein!«, verkündete Mark mit Überzeugung.

»Hier ist aber nichts«, sagte Courtney. »Wir haben doch schon überall nachgesehen!«

Von oben ertönte ein grauenhaftes Geräusch: Die Quigs polterten die Treppe aus dem Obergeschoss herunter. Offenbar waren sie aus dem Schlafzimmer entkommen. Mark und Courtney blickten angstvoll zur Decke auf. Mark wollte gerade etwas sagen, doch Courtney legte den Finger an die Lippen um ihn zum Schweigen zu bringen. Stumm standen die beiden Freunde da und wagten nicht, sich zu rühren. Wenn sie Glück hatten, würden die Quigs sie nicht finden.

Krach!

Anscheinend hatten sie kein Glück. Die Quigs witterten sie und versuchten nun die Kellertür einzurennen.

»Wir müssen einen Weg nach draußen finden«, sagte Courtney mit zitternder Stimme.

»Nein!«, protestierte Mark. »Erst müssen wir rauskriegen, was hier unten ist.« Er blickte sich um, dann steuerte er auf die Tür zum Weinkeller zu und stieß sie auf.

Krach! Krach!

Die Quigs warfen sich in fürchterlicher Raserei gegen die Tür. Sie schienen noch wilder als zuvor.

»Sie wissen, wir sind ganz dicht dran«, stellte Mark fest. »Sie wollen nicht, dass wir es finden.«

In diesem Moment entdeckte Courtney etwas, das ihnen bisher nicht aufgefallen war: An einer Wand hing von der Decke bis zum Boden ein zerschlissener Vorhang. Als sie ihn beiseite schob, kam eine weitere Tür zum Vorschein. Courtney riss sie hastig auf und stieß einen Freudenschrei aus. Tageslicht flutete in den Keller.

»Gerettet! Hier ist ein Ausgang! Mark, komm schnell!«

Mark ignorierte sie. Er stieß die Tür zur Werkstatt auf, wo jedoch nichts Ungewöhnliches zu sehen war.

»Komm schon, Mark!«, drängte Courtney.

Knirsch!

Die Kellertür begann zu splittern. Noch ein paar Anläufe und sie würde nachgeben ... und dann kämen die Quigs.

»Mark!«, kreischte Courtney in heller Panik.

Mark hatte nicht vor, den Rückzug anzutreten. Nicht jetzt, nicht so kurz vor dem Ziel. Gerade als er die nächste Tür öffnen wollte, die zum Wurzelkeller, spürte er etwas Seltsames. Er starrte ungläubig auf seine Hand hinab und verzog das Gesicht vor Schmerz.

»Autsch!«

Courtney rannte zu ihm. »Was ist los?«

KRACH!

Die hölzerne Kellertür brach aus den Angeln und stürzte polternd die Treppe herunter. Die Quigs hatten freie Bahn.

»Er ist glühend heiß!«, schrie Mark und riss sich den Ring vom Finger.

Courtney sah sich um und stellte fest, dass die Quigs zum letzten, tödlichen Ansturm ansetzten. »Jetzt wird's schmerzhaft«, war alles, was sie herausbrachte.

Mark warf den heißen Ring auf den Boden. Augenblicklich drang ein hoher Ton daraus hervor. Kein schriller

Lärm, von dem einem die Ohren wehtaten, sondern eher ein Durcheinander hoher, melodischer Töne, die alle zugleich erklangen.

Courtney klammerte sich an Mark. Mark klammerte sich an Courtney. Sie wandten sich zu den heranstürmenden Quigs um und ...

Die Bestien hatten innegehalten. Die drei grässlichen Hunde standen da, die gelben Augen noch immer starr auf die beiden Freunde gerichtet. Doch sie legten die Köpfe schief, als ob die merkwürdigen Klänge sie irritierten. Im nächsten Moment machten alle drei kehrt, kniffen die Schwänze ein und flüchteten verängstigt winselnd die Treppe hinauf.

Als sich Mark und Courtney wieder dem Ring zuwandten, stellten sie fest, dass er sich bewegte. Diesmal dehnte er sich nicht aus, sondern begann sich zu drehen. Erst langsam, dann immer schneller kreiselte er um die eigene Achse, bis er so schnell herumwirbelte, dass er zu verschwimmen schien. Die hohen Töne wurden lauter.

»Sieh mal!« Mark deutete auf die Tür zum Wurzelkeller.

Courtney blickte auf. Die Tür vibrierte in den Angeln. »Dahinter muss irgendwas sein«, hauchte sie.

»Scheint, als ob es rauswill«, ergänzte Mark.

Durch die Türritzen drang jetzt ein Lichtschein, der immer heller wurde. Was immer sich auf der anderen Seite befand, es leuchtete so strahlend, dass Mark und Courtney blinzeln mussten, obwohl das Licht nur durch die schmalen Spalten sickerte. Die eigenartigen Klänge, die der Ring von sich gab, wurden noch durchdringender. Sie waren jetzt so laut, dass sich die beiden Freunde die Ohren zuhalten mussten. Zugleich schien das Licht immer gleißender durch die Türritzen. Die Tür bebte heftiger. Mark rechnete jeden Moment damit, dass sie aus den Angeln sprang.

Und dann geschah das Allerunglaublichste: Während

253

der Ring weiterrotierte, drang daraus ein Laserstrahl hervor, der in Kopfhöhe auf die Holztür gerichtet war. Fassungslos sahen Mark und Courtney zu, wie an der Stelle, wo der Strahl auf die Tür traf, Rauch aufstieg, als ob die Tür Feuer zu fangen drohte.

Gleich darauf verschwand all das, als ob jemand den Stecker herausgezogen hätte. Alles – der Laserstrahl aus dem Ring, das gleißende Licht aus den Türritzen, die eigenartigen, durchdringenden Klänge. Auch der Ring hörte auf zu rotieren. Langsam drehte er sich noch ein letztes Mal um sich selbst, dann kippte er mit einem leisen metallischen *Ping!* um und blieb reglos liegen. Es war vorbei. Alles war wieder wie zuvor.

Alles – bis auf eine Kleinigkeit.

»O Mann«, hauchte Courtney ehrfürchtig.

Mark folgte ihrem Blick. Zuerst verstand er nicht, warum sie so entgeistert die Tür zum Wurzelkeller anstarrte, doch dann sah er es. Auf der Tür, genau an der Stelle, auf die der Laserstrahl gezielt hatte. Kein Zweifel – sie hatten so etwas schon einmal gesehen und viele Male darüber gelesen.

Es war ein Stern. Das Zeichen der Flumetore.

Mark bückte sich nach dem Ring und hob ihn auf. Das Symbol leuchtete jetzt nicht mehr und das Metall war kühl genug, dass er es anfassen konnte. Der Ring hatte seine Aufgabe erfüllt. Courtney ging zu der Tür und fuhr mit dem Finger über das geschwärzte Symbol.

»Es ist noch heiß«, stellte sie fest. Dann wandte sie sich zu Mark um und fragte: »Ist es möglich …?«

»Mach die T-tür auf«, stammelte Mark. »Mir zittern die Hände.«

Courtney griff nach dem Türknauf. »Mir auch.«

Mark legte seine Hand auf Courtneys und gemeinsam öffneten sie die Tür.

Der Raum sah kaum anders aus als vorhin – groß und

254

leer, mit einem Lehmfußboden, und unter der hölzernen Decke hingen vereinzelt getrocknete Kräuter. Es war kühl, wie es in einem unterirdischen Wurzelkeller eben zu sein hatte. Alles schien genauso wie zuvor, als sie mit den Polizisten hier gewesen waren, bis auf eine Kleinigkeit: Der Felsen, aus dem die gesamte Rückwand des Raumes bestanden hatte, war verschwunden.

Mark und Courtney starrten atemlos auf die Stelle, wo sich statt der Felswand jetzt eine zerklüftete Höhle befand.

Unverkennbar ein Flume.

Keiner der beiden Freunde brachte ein Wort heraus. Sie standen wie angewurzelt da und blickten in die endlose Tiefe des Tunnels. Schließlich brach Mark das Schweigen.

»G-glaubst du, d-das heißt, die Zeit ist jetzt reif dafür, dass wir Akoluthen werden?«

Courtney brauchte noch einen Moment um sich aus der Erstarrung zu reißen, dann begann sie zu lachen. »Ja«, stieß sie zwischen dem Gelächter hervor, »ich würde sagen, das hier ist ein ziemlich eindeutiges Zeichen.«

Mark ließ sich von ihrer Heiterkeit anstecken und die beiden fielen sich lachend in die Arme. Sie wussten nicht, was die Zukunft für sie bereithielt, aber eins war sicher: Sie brauchten sich nicht länger darauf zu beschränken, als unbeteiligte Zuschauer Bobbys Berichte zu lesen. Ab sofort steckten sie selbst mit drin.

Und dann zuckte plötzlich Marks Ring. »O-oh.« Er hielt die Hand hoch.

»Was kommt denn jetzt?«, rief Courtney aus. »Ich weiß nicht, ob ich heute noch viel mehr Turbulenzen verkrafte.«

Doch was nun geschah, war vertraut und ungefährlich. Der graue Stein in der Fassung begann zu leuchten. Mark nahm ihn ab und legte ihn auf den Lehmfußboden. Diesmal dehnte sich der Ring aus und öffnete einen Tunnel zu fremden Territorien. Die anschwellenden Klänge und das gleißende Licht erfüllten den Raum und umfingen Mark und Courtney wie eine warme Umarmung. Nach einem letzten Aufblitzen erstarben die Töne und der Ring nahm wieder seine normale Größe an.

Neben ihm lag ein silberner Projektor mit Bobbys nächstem Journal.

»Hobey-Ho«, flüsterte Mark.

Fünfzehntes Journal

Veelox

Wir waren startklar.

Loor und ich standen in unseren dunkelgrünen Overalls vor der Wand mit den drei runden Stahlplatten in der Jump-Kabine des Alpha-Cores. Loor hatte den Blutscan über sich ergehen lassen und trug nun ebenso wie ich einen Controller am Handgelenk. Allerdings war mein Vertrauen in diese Dinger seit den Ereignissen in meinem letzten Jump schwer erschüttert.

Unsere Sicherheit lag in Aja Killians Händen. Sie hatte das Alpha-Grid, über das Zetlins Jump lief, wieder online gebracht. Jetzt würde sie unseren Jump in Zetlins Fantasie überwachen und uns da rausholen, falls irgendwas schief ging. So weit jedenfalls unser Plan. Wenn wir erst einmal in Dr. Zetlins Jump steckten, konnte es natürlich passieren, dass der Reality Bug seine eigenen Pläne mit uns hatte.

»Noch Fragen?«, erkundigte sich Aja, die in der Tür zur Jump-Kabine stand.

»Nein«, antwortete Loor ruhig.

Was hätte Loor auch fragen können? Dieses Mädchen stammte aus einem Territorium primitiver Stammeskrieger. Die Vorstellung, sich in die Fantasie eines anderen Menschen versetzen zu lassen, war für sie so abgedreht wie ... tja, ich bezweifle ernsthaft, dass es irgendwas gibt, was auch nur annähernd so abgedreht sein könnte.

Aja verschwand wieder im Alpha-Core und setzte

sich in den großen Sessel. Sie drückte mehrere Tasten auf der Schalttafel, die in die Armlehne eingelassen war. Zwei der drei Verschlussplatten an der Wand glitten zur Seite und die Liegen fuhren langsam aus den Röhren heraus. Die mittlere Röhre blieb verschlossen – die, in der Dr. Zetlin lag. Es war eine unheimliche Vorstellung, dass sich darin ein Mensch befand und wir im Begriff waren, in seine Vorstellung einzudringen.

Ich hoffte, es möge genügend Platz für uns alle sein.

»Leg dich auf die Liege«, wies ich Loor an. »Und entspann dich.«

Sie befolgte meine Anweisungen. Loor vertraute mir. Mann, ich hoffte inständig, dass das kein Fehler war. Ich ging noch einmal in den Nebenraum zu Aja.

»Hast du irgendeinen Tipp, wie wir ihn finden sollen?«, fragte ich.

Aja runzelte die Stirn. »Tut mir Leid, Pendragon«, entgegnete sie, »das hängt ganz von der Fantasie ab, die er geschaffen hat.«

Sie zeigte mir ein Bild – eine ältere Version des Jungen auf dem Ölgemälde draußen in der Halle. Er sah kein bisschen einzigartig aus, einfach nur wie ein kluger alter Mann. Er hatte eine Glatze und trug eine Brille mit kleinen runden Gläsern. Ich prägte mir sein Gesicht gründlich ein.

»Ich brauche also nichts weiter zu tun als ihn nach dem Passwort zum Ursprungscode zu fragen, richtig?«, vergewisserte ich mich.

»Genau. Sag ihm, dass das Hauptgrid offline genommen wurde, weil im Programmablauf Fehler aufgetreten sind. Sag ihm, wir müssen den Code säubern.«

»Passwort zum Ursprungscode, Fehler im Programmablauf, den Code säubern – alles klar.«

»Ich bezweifle, dass er das Passwort so ohne weiteres preisgibt«, fügte Aja hinzu. Sie warf über meine

258

Schulter einen Blick auf Loor, die jetzt reglos auf der Liege lag. »Möglicherweise müsst ihr ihn zwingen seinen Jump zu beenden.«

»Erst mal müssen wir ihn überhaupt finden«, erwiderte ich.

»Auch das.«

Etwas machte mir Sorgen und ich musste es ansprechen. »Aja, wenn der Reality Bug zuschlägt, bist du womöglich auch in Gefahr. Ich meine ... denk dran, was Alex zugestoßen ist.«

Aja zuckte die Schultern und entgegnete trocken: »Ich bin aber nicht Alex.«

Dieses Mädchen musste man einfach lieben. An Selbstvertrauen fehlte es Aja jedenfalls nicht.

»Pass auf dich auf«, sagte ich. Dann wandte ich mich ab und ging zu meiner Jump-Röhre.

»Pendragon!«, rief Aja mir nach. Ich blieb in der Tür stehen und drehte mich zu ihr um.

»Ich bin froh, dass du da bist«, sagte sie.

Das war das Netteste, was ich von Aja Killian jemals zu hören bekommen hatte.

»Wir kriegen das hin, Aja«, versicherte ich ihr und bemühte mich ebenso zuversichtlich zu klingen wie sie.

»Uns wird nichts anderes übrig bleiben«, sagte sie.

Womit sie Recht hatte. Wenn es noch Hoffnung geben sollte, Veelox vor sich selbst und vor Saint Dane zu retten, mussten wir den Reality Bug restlos entfernen. Ich ging in die Jump-Kabine und blickte auf Loor hinunter.

»Was muss ich jetzt machen, Pendragon?«, wollte sie wissen.

»Gar nichts«, antwortete ich. »Entspann dich. Die Liege wird eingefahren, es wird für ein paar Sekunden dunkel und dann sind wir zusammen im Jump.« Ich fragte zu Aja hinüber: »Stimmt's?«

»Genau«, bestätigte Aja. »Und ich überwache das Ganze auf dem Monitor.«

Ich schwang mich auf die Liege und machte es mir bequem. Mein Herz schlug schneller. Zeit für den Anpfiff.

»Hobey-Ho, los geht's!«, rief ich.

»Aja? Worauf soll ich mich gefasst machen?«, fragte Loor. Ich nahm eine leichte Anspannung in ihrer Stimme wahr. Loor war der furchtloseste Mensch, den ich je getroffen hatte, aber das hier war selbst ihr unheimlich.

Aja antwortete nur mit zwei schlichten Worten: »Auf alles.«

Komisch. Das war genau das, wovor ich *Angst* hatte. Vor allem.

Ein grelles Licht blendete mich und ich hielt mir schützend die Hand vor die Augen. Mein erster Gedanke war, dass etwas schief gelaufen sein musste und ich irgendwo im Nichts schwebte, zwischen Wirklichkeit und Fantasie. Doch im nächsten Moment wurde mir klar, was geschehen war.

Ich starrte geradewegs in die Sonne.

Hastig sah ich mich um und erkannte, dass ich auf festem Erdboden stand. Entwarnung – im Nichts gab es garantiert weder Sonne noch Erdboden. Nach ein paar Sekunden gewöhnten sich meine Augen an die Helligkeit, sodass ich die Umgebung wahrnahm. Ich stand mitten in einem felsigen Canyon. Zu beiden Seiten ragten die Wände der Schlucht steil in die Höhe. In der Ferne beschrieb der Canyon ein paar sanfte Biegungen, ehe er in saftiges Grasland überging. Noch weiter entfernt standen Berge mit schneebedeckten Gipfeln. Nicht schlecht – Dr. Zetlins Fantasie spielte sich an einem warmen, sonnigen Tag in herrlicher Landschaft ab.

»Wo sind wir, Pendragon?«, fragte Loor.

Ach ja, Loor. Die hätte ich fast vergessen. Ich fuhr herum und sah, dass sie dicht hinter mir stand. Grinsend begrüßte ich sie: »Howdy, Cowgirl.«

Loor blickte mich an, als wollte sie sagen: »Was zum Teufel redest du da?«

Was ich ihr nicht verdenken konnte, aber ich hatte einfach nicht widerstehen können, denn Loor war tatsächlich wie ein Cowboy gekleidet. Beziehungsweise wie ein Cowgirl eben. Oder eine Cow-Reisende. Wie auch immer, jedenfalls trug sie Bluejeans, ein dunkelrotes Hemd und schwarze Cowboystiefel. Ihr langes schwarzes Haar war straff zu einem Pferdeschwanz zurückgebunden, der ihr weit über den Rücken hinabhing. Um die Stirn hatte sie ein gerolltes schwarzes Tuch gebunden. Sie sah großartig aus.

Ich trug eine ganz ähnliche Aufmachung: Bluejeans, ein dunkelgrünes Hemd und schwarze Stiefel, die denen von Loor glichen. Ich hatte sogar ein Halstuch um. Dr. Zetlins Fantasie spielte offenbar mitten im Wilden Westen – was die kuriose Frage aufwarf, ob es auf Veelox überhaupt jemals einen Wilden Westen gegeben hatte. Offenbar schon, schließlich standen wir mittendrin.

Loor ging in die Hocke, grub mit der Hand in der trockenen Erde und ließ sie durch die Finger rieseln.

»Das ist echt«, stellte sie fest. »Wie kann das sein?«

»Es ist echt, weil unser Verstand uns sagt, dass es so ist«, antwortete ich. »Oder Zetlins Verstand.«

Loor richtete sich erneut auf und sah sich in dem Canyon um. »Das hier sind die Gedanken von diesem Zetlin?«

»Ja«, bestätigte ich. »Er muss sich als Junge gewünscht haben ein Cowboy zu werden.«

»Was ist ein Cowboy?«, wollte Loor wissen.

Ehe ich antworten konnte, nahm ich ein Geräusch wahr, das wie weit entferntes Donnergrollen klang.

»Hörst du das?«, fragte ich Loor.

Ihr Gesichtsausdruck verriet mir, dass sie es hörte. Wir standen beide da und lauschten, während das Grollen stetig lauter wurde.

»Es kommt von dort«, stellte Loor fest und deutete tiefer in den Canyon hinein.

Ein Stück entfernt machten die Felswände eine scharfe Biegung, sodass wir nicht sehen konnten, was auf der anderen Seite lag. Aber Loor hatte Recht: Was auch immer dieses Geräusch verursachte, es befand sich hinter der Kurve und kam offenbar näher. Ich warf einen raschen Blick in die andere Richtung. Der Eingang zum Canyon musste fast einen Kilometer entfernt sein.

»Da!«, rief Loor.

Als ich mich wieder umwandte, sah ich eine gewaltige braune Staubwolke um die Biegung des Canyons ziehen. Was war da im Anmarsch? Ein Unwetter? Ein Bergrutsch? Godzilla? Die Felswände warfen das immer lauter werdende Grollen zurück. Das klang gar nicht gut. Hastig sah ich mich nach einem Unterschlupf oder einer Fluchtmöglichkeit um, aber wir waren zu beiden Seiten von steilen, lückenlosen Felsen eingeschlossen. Unmöglich, daran hochzuklettern. Wenn uns hier Gefahr drohte, gab es nur einen Ort, an dem wir sicher waren: außerhalb des Canyons ... einen Kilometer entfernt.

Ohne die Biegung der Schlucht aus den Augen zu lassen ging ich ein paar Schritte rückwärts in die entgegengesetzte Richtung.

»Ich glaube, wir sollten zusehen, dass wir hier rauskommen«, sagte ich.

»Wenn sich all das in Dr. Zetlins Kopf abspielt, sind wir dann in Gefahr?«, erkundigte sich Loor.

»Das kommt ganz drauf an«, erwiderte ich.

»Worauf?«

»Darauf, was gleich da um die Ecke kommt.«

Eine Sekunde später war das Rätsel gelöst. Aus dem Canyon raste in vollem Lauf eine Rinderherde – mindestens tausend Tiere – auf uns zu.

»Eine Stampede!«, schrie ich. »In Deckung!«

Loor und ich machten kehrt und rannten vor den heranstürmenden Tieren davon. Mit einem Blick über die Schulter stellte ich fest, dass die dicht gedrängte Herde beinahe die gesamte Breite der Schlucht einnahm. Die Tiere schnaubten mit weit aufgerissenen Augen. Ich wette, die vordersten Rinder hatten genauso viel Angst wie wir beide. Wenn eins von ihnen stürzte, würden die nächsten es niedertrampeln. Stehen bleiben kam nicht infrage. Sie rannten um ihr Leben – so wie wir.

»Was ist das?«, fragte Loor keuchend. »Fressen die Fleisch?«

»Nein, aber wenn sie uns einholen, bleibt von uns auch nichts mehr übrig, was sie fressen könnten.«

Keine Zuflucht weit und breit – wir mussten aus diesem Canyon raus! Aber das Ende war zu weit entfernt. Dieser rasenden Herde davonzulaufen war völlig unmöglich. Ich blickte mich noch einmal um und stellte fest, dass die Rinder schnell aufholten. Es war, als ob wir versuchten vor einer Lawine wegzurennen – aussichtslos. Schon spürte ich die ersten Sandkörnchen aus der Staubwolke im Nacken. In wenigen Sekunden würden wir überrannt und in den Boden gestampft werden.

»Da!«, schrie Loor plötzlich.

Sie deutete ein Stück voraus auf die Felswand, an der von irgendwo weiter oben eine einzelne dürre Ranke herabhing.

Loor rannte darauf zu. »Mir nach!«

Es war nur *eine* Ranke. Selbst wenn sie stark genug war – worauf ich nicht gewettet hätte –, blieb kaum genügend Zeit, damit *einer* von uns daran hochklettern konnte. Die Herde würde uns jeden Moment einholen.

»Steig auf meinen Rücken!«, befahl Loor.

Was? War sie verrückt geworden?

»Mach schon!«, drängte sie und packte die Ranke.

Jetzt war kein guter Zeitpunkt für Diskussionen. Ich spürte, wie der Boden unter den zahllosen Hufen bebte. Loor packte die Ranke und ich packte Loor und schlang die Arme um ihren Hals. Sie kletterte Hand über Hand, die Stiefel gegen den Felsen gestemmt, als liefe sie daran hoch. Ich hing an ihrem Rücken und hoffte, dass ihre Kraft ausreichte und die Ranke unser Gewicht hielt.

Die Rinderherde hatte inzwischen aufgeholt, aber wir befanden uns bereits in sicherer Höhe. Die Tiere stürmten mit donnernden Hufen nur eine Handbreit unter uns vorbei ohne uns überhaupt wahrzunehmen. Ich spürte die Wärme, die von ihren Körpern aufstieg. Oder vielleicht war mir selbst der Schweiß ausgebrochen.

»Kannst du noch?«, fragte ich Loor.

Loor nickte nur – kein Problem. Ich fühlte die starken Muskeln ihrer Schultern und Arme. Wie kam ich nur dazu, an ihr zu zweifeln – für sie war das hier ein Klacks. Jetzt hing alles davon ab, dass die Ranke hielt, bis die Herde vorbei war.

Der Ansturm der Rinder schien endlos. Wahnsinn, wie riesig diese Herde war. Schließlich – nach einer Ewigkeit, wie mir schien – ließ das Gedränge nach, sodass nicht mehr die ganze Breite der Schlucht ausgefüllt war.

Und dann riss die Ranke. Loor und ich stürzten zu Boden. Zum Glück dämpfte ich Loors Fall. Das heißt, zu *ihrem* Glück. Für mich war es weniger toll, denn sie landete mit voller Wucht auf mir, sodass mir die Luft wegblieb. Uff! Ich brauchte ungefähr eine Minute um wieder zu Atem zu kommen, aber was machte das schon – wir hatten überlebt. Als ich aufblickte, sah ich ein paar vereinzelte Rinder hinter der Herde hertrotten. Das Donnergrollen der Hufe verklang in der Ferne. Am Eingang des Canyons verteilte sich die Herde im grünen Weideland.

»Wie fühlst du dich?«, erkundigte sich Loor. Sie saß auf dem Boden und war von dem ganzen Drama kaum außer Puste.

»Ich fühle mich wie ein Genie«, antwortete ich.

»Ein Genie?«

»Wir sind gerade mal seit zwei Minuten hier und du hast mir schon den Hals gerettet. Ich wusste doch gleich, dass es gut wäre, wenn du mitkommst. Danke, Loor.«

Loor stand auf und half mir auf die Beine. Wir klopften uns gerade den Staub von den Kleidern, als wir eine Stimme hörten: »Was zum Geier macht ihr zwei denn hier?«

Als wir aufblickten, sahen wir zwei Cowboys auf uns zureiten. Eindeutig Wildwest-Typen, von den Cowboyhüten über die Lederchaps bis hin zu den eingerollten Seilen, die an den Sattelhörnern hingen.

Keiner der beiden sah aus wie Dr. Zetlin.

Der eine fragte: »Alles okay mit euch?«

»Klar, alles in Ordnung«, behauptete ich.

»Wir haben den ganzen Canyon durchsucht, bevor wir die Herde durchgetrieben haben«, sagte der andere Cowboy. »Wo kommt ihr zwei so plötzlich her?«

»Wir müssen wohl reingekommen sein, direkt nachdem Sie nachgesehen hatten«, erwiderte ich. Was in gewisser Weise ja sogar stimmte.

»Ihr hättet tot sein können. Was macht ihr hier oben?«

»Wir suchen jemanden«, erklärte ich.

»Hier oben? Am Pass?«, fragte der erste Cowboy völlig verwirrt.

»Tja, also … wir haben uns wohl verirrt«, druckste ich herum. »Er heißt Zetlin. Kennen Sie ihn?«

Der erste Cowboy drehte sich zu seinem Kollegen um. »Ist das nicht der Bursche, der unten in Old Glenville wohnt?«

»Kann schon sein«, erwiderte der andere schulterzuckend.

Der erste Typ wandte sich wieder Loor und mir zu und erklärte: »Unten im Ort wohnt ein Mann. Könnte der sein, den ihr sucht. Habt ihr da schon nachgesehen?«

»Nein«, antwortete ich aufgeregt. »Können Sie uns den Weg zeigen?«

»Klar«, entgegnete er. »Wo habt ihr eure Pferde?«

Loor und ich blickten uns ratlos an und zuckten die Schultern.

»Verloren«, sagte ich. Wow, hätte ich mir vielleicht eine noch lahmere Ausrede ausdenken können?

»Ihr habt eure Pferde verloren?«, rief der zweite Cowboy aus. »Wie habt ihr denn das fertig gebracht?«

»Ist 'ne lange Geschichte«, wehrte ich ab. »Aber wir können ja laufen.«

»Das ist zu weit«, widersprach der erste Cowboy. »Wir leihen euch Pferde.«

»Wirklich? Das wäre großartig.«

»Steigt auf«, forderte uns der zweite auf.

Loor und ich schwangen uns jeweils hinter einem der Cowboys aufs Pferd und los ging's in lockerem Trab. Besonders bequem war es nicht, aber allemal besser als zu laufen.

Als wir den Eingang zum Canyon erreichten, bot

266

sich uns ein atemberaubender Ausblick auf eine Gebirgslandschaft. Hinter der trockenen, felsigen Schlucht erstreckte sich nach allen Seiten üppiges Weideland mit sanften Hängen, so weit das Auge reichte. In der Ferne ragten gewaltige Berge auf. So hatte ich mir die Rocky Mountains immer vorgestellt, auch wenn ich sie noch nie selbst gesehen hatte. Ein weiterer Beleg dafür, dass es auf Veelox so aussah wie auf Zweite Erde. Oder wenigstens ein Beleg dafür, dass es in Dr. Zetlins Fantasie so aussah wie auf Zweite Erde. Wie auch immer, jedenfalls war es ein umwerfender Anblick.

Die beiden Cowboys ritten mit uns zu einem Wagen, wo zwei weitere Pferde angebunden standen. Während sie diese sattelten, erklärten sie uns, dass sie die Herde gerade für den Winter hereinholten. Da sie oft wochenlang oben in den Bergen blieben, hatten sie immer vier Pferde dabei. Falls sich mal eins verletzte, wollten sie nicht extra in die Stadt zurückkehren müssen um Ersatz zu holen. Aber jetzt war die Aktion fast zu Ende, sodass sie uns diese beiden Tiere ohne weiteres leihen konnten. Wir sollten sie einfach beim Schmied in der Stadt lassen, wo sie sie in ein paar Tagen abholen würden.

Mann, diese Typen waren wirklich vertrauensselig. Aber schließlich spielte sich all dies in Dr. Zetlins Fantasie ab. Vielleicht kamen in seinen Jumps nur vertrauenswürdige Leute vor.

Ich war im Ferienlager schon ein paarmal geritten, sodass ich durchaus in der Lage war, auf ein Pferd zu steigen und in gemächlichem Tempo zu reiten. Allerdings wusste ich nicht, wie es mit Loor stand – konnte sie überhaupt reiten? Die Frage erübrigte sich, als sich Loor gekonnt in den Sattel schwang, kurz an den Zügeln ruckte und ihr Pferd dazu brachte, sich erst in die

eine, dann in die andere Richtung im Kreis zu drehen.
Angeberin. Ich hätte es wissen müssen.

»Folgt dem ausgetretenen Pfad, der vom Pass ins Tal
runterführt«, wies uns der erste Cowboy an. »Ihr könnt
ihn gar nicht verfehlen, er wird viel benutzt. Auf diesem Weg kommt ihr noch vor Sonnenuntergang in der
Stadt an.«

»Vielen Dank«, sagte Loor.

»Ja, Sie waren wirklich unsere Rettung«, schloss ich
mich an.

»Ach Quatsch«, wehrte der zweite Cowboy ab. »Das
ist doch das Mindeste, was wir tun können, nachdem
wir euch vorhin im Canyon beinahe umgebracht hätten.«

Nach ein paar weiteren Dankesworten machten
Loor und ich uns auf den Weg zur Stadt. Es war ein
herrlicher Ritt. Der Weg war nicht zu steil, die Luft
warm und die Aussicht auf die Landschaft einfach fantastisch.

Loor sah wirklich nicht übel aus. Ich musste daran
denken, wie ich seit unserer ersten Begegnung immer
wieder versucht hatte mich vor ihr zu beweisen. Sie
war eine Sportlerin und Kriegerin. Ich hatte gesehen,
wie sie Typen, die doppelt so groß waren wie sie, mit
ein paar Handgriffen außer Gefecht setzte. Verglichen
mit ihr war ich ein totaler Jammerlappen. Dabei war
Loor nicht einfach ein Muskelprotz, sondern besaß außer ihrer körperlichen Stärke auch einen ausgeprägten
Sinn für Richtig und Falsch. Sie war mit Leib und Seele
eine Reisende, rückhaltlos überzeugt von unserer Mission. Dass ihre Mutter im Kampf gegen Saint Dane und
seine üblen Machenschaften ihr Leben gelassen hatte,
schien Loor in ihrer Entschlossenheit noch bestärkt zu
haben. Aber nach allem, was wir durchgemacht hatten,
wusste ich noch immer nicht recht, was Loor wirklich

von mir hielt. Klar, sie stand auf meiner Seite – schließlich waren wir beide Reisende –, und ich wusste, dass sie mich wegen einiger meiner bisherigen Leistungen respektierte, aber ich glaube, weiter gingen ihre Gefühle auch nicht. Für mich war Loor eine gute Freundin. Ich schätze, umgekehrt betrachtete sie mich eher als Teamkollegen.

Vor uns lag ein langer Ritt und es gab eine Menge, worüber ich gern mit ihr reden wollte. Also sagte ich mir, dass dies doch eigentlich eine gute Gelegenheit sei.

»Auf Erste Erde ist nicht alles so toll gelaufen«, begann ich.

»Saint Dane ist gescheitert«, entgegnete sie. »Nur darauf kommt es an.«

»Ist er das wirklich? Wir haben das Territorium gerettet, aber das war nicht mein Verdienst.«

»Und wie hat sich das für dich angefühlt?«, fragte sie.

»Ich bin seitdem entschlossen mich nie wieder von ihm unterkriegen zu lassen«, antwortete ich. »Fest entschlossen.«

Loor blickte mich an und sagte: »Ich kenne dich, Pendragon. Du hast das Herz am rechten Fleck, aber du hattest immer Zweifel an dir selbst und unserer Mission.«

Ich wollte protestieren, musste mir jedoch eingestehen, dass sie Recht hatte.

»Für mich klingt es, als hätte Saint Dane versucht deine Überzeugung zu erschüttern. Aber stattdessen hat er dich dazu gebracht, deine Zweifel über Bord zu werfen und dich ganz und gar auf den Kampf einzulassen. Wenn es so ist, hat er einen schweren Fehler begangen – einen Fehler, den er bereuen wird.«

In diesem kurzen Moment sah ich alles mit unglaublicher Klarheit. Mein Versagen hatte mir schwer zu schaffen gemacht, doch jetzt stellte Loor es so dar, dass meine Schwäche in jenem entscheidenden Moment auf Erste Erde womöglich alles zum Besten gewendet hatte. Meine letzten Zweifel daran, dass ich es wirklich mit Saint Dane aufnehmen wollte, waren verflogen. Onkel Press hatte immer gesagt, in diesem Kampf gehe es um mehr als um eine einzige Schlacht. Verflixt, sogar Saint Dane hatte das gesagt. Nachdem ich mir meine eigene Schwäche vor Augen geführt hatte, war ich jetzt womöglich besser denn je dazu gerüstet, die Sache durchzustehen.

»Ich habe dich vermisst, Loor«, gestand ich. Es wäre schön gewesen, wenn sie etwas Ähnliches erwidert hätte.

Was sie natürlich nicht tat. »Ich bin immer da, wenn du mich brauchst«, entgegnete sie stattdessen. »Und du für mich, das weiß ich. Das ist unsere Bestimmung.«

Okay, nicht gerade eine Erklärung unsterblicher Zuneigung, aber besser als nichts.

Anschließend ritten wir eine lange Zeit ohne viel zu reden. Ich befürchtete schon, die Cowboys hätten uns in die Irre geschickt, als …

»Sieh mal!«, rief Loor aus und deutete nach vorn.

Über ein paar Baumwipfel hinweg waren die Dächer mehrerer Gebäude zu sehen. Das musste Old Glenville sein.

»Wer als Letzter ankommt, bezahlt die Sniggers«, verkündete ich.

»Die *was?*«, fragte Loor verständnislos.

Zu spät. Ich trieb mein Pferd an und jagte im Galopp auf das Städtchen zu. In einem echten Rennen hätte Loor mich garantiert geschlagen, aber ich hatte bereits so viel Vorsprung, dass sie mich unmöglich einholen konnte. Wenige Minuten später ritt ich über die Hauptstraße von Old Glenville.

Es war eine Geisterstadt. Ich zog die Zügel an, und

Loor, die inzwischen aufgeholt hatte, brachte ihr Pferd ebenfalls zum Stehen. Nebeneinander standen wir auf der unbefestigten Straße inmitten der menschenleeren Stadt.

Old Glenville hätte die perfekte Kulisse für einen alten Western abgegeben. Zu beiden Seiten entlang der Hauptstraße standen Reihen zweistöckiger Häuser mit hölzernen Gehwegen davor und Pfosten, an denen man Pferde anbinden konnte. Auf handgemalten Schildern an den Gebäuden las ich Aufschriften wie LEBENS-MITTEL- UND KRAMLADEN, BARBIER UND ZAHN-ARZT, SHERIFF, TELEGRAFENAMT und auf einem stand sogar CORONER. Am Ende der Straße befand sich eine Kirche mit einem hohen Turm, der die übrigen Gebäude weit überragte. Ein typisches entlegenes Wildwest-Städtchen. Das Einzige, was fehlte, waren die Bewohner.

»Wie in Rubic City«, bemerkte ich. »Kein Mensch weit und breit.«

Ich trieb mein Pferd an und wir ritten gemächlich mitten auf der Straße entlang. Dabei lauschte ich auf irgendein Lebenszeichen – vergebens.

»Fehlt nur noch, dass Tumbleweed über die Straße treibt«, kommentierte ich.

»Was ist Tumbleweed?«, erkundigte sich Loor.

Wie aufs Stichwort trieb der Wind einen großen Ball aus braunem, verdorrtem Gestrüpp an uns vorbei. Die ganze Sache kam mir allmählich ausgesprochen seltsam vor, und zwar in mehrfacher Hinsicht. Ich konnte mir ja noch vorstellen, dass ein anderes Territorium genauso aussah wie die Erde, aber dass Veelox sogar die gleiche Geschichte haben sollte wie mein Heimatterritorium, ging entschieden zu weit. Und dennoch glich dieser Ort – Old Glenville – in allen Einzelheiten einem Wildwest-Städtchen, wie es sie früher in Amerika gegeben hatte. Sehr rätselhaft.

»Dort!«, rief Loor und zeigte auf ein Gebäude, das etwas abseits der Straße stand und aussah wie eine Scheune.

An einem Zaun lehnte ein handgemaltes Schild mit der Aufschrift SCHMIED. Die Cowboys hatten gesagt, hier sollten wir die Pferde abgeben. Wir ritten zu der Scheune, trafen aber auch hier keine Menschenseele an. Und was noch merkwürdiger war: Sämtliche Werkzeuge, die ein Schmied brauchte, lagen noch herum, als wären sie kürzlich erst benutzt worden – Hammer, Nägel, Kohlenschütte und so weiter. In der Scheune standen sogar ein paar Pferde in Boxen, doch sie waren offenbar die einzigen Lebewesen weit und breit. Diese Stadt sah aus, als hätten die Bewohner sie gerade erst verlassen.

Wir banden die Pferde an einem Pfosten bei der Scheune an. Ich wollte gerade vorschlagen, den Ort von einem Ende zum anderen zu durchkämmen und jedes einzelne Gebäude zu durchsuchen, als wir etwas Eigenartiges hörten.

»Musik«, stellte Loor fest.

Es war altmodische Ragtime-Klaviermusik – genau die Art von Musik, die man in einer Westernstadt erwartete.

»Ich wette einen Dollar, dass es hier irgendwo einen Saloon gibt«, verkündete ich.

»Was ist ein Saloon?«, fragte Loor.

»Das wirst du gleich sehen.«

Ich war zwar selbst noch nie in einem Saloon gewesen, kannte aber genügend alte Western um zu wissen, dass dort normalerweise Musik gespielt wurde. Und da alles in diesem Städtchen Wildwest-typisch war, zweifelte ich nicht daran, dass wir auch einen Saloon finden würden. Wir gingen also zurück in die Richtung, aus der wir gekommen waren. Je näher wir an die Straße kamen, desto lauter wurde die Musik. Und tatsächlich – auf der anderen Straßenseite entdeckte ich an einem der Häuser ein Schild, auf dem in verschnörkelten, mit Goldfarbe gemalten Buchstaben zu lesen war: OLD GLENVILLE SALOON.

Wir spazierten über die staubige Straße wie zwei Revolverhelden. Die Musik kam eindeutig aus dem Saloon. Beim Näherkommen sah ich eine Schwingtür – wirklich eine klassische Wildwestfilm-Kulisse. Wir erreichten den hölzernen Gehweg und wollten gerade die Stufen hochsteigen, als das Klavierspiel plötzlich aussetzte.

Loor und ich blieben wie angewurzelt stehen.

Gleich darauf hörten wir drinnen einen Stuhl über den Boden scharren. Es klang, als ob jemand vom Tisch aufstand. Anschließend folgte das Geräusch von Schritten, die auf die Schwingtür zugingen – und auf uns.

Wir rührten uns nicht vom Fleck. Wer auch immer dort drin war, wir würden ihn gleich zu Gesicht bekommen. Ich hoffte inständig, es möge Dr. Zetlin sein.

Fehlanzeige.

Als die Schwingtür aufgestoßen wurde, sah ich etwas, das mich ernsthaft zweifeln ließ, ob dies hier Dr. Zetlins Albtraum war … oder meiner. Vor uns in der Tür stand nämlich Saint Dane.

Er war von Kopf bis Fuß schwarz gekleidet und trug zwei sechsschüssige Colts im Gürtel. Seine graue Mähne wallte unter einem schwarzen Cowboyhut hervor. Der Dämon schien uns erwartet zu haben. Er entblößte die gelben Zähne zu einem Grinsen, starrte uns mit seinen eisblauen Augen an und sagte: »Zeit, ein bisschen Leben in dieses ausgestorbene Städtchen zu bringen!«

Fünfzehntes Journal
(Fortsetzung)

Veelox

»Howdy, Pendragon!«, begrüßte mich Saint Dane kumpelhaft, während er sich an einen Pfosten lehnte. »Wie ich sehe, hast du deine kriegerische kleine Freundin mitgebracht. Welch reizende Überraschung!«

Das war doch völlig absurd. Wie konnte Saint Dane in Dr. Zetlins Fantasie vorkommen? Diese Gestalt war kein Hologramm, das einfach nur abgespielt wurde – hier stand Saint Dane in Fleisch und Blut vor uns. Oder vielmehr in Vorstellung und Fantasie. Ich begriff überhaupt nichts mehr.

»Du scheinst überrascht!«, rief er lachend. »Es ist unmöglich und doch bin ich hier. Wie es scheint, hat Ajas Reality Bug Lifelight völlig aus den Angeln gehoben.«

Loor flüsterte mir zu: »Der ist doch nicht real, oder?«

»Realer, als dir lieb sein kann«, antwortete Saint Dane an meiner Stelle.

Er zog einen seiner Revolver, richtete ihn nach oben und drückte ab. Der Knall klang für mich in der Tat sehr real. Im nächsten Moment erschienen aus dem Saloon vier weitere mit Colts bewaffnete Cowboys, die uns im Handumdrehen einkreisten. Diese Typen sahen nicht so nett aus wie die Viehtreiber in den Bergen. Bei ihrem Anblick fiel mir nur ein passendes Wort ein: *Desperados*.

»Wir befinden uns hier in einer Fantasie«, fuhr Saint Dane fort. »Also, amüsieren wir uns doch ein bisschen.«

Er kam die hölzernen Stufen herunter auf uns zu, mit

lässigem Gang, einen Daumen in seinen Munitionsgürtel eingehakt. Offenbar genoss er diese Szene in vollen Zügen. Ganz im Gegensatz zu Loor und mir.

»Der Mann, um den du dir Sorgen machst, Pendragon ... ich weiß, wo er ist«, verkündete er, »und ich werde euch die Chance geben, ihn zu retten.«

Die Sache begann interessant zu werden.

»Retten?«, wiederholte ich.

»Ungefähr eine Meile südlich der Stadt gibt es ein Stauwehr – eine gigantische Mauer, die einen riesigen See zurückhält. Ohne die Staumauer würde dieser Ort hier überschwemmt. Oben auf dem Damm steht ein kleines Steinhäuschen. Dort könnt ihr ihn finden.«

»Ist das alles?«, fragte ich. »So einfach?«

Saint Dane lachte. »Pendragon, ich bitte dich – ist es jemals so einfach?« Er zog eine goldene Taschenuhr hervor und warf einen Blick darauf. »Der Staudamm ist – dank meinen Verbündeten hier – mit Dynamit gespickt. In ungefähr ... hm ... zehn Minuten explodiert das Ganze und dann wird es hier ziemlich nass.«

Mein Adrenalinpegel schnellte in die Höhe. »Du gibst uns also zehn Minuten, um die Hütte zu erreichen und ihn rauszuholen? Habe ich das richtig verstanden?«

»Mit einer kleinen Erschwernis. Ich lasse euch zwei Minuten Vorsprung, dann schicke ich meine Verbündeten los, damit sie euch aufhalten. Na, wird das nicht spannend?«

Saint Dane beugte sich auf Augenhöhe zu mir herunter und zischte: »Auf Erste Erde warst du nicht stark genug zu tun, was du tun musstest. Wie wirst du wohl mit dieser kleinen Herausforderung klarkommen?«

Ohne nachzudenken schnappte ich mir blitzschnell einen der beiden Revolver, die in Saint Danes Gürtel steckten.

»Hübsch, hübsch – du kannst schnell ziehen«, kommentierte er, wobei er wenig überrascht wirkte. »Und jetzt?«

Ich packte Loors Hand und rannte los.

»Jippie-yeah!«, rief Saint Dane uns nach.

Wenn wir den Damm in zehn Minuten erreichen wollten, brauchten wir Pferde.

»Was ist Dynamit?«, erkundigte sich Loor, während wir über die Straße sprinteten.

»So was Ähnliches wie Tak«, rief ich. »Wenn es zündet, bricht der Staudamm zusammen.«

In wenigen Sekunden hatten wir die Scheune des Hufschmieds erreicht. Ich steckte mir hastig den Revolver in den Gürtel und machte mich dann gemeinsam mit Loor daran, die Pferde loszubinden.

»Ist es überhaupt so wichtig, ob diese Stadt zerstört wird oder nicht?«, fragte Loor. »Sie existiert doch gar nicht in Wirklichkeit.«

»Es geht nicht um die Stadt«, wandte ich ein. »Es geht um Zetlin. Wenn ihm etwas zustößt, kommen wir nie an das Passwort und dann wird Lifelight —«

Krach! Peng!

Eine Kugel prallte scheppernd von einem Blecheimer ab, der neben dem Scheunentor an der Wand hing. Sie hatte uns nur knapp verfehlt.

»Die zwei Minuten sind noch gar nicht um!«, schrie ich.

Entweder scherten sich die Revolverhelden nicht darum oder sie konnten die Uhr nicht lesen – jedenfalls ertönten statt einer Antwort weitere Schüsse.

»Schnell da rein!«, kommandierte Loor.

Wir packten die Pferde am Zügel und zerrten sie ins Innere der Scheune. Loor schloss hastig das große Tor. Hier waren wir zwar in Sicherheit, aber dafür saßen wir in der Falle und die Uhr tickte.

»Wie funktionieren diese Krachmacher?«, erkundigte

sich Loor und zeigte auf den Revolver, der in meinem Gürtel steckte.

»Das sind tödliche Waffen. Sie verschießen kleine Metallkugeln. Aber mit diesem hier kann man nur sechsmal schießen und die Typen da draußen haben viel mehr Munition. Und um ehrlich zu sein – ich habe so ein Ding noch nie benutzt.«

Wieder prasselten Kugeln gegen die Scheune. Ein Schuss zertrümmerte eine Fensterscheibe, woraufhin die Pferde panisch wieherten.

»Wir müssen hier raus!«, stieß ich verzweifelt hervor und rannte zu einer Tür in der Rückwand der Scheune. Sobald ich sie öffnete, schlug ein Revolverschuss splitternd in das Holz genau über meinem Kopf ein. Sie hatten uns, wie es im Western immer heißt, umzingelt. Ich machte kehrt und rief Loor zu: »Du bist doch die angehende Kriegerin! Was jetzt?«

Loor war – wen überrascht es? – weit davon entfernt, in Panik zu geraten. Sie blickte sich in der Scheune um, auf der Suche nach etwas, das uns nutzen konnte.

Schließlich sagte sie ruhig: »Die Tiere. Wie hast du das vorhin genannt? Stampede?«

Ich hätte sie knutschen mögen. Es war eine brillante Idee – und völlig verrückt. Außer unseren beiden Pferden standen noch etwa ein Dutzend weitere in den Boxen. Wenn wir sie irgendwie dazu brachten, alle zusammen aus der Scheune zu rennen, konnten wir sie vielleicht als Deckung benutzen. Es war auf alle Fälle einen Versuch wert.

»Wir müssen sie zusammentreiben!«, entschied Loor.

Wir fingen an entgegengesetzten Enden der Scheune an, die Türen der Boxen aufzureißen und die Pferde mit Geschrei hinauszutreiben. Es war ein ganz schön heikles Unterfangen, denn die Tiere waren durch die Schüsse völlig durcheinander, und dass zwei Verrückte zwischen ihnen umherrannten und mit den Armen fuchtelten, beruhigte sie auch nicht gerade. Wir mussten aufpassen – ein schneller Huftritt an den Kopf und schon wäre alles aus.

Nach ein paar chaotischen Sekunden hatten wir alle Pferde in der Mitte der Scheune zusammengetrieben. Sie drängten sich aneinander, scharrten mit den Hufen und wieherten. Offenbar behagte ihnen das Ganze überhaupt nicht.

»Geh zum Tor!«, wies Loor mich an.

Ich bezog am Scheunentor Posten. Loor führte unsere beiden Pferde am Zaumzeug hinter die übrigen.

»Bist du bereit?«, rief sie mir zu.

Ich war bereit. Die Pferde ebenfalls. Sie fingen schon an zu steigen, sodass ich mehrmals nur knapp einem Huf ausweichen konnte.

»Los, jetzt!«, schrie ich.

»Mach das Tor auf!«

Ich riss beide Torflügel weit auf. Loor stieß einen schrillen Pfiff aus und die Pferde stürmten als geschlossene Herde ins Freie.

Mir blieb kaum genug Zeit, beiseite zu springen, um nicht niedergetrampelt zu werden. Loor kam mit unseren Pferden angerannt. Ohne eine Sekunde lang darüber nachzudenken, wie verrückt dieser ganze Plan war, schwang ich mich in den Sattel und wir galoppierten hinter der fliehenden Herde her.

Draußen gerieten wir in ein wüstes Durcheinander aus wild gewordenen Pferden und aufgewirbeltem Staub. Die Tiere rannten von der Schmiede auf die Hauptstraße zu. Loor und ich trieben unsere Pferde an, um möglichst dicht bei der Herde zu bleiben. Dabei duckten wir uns im Sattel in dem Versuch, möglichst wenig Angriffsfläche zu bieten. Ich rechnete jederzeit mit weiteren Schüssen, aber es kamen keine. Wahrscheinlich wollten die Desperados in diesem Chaos nicht ihre Munition vergeuden. Gut für die Pferde, gut für uns.

Nun waren wir im Freien und hatten Reittiere. Was folgte, war ein Wettlauf mit der Zeit. Wir mussten den Staudamm erreichen und Zetlin finden, bevor das ganze Ding in die Luft flog oder die Revolverhelden uns in die Quere kamen.

»In welche Richtung?«, schrie Loor.

Ich überlegte kurz. Wenn wir vom einen Ende her in den Ort gekommen waren, musste sich der Staudamm folglich auf der entgegengesetzten Seite befinden. Also trieb ich mein Pferd an, und los ging's über die Hauptstraße von Old Glenville, in gestrecktem Galopp an der Kirche vorbei und weiter in Richtung Süden. Seite an Seite jagten Loor und ich über die unbefestigte Straße, wie zwei Banditen auf der Flucht.

Mir wurde rasch klar, dass es noch ein weiteres Problem gab. So ungern ich es zugebe – ich bin kein besonders guter Reiter. Bei dieser halsbrecherischen Aktion war mir verflixt mulmig! Die Pferde liefen schnell, was gut war, aber ich wusste kaum, was ich tat. Wenn ich bei diesem Tempo stürzte, würde ich mir garantiert was brechen. Wahrscheinlich den Schädel. Ich packte mit einer Hand die Zügel und klammerte mich mit der anderen verzweifelt am Sattelhorn fest ohne einen Blick zu Loor zu riskieren. Sie ritt viel sicherer als ich. Trotzdem kam es nicht infrage, das Tempo zu verlangsamen – ich hatte zwar keine Ahnung, wie viel Zeit inzwischen vergangen war, aber jede Sekunde zählte.

»Da ist er!«, rief Loor mir zu.

Tatsächlich. Vor uns, noch ein ganzes Stück entfernt, verlief eine gewaltige Staumauer quer durch die ganze Schlucht. Laut Saint Dane stand der Damm eine Meile vor der Stadt, aber durch seine enorme Größe wirkte er viel näher. Ich konnte sogar schon das kleine Steinhäuschen erkennen, das oben in der Mitte stand.

Peng!

Wir waren nicht allein. Ich wagte nicht mich umzudrehen, aus Angst, das Gleichgewicht zu verlieren. Aber Loor riskierte einen Blick.

»Sie kommen«, verkündete sie.

»Wie viele?«, wollte ich wissen.

»Alle. Auch Saint Dane ist dabei.«

Wie reizend.

Wieder ertönten Schüsse. Ich machte mich jeden Moment auf den stechenden Schmerz einer Kugel gefasst, aber anscheinend waren unsere Verfolger noch nicht dicht genug dran um genau zu zielen. Wir mussten dringend dafür sorgen, dass das auch so blieb.

Der Weg teilte sich. Rechts zweigte ein Pfad ab, der an der Wand der Schlucht entlang nach oben führte, zum Rand der Staumauer. In stummem Einverständnis lenkten Loor und ich unsere Pferde in die entsprechende Richtung. Wenig später verengte sich der Weg zu einem schmalen Trampelpfad an der steilen Felswand. Dennoch trieben wir unsere Pferde weiter an. Wir durften nicht riskieren, dass unsere Verfolger weiter aufholten. Als wir eine gewisse Höhe erreicht hatten, fiel der Felsen links von uns steil in die Tiefe ab. Ich ritt voran. Wenn mein Pferd einen falschen Tritt tat ... adiós.

Nach einer Weile führte der Weg in einen Wald. Von beiden Seiten peitschten Zweige auf uns ein, die uns beinahe aus dem Sattel rissen. Dieser Ritt wurde allmählich zu einer schmerzhaften Angelegenheit.

»Wir müssen langsamer reiten!«, rief ich über die Schulter zurück.

Loor und ich zogen die Zügel an und die Pferde fielen in Trab. Durch die Bäume vor uns sah ich, dass wir beinahe die obere Kante des Staudamms erreicht hatten. Vor uns lagen nur noch etwa hundert Meter.

»Gib mir den Krachmacher«, verlangte Loor.

Ich blickte mich um und stellte entsetzt fest, dass sie von ihrem Pferd stieg.

»Was hast du vor? Wir sind fast da!«, protestierte ich.

»Reite weiter«, entgegnete sie. »Du musst Zetlin finden und befreien. Ich halte dir inzwischen die anderen vom Hals.«

Ich sollte Loor allein hier zurücklassen? Kam nicht infrage! »Loor, ich kann doch nicht —«

»Vergeude keine Zeit, Pendragon!«, schrie sie mich an. »Wir müssen Zetlin retten! Nur darauf kommt es an. Gib mir den Krachmacher!«

Ich wäre lieber gestorben. Trotzdem zog ich widerwillig den Revolver aus dem Gürtel und warf ihn Loor zu. Sie beäugte ihn interessiert. Der Anblick machte mich wenig zuversichtlich.

»Du musst ihn am Griff festhalten, mit dem langen, dünnen Ende auf die bösen Jungs zielen und den Hebel da unten drücken«, erklärte ich ihr in aller Eile. »Und halt ihn gut fest, er hat bestimmt einen ziemlichen Rückschlag.«

»Geh!«, befahl sie.

Ich ruckte an den Zügeln, trieb mein Pferd mit den Fersen an und galoppierte auf die Staumauer zu. Als ich mich noch einmal umsah, zog Loor ihr Reittier gerade zwischen die Bäume. Sie legte einen Hinterhalt. Mann, dieses Mädchen hatte Mut. Andererseits ... sie lief nicht Gefahr, mit dem Staudamm in die Luft gejagt zu werden. Ich schon. Ich wusste nicht, was schlimmer war – sich den Desperados zu stellen oder auf dem Staudamm zu stehen, wenn er hochging. Plötzlich tat Loor mir gar nicht mehr so Leid.

Es war höchste Zeit. Ich konnte nicht abschätzen,

wie bald die Sprengladung losgehen würde. Sekunden später ließ ich die Bäume auf der oberen Felskante hinter mir und galoppierte auf den gewaltigen See zu, von dem Saint Dane gesprochen hatte. Gleich links von mir sah ich den Staudamm. Das Steinhäuschen stand ziemlich genau in der Mitte, schätzungsweise fünfzig Meter entfernt. Fünfzig sehr lange Meter. Ich entschied die Strecke zu reiten, weil ich mit dem Pferd schneller war als zu Fuß.

In diesem Moment hörte ich kurz nacheinander mehrere Schüsse. Die Desperados hatten Loor eingeholt. Ich konnte nur hoffen, dass sie auf sich aufpasste und es ihr gelang, die Kerle aufzuhalten, bis ich Dr. Zetlin gerettet hatte.

»Hüa!« Ich gab meinem Pferd einen Klaps auf die Flanke und lenkte es auf die Staumauer hinaus, die nur ungefähr drei Meter breit war. Auf der einen Seite sah ich unter mir Wasser, auf der anderen ging es sehr tief hinab. Ich hielt mich an der Seite mit dem Wasser.

Peng! Peng!

Weitere Schüsse, gefolgt von splitterndem Stein um mich herum. Die Desperados hatten es nicht auf Loor abgesehen, sondern zielten durch die Bäume auf mich. Ich duckte mich im Sattel und flehte mein Pferd an, schneller zu laufen.

Peng! Krach!

Ein Steinsplitter traf mich am Arm. Sie zielten immer besser, aber ich war fest entschlossen mich nicht aufhalten zu lassen. Nicht so dicht vor dem Ziel. Wir hatten uns auf Saint Danes übles Spiel eingelassen und es schon beinahe gewonnen. Ich erreichte das Steinhäuschen, sprang vom Pferd und band es auf der anderen Seite an, sodass mir das Gebäude als Deckung gegen die schießwütigen Banditen diente.

Mein Kopf arbeitete fieberhaft. Was nun? Ich musste Dr. Zetlin da rausholen, mit ihm aufs Pferd und dann ... wohin? Wenn wir auf demselben Weg zurückkehrten, ritten wir den Desperados geradewegs in die Arme. Andererseits konnte ich doch Loor nicht im Stich lassen! Nein, ich hatte keine andere Wahl als weiter über die Staumauer zu reiten, zur anderen Seite der Schlucht. Aber wenn der Damm dann gesprengt wurde, saß Loor mit den Desperados in der Falle.

Es war ein vertrautes, grauenhaftes Gefühl. Ich stand vor einer Entscheidung. Was war wichtiger? Die Zukunft von Veelox oder das Leben meiner Freundin? Das gleiche Dilemma wie bei der *Hindenburg*. Hatte Saint Dane es womöglich die ganze Zeit genau darauf angelegt? Mich wieder in die Situation zu bringen, eine schreckliche Wahl treffen zu müssen, und mich wieder versagen zu sehen?

All das schoss mir in ungefähr drei Sekunden durch den Kopf. Ich wusste wirklich nicht, wie ich mich verhalten sollte. Nur eins wusste ich sicher: Ich durfte nicht zögern. Doch was ich in dem Häuschen vorfand, ließ auf der Stelle alle meine übrigen Sorgen nichtig erscheinen.

»Dr. Zetlin!«, keuchte ich, während ich die Tür aufriss. »Wir müssen von dem Staudamm runter, sonst —«

Als ich den Mann in der Hütte sah, erstarrte ich. Es war nicht Dr. Zetlin, sondern jemand, mit dem ich hier nicht im Traum gerechnet hätte. Aber genau genommen hatte Saint Dane nicht einmal gelogen. Er hatte gesagt, hier drin sei der Mann, um den ich mir Sorgen machte. Was auch tatsächlich stimmte.

Es war Gunny.

»Kleiner!«, rief er aus, als er mich sah. »Was zum Teufel geht hier vor?«

Gunny war mit einem langen Strick an einen Stuhl

gefesselt. Der Schock, ihn hier vorzufinden, lähmte mich im ersten Moment völlig.

»Wie ... was machst du denn hier?«, stammelte ich.

»Saint Dane hat mich k. o. geschlagen und hier eingesperrt! Binde mich los!«

Mein Gehirn rastete wieder ein. Mit ein paar Schritten war ich bei Gunny und begann die Knoten zu bearbeiten. Ich war völlig hin- und hergerissen zwischen Wiedersehensfreude und blankem Entsetzen.

»Du wirst nicht glauben, was passiert ist«, sprudelte ich los. »Das hier ist nicht real. All dies —« Ich stutzte. »Warte mal – wie kannst du überhaupt hier sein? Hat Saint Dane dich in eine Lifelight-Pyramide gebracht?«

Gunny wollte gerade antworten, als ich eine heftige Erschütterung spürte. Es fühlte sich an wie ein kurzes Erdbeben ... nur dass es kein Erdbeben war. Unsere zehn Minuten waren um. Es folgten weitere Erschütterungen, begleitet von donnerndem Lärm. Das Dynamit explodierte und wir hatten keine Chance, rechtzeitig von hier wegzukommen. Der Staudamm würde einstürzen, und zwar mit Gunny und mir zusammen.

Fünfzehntes Journal
(Fortsetzung)

Veelox

»Was ist das?«, fragte Gunny ängstlich.

»Die Staumauer explodiert!«, rief ich. »Saint Dane hat sie mit Dynamit gesprengt!«

Durch den Türspalt sah ich gerade noch, wie mein Pferd die Flucht ergriff. Es hatte sich losgerissen und galoppierte in heller Panik davon. Kluges Pferd. Es wusste, was jetzt kam.

»Bring dich in Sicherheit«, befahl Gunny.

Ich wollte protestieren. Ich wollte schrecklich mutig sein und irgendetwas Heldenhaftes sagen – »Wir schaffen das gemeinsam!« oder so. Aber es blieb nun einmal keine Zeit. Die Sprengladungen rissen die Staumauer auseinander. Der Boden des Häuschens bebte, die Decke kam bereits herunter. In wenigen Sekunden würde es mit dem Staudamm zu Ende sein – und mit uns ebenfalls.

»Lauf, Pendragon«, beschwor Gunny mich.

Es war zu spät. Mir war klar, dass es nur noch eine Möglichkeit gab, mich von diesem einstürzenden Staudamm zu retten. Ich hob den Arm, sodass unter dem Hemdsärmel mein Controller mit den drei rechteckigen Tasten zum Vorschein kam. Die rechte Taste sollte den Jump angeblich beenden. Beim letzten Mal hatte sie nicht funktioniert, aber da mir nun einmal nichts Besseres einfiel, drückte ich sie und betete.

Das Häuschen erzitterte abermals. Wir würden jeden Moment in die Tiefe stürzen.

»Auf Wiedersehen, Kleiner«, sagte Gunny.

Um mich herum wurde es schwarz.

Ich richtete mich mit einem Ruck auf … und stieß mir den Kopf.

»Autsch!«

Im ersten Moment war ich völlig orientierungslos. Außerdem brummte mir der Schädel. Was war geschehen? Gleich darauf begriff ich. Mit leisem Summen glitt die Metallplatte, die die Jump-Röhre verschloss, zur Seite und Licht drang zu mir herein. Ich war wieder in der Lifelight-Pyramide! Die Liege fuhr hinaus in die Jump-Kabine des Alpha-Cores. Mein Controller hatte funktioniert. Ich hatte den Jump beendet. Rasch blickte ich mich um und sah zu meiner Erleichterung Loor, die ebenfalls wohlbehalten auf ihrer Liege aus der anderen Röhre zum Vorschein kam.

»Pendragon! Was ist passiert?«, fragte sie sofort. »Ich habe mit dem Krachmacher auf Saint Dane geschossen und plötzlich wurde alles schwarz.«

Sie atmete schwer und ihre Augen verrieten, wie aufgewühlt sie war. Ich kann ehrlich sagen, dass ich Loor zum ersten Mal richtig erschüttert sah. Tja, sie hatte ja auch allen Grund dazu.

»Ich habe den Jump beendet«, erklärte ich. »Wir sind wieder in der Wirklichkeit. Alles okay mit dir?«

»Ich bin nur etwas durcheinander, aber nicht verletzt«, antwortete sie. »Hast du Zetlin gefunden?«

Mein Blick fiel auf die Röhre zwischen uns, die verschlossen blieb. Zetlin lag noch immer da drin.

»Nein«, erwiderte ich. »Da ist was schief gelaufen.« Ich sprang von der Liege und lief in den Kontrollraum nebenan. »Aja?«, rief ich. »Was war da los?«

Doch Aja war nicht da. Ihr Sessel im Überwachungsraum war leer. Der große Monitor zeigte noch immer Bilder von unserem Jump. Ein grauenhafter Anblick –

gerade stürzte der Staudamm ein. Die Sprengungen hatten die Konstruktion so stark beschädigt, dass sie den gestauten Wassermassen nicht mehr standhielt. Der Damm wurde weggespült wie feuchter Sand. Ich sah, wie das kleine Häuschen in einem Chaos aus berstendem Stein und Wasser versank.

»Gunny«, flüsterte ich.

Dann erlosch der Bildschirm. Der Jump war zu Ende.

»Was ist passiert?«, fragte Loor noch einmal. Sie stand hinter mir und hatte die Bilder der Katastrophe ebenfalls verfolgt. »Wo ist Aja?«

»Ich weiß nicht«, gestand ich.

Mit Loor im Schlepptau machte ich mich auf die Suche nach Aja. Wo konnte sie sein? Warum hatte sie mitten im Jump ihren Überwachungsposten im Stich gelassen? Natürlich schossen mir die verheerendsten Vorstellungen durch den Kopf. Ich fürchtete, sie könne in den Jump mit eingestiegen und darin irgendwie zu Schaden gekommen sein. Was ich mir allerdings noch weniger erklären konnte als Ajas Verschwinden, war die Tatsache, dass Gunny in Zetlins Jump aufgetaucht war. Und schlimmer noch – wenn er sich dort befand, bedeutete das tatsächlich, dass er beim Einsturz des Staudamms umgekommen war? Eine Million Fragen brannten mir auf den Nägeln. Aber am dringendsten mussten wir jetzt erst mal Aja finden.

Wir rannten durch den Core, wo alles genauso war, wie wir es zuletzt gesehen hatten – lauter grüne Bildschirme und weit und breit kein einziger Phader oder Vedder. Leider auch keine Aja. Durch den verglasten Gang eilten wir zu dem Schalter zurück, an dem wir unsere Armband-Controller bekommen hatten. Der gothic-mäßig aussehende Vedder war noch da und wirkte gelangweilt wie eh und je.

»Haben Sie Aja gesehen?«, fragte ich.

»Sie ist vor einer Weile gegangen«, antwortete er. »Hatte es ziemlich eilig. Ich soll Ihnen ausrichten, dass sie nach Hause musste.«

»Nach Hause?«, wiederholte ich fassungslos. »Aber das Grid ist doch immer noch offline!«

»Hey, was fragen Sie mich?«, entgegnete der Typ. »Ich bin bloß ein Vedder.«

Es war mir unbegreiflich. Was konnte Aja zu Hause so Dringendes zu tun haben, dass sie uns mitten im Jump allein ließ? Ich warf einen Blick zu Loor in der Hoffnung, dass ihr etwas einfiel. Sie betrachtete gerade das in Öl gemalte Porträt des jungen Dr. Zetlin.

»Wir müssen ihn finden«, murmelte sie.

»Ich weiß, aber dazu brauchen wir Aja. Komm mit.«

Als wir gehen wollten, rief der Vedder uns nach: »He, Moment mal!«

Wir drehten uns um. Der Typ tippte sich mit einem Finger aufs Handgelenk – ach ja, wir hatten die Controller noch nicht abgegeben. Hastig lösten Loor und ich unsere Armbänder und legten die Geräte auf die Theke.

»Danke«, sagte der Vedder. »So hat es sein sollen.«

Ich starrte ihn verblüfft an. »Was sagen Sie da?«

Der Gothic-Typ zuckte die Schultern und erwiderte grinsend: »Ach nichts.«

Sehr rätselhaft.

»Gehen wir«, sagte ich zu Loor und steuerte auf den Ausgang zu.

Ich war verwirrt, wütend und verängstigt zugleich. Wie konnte Aja uns im Stich lassen? Loor und ich stiegen in eins der herumstehenden Tret-Dreiräder und strampelten los zu dem herrschaftlichen Haus, in dem Aja wohnte.

»Es fällt mir schwer, zu begreifen, was hier vor sich geht, Pendragon«, sagte Loor unterwegs.

»Mir auch«, erwiderte ich wahrheitsgemäß. »Das ergibt alles keinen Sinn. Aber ich wette, wenn Aja tatsächlich nach Hause gegangen ist, hatte sie einen guten Grund. Warten wir erst mal ab, bis wir sie gefunden haben – vorher hat alles Spekulieren keinen Sinn.«

Den Rest des Weges legten wir schweigend zurück. Die stillen, menschenleeren Straßen von Rubic City wirkten jetzt noch unheimlicher als zuvor. Dies war eine Geisterstadt inmitten eines Geisterterritoriums, und bisher sah es nicht so aus, als würde es uns gelingen, daran etwas zu ändern.

Bei dem Herrenhaus angekommen rannten Loor und ich die Marmortreppe hoch. Am liebsten wäre ich schnurstracks hineingestürmt und hätte nach Aja gebrüllt, aber das wäre unhöflich gewesen. Schließlich wohnte Evangeline auch noch hier. Also betätigte ich den Türklopfer ein paarmal. Mehrere quälend lange Sekunden später öffnete sich die Tür und vor uns stand Evangeline. Als sie mich sah, strahlte sie über das ganze Gesicht.

»Pendragon! So eine Überraschung!«, rief sie. »Und wen hast du da mitgebracht?«

»Dies ist meine Freundin Loor«, erklärte ich. »Auch eine Reisende. Wo ist Aja?«

»Noch eine Reisende? Das freut mich aber!«, sagte Evangeline entzückt. »Ihr beide kommt gerade rechtzeitig zum Abendessen.«

Sie trat einen Schritt zurück um Loor und mich einzulassen.

»Wir müssen mit Aja sprechen, Evangeline«, drängte ich.

»Aber ihr habt doch sicher Zeit für ein Schälchen Gloid«, versetzte sie zuckersüß. »Es gibt deine Lieblingssorte, Blau – das magst du doch besonders gern, nicht wahr?«

Sicher doch.

»Wo ist Aja?«, unterbrach Loor energisch. Höflichkeit war nicht ihr Ding.

»Nicht hier«, erwiderte Evangeline. »Bitte, kommt doch mit in die Küche und esst erst einmal einen Happen.«

Sie ging voran in Richtung Küche.

»Wenn sie nicht hier ist, wo könnte sie sonst noch sein?«, fragte Loor mich.

»Ich habe keine Ahnung«, gestand ich.

Wohl oder übel folgten wir Evangeline in die Küche. Ich hatte nicht im Entferntesten vor, mich länger als unbedingt nötig im näheren Umkreis von blauem Gloid aufzuhalten, aber wir mussten nun einmal herausfinden, wo Aja steckte. Als wir die Küchentür erreicht hatten, bot sich uns ein Anblick, bei dem Loor und ich wie angewurzelt im Türrahmen stehen blieben. Es war unmöglich – und doch sahen wir es klar und deutlich vor uns.

Evangeline schaufelte große Portionen blaues Gloid in weiße Schälchen. Aber das war es nicht, was uns so erschütterte.

»Setzt euch doch, ihr zwei«, forderte sie uns herzlich auf. »Es ist genügend Platz für alle.«

Loor und ich rührten uns nicht vom Fleck, sondern starrten fassungslos die zwei Gäste an, die bereits am Tisch saßen. So verrückt es sich anhört – die beiden, die da gerade löffelweise blaues Gloid in sich hineinschaufelten, waren doch tatsächlich die Viehtreiber aus dem Canyon in Zetlins Fantasie.

»Howdy, ihr zwei!«, begrüßte uns der eine. »Seid ihr hier, um uns die Pferde zurückzubringen?«

»Das ist aber nett von euch, dass ihr euch dafür extra herbemüht!«, fügte der andere hinzu. Dann bemerkte er an Evangeline gewandt: »Ma'am, das Zeug hier schmeckt wirklich Klasse.«

»Das freut mich«, erwiderte Evangeline und errötete über das Kompliment.

Was war hier nur los?

Plötzlich fragte Loor schnuppernd: »Riechst du das auch?«

Erst dachte ich, sie meine das Gloid, doch dann bemerkte ich, dass noch ein anderer Geruch in der Luft lag. Es roch angebrannt.

»Evangeline, hast du vielleicht was auf dem Herd?«, fragte ich rasch.

Bevor sie etwas erwidern konnte, öffnete sich eine Tür auf der anderen Seite der Küche und ein weiterer Gast trat ein.

»Gunny!«, schrie ich verblüfft.

Tatsache – herein spazierte Gunny van Dyke in seiner Uniform, die er als Bell Captain des Manhattan Tower Hotels trug.

»Hi, Kleiner!«, begrüßte er mich. »Wie ich sehe, hast du es geschafft, noch rechtzeitig von dem Staudamm runterzukommen. Möchtest du mich vielleicht deiner Freundin vorstellen?«

Ich war sprachlos. Mein Verstand konnte all das einfach nicht verarbeiten.

»Das ist … das ist … Loor«, stammelte ich ganz benommen.

»Osas Tochter? Freut mich sehr, deine Bekanntschaft zu machen!«

Gunny streckte Loor über den Tisch hinweg die Hand entgegen. Loor ergriff sie, wobei sie ebenso verwirrt aussah, wie ich mich fühlte.

Und dann ertönte ein Schuss.

Gunnys Lächeln gefror, er kippte vornüber und landete mit dem Gesicht auf der Tischplatte. Jemand hatte Gunny erschossen. Die beiden Cowboys warfen sich auf den Boden. Evangeline stieß einen Schrei aus und kauerte sich in eine Nische hinter der Arbeitsplatte. Ich sah mich um, woher der Schuss gekommen war.

In der Tür stand Saint Dane. Er trug noch immer seine schwarze Cowboy-Kluft und hielt einen rauchenden Colt in der Hand.

»Du hast gemogelt, Pendragon!«, rief er. »Wo bleibt denn da der Spaß und die Herausforderung, wenn du einfach schummelst? Nun, dann müsst ihr eben beide den Preis dafür zahlen.«

Hinter ihm erschienen die Desperados mit gezogenen Revolvern.

Ich war vor Schreck wie gelähmt. Hier jagte ein unmögliches Ereignis das andere – mir war noch nicht einmal ansatzweise begreiflich, was überhaupt los war, geschweige denn was ich hätte tun können.

Zum Glück sah Loor klarer.

Sie packte kurzerhand den Tisch und stellte ihn hochkant auf, sodass Besteck und Gloid nach allen Seiten flogen. Im selben Moment eröffneten die Desperados das Feuer. Ihre Kugeln schlugen in die Tischplatte ein, dass das Holz nur so splitterte, aber Loors schnelle Reaktion hatte uns gerettet. Vorerst.

»Weg hier!«, schrie ich und wir rannten los.

Wieder knallten Revolver, Geschosse pfiffen durch die Luft, verfehlten uns haarscharf und schlugen stattdessen in die Wände der Küche ein. An der Tür zum Flur wurde uns klar, woher der Brandgeruch kam.

Das Haus stand in Flammen.

Und als ob das noch nicht schlimm genug gewesen wäre, wimmelte zudem der gesamte Flur bis zur Haustür von Pferden. Im Ernst, es war ein Getümmel wie in der Scheune des Hufschmieds, nur ungefähr hundertmal so chaotisch, weil die Tiere durch den Rauch und die Flammen, die aus den Zimmern zu beiden Seiten des Ganges schlugen, bereits völlig außer sich waren.

Loor übernahm die Führung und zog mich hinter sich her, während sie sich einen Weg durch die Menge panischer Pferde bahnte. Sie brachte es tatsächlich fertig, die großen Tiere beiseite zu schieben. Nur gut, dass sie hier war. Allein wäre ich bestimmt unter die Hufe geraten.

Als wir die Eingangstür erreichten, war sie bereits von Flammen umlodert. Auf diesem Weg kamen wir auf keinen Fall hinaus.

»Nach oben!«, rief ich.

Wir rannten die breite, mit Teppich ausgelegte Treppe zur ersten Etage hoch. Mit etwas Glück konnten wir an der Rückseite des Hauses aus einem Fenster klettern, bevor wir geröstet, erschossen oder niedergetrampelt wurden.

»Wie ist das möglich?«, wollte Loor wissen, während wir die Stufen hinaufsprinteten.

»Das fragst du mich?«, stieß ich keuchend hervor. »Ich bin genauso entsetzt wie du!«

Oben angekommen liefen wir den Flur entlang, auf das Fenster am anderen Ende zu. Gerade als wir es öffnen wollten, zerbarst die Scheibe. Loor und ich warfen uns auf den Boden, wo ein Hagel aus Glassplittern auf uns niederprasselte. Offenbar warteten Saint Danes Desperados draußen bereits auf uns.

Wir saßen in der Falle.

Ein weiterer Schuss zerfetzte ein Bild, das genau über meinem Kopf an der Wand hing. Als wir uns hastig wieder aufrappelten, bot sich uns ein grauenhafter Anblick: Auf dem Treppenabsatz stand Saint Dane vor dem Hintergrund der lodernden Flammen aus dem Erdgeschoss – ein dämonischer Schatten, der in jeder Hand einen Revolver hielt.

»Die Zeit wird knapp, Kinder«, zischte er höhnisch. »Was nun?«

Ich zerrte Loor ins nächstbeste Zimmer und schlug
die Tür hinter uns zu. Auf diese Weise kamen wir zwar
nicht aus dem Haus, aber wenigstens gewannen wir
ein paar Sekunden Zeit zum Nachdenken.

»Wie ist das nur möglich?«, fragte Loor wieder.

Nachdem ich mich ein wenig von dem Schock erholt
hatte, begann mein Gehirn wieder zu arbeiten. Mir
dämmerte etwas. Der erste Verdacht war mir gekommen, als wir die Viehtreiber an Evangelines Küchentisch sitzen sahen, und alles, was seitdem geschehen
war, hatte meine Theorie bestätigt.

»Es gibt nur eine Erklärung.« Ich hob den Arm, schob
den Ärmel meines Overalls zurück … und sah, dass ich
Recht hatte.

Tatsächlich trug ich noch immer den Controller am
Handgelenk. Loor stellte mit einem raschen Blick auf
ihren Arm fest, dass sie ihr silbernes Armband ebenfalls noch umgeschnallt hatte.

»Aber … die haben wir doch vorhin abgegeben«,
stammelte sie völlig irritiert.

»Wir *dachten,* wir hätten sie abgegeben«, korrigierte
ich. »Aber nur weil wir nicht wussten, was in Wirklichkeit los ist.«

»Nämlich?«

»Wir haben den Jump überhaupt nicht verlassen«, erklärte ich. »Dies alles ist Teil der Fantasie.«

Krach!

Eine Kugel durchschlug die Tür – Saint Danes Art,
anzuklopfen. Ich zog Loor mit und wir kauerten uns
hinter dem Bett zusammen.

»Warum haben wir die Dinger dann nicht die ganze
Zeit gesehen?«, wollte sie wissen.

»Weil wir glaubten, wir hätten den Jump verlassen«,
antwortete ich. »Wenn man sich ganz auf die Fantasie
einlässt, sieht man das Armband nicht. Aber sobald mir

klar war, dass wir noch immer in dem Jump sind, wurden die Geräte wieder sichtbar.«

Krach! Krach!

Zwei weitere Geschosse ließen die hölzerne Tür splittern.

»Kommt raus, zeigt euch, wo immer ihr auch steckt!«, rief Saint Dane draußen auf dem Flur in höhnischem Singsang.

»Dann ist dies alles hier also nicht wirklich?«, fragte Loor.

»Immer noch wirklicher, als mir lieb ist«, entgegnete ich. »Jedenfalls ist es höchste Zeit, von hier zu verschwinden.«

Wieder betrachtete ich den Controller mit den drei Tasten. Die rechte hätte den Jump beenden sollen, was aber offenbar nicht funktionierte. Die mittlere war dazu da, den Jump zu verändern, doch als ich sie zuletzt ausprobiert hatte, wären Aja und ich um ein Haar als Quig-Futter geendet. Womit noch die linke Taste übrig blieb. Da ich keine andere Wahl hatte, betätigte ich sie.

Die Taste leuchtete kurz auf und dann …

»Das wurde aber Zeit!«

Loor und ich blickten auf und sahen Aja vor uns stehen.

»Ich dachte schon, ihr begreift es nie!«

»Aja, was ist passiert?«, fragte ich verdattert.

»Ihr wart nie in Zetlins Jump«, erklärte sie. »Das muss am Reality Bug gelegen haben. Ich habe es sofort bemerkt, nachdem ich euch reingeschickt hatte, aber solange ihr es nicht selbst erkannt und mich gerufen habt, konnte ich nichts unternehmen.«

»Bist du in Wirklichkeit hier?«, fragte ich.

»Nein, es ist nur eine Projektion. Ich sitze immer noch im Alpha-Core.«

Plötzlich sprang die Tür eines Wandschranks auf und Flammen loderten daraus hervor. Das Feuer hatte das Obergeschoss erreicht. Wir würden in Kürze gegrillt werden.

»Na, habt ihr's schön warm da drin?«, höhnte Saint Dane auf dem Gang.

»Hol uns hier raus!«, schrie ich Aja an.

»Das ist zu riskant«, wandte sie ein.

»Riskant?«, brüllte ich zurück. »Was kann denn bitte noch riskanter sein als das hier?«

»Wenn ich euch jetzt raushole, bekomme ich euch vielleicht nie wieder rein«, erklärte sie. »Der Reality Bug droht die Kontrolle über Zetlins Jump zu übernehmen. Ich weiß nicht, wie lange ich ihn noch aufhalten kann, und wir müssen nun mal unbedingt zu Zetlin vordringen!«

»Wenn wir hier nicht bald rauskommen, werden wir nicht mehr lange genug leben um ihn ausfindig zu machen«, stellte Loor nüchtern fest.

»Ich weiß«, versetzte Aja. »Pendragon, drück die mittlere Taste.«

» *Was?*«, schrie ich entsetzt. »Beim letzten Mal —«

»Ich weiß, was beim letzten Mal passiert ist«, fiel Aja mir ins Wort. »Aber während ihr Cowboy gespielt habt, habe ich einen Link programmiert.«

»Einen Link?«, wiederholte ich verständnislos.

Im nächsten Moment flog krachend die Tür auf und Saint Dane stolzierte herein. »Zeit, zum letzten Duell, Cowboys!« Er richtete seine Revolver auf uns und zielte.

»Drück auf die Taste, Pendragon!«, kreischte Aja.

Ich tat es.

Im selben Moment feuerte Saint Dane beide Revolver ab. Ich hörte den Knall, sah das Mündungsfeuer, aber ich spürte nichts, denn eine Nanosekunde später wurde mir schwarz vor Augen.

Fünfzehntes Journal
(Fortsetzung)

Veelox

Ich kam mir vor, als stünde ich in einem riesigen Nudelsieb – ihr kennt doch diese großen, runden Metallschüsseln mit den vielen Löchern drin, durch die man Spaghetti abgießt. Wohin ich auch schaute, überall sah ich kleine runde Flecken. Im ersten Moment befürchtete ich tatsächlich, ich sei in einer riesigen Fantasieküche gelandet und bekäme gleich eine Ladung kochend heißer Linguini auf den Kopf.

Unsinn, sagte ich mir. Aber jedenfalls waren es viel zu viele Löcher, als dass sie alle von Saint Danes sechsschüssigem Revolver stammen konnten. Also, wo war ich hier?

Bei näherem Hinsehen stellte ich fest, dass die Punkte überhaupt keine Löcher waren, sondern etwa erbsengroße runde Wassertropfen. Millionen, nein, Milliarden von ihnen schwebten überall um mich herum reglos in der Luft. Ich hob die Hand und bewegte sie langsam vor meinem Gesicht. Überall, wo sie die schwebenden Tropfen berührte, wurde die Hand nass und hinterließ dabei eine Lücke in dem Tropfenmuster – so wie wenn man über eine beschlagene Fensterscheibe wischt. Ich konnte mit der Hand richtige Tunnel und Hohlräume in der tropfengefüllten Luft schaffen.

»Wo sind wir hier, Pendragon?« Loor stand neben mir und erkundete ebenso wie ich dieses merkwürdige Phänomen. Als sie probeweise vorwärts ging, zog ihr ganzer Körper eine Spur hinter sich her. Zugleich wurde ihr grüner Overall immer nasser.

Ja, wir beide trugen noch immer unsere Jumper-Overalls.

»Keine Ahnung«, gestand ich. Allmählich hatte ich es satt, auf jede wichtige Frage nur diese eine Antwort geben zu können. Ich hielt nach etwas Ausschau, das mich weiterbrachte – mit wenig Erfolg. Wir standen anscheinend mitten in einer weißen Nebelwolke, in der man nur ein paar Schritte weit sehen konnte, sodass kaum etwas anderes zu erkennen war als der Asphaltboden unter unseren Füßen.

»Was ist das?«, fragte Loor und zeigte in eine Richtung.

Nicht weit von uns entfernt konnte ich schemenhaft eine dunkle Gestalt ausmachen. Sie bewegte sich nicht und wirkte nicht besonders bedrohlich, sodass ich es wagte, mich ihr vorsichtig zu nähern. Es war ein eigenartiges Gefühl, durch diese Wassertropfen zu gehen, die bei jedem Schritt in den Stoff meines Overalls einsickerten. Allmählich wurde die Gestalt deutlicher, und als ich sie fast erreicht hatte, lichtete sich der Nebel ein wenig. Was ich dann vor mir sah, verschlug mir den Atem.

Es war ein Mann, der einen grünen Overall von der gleichen Art trug wie Loor und ich. Er war schätzungsweise so alt wie mein Vater und sah eigentlich ganz normal aus bis auf die Tatsache, dass er völlig reglos dastand. Ernsthaft, der Typ bewegte sich keinen Millimeter. Es sah aus, als wäre er mitten im Gehen erstarrt – gerade als er sich umsah und jemanden zu sich heranwinkte, schien jemand in seinem Leben die »Pause«-Taste gedrückt zu haben.

Als ich dem Blick des Mannes folgte, entdeckte ich wenige Schritte hinter ihm zwei weitere Personen: eine

Frau mit einem kleinen Mädchen an der Hand. Die beiden schienen sich zu beeilen um ihn einzuholen, nur dass sie ebenfalls in der Bewegung eingefroren waren. Das Ganze wirkte wie eine Szene im Wachsfigurenkabinett. Ging es vielleicht noch ein bisschen unheimlicher?

»Was ist mit denen los?«, erkundigte sich Loor.

Aus den Tiefen meines Hirns tauchte ein Gedanke auf. Ich betrachtete die Milliarden Wasserkügelchen, die überall um uns herum in der Luft hingen. War das möglich?

»Ich glaube, das ist Regen«, sagte ich. »All diese Tropfen – das ist ein Wolkenbruch.« Noch einmal fuhr ich mit der Hand durch die Tupfen in der Luft. »Mir scheint, in dieser Lifelight-Fantasie wurde auf rätselhafte Weise die Zeit angehalten.«

Ich nahm die reglose Familie näher in Augenschein. Es hatte nicht den Anschein, als ob mit diesen Menschen irgendwas nicht stimmte – ihre Augen waren klar, ihre Haut wirkte ganz normal. Aus der Nähe kamen sie mir überhaupt nicht wie Wachsfiguren vor, sondern völlig echt. Zögernd berührte ich den Mann an der Hand.

»Er fühlt sich warm an«, stellte ich fest. »Hier steht die Zeit still – für diese Leute, aber auch für das Unwetter. Es ist alles einfach … angehalten.«

Loor ging ein paar Schritte an der Frau mit dem Kind vorbei. Sie wollte mehr sehen. Ich ebenfalls, also folgte ich ihr. Nach ein paar Metern traten wir aus der Nebelwolke heraus.

»Sieh nur!«, rief Loor überrascht.

Mit einem Schlag konnten wir sehr viel mehr von unserer Umgebung erkennen. Zwar reichte die Sicht immer noch nicht besonders weit, weil es an der nächsten Straßenkreuzung schon wieder dunstig wurde, aber wir sahen genug, um einen vagen Eindruck davon zu gewinnen, wo wir uns hier befanden. Ich muss gestehen, mir erschien es wie ein surrealer Albtraum.

Wir standen auf einer Straße in städtischer Umgebung, die man beinahe als normal hätte bezeichnen können, wenn nicht sämtliche Gebäude pechschwarz gewesen wären. Sie schienen aus demselben glänzenden Material gebaut zu sein wie die Fassade der gigantischen Lifelight-Pyramide in Rubic City.

Auf dem Straßenabschnitt herrschte reger Betrieb – das heißt, »Betrieb« ist wohl der falsche Ausdruck, denn alle Menschen, die wir sahen, waren ebenso erstarrt wie die Familie, an der wir gerade vorbeigekommen waren. Es gab junge und alte Leute, Farbige und Weiße und jeder trug den gleichen grünen Einheitsoverall. Manche standen auf den Gehwegen, andere schienen gerade die Straße überqueren zu wollen oder saßen in Tretfahrzeugen, wie es sie in Rubic City gab. Aber anders als in Rubic City war dies eine belebte Stadt.

Sagte ich »belebt«? Ich kam mir vor, als stünde ich mitten in einem Drei-D-Foto. »Belebt« traf es nicht wirklich.

Plötzlich hörten wir eine Stimme hinter uns. »Nicht zu fassen!«

Loor und ich fuhren erschrocken herum. Da stand Aja, die offenbar ebenso entgeistert war wie wir beide.

»So sieht es also in der Vorstellung eines Genies aus«, bemerkte sie. »Nicht gerade paradiesisch, wie?«

»Dann sind wir jetzt tatsächlich in Dr. Zetlins Fantasie gejumpt?«, vergewisserte ich mich.

Aja überprüfte etwas auf ihrem Controller. »Ja, ich habe euch rübergelinkt. Das nächste Problem ist jetzt, ihn zu finden.«

»Was war vorhin passiert?«, erkundigte sich Loor. »Wo sind wir da gelandet?«

»Der Reality Bug hatte eine Fehlfunktion verursacht«, erklärte Aja. »Ich kämpfe ständig gegen ihn an. Sämtliche Befehle, die ich eingebe, versucht er zu verändern. Statt euch in Dr. Zetlins Jump zu versetzen hat Lifelight *deine* Gedanken verarbeitet, Pendragon. Alles, was sich dann abgespielt hat, kam aus deinem Kopf.«

Loor warf mir einen verständnislosen Blick zu. Für sie musste das völlig absurd klingen, für mich hingegen erklärte es einiges. Die Wildwest-Szenerie, die Stampede, Saint Dane, Gunny – all das stammte aus meiner Vorstellung. Diese Fantasie hatte überhaupt nichts mit der Vergangenheit von Veelox zu tun, sondern war ein guter alter Western von zu Hause gewesen.

»Saint Dane war also gar nicht wirklich hinter uns her?«, folgerte Loor.

»Richtig«, bestätigte Aja. »Er war Teil der Fantasie.«

»Aber jetzt sind wir in Zetlins Welt, oder?«, vergewisserte ich mich.

»Ja«, erwiderte Aja entschieden. »Tut mir Leid, dass ihr einen Umweg machen musstet.«

»Bist du hier bei uns, Aja?«, wollte Loor wissen.

»Nein, ich bin immer noch im Core.«

Zum Beweis strich sie mit der Hand durch die Wassertropfen – sie hinterließ keine Spur. Was wir hier sahen, war nur ein projiziertes Bild von Aja. Loor ging neugierig auf sie zu und versuchte sie zu berühren, doch ihre Hand glitt einfach durch Ajas Körper hindurch. Loor zuckte erschrocken zurück. Ich schätze, sie fand es ziemlich gruselig, sozusagen einen Geist anzufassen.

»Keine Sorge«, beruhigte ich sie. »Das ist ganz normal.«

»Pendragon, ich will Zetlin finden und so schnell wie möglich wieder von hier verschwinden«, verkündete Loor mit sichtlichem Unbehagen.

»Ja, ich auch, aber ich habe keine Ahnung, wo wir anfangen sollen«, gestand ich.

»Als Dr. Zetlin diesen Jump startete, wollte er nicht gestört werden«, schaltete sich Aja ein. »Nie, unter keinen Umständen, sollte jemand von Veelox in seinen Jump eindringen und ihn behelligen.«

»So wie wir jetzt gerade«, ergänzte ich.

»Genau. Aber der Mann ist immerhin ein Genie«, fuhr Aja fort. »Ihm war klar, dass es im Notfall erforderlich sein könnte, Kontakt zu ihm aufzunehmen.«

»Ich schätze, dies ist so ein Notfall«, sagte ich.

Aja zeigte uns eine kleine blaue Plastikhülle, die in Größe und Form einer Diskette ähnelte.

»Zetlin hat jedem leitenden Phader ein Exemplar hiervon hinterlassen«, erklärte sie. »In seinen Jump hineinzukommen ist schwierig genug – ihn zu beeinflussen ist noch mal eine Herausforderung für sich. Hier drin sind die Codes, die man dazu braucht.«

»Und was passiert, wenn du sie eingibst?«, erkundigte ich mich.

»Das weiß ich nicht. Aber wir werden es gleich erfahren.«

Als sie die Plastikhülle öffnete, kam ein dünnes rechteckiges Metallplättchen zum Vorschein. Aja nahm es heraus und betrachtete es.

»Zwei Codes«, sagte sie.

»Es ist nicht zufällig auch das Passwort zum Ursprungscode dabei?«, fragte ich hoffnungsvoll.

»Schön wär's«, entgegnete sie. »Ich probiere es mal mit dem Ersten.«

Sie tippte in ihren Controller eine Abfolge von Befehlen ein, die sie von dem Metallplättchen ablas. Offenbar war der Code ziemlich lang und kompliziert, denn Aja brauchte einige Sekunden um ihn einzugeben. Dann, nach einem letzten Tastendruck …

… begann es zu regnen.

Die Tropfen, die bisher reglos in der Luft gehangen hatten, fielen jetzt herab, sodass wir in kurzer Zeit völlig durchnässt waren. In der Ferne ertönte Donnergrollen.

»Aus dem Weg!«, schrie jemand.

Loor packte mich am Arm und zog mich auf den Gehweg. Gleich darauf fuhr ein Mann mit einem Tretfahrzeug vorbei. Er winkte uns freundlich zu und rief: »Immer schön aufpassen, hier herrscht reger Verkehr.«

Allerdings. Das Bild war zum Leben erwacht. Leute stapften durch Pfützen und rannten nach allen Seiten, um sich vor dem Regen in Sicherheit zu bringen. Die Frau mit dem kleinen Mädchen an der Hand holte den Mann ein. Er fasste die andere Hand des Kindes und gemeinsam liefen sie weiter. Auch die weiße Nebelwolke bewegte sich jetzt und zog, vom Wind getrieben, rasch die Straße entlang.

»Faszinierend!«, flüsterte Aja.

»Wir sollten uns irgendwo unterstellen«, schlug ich vor. Hastig flüchteten wir drei uns in einen Hauseingang, wo wir vor dem Regen geschützt waren.

Dort standen wir eine Weile schweigend und beobachteten Zetlins zum Leben erwachte Fantasie.

»Ich fass es nicht«, brachte ich schließlich heraus. »Der Typ ist ein Genie und könnte im herrlichsten Paradies leben, das er sich vorstellen kann – und stattdessen denkt er sich eine graue, verregnete Stadt mit schwarzen Häusern aus? Genial mag er ja sein, aber seine Fantasie lässt wirklich zu wünschen übrig.«

Gerade kam ein Mann auf uns zu und wollte das Gebäude betreten, in dessen Eingang wir uns untergestellt hatten. Ich sprach ihn an. »Entschuldigen Sie, kennen Sie vielleicht Dr. Zetlin?«

Der Typ starrte mich an, als hätte ich drei Nasen oder so. »Soll das ein Witz sein?«, versetzte er.

Ich warf Aja einen Blick zu. Sie zuckte die Schultern. »Nein, ganz und gar nicht«, sagte ich. »Wissen Sie denn, wo ich Dr. Zetlin finden kann?«

Der Mann schüttelte verständnislos den Kopf. »Im Barbican, wo denn wohl sonst?«, entgegnete er.

»Barbican«, wiederholte ich. »Gut, und wo ist das Barbican?«

Der Typ schüttelte noch einmal den Kopf, als ob ich eine völlig idiotische Frage gestellt hätte. Dann ließ er mich stehen und verschwand durch die Tür ohne mich einer Antwort zu würdigen.

»Ich schätze, alle Leute hier wissen, wo er ist«, sagte Aja.

»Alle außer uns«, ergänzte ich. »Was ist ein Barbican?«

»Pendragon?«, meldete sich Loor leise zu Wort. Sie trat auf den Gehweg hinaus und starrte wie gebannt die Straße hinunter.

»Ich weiß zwar nicht, was ein Barbican ist, aber wenn ich raten müsste, würde ich sagen, das da ist es«, sagte sie mit ehrfürchtiger Stimme.

Aja und ich folgten ihrem Blick. Was wir sahen, war absolut unglaublich.

Der Regen hatte aufgehört. Das Unwetter zog rasch ab und Dunst und Nebel verflogen, sodass wir eine ziemlich klare Sicht hatten. Die Gebäude zu beiden Seiten der Straße waren verschieden groß und in unterschiedlichem Stil gebaut, bestanden jedoch alle aus demselben schwarz glänzenden Material. Wir konnten jetzt auch mehr Leute sehen, nicht nur die in unserer nächsten Umgebung. Alle trugen die gleichen dunkelgrünen Overalls und gingen verdrossen ihrer Wege. Es war eine unbeschreiblich öde, trostlose Stadt. Doch was wir am Ende der Straße erblickten, war alles andere als öde.

Dort stand ein Gebäude, schwarz wie die übrigen,

304

aber so hoch wie ein Wolkenkratzer. Bestimmt um die achtzig Stockwerke. Jedenfalls überragte es alle anderen Häuser an der Straße bei weitem. Aber die Größe war nicht das Einzige, was daran auffiel. Was uns schier den Atem verschlug, war die Tatsache, dass dieses riesige Gebäude waagerecht in der Luft schwebte!

Das heißt, es schwebte nicht frei, sondern wurde von einer gewaltigen bogenförmigen Stützkonstruktion gehalten. Kennt ihr den großen Gateway Arch in St. Louis auf Zweite Erde? So sah das Gerüst aus. Und jetzt stellt euch vor, ganz oben an diesem riesigen Bogen wäre ein gewaltiges, auf der Seite liegendes Gebäude befestigt. So etwas stand da vor uns. Es sah aus wie eine Riesenwippe.

Wir drei starrten das eindrucksvolle Bauwerk sprachlos an. Aja hatte sich als Erste wieder gefasst. Wortlos machte sie sich auf den Weg dorthin, als würde sie von diesem bizarren Gebäude magnetisch angezogen. Loor und ich folgten ihr ganz benommen. Ich schätze, wir mussten etwa anderthalb Kilometer weit laufen.

Als wir schließlich unter dem monströsen Bauwerk standen, teilten sich die Wolken, und eine Seitenwand des schwebenden Wolkenkratzers spiegelte und funkelte im strahlenden Sonnenschein.

Nach einer Weile brach Loor das Schweigen. »Wie sollen wir da reinkommen?«

»Aja? Sagtest du nicht, dass du zwei Codes hast?«, fragte ich.

»Ja«, bestätigte sie.

»Versuch es doch mal mit dem zweiten.«

Aja nickte zustimmend, zückte erneut das Metallplättchen und gab Zetlins zweiten Code in ihren Controller ein. »So, das war's«, sagte sie, nachdem sie die Eingabe bestätigt hatte.

Nichts geschah. Ich befürchtete schon, der zweite Code könnte die Fantasie wieder einfrieren lassen, doch als ich mich umsah, gingen die griesgrämigen Leute noch immer ihrer Wege.

»Versuch's noch mal«, schlug ich vor.

Da geschah es. Zuerst hörten wir nur das Geräusch – ein lautes Knirschen und Quietschen, das in den Ohren wehtat. Es klang, als ob riesige Metallteile gegeneinander rieben, weil … tja, weil nämlich riesige Metallteile gegeneinander rieben.

»Es bewegt sich!«, rief Loor aus.

Tatsächlich, der schwarze Klotz begann sich zu drehen. Wie ein gigantisches Riesenrad rotierte das gewaltige Gebäude langsam um die eigene Achse. Als ich den Boden unter der Halterungskonstruktion näher in Augenschein nahm, bemerkte ich einen riesigen rechteckigen Umriss.

»Das ist der Abdruck des Gebäudes!«, schrie ich aufgeregt über den Lärm hinweg. »Es stellt sich hochkant!«

Genau das geschah. Das Bauwerk bewegte sich allmählich in die Senkrechte. Allerdings gab es da ein kleines Problem: Wir standen mitten auf dieser Grundfläche.

»Weg hier!«, brüllte ich.

Aja, Loor und ich brachten uns hastig in Sicherheit. Unter ohrenbetäubendem Kreischen und Knirschen näherte sich eine Seite des Gebäudes immer weiter dem Boden. Unvorstellbar, dass sich etwas derart Riesiges überhaupt bewegen konnte. Aber schließlich befanden wir uns hier in der Fantasie eines Genies. In Zetlins Kopf war wohl so einiges möglich.

Der ganze Vorgang dauerte ungefähr eine Minute. Mit einem Geräusch, das wie die Druckluft aus den Bremsen eines Achtzehntonners klang, nur ungefähr tausendmal verstärkt, senkte sich die Seite des Bauwerks, die nun zu seinem Boden wurde, genau auf den rechteckigen Platz. Als sie aufsetzte, bebte die Erde und es ertönte ein tiefes Rumpeln wie bei einem Erdbeben. Vor uns ragte nun ein achtzig Stockwerke hoher Wolkenkratzer senkrecht in den Himmel auf, schwarz und glänzend, noch immer nass vom Regen. Das gesamte Ding schien kein einziges Fenster zu haben. Die einzige Öffnung war eine Tür, die sich ebenerdig an der Frontseite befand und an der gewaltigen Fassade so winzig wirkte wie ein Floh an einem Hund.

»O Mann«, stieß ich hervor. »Der Bursche macht's seinen Besuchern aber wirklich nicht leicht.«

»Das da muss der Eingang sein«, stellte Loor fest und zeigte auf die Tür. »Kommt.«

»Wartet«, sagte Aja. »Ich sollte jetzt besser wieder von hier verschwinden.«

»Warum?«, wollte ich wissen.

»Es gibt Probleme mit dem Reality Bug«, erklärte sie. »Ich muss ständig neue Firewalls einrichten um ihn aus diesem Jump herauszuhalten. Dazu muss ich mit meiner ganzen Aufmerksamkeit im Alpha-Core sein.«

»Was ist, wenn wir dich brauchen?«, wandte ich ein.

»Glaub mir, Pendragon, ihr braucht mich im Alpha-Core erheblich dringender als hier. Wenn der Reality Bug ins Alpha-Grid vordringt —«

»Okay, schon klar«, unterbrach ich.

Aja schlug die Augen nieder. Etwas schien ihr zu schaffen zu machen.

»Was ist los?«, fragte ich.

»Es ... es tut mir Leid, Pendragon«, sagte sie leise. »Es ist so furchtbar, dass ich dich und Loor in diese Lage gebracht habe.«

»Wir sind hier, weil wir Reisende sind, Aja«, entgegnete ich. »Das braucht dir nicht Leid zu tun. Halt uns nur diesen elenden Bug vom Hals, okay?«

Aja nickte. Dann streckte sie mir die Hand entgegen. Als ich ihr in die Augen sah, glaubte ich darin einen Anflug von Wärme zu erkennen. Sollte Aja tatsächlich etwas für mich empfinden? Noch vor kurzem hatte sie gewünscht, ich hätte niemals einen Fuß auf Veelox gesetzt, weil sie fürchtete, ich könnte ihr die Show stehlen. Erstaunlich – kaum war man ein paarmal um Haaresbreite dem Tod entronnen, sah schon alles ganz anders aus.

»Ich glaube ...« Aja holte tief Luft. »Ich glaube wirklich, so hat es sein sollen.«

Ich wollte ihre ausgestreckte Hand fassen, aber ich griff einfach hindurch. Sie war eben doch nur ein Bild.

»Viel Glück euch beiden«, sagte sie ernst. »Ich werde euch nicht aus den Augen lassen.«

Ihr Bild flackerte kurz, dann war sie verschwunden.

Ich stand da, die Hand noch ausgestreckt, und muss ziemlich dämlich ausgesehen haben.

»Ich glaube, sie mag dich«, bemerkte Loor.

Hastig steckte ich die Hand in die Tasche. Wie peinlich! Loor sollte auf keinen Fall denken, dass Aja und ich »was miteinander hatten« – was ja schließlich nicht der Fall war.

»Berichtest du Courtney Chetwynde in deinem Journal auch davon?«, fragte sie.

Nicht zu fassen – Loor zog mich auf! »Zwischen uns ist überhaupt nichts«, beteuerte ich – leider wohl so vehement, dass sie mir erst recht nicht glaubte.

»Schön«, sagte sie. »Mich brauchst du nicht davon zu überzeugen.«

»Könnten wir vielleicht das Thema wechseln?«, bat ich.

Loor blickte an dem Wolkenkratzer empor. »Er ist irgendwo da drin.«

»Genau – machen wir uns also auf die Suche.«

Gemeinsam gingen wir auf die kleine Tür zu, die uns ins Innere dieses seltsamen Fantasiegebäudes führen würde – in die Welt von Dr. Zetlin, dem Genie. Dem Schöpfer von Lifelight.

Fünfzehntes Journal
(Fortsetzung)

Veelox

Wir betraten einen Dschungel.

Ernsthaft – wir fanden uns in einem tropischen Regenwald voller Palmen, dichtem Laub und Moskitos wieder. Der Boden unter unseren Füßen bestand aus weicher, dunkler Erde. Es war bestimmt über dreißig Grad warm und so feucht, dass mir mein Overall bereits nach Sekunden am Körper klebte. Ich schwöre, ich hörte in der Ferne sogar einen Wasserfall.

»Verstehst du das, Pendragon?«, fragte Loor.

Ich drehte mich um. Da war die schwarze Tür, durch die wir eben eingetreten waren. Wir befanden uns ohne jeden Zweifel im Inneren des merkwürdigen Bauwerks, das Barbican genannt wurde, auch wenn man sich hier beim besten Willen nicht wie in einem Gebäude vorkam. Als ich aufblickte, sah ich keine Decke – der Raum verlor sich einfach im Dunkel. Halb rechnete ich damit, Sterne zu sehen, doch das wäre unmöglich gewesen. Andererseits – in der Fantasie eines genialen Erfinders ist wohl nichts unmöglich.

»Dies ist Zetlins Welt«, stellte ich fest. »Ich nehme an, wir müssen uns auf alles gefasst machen.«

Durch das dichte Unterholz wand sich ein schmaler Pfad, offenbar der einzige begehbare Weg. Loor schritt kühn voran, geradewegs ins Unbekannte. Ich musste daran denken, wie sie mich durch die finsteren Bergwerkstollen von Denduron geführt hatte. Nur dass sie

310

diesmal ebenso wenig Ahnung hatte wie ich, wohin der Weg führte.

Loor marschierte zügig den Pfad entlang, wobei sie immer wieder überhängende Zweige zur Seite bog. Ich musste ein Stück Abstand halten, damit mir die zurückschnappenden Zweige nicht ins Gesicht schlugen.

Nach einer Weile blieb sie abrupt stehen. »Was war das?«

Ich hörte ebenfalls ein Geräusch. Es klang, als ob etwas durchs Unterholz raschelte, doch Laub und Gestrüpp waren so dicht, dass man unmöglich etwas erkennen konnte. Was immer dort umherschlich – ich hoffte inständig, dass es uns ebenso wenig sehen konnte wie umgekehrt. Wir lauschten noch ein paar Sekunden lang, hörten jedoch nichts mehr als die Wassertropfen, die von den Blättern fielen.

»Gehen wir weiter«, schlug ich vor.

Loor setzte sich wieder in Bewegung. »Wonach suchen wir eigentlich?«, fragte sie mich über die Schulter hinweg.

»Keine Ahnung, aber irgendeinen Anhaltspunkt werden wir schon finden.«

Nach einer weiteren Minute Fußmarsch mündete der Pfad in eine große Lichtung – eine kreisrunde, sorgfältig gerodete Fläche, die aussah, als hätte hier jemand einen Lagerplatz angelegt. An den Rändern waren Äste und Zweige wie mit einer überdimensionalen Heckenschere sauber abgeschnitten. Wir gingen bis zur Mitte der Lichtung, wo wir erneut stehen blieben, denn wieder raschelte etwas im Gebüsch. Loor und ich wechselten einen Blick. Kein Zweifel, wir hatten es beide deutlich gehört.

»Dr. Zetlin?«, rief ich.

Keine Antwort. Auch das Geraschel war erneut verstummt.

»Was für eine Gegend ist das hier, Pendragon?«, wollte Loor wissen.

»Solche Urwälder gibt es auf Zweite Erde«, antwortete ich. »Aber da Zetlin nicht von Zweite Erde stammt, habe ich keine Ahnung, was hier auf uns zukommt.«

Im selben Augenblick schoss etwas aus dem Unterholz hervor. Es sah aus wie eine lange Ranke, deren eines Ende jedoch geradewegs auf uns zuflog, als sei sie aus einem Gewehr abgeschossen worden. Loor und ich wichen hastig zur Seite, sodass die Ranke uns knapp verfehlte. Das Ende verschwand im Gebüsch auf der anderen Seite der Lichtung, wo es offenbar Halt fand. Die Ranke hing nun quer über die Lichtung wie eine Wäscheleine.

Noch ehe wir uns von dem ersten Schrecken erholt hatten, schoss eine weitere Ranke auf die gleiche Weise aus dem Unterholz hervor, flog hinter uns vorbei und wickelte sich am gegenüberliegenden Waldrand um einen Baumstamm. Loor und ich standen jetzt mitten zwischen den beiden Ranken, die wie Seile gespannt waren.

»Gibt es so etwas auf Zweite Erde?«, erkundigte sich Loor.

»Nein, und es behagt mir ganz und gar nicht«, entgegnete ich. »Komm, nichts wie weg hier.«

Wir schlüpften unter der einen Ranke hindurch und liefen über die Lichtung zu der Stelle, wo der Pfad wieder in den Wald hineinführte. Während wir rannten, schossen weitere Ranken aus dem Unterholz hervor. In immer kürzeren Abständen flogen sie kreuz und quer über die Lichtung – vor uns, über unsere Köpfe hinweg, hinter uns. Binnen Sekunden waren Loor und ich von einem Gewirr aus kräftigen, straff gespannten Ranken umgeben, das uns den Weg zu versperren drohte. Der Anblick ließ sich nur mit einem Wort beschreiben.

»Ein Spinnennetz«, sagte ich.

Wie auf ein Stichwort hin ertönte abermals Geraschel im Unterholz, diesmal deutlich lauter. Offenbar war die Quelle des Geräuschs inzwischen näher gekommen. Gleich darauf bewegte sich das Laub an mehreren Stellen am Rand der Lichtung, als ob sich etwas einen Weg bahnte.

Ich wollte für mein Leben gern wissen, was es war. Andererseits war es mir nicht *wirklich* mein Leben wert. Falls zum Beispiel eine angriffslustige Riesenspinne nahte, konnte ich gut auf ihre Bekanntschaft verzichten. Loor verlor keine Zeit mit Nachdenken, sondern hob rasch einen anderthalb Meter langen abgebrochenen Ast auf. Das Ding sah ziemlich stabil aus – in den richtigen Händen konnte es bestimmt einiges ausrichten.

Und Loors Hände waren zweifellos die richtigen.

»Was immer das ist – wenn es angreift, hältst du dich hinter mir«, wies sie mich an.

Wir rechneten wohl beide damit, gleich ein wildes Tier aus dem Unterholz springen zu sehen. Doch was stattdessen zum Vorschein kam – nicht mit einem Sprung, sondern über den Boden gleitend –, ähnelte eher einem übergroßen Kaktus. Wirklich, es war eine Art Pflanze. Und eine hübsche noch dazu. Ihr röhrenförmiger grüner Körper war mit Dornen übersät und der Kopf bestand aus einer violetten Blüte, die als Knospe ungefähr so groß war wie ein Wasserball. Ihre riesigen Blütenblätter öffneten und schlossen sich rhythmisch, als ob die Blüte atmete.

Loor und ich sahen verblüfft zu, wie noch mehr dieser seltsamen Pflanzen auf die Lichtung krochen. Ihre Blüten – sofern es überhaupt welche waren – wiesen ganz unterschiedliche Farben auf, von leuchtendem Pink über Lila und Tiefblau bis hin zu strahlendem

Gelb. Ich zählte insgesamt acht Stück, die da aus dem Unterholz krochen, als seien sie neugierig auf ihre Besucher.

»Die sind richtig hübsch«, bemerkte ich.

Irrtum. Wie auf ein Kommando öffneten sich alle acht Blüten gleichzeitig und spien Ranken aus, die direkt auf uns zuflogen! Hilfe! Eine traf mich am Arm und riss meinen Overall auf – das Ding hatte rasiermesserscharfe Stacheln! Während ich hastig daran zerrte, schlang sich bereits das nächste Exemplar um meinen Knöchel und riss mich zu Boden. Anschließend zog sich die Ranke wieder zurück, wobei sie mich mitschleifte! Ein rascher Blick auf die Pflanze, zu der die Ranke gehörte, erklärte mir alles. Im Inneren der Blüte sah ich spitze, sich knirschend gegeneinander reibende Auswüchse, die an Reißzähne erinnerten. Diese wunderschönen Gewächse waren hungrig und wir waren in ihr Revier hineinspaziert … als Appetithäppchen.

»Loor!«, schrie ich auf.

Völlig überflüssigerweise, denn Loor schwang bereits ihren Stock und hieb drauflos wie ein Holzhacker. Zwei gezielte Schläge auf die Ranke, die mich gepackt hatte, und ich war frei. Die Pflanze schrie – ich schwöre, sie schrie tatsächlich vor Schmerz auf. Während ich mich hochrappelte, wirbelte Loor wie wild ihren Stock durch die Luft um weitere Ranken abzuwehren, die die Pflanzen auf uns abschossen.

»Schnell, in den Wald!«, rief ich.

Ich packte Loor von hinten am Overall und dirigierte sie rückwärts zu dem Pfad, der unser Fluchtweg war. Sie hieb inzwischen im Hyper-Kampfsport-Modus weiter auf die Ranken ein, die die Pflanzen noch immer auf uns abschossen. Die meisten traf sie tatsächlich und brachte sie mit ihren Schlägen aus der Bahn.

Ich trat mit dem Fuß nach dem Spinnennetz aus Ranken, das den Weg von der Lichtung hinunter versperrte. Es war zwar dicht, aber die einzelnen Ranken schienen nicht besonders stabil, sodass ich das Gewebe ohne große Schwierigkeiten auseinander reißen konnte. Während ich mich verzweifelt abmühte eine Öffnung zu schaffen, bekämpfte Loor tapfer die angreifenden Ranken. Doch auf Dauer konnte sie das unmöglich durchhalten, es waren einfach zu viele. Als ich mich nach den zahnbewehrten Kaktusgewächsen umsah, stellte ich fest, dass sie schon bedrohlich dicht herangekrochen waren.

»Renn einfach los!«, rief ich.

Loor teilte einen letzten Schlag aus, ehe sie sich umdrehte und die Beine in die Hand nahm. Wir schlüpften durch die Öffnung in dem Netz und sprinteten den schmalen Pfad entlang. Noch immer zischten Ranken an unseren Köpfen vorbei und versuchten uns zu packen und zurückzuzerren. Doch je weiter wir uns von der Lichtung entfernten, desto seltener wurden die Angriffe. Trotzdem hörten wir nicht auf zu rennen. Allerdings beschlich mich der grässliche Verdacht, es könnte noch ein weiteres Nest dieser fiesen, mit Stacheldraht schießenden Kaktusgewächse geben, auf das wir womöglich geradewegs zuliefen.

Nach einigen Minuten rasanter Flucht fühlten wir uns sicher genug eine Verschnaufpause einzulegen. Höchste Zeit – mir platzte fast die Lunge, so sehr hatte ich mich verausgabt. Meine panische Angst tat wohl ein Übriges. Jedenfalls stand ich da, die Hände auf die Knie gestützt, und rang nach Luft. Loor, die im Gegensatz zu mir kaum außer Atem zu sein schien, hielt inzwischen Ausschau, ob sich noch irgendwo etwas bewegte.

»Da drüben!«, rief sie.

»Sag bitte nicht, da kommt noch so ein hungriges Gemüse«, keuchte ich.

Doch dann sah ich es. So verrückt es sich anhört – mitten im Dschungel begann eine Wendeltreppe, die über das Blätterdach hinauf in die Höhe führte und sich irgendwo weit oben im Dunkel verlor. Bei dem Anblick war ich erst mal völlig perplex. Was hatte eine Wendeltreppe in einem finsteren Dschungel voller beutelustiger Kreaturen zu suchen? Doch dann begriff ich.

»Wir sind hier in einem Gebäude – also muss die Treppe zur nächsten Etage führen«, folgerte ich.

»Sollen wir hochsteigen?«, fragte Loor skeptisch.

»Bleibt uns was anderes übrig?«, fragte ich zurück.

Loor übernahm wieder die Führung und wir folgten dem Weg bis zum Fuß der Treppe. Sie bestand aus Metall und erwies sich, als ich daran rüttelte, als ausreichend stabil. Stufen und Geländer waren über und über mit Ranken überwuchert, die ganz ähnlich aussahen wie diejenigen, mit denen wir gerade erst beschossen worden waren. Ich fasste eine an, um mich zu vergewissern, dass sie nicht plötzlich zum Leben erwachte und angriff, doch nichts geschah. Anschließend trat ich einen Schritt zurück und schaute nach oben um festzustellen, wohin die Treppe führte. Doch ich sah nichts als unergründliche Schwärze.

Loor machte sich entschlossen an den Aufstieg. Ich folgte ihr. Je höher wir kamen, desto besser konnten wir den Dschungel unter uns überblicken. Er war riesig und so dicht und finster, dass ich nicht bis zu den Wänden des Gebäudes sehen konnte. Wenigstens bildete ich mir ein, dass wir uns noch immer in einem Gebäude befanden. Nichts von alldem ergab einen Sinn für mich – aber musste es das, wenn es eine Fantasie war? Für Dr. Zetlin war es vermutlich sinnvoll.

Nach ein paar Minuten Treppensteigen umgab uns völlige Finsternis. Das Einzige, was wir noch sehen konnten, war der Dschungel tief unter uns – ein Anblick, bei dem ich, ehrlich gesagt, schweißnasse Hände bekam. Wir hatten mittlerweile eine beachtliche Höhe erreicht. Ich grübelte gerade darüber nach, wie wir später wieder zurück durch den Dschungel gelangen sollten um hier rauszukommen, als Loor abrupt stehen blieb.

»Wir haben ein Problem«, sagte sie ruhig.

»Und das wäre?«, fragte ich, obwohl ich durchaus nicht überzeugt war, dass ich es wirklich wissen wollte.

Als ich aufblickte, stellte ich fest, dass wir die nächste Etage erreicht hatten. Die Wendeltreppe führte weiter aufwärts – durch ein rundes Loch in der schwarzen Decke. Loor streckte prüfend die Hand in das Loch. Als sie sie wieder zurückzog, spürte ich Wassertropfen auf meinem Kopf. Hä? Loor zeigte mir ihre Hand – sie war nass.

»Jetzt versteh ich überhaupt nichts mehr.« Ich stieg noch ein Stück weiter hinauf, an Loor vorbei, und überzeugte mich selbst. Tatsächlich – in dem Loch war eine runde Wasserfläche. Jede Berührung zog Kreise, als ob ich die Finger in einen umgedrehten Teich steckte. Mir war völlig rätselhaft, wie die Flüssigkeit so da hängen konnte statt durch die weite Öffnung herauszuströmen. Wie auch immer, jedenfalls hing sie.

Loor bemerkte: »Ich glaube allmählich, Dr. Zetlin hat was gegen Besuch.«

»Ach, tatsächlich? Wie kommst du denn darauf?«, fragte ich sarkastisch. »Tja, hilft nichts, wir müssen irgendwie da durch.«

»Pendragon, ich kann nicht schwimmen«, wandte Loor energisch ein.

O Mann, das hatte ich ganz vergessen. Loor, die

Sportskanone, benahm sich im Wasser ungefähr wie ein Felsbrocken. Gar nicht gut, das. Mir dämmerte, was jetzt kommen musste, auch wenn mir bei der Vorstellung ganz anders wurde.

»Wir müssen da hoch«, sagte ich so entschlossen, wie ich nur konnte. »Ich werde die Lage auskundschaften.«

Ich wollte wirklich *absolut* nicht, aber was blieb mir anderes übrig? Ich sah Loor an, dass sie protestieren wollte, doch auch ihr war klar, es gab keinen anderen Weg. Ehe ich es mir anders überlegen konnte, stieg ich noch eine Stufe hoch, sodass ich mit dem Kopf jetzt fast die Wasserfläche berührte. Ich atmete ein paarmal tief ein und aus, dann hielt ich die Luft an und steckte den Kopf ins Wasser.

Es war warm – immerhin etwas. Ich tauchte nur bis zu den Schultern ein und schaute mich um, so gut es ging. Viel gab es nicht zu sehen, was wohl hauptsächlich daran lag, dass ich im Wasser nur eine verschwommene Sicht hatte. Was hätte ich in diesem Moment für eine Kopfmaske aus Cloral gegeben! Doch so, wie die Dinge lagen, sah ich um mich herum nichts als finsteres Wasser.

Über mir hingegen bemerkte ich Licht. Ich stieg wieder eine Stufe tiefer. Mein Kopf und meine Schultern waren nass, aber nur wenige Tropfen fielen herunter. Unglaublich.

»Es ist ein riesengroßes Wasserbecken«, teilte ich Loor mit. »Wir sind hier am Grund. Wie weit es bis zur Oberfläche ist, kann ich nicht erkennen.«

Loor und ich sahen uns in stummem Einverständnis an. Dann begann Loor eine der Ranken vom Treppengeländer abzureißen.

»Das binde ich dir an den Fußknöchel«, erklärte sie.

Sie war mir schon wieder ein paar Schritte voraus. Ich versuchte immer noch die Tatsache in meinen Kopf zu bekommen, dass ich da hoch ins Unbekannte schwimmen musste. Loor sorgte indessen schon dafür, dass ich sicher zurückkam. Schnell hatte sie ein Stück Ranke vom Geländer gelöst, das reichlich lang genug war für dieses Abenteuer. Wenn ich so weit nach oben tauchte, wie die Ranke reichte, und dann noch nicht die Oberfläche erreicht hatte, würde ich längst nicht mehr genug Luft haben um es wieder zurück zum Loch zu schaffen.

Loor knotete ein Ende um mein Fußgelenk, dann richtete sie sich auf und blickte mir fest in die Augen.

»Ich halte mich an dir fest«, sagte sie. »Bitte pass auf, dass ich nicht verloren gehe.«

»Was? Nichts da, du kommst nicht mit!«

»Es ist besser, wenn wir zusammenbleiben, damit wir die Strecke nur einmal zurücklegen müssen«, wandte sie ein.

Sie musste entsetzliche Angst haben, ließ sich jedoch absolut nichts anmerken. Mann, dieses Mädchen hatte Mumm. Ich konnte nicht entscheiden, was schlimmer wäre – sie mitzunehmen oder es zuerst allein zu wagen und dann noch einmal zurückkommen zu müssen. Schließlich entschied ich, da sich Loor nun einmal bereit erklärt hatte, würden wir es gemeinsam wagen.

»Okay«, stimmte ich zu. »Aber wenn sich herausstellt, dass es bis zur Oberfläche zu weit ist, kehren wir sofort um.«

Loor nickte. Sie band das andere Ende der Ranke am Treppengeländer fest, vergewisserte sich, dass es hielt, und rollte den mittleren Teil sorgfältig auf einer Treppenstufe zusammen. Anschließend stellte sie sich hinter mich und umklammerte meine Taille. Ich spürte die Kraft in ihren Armen. Hoffentlich geriet sie nicht in Panik, denn wenn sie richtig zudrückte, konnte sie mich glatt zerquetschen.

»Wenn dir die Luft ausgeht, drück mich zweimal kurz«, wies ich sie an. »Dann kehre ich um.«

»Verstanden«, erwiderte sie.

Loor konzentrierte sich ganz auf das, was vor uns lag, und darauf, ihre Angst zu unterdrücken. Ich war fest entschlossen dafür zu sorgen, dass ihr nichts zustieß. Gemeinsam standen wir da, die Köpfe dicht unter der Wasserfläche.

»Atme ein paarmal tief durch«, riet ich. »Dann kannst du länger die Luft anhalten.«

Nach drei tiefen Atemzügen hielten wir beide die Luft an, verständigten uns mit einem kurzen Nicken und stiegen ins Wasser *hinauf*.

Von jetzt an zählte jede Sekunde. Es war ein eigenartiges Gefühl – gerade hatten wir noch auf der Treppe gestanden, wo die Schwerkraft uns nach unten zog, doch sobald wir von Wasser umgeben waren, zog es uns in die entgegengesetzte Richtung, nach oben. Ich stieß wie beim Brustschwimmen die Hände flach zusammengelegt vor und drückte sie dann mit aller Kraft nach beiden Seiten abwärts. Loor umklammerte mich mit festem Griff und bremste mich erheblich ab. Egal – ich musste mich einzig und allein darauf konzentrieren, so schnell wie möglich die Oberfläche zu erreichen. Es war unmöglich, abzuschätzen, wie weit sie entfernt war. Bereits nach ungefähr fünf Schwimmzügen dachte ich zum ersten Mal ans Umkehren, denn schließlich würde das Abtauchen wesentlich anstrengender sein als das Auftauchen. Kurzerhand entschied ich noch weitere fünf Züge zu schwimmen und dann kehrtzumachen.

Im nächsten Moment hörte ich ein seltsames Geräusch. Es klang hoch und schrill wie von einem Motor. Unter Wasser war natürlich schwer auszumachen, woher es kam. Jedenfalls wurde es immer lauter, was bedeutete, dass es näher kam.

Als ich den Blick nach oben richtete, sah ich in einiger Entfernung Lichter. Fünf Lichter, die aussahen wie Scheinwerfer und sich unter Wasser geradewegs auf uns zubewegten. Und zwar schnell. Was immer das sein mochte – offenbar ging das eigenartige Geräusch von diesen Dingern aus.

Ich wusste nicht, wie ich mich verhalten sollte. Waren diese Lichter gefährlich? Sollte ich umkehren und zum Loch zurückschwimmen? Sollte ich mich noch mehr anstrengen und hoffen, dass wir rechtzeitig an die Oberfläche gelangten? Oder sollten wir bleiben, wo wir waren, und uns verteidigen, falls wir angegriffen wurden?

Noch ehe ich eine Entscheidung treffen konnte, hatten die Dinger uns erreicht. Alle fünf Lichter schossen senkrecht an uns vorbei weiter in die Tiefe. Sie waren so schnell wieder verschwunden, dass ich nicht erkennen konnte, worum es sich handelte. Zwar hatten sie uns nicht berührt, doch im nächsten Moment spürte ich einen heftigen Ruck an meinem Knöchel. Mir war augenblicklich klar, was geschehen war. Ein rascher Blick nach unten bestätigte meine Befürchtung.

Die rätselhaften Dinger hatten die Ranke durchtrennt, die unsere Rettungsleine war. Das abgerissene Ende stieg langsam auf. Wir trieben haltlos im Wasser.

In diesem Moment drückte Loor mich zweimal kurz. Ihr ging die Luft aus.

Wir saßen in einem Unterwasser-Nirgendwo in der Falle.

Fünfzehntes Journal
(Fortsetzung)

Veelox

Ich musste weiterschwimmen und versuchen die Oberfläche zu erreichen.

Wir waren inzwischen zu weit von dem Loch am Grund entfernt, als dass wir den Rückweg hätten schaffen können. Außerdem war ich mir nicht einmal sicher, ob ich es ohne die Ranke überhaupt wiederfinden würde. Nein, die Entscheidung stand fest: auftauchen um jeden Preis oder ertrinken.

Ich ruderte mit den Armen, so fest ich konnte. Wenn ich nur auch die Beine hätte benutzen können ... aber das ging nicht, weil Loor an mir hing. Mir tat schon die Lunge weh. Jedes einzelne Sauerstoffmolekül musste verbrannt sein, so angestrengt schwamm ich.

In meiner Verzweiflung schoss mir ein Gedanke durch den Kopf: die Taste an meinem Controller drücken und den Jump beenden. Wenn wir nicht in wenigen Sekunden die Oberfläche erreichten, war das unsere einzige Hoffnung. Aber es war das letzte Mittel und außerdem stand noch nicht einmal fest, dass es funktionieren würde. Also weiterschwimmen.

Mehrere quälend lange Sekunden vergingen und noch immer waren wir unter Wasser. Mir wurde allmählich schwindelig. Wir brauchten Luft, und zwar sofort. Höchste Zeit, das Ganze abzubrechen. Ich griff nach meinem Armband-Controller, doch im letzten Augenblick, bevor ich uns aus der Fantasie herauskatapultieren konnte, stürzte etwas nur wenige Meter entfernt ins Wasser. Was immer es sein mochte, es war ziemlich groß und bewegte sich offenbar mit hoher Geschwindigkeit, denn beim Eintauchen erzeugte es ein gewaltiges Getöse. In diesem Moment war mir herzlich egal, worum es sich handelte – Tatsache war: Dort, wo es aufgeschlagen war, musste die Oberfläche sein, und folglich war sie nicht mehr weit entfernt. Also drückte ich die Taste nicht, sondern schwamm zwei weitere verzweifelte Züge um endlich an die Luft zu gelangen.

Gleich darauf durchbrach ich die Wasseroberfläche. Einen Sekundenbruchteil später tauchte auch Loor auf und wir beide rangen erst mal nach Luft. Geschafft! Aber jetzt war keine Zeit zum Freuen, denn noch war die Gefahr nicht ausgestanden. Schließlich konnte Loor nicht schwimmen. Ich musste schleunigst vom Tauch- in den Schwimm-Modus umschalten und mich um sie kümmern. Sie begann bereits panisch mit den Armen zu rudern. Wenn sie mich dabei versehentlich traf und ich k. o. ging, wäre das für uns beide der Untergang … im wahrsten Sinne des Wortes.

»Ganz ruhig«, redete ich ihr zu. »Lass dich auf dem Rücken treiben, Loor. Ich halte dich.«

Loor drehte sich auf den Rücken. Sie atmete schwer und die Panik stand ihr in den Augen, aber sie gab sich alle Mühe, sich zu entspannen. Ich hielt ihren Kopf und trat Wasser.

»Uns passiert nichts«, sprach ich beruhigend auf sie ein. »Lass uns warten, bis wir ein bisschen zu Atem gekommen sind, und dann kommen wir hier schon irgendwie raus.«

Ich nutzte die Gelegenheit, mich ein wenig umzuschauen. Wir trieben in einer Art Höhle, die stockfinster war. Ebenso wie vorhin in der Etage mit dem Dschungel waren die Seitenwände dieses unglaublichen Fantasiebauwerks nicht zu sehen. Auch nach oben verlor sich der Raum in schier endloser Schwärze. Doch in der Luft über uns sahen wir etwas Merkwürdiges: Überall in diesem riesigen Raum hingen helle Kugeln von schätzungsweise einem guten halben Meter Durchmesser, die in verschiedenen Neonfarben leuchteten: Orange, Rot, Grün, Gelb. Insgesamt bestimmt hundert davon schwebten in unterschiedlicher Höhe über uns.

»Die sehen aus wie bunte Sterne«, bemerkte Loor japsend. »Was kann das sein?«

Offenbar gewann sie allmählich die Fassung wieder. Sehr gut.

»Keine Ahnung«, erwiderte ich. »Jedenfalls sehen sie nicht gefährlich aus —«

Plötzlich spritzte dicht neben uns eine Wasserfontäne auf wie von einer Explosion, und zum Vorschein kamen die leuchtenden Dinger, die vorhin unsere Leine durchtrennt hatten. Jetzt erst erkannten wir, was es damit auf sich hatte.

Es waren Fahrzeuge.

Dicht hintereinander schossen sie aus dem Wasser hinauf in die Luft. Sie erinnerten mich an knallbunte Motorräder, nur dass sie keine Räder hatten. Die Fahrer trugen Helme und duckten sich wie Jockeys hinter die kegelförmig gewölbten Windschutzscheiben. Sie steuerten ihre Fahrzeuge auf die schwebenden Kugeln zu. Diese Dinger konnten nicht nur tauchen, sondern auch fliegen! Alle fünf jagten in geschlossener Formation auf eine leuchtend orangefarbene Kugel zu. Als sie sie erreicht hatten, vollführten sie eine scharfe Wendung und rasten weiter, auf die nächste zu.

»Das ist ein Rennen!«, rief ich verblüfft. »Die Kugeln markieren die Rennstrecke!«

Die fünf Rennfahrer flitzten von einer Kugel zur

nächsten, wobei sie sich immer weiter von uns entfernten. Schließlich machten sie kehrt und stießen erneut senkrecht ins Wasser hinab wie eine Schar hungriger Möwen auf der Jagd nach Fischen.

»Megacool!«, rief ich aus. »Das Ganze hier ist eine riesige Rennbahn!«

»Pendragon, ich kann immer noch nicht schwimmen«, erinnerte mich Loor ruhig.

Ach ja, richtig. Wir mussten endlich aus dem Wasser raus. Als ich mich noch einmal umsah, entdeckte ich zu meiner Erleichterung eine weitere Wendeltreppe, die nur wenige Meter von uns entfernt aus dem Wasser aufragte. Mit ein paar raschen Schwimmzügen schleppte ich Loor bis zu der Treppe ab. Wir waren froh endlich wieder festen Halt zu haben, setzten uns auf die unterste Stufe und legten eine kleine Atempause ein. Dabei sahen wir zu, wie die Rennfahrer erneut aus dem Wasser emporschossen, in die Höhe schnellten und mit gekonnten Wendemanövern in der Ferne verschwanden. Wer immer diese Jungs sein mochten, sie waren gut – und sie hatten die coolsten Fahrzeuge, die ich je gesehen hatte.

»Alles in Ordnung mit dir?«, erkundigte ich mich bei Loor.

Sie nickte. »Wir müssen weiter.«

Ich blickte an der Wendeltreppe entlang bis dorthin, wo sie sich in der Schwärze verlor.

»Mann«, seufzte ich, »dieser Zetlin ist wirklich eine harte Nuss.«

Diesmal ging ich voran und stieg eilig die Stufen hoch. Auf dem Weg nach oben sahen wir die Rennfahrer immer wieder die Kugeln umrunden, ins Wasser eintauchen und daraus wieder empor auf die schwebenden Streckenmarkierungen zurasen. Das Ganze sah aus, als machte es ihnen mächtig Spaß.

Als wir die Decke erreichten, stellte ich zu meiner Erleichterung fest, dass der nächste Durchgang nicht wieder in ein Wasserbecken führte. Stattdessen verlief die Treppe durch einen großen weißen Ring.

Plötzlich bemerkte Loor: »Wie kann denn das sein? Wir sind ja gar nicht mehr nass.«

Tatsächlich – unsere Overalls und unsere Haare waren völlig trocken. Ich hatte es längst aufgegeben, mir irgendetwas von dem, was hier geschah, logisch erklären zu wollen. Wenn wir auf wundersame Weise plötzlich wieder trocken waren – bitte sehr, mir sollte es recht sein. Sogar sehr recht, denn als ich den weißen Rand der Öffnung anfasste, stellte ich überrascht fest, dass er eiskalt war.

»Das ist Schnee!«, teilte ich Loor mit.

Kein Zweifel. Ich kratzte etwas von dem Rand ab und hielt Eiskristalle in der Hand. »Was kommt denn jetzt?«, stieß ich verblüfft hervor.

Ich stieg die letzten Stufen empor und gelangte in eine kleine Schneehöhle, in der ich mir vorkam wie im Inneren eines Iglus. Und kalt war es. Ein echtes Glück, dass wir trocken waren.

»Ich schätze, da geht's lang«, sagte ich zu Loor und zeigte auf einen Gang, der aussah, als führte er ins Freie.

Weder Loor noch ich hatte die leiseste Ahnung, was uns draußen erwartete, aber wir würden es wohl oder übel in Erfahrung bringen müssen. Als wir den Gang entlanggingen, wurde es allmählich heller, bis wir hinter einer Biegung plötzlich von einem wahnsinnig grellen weißen Licht geblendet wurden. Nach der Dunkelheit im Dschungel und in der Höhle mit der Unterwasser-Rennstrecke dauerte es eine ganze Weile, bis sich unsere Augen auf die Helligkeit eingestellt hatten. Nach einigen Sekunden sahen wir uns blinzelnd um

und schon wieder bot sich uns ein durch und durch
verrücktes Bild.

Die Gegend sah aus wie die Antarktis.

Nicht dass ich jemals in der Antarktis gewesen bin,
aber wenn, dann hätte es dort bestimmt genauso ausgesehen wie hier. Alles war so einheitlich weiß, dass
wir kaum etwas von unserer Umgebung erkennen
konnten. Auch der Himmel erstrahlte in blendender
Helligkeit. Natürlich befanden wir uns eigentlich noch
immer in diesem Gebäude, aber hier waren wir von
solch gleißendem Licht umgeben, dass wiederum weder Decke noch Wände zu sehen waren.

Je mehr sich meine Augen an das Licht gewöhnten,
desto besser konnte ich Einzelheiten ausmachen. Offenbar standen wir in einer weiten vereisten Landschaft. Sie
war nicht eben, sondern von Bergen und Tälern aus gewaltigen zerklüfteten Eisbrocken durchzogen.

»Dieser Dr. Zetlin hat aber wirklich eine seltsame
Fantasie«, kommentierte Loor.

Bevor ich ihr zustimmen konnte, hörten wir aufgeregtes Geschrei.

»Jippie! Yeah! Jaaaa!«

Es klang wie eine Horde Jungs im Adrenalinrausch.
Gleich darauf erschienen oben auf einem der Eisberge
fünf Gestalten. Sie schossen über die Kante hinaus, flogen ein beträchtliches Stück durch die Luft und setzten
dann auf dem Hang auf, den sie mit Geräten, die an
Snowboards erinnerten, hinabglitten. Allerdings sahen
die Dinger nicht so aus wie die Snowboards auf Zweite
Erde, sondern waren rund und schwarz, ungefähr von
der Größe eines Mülltonnendeckels und am Rand nach
oben gewölbt. Die Füße der Sportler schienen in der
Mitte in einer Art Halterung zu stecken. Mann, die
Jungs waren richtig gut! Während sie mit rasender Geschwindigkeit den Hang hinunterjagten, drehten sie

sich um die eigene Achse, fuhren Slalom umeinander –
kurz, sie boten die reinste Stunt-Show. Alle fünf trugen
die wohl bekannten grünen Overalls und dazu schwarze Helme und Schutzbrillen, sodass von ihren Gesichtern nicht viel zu erkennen war.

Loor und ich sahen staunend zu, wie die Gruppe
schnell auf uns zukam. Ich konnte mich nicht entscheiden, ob wir weglaufen oder stehen bleiben sollten. Zögernd wandte ich mich wieder zu der Höhle um, doch
Loor hielt mich zurück.

»Nein«, sagte sie. »Wir dürfen keine Furcht zeigen.«
Sie hatte leicht reden … aber ich blieb, wo ich war.

Im nächsten Moment kamen die Snowboarder dicht
vor Loor und mir so abrupt zum Stehen, dass uns eine
Wolke aus aufgewirbeltem Schnee entgegenstob.
Schulter an Schulter standen die fünf mit ihren Helmen
da und musterten uns durch dunkel getönte Schutzbrillen. Niemand sprach ein Wort. Nach einer Weile beschloss ich einfach mit der Tür ins Haus zu fallen.

»Wir suchen Dr. Zetlin«, verkündete ich.

Die fünf blickten sich an und begannen zu lachen.
Damit hatte ich nicht gerechnet. Ich weiß allerdings
nicht wirklich, womit ich stattdessen gerechnet hatte.
Nach einer Weile beruhigte sich einer der Jungs ein
wenig und trat vor.

»Ihr könnt hier nicht einfach so aufkreuzen und zum
Z spazieren«, sagte er.

»Es ist aber wirklich wichtig«, entgegnete ich – nicht
sehr originell. »Er würde bestimmt mit uns sprechen
wollen.«

Ich hatte nicht die leiseste Ahnung, wie ich diesen
Typen kurz und knapp erklären sollte, warum wir zu
Dr. Zetlin mussten. Und sie sahen nicht aus, als ob sie
für eine langatmige Erklärung genügend Geduld auf-
bringen würden … oder Interesse.

»Wisst ihr, wo er ist?«, erkundigte sich Loor.

Ein anderer der Jungs ging auf sie zu und antwortete: »Klar, aber wenn ihr zu ihm wollt, müsst ihr erst ein Spiel mitmachen.«

»Spiel?«, wiederholte ich. »Was denn für ein Spiel?«

»Ein Slickshot-Rennen!«, rief einer der Typen.

»Ja, genau! Slickshot!«, fielen die übrigen ein.

Dann schnallten sie mit wenigen Handgriffen die runden Snowboards von ihren Stiefeln los, warfen sie beiseite und glitten über das Eis wie auf Schlittschuhen – nur dass sie keine Schlittschuhe anhatten. Unmöglich! Sie flitzten umher und ihre Stiefelsohlen schienen kaum den Boden zu berühren. Nach einer Weile kehrte der Erste um und kam dicht vor mir zum Stehen.

»Ich mache euch ein Angebot«, sagte er. »Einer von euch läuft mit uns ein Slickshot-Rennen. Ihr braucht nicht zu gewinnen, ihr müsst es nur bis ins Ziel schaffen.«

»Wie läuft denn so ein Rennen ab?«, wollte ich wissen.

Der Typ deutete auf seine Kameraden, die noch immer über die Eisfläche glitten.

»Es ist eine Art Wettrennen auf dem Eis«, erklärte er. »Die Strecke ist mit roten Pfeilen markiert. Wir laufen alle gleichzeitig los, und der Erste, der wieder hier ankommt, hat gewonnen.«

»Und wir brauchen wirklich nur ins Ziel zu kommen?«, hakte ich nach.

»Ganz so einfach ist es nicht«, schränkte er ein. »Es gibt fünf Etappenziele. Am ersten steht ein Gestell mit sechs roten Bällen – für jeden Läufer einer. Man nimmt sich einen Ball, wirft ihn ein Stück weiter in einen Korb und läuft dann zum nächsten Etappenziel. Dort liegen wieder sechs Bälle bereit, aber nach der dritten Etappe sind es nur noch fünf. Wer als Letzter dort ankommt, scheidet aus. Dann kommen noch mal fünf und am letzten Etappenziel gibt es nur vier Bälle.«

»Das heißt also, sechs laufen los, aber nur vier schaffen es bis ins Ziel«, folgerte ich.

»Genau«, bestätigte der Junge. »Und wenn ihr es schafft, ins Ziel zu kommen, dann dürft ihr mit dem Z reden.«

»Wir sind nicht hier, um Spiele zu spielen«, protestierte Loor energisch.

»Tja, schade eigentlich«, versetzte der Typ schulterzuckend. »Wir schon.« Damit wandte er sich ab und schlitterte davon.

»Halt, warte!«, rief ich ihm nach. »Ich will es versuchen. Aber ich begreife nicht, wie ihr ohne Schlittschuhe übers Eis laufen könnt.«

Der Bursche glitt zum Eingang der Höhle hinüber. Dort stand etwas, das wir zuvor nicht bemerkt hatten: ein Ständer voller schwarzer Helme, wie die fünf Sportler sie trugen, und daneben ein Drahtkorb mit ungefähr vierzig roten Bällen von der Größe einer Grapefruit – vermutlich die Bälle für die Etappenziele. Der Typ nahm einen der Helme vom Ständer und kam zu uns zurück.

»Schnall dir das hier an die Schuhe«, wies er mich an und zog aus dem Helm zwei Drahtgestelle hervor, die aussahen, als ob sie an eine Schuhsohle passten. An jedem befanden sich zwei gelbe Gleiter, einer an der Fußspitze und einer an der Ferse. »Gewöhn dich erst mal ein bisschen dran«, riet der Typ mir. »Wir machen inzwischen die Rennstrecke klar.« Damit ließ er Loor und mich stehen und gesellte sich zu den vier anderen.

»Vielleicht sollte *ich* lieber antreten«, schlug Loor vor.

»Kannst du denn eislaufen?«, erkundigte ich mich.

Loor senkte den Kopf. Es fiel ihr schwer, einmal nicht die Nummer eins zu sein.

330

»Ich aber«, fuhr ich fort. »Lass mich diese Dinger ausprobieren.«

Die Gestelle ließen sich leicht an den Sohlen meiner Stiefel festschnallen. Ein Ende umspannte die Fußspitze, das andere wurde an der Ferse befestigt. Ich verstand nur nicht, wie sie als Schlittschuhe funktionieren sollten – bis ich mich hinstellte und mit einem Fuß abstieß.

»Wow!«, stieß ich verblüfft hervor, während ich über das Eis schlitterte.

Die Gleiter mussten aus superglattem Material bestehen, denn ich glitt so mühelos über das Eis, als hätte ich Eishockey-Schlittschuhe an. Schon nach einer halben Minute hatte ich den Bogen raus – das Manövrieren war wirklich kinderleicht. Ich hatte mal ein paar Jahre lang in der Junioren-Eishockeymannschaft gespielt, sodass ich mich auf der Eisfläche ziemlich sicher fühlte. Jetzt stellte ich fest, dass ich mit diesen seltsamen Dingern sogar noch besser Bögen fahren, wenden, abbremsen und rückwärts laufen konnte als mit den Schlittschuhen, die ich von zu Hause kannte. Meine Zuversicht stieg.

Trotzdem standen wir vor einer schweren Entscheidung, denn Loor war von uns beiden eindeutig die sportlichere. Andererseits würden ihre Kraft und Kondition ihr in diesem Rennen nicht viel nutzen, weil sie noch nie Schlittschuh gelaufen war. Sie würde nicht mal die erste Etappe schaffen.

»Ich denke, es ist besser, wenn ich antrete«, sagte ich. Loor nickte. Ihr war klar, dass ich Recht hatte. »Warum müssen wir hier überhaupt Spiele spielen?«, grummelte sie. »Wir haben eine ernsthafte Mission zu erfüllen. Es darf doch wohl nicht sein, dass so etwas von einem kindischen Wettkampf abhängt.«

»Ja, das ist wirklich verrückt«, stimmte ich zu. »Aber

wir sollten tun, was sie verlangen. Wenn ich es bis ins Ziel schaffe, lassen sie uns zu Zetlin.«

»Und wenn nicht?«, fragte sie.

Darauf wusste ich keine Antwort.

Die fünf Jungs versammelten sich in einer Reihe vor uns. »Startklar?«, fragte derjenige, der mir den Helm gebracht hatte.

»Klar«, erwiderte ich und bemühte mich siegesgewiss zu klingen. »Gibt es sonst noch irgendwelche Regeln, die ich kennen muss?«

Die Typen brachen erneut in Gelächter aus. Die machten mich noch verrückt.

»Allerdings«, entgegnete der Erste. »Die wichtigste Regel lautet: Alles ist erlaubt. Hauptsache, man kommt ins Ziel, ganz egal wie.«

Die Art, wie er das sagte, behagte mir nicht. Aber es war ihr Spiel und dies war nicht der geeignete Zeitpunkt für eine Grundsatzdiskussion über Slickshot-Regeln. Die fünf glitten bereits auf die Startlinie zu. Als ich ihnen folgen wollte, hielt Loor mich an der Schulter zurück. Sie sagte nichts, sondern blickte mir nur fest in die Augen. Ich glaube, sie wollte etwas von ihrer Kraft und ihrem Selbstvertrauen auf mich übertragen. Meine Knie wurden weich. In diesem Moment machte ich mir größere Sorgen darum, sie zu enttäuschen, als darum, wie wir zu Dr. Zetlin gelangen sollten. Sie zwinkerte mir zu und ließ die Hand sinken.

Ich stieß mich mit dem Fuß ab und setzte im Laufen Helm und Schutzbrille auf. Noch nie in meinem Leben war mir ein Sieg so wichtig gewesen. Ich brannte darauf, es zu schaffen – für Loor, für mich und auch für Aja. Mir wurde bewusst, dass sich das Schicksal von Veelox womöglich auf dieser Eislauf-Rennstrecke entscheiden würde.

War das nicht völlig absurd?

Fünfzehntes Journal
(Fortsetzung)

Veelox

Die fünf Jungs standen Schulter an Schulter aufgereiht neben einem roten Pfosten. »Dies hier ist Start und Ziel«, erklärte der Erste. Dann deutete er auf die Strecke vor uns. »Zum ersten Etappenziel geht es dort entlang.« Jenseits einer weiten Ebene ragte eine Steilwand aus Eis auf. Daran sah ich einen roten Pfeil, der nach links zeigte.

»Du musst nur den Pfeilen folgen«, fuhr der Typ fort. »Sie sind nicht zu übersehen. Lauf zum Etappenziel, nimm dir einen Ball und wirf ihn in den Korb. Sobald du an einer Station keinen Ball mehr abbekommst, bist du draußen. Verstanden?«

»Klar«, bestätigte ich.

Mein Herz schlug schneller. Mir war bei der ganzen Sache entschieden unbehaglich zumute. Ich hatte keine Ahnung, wie gut diese Jungs waren. Sie sahen zwar nicht gerade wie Eisschnelllauf-Profis aus und waren allesamt nicht größer als ich, aber dies war ihre Heimstrecke. Bestimmt liefen sie hier ständig Rennen. Das war doch alles total verrückt! Aber ich konnte jetzt keinen Rückzieher machen. Ich musste hoffen, dass es mir gelang, bis zum Schluss im Rennen zu bleiben.

»Auf mein Kommando«, sagte der Erste.

Wir gingen in die Knie und machten uns startbereit.

»Eins … zwei … *los!*«

Wo war die Drei geblieben? Das war kein guter Start – das Rennen hatte gerade erst begonnen und schon war ich eine Sekunde im Rückstand. Ich stieß mich ab und versuchte aufzuholen, wobei ich mit den Armen Schwung nahm. Zu meiner Überraschung ließen die Jungs mich jedoch keineswegs meilenweit hinter sich. Ich konnte durchaus mithalten, ja, ich holte sogar den Vorsprung auf, den sie durch meinen verpatzten Start gewonnen hatten. Zwar war ich immer noch Letzter, aber meine Zuversicht wuchs schon wieder erheblich. Vielleicht hatte ich tatsächlich eine Chance.

Nach kurzer Zeit hatten wir den ersten Pfeil erreicht und bogen nach links ab. Ich nahm die Kurve mühelos, indem ich immer einen Fuß vor dem anderen aufsetzte, wobei ich mich bemühte möglichst wenig Tempo einzubüßen. Ein Stück voraus sah ich ein Gestell mit sechs der Grapefruit-großen roten Bälle – das erste Etappenziel. Die anderen fünf Läufer schnappten sich rasch jeder einen Ball, fast ohne abzubremsen. Ich kam als Letzter an, lag jedoch kaum im Rückstand.

Bis der fünfte Läufer den letzten Ball vom Ständer stieß. Die rote Kugel fiel aufs Eis und kullerte davon, sodass ich stehen bleiben musste um sie aufzuheben. Das war nie und nimmer ein Versehen gewesen. Offenbar war »alles ist erlaubt« wörtlich zu verstehen. Mir dämmerte, dass Schnelligkeit in diesem Rennen nicht das Einzige war, worauf es ankam. Diese Jungs benutzten faule Tricks.

Ich schnappte mir den Ball, lief wieder los und warf ihn ein paar Meter weiter in den Metallkorb, in dem bereits die Bälle meiner fünf Konkurrenten lagen. Anschließend legte ich mich ins Zeug um wieder aufzuholen.

Die anderen Läufer glitten ohne sichtliche Anstrengung dahin. Keiner von ihnen schien besonders scharf darauf zu sein, die Führung zu übernehmen. Das kam mir sehr gelegen, denn bei diesem mäßigen Tempo konnte ich problemlos mithalten. Die Strecke führte jetzt über eine weite, offene Ebene. Ich achtete überhaupt nicht auf die roten Pfeile, sondern hielt mich einfach an die Jungs vor mir.

Mit der Zeit wurde das allerdings ziemlich frustrierend, denn sie liefen alle in einer Reihe, Schulter an Schulter nebeneinander, sodass ich keine Chance hatte, an ihnen vorbeizukommen. Inzwischen war ich ihnen wieder dicht auf den Fersen, aber sobald ich zum Überholen ansetzte, verschob sich die ganze Gruppe geschlossen in die betreffende Richtung und versperrte mir den Weg. Wenn ich es auf der anderen Seite versuchte, geschah dasselbe. Mir schien, als ginge es ihnen nicht so sehr darum, wer siegte, sondern darum, dass ich verlor. Wenn sie dieses Spielchen weiter so trieben, würde ich jedes Mal als Letzter bei den Bällen ankommen.

Was am Ende der dritten Etappe böse Folgen hätte.

Schon bald näherten wir uns dem zweiten Etappenziel. Wie Piloten im Formationsflug reihten sich die fünf Läufer elegant hintereinander ein, wobei ich wieder mal das Schlusslicht bildete. Ich hielt mich ganz dicht hinter meinem Vordermann und passte auf, dass er nicht wieder irgendwelche Tricks mit dem sechsten Ball anstellte.

Doch er versuchte nichts dergleichen. Der Reihe nach nahmen wir sechs jeweils einen Ball und versenkten ihn in dem Metallkorb. Diesmal ließ ich mich zwar nicht abhängen, aber trotzdem war und blieb ich an sechster Stelle. So konnte es nicht weitergehen. Ich musste mir etwas einfallen lassen.

Die Rennstrecke führte jetzt in eine enge Schlucht hinein. Zu beiden Seiten ragten die Eiswände steil empor. Der Weg dazwischen war schätzungsweise anderthalb Meter breit – jedenfalls so schmal, dass wir einzeln hintereinander laufen mussten. Hier konnte ich unmöglich überholen.

Was bedeutete, dass ich ein Problem hatte. Am nächsten Etappenziel lagen nur fünf Bälle bereit. Wenn ich nicht schnellstens etwas unternahm, war ich draußen. Immer wieder näherte ich mich dem fünften Läufer, aber diese Typen schienen auch hinten Augen zu haben, denn jedes Mal wenn ich zum Überholmanöver ansetzte, versperrte mir prompt die ganze Reihe den Weg. Es war zum Verrücktwerden! An Geschwindigkeit konnte ich es mit ihnen aufnehmen, aber ich verfügte nicht über die nötige Technik um irgendetwas anderes zu versuchen.

Wir näherten uns dem dritten Etappenziel. Ich *musste* einen Platz aufrücken, sonst war ich aus dem Rennen! Plötzlich kam mir eine Idee, die man entweder als brillant oder als absolut durchgeknallt bezeichnen konnte. Das Manöver war so waghalsig, dass ich die besten Chancen hatte, mir dabei den Hals zu brechen. Aber ich sah keine andere Möglichkeit. Prüfend betrachtete ich die Eiswände zu beiden Seiten vor uns. Mit etwas Glück … tatsächlich, ein Stück voraus entdeckte ich rechts eine Stelle, an der das Eis nicht absolut senkrecht in die Höhe ragte. Mir blieb keine Zeit zum Nachdenken. Ich musste es wagen.

Ich scherte nach links aus und natürlich verschob sich die gesamte Reihe meiner Vordermänner augenblicklich in dieselbe Richtung, um mir den Weg zu versperren. Doch dann schwenkte ich blitzschnell nach rechts um und lief geradewegs auf die Eiswand zu. Da sie an dieser Stelle etwas weniger steil war, prallte ich nicht dagegen, sondern schlitterte stattdessen etwa anderthalb bis zwei Meter an der Wand hinauf. Dabei zitterten meine Knie so sehr, dass ich sie nur mühsam dazu bringen konnte, mir zu gehorchen. Am Scheitelpunkt verlagerte ich mein Gewicht wieder zur anderen Seite, sodass ich auf den Weg zurückglitt. Der Schwung, den ich durch das Gefälle gewann, verlieh mir gerade genug zusätzliche Geschwindigkeit, dass ich mich zwischen dem vierten und dem fünften Läufer einfädeln konnte. Es war ein astreines Formel-1-Manöver ... und es funktionierte.

Der Typ, der nun an sechster Stelle lief, konnte es nicht fassen. Vor Verblüffung geriet er derart aus dem Rhythmus, dass er beinahe gestürzt wäre. Gleich darauf hatten wir das nächste Etappenziel erreicht und der fünfte und letzte Ball gehörte mir. Ich schnappte ihn mir und versenkte ihn mit Schwung im Korb. Geschafft – ich blieb im Rennen.

Auf dem nächsten Abschnitt wurde es richtig haarig. Als am Ende der Eisschlucht eine weitere Linkskurve folgte, dämmerte mir, dass die Strecke in einer weiten Schleife gegen den Uhrzeigersinn zurück zum Ausgangspunkt führte. Die Läufer vor mir lösten ihre Formation auf – warum, wurde mir gleich darauf schlagartig klar.

Die Eisfläche, die nun vor uns lag, war mit gewaltigen Eisbrocken übersät, zwischen denen kein erkennbarer Weg hindurchführte. Das Ganze war ein gigantischer Hindernisparcours. Hier mit voller Geschwindigkeit weiterzulaufen wäre Selbstmord gewesen. Wir mussten abbremsen, um besser um die Eisblöcke herumkurven zu können. Für mich war das eine Erleichterung, denn allmählich ging mir die Puste aus. Diese Jungs waren zweifellos besser in Form als ich. Dafür stand für mich so viel auf dem Spiel, dass Verlieren einfach nicht infrage kam. Ich lief sozusagen mit Adrenalinantrieb.

Jeder von uns restlichen fünf wählte einen anderen Weg. Das machte diese Etappe für mich besonders heikel, denn ich musste nicht nur möglichst schnell das Hindernisrennen um die Eisbrocken absolvieren, sondern nebenbei auch noch auf die roten Pfeile achten, weil ich keinen Vordermann mehr hatte, an dem ich mich orientieren konnte.

Ich muss sagen, ich schlug mich recht gut, auch wenn das nicht allein mein Verdienst war. Diese Gleitdinger waren einfach unglaublich. Mit ihnen konnte man so leicht und sicher manövrieren, dass ich es wagte, an Geschwindigkeit zuzulegen und die Kurven um die Eisbrocken immer knapper zu nehmen. Auf diese Weise gewann ich sogar einen Vorsprung vor meinen Konkurrenten. Nicht zu fassen! Als ich am anderen Ende der Ebene den letzten Eisbrocken hinter mir ließ und auf das Etappenziel zusteuerte, lag ich an erster Stelle. Diesmal gehörte der erste Ball mir. Na also! Dabei ging es mir ja gar nicht um den Sieg, sondern einzig und allein darum, auch am nächsten Etappenziel noch einen Ball zu erwischen, damit ich nicht aus dem Rennen ausschied. Mittlerweile war ich richtig zuversichtlich … was nach meiner Erfahrung ein sicheres Zeichen für eine bevorstehende Katastrophe ist. So leider auch diesmal.

Gerade hatte ich den roten Ball in den Korb geworfen und wollte zum Endspurt ansetzen, als ich einen Schlag an der Ferse spürte. Zuerst wusste ich nicht, was es war, und machte mir auch weiter keine Gedanken darum … bis ich den Fuß aufsetzte um mich abzustoßen. Ehe ich michs versah, verlor ich das Gleichgewicht und stürzte der Länge nach aufs Eis. Offenbar stimmte etwas mit meinem Gleiter nicht.

Gleich darauf sah ich das Corpus Delicti: Auf dem Boden, nicht weit von meinen Füßen entfernt, lag ein roter Ball. Der Läufer, der nach mir das Etappenziel erreicht hatte, hob ihn auf und ließ ihn in den Korb fallen.

»'tschuldigung!«, rief er. »Ist mir runtergefallen.«

Von wegen – er hatte ihn nach mir geworfen! Offenbar hatte der Ball mir den Gleiter vom Schuh geschlagen, und als ich dann den Fuß aufsetzte, hatte mein Stiefel auf dem Eis gebremst, sodass ich hinfiel. Tatsächlich, das Drahtgestell lag ein paar Schritte weiter. Ich rappelte mich auf, schnappte es mir und schnallte es in fieberhafter Eile wieder an.

Als ich aufblickte, stellte ich fest, dass die anderen vier Läufer mich schon ein ganzes Stück hinter sich gelassen hatten. Ich war erledigt. Unmöglich konnte ich bis zum nächsten Etappenziel einen solchen Rückstand wettmachen und noch dazu einen der Jungs überholen. Doch mir blieb wohl nichts anderes übrig als es zu versuchen. Also nahm ich die Verfolgung auf und betete um ein Wunder.

Die Rennstrecke verlief wieder in einer Biegung nach links, wo sie in eine weitere Schlucht hineinführte. Diese war nicht so eng wie die vorige und die Wände waren weniger steil. Ich lief, was meine Beine hergaben, aber es war aussichtslos. Diese Typen machten jetzt Ernst und legten zum ersten Mal im gesamten Rennen wirklich Tempo vor. Mir dämmerte die traurige Wahrheit: Bisher hatten sie nur mit mir gespielt. Sie wussten, dass ich ihnen hoffnungslos unterlegen war, und hatten sich gar nicht wirklich angestrengt. Jetzt hingegen liefen sie tief geduckt und schwangen kraftvoll die Arme. Ich hatte nicht die geringste Chance.

Und dann geschah das ersehnte Wunder.

Die vier Läufer, die noch im Rennen waren, konzentrierten sich so sehr auf die Strecke, dass sie nicht bemerkten, was sich anbahnte. Ich schon. Zuerst konnte ich mir nicht erklären, was ich sah, aber das war ja nichts Neues mehr – schließlich geschahen in diesem Fantasiegebäude in einem fort unerklärliche Dinge.

Doch dann schaute ich genauer hin und Sekunden später begriff ich.

Hoch oben an einer Seitenwand der Schlucht ging eine Lawine los. Allerdings war es keine Lawine aus Schnee und Eis, sondern eine Lawine aus roten Bällen. Bestimmt vierzig dieser Bälle rollten den Hang herunter, geradewegs auf die Eisläufer zu. Es gab nur eine Person, die dahinterstecken konnte.

Loor.

Gleich darauf entdeckte ich sie an der oberen Kante der Steilwand, mit dem leeren Drahtkorb noch in der Hand. Geniale Idee!

Die Läufer vor mir ahnten noch immer nicht, was dort oben gerade ins Rollen gekommen war. Jetzt hing alles davon ab, ob Loor das richtige Timing gehabt hatte, damit die Balllawine die Läufer nicht verfehlte.

Nein, ganz im Gegenteil.

Die Bälle prasselten ohne jede Vorwarnung auf die vier herab, die daraufhin sofort aus der Formation gerieten. Einer der Läufer bekam einen Volltreffer auf den Kopf und prallte frontal gegen die Wand der Schlucht. Ein anderer verlor bei einem Ausweichmanöver die Kontrolle über seine Gleiter und musste stehen bleiben um nicht zu stürzen. Der Dritte lief zwar weiter, ruderte dabei aber heftig mit den Armen um das Gleichgewicht zu halten. Nur einem gelang es, sämtlichen Bällen auszuweichen und mit unverminderter Geschwindigkeit weiterzulaufen. Doch das scherte mich nicht – mir genügte der vierte Platz.

Blitzschnell ließ ich die drei Jungs hinter mir, die gar nicht wussten, wie ihnen geschah. Als ich das Etappenziel erreichte, hatte ich drei Bälle zur Auswahl. Ich hatte gute Lust, einen zu nehmen und die anderen beiden runterzuwerfen, um es den Typen so richtig zu zeigen. Andererseits waren in diesem Spiel wirklich schon genug miese Tricks zum Einsatz gekommen, und so beschränkte ich mich doch lieber darauf, mir einen der drei Bälle zu schnappen und ihn mit Schwung in den Stahlkorb zu schmettern.

Anschließend schleppte ich mich mit letzter Kraft ins Ziel. Die anderen beiden Läufer überholten mich noch auf dem letzten Abschnitt, aber das kümmerte mich nicht. Als ich über die Ziellinie glitt, riss ich beide Arme hoch und rief triumphierend: »Wir sind Vierter! Wir sind Vierter!«

Loor kam herbeigelaufen und klopfte mir auf den Rücken. Ich sah ihr an, dass sie sich ein Lächeln verbiss.

»Tolle Leistung, Pendragon«, lobte sie.

»Tolle Idee, Loor«, parierte ich.

»Ihr habt gemogelt!«, schrie einer der Läufer empört. Es war derjenige, der als Letzter ausgeschieden war. Er lief auf die Ziellinie zu und sah stinkwütend aus. »Das war ein Foul!«

»Entschuldigung«, entgegnete ich ruhig, »aber ich dachte, die wichtigste Regel lautet: Alles ist erlaubt.«

»Aber *sie* hat sich eingemischt«, protestierte er.

»Und einen Ball nach mir zu werfen, um mir den Gleiter vom Schuh zu schlagen, war wohl völlig okay?«, konterte ich. »Das sehe ich aber anders.«

Inzwischen war auch der letzte Läufer wieder am Ausgangspunkt angekommen. »Ich verlange eine Wiederholung«, verkündete er.

»Nichts da«, widersprach ich.

»Das Rennen wird nicht wiederholt«, mischte sich ein anderer energisch ein. Es war derselbe Läufer, der uns das Spiel erklärt und es auch gewonnen hatte. »Er hat den gleichen Sportsgeist an den Tag gelegt wie wir. Es war ein faires Rennen.«

Der Typ kam auf mich zu und streckte mir die Hand entgegen. »Gut gemacht, ich gratuliere!«

Ich ergriff seine Hand und schüttelte sie.

»Jetzt seid ihr an der Reihe. Wir hatten eine Abmachung«, erinnerte ich ihn.

»Allerdings«, erwiderte der Typ.

Er nahm die Schutzbrille und den Helm ab. Zum Vorschein kam ein gut aussehender Bursche von schätzungsweise sechzehn Jahren, mit kurzem blondem Haar und einem eindringlichen Blick. Mir war auf Anhieb klar, dass ich ihn schon mal irgendwo gesehen hatte, mir fiel nur beim besten Willen nicht ein wo.

»Ich schätze Leute, die mich herausfordern«, fügte er hinzu.

In diesem Moment fiel es mir ein. Ich kannte den Typen ... gewissermaßen. Ich hatte ein Gemälde von ihm gesehen, ein Porträt. Auf dem Bild sah er zwar jünger aus, aber ein Irrtum war ausgeschlossen. Er war es.

»Ich bin Dr. Zetlin«, sagte er mit einem schiefen Grinsen. »Willkommen in meiner Fantasie.«

Fünfzehntes Journal
(Fortsetzung)

Veelox

»Das ist unmöglich«, wandte ich ein. »Dr. Zetlin ist über siebzig.«

»Neunundsiebzig um genau zu sein«, sagte der Junge.

Loor und ich sahen uns verwirrt an.

»Dies ist meine Fantasie«, fuhr Zetlin fort. »Warum sollte ich darin als alter Mann leben?«

»Das heißt, der Mann, der im Alpha-Core liegt —«, setzte ich an.

»Das ist mein physischer Körper, der neunundsiebzig Jahre alt ist«, beendete Zetlin den Satz. »Hier drin dagegen bin ich knackige sechzehn. Aber viel interessanter finde ich die Frage: Wer seid ihr zwei?«

Nach allem, was wir durchgestanden hatten um hierher zu gelangen, musste ich erst mühsam wieder umschalten und mich auf die Botschaft besinnen, die ich auszurichten hatte.

»Wir sind hergekommen, weil es Probleme mit Lifelight gibt«, begann ich. »Ein Virus hat Fehler im Programmablauf verursacht. Wir brauchen das Passwort zum Ursprungscode um den Code zu säubern.«

In der Art hatte Aja es formuliert, soweit ich mich erinnern konnte. Im ersten Moment fürchtete ich, dass Zetlin nichts damit anfangen konnte, denn er blickte mich mit einem seltsamen Ausdruck an. Aber dann wandte er sich zu den anderen Eisläufern um und rief ihnen strahlend zu: »Klasse Rennen, Jungs! Bis nachher, okay?«

343

Die vier erwiderten: »Klar, bis nachher dann. Mach's gut, Z!«, und flitzten auf ihren Gleitern davon.

Anschließend wandte sich Zetlin wieder zu Loor und mir um und forderte uns energisch auf: »Kommt mit.«

Er löste die Gleiter von seinen Stiefeln und marschierte los. Wir beide folgten ihm. Es war eigenartig – mit uns redete Zetlin wie ein ernster Erwachsener; wenn er mit den Eisläufern sprach, klang er hingegen wie ein sportbegeisterter Jugendlicher. Ich nehme an, in seiner Fantasie ging es darum, seine Jugend noch einmal zu erleben. Wie dem auch sei – uns hatte nur das Passwort zu interessieren. Seine Fantasien waren seine Privatangelegenheit.

»Ich muss sagen, ich bin beeindruckt, dass ihr zwei bis hierher vorgedrungen seid«, bemerkte Zetlin. »Gewöhnlich schaffen es die Phader nicht weiter als bis in den Dschungel. Wie heißt ihr?«

»Ich heiße Pendragon«, antwortete ich. »Und dies ist Loor.«

»Warum verschanzen Sie sich hier in diesem Gebäude?«, wollte Loor wissen.

Oha. Ich bezweifelte, dass es sonderlich geschickt war, den alten Knaben zu provozieren. Wir mussten ihn schließlich auf unsere Seite bringen. Aber die Frage war nun einmal typisch Loor, dagegen kam ich nicht an.

»Das Barbican bietet mir Zuflucht vor einer Welt, mit der ich nichts zu tun haben will«, erwiderte Zetlin. Dann blieb er stehen und wandte sich uns zu. »Und ich lasse mich hier ungern stören. Aber ihr zwei habt euch auf ein Spiel zu meinen Bedingungen eingelassen. Ihr habt euch eine Audienz verdient. Hier entlang.«

Wofür hielt sich dieser Mann? Für so was wie einen König? Tja, es stand mir wohl kaum zu, ihn zu kritisieren, also ließ ich die Sache auf sich beruhen. Im Augenblick gab es wahrhaftig dringendere Probleme.

Zetlin ging auf eine Steilwand aus Eis zu. Ich fragte mich, was er vorhatte, bis ich eine kleine schwarze Scheibe bemerkte, die in Hüfthöhe aus dem Eis ragte. Zetlin zog daran und öffnete eine Tür, die ganz aus Eis bestand. Dahinter befand sich ein kleiner Raum mit blassblauen, metallisch aussehenden Wänden. Zetlin winkte uns hinein. Nachdem wir schon so weit gekommen waren, konnten wir jetzt unmöglich einen Rückzieher machen. Also gingen Loor und ich in den Raum, der nicht größer war als eine Fahrstuhlkabine. Wie sich herausstellte, *war* er genau das: ein Aufzug. Zetlin trat hinter uns ein, schloss die Tür, drückte auf einen Knopf an der Wand und wir setzten uns aufwärts in Bewegung.

»Das verstehe ich jetzt nicht«, bemerkte ich. »Ich dachte, Lifelight ist an die Gesetze der Realität gebunden. Ich kann mir kaum etwas vorstellen, was weiter von der Realität entfernt ist als dieses Barbican-Ding.«

»Das liegt wohl daran, dass du nicht über meine Fantasie verfügst«, versetzte Zetlin schmunzelnd.

Gut pariert. Zetlin besaß zweifellos einen außerordentlichen Intellekt. Woraus vermutlich folgte, dass er ebenso außergewöhnliche Fantasien hervorbringen konnte.

»Die Leute auf Veelox fangen gerade erst an, alle Möglichkeiten zu erschließen, die Lifelight bietet«, fuhr Zetlin fort. »Aber das wird schon noch werden.«

»Nein, wird es nicht«, widersprach ich. »Veelox steht vor dem völligen Zusammenbruch, weil alle nur noch in ihrer eigenen Fantasiewelt leben.«

Zetlin machte nicht den Eindruck, als ob ihm diese Neuigkeit Sorgen bereitete. Gleich darauf hielt der Aufzug und die Tür öffnete sich. Zetlin stieg als Erster aus,

Loor und ich folgten ihm. Was wir nun zu sehen bekamen, kann ich am ehesten als das Traumhaus eines fünfzehnjährigen Jungen beschreiben. Ich muss das wissen, schließlich bin ich ein fünfzehnjähriger Junge, und mich haute es einfach um.

Die riesige Etage war mit Trennwänden in einzelne Räume unterteilt, sodass man sich nicht vorkam wie in einem Flugzeug-Hangar oder so. Die Decke bestand aus Glas, durch das wir sehen konnten, wie am Himmel gerade die letzten Gewitterwolken abzogen. Folglich mussten wir uns hier im obersten Stockwerk des Barbican befinden.

Zuerst durchquerten wir eine Art Arena mit Holzfußboden, die mich an ein Basketballfeld erinnerte. Allerdings spielte man auf Veelox wohl eine andere Art von Basketball: mit Toren wie beim Fußball, nur dass es an jeder Wand eins gab, und mit grünen Bällen, die ungefähr doppelt so groß waren wie ein Basketball.

Zetlin führte uns über das leere Spielfeld und durch eine Tür in den nächsten Raum, wo ich die Veelox-Version von etwas sah, was ich als Kind mal gespielt hatte. Kennt ihr dieses Spiel, bei dem man Holzkegel auf einem Tisch umstoßen muss, indem man eine Kugel an einer Schnur schwingt? Tja, das hier sah ungefähr so aus wie dieses Kegelspiel, nur in Lebensgröße. In der Mitte eines runden Platzes hingen an Seilen fünf riesige Bälle. Statt der Kegel galt es, Menschen umzuwerfen. Echte, lebende Menschen! Gerade war ein Spiel im Gange – zehn Kids standen in dem Kreis und weitere zehn drum herum. Die Kids außen am Kreis packten die Bälle und versuchten damit diejenigen in der Mitte zu treffen. Manche, die getroffen wurden, gingen richtig k. o. Das Ganze wirkte wie eine ziemlich brutale Variante von Völkerball. Ich wusste nicht recht, ob das ein Spaß oder eine Art Folter sein sollte.

»Hey, Jungs!«, rief Zetlin. »Schluss für heute. Wir spielen morgen weiter, okay?«

Zetlin redete tatsächlich wie die Kids auf Zweite Erde – aber das kam wohl daher, dass mein Reisendengehirn das, was er sagte, aus dem Jugendjargon von Veelox in unseren übersetzte.

»Geht klar. Okay! Bis dann, Z!«, erwiderten die Kids und trabten vom Spielfeld in Richtung Aufzug.

»Sie haben wohl eine Vorliebe für Kinderspiele«, bemerkte Loor.

»In der Tat«, bestätigte Zetlin. »Ich finde es ungemein entspannend, einfache Spiele zu spielen, bei denen es um Geschicklichkeit und Glück geht.«

Als Nächstes kamen wir in einen Raum, der eher nach einem Wohnzimmer aussah. Er war modern eingerichtet mit gemütlichen Sofas. An einer Wand befanden sich mehrere große Bildschirme – jede Wette, dass die für Videospiele gedacht waren. Es sah aus, als hätte eben noch eine große Party stattgefunden. Überall standen Tassen und Teller herum. Auf den Tellern lagen Reste von Ich-weiß-nicht-was. Eins weiß ich jedenfalls sicher: Es war kein Gloid. Mehrere Typen in grünen Overalls räumten gerade auf.

Einer von ihnen bemerkte uns und sagte: »Wir haben hier in null Komma nichts Klarschiff gemacht, Z.«

»Lasst euch Zeit«, erwiderte Zetlin. »Ich denke, heute kommt kein Besuch mehr.«

Wow! Der Typ hatte sogar Personal, das hinter ihm herräumte. Ging es vielleicht noch ein bisschen toller? Es ging.

Wir betraten eine moderne Küche, die von den köstlichsten Gerüchen erfüllt war. Ein Dutzend Köche waren eifrig dabei, zu kochen, zu braten, zu backen und … Mann, mein Magen rumorte. Ich hatte seit Tagen nichts als Gloid gegessen. Die Vorstellung, etwas Anständiges in den Bauch zu bekommen, erschien mir in diesem Moment sehr verlockend.

Eine Köchin kam mit einem Blech frisch gebackener Kekse herbeigeeilt. »Kann ich dich in Versuchung führen, Z?«, fragte sie.

Zetlin nickte uns zu, die Kekse zu probieren. Da ich nicht unhöflich sein wollte, nahm ich einen. Kleiner Scherz. Sie dufteten so wunderbar, dass ich am liebsten gleich zehn genommen hätte. Aber ich nahm nur einen und der war unbeschreiblich toll. Er war süß, innen weich und schmeckte nach Schokolade. Loor aß auch einen. Ich sah ihr an, dass er ihr weniger zusagte als mir. Als hätte sie meine Gedanken gelesen, erschien eine weitere Köchin mit zwei Gläsern, von denen ich stark hoffte, dass sie die Veelox-Version von Milch enthielten. Was hat Milch nur an sich, dass sie so gut zu Schokolade passt? Das Getränk war cremefarben, und ich bin nicht sicher, ob es tatsächlich Milch war, aber jedenfalls schmeckte es köstlich.

»Vielen Dank«, sagte ich zu den Köchinnen.

»Ja, danke«, sagte auch Loor.

Zetlin grinste und führte uns weiter. Sobald wir durch die nächste Tür traten, war mir klar, dass wir unser Ziel erreicht hatten. Eine Wand bestand komplett aus Glas, sodass man auf die seltsame Stadt mit den schwarzen Gebäuden hinunterblicken konnte. Die gegenüberliegende Wand war mit einer Computerkonsole ausgestattet, die mich stark an den Alpha-Core in der Lifelight-Pyramide erinnerte. Hier ging es nicht um Spaß und Spiele. Hier arbeitete Dr. Zetlin. Genau der Ort, an dem wir ihn brauchten.

»Eins nach dem anderen«, sagte Zetlin, ging auf den Kontrollsessel zu und drückte ein paar Tasten auf der Schalttafel an der Armlehne. Das Gebäude vibrierte wie von einem Erdstoß.

»Was ist das?«, fragte Loor, duckte sich und machte sich offenbar auf Ärger gefasst.

»Keine Sorge«, beruhigte Zetlin sie. »Ich bringe nur das Barbican in Position eins.«

Die Wände begannen sich zu bewegen. Ich begriff: Das gewaltige Bauwerk legte sich wieder auf die Seite! Wir hörten das Kreischen der metallenen Räder, die das immense Gewicht bewegten. Loor und ich sahen uns hastig nach etwas um, woran wir uns festhalten konnten, um nicht das Gleichgewicht zu verlieren.

Zetlin lachte. »Nur keine Panik. Die Böden drehen sich innerhalb des Gebäudes. Dieser Raum bleibt schön waagerecht.«

Tatsache – das, was eben noch die Glasdecke gewesen war, wurde jetzt zur Wand, und die gläserne Wand uns gegenüber nahm den Platz der Decke ein. Obwohl wir uns in Wirklichkeit gar nicht bewegten, machte mich all dieses Drehen schwindelig. Ich musste auf die Stadt hinausblicken um nicht umzufallen. Die Stadt bewegte sich nicht, was bewies, dass sich die Wände um uns drehten, während der Boden völlig gerade blieb. Unglaublich. Nach ein paar Sekunden kam das Gebäude mit einem letzten kurzen Beben zur Ruhe. Als ich mich umsah, schien alles genauso zu sein wie vorher.

»Liegt das Gebäude jetzt wieder auf der Seite?«, vergewisserte ich mich.

»Ganz recht«, bestätigte Zetlin. »Sämtliche Zwischenböden sind exakt quadratisch. Auf diese Weise können sie innerhalb der Rahmenstruktur des Barbican rotieren. Der einzige Unterschied besteht darin, dass jetzt die einzelnen Etagen nebeneinander liegen statt übereinander. In Position eins braucht man nicht zwischen den Ebenen hoch- und runterzuklettern. Alles ist auf derselben Höhe.«

»Warum haben Sie es so eingerichtet, dass sich das Gebäude drehen kann?«, wollte Loor wissen.

»Selbstverständlich um ungebetene Gäste fern zu halten«, antwortete Zetlin.

Was im Klartext hieß: uns. Aber ich hatte nicht vor, mich jetzt zu entschuldigen. Ich ging zu der Glaswand hinüber und warf einen Blick auf die öde schwarze Stadt.

»Ich begreif's nicht«, stellte ich fest. »Warum diese Stadt da draußen? Sie könnten jede beliebige Welt erschaffen. Tut mir Leid, aber das Ganze hier kommt mir reichlich seltsam vor.«

Zetlin trat neben mich und blickte ebenfalls hinaus.

»Diese Stadt ist eine Erinnerung«, sagte er leise.

»Woran?«, fragte ich.

»Daran, was vor Lifelight war.«

»Ich verstehe es immer noch nicht«, sagte ich. »Ist das Ihr früheres Zuhause?«

»So könnte man es ausdrücken«, erwiderte Zetlin. »Ich bin in Rubic City geboren und aufgewachsen. Damals war die Stadt belebt, den Leuten ging es gut ... aber ich gehörte nie dazu. Ich war zu – wie haben sie es doch genannt? – *besonders,* als dass ich am Leben der anderen hätte teilhaben dürfen.«

Es war eigenartig, Zetlin so reden zu hören. Er sah aus wie ein Sechzehnjähriger, seine Worte hingegen waren die eines traurigen alten Mannes. Irgendwie unheimlich.

»Die Direktoren hatten mich schon als Genie entdeckt, als ich noch ein Baby war«, fuhr er fort. »Sie prophezeiten, meine überlegene Intelligenz könne die Zukunft von Veelox verändern.« Er sah mich an und setzte schmunzelnd hinzu: »Sie haben Recht behalten.«

»Dann haben Sie nie ein normales Leben geführt?«, erkundigte sich Loor.

350

»O nein! Ich habe ein ganz außergewöhnliches Leben geführt, umgeben von den größten Geistern der Wissenschaft. Sie waren meine Lehrer, doch schon bald wurden sie meine Schüler. Sie staunten über meine Theorie der neuro-elektrischen Kompatibilität. Diese Theorie hat letztendlich die künstlich geschaffene Mauer zwischen Gedanken und Wirklichkeit eingerissen. Als ich acht war, schufen wir den ersten Prototypen von Lifelight. Das System war noch längst nicht ausgereift, aber wir konnten schon Bilder generieren, die einzig und allein aus Hirnfunktionen abgeleitet wurden. Das war der große Augenblick. Der Durchbruch. Alles, was dann folgte, war nur noch Weiterentwicklung.«

»Aber wie war dieses Leben für sie?«, wollte ich wissen. »Ich meine – klar, Sie waren ein Wunderkind und alles, aber es klingt so ... ich weiß nicht ... als ob Sie nicht gerade eine Menge Spaß hatten.«

Zetlin antwortete nicht, sondern blickte schweigend auf die Stadt hinaus. Allmählich begriff ich. Aja hatte mir davon erzählt, wie sie als Phader aufgewachsen war – jede Minute war dem Lernen und der Ausbildung gewidmet, da blieb für Freundschaften oder menschliche Wärme keine Zeit. Wahrscheinlich war Dr. Zetlins Leben ebenso verlaufen, nur ungefähr tausendmal so extrem. Diese grässlich trostlose schwarze Stadt war das Bild, das Zetlin von seinem eigenen Leben hatte. Von seinem *wirklichen* Leben.

Ich hatte mich getäuscht – in Zetlins Fantasie ging es nicht darum, seine Jugend zurückzuholen, sondern darum, die Kindheit zu erleben, die man ihm vorenthalten hatte. Dieses Gebäude – das Barbican, wie er es nannte – verschaffte ihm eine zweite Chance, jung zu sein.

»Ich hatte ein Ziel«, begann er nach langem Schweigen. »Ich habe sechzig Jahre lang an Lifelight gearbeitet, von morgens bis abends. Ich habe mich ihm ganz und gar gewidmet ... weil ich wusste, dass es meine einzige Chance war, zu entkommen. Diese Stadt«, fuhr er mit einer Geste nach draußen fort, »diese kalte, finstere, verregnete Stadt erinnert mich daran, wie mein Leben einmal war und warum ich das Barbican nie wieder verlassen werde.«

Der Mann tat mir Leid. Sein Leben war nichts als eine Fantasie. Er besaß keine Erinnerungen an Freunde oder geliebte Menschen im wirklichen Leben. Alles, was ihm etwas bedeutete, war ein Konstrukt seines Geistes. Und schlimmer noch – ich musste ihm nun mitteilen, dass es damit vorbei war.

»Wir brauche Ihre Hilfe, Dr. Zetlin«, sagte ich.

Zetlin wandte sich von der Scheibe ab. Mit einem Schlag war er wieder der vor Energie strotzende Junge. Er eilte zu seinem Kontrollsessel und ließ sich hineinfallen.

»Richtig – du sagtest etwas von einem Virus, der Fehler im Programmablauf verursacht hat. Tut mir Leid, aber das ist unmöglich.«

Er drückte ein paar Tasten an seinem Controller, woraufhin der große Monitor über ihm einen Datenstrom anzeigte.

»Es ist aber so«, beharrte ich. »Der Virus hat ganz Lifelight infiziert. Er verändert die Art, wie die Gedanken der Leute umgesetzt werden. Statt ihnen eine Idealwelt zu liefern, spürt er ihre Ängste auf und bringt sie in Gefahr. Die Phader mussten das Grid offline schalten, sonst wären unzählige Menschen –«

»Sie haben das Grid offline genommen?«, unterbrach Zetlin mich entgeistert.

»Ja! Überall auf ganz Veelox hängen Menschen im Nichts und warten –«

»Ich weiß selbst, was es bedeutet, wenn das Grid offline genommen wird«, fiel Zetlin mir unwirsch ins Wort. Wieder gab er ein paar Befehle ein und überprüfte die angezeigten Daten. Dann stand er auf und meinte: »Ich finde keinerlei Hinweise darauf, dass irgendetwas nicht in Ordnung ist.«

»Das liegt daran, dass Ihr Jump von den anderen isoliert ist«, entgegnete ich. »Hören Sie, ich weiß nicht recht, wie ich es Ihnen erklären soll – ich kenne mich mit dieser ganzen Sache eigentlich gar nicht aus.«

»Was machst du dann überhaupt hier?«, fragte er. »Was seid ihr beide eigentlich für seltsame Phader?«

»Wir sind gar keine Phader«, gestand ich beklommen. »Wir sind hergekommen, um Ihnen zu sagen, dass Millionen Menschen überall auf Veelox sterben werden, wenn Sie uns nicht das Passwort zum Ursprungscode geben.«

Zetlin blickte mir fest in die Augen. »Du hast mich nicht überzeugt«, sagte er. »Ich glaube nicht, dass dieser Virus existiert, und darum werde ich das Passwort nicht herausgeben. Auf Wiedersehen.«

Unsere Mission war im Begriff, kläglich zu scheitern. Ich hatte keine Ahnung, wie ich die Sache noch rumreißen sollte. Doch auf einmal ertönte quer durch den Raum eine vertraute Stimme.

»Der Virus existiert wirklich«, sagte sie.

Wir drei fuhren herum und sahen Aja dastehen. »Ich weiß, dass er existiert, weil ich ihn geschaffen habe. Ich bin ein Phader und ich habe möglicherweise den Tod von Millionen Menschen auf ganz Veelox verschuldet.«

Fünfzehntes Journal
(Fortsetzung)

Veelox

»Ich kenne dich«, sagte Zetlin zu Aja. »Du bist einer von den Phadern in Rubic City. Was geht hier vor? Warum sind diese Leute in meine Privatsphäre eingedrungen?« Man konnte Aja ansehen, dass ihr alles andere als wohl in ihrer Haut war. Immerhin stand sie hier ihrem obersten Chef gegenüber und hatte ihm höchst unerfreuliche Neuigkeiten mitzuteilen.

»Ich heiße Aja Killian«, stellte sie sich mit etwas zittriger Stimme vor. »Ich muss mich entschuldigen, Dr. Zetlin – unter normalen Umständen würde ich mir niemals erlauben in Ihren Jump einzudringen. Aber wir befinden uns in einer verzweifelten Notlage. Deshalb habe ich meine beiden Freunde gebeten nach Ihnen zu suchen, weil ich selbst im Alpha-Core bleiben musste um den Reality Bug aufzuhalten.«

»Reality Bug?«, schrie Zetlin völlig außer sich. Er sah aus, als müsste sein Kopf jeden Moment explodieren. Eine Sekunde lang rechnete ich fest damit, dass er Aja auseinander nehmen würde, aber gleich darauf hatte er sich wieder in der Gewalt und forderte sie in ruhigem Tonfall auf: »Erklären, bitte.«

Aja zögerte. Ich wette, es war eine ziemlich harte Sache, dem wichtigsten Mann in der Geschichte von Veelox mitzuteilen, dass seine Erfindung kurz vor dem großen Knall stand. Ajas sonst so unerschütterliches Selbstbewusstsein schien jedenfalls mächtig angeknackst zu sein.

354

»Es ist schon okay, Aja«, redete ich ihr ermutigend zu.
»Erklär ihm, was los ist.«

»Veelox ist in Gefahr«, begann sie nervös. »Dr. Zetlin, in der Zeit, seit Sie sich hier in Lifelight aufhalten, haben die Leute auf Veelox angefangen die Realität zu vernachlässigen. Sie ziehen es vor, ihre Zeit in der Fantasiewelt von Lifelight zu verbringen, statt ihr eigenes Leben zu führen.«

»Das kann ich ihnen nicht verdenken«, bemerkte Zetlin.

»Sollten Sie aber!«, versetzte Aja heftig. »Ihre Erfindung war dazu gedacht, den Leuten für kurze Zeit eine Erholung von der Realität zu verschaffen, nicht dazu, diese zu ersetzen! Unsere Städte sind menschenleer. Wir kennen kaum noch normales Essen. Die Leute kommunizieren nicht mehr mit echten Menschen, sondern sind voll und ganz damit beschäftigt, in ihren eigenen Köpfen zu leben und Gestalten für ihre selbst inszenierten Geschichten zu erfinden. Es gibt keine Entwicklung mehr, keinen Fortschritt. Die Realität ist zum Erliegen gekommen. Veelox ist tot.«

Zetlin winkte ab. »Was hat es mit diesem Reality Bug auf sich?«

Jetzt wurde es richtig hart für Aja. Ich hoffte, sie würde nicht die ganze Geschichte mit den Reisenden und Saint Dane ausbreiten, denn darauf kam es schließlich im Augenblick nicht an.

»Ich konnte es nicht ertragen, Veelox einfach sterben zu sehen«, erklärte sie. »Deshalb habe ich ein Programm geschrieben. Mein Grundgedanke war, die Jumps weniger perfekt zu machen. Das Programm hängt sich an den Datenstrom jedes einzelnen Jumpers und verändert dessen Erlebnisse geringfügig. Ich dachte mir, wenn die Jumps keine Idealwelt mehr vorgaukelten, würden die Leute weniger Zeit darin verbringen und sich stattdessen wieder ihrem wirklichen Leben zuwenden.«

Zetlin nickte. Die Muskeln an seinem Kiefer verkrampften sich. Er musste eben erfahren, dass jemand sein Lebenswerk sabotiert hatte. In Anbetracht dessen war es schon eine beachtliche Leistung, dass er einen kühlen Kopf bewahrte und Aja nicht einfach in der Luft zerriss. Wenigstens vorerst nicht.

»Aber dieses ... *Programm* ... hat nicht so funktioniert wie vorgesehen?«, erkundigte er sich mit ruhiger Stimme, wobei er allerdings das Wort »Programm« mit abgrundtiefem Abscheu aussprach.

Aja schluckte mühsam, ehe sie gestand: »Nein. Der Reality Bug war sehr viel wirksamer, als ich dachte. Er hat sich wie ein echter Virus verhalten und sich im gesamten Netzwerk ausgebreitet. Dabei hat er nicht nur den Verlauf der Jumps verändert, sondern sie auch hyperrealistisch gemacht. Sie wurden gefährlich. Da wir diesen Vorgang nicht aufhalten konnten, mussten wir das Grid offline nehmen. Jetzt hängt ganz Veelox im Nichts und wartet darauf, dass ich den Reality Bug beseitige.«

»Und dazu musst du an den Ursprungscode«, ergänzte Zetlin.

Aja nickte. »Da ist noch etwas«, fügte sie hinzu. »Seit meine Freunde in Ihren Jump eingedrungen sind, richte ich im Alpha-Grid verzweifelt immer neue Firewalls ein, um den Reality Bug aus Ihrem Jump herauszuhalten. Er hat es auf Sie abgesehen, Sir. Jedes Mal wenn ich eine Firewall errichte, mutiert der Virus und findet eine neue Lücke, durch die er eindringen kann. Ich weiß nicht, wie lange es mir noch gelingt, ihn auszutricksen. Früher oder später wird der Reality Bug einen Weg in Ihren Jump finden und dann sind auch Sie in Gefahr.«

Na großartig. Das waren ja prickelnde Neuigkeiten. Zetlin starrte Ajas Bild einen Moment lang an und dachte offenbar über das nach, was sie gesagt hatte. Dann wandte er sich ab und setzte sich wieder in seinen Kontrollsessel. »Ich gebe das Passwort nicht heraus«, verkündete er abschließend.

Oha.

»Aber das müssen Sie!«, brauste Loor auf. »Wenn Sie sich weigern, ist das Selbstmord – nein, sogar Massenmord!«

»Ich sagte doch schon, ich werde diesen Ort nicht mehr verlassen«, schnappte er. »Wenn Lifelight zerstört wird – von mir aus. Die Überlebenden werden Veelox neu aufbauen. All das kümmert mich nicht. Dies hier ist jetzt meine Realität.«

»Aber ich kann die Zerstörung verhindern!«, schrie Aja aufgebracht. »Ich kann Lifelight retten!«

»Nach dem, was du eben gesagt hast, ist es doch gar nicht wünschenswert, dass Lifelight gerettet wird«, konterte Zetlin.

»Aber was wäre der Preis, wenn man tatenlos zusieht?«, wandte ich ein. »Millionen Menschenleben.«

»Lifelight ist meine Wirklichkeit«, erklärte Zetlin ruhig. »Und ich werde mich keiner anderen Realität stellen. Für mich existiert Veelox nicht mehr. Ich gehörte hierher, ins Barbican, gemeinsam mit diesen Leuten und in diesem Körper – dies ist mein Leben.«

»Aber es ist ein Leben, das Sie nicht verdienen«, sagte ich.

Zetlin blickte mich scharf an. Ich wusste selbst nicht, worauf ich eigentlich hinauswollte, aber ich musste ihn mit allen Mitteln dazu bewegen, dieses Passwort herauszugeben.

»Wie kannst du das sagen?«, entgegnete er beinahe trotzig und sprang auf. »Ich habe Lifelight *erschaffen*.«

»Na und?«, schleuderte ich ihm entgegen. »Nach dem, was ich sehe, ist das alles nichts als Mathematik. Dadurch dass man gut in Mathe ist, hat man noch längst kein perfektes Leben verdient. Was ist mit den Leuten hier? Es sind die einzigen Menschen, zu denen Sie Kontakt haben. Ihre einzigen Freunde. Denken Sie, dass Sie ihnen wirklich etwas bedeuten?«

»Selbstverständlich«, antwortete Zetlin prompt.

»Warum? Weil Sie ›der Z‹ sind? Der Typ, der mit ihnen Rennen läuft, Spiele spielt und Partys schmeißt? Ist das der Grund, weshalb Sie ihnen etwas bedeuten?«

»Ganz genau«, bestätigte Zetlin nachdrücklich. »Sie lieben mich.«

»Aber diese Leute sind doch gar nicht real«, wandte ich ein. »Sie haben sie selbst geschaffen. Es sind Marionetten, die tun, was immer Sie wollen. Sie würden Sie auch lieben, wenn Sie ein Monster wären. Sie haben es sich leicht gemacht, Zetlin. Statt Ihr wirkliches Leben in den Griff zu bekommen, haben Sie sich in eine Fantasie geflüchtet. Haben Sie nicht das Gefühl, dass Sie dadurch noch einsamer geworden sind?«

Zetlins Blick huschte durch den Raum. Ich drang allmählich zu ihm durch ... was wohl zum Teil auf die Überzeugungskraft zurückzuführen war, die ich als Reisender besitze.

»Einsam?«, wiederholte er mit brüchiger Stimme. »Ich bin von Freunden umgeben. Wir veranstalten Wettkämpfe und Spiele. Ich bin der Slickshot-Champion!«

»Klar sind Sie das!«, konterte ich. »Ich wette, Sie sind bei *jedem* Wettkampf der Champion. Das ist nicht schwer, wenn Sie nichts weiter zu tun brauchen als es sich vorzustellen. Und ich wette, hier widerspricht Ihnen auch niemals jemand, stimmt's?«

Diese Frage brachte Zetlin wirklich aus dem Konzept. Die Antwort darauf erübrigte sich.

»Hier gibt es niemanden, der Sie herausfordert«, fuhr ich leiser fort. »Niemanden, der eine andere Meinung vertritt als Sie. Niemanden, der Ihnen mal einen Schubs gibt und Sie auf neue Ideen bringt. Für jemanden mit Ihrem Verstand kommt mir das vor wie der Tod.«

Nach Zetlins Blick zu urteilen hatten meine Worte eingeschlagen.

»Ist Ihnen eigentlich bewusst, wie Ihre *Wirklichkeit* aussieht?«, fragte ich herausfordernd. »Sie liegen in einer Röhre und werden von Maschinen ernährt. Sie sind eine lebende Leiche. Und wissen Sie auch, was das Schlimmste ist? Ihre Erfindung sorgt dafür, dass es den übrigen Bewohnern von Veelox genauso ergeht. Zugegeben, Ajas Reality Bug ist nach hinten losgegangen, aber immerhin hat sie überhaupt etwas unternommen um Veelox zu retten. Die ganze Welt wird künstlich am Leben erhalten, die Leute können gerade mal selbst atmen. Veelox wird sterben ebenso wie Sie. Und wenn es so weit kommt, wird Ihr Leben nicht bloß jämmerlich und trostlos gewesen sein, sondern tragisch.«

Zetlin ging taumelnd ein paar Schritte rückwärts und ließ sich in seinen Kontrollsessel fallen. Ich hatte ihm einen ziemlichen Schuss vor den Bug gegeben.

Die projizierte Aja stellte sich vor ihn hin und sprach ermutigend auf ihn ein. »Bitte, Dr. Zetlin«, beschwor sie ihn. »Sie sind ein großer Mann. Ich würde Sie ungeheuer gern so kennen lernen, wie Sie in Wirklichkeit sind, nicht bloß als Erinnerung Ihrer selbst. Ich möchte Ihnen die Hand schütteln und Ihnen sagen, wie sehr ich Sie bewundere.«

Aja streckte die Hand aus. Zetlin blickte zu ihr auf. Seine Augen waren gerötet und er schien den Tränen nahe. Er wollte Ajas Hand fassen, griff jedoch geradewegs hindurch. Aja war ein Bild, von Lifelight geschaffen. Echter menschlicher Kontakt war unmöglich.

»Kommen Sie zurück, Dr. Zetlin«, bat sie. »Helfen Sie, Veelox wieder aufzubauen.«

Zetlin ließ den Blick über seine Computeranlage wandern. Aja und ich sahen uns hoffnungsvoll an. Waren wir tatsächlich zu ihm durchgedrungen?

»Null«, sagte Zetlin leise, als hätte er keine Kraft mehr, weiter zu kämpfen.

»Wie bitte?«, fragte Aja.

»Ich sagte: null. Das ist das Passwort zum Ursprungscode.«

»Null?«, wiederholte ich. »Weiter nichts? Einfach nur … null?«

Zetlin grinste verschwörerisch. »Die Phader sind eine clevere Bande. Mir war klar, dass sie versuchen würden das Passwort zu knacken, und mir war auch klar, dass sie davon ausgehen würden, es sei eine lange und komplizierte Zeichenkombination.«

Aja lächelte und bemerkte: »Sie sind wirklich brillant.«

»Tatsächlich?«

»Ich werde den Reality Bug eliminieren«, sagte Aja. Einen Sekundenbruchteil später war ihr Bild verschwunden.

»Und wie geht es dann weiter?«, fragte Zetlin. »Wenn Veelox in derart schlechter Verfassung ist, ebnen wir auf diese Weise doch nur den Weg für den weiteren Niedergang.«

»Das ist das nächste Problem«, entgegnete ich. »Es muss eine Möglichkeit geben, Lifelight zu nutzen, ohne dass es das Leben der Menschen beherrscht.«

»Wenn ich mich mal einmischen dürfte«, meldete sich Loor zu Wort. »Ich denke, wenn Sie dazu beitragen könnten, dass Veelox ein solches Gleichgewicht findet, würden Sie als wahrhaft großer Mann in die Geschichte eingehen.«

360

»Mag sein«, entgegnete Zetlin. Dann wandte er sich mir zu. »Das wirkliche Leben ist so viel schwieriger als eine Fantasie.«

»Allerdings«, räumte ich ein. »Aber Fantasien haben keinen Bestand.«

Zetlin stand auf und ging noch einmal zu der großen Glaswand hinüber um auf seine trostlose Stadt hinauszublicken. Ich konnte mir nicht im Entferntesten vorstellen, was in seinem Kopf vorging.

Plötzlich erschien auf dem Monitor ein Bild von Aja. Sie saß in ihrem Kontrollsessel im Alpha-Core.

»Wir haben ein Problem«, verkündete sie völlig sachlich und professionell.

»Mit dem Passwort?«, fragte ich.

»Nein, das hat hervorragend funktioniert«, erwiderte sie. »Ich konnte problemlos auf den Ursprungscode zugreifen und ihn säubern. Der Reality Bug ist jetzt restlos aus Lifelight entfernt.«

»Und wo liegt dann das Problem?«, wollte Loor wissen.

»Das Grid hat sich von selbst wieder online geschaltet«, erklärte Aja. »Ich habe überhaupt nichts gemacht – es ist einfach so passiert.«

»Dann laufen jetzt alle Jumps auf Veelox weiter?«, fragte ich.

»Ja.« Ajas Stimme wurde brüchig. Sie klang, als hätte sie Angst. »Aber da ist noch etwas anderes im Gange. Sobald das Grid wieder online war, begannen gewaltige Datenmengen aus sämtlichen Lifelight-Pyramiden in den Alpha-Core zu strömen.«

»Was für Daten? Was hat das zu bedeuten, Aja?«, bohrte ich nach und bemühte mich, nicht allzu verzweifelt zu klingen.

»Ich ... ich weiß es nicht.«

Wir sahen auf dem Monitor zu, wie Aja hastig eine

Reihe von Befehlen eingab und dann die Anzeige auf ihrem Kontrollmonitor überprüfte. Ihr Blick verriet äußerste Anspannung. Was immer da vor sich ging – es war nichts Gutes.

»Das ist unmöglich«, stieß sie mit wachsender Panik hervor. »Datenströme von überall auf Veelox werden geradewegs ins Alpha-Grid eingespeist.«

»Alpha-Grid«, wiederholte Loor. »Was ist ein Alpha-Grid?«

»Wir befinden uns hier im Alpha-Grid«, erwiderte Zetlin und trat hinter uns.

Oh.

»Killian«, fuhr er an Aja gewandt fort, »die Firewalls, die du errichtet hast, um den Reality Bug aufzuhalten – sind die noch aktiv?«

»Ja, aber es ist, als ob … als ob die Daten das Alpha-Grid überschwemmen. Sie greifen es regelrecht an und legen die Firewalls lahm. Ich komme mit dem Umprogrammieren gar nicht nach.«

Während Aja sprach, flogen ihre Finger nur so über die Tastatur ihres Kontrolltafel.

»Kann der Reality Bug das verursacht haben?«, spekulierte ich.

»Nein!«, schrie Aja auf dem Monitor. »Ich habe den Code gesäubert. Der Bug müsste weg sein. Er ist –«

Das Bild auf dem Monitor begann zu flackern und sich zu verzerren und dann erschien statt Ajas Gesicht ein anderes – das Gesicht, das ich in diesem Moment am allerwenigsten sehen wollte.

Es war Saint Dane.

»Wer ist das?«, fragte Zetlin überrascht.

»Das wollen Sie gar nicht wissen«, brachte ich mühsam heraus.

»Hallo, ihr verzweifelten kleinen Reisenden«, kicherte Saint Dane. »Wenn ihr diese Aufzeichnung seht, heißt das, ihr habt versucht Lifelight von dem Virus zu säubern. Gratuliere, dass ihr dem Ziel so nahe gekommen seid! Es gibt da nur ein kleines Problem: Dieser Virus lässt sich nicht entfernen. Dafür habe ich gesorgt. Jeder Versuch, ihn zu beseitigen, vervielfacht nur seine Kraft. Gerade jetzt liefert jeder einzelne Jumper auf Veelox dem Virus Nahrung. Könnt ihr euch vorstellen, was es heißt, gegen die Ängste sämtlicher Bewohner dieses Territoriums ankämpfen zu müssen? Nun, wenn ich es mir recht überlege, braucht ihr es euch gar nicht vorzustellen – ihr werdet die Gelegenheit bekommen, diese Erfahrung selbst zu machen! Ich kann es gar nicht erwarten, nach Veelox zurückzukehren und zu sehen, welche Verheerungen meine letzte kleine Überraschung angerichtet hat. Bis dahin träumt was Schönes!«

Anstelle von Saint Danes Bild erschienen auf dem Monitor Fantastillionen von Zahlen, die blitzschnell vorbeirasten. Dann leuchteten sämtliche Lämpchen an der Kontrollkonsole heller auf. Dr. Zetlin gab fieberhaft Befehle ein, doch was immer er da versuchte, es funktionierte nicht.

»Es reagiert nicht«, stellte er fest.

»Das muss eine Art Überlastung sein«, vermutete ich. »Es strömen so viele Daten herein, dass die Computer sie nicht alle verarbeiten können.«

Die Lämpchen an der Kontrollkonsole leuchteten jetzt blendend hell. Wir hielten uns schützend die Hände vor die Augen – zum Glück, denn im nächsten Moment explodierte der große Monitor über dem Kontrollsessel. *Wumm!* Loor packte Zetlin hinten am Overall und zerrte ihn von seinem Sitz fort, der gleich darauf mit Glasscherben gespickt war.

Wir drei duckten uns aus Angst vor weiteren Explosionen. Rauch erfüllte den Raum und es roch nach verbranntem Plastik. Wir kauerten uns dicht zusammen und spähten vorsichtig durch den Qualm. Der Anblick, der sich uns da bot, war unheimlich.

Die Kontrollkonsole war jetzt dunkel, sämtliche Lämpchen waren erloschen. An der Stelle, wo sich der Monitor befunden hatte, klaffte ein rauchendes, mit Glasscherben umrandetes Loch in der Wand. Nach ein paar Sekunden wagten wir es, vorsichtig aufzustehen, und starrten entgeistert auf die verwüstete Konsole.

Doch da war noch etwas.

»Was ist denn das da?«, fragte Loor und deutete auf den Boden.

Zwischen den Scherben des geplatzten Monitors lag eine schwarze Masse, fast so groß wie ein Fußball. Es schien, als sei bei der Explosion ein weiches Stück Teer aus der Kontrolltafel herausgeschleudert worden.

»Ist das ein Teil von der Konsole?«, fragte ich.

»Nein«, antwortete Zetlin. »So etwas habe ich noch nie gesehen.«

Als ich einen Schritt darauf zuging, um mir diese merkwürdige Masse näher anzusehen, begann sie sich plötzlich zu bewegen. Das Ding war lebendig! Erschrocken wich ich zurück, als hätte ich es mit etwas Ansteckendem zu tun. Nach allem, was ich wusste, war das nicht einmal auszuschließen.

»Sagen Sie mir bitte, dass das hier zu Ihrer Fantasie gehört«, flehte ich Zetlin an.

»Ich habe keine Ahnung, was es sein könnte«, entgegnete er.

Schade eigentlich.

Die wabernde schwarze Masse nahm abwechselnd unterschiedliche Formen an. Auf der Oberfläche bildete sich ein Auswuchs, der in die Höhe ragte wie der Trieb einer Pflanze. Nachdem er etwa eine Handbreit gewachsen war, formte sich am Ende des schwarzen

Stängels etwas, das aussah wie ein grimmig verzogenes Maul. Als es sich öffnete, kam eine Reihe spitzer schwarzer Zähne zum Vorschein. Die Zähne schnappten zu, und das Maul sank in die schwarze Masse zurück, die nun wieder als formloser Klumpen auf dem Boden lag.

»Das war ja ... krass«, stieß ich heiser hervor.

Die Masse wand sich und zuckte. Wir sahen ein Auge, das an der Seite hervorspähte, zwinkerte und wieder in der Masse verschwand. Dann ragte eine winzige schwarze Faust heraus, streckte die Finger und zog sich in den Haufen zurück. Im nächsten Moment wuchs an einer anderen Seite eine Art Stachel aus dem Klumpen und gleich darauf verschwand auch er wieder.

Wir drei sahen fassungslos zu. Das Ding war eklig und faszinierend zugleich.

»Es ist wie Ton, der ein Eigenleben hat«, stellte ich fest. »Es nimmt von selbst unterschiedliche Formen an.«

Kaum hatte ich das gesagt, als sich die ganze schwarze Masse zu einer Gestalt formte, die an ein Tier erinnerte. Binnen Sekunden lag vor uns, nicht mehr als fünfzehn Zentimeter hoch, ein katzenhaftes Geschöpf mit zwei großen Köpfen, die beide mit überdimensionalen Reißzähnen ausgestattet waren. Das Wesen lag auf der Seite und wand sich wie ein Neugeborenes. Es war völlig schwarz, doch während es sich bewegte, veränderte sich allmählich die Struktur der Oberfläche. Für einen Moment sah sie aus wie Fell, ehe sie gleich darauf wieder glänzend und schleimig wurde. Das Ding gab sogar einen krächzenden Laut von sich.

Sobald die katzenhafte Gestalt erkennbar wurde, bemerkte ich, dass Loor, die neben mir stand, sich anspannte.

»Was ist?«, fragte ich sie.

»Dieses Tier ist ein Zhou«, erklärte sie. »Von Zadaa.«

»O nein!«, stieß ich hervor. Mir dämmerte etwas Grauenhaftes. »Dr. Zetlin, haben Sie so etwas jemals gesehen?«

»Noch nie«, versetzte er entschieden.

»Dann muss es aus deinem Kopf gekommen sein, Loor«, folgerte ich. »Weißt du, was das bedeutet?«

»Es bedeutet, dass er hier ist«, ertönte eine monotone Stimme dicht neben uns.

Ajas Projektion stand wieder im Raum. »Er ist durch die Firewall eingedrungen«, berichtete sie wie unter Schock. »Ich konnte ihn nicht länger aufhalten.«

Die katzenhafte Gestalt verwandelte sich. Sie kauerte sich zusammen und wurde wieder zu einer formlosen Masse – allerdings mit einem kleinen Unterschied. Anfangs war ich mir nicht sicher, doch als die Masse wieder in Bewegung geriet, war es deutlich zu erkennen:

Das Ding wurde größer.

»Die Firewalls sind zusammengebrochen«, fuhr Aja fort. »Gewaltige Mengen von Daten strömen ins Alpha-Grid. Dieses Ding da speist sich aus ihnen.«

Die anschwellende schwarze Masse wand sich, wuchs weiter und nahm die Gestalt eines anderen Tieres an, diesmal von der Größe eines kleinen Hundes. Die Kreatur war noch immer vollkommen schwarz, aber als sie sich umwandte, funkelten uns gelbe Augen entgegen. Meine Knie wurden weich.

Es war ein Quig von Denduron.

»Ich weiß, was das ist«, verkündete ich tonlos.

»Ein Quig«, stellte Loor fest.

»Nein«, widersprach ich leise. »Es ist der Reality Bug. Er nimmt körperliche Gestalt an.«

Und dann ging er zum Angriff über.

Fünfzehntes Journal
(Fortsetzung)

Veelox

Das kleine schwarze Tier setzte zum Sprung an. Wir flüchteten nach verschiedenen Seiten. Das seltsame Geschöpf verfehlte uns alle, und als es auf dem Boden aufschlug, knickten ihm die Beine ein. Es erinnerte mich an Klein-Bambi, das noch nicht die Kraft hatte, auf seinen eigenen Beinen zu stehen. Aber dieser kleine Dämon war kein niedliches Disney-Tierchen. Bestimmt würde er schon bald stark genug sein wieder aufzustehen – und dann hatten wir ein Problem. Die schwarze Haut verwandelte sich bereits in den schmuddelig braunen Pelz eines Quigs. Und die Bestie wuchs noch immer. Wenige Sekunden später hatte sie bereits die Größe meines Golden Retrievers erreicht.

»Du hast deine Aufgabe erfüllt, Pendragon. Jetzt sieh zu, dass du aus diesem Jump rauskommst«, drängte Aja.

Ich hätte nichts lieber getan als die Abbruchtaste an meinem Armband-Controller zu drücken und dieser Fantasie Lebewohl zu sagen, aber noch konnten wir hier nicht weg.

»Sie zuerst«, forderte ich Dr. Zetlin auf. »Zeit, das sinkende Schiff zu verlassen.«

Zetlin schien völlig unter Schock zu stehen. Er starrte das kraftlose Quig ungläubig an.

»Das gibt es nicht«, stieß er fassungslos hervor. »So etwas lassen die Jumps nicht zu.«

»Jetzt schon!«, versetzte ich heftig. »Sie müssen hier weg.«

»Geht ihr zuerst«, erwiderte er. »Ich komme gleich nach.«

Ich glaubte ihm nicht. Ich fürchtete, er würde bleiben und versuchen Schadensbegrenzung zu betreiben. »Machen Sie schon, Doktor, nichts wie weg hier!«, beschwor ich ihn.

»So funktioniert das nicht, Pendragon«, schaltete sich Aja ein. »Wenn er abbricht, ist der Jump beendet. Du und Loor, ihr müsst zuerst raus.«

Ich warf einen Blick auf das mutierte Quig. Sein Körper zitterte ein wenig, während Fell aus der öligen schwarzen Masse spross.

»Versprechen Sie mir, dass Sie den Jump abbrechen, Doktor«, flehte ich. »Sie können dieses Ding viel besser vom Alpha-Core aus bekämpfen.«

»Das werde ich auch tun«, versicherte er. »Geht jetzt.«

Das Quig kam langsam auf die Beine. Es war nun schon doppelt so groß wie mein Hund Marley und gewann zusehends an Kraft. Ich bemerkte, dass sich Loor hinter den Kontrollsessel zurückgezogen hatte und krampfhaft die Lehne umklammerte. Offenbar machte sie sich auf den nächsten Angriff des Quigs gefasst.

»Wir sollten von hier verschwinden«, stimmte sie zu, ohne das Quig aus den Augen zu lassen.

»Mit Vergnügen«, erwiderte ich und drückte die rechte Taste an meinem Armband-Controller. »Und tschüss.«

Nichts tat sich.

»Warum sind wir noch hier?«, fragte Loor verwirrt.

»Ich weiß es nicht«, gestand Ajas Bild. »Loor, versuch es mit deinem Controller!«

Loor drückte auf die rechte Taste an ihrem Gerät, doch wieder geschah nichts. O nein! Ich schlug verzweifelt auf die Taste an meinem Controller ein wie einer dieser Idioten, die sich einbilden, sie müssten nur fest genug auf dem Fahrstuhlknopf herumdrücken, dann käme der Aufzug schneller. Was natürlich nichts bringt – ebenso wenig wie es jetzt bei meinem Controller funktionierte.

Das Quig stand noch wackelig auf den Beinen, doch im nächsten Moment bäumte es sich auf und sprang. Loor riss den ganzen Kontrollsessel aus der Verankerung und schleuderte ihn der angreifenden Bestie entgegen. Als der schwarze Sessel das Quig traf, brach es zusammen und blieb schwer atmend auf dem Boden liegen. Doch es wuchs noch immer.

»Aja!«, brüllte ich. »Hol uns hier raus!«

»Haltet durch!«, entgegnete sie. »Ich muss zurück in den Alpha-Core.« Ihr Bild verschwand.

»Kommt!«, schrie ich den anderen zu.

Wir mussten am Leben bleiben, bis Aja eine Möglichkeit fand, uns aus diesem Jump rauszubefördern. Allerdings hatten wir in der Nähe dieses mutierenden, wachsenden Monsters wohl kaum die besten Überlebenschancen. Loor packte Zetlin am Arm und wir rannten zu dritt auf die Tür zu, durch die wir hereingekommen waren. Als wir die große Küche erreichten, fiel mir als Erstes auf, dass das gesamte Personal verschwunden war. Was ich den Leuten nicht verübeln konnte – sie mochten Fantasiegeschöpfe sein, aber offenbar waren sie schlau genug die Beine in die Hand zu nehmen, wenn es brenzlig wurde.

Loor kamen beim Anblick der leeren Küche gänzlich andere Gedanken als mir. »Waffen!«, rief sie triumphierend aus.

Sie sprang mit einem Satz über eine Arbeitsplatte aus Edelstahl und rannte zu einem Tisch, auf dem mehrere gefährlich aussehende Messer lagen. Rasch wog sie ein paar davon in der Hand und wählte zwei aus, die ihr zusagten.

»Wenn das Quig noch größer wird, richtest du mit diesen Messern auch nicht mehr viel aus«, gab ich zu bedenken.

»Zweifelst du etwa an mir, Pendragon?«, fragte Loor mit gespielter Entrüstung.

Sie warf ein Messer hoch, sodass es sich in der Luft mehrmals um sich selbst drehte, und packte es dann mitten in der Drehung am Griff wie ein Revolverheld, der seinen Colt herumwirbelt. Eine Dolchheldin sozusagen. Seit wir auf Veelox angekommen waren, hatte Loor ständig mit Technik und Vorfällen zu tun gehabt, die sie nicht einmal ansatzweise verstehen konnte, und all das hatte sie sichtlich aus der Bahn geworfen. Doch jetzt waren ihre Kriegerqualitäten gefragt. Loor war wieder in ihrem Element.

Gleich darauf stürmte das mutierte Quig in die Küche. Mittlerweile war es so groß wie das Biest aus meiner Fantasie an der Davis Gregory High School. Schlimmer noch: Es war auch stärker geworden. Im Türrahmen blieb es stehen und stieß ein schauriges Gebell aus. Kein Zweifel, das mutierte Quig war kampfbereit.

Loor ebenfalls. Rasch und gekonnt warf sie ein Messer. Das zweite folgte, noch während das erste in der Luft war. Wie hatte ich nur an ihr zweifeln können? Jeder Wurf war ein Treffer – das erste Messer bohrte sich in die Schulter des Quigs, das zweite in seinen Hals. Ein grausiger Anblick, doch das war im Moment mein kleinstes Problem. Besser das Quig wurde zerfleischt als wir. Die Bestie richtete sich auf die Hinterbeine auf und brüllte in Todesqual. Ich dachte schon, der Kampf sei vorbei, noch ehe er richtig begonnen hatte.

Irrtum.

Das Quig hieb mit einer Pranke nach dem Messer und wischte es beiseite. Es *zog* die Klinge nicht heraus, es *schlug* sie buchstäblich aus seinem Körper, als wäre sein Fleisch aus Gelee. Auf dieselbe Art befreite es sich auch von dem Messer in seiner Schulter. Beide Waffen fielen klirrend zu Boden. Kein Blut, keine Wunden – die Verletzungen, die die Klingen der Bestie zugefügt haben mussten, waren augenblicklich verheilt.

Wir hatten ein ernsthaftes Problem.

»Das ist unmöglich!«, stieß Loor fassungslos hervor.

»Leider nicht«, sagte ich. »Schließlich ist das hier kein Quig – es ist der Reality Bug.«

Wie um meine Worte zu bestätigen brüllte das mutierte Quig auf, zitterte am ganzen Körper und wurde noch größer. Es hatte jetzt beinahe die Größe der Quigs von Denduron erreicht.

»Weg hier!«, schrie ich und zerrte Dr. Zetlin mit.

Wir liefen weiter, in den Raum mit den Videospielen. Auch hier trafen wir keine Menschenseele an. Das Aufräumkommando war geflüchtet.

»Wenn es so weiterwächst, passt es vielleicht bald nicht mehr durch die Türen«, spekulierte Zetlin hoffnungsvoll.

Krach!

Das Quig brach durch den Türrahmen hinter uns, wobei es ein Stück von der Wand mitnahm.

»Darauf würde ich mich nicht verlassen«, sagte ich und sprintete weiter.

Als Nächstes erreichten wir den Raum mit dem Riesenkegelspiel. In der Mitte des Spielfeldes stand Ajas Projektion. Wir rannten auf sie zu.

»Was geht hier vor?«, fragte ich atemlos.

»Ich kann es nicht aufhalten«, sagte sie nervös. »Von überall auf Veelox strömen Daten herein. Sie liefern dem Reality Bug Nahrung und machen ihn immer stärker.«

»Das sehen wir«, versetzte ich. »Kannst du uns aus dem Jump rausholen?«

»Das gesamte System hängt. Das Grid ist völlig überlastet und ich bekomme es nicht unter Kontrolle.«

»Heißt das, wir sitzen hier drin fest?«, hakte Loor nach.

»Ich drücke Reset«, sagte Zetlin und betätigte die mittlere Taste an seinem Controller.

Ich zuckte zusammen und machte mich auf das Schlimmste gefasst ... doch nichts geschah. Glück gehabt – oder auch nicht.

»Wir haben keinen Zugriff«, stellte Zetlin nüchtern fest. Dann wandte er sich Aja zu und wies sie an: »Du musst versuchen das Alpha-Grid zu isolieren! Vielleicht kannst du den Virus ablenken, indem du das Programm duplizierst.«

»Duplizieren?«, wiederholte ich verständnislos.

»Mach ein Backup von der Alpha-Software«, fuhr Zetlin fort, »und lade dann das Backup als Default. Möglicherweise erkennt der Virus es und greift beide an.«

»Teile und herrsche«, kommentierte ich.

»Ganz genau«, bestätigte Zetlin und an Aja gewandt fügte er hinzu: »Kannst du das?«

»Ich kann es versuchen«, antwortete sie und verschwand.

»Und wir müssen uns inzwischen darauf konzentrieren, unser Leben zu retten«, sagte ich.

»Ich weiß wirklich nicht, wie wir gegen diese Bestie kämpfen sollen«, wandte Loor ein.

»Ich schon«, entgegnete ich. »Quigs hassen durchdringende hohe Töne. Sie tun ihnen in den Ohren weh. Wir müssen irgendwas auftreiben, womit wir einen schrillen Ton erzeugen können – so was wie eine Pfeife. Wenn dieses Vieh sich wie ein echtes Quig verhält, wird es davon durchdrehen.«

»Ich habe eine Idee!«, rief Zetlin und rannte weiter über das Spielfeld.

Wir folgten ihm durch die nächste Tür zu dem seltsamen Basketball-Spielfeld mit den vier Toren. Zetlin rannte zielstrebig zu einem Metallschrank. »Wir benutzen Trillerpfeifen für die Spiele«, erklärte er.

Ich wäre dem Typen am liebsten um den Hals gefallen. Während Loor und ich erwartungsvoll dabeistanden, riss er die Metalltür auf und durchwühlte den Schrank nach Pfeifen. Den Geräuschen nach zu urteilen riss das Quig inzwischen den Türrahmen zur Kegelhalle ein.

»Es eilt!«, drängte ich.

Zetlin fand zwei Pfeifen, die ähnlich aussahen wie Kazoos, und gab mir eine davon.

»Wir wechseln uns ab«, sagte ich. »Ich pfeife, bis mir die Luft ausgeht, und dann übernehmen Sie. Je lauter, desto besser.«

»Und dann?«, fragte Loor.

»Wir müssen aus dem Barbican raus«, entschied ich. »Draußen in der Stadt können wir uns besser vor diesem Monster verstecken als hier drin.«

In diesem Moment ertönte ein grauenhaftes Gebrüll. Wir drei blickten zur Tür, die in die Kegelspiel-Halle führte, und sahen …

… dass die Bestie schon wieder gewachsen war. Sie war jetzt erheblich größer als ein normales Quig. Allein der Kopf füllte fast die gesamte Breite des Türrahmens aus. Ich hoffte inständig, dass die Pfeifen laut genug waren, um ein Untier von diesem Kaliber zu beeindrucken.

»Bitte fang an zu pfeifen«, sagte Loor ruhig.

Ich holte tief Luft und blies in das Kazoo-Ding. Der Ton, den es hervorbrachte, war grässlich – und gerade deshalb perfekt. Es war ein absolut nervenzerfetzendes, gellendes Kreischen, genau das Geräusch, das Quigs am wenigsten ausstehen können. Die Bestie hob den Kopf und brüllte gequält auf. Es funktionierte! Wir hatten Macht über das Monster. Im Geiste berechnete ich schon voraus, wie oft wir uns mit dem Pfeifen abwechseln mussten, um uns das Quig lange genug vom Hals zu halten, damit wir flüchten konnten.

Der Triumph währte nicht lange.

Gerade als mir die Puste ausging und Zetlin mich ablösen wollte, hörte das Quig auf zu brüllen … und ging stattdessen zum Angriff über. Durch die Tür beobachteten wir entsetzt, wie der Kopf des Untiers zu wachsen und sich zu verformen begann. Dort, wo eben noch Fell gewesen war, wurde die Oberfläche jetzt wieder schwarz und glänzend wie zu Anfang. Zetlin holte tief Luft, doch noch ehe er zu pfeifen begann, legte ich ihm eine Hand auf die Schulter.

»Die Mühe können Sie sich sparen«, sagte ich hastig. »Das ist kein Quig mehr.«

Der Kopf wurde flacher. Die schwarze, ölig glänzende Haut nahm eine schuppenartige Struktur an. Auch die Augen verwandelten sich: Statt der runden Pupillen des Quigs bekamen sie senkrechte Pupillen wie bei einer Schlange. Ich hasse Schlangen. Plötzlich schoss aus dem Maul eine rosafarbene Zunge hervor, die fast einen Meter lang sein musste.

Der Reality Bug hatte sich in eine Schlange verwandelt und Schlangen hatten keine Probleme mit Pfeifen.

»Zum Aufzug!«, rief Loor.

Wir drei rannten zu der Tür, die in die blaue Aufzugkabine führte. Zetlin zerrte am Griff, doch die Tür ließ sich nicht öffnen. »Der Aufzug ist nicht da«, jammerte er verzweifelt. »Die Spieler müssen ihn genommen haben.«

Ich warf einen Blick über die Schulter und wünschte augenblicklich, ich hätte es lieber sein lassen, denn was ich sah, ließ meinen Magen einen Salto machen. Der Kopf der Schlange war viel zu breit für die Türöffnung, doch davon ließ sich die Bestie nicht aufhalten. Sie drehte ihn einfach seitlich und schob sich hindurch. In ungläubigem Entsetzen sah ich zu, wie diese riesige schwarze Schlange auf das Spielfeld glitt. Während sich ihr übriger Körper durch den Eingang schlängelte, richtete sie ihren Blick starr auf uns.

»Können wir den Aufzug rufen? Und zwar schnell, wenn's geht?«, fragte ich und versuchte nicht so zu klingen, als ob ich gerade in Panik geriet – was übrigens der Fall war.

»Er kommt schon«, versicherte Zetlin.

»Die Schlange auch«, bemerkte Loor.

Die zur Schlange mutierte Bestie glitt in die Spielfeldmitte und hielt dort inne. Besser gesagt der Kopf hielt inne. Der hintere Teil des Schlangenkörpers kam nach.

»Sie rollt sich ein«, stellte Loor fest.

Während Meter um Meter des gewaltigen Körpers durch den Türrahmen glitt, erhob sich der Kopf in die Luft und darunter bildete sich ein Ring. Das war schlecht. Wenn sich Schlangen einrollen, machen sie sich zum Angriff bereit.

»Wie lange noch?«, erkundigte ich mich.

»Gleich ist er hier«, antwortete Zetlin.

»Gleich kann es zu spät sein.«

Die Schlange war gut sechs Meter lang und über einen Meter dick. Ihr Körper bildete jetzt einen perfekten Kreis – perfekt zum Zustoßen. Zischend öffnete sie das Maul ein Stück, sodass zwei grässliche Giftzähne sichtbar wurden, jeweils um die dreißig Zentimeter lang.

»Dr. Zetlin?«, drängte ich.

»Er ist da!«, sagte er und öffnete hastig die Tür.

Im selben Moment bog die Schlange ihren Kopf zurück, riss das Maul weit auf und stieß zu.

Fünfzehntes Journal
(Fortsetzung)

Veelox

Wir sprangen mit einem Satz in die kleine blaue Aufzugkabine und ich zog hastig die Tür hinter uns zu. Im selben Moment prallte der Kopf der Schlange mit solcher Wucht dagegen, dass ich rückwärts gegen Loor und Zetlin taumelte.

»Dort!«, schrie Zetlin.

Aus der Tür ragten, glatt durch das Metall hindurchgestoßen, zwei gewaltige Schlangenzähne, aus denen jeweils ein Strahl Flüssigkeit hervorschoss.

Gift.

Wir drei drängten uns Schutz suchend an der Rückwand der Aufzugkabine zusammen. Als ein Spritzer von dem Gift Zetlins Hand traf, schrie er vor Schmerz auf.

»Bring uns hier raus!«, rief ich Loor zu.

Sie drückte aufs Geratewohl auf eine der Aufzugtasten. Ich glaube nicht, dass sie wusste, welche die richtige war, aber egal – Hauptsache, wir setzten uns in Bewegung. Der Aufzug ruckte und fuhr an. Die Zähne blieben jedoch, wo sie waren – die Schlange ließ sich mitziehen. Zum Glück war der Giftstrom inzwischen versiegt.

»Wir bewegen uns seitwärts«, stellte ich fest. »Warum fahren wir nicht nach unten?«

»Weil das Barbican waagerecht liegt«, erwiderte Zetlin mit vor Schmerz zusammengebissenen Zähnen. »Sämtliche Etagen befinden sich auf derselben Höhe.«

Ach ja, richtig. Das hatte ich ganz vergessen.

Loor nahm Zetlins Hand und wischte das Gift mit ihrem Ärmel ab. Seine Haut war gerötet wie von einer üblen Verbrennung.

»Es geht schon«, wehrte Zetlin ab.

»Wie kommen wir hier raus?«, fragte ich – mein Mitgefühl konnte warten, bis wir in Sicherheit waren.

»Wir fahren mit dem Aufzug bis zu dem Dschungel, durch den ihr hereingekommen seid«, erklärte Zetlin. »Von dort aus bringe ich das Barbican in die senkrechte Position, sodass wir es durch die Tür verlassen können.«

»Sehr gut«, erwiderte ich. Dann deutete ich auf die Giftzähne, die noch immer in der Tür steckten. »Aber solange dieses Biest seine Zähne da nicht wegnimmt, kommen wir leider nicht aus dem Fahrstuhl raus.«

Plötzlich ruckelte der Aufzug und blieb gleich darauf stehen.

»Ist das normal?«, wollte ich wissen.

»Nein«, antwortete Zetlin. »Da muss wohl –« Ehe er den Satz beenden konnte, begann die Kabine zu wackeln. Zugleich sah ich, dass sich die Zähne unseres blinden Passagiers bewegten. Offenbar hatte die Schlange beschlossen die Kontrolle über unsere Fahrt zu übernehmen. Gleich darauf zogen sich die Zähne zurück. In der Tür klafften zwei gewaltige Löcher.

»Und jetzt?«, fragte ich.

Im nächsten Moment schwankte der Aufzug wie ein Boot bei starkem Seegang. Zetlin warf einen Blick auf die Anzeige und sagte: »Wir sind im Schwerkraftraum.«

Kraftraum? Besaß Zetlin etwa ein eigenes Fitnessstudio? Ohne eine weitere Erklärung öffnete er eine Klappe unter dem Bedienungsfeld. Dahinter kam ein Fach mit mehreren seltsam aussehenden Geräten zum Vorschein, die mich an die Eislaufgleiter erinnerten. Es waren ebenfalls Drahtgestelle, die man an Schuhen befestigen konnte, nur dass sie statt der zwei Gleiter an Fußspitze und Ferse nur einen einzigen Knubbel hatten, nämlich hinten. Er war ziemlich dick, mit einem Loch in der Mitte. Zetlin nahm drei Paar dieser Geräte heraus und gab Loor und mir jeweils eins.

»Schnallt euch dies hier an die Schuhe«, befahl er.

Wir befolgten die Anweisung. Der Aufzug wackelte inzwischen so heftig, dass wir uns nicht mehr auf den Beinen halten konnten. Offenbar versuchte der Reality Bug ihn von den Schienen zu reißen. Was ihm wohl in Kürze gelingen würde. Jedenfalls wurden wir drei bereits herumgeschleudert wie in einer dieser sich drehenden Riesentrommeln, die es auf dem Rummelplatz gibt. Nur dass es absolut keinen Spaß machte. Es tat weh.

»Was sind das für Dinger?«, brachte ich heraus, während ich mich abmühte sie an meinen Schuhen zu befestigen.

»Die braucht man, um sich im Schwerkraftraum bewegen zu können«, antwortete Zetlin.

Tolle Erklärung – jetzt war ich ungefähr so schlau wie vorher. Anschließend gab Zetlin uns beiden seltsame kleine Steuerungsgeräte und zeigte uns, dass wir sie wie einen Ring auf den Mittelfinger stecken sollten. An dem Ring war eine Taste angebracht, die in der Handfläche lag.

»Sobald wir draußen sind, müsst ihr die Taste drücken«, wies Zetlin uns an. »Sie aktiviert den Trägheitsantrieb.«

»Trägheitsantrieb?«, wiederholte Loor verständnislos.

Doch für weitere Erklärungen blieb keine Zeit, denn in diesem Moment begann sich die Aufzugkabine zu überschlagen. Offenbar hatte der Reality Bug sie aus den Führungsschienen gerissen und in die Luft geworfen. Wieder und wieder drehte sich die kleine Kabine im Flug um sich selbst, sodass man sich vorkam wie in einer Waschmaschine. Ich versuchte mich beim Aufprall gegen die Kabinenwände so gut wie möglich abzufangen und wartete auf den Absturz. Doch die Kabine stürzte nicht zu Boden, sondern flog einfach immer weiter. So unmöglich es auch schien – der Aufzug wirbelte durch die Luft ohne langsamer zu werden.

Zetlin packte den Türgriff. »Mir nach!«, befahl er.

»Nicht!«, schrie ich. Er würde sich umbringen, jede Wette. Doch Zetlin schien überhaupt keine Angst zu haben. Er stieß die Tür auf und schwang sich hinaus. Loor folgte ihm ohne zu zögern. Ich sagte mir, wenn wir uns schon ins Verderben stürzen mussten, dann wenigstens zusammen, und so packte ich den Türrahmen und stieß mich ab.

Ich schoss in die Luft wie eine Rakete. Sobald ich durch die Tür hinaus war, hielt ich schützend die Arme über den Kopf und machte mich auf eine harte Landung gefasst ... die aber nicht kam. Nach ein paar Sekunden wurde mir klar, dass ich keinen Aufprall zu befürchten hatte, weil ich überhaupt nicht fiel, sondern schwebte! Als ich vorsichtig unter meinen Armen hervorspähte, stellte ich fest, dass es um mich herum pechschwarz war und überall Sterne leuchteten. Ich trieb im Weltall! Dies hier war kein Schwerkraftraum – es war ein schwerkraft*loser* Raum! Rechts von mir sah ich, schon ein ganzes Stück entfernt, die Aufzugkabine noch immer ungebremst rotieren. Eine Sekunde lang blickte ich ihr verblüfft nach, dann fühlte ich eine Berührung an meiner Schulter.

»Ahhh!« Ich fuhr herum und rechnete fest damit, das aufgerissene Maul der schwarzen Giftschlange vor mir zu sehen. Doch es war nur Dr. Zetlin. Er schwebte neben mir und hielt Loor an der Hand. Beide hingen kopfunter im Raum … oder aber *ich* war derjenige, der kopfunter hing.

»Die Düsen an deinen Fersen sind der Trägheitsantrieb«, erklärte Zetlin. »Dreh dich mit dem Kopf in die Richtung, in die du fliegen willst, halt dich gerade und drück auf die Taste in deiner Handfläche. Zum Steuern musst du nur deine Fersen anders ausrichten.«

Ich drückte auf die Taste … und schoss wie eine Rakete aufwärts. Wow! Diese Dinger legten ganz schön Tempo vor!

»Sachte«, mahnte Zetlin. »Nur ganz leicht berühren.«

Ich drehte mich um und drückte vorsichtig noch einmal auf die Taste. Tatsächlich – ich konnte das Tempo steuern. Wenn ich losließ, wurde ich fast sofort langsamer. Es war gar nicht so schwer, wie es anfangs schien. Unter anderen Umständen hätte das Ganze sogar irre Spaß machen können, denn man kam sich wirklich vor, als ob man ohne Raumanzug im Weltall schwebte. Aber die Umstände waren nun einmal so und nicht anders – irgendwo dort draußen zwischen den Sternen lauerte eine gigantische Giftschlange, die darauf aus war, uns umzubringen.

»Folgt mir«, forderte Zetlin uns auf. »Ich führe euch zur anderen Seite.«

»Wie wollen Sie denn den Weg finden?«, fragte ich, blickte mich um und sah nichts als … nichts.

»Ich kenne die Sternenkonstellationen«, behauptete Zetlin.

Mir blieb nichts anderes übrig als ihm zu glauben. Allein wären Loor und ich wohl bis in alle Ewigkeit hier umhergeirrt.

In diesem Moment sahen wir die Schlange. Sie schwebte tief unter uns haltlos im Raum. Beziehungsweise in der Richtung, die ich für »unten« hielt – in Wirklichkeit konnte es ebenso gut oben sein.

»Wir haben Glück«, bemerkte Zetlin. »Hier drin kann sie sich unmöglich gezielt vorwärts bewegen.«

Hervorragend. Der Reality Bug hatte die denkbar ungünstigste Stelle gewählt, um den Aufzug von den Schienen zu reißen. Bestimmt würde er jetzt hilflos umherschweben ohne eine Möglichkeit, den Raum wieder zu verlassen. Inzwischen konnten wir aus dem Barbican entkommen und Aja gewann genügend Zeit, um ihre Software in Ordnung zu bringen. Plötzlich gab es wieder Hoffnung.

Und ebenso plötzlich wurde sie wieder zunichte.

Die Schlange hatte keine Chance, mit der Schwerelosigkeit zurechtzukommen – also verwandelte sie sich erneut. Zu unserem Entsetzen sahen wir, wie dem Reptilienkörper riesige menschliche Arme wuchsen. Sie tasteten mit gewaltigen Händen scheinbar ziellos umher.

»Was hat er vor?«, fragte Loor.

Gleich darauf sahen wir die Antwort vor uns. Die Riesenhände hatten gefunden, was sie suchten.

»Die Aufzugschienen«, stellte Zetlin ernüchtert fest.

Die Führungsschienen des Fahrstuhls waren das Einzige, was in dieser schwerelosen Welt festen Halt bot. Das Monster packte sie mit seinen mächtigen Händen und schon konnte es seine Bewegungen steuern. Hand über Hand zog es sich durch den Raum in Richtung Ausgang – dorthin, wo unser Fluchtweg lag.

»Schnell«, drängte Zetlin und flog los, wobei die Düsen seines Trägheitsantriebs leise zischten.

Loor setzte sich als Nächste in Bewegung. Zuerst hatte sie ein wenig Probleme, die genaue Richtung einzuschlagen, doch gleich darauf brachte sie ihre Beine in die richtige Stellung und folgte Zetlin. Schließlich drückte auch ich die Taste an meinem Steuerungsgerät … und drehte mich rasend schnell um mich selbst.

Hoppla. Ich hatte nicht darauf geachtet, beide Füße parallel zu halten. Idiot! Ich ließ die Taste los, richtete mich neu aus, hielt die Fersen dicht zusammen und startete noch einmal. Nach wenigen Sekunden hatte ich den Bogen raus. Es ging wirklich kinderleicht. Mit einer kleinen Bewegung der Fersen konnte ich steuern und mitten im Flug den Kurs korrigieren. In null Komma nichts hatte ich Loor eingeholt und wir flogen nebeneinander hinter Zetlin her.

Ich warf einen Blick über die Schulter und sah, dass der Reality Bug noch immer Hand über Hand mit hoher Geschwindigkeit über die Aufzugschienen glitt. Doch dank unserem Düsenantrieb waren wir schneller.

Gleich darauf änderte Zetlin die Richtung und schoss steil in die Tiefe. Loor und ich folgten ihm ohne Schwierigkeiten. Ein Stück vor uns bemerkte ich ein kleines rot leuchtendes Rechteck, das im Raum zu schweben schien. Zetlin steuerte darauf zu. Vor dem Rechteck, das die Form einer Tür hatte, bremste er ab und stieß dagegen. Es *war* eine Tür – der Ausgang.

Hinter uns kam die schwarze Riesenschlange mit den menschlichen Armen rasch näher. Sie riss das Maul auf und zischte drohend.

»Beeilung«, drängte ich Zetlin, der als Erster durch die Tür schlüpfte.

Loor und ich folgten ihm. Hinter der Tür setzte augenblicklich die Schwerkraft ein und wir hatten wieder festen Boden unter den Füßen. Hastig schlug ich die Tür hinter mir zu. Sie war dick und schwer – eher ein Schott als eine Tür. Als ich sie schloss, bemerkte ich einen großen Riegel. Sehr gut – alles, was den Reality Bug wenigstens eine Zeit lang aufhalten konnte, kam mir äußerst gelegen. Ich schob den Riegel vor.

»Schnell weiter!«, sagte Zetlin.

Wir standen in einem kurzen, dunklen Gang von etwa drei Meter Länge. Am anderen Ende befand sich wieder eine Tür, die Zetlin aufstieß. Durch sie gelangten wir in einen weiteren Raum, den ich am ehesten als das Innere einer überdimensionalen Uhr beschreiben kann. Es war eine riesige Halle voller gewaltiger, ineinander greifender Zahnräder, Antriebswellen, Schwungräder und was weiß ich nicht noch alles.

»Dies ist das Herzstück des Barbican«, erklärte Zetlin, während er die Tür hinter uns schloss. »Das Getriebe, mit dem das Gebäude gedreht wird. Ich denke, hier drin sind wir sicher.«

»Warum glauben Sie das?«, erkundigte ich mich.

Zetlin schlug mit der flachen Hand gegen die Wand neben der Tür, durch die wir gerade hereingekommen waren. »Diese Wand bildet den baulichen Kern des Barbican. Sie ist anderthalb Meter dick. Das Monster ist zu groß, um durch die Türen zu passen, und dass es diese Wand durchbricht, ist völlig ausgeschlossen. Ganz gleich wie stark es wird.«

»Ich hoffe nur, Sie behalten Recht«, sagte ich.

Zu früh gefreut.

Der Gegenbeweis erschien im nächsten Moment am unteren Rand der Tür, die Zetlin eben verschlossen hatte.

»Es braucht die Wand nicht einzureißen«, stellte ich fest und deutete darauf.

Durch die Türritzen drang eine tintenschwarze Flüssigkeit herein. Wie öliges Gift sickerte sie durch die kleinsten Spalten, ergoss sich auf den Boden und strömte dort langsam weiter.

Der Reality Bug hatte sich verflüssigt.

»Hier entlang, schnell!«, rief Zetlin und rannte los.

Den Zusatz »schnell« hätte er sich sparen können – Loor und ich blieben ihm dicht auf den Fersen. Es war unmöglich, abzuschätzen, wie lange der Reality Bug brauchen würde, um vollständig in den Raum zu sickern und eine neue fiese Gestalt anzunehmen. Wir mussten zusehen, dass wir von hier wegkamen.

»Wir nehmen die Flitzer«, entschied Zetlin.

»Flitzer?«, wiederholte ich fragend.

Zetlin führte uns durch das gigantische Getriebe. Ich kam mir vor wie eine Ameise, die sich in einen Riesenmotor verirrt hatte, so gewaltig war der Mechanismus. Nach einer Weile kamen wir zu einer Reihe von Fahrzeugen, die ich wiedererkannte: Es waren die Motorrad-ähnlichen Rennmaschinen, die Loor und ich zuvor auf der Unterwasser-Rennstrecke gesehen hatten. Zetlin schnappte sich einen Helm vom Sitz des einen Gefährts und schwang sich darauf.

»Moment mal, wir haben doch gar keine Ahnung, wie man diese Dinger fährt!«, protestierte ich.

»Kein Problem«, sagte Zetlin. »Das kann jedes Kind. Seht her.« Er packte den Lenker und erklärte: »Mit dem rechten Griff gibt man Gas, mit dem linken bremst man.« Dann deutete er nach unten. Sein rechter Fuß stand auf einem Pedal. »Wenn man die Ferse nach unten drückt, steuert man nach oben. Zehen nach unten und man geht in den Sinkflug. Zum Geradeausfliegen hält man den Fuß einfach gerade. Und das Lenken brauche ich wohl nicht zu erklären.«

Auf einmal hörten wir aus den Tiefen des Maschinenraumes ein grässliches Quietschen, laut, metallisch und durchdringend. Der Reality Bug hatte eine neue Gestalt angenommen. Loor und ich sahen uns erschrocken an, dann stülpte sich jeder von uns einen Helm auf den Kopf und sprang auf einen der Flitzer. Wir mussten wohl oder übel lernen diese Schätzchen zu fliegen, und zwar schleunigst.

»Anschnallen!«, wies Zetlin uns an, während er einen

Bügel einrasten ließ, der seine Taille umschloss. »Wenn ihr ungesichert ins Wasser eintaucht, reißt es euch beim Aufprall vom Sitz.«

»Ins *Wasser?*«, wiederholte Loor unbehaglich.

Ohne weitere Erklärung legte Zetlin einen Hebel unter dem Lenkergriff um, woraufhin sein Flitzer mit leisem Summen ansprang. Loor und ich folgten seinem Beispiel. Ich spürte die Kraft des Motors. Das Gefühl erinnerte mich an die Motorradfahrt mit Onkel Press – nur dass ich noch nie selbst gefahren war. Ich hatte nur als Kind mal auf diesen Spielgeräten im Einkaufszentrum gesessen, die ein bisschen herumhoppelten, wenn man eine Münze einwarf. Mein Gefühl sagte mir, dass das, was mir jetzt bevorstand, ein wenig anders sein würde. Doch für Grübeleien blieb keine Zeit, denn Zetlin drückte bereits die Ferse nach unten, sodass sich die kegelförmige Nase des Flitzers nach oben richtete wie eine startbereite Rakete.

»Los geht's!«, rief er und gab Gas. Augenblicklich schoss sein Gefährt davon. Er stieg steil in die Luft auf, wendete scharf und blieb schwebend über uns stehen. »Kommt schon!«, drängte er.

Ich zögerte, doch Loor zuckte nur die Schultern und tat es Zetlin nach: die Ferse nach unten, woraufhin sich das Fahrzeug steil aufrichtete, und schon war sie auf und davon. Als sie an Zetlin vorbeiraste, hätte sie ihn beinahe gerammt.

Insgeheim beschloss ich: möglichst niemanden rammen.

Zetlin wendete sein Fahrzeug und jagte Loor nach. Ich musste mich beeilen, damit ich nicht den Anschluss verlor. Sobald ich die Ferse nach unten drückte, fühlte ich, wie mein Flitzer sich senkrecht stellte.

»Hobey-Ho«, murmelte ich vor mich hin, ehe ich Gas gab. Mit einem Ruck schoss der Flitzer in die Höhe.

Dieses Fahrzeug war unglaublich! Es ließ sich ohne Schwierigkeiten steuern und auch mit Gas und Bremse kam ich fast auf Anhieb zurecht. Das Fußpedal war etwas komplizierter. Anfangs hatte ich Probleme, den Flitzer auf einen geraden Kurs zu bringen, und das ständige Auf und Ab machte mich geradezu seekrank. Aber nachdem ich eine Weile damit herumgespielt hatte, bekam ich allmählich ein Gefühl dafür. Mann, so ein Ding hätte ich gern in Wirklichkeit gehabt. Ein Jammer, dass es nur ein Fantasiefahrzeug war.

Bald hatte ich Zetlin und Loor eingeholt, die ein Stück voraus in der Luft stehen geblieben waren. Zu dritt schwebten wir fünfzehn Meter hoch im Raum über dem riesigen Getriebe.

»Alles okay mit euch beiden?«, erkundigte sich Zetlin.

»Ich komme gut klar«, erwiderte ich.

»Ich auch«, sagte Loor.

»Dann schnell weiter.«

Er wollte gerade wieder Gas geben, als Loor einwandte: »Ich kann aber nicht schwimmen.«

»Das brauchst du auch nicht«, beruhigte Zetlin sie.

Wieder hörten wir Lärm – ein Getöse, das mitten aus dem Maschinenraum zu kommen schien. Als wir in die Tiefe spähten, war jedoch nichts zu sehen. Keine Spur von dem Reality Bug. Er war nicht dort unten ...

... sondern auf unserer Höhe.

»Da drüben ist er!«, rief Zetlin.

Weit entfernt sah ich zwischen den Rädern und Wellen einen Schatten in die Luft aufsteigen. Ich konnte ihn nur vage erkennen, doch den Anblick werde ich nie vergessen. Die Kreatur hatte den Kopf eines Vogels mit einem langen, spitzen Schnabel. Der Oberkörper sah menschlich aus und hatte einen breiten, kräftigen Brustkorb. Die Beine waren wiederum die eines Vogels. Und das Monster besaß Flügel – gewaltige schwarze Schwingen, die an eine Fledermaus erinnerten.

Wir waren nicht mehr die Einzigen, die fliegen konnten.

Wie auf Kommando machten wir gleichzeitig kehrt und gaben Gas. Wir flogen jetzt in Formation: Zetlin voran und hinter ihm Loor und ich Seite an Seite. Zetlin führte uns auf einen halsbrecherischen Flug durch die unglaubliche Mechanik dieser Maschine. Ich schätze, er wollte den fliegenden Reality Bug abhängen – wobei er allerdings beinahe auch Loor und mich abgehängt hätte. Wir konnten nur mit Mühe und Not mithalten, als Zetlin dicht über dem Boden unter ein paar Stahlträgern hindurchflog, anschließend scharf nach rechts abbog und in einem Gang verschwand, der so eng war, dass wir einzeln hintereinander fliegen mussten. Anschließend schossen wir erneut steil in die Höhe, beinahe bis zur Decke hinauf. Von dort oben betrachtet sah das Räderwerk in der Tiefe aus wie eine zerklüftete Gebirgslandschaft aus Stahl.

Dass wir beide bei diesem Tempo überhaupt mitkamen, grenzte an ein Wunder. Allerdings waren diese Fahrzeuge wirklich leicht zu handhaben, was wohl zum Teil daran lag, dass es sich um Fantasiefahrzeuge handelte. Unser Verstand wusste, dass wir sie fliegen mussten – also flogen wir sie.

Wir hatten den Maschinenraum jetzt beinahe durchquert. An der Wand, auf die wir zusteuerten, befand sich eine rechteckige Öffnung, aus der weißes Licht strahlte.

»Wir nähern uns dem Gletscher!«, rief Zetlin über die Schulter.

Offenbar beherbergte der nächste Raum in diesem wahnwitzigen Gebäude die Polarlandschaft, in der ich das Slickshot-Rennen bestritten hatte. Sehr gut – das bedeutete, dass es bis zum Dschungel nicht mehr weit war.

Doch gleich darauf erschien voraus, weit links von uns, ein Schatten. Die ganze verrückte Stunt-Fliegerei war vergebens gewesen. Der Reality Bug hatte selbst einen Weg gefunden und raste mit uns um die Wette auf die Öffnung zu. Wir befanden uns auf Kollisionskurs. Zetlin, Loor und ich hielten geradeaus auf den Durchgang zu, während sich der Vogel von links ebenfalls mit hoher Geschwindigkeit näherte. Wir mussten das Wettrennen gewinnen! Gleichzeitig drehten wir alle drei den Gashebel bis zum Anschlag. Der schaurige Riesenvogel kam rasend schnell näher. Ich versuchte abzuschätzen, wer die Öffnung zuerst erreichen würde – schwer zu sagen, jedenfalls wurde es knapp. Wir drei jagten jetzt mit Vollgas Seite an Seite nebeneinanderher. Ich umklammerte krampfhaft den Lenkergriff, als könnte ich so noch mehr aus der Maschine herausholen. Es ging buchstäblich um Kopf und Kragen, denn bei diesem Tempo konnten wir unmöglich ausweichen. Entweder wir entkamen oder wir rasten geradewegs in den Reality Bug hinein. Das hing ganz davon ab, wer zuerst am Ausgang ankam.

Eine Sekunde später flitzten wir in das weiße Licht hinaus. Wir hatten es geschafft! Der Vogel flog geradewegs an der Öffnung vorbei – bei dieser Geschwindigkeit konnte er nicht so scharf wenden. Er musste eine Schleife drehen und frontal auf den Durchgang zufliegen. Die paar Sekunden, die er dadurch verlor, verschafften uns den Vorsprung, den wir so bitter benötigten.

Wir glitten jetzt hoch über der vereisten Rennstrecke dahin. Diesmal versuchte Zetlin keine raffinierten Manöver, sondern setzte einzig und allein auf Geschwindigkeit. Mir sollte es recht sein – je schneller, desto besser. Ich sah nicht einmal über die Schulter um festzustellen, ob der Reality-Bug-Vogel schon den Durchgang zur Eiswelt hinter sich gelassen hatte. Stattdessen konzentrierte ich mich voll und ganz darauf, die Polarlandschaft so schnell wie möglich zu überqueren.

Nach etwa einer Minute gab Zetlin uns ein Zeichen, in den Sinkflug zu gehen. Gleich darauf senkte er die Nase seines Gefährts ab und hielt mit unverminderter Geschwindigkeit auf etwas zu, das wie eine massive Steilwand aus Eis aussah. Offenbar hatten wir den Gletscherraum durchquert – allerdings sah ich keinerlei Öffnung. Wir mussten darauf vertrauen, dass Zetlin wusste, was er tat. Ich konnte mir nicht vorstellen, dass er beabsichtigte an der Eiswand zu zerschellen wie eine Fliege an der Windschutzscheibe.

Unter uns auf dem Schnee sah ich einen geflügelten Schatten. Der Bug war hinter uns her und holte rasch auf.

»Da!«, rief Loor.

Ich bemerkte es ebenfalls: In das Eis war eine Öffnung geschlagen – unser Durchgang in den nächsten Raum.

»Wir müssen untertauchen!«, schrie Zetlin uns zu. »Unter Wasser kann der Vogel uns bestimmt nicht folgen.«

Ob wir uns da so sicher sein konnten? Mir schien es bisher, als gäbe es absolut nichts, wozu der Reality Bug nicht fähig war. Trotzdem – vielleicht gewannen wir in den paar Sekunden, die er brauchte um die Gestalt zu wechseln, den entscheidenden Vorsprung.

Nur dass Loor nun mal nicht schwimmen konnte.

»Loor?«, schrie ich.

»Keine Sorge«, rief sie mir zu. »Ich werd's schon schaffen.«

Wieder einmal bewunderte ich ihren unglaublichen

Mut. Zetlin schoss in den eisigen Tunnel hinein und wir beide folgten in kurzem Abstand. Am anderen Ende der kurzen Röhre empfing uns pechschwarze Finsternis. Das Einzige, was wir sahen, waren die bunten, leuchtenden Kugeln, die in der Luft hingen – die Streckenmarkierungen.

»Bevor ihr ins Wasser eintaucht, müsst ihr euch tief ducken«, wies Zetlin uns an. »Bremst auf keinen Fall ab. Und atmet einfach weiter.« Damit wendete er sein Fahrzeug und steuerte senkrecht auf die Wasseroberfläche zu.

Wir folgten ihm ohne zu zögern. Mann, hatte ich eine Angst! Um Loor, aber auch um mich selbst. Ich hatte keine Ahnung, was da gerade auf mich zukam. Würde der Aufprall mich vom Flitzer reißen? Sollte ich wirklich weiter atmen? Sollte ich mir vielleicht vor Angst in die Hose machen? Ich duckte mich tief hinter die kegelförmige Windschutzscheibe und biss die Zähne zusammen. Das Wasser kam rasend schnell näher. Zetlin tauchte mit einem Platsch unter und zwei Sekunden später durchbrachen auch Loor und ich die Oberfläche.

Es gab einen Ruck, aber nichts, was mich aus der Bahn warf. Dass der Aufprall so sanft vonstatten ging, war wohl der stromlinienförmigen Nase des Fahrzeugs zu verdanken. Und das Beste: Ich konnte tatsächlich atmen. Das musste irgendwas mit dem Helm zu tun haben.

Ich sah mich rasch nach Loor um und stellte fest, dass sie dicht neben mir herjagte. Sie war einfach unglaublich.

Zetlin zu folgen war nicht weiter schwierig, denn sobald wir ins Wasser eintauchten, schalteten sich automatisch die Scheinwerfer ein. Durch die Strömung an der Spitze der kegelförmigen Nase bebte das ganze

Gefährt ein wenig. Das Lenken ging etwas schwerer als in der Luft, wohl durch den Wasserwiderstand, aber dennoch kamen wir schnell voran.

Kurze Zeit später hörte ich hinter uns im Wasser einen gewaltigen Platsch. Für ein solches Getöse gab es nur eine Erklärung: Der Reality Bug war ebenfalls untergetaucht. Ich fragte mich, ob das Vogelwesen auch schwimmen konnte oder ob der Bug schon wieder eine andere Gestalt angenommen hatte. Womöglich hatte er sich in einen Hai verwandelt – eine Vorstellung, die ich schleunigst wieder aus meinem Kopf verbannte.

Unser Unterwassertrip dauerte nicht lange – vor uns zeichneten sich bereits vage die Umrisse einer weiteren Öffnung ab. Zetlin steuerte mit Loor und mir im Gefolge darauf zu und Sekunden später schnellten wir durch die runde Öffnung ...

... hinaus in die Luft hoch über dem Urwald. Als ich mich kurz umsah, war die Wasserfläche in der Öffnung schon wieder völlig glatt. Nichts lief heraus – genau wie vorhin, als Loor und ich angekommen waren. So unmöglich es mir auch immer noch schien, ich sah es ganz deutlich. Außerdem stellte ich fest, dass meine Kleider kein bisschen nass waren. Wirklich nicht zu fassen.

Zetlin gab kräftig Gas und steuerte auf den Boden des Dschungels zu. Ich hatte zwar keine Lust, noch einmal diesen Ranken speienden Pflanzen zu begegnen, aber es war immer noch besser, im Urwald unterzutauchen, als darüber hinwegzufliegen, wo uns der Reality Bug schon von weitem sehen konnte.

Zetlin fing sich wenige Meter über dem Boden aus dem Sturzflug ab und flitzte waagerecht einen Pfad entlang. Loor folgte dicht hinter ihm und ich wiederum dicht hinter Loor. Wir drückten noch immer ordentlich auf die Tube. Ich behielt Loors Rücken scharf im Blick und achtete auf kleine Bewegungen, die mir ankündigten, wann die nächste Kurve kam. Wir hatten quasi die Zielgerade erreicht. Bald würden wir am Eingang zum Barbican ankommen und dann waren wir so gut wie in Sicherheit – *home free,* wie es beim Baseball heißt.

Nach ein paar Minuten Dschungelrennen bremste Zetlin ab. Vor uns ragte die Außenwand des Gebäudes auf. Wir hatten unser halsbrecherisches Tempo inzwischen eine ganze Weile lang durchgehalten und mein Herz raste wie verrückt. Zetlin brachte seinen Flitzer zum Stehen, sprang ab und rannte zu einer Kontrolltafel an der Wand. Er öffnete die Klappe und begann verschiedene Tasten zu drücken.

»Warum fliegen wir nicht einfach mit den Flitzern hier raus?«, fragte ich.

»Weil sie außerhalb des Barbican nicht funktionieren«, erwiderte Zetlin. »Wir müssen in Position zwei gehen, damit wir das Gebäude zu Fuß verlassen können.«

Er gab noch ein paar Befehle ein, woraufhin der Boden zu beben begann. Ich hörte in der Ferne das schrille Quietschen von Metall auf Metall und konnte mir vorstellen, wie sich die gewaltigen Zahnräder in Bewegung setzten. Blieb nur zu hoffen, dass sie sich schnell genug drehten, damit wir hier rauskamen, ehe der Bug uns einholte. Das Gebäude erzitterte und die Wand vor uns begann sich zu verschieben.

»Es dauert nicht mehr lange«, versicherte Zetlin.

Plötzlich hörten wir ein gequältes Kreischen wie von berstendem Metall und gleich darauf stockte die Bewegung.

»Was ist passiert?«, wollte Loor wissen.

Zetlin ging schnurstracks wieder an die Kontrolltafel und bearbeitete fieberhaft die Tastatur, doch nichts geschah.

»Das verstehe ich nicht«, sagte er beunruhigt. »Laut den Anzeigen müssten wir uns in der Drehung befinden.«

»Vorhin im Maschinenraum gab es schon mal so ein grässliches Geräusch«, erinnerte ich ihn. »Kann es sein, dass der Reality Bug das Getriebe sabotiert hat?«

Jetzt ertönte aus den Tiefen des Dschungels ein durchdringendes Kreischen. Wir blickten uns um.

»Ich weiß es nicht«, erwiderte Zetlin. »Jedenfalls rührt sich das Barbican keinen Zentimeter. Und wenn es sich nicht senkrecht stellen lässt, können wir nicht hinaus.«

Fünfzehntes Journal
(Fortsetzung)

Veelox

Wieder schallte ein schrilles Kreischen durch den Dschungel.

Es war so laut, dass es wie Nadelstiche geradewegs ins Gehirn zu dringen schien. Ein Stück hinter uns flatterte ein Schwarm bunter Vögel auf. Gleich darauf hörten wir das Knirschen splitternder Äste und Baumstämme. Welche Gestalt der Reality Bug auch diesmal angenommen haben mochte – jedenfalls war es etwas Großes.

Und es kam näher.

»Das kann doch nicht der einzige Weg hier raus sein!«, rief ich verzweifelt.

»Es gibt noch einen anderen Weg«, sagte Zetlin. »Einen Notausgang. Aber ich habe ihn noch nie benutzt.«

»Ich schätze, das wäre jetzt eine gute Gelegenheit, ihn mal auszuprobieren«, parierte ich prompt.

Wieder ertönte das Geräusch von berstendem Holz, diesmal näher. Das Knirschen der Baumstämme und das Prasseln von niedergetrampeltem Unterholz verrieten, dass sich der Reality Bug auf der Suche nach uns durch den Urwald schlug. Besser gesagt auf der Jagd nach uns.

»Wo ist dieser Notausgang?«, fragte Loor.

»Im Maschinenraum«, antwortete Zetlin.

»Im Maschinenraum?«, schrie ich entgeistert. »Und warum haben wir ihn dann nicht vorhin schon benutzt?«

»Weil ich vorhin noch nicht wusste, dass der Reality

Bug in der Lage ist, die Mechanik des Barbican lahm zu legen«, lautete Zetlins logische Antwort.

»Okay, kein Problem.« Ich versuchte krampfhaft, ruhig zu bleiben. »Dann müssen wir eben dorthin zurück.«

In diesem Moment sahen wir ihn. Nur ein paar Meter entfernt brach zwischen den tropischen Bäumen eine Bestie hervor, die wirklich grauenhaft anzusehen war. Der Reality Bug hatte sich in ein riesenhaftes grünes Ungeziefer verwandelt – eine Art Käfer oder eher eine Spinne mit vielen haarigen Beinen, die an eine Tarantel erinnerten, mit einem langen schuppigen Körper und einem gewaltigen Kopf mit Klauen, die vor dem roten fleischigen Maul auf- und zuschnappten. Und er war noch weiter gewachsen. Er ragte jetzt hoch über uns auf wie ein Monster in einem japanischen Horrorfilm.

Als das Ungeheuer den Waldrand erreicht hatte, blieb es stehen, hob den Kopf und stieß wieder diesen schrillen, gequälten Schrei aus.

»Wir sind hier eindeutig am falschen Ort«, stellte Loor fest, ließ hastig ihren Flitzer an und schoss in die Luft hinauf, wobei sie darauf achtete, nicht in die Reichweite des Monsterbugs zu geraten.

Doch sie kam nicht weit. Kaum war sie gestartet, als der Bug seinen Kopf nach ihr umwandte und aus dem Maul einen durchsichtigen Faden, dick wie ein Seil, auf sie abschoss.

»Loor!«, schrie ich – zu spät. Der Faden erwischte ihren Flitzer mitten im Flug am hinteren Ende, sodass sie in der Luft hing wie ein Drachen an der Schnur. Loor gab Vollgas um sich loszureißen, doch der Faden hielt. Und dann zog das Ungeheuer sie zu sich heran wie einen Fisch an der Angel. Die Greifzangen am Maul schnappten gierig. Wie eine Spinne im Netz hockte das Monster da in Erwartung einer Mahlzeit.

»Ich muss ihr helfen!«, rief ich Zetlin zu und wollte gerade losjagen, um Loor von ihrem Flitzer auf meinen herüberzuziehen, aber Zetlin kam mir zuvor und raste mit Höchstgeschwindigkeit auf sie zu. Ich fragte mich, wie er es bei diesem Tempo schaffen wollte, neben Loor zum Stehen zu kommen, doch wie sich herausstellte, war das gar nicht seine Absicht. Stattdessen steuerte er seinen Flitzer mitten zwischen der verzweifelt kämpfenden Loor und dem riesenhaften Bug hindurch – zielsicher gegen die gespannte Schnur, die sofort zerriss. Genialer Spielzug. Loor schnellte davon wie aus einer Steinschleuder abgeschossen.

»Ja!«, schrie ich ... und wünschte augenblicklich, ich hätte den Mund gehalten. Ich war als Einziger am Boden geblieben und der Reality Bug ragte drohend vor mir auf. Schluck. Ich hätte ebenso gut schreien können: »Hier bin ich! Komm und hol mich doch!« Es war höchste Zeit, zu verschwinden. Ich wendete mein Fahrzeug scharf nach links, um der Bestie nicht näher zu kommen als unbedingt nötig, und drehte den Motor voll auf. Aus dem Augenwinkel sah ich, wie sich der Bug nach mir umdrehte und einen weiteren Faden ausspie. Hastig drückte ich die Fußspitze nach unten und wich im Sturzflug aus, sodass der Faden meine Schulter um Haaresbreite verfehlte. Bis der Riesenbug nachgeladen hatte, war ich auf und davon. Als ich mich noch einmal nach ihm umsah, machte er gerade kehrt und verschwand wieder im Urwald, wobei er die Schneise benutzte, die er bereits geschlagen hatte.

Das Rennen ging in die nächste Etappe.

Ich steuerte auf den Durchgang ins Wasser zu und hatte Loor und Zetlin bald eingeholt. »Klasse Manöver!«, rief ich Zetlin zu.

»Ja, ich bin wirklich gut«, sagte er.

Allerdings. Wenn auch nicht wirklich bescheiden.

»Folgt mir, wir müssen zurück in den Maschinenraum!« Er gab Gas. Loor und ich brachten unsere Flitzer
ebenfalls auf Touren und schlossen uns ihm an. Ich
glaubte, wir würden es schaffen – dadurch dass der Reality Bug ständig an Größe zulegte, wurde er zugleich
langsamer und schwerfälliger. Wenn wir mit Vollgas
fuhren, konnten wir vor ihm den Maschinenraum erreichen und ohne weitere Zwischenfälle zum Ausgang
gelangen.

Dachte ich wenigstens.

In der Ferne war bereits die Öffnung mit der Wasser-
fläche in Sicht – der Durchgang in den nächsten Raum.
Wir drei flogen mit Höchstgeschwindigkeit darauf zu.
In wenigen Sekunden würden wir eintauchen und den
Urwald hinter uns lassen. Zetlin blickte sich nach uns
um und rief: »Alles okay, ihr zwei?«

Loor und ich nickten.

»Immer kräftig Gas geben. Wenn wir in diesem Tempo weiterfliegen, können wir das Monster abhängen«,
fügte er zuversichtlich hinzu.

Leider hatte er sich zum Reden halb umgedreht und
so bemerkte er nicht, dass geradeaus vor uns ein Hin-
dernis aufgetaucht war. Wir rasten noch immer mit unverminderter Geschwindigkeit geradewegs auf die
Wasserfläche zu, doch in dieser Sekunde erkannte ich,
dass etwas die Öffnung versperrte. Mein Verstand
brauchte einen Moment, um das, was ich da sah, zu
verarbeiten, doch dann begriff ich.

Ein Netz war über die Fläche gespannt. Der Reality
Bug musste es gesponnen haben, nachdem er hereingekommen war, und gleich würde er ein paar besonders schnelle Fliegen darin fangen.

»Achtung!«, schrie ich.

Zu spät. Loor und ich rissen unsere Fahrzeuge im
letzten Augenblick herum, aber Zetlin hatte keine

Chance, rechtzeitig den Kurs zu ändern. Er konnte sich gerade noch wieder nach vorn wenden, als er auch schon mitten in das Netz hineinraste. Ich hoffte, es möge reißen wie der Faden, den er vorhin mit seinem Flitzer durchtrennt hatte, doch das Netz hielt. Immerhin handelte es sich hier nicht bloß um einen einzelnen Faden, sondern um ein stabiles Gewebe.

Loor und ich machten rasch abermals kehrt und sahen Zetlin in den klebrigen Fäden hängen. Sein Flitzer war abgestürzt und er selbst hing hilflos verstrickt in dem Netz wie ... na ja, eben wie eine Fliege im Spinnennetz. Ich war nicht einmal sicher, ob er bei Bewusstsein war. Beziehungsweise überhaupt noch lebte.

Loor steuerte ihren Flitzer dicht neben das Netz und ließ ihn auf der Stelle schweben. »Alles in Ordnung?«, fragte sie.

Zetlin nickte. Uff! Er war ziemlich gebeutelt, aber weder tot noch ohnmächtig. Nur leider hatte er sich gründlich in dem Netz verfangen. Ich überblickte den Urwald unter uns und entdeckte in der Ferne den riesigen Bug, der rasch näher kam. Seine acht Beine arbeiteten fieberhaft – offenbar konnte er es nicht erwarten, nachzusehen, ob ihm etwas Leckeres ins Netz gegangen war. Wir mussten Zetlin schnellstens da rausholen. Aber wie?

Loor wusste Rat. Sie zog aus ihrem Overall ein gefährlich aussehendes Fleischermesser hervor. Ich hatte gar nicht gewusst, dass sie noch eins eingesteckt hatte, war aber sehr froh darüber.

»Hilf mir, Pendragon«, sagte sie. »Flieg unter ihn.«

Ich manövrierte meinen Flitzer genau unter Zetlin. Während Loor das Netz mit dem Messer bearbeitete, packte ich Zetlin an seinen Beinen um ihn auf mein Fahrzeug herunterzuziehen, sobald er frei war. Zwi-

schendurch spähte ich immer wieder in die Tiefe, wo
der Reality Bug schon bedrohlich nahe gekommen
war. Wenn es ihm einfiel, sich in einen Vogel zu verwandeln, konnte er geradewegs hier hochfliegen und
uns packen. Doch er unternahm nichts dergleichen.

Wenige Sekunden später hatte Loor Zetlin losge-
schnitten und ließ ihn vorsichtig vor mir auf den Flitzer
runter.

»Alles klar?«, erkundigte ich mich.

»Ja«, antwortete er, wobei er allerdings ziemlich benommen klang. Da uns keine Zeit blieb, sein Fahrzeug
aufzusammeln, duckte sich Zetlin vor mir tief in die kegelförmige Nase des Gefährts, damit ich freie Sicht hatte.

»Ich schlage vor, du gibst Gas«, sagte er.

Ich blickte zu Loor auf. »Ist der Durchgang frei?«

»Wird gehen«, erwiderte sie.

Wir flogen eine weite Schleife und steuerten unsere
Fahrzeuge auf das Loch zu, das Loor in das Netz geschnitten hatte. Sie flog als Erste hindurch – kein Problem, die Lücke war reichlich groß genug. Dicht hinter
ihr flitzte auch ich zwischen den überdimensionalen
Spinnweben hindurch und tauchte ins Wasser ein.

Jetzt war Eile oberstes Gebot. Loor und ich flogen
Seite an Seite und holten das Letzte aus diesen eigenartigen, aber äußerst coolen Fantasiemaschinen heraus.
Loor erreichte die Oberfläche als Erste und Sekundenbruchteile später tauchte auch ich mit Zetlin auf. Wir
erhoben uns über das Wasser und steuerten auf die eis-
umrandete Öffnung zu, die in die Gletscherlandschaft
mit der Slickshot-Rennstrecke führte.

Wenig später jagten wir mit Vollgas über die Eisfläche dahin. Wir hatten es so eilig, dass wir keine Zeit
mehr damit verloren, uns nach dem Reality Bug umzu-
sehen.

Zetlin hing noch immer tief geduckt in der Kegelnase meines Flitzers. Mir war das nur recht – den Weg fanden Loor und ich inzwischen auch ohne seine Hilfe. Ein paar Minuten später sahen wir unter uns die gewaltigen Zahnräder des Getriebes im Maschinenraum.

»Da liegt das Problem«, stellte ich fest und deutete nach unten.

Tatsächlich – zwei dicke Metallstangen klemmten zwischen den Zahnrädern und hatten das Getriebe lahm gelegt, sobald sich das Barbican zu drehen begann. Der Reality Bug war nicht nur böse, sondern auch clever.

Ich gab Loor ein Zeichen, zu landen, und gleich darauf gingen wir beide in den Sinkflug.

»Dr. Zetlin, wir sind im Maschinenraum«, teilte ich ihm mit. »Wie kommen wir jetzt hier raus?«

Zetlin richtete sich auf. Er sah ziemlich mitgenommen aus.

»Sind Sie verletzt?«, fragte Loor.

»Nur etwas durchgeschüttelt«, entgegnete Zetlin. Er blickte sich in dem riesigen Raum um. »Dort drüben!«, rief er und deutete auf eine runde Röhre, die nicht weit von uns senkrecht aus dem Boden ragte und bis zur Decke reichte. Sie bestand aus dem gleichen blauen, aluminiumartigen Metall wie die Innenwände des Aufzugs.

»Das ist die Mittelachse des Barbican«, erklärte er. »Und unser Notausgang.«

»Wir lassen die Flitzer am besten hier zurück und gehen zu Fuß weiter«, schlug Loor vor. »Damit wir das Ungeheuer nicht auf unsere Spur bringen.«

Hervorragende Idee.

»Also los«, drängte ich und wir drei liefen durch den Maschinenraum auf diesen bläulichen Zylinder zu. Unterwegs blickten wir uns immer wieder um, denn wir rechneten jeden Moment damit, dass der Reality Bug auftauchte. Doch er ließ sich nicht blicken. Vielleicht waren ihm endlich die Tricks ausgegangen und er saß hinten im Urwald in der Falle. Eine höchst angenehme Vorstellung. Hoffentlich verschlangen ihn die Ranken speienden Kaktusgewächse.

Nach wenigen Minuten Fußmarsch standen wir vor der Röhre. Sie war rund und ungefähr einszwanzig im Durchmesser. Zetlin zeigte uns eine rechteckige Klappe mit einem Kurbelrad daran.

»Die Röhre führt in den Stützbogen hinunter, der das Barbican trägt«, erklärte er, während er an der Kurbel drehte. »Wir können darin bis ganz nach unten steigen.«

Er öffnete die Luke und kletterte als Erster hindurch. Danach folgte Loor und ich ging als Letzter. Im Inneren der Röhre war es dunkel, erst recht nachdem ich die Klappe hinter mir zugezogen und mit dem Rad wieder verschlossen hatte. Doch nach wenigen Sekunden hatten sich meine Augen so weit an die Finsternis gewöhnt, dass ich an der Wand der Röhre eine Leiter aus Metall erkannte, die nach unten führte. Zetlin machte sich an den Abstieg. Loor und ich folgten rasch seinem Beispiel. Ein paar Meter tiefer erreichten wir eine Plattform.

»Wir befinden uns jetzt am Scheitelpunkt der Trägerkonstruktion«, sagte Zetlin. »Zu beiden Seiten führen Stufen nach unten.«

Schluck! Ich musste daran denken, wie der Bogen von außen ausgesehen hatte. Er war riesig – was bedeutete, dass es bis unten ein weiter Weg war. Allmählich wurde mir klar, warum sich Zetlin nicht gleich für diesen Ausgang entschieden hatte.

Loor dachte offenbar das Gleiche. »Wenn der Reality Bug uns hier rein verfolgt …«

Sie brauchte den Satz nicht zu beenden. Uns allen war klar, dass wir dann in der Falle saßen.

»Ich weiß«, entgegnete Zetlin leise. »Aber es ist der einzige Ausweg.«

Da keine Zeit zu verlieren war, ging ich kurz entschlossen auf den Rand der Plattform zu und gelangte nach etwa dreißig Metern zu einer Metalltreppe mit einem Geländer aus Eisenstangen. Die Treppe führte im Bogen abwärts und verlor sich irgendwo im Dunkeln. Grusel!

»Sei vorsichtig«, warnte Zetlin mich. »Da geht es ziemlich tief runter.«

Ein ziemlich überflüssiger Hinweis. Ich drehte mich um und stieg rückwärts die Stufen hinab, wobei ich die Geländer zu beiden Seiten krampfhaft umklammerte. Loor folgte mir und Zetlin bildete das Schlusslicht. Anfangs war es recht anstrengend, weil die Stufen nicht besonders steil waren. Ich musste beinahe auf allen vieren kriechen. Doch wie ich mich erinnerte, war die Trägerkonstruktion oben am stärksten gekrümmt. Das bedeutete, dass die Treppe immer steiler werden musste, je weiter wir kamen. Tatsächlich: Bald führte sie fast senkrecht in die Tiefe wie eine Leiter. Ich beeilte mich, so gut ich konnte. Je schneller, desto besser – nur wenn ich abrutschte, dann ... *Platsch*. Ich wusste nicht, wovor ich mich mehr fürchtete: in dieses finstere Loch zu stürzen oder von oben vom Reality Bug angegriffen zu werden. Jedenfalls hatte ich das dringende Bedürfnis, schnellstmöglich von hier zu verschwinden.

Während des Abstiegs sprach keiner von uns ein Wort. Es gab nicht viel zu reden, wir hatten ohnehin alle drei nur einen einzigen Gedanken: schnell nach unten, weg hier, bevor uns der Bug findet.

Plötzlich fuhr durch die gesamte Konstruktion ein solch heftiger Ruck, dass ich beinahe den Halt verloren hätte. Wir blieben stehen und klammerten uns am Geländer fest.

»Was war das?«, rief ich nach oben.

»Ich weiß nicht«, antwortete Zetlin. »Geh weiter, aber sei vorsichtig.«

Also setzte ich den Abstieg fort. Nachdem etwa eine Minute vergangen war, bebte das Gerüst erneut. Wieder klammerten wir uns krampfhaft fest.

»Das muss der Bug sein«, vermutete ich. »Vielleicht versucht er eine Wand zu durchbrechen.«

Wir kletterten weiter, nun allerdings in ständiger Angst vor weiteren mysteriösen Erschütterungen. Das Beben wiederholte sich noch drei Mal und jedes Mal konnten wir uns gerade noch rechtzeitig festhalten. Schließlich – nach einer Ewigkeit, wie es schien – erreichten wir festen Boden. Allerdings nahm sich niemand die Zeit, diese Tatsache zu feiern. Wir standen jetzt an der breitesten Stelle der Trägerkonstruktion, ganz unten im Inneren einer Seite des Bogens.

»Dort ist der Ausgang.« Loor zeigte auf eine Tür nicht weit von uns. Wir liefen hin und Loor riss sie auf.

Draußen regnete es in Strömen, doch das kümmerte mich nicht. Endlich wieder im Freien! Wir rannten schnurstracks weiter – nur weg hier, weg von dem Reality Bug, und zwar so schnell wie möglich. Erst nach schätzungsweise einem Kilometer wagten wir es, innezuhalten und uns im Eingang eines der schwarzen Gebäude unterzustellen.

Während wir allmählich wieder zu Atem kamen, blickte ich zurück auf das Barbican. Welch eine unglaubliche, riesige, unvorstellbare, atemberaubende Konstruktion! Das waagerecht in der Luft schwebende Gebäude verriet durch nichts, welche Wunderdinge in seinem Inneren steckten. Es wirkte imposant, aber zugleich auch traurig.

Dr. Zetlin hatte sich von dem Gebäude abgewandt und starrte in Gedanken versunken die regennasse Straße seiner trübseligen Fantasiestadt entlang. Sie war dazu geschaffen, ihn an das Leben zu erinnern, dem er entflohen war. Doch paradoxerweise bot jetzt gerade dieser Ort ihm Zuflucht.

»Dr. Zetlin?«, sprach ich ihn leise an.

»Ich habe geschworen niemals zurückzukehren«, murmelte er mit brüchiger Stimme.

Ich folgte seinem Blick und versuchte die Stadt mit seinen Augen zu sehen. Der Regen prasselte auf die grauen Straßen nieder. Es war wirklich eine trostlose Umgebung. Plötzlich fiel mir auf, dass wir drei weit und breit die einzigen Personen waren. Überhaupt hatte ich, seit der Reality Bug hier sein Unwesen trieb, keine Menschenseele mehr gesehen. Entweder waren alle geflüchtet oder der Bug hatte die Fantasie so verändert, dass sämtliche Leute daraus verschwunden waren bis auf die echten Menschen – uns drei. Egal, jetzt war nicht die Zeit, sich darüber Gedanken zu machen. Jedenfalls befanden wir uns hier am falschen Ort, und zwar allesamt.

»Dies hier ist doch auch nicht die Realität«, erinnerte Loor Dr. Zetlin.

»Für mich schon«, entgegnete er.

In diesem Moment hörten wir etwas, das ich zuerst für Donner hielt. Es war ein tiefes, durchdringendes Grollen und es kam aus der Richtung des Barbican. Wir blickten uns um, doch das Gebäude sah aus wie immer. Noch zweimal hörten wir das gleiche laute Dröhnen.

»Das hat bestimmt etwas mit den Erschütterungen zu tun, die es vorhin gab, als wir durch den Stützpfeiler nach unten geklettert sind«, vermutete Loor.

Doch woher kam es?

Die Antwort ließ nicht lange auf sich warten. Wieder dröhnte es gewaltig.

Zetlin schnappte erschrocken nach Luft – offenbar versuchte etwas das Barbican von innen zu zertrümmern. Stücke der Fassade brachen heraus und stürzten mit Getöse zu Boden. Ich nehme an, uns allen war klar, was das sein musste, aber wir wollten es nicht glauben.

»Er hat nicht versucht eine Wand einzureißen«, stieß ich entgeistert hervor. »Er versucht auszubrechen!«

Gleich darauf kam oben am hinteren Ende des Gebäudes – dem Teil mit dem Urwald – etwas Riesiges, Schwarzes zum Vorschein. Atemlos sahen wir zu, wie eine gewaltige Faust die Außenwand durchschlug. Das Kreischen von Metall und das Splittern von Glas übertönten das Rauschen des Regens. Die Faust zog sich wieder zurück und stattdessen drang etwas anderes durch das Loch ins Freie. Es sah aus, als ob aus dem waagerecht in der Luft schwebenden Bauwerk wie aus einem Ei ein Monster ausschlüpfte. Ein schwarzer Klumpen bahnte sich einen Weg nach oben, wobei er das Loch in der Fassade weiter aufriss. Wieder prasselten Trümmer auf das Pflaster. Der Klumpen drehte und wand sich und dann öffneten sich zwei Augen.

Es handelte sich um den Kopf der Bestie – und wahrhaftig, sie war eine Ausgeburt der Hölle. Sie ähnelte keinem Tier mehr, das ich kannte. Der Kopf erinnerte an einen Keiler, aus dessen Rüssel lange, gebogene Hauer ragten, die Augen waren jedoch die einer Schlange mit senkrechten Pupillen. Dazu hatte das Monster gewaltige Hörner, die gekrümmt waren wie bei einem Widder. Und der gesamte Kopf war mit ölig glänzendem schwarzem Fell bedeckt.

Nachdem die Bestie ihren Kopf durch das Loch gequetscht hatte, versuchte sie unter lautem Gebrüll auch den übrigen Körper ins Freie zu zwängen. Dabei riss sie ihr gewaltiges Maul weit auf, sodass das blutrote Innere mit mehreren Reihen gelber Zähne sichtbar wurde.

Wir beobachteten gebannt, wie das Ungeheuer die Fassade weiter zertrümmerte. Wieder brach zuerst eine Faust hervor, die das Loch, durch das es zu entkommen versuchte, vergrößerte. Als Nächstes kam die andere Faust zum Vorschein. Nachdem beide Arme frei waren, schob sich der mächtige Brustkorb ins Freie. Brust und Arme waren von beinahe menschlicher Gestalt und mit gewaltigen Muskeln ausgestattet. Das Ding wuchs noch immer zusehends. Es war jetzt zu groß für den Gebäudeteil, in dem es steckte, und wir hörten bereits die Metallträger unter dem Gewicht des Ungeheuers nachgeben. Wenn es weiter wuchs, würde die gesamte Konstruktion zusammenbrechen.

Die Bestie heulte noch einmal laut auf und schlug mit der Faust krachend auf die Oberseite des Gebäudes. Der Schlag hinterließ ein weiteres riesiges Loch, aus dem Wasser drang – an dieser Stelle lag offenbar der Raum mit der Unterwasser-Rennstrecke. Tonnenweise Wasser strömte aus dem Barbican und stürzte in einem tosenden Wasserfall in die Tiefe. Es waren solche Massen, dass die gesamte Straße geflutet wurde. Binnen Sekunden standen wir drei knietief in einem wahren Strom, doch wir rührten uns nicht vom Fleck. Der Regen hatte uns ohnehin bereits völlig durchnässt, sodass es auf einen knappen halben Meter Wasser auf dem Boden nicht mehr ankam.

Nun wurde auch die untere Hälfte des Körpers sichtbar, die ebenfalls behaart war. Die Bestie stemmte sich vollends aus dem Loch in der Fassade heraus und stellte sich aufrecht auf das waagerecht liegende Gebäude. Zuletzt kam der Schwanz zum Vorschein, der lang und knochenweiß war und an einen Rattenschwanz erinnerte. Das Monster stand auf Hufen, den Schwanz um ein Bein geschlungen, und stieß ein grässliches, wütendes Geheul aus, von dem mir schier das Blut in den Adern gefror. Dr. Zetlin, Loor und ich starrten wie gelähmt auf die physische Gestalt des Reality Bugs. Sämtliche Ängste der Bevölkerung von Veelox hatten dieses Ding erschaffen und genährt.

Gegen ein solches Monstrum waren wir drei absolut machtlos.

Das Ungeheuer kletterte jetzt von dem Gebäude und rutschte an einer Seite des Stützbogens hinunter, bis es auf dem Boden stand. Ob es sich auf die Suche nach uns machen würde? Es richtete sich hoch auf, sah sich um und reckte witternd die Schnauze. Ich hoffte inständig, der Wind möge unseren Geruch nicht in seine Richtung tragen. Jeden Augenblick rechnete ich damit, dass es unsere Witterung aufnehmen und uns weiter verfolgen würde.

Doch stattdessen blickte sich das Monster noch einmal um und ließ sich dann auf die Knie fallen.

»Was macht es da?«, wollte Loor wissen.

Die Bestie ballte ihre monströse Hand zur Faust, holte weit aus und hämmerte mit solcher Wucht auf den Boden, dass die ganze Straße erschüttert wurde wie von einem Erdbeben. Nicht nur einmal, sondern wieder und wieder schlug das Ungeheuer zu, immer auf dieselbe Stelle. Dabei traten seine Muskeln vor Anstrengung hervor. Bereits nach einigen Schlägen klaffte im Asphalt ein Krater.

Zetlins Gesichtsausdruck verriet mir, dass er sich ebenso wenig wie ich erklären konnte, was das Ungeheuer damit bezweckte.

»Was geht hier vor?«, fragte eine verängstigte Stimme hinter uns.

Wir drei fuhren erschrocken herum und sahen …

… Aja. Sie ging an uns vorbei, den Blick fest auf das Monster gerichtet.

»Was hier vorgeht?«, wiederholte ich. »Erzähl *du* uns lieber, was hier vorgeht! Seit wir dich zuletzt gesehen haben, sind wir pausenlos vor diesem Ding auf der Flucht. Holst du uns jetzt bald hier raus oder was?«

Aja antwortete nicht. Sie starrte noch immer auf den Reality Bug.

Während die Bestie auf den Boden hämmerte, veränderte sich ihr Kopf. Er erinnerte nun nicht mehr an einen Keiler, sondern nahm das Aussehen eines Vogelkopfes an, dessen langer gekrümmter Schnabel mit gewaltigen spitzen Zähnen bewehrt war. Gleich darauf verwandelte sich auch der Körper und bekam eine reptilienhafte Gestalt. Dann nahm der Kopf wieder eine andere Form an: die eines schaurigen Totenschädels mit leblosen Augen und spitzen Reißzähnen.

»Er speist sich aus den Ängsten des gesamten Territoriums«, flüsterte Aja.

»Aja, weißt du, warum er dauernd auf den Boden schlägt?«, fragte Loor mit unerschütterlicher Ruhe.

Aja wandte sich zu uns um. Ihr Gesicht war wie versteinert. »Ich glaube, er versucht auszubrechen«, antwortete sie.

»Er ist doch schon ausgebrochen«, entgegnete ich. »Sieh dir nur an, wie er das Gebäude zertrümmert hat!«

Aja schüttelte den Kopf. Es war geradezu unheimlich, sie so zu sehen. Ihre Augen, in denen sonst ihr brillanter Scharfsinn sprach, blickten jetzt völlig leer, als ob sich ihr Verstand schlicht weigerte diese unglaublichen Tatsachen aufzunehmen.

»Nein«, sagte sie leise. »Er versucht aus der Fantasie auszubrechen.«

Zetlin warf ihr einen Blick zu. »Wie meinst du das?«

»Der Alpha-Core«, fuhr sie wie in Trance fort. »Das

Monster droht ihn in Trümmer zu schlagen. Jedes Mal wenn es auf den Boden hämmert, kann ich die Erschütterung im Core spüren.«

»Das ist unmöglich«, protestierte Zetlin. »Der Alpha-Core ist in der Realität.«

»Eben, das meine ich doch«, versetzte Aja mit Nachdruck. »Der Reality Bug ist so mächtig geworden, dass er Lifelight überwinden kann. Er versucht aus dieser Fantasie zu entkommen … und in die Realität einzudringen.«

Fünfzehntes Journal
(Fortsetzung)

Veelox

War das möglich? Konnte der Reality Bug in die Wirklichkeit durchdringen, als würde der Vorhang zerrissen, der Zetlins Fantasie von der Realität trennte? Wenn dieses Monster in den Alpha-Core gelangte, würde es die ganze Pyramide auseinander nehmen. Das wäre für die Menschen dort das Ende, vom übrigen Veelox gar nicht zu reden. Bestand diese Gefahr tatsächlich?

Natürlich – wie konnte ich daran zweifeln? Ich hatte schon genug Beispiele dafür gesehen, dass die Gesetze der Realität auf Veelox keine Gültigkeit besaßen. Warum sollte es sich ausgerechnet in diesem Fall anders verhalten? Keine Chance. Wenn dieses Monster es schaffte, aus dem Jump auszubrechen, würde es Veelox in Trümmer legen.

Und damit hätte Saint Dane das erste Territorium für sich gewonnen.

»Was hat das zu bedeuten?«, fragte Loor mit fester Stimme. Sie klang sehr viel gefasster, als ich mich fühlte.

Ich wusste beim besten Willen nichts zu erwidern ... bis ich bemerkte, dass sie ihren Armband-Controller hochhielt. Die rechte Taste leuchtete weiß. Mit einem raschen Blick auf meinen eigenen Controller stellte ich fest, dass die entsprechende Taste daran ebenfalls leuchtete. Bei Zetlin war es dasselbe.

»Aja!«, rief ich aufgeregt. »Was bedeutet das?«

Ich streckte ihr meinen Controller entgegen, doch sie starrte nur gebannt auf das Monster, das seine Faust wieder und wieder in die Straßendecke rammte. Dieser Albtraum war ihre Schöpfung. Ich nehme an, sie stand unter Schock. Ich stellte mich dicht vor sie und schrie ihr ins Gesicht um sie aufzurütteln.

»Aja!«, brüllte ich und hielt ihr meinen Controller dicht vor die Augen. »Was ist da los? Warum leuchtet das Ding plötzlich?«

Ganz allmählich schien Aja den Controller wahrzunehmen. Sie betrachtete ihn einen Moment lang mit einem seltsamen Ausdruck, als könnte sie überhaupt nichts damit anfangen. Dann wurde ihr Blick klarer und sie schien wieder ansprechbar. Offenbar kam ihr eine Idee. Zögernd sagte sie: »Kurz bevor die Erschütterungen im Alpha-Core anfingen, öffnete sich der Zugang zum Alpha-Grid.«

»Was heißt das?«, erkundigte sich Loor.

»Ich nehme an, der Reality Bug konzentriert sich ganz darauf, einen Weg nach draußen zu finden«, erklärte Aja. »Möglicherweise haben wir dadurch wieder eine Chance, den Jump zu beeinflussen – wenigstens für kurze Zeit.«

Ich begriff schlagartig. »Dann nichts wie weg hier, schnell! Loor, drück die Taste!«

Loor stellte keine Fragen, sondern drückte sofort auf die leuchtende Taste … und war gleich darauf verschwunden.

»Na also!« Ich wandte mich an Dr. Zetlin, der mit ausdruckslosem Gesicht das Monster anstarrte. »Dr. Zetlin, ich steige jetzt aus dem Jump aus. Sie müssen sofort nachkommen.«

Zetlin wandte den Blick nicht von der Bestie. Ich packte ihn an den Schultern und zwang ihn mich anzusehen. »Hören Sie!«, schrie ich. »Wir müssen diesen Jump abbrechen! Vielleicht können wir dadurch den Reality Bug aufhalten!«

»Und wenn er sich nicht aufhalten lässt?«, entgegnete er matt.

»Dann haben wir vom Alpha-Core aus immer noch bessere Möglichkeiten, ihn zu bekämpfen, als hier, wo wir nichts weiter tun können als vor ihm wegzulaufen. Ich vertraue auf Sie und Aja. Sie müssen dieses Ding aufhalten!«

Zetlins Blick glitt noch einmal zu der Bestie hinüber. Ich bemerkte einen Veränderung in seinem Ausdruck – seine Augen waren auf einmal hellwach und aufmerksam. Er nickte.

»Geh«, sagte er. »Ich komme sofort nach.«

Diesmal glaubte ich ihm. Ich wandte mich Ajas Projektion zu. »Wir sehen uns im Alpha-Core, okay?«

»Beeil dich«, erwiderte sie und gleich darauf löste sich das Bild auf.

»Und Abgang«, murmelte ich und drückte auf die rechte Taste.

Augenblicklich wurde mir schwarz vor Augen.

Ich bewegte mich wohlweislich noch nicht – beim letzten Mal hatte ich mir den Kopf an der Innenwand der Röhre gestoßen. Aber war ich tatsächlich zurückgekehrt? Befand ich mich endlich wieder in der Realität?

Die Ungewissheit hielt nicht lange an, denn gleich darauf drang Licht in meine Jump-Röhre ein. Die Verschlussplatte glitt seitlich in die Wand zurück, dann fuhr die Liege heraus und das Erste, was ich sah, war Loor. Sie stand über mich gebeugt und sah aus wie ein Engel, der zu meiner Rettung gesandt worden war.

»Sind wir draußen?«, vergewisserte ich mich. »Diesmal wirklich?«

»Ich glaube schon«, bestätigte Loor.

Ich sprang von der Liege und rannte aus der Kabine

hinüber in den Alpha-Core. Dort saß Aja in ihrem Kontrollsessel. Als sie mich sah, lief sie mir entgegen und fiel mir um den Hals. Halb rechnete ich damit, dass sie wie ein Gespenst durch mich hindurchgleiten würde, doch sie war aus Fleisch und Blut. Die echte, wirkliche Aja. Wir waren zurück.

»Ich habe schon nicht mehr daran geglaubt, dass ihr da noch heil rauskommt«, gestand sie.

Mit einem derart herzlichen Empfang hatte ich gar nicht gerechnet, aber ich beklagte mich nicht. »Wie sieht's aus?«, erkundigte ich mich.

Aja löste ihre Umarmung und setzte sich wieder in den Kontrollsessel. Erfreut stellte ich fest, dass sie voll und ganz bei der Sache war.

»Sobald Dr. Zetlin die Abbruchtaste gedrückt hatte, war der Jump beendet«, erklärte sie und deutete auf den dunklen Monitor. »Zugleich hörten auch die Erschütterungen auf. Ich denke, der Reality Bug wurde durch den Abbruch vernichtet.«

Loor war mir gefolgt. »Geht das denn so einfach?«, fragte sie skeptisch.

Aja gab an ihrer Konsole mehrere Befehle ein, überprüfte die Daten, die auf dem Monitor erschienen, und sagte: »Es sieht ganz danach aus. Lifelight läuft wieder normal.« Sie drehte sich zu mir um und kicherte. »Der Spuk ist vorbei.«

»Und wo steckt Zetlin?«, wollte ich wissen.

Aja sprang erneut auf und eilte in die Jump-Kabine. Die mittlere Stahlplatte war noch immer verschlossen. Aja drückte ein paar Tasten an der Wand darüber, doch dann zögerte sie. Ich begriff – auch mir war die Vorstellung nicht ganz geheuer, diese Röhre zu öffnen, in der Zetlins Körper seit Jahren lag. Es war, als ob man in eine Gruft eindrang. Spannend und zugleich unheimlich.

»Mach nur«, sagte ich so beruhigend, wie ich konnte. »Es ist an der Zeit, dass er rauskommt.«

Aja nickte und drückte eine letzte Taste. Die Verschlussplatte glitt zur Seite und mit leisem Summen fuhr die Liege heraus. Aja, Loor und ich drängten uns dicht aneinander und warteten ein wenig ängstlich darauf, zum ersten Mal Dr. Zetlin zu sehen. Den *echten* Dr. Zetlin.

Auf der Liege lag ein alter Mann im grünen Overall. Er hielt die Augen geschlossen und hatte die Hände über der Brust gefaltet. Seine Haut sah bleich und wächsern aus, weil er so lange nicht an der Sonne gewesen war, sein Kopf war kahl und er trug einen langen, zottigen Bart – kein Wunder, schließlich hatte er sich seit drei Jahren nicht rasiert. Ich musste unwillkürlich an Rip van Winkle denken. Zetlin trug sogar seine Brille mit den runden Gläsern, auch wenn mir schleierhaft war, wozu er sie in der Jump-Röhre gebraucht hatte. Eine unfassbare Vorstellung, dass dies derselbe Typ sein sollte, mit dem wir erst vor kurzem eine halsbrecherische Verfolgungsjagd durch eine Fantasiewelt hingelegt hatten … In der er sechzehn Jahre alt war. Doch es bestand kein Zweifel – sein Handrücken war an der Stelle, wo ihn das Schlangengift getroffen hatte, noch immer gerötet. Dies war eindeutig Dr. Zetlin. Der leibhaftige Dr. Zetlin.

Als ich ihn so leblos daliegen sah, fürchtete ich im ersten Moment, er sei tot. Doch dann schlug er langsam die Augen auf und blinzelte in das Licht.

»Mein Kopf tut weh«, flüsterte er.

Das kam wohl noch von seiner Kollision mit dem Spinnennetz. Als er sich mühsam aufrichtete, beeilten wir drei uns, ihn zu stützen. Der Typ machte einen ziemlich klapprigen Eindruck. Kein Wunder – er war neunundsiebzig Jahre alt und hatte seine Muskeln seit geraumer Zeit nicht mehr gebraucht.

Nachdem er sich mit unserer Hilfe aufgesetzt hatte, atmete er erst einmal tief durch. Dann betastete er seinen Bart wie ein ungewohntes Anhängsel, bis er schließlich die Brille abnahm, sich die Augen rieb und uns alle drei der Reihe nach ansah. Jetzt erkannte ich in ihm den Burschen aus der Fantasie wieder. Sein Körper war gealtert, doch die Augen waren noch dieselben. Er blickte eine Weile lang schweigend von einem zum anderen, ehe er fragte: »Wie ist die Lage?«

Aja trat vor und meldete: »Wir gehen davon aus, dass der Reality Bug vernichtet wurde, als Sie den Jump beendeten. Es gibt keinerlei Anzeichen dafür, dass er noch irgendwo aktiv ist. Und – wenn ich mir die Bemerkung erlauben darf – es ist eine große Ehre, Sie persönlich kennen zu lernen, Dr. Zetlin.«

Zetlin musterte Aja von oben bis unten und versetzte gleichgültig: »Mag sein.«

Dann ließ er sich von der Liege gleiten. Es sah aus, als könnten seine Beine ihn kaum tragen; doch als wir ihn stützen wollten, schob er uns unwirsch beiseite.

»Ich bin etwas eingerostet«, grummelte er, »aber kraftlos bin ich nicht.«

Wir wichen zurück.

Zetlin machte ein paar zittrige Schritte, dann blieb er stehen und richtete sich zu seiner vollen Größe auf. »Ich hatte ganz vergessen, wie es ist, in *diesem* Körper zu leben«, sagte er. Mit jedem weiteren Schritt wurde er sicherer. Er ging aus der Jump-Kabine hinüber in den Alpha-Core. Als er den Kontrollsessel erreicht hatte, wirkte er bereits ziemlich rüstig. Plötzlich schien neunundsiebzig gar kein so hohes Alter mehr zu sein.

Zetlin ließ sich in dem Sessel nieder, als ob er ihm gehörte. Das heißt, genau genommen gehörte er ihm ja tatsächlich. Er blickte forschend zu dem Monitor auf. Offenbar konnte er mit der wirren Abfolge von Ziffern und anderen Zeichen, die auf dem Display erschienen, etwas anfangen – ein Glück, ich nämlich nicht.

»Killian!«, blaffte er.

Aja stand augenblicklich vor ihm stramm. »Ja, Doktor?«, parierte sie, bereit dem großen Meister zu dienen.

»Hast du das gesamte Alpha-Grid und das Haupt-Grid überprüft?«, wollte Zetlin wissen.

»Jawohl«, bestätigte sie. »Lifelight ist wieder online. Die Jumps verlaufen normal. Ich finde keine Anzeichen für den Reality Bug. Nirgendwo.«

Krach!

Der gesamte Raum bebte. Der Stoß kam so heftig und so plötzlich, dass ich das Gleichgewicht verlor. Loor konnte mich gerade noch festhalten, sonst wäre ich gestürzt.

Krach!

Wieder wurde der Raum erschüttert. Ich hörte, wie in der Jump-Kabine etwas polternd zu Boden fiel. Als ich einen Blick durch die Tür warf, traute ich meinen Augen nicht. In der Decke nebenan klaffte ein Loch. Schutt bedeckte den Boden. Aber was mich so aus der Fassung brachte, war nicht der Schaden am Gebäude, sondern das, was ich durch das Loch in der Decke sah.

Es war die leere Augenhöhle eines gewaltigen Totenschädels. Der Bug war nicht vernichtet ... sondern er war soeben in die Realität eingedrungen.

Einen Moment lang standen wir alle vier vor Schreck wie gelähmt da. Dann verschwand der Kopf, und gleich darauf schlug eine riesige schwarze Faust in das Loch hinein und vergrößerte es auf diese Weise.

Ich sah mich nach der Kontrollkonsole um, deren Monitor plötzlich verrückt spielte. Zahlenkolonnen flackerten mit rasender Geschwindigkeit über den Bildschirm. Aja und Zetlin bearbeiteten fieberhaft die Tastatur und versuchten die Sache unter Kontrolle zu bringen.

»Woher kommt er?«, stieß Aja mit schriller Stimme hervor.

»Er muss beim Abbruch meines Jumps in einen anderen Teil des Grids ausgewichen sein«, erwiderte Zetlin rasch. »Aber er hat wieder hergefunden.«

Allerdings, er hatte hergefunden – das war nicht zu übersehen.

Das Gehämmer ging weiter. Teile der Decke fielen herab, sodass das Loch immer größer wurde. Jetzt ging das Monster dazu über, mit den Klauen ganze Brocken vom Rand abzureißen, um seinen Eingang in unsere Welt zu erweitern.

Loor blickte sich hastig um, offenbar auf der Suche nach etwas, das sich als Waffe eignete. Vergebens – es gab nichts, womit wir dieses Ding hätten aufhalten können.

Wieder krachte es und nun passte bereits die ganze Faust durch die Öffnung. Diese Bestie würde in kurzer Zeit die gesamte Pyramide auseinander nehmen.

»Da!« Aja deutete auf die Anzeige am Monitor. »Er zieht Daten von überall auf ganz Veelox. Dadurch ist er so stark geworden. Er speist sich immer noch von den Ängsten sämtlicher Jumper.«

»Dann hört doch endlich auf, ihn zu füttern!«, schrie ich.

Aja und Zetlin blickten mich an, als hätte ich den Verstand verloren.

»Er speist sich selbst, Pendragon«, versetzte Aja ungeduldig. »Er fragt uns nicht großartig um Erlaubnis.«

Als gleich darauf hinter mir ein kehliges Grollen ertönte, wandte ich mich wieder zur Jump-Kabine um. Bei dem Anblick, der sich dort bot, stockte mir der

Atem. Der Riesenschädel ragte durch das Loch und starrte uns an. Aus der Nähe nahm ich seinen Verwesungsgeruch wahr. Vor Entsetzen völlig gelähmt sahen wir vier zu, wie sich der nackte Knochen allmählich mit Fleisch bedeckte. Augen wuchsen in den Höhlen und ölige Haut überzog das Gesicht. Binnen Sekunden verwandelte sich der Totenschädel in einen hässlichen, an einen Pavian erinnernden Kopf mit weißen, pupillenlosen Augen. Grunzend zog sich das Monster wieder durch das Loch zurück. Es machte sich bereit in einer letzten Anstrengung die Barriere zur Wirklichkeit vollends zu durchbrechen.

Wenn wir es noch aufhalten wollten, mussten wir sofort etwas unternehmen.

»Es *muss* doch eine Möglichkeit geben!«, beharrte ich. »Könnt ihr nicht den Strom abschalten?«

»Hast du nicht gehört, was ich gesagt habe? Die Daten stammen von sämtlichen Jumpern auf ganz Veelox«, entgegnete Aja.

»Na und!«, rief ich trotzig. »Dann musst du eben *alle* Jumps abschalten! Wenn die Leute nicht mehr in Lifelight sind, kann sich der Reality Bug auch nicht von ihrer Angst speisen!«

»Das geht nicht, wie oft soll ich dir das noch sagen?«, fuhr Aja mich an. »Es ist zu gefährlich!«

»Noch gefährlicher als das hier?«, fragte Loor ruhig.

Rums!

Ein Fuß brach durch die Decke. Es war eine vogelartige Klaue mit gewaltigen säbelscharfen Krallen.

»Deshalb haben wir doch vorhin das Grid offline genommen«, erklärte Aja. »Wir *können* Lifelight nicht abschalten!«

»Aber wenn wir dieses Ding nicht stoppen, wird es die ganze Pyramide verwüsten und anschließend den Rest von Veelox!«, schrie ich völlig außer mir. »Wenn es seine Kraft von den Jumpern bezieht, müssen wir die Versorgung kappen!«

»Pendragon, es ist unmöglich, das Grid abzuschalten!«, schrie Aja zurück.

Krach!

Die riesenhafte Vogelklaue begann den Durchgang zum Alpha-Core zu zertrümmern und damit sein Tor in die Wirklichkeit zu vergrößern.

»Dr. Zetlin!«, stieß ich verzweifelt hervor. »Das Ganze ist doch in Wirklichkeit nichts als eine Maschine! Es *muss* eine Möglichkeit geben, sie abzuschalten.«

Zetlin antwortete nicht. Er sah mich nicht einmal an. Mir dämmerte, dass er uns etwas verschwieg.

»Dr. Zetlin!«, drängte ich. »Können wir es abschalten?«

Die Klaue trat immer wieder gegen den Türrahmen, sodass große Trümmer der Wand durchs Zimmer flogen. Zetlin bekam einen Brocken an den Kopf. Der Schlag rüttelte ihn auf und zwang ihn, sich dem Grauen zuzuwenden, das da über uns hereinzubrechen drohte … und über ganz Veelox.

»Lifelight war mein Lebensinhalt«, sagte er wie benommen. »Wenn ich es jetzt abschalte, war mein ganzes Leben sinnlos.«

»Das heißt, es ist tatsächlich *möglich,* es abzuschalten?«, hakte Aja verblüfft nach.

»Dr. Zetlin!« Loor klang noch immer bewundernswert gefasst. »Ihr Leben war nicht sinnlos und es ist noch nicht zu Ende. Aber wenn Sie jetzt nicht alles tun, was in Ihrer Macht steht, um dieses Grauen abzuwenden, dann *wird* es zu Ende sein und Sie werden in die Geschichte eingehen als der Mann, der Veelox der Vernichtung preisgegeben hat.«

Zetlin zuckte zusammen. Loors Worte waren zu ihm durchgedrungen. Dennoch starrte er weiter tatenlos der

Bestie entgegen, die nun jeden Moment über uns herfallen konnte.

»Doktor, wenn Sie etwas tun können, müssen Sie es jetzt tun!«, beschwor ich ihn eindringlich.

Zetlin warf mir einen raschen Blick zu, dann wandte er sich mit einem Ruck zu der Kontrollkonsole um. Seine Entscheidung war getroffen. Er würde Lifelight abschalten.

»Was kann ich tun?«, erkundigte sich Aja.

»Nichts«, erwiderte Zetlin, während seine Finger blitzschnell über die Tastatur huschten.

»Können Sie auf diese Weise die Datenströme kappen, von denen sich der Reality Bug speist?«, fragte ich.

»Theoretisch ja«, erwiderte Zetlin, und mit einem Schulterzucken fügte er hinzu: »Praktisch kann ich es nicht mit Gewissheit sagen. Ich habe noch nie einen vergleichbaren Fall erlebt.«

Ach nein?

Der Reality Bug veränderte schon wieder sein Äußeres. Das riesenhafte vogelartige Bein begann sich zu winden und zu verformen, bis sich die Klaue schließlich in einen abscheulichen Insektenkopf verwandelt hatte. Der Kopf bestand größtenteils aus einem runden Maul, das ringsherum mit mehreren Reihen spitzer, bedrohlich knirschender Zähne ausgestattet war. Das Bein selbst nahm die Gestalt eines Schlangenkörpers an.

Und für diesen Körper war das Loch, das die Bestie bereits geschaffen hatte, groß genug. Damit stand dem Reality Bug der Weg in die Realität offen.

»Beeilen Sie sich!«, drängte ich Zetlin.

Dr. Zetlin verlor trotz allem nicht die Nerven. An einer Kette, die er um den Hals trug, zog er eine rote Plastikkarte hervor, ähnlich der grünen, die Aja benutzt hatte um das Grid offline zu schalten.

Der Reality Bug ließ sich aus dem Loch in der Decke der Jump-Kabine herab. Mit einem widerlich feuchten Klatschen schlug sein schlangenhafter Körper auf dem Boden auf.

Aja, Loor und ich drängten uns vor der Kontrollkonsole zusammen und starrten der ekelhaften Kreatur entgegen, die sich langsam in den Alpha-Core schob. Dabei machte sie mit dem Maul ein saugendes, schmatzendes Geräusch, als ob sie nach Beute gierte. Und die Beute waren wir.

Zetlin konzentrierte sich voll und ganz auf seine Aufgabe. Er schob die rote Karte in einen Schlitz und tippte auf der Tastatur rasch ein paar Befehle ein.

»Brauchen Sie Verifikation?«, bot Aja an, ohne den Blick von dem Bug abzuwenden, der immer näher kam.

»Nein, ich habe vollen Zugriff«, entgegnete er.

Gleich darauf klappte er eine durchsichtige Abdeckscheibe hoch, unter der sich ein roter Kippschalter befand. Er zögerte und warf einen raschen Blick auf den Reality Bug.

Die Bestie riss gerade ihr grässliches, rundes Maul auf, bereit auf uns herabzustoßen.

Zetlin schloss die Augen … und legte den Schalter um.

Der Reality Bug erstarrte. Im Bruchteil einer Sekunde verwandelte er sich von einem lebenden Wesen in eine unbewegliche Statue. Als ob man einen Film angehalten hätte.

Sämtliche Lämpchen an der Konsole erloschen. Lifelight war abgeschaltet, aus, Ende.

Wir vier starrten fasziniert den reglosen Reality Bug an und fragten uns, was wohl weiter geschehen würde. Die Kreatur blieb noch einen Moment lang unbeweglich wie ein Fels stehen, dann begann sich ihre

Haut zu verändern. Die gesamte Oberfläche der Bestie wurde zu einer gigantischen Masse Ziffern. Wir sahen buchstäblich die Rohdaten vor uns, aus denen sich das Ungeheuer zusammensetzte. Die Körperform blieb dieselbe, nur dass dort, wo eben noch Haut, Fell und so weiter gewesen waren, nun Milliarden grüner, leuchtender Computerziffern in der Luft schwebten.

Dann begannen die Zahlen ihren Wert zu verringern. Jede einzelne Ziffernreihe zählte rasend schnell rückwärts, und wenn sie bei null ankam, löste sie sich in nichts auf, sodass ein kleines Stückchen der Bestie verschwand. Das Monster verfiel Bit für Bit, Zahl für Zahl. Der Reality Bug wurde vor unseren Augen gelöscht. Der gesamte Vorgang dauerte nicht länger als dreißig Sekunden, doch am Ende blieb von der Bestie nichts zurück. Der einzige Beweis dafür, dass sie jemals existiert hatte, war das klaffende Loch in der Decke der Jump-Kabine.

Ohne Datenzufuhr war der Reality Bug schlichtweg verhungert.

Und mit ihm war auch Lifelight gestorben.

Fünfzehntes Journal
(Fortsetzung)

Veelox

In den folgenden Tagen ging es äußerst turbulent zu. Nachdem Lifelight abgeschaltet worden war, blieb Tausenden von Jumpern nichts anderes übrig, als die Pyramide zu verlassen und sich wieder ihrem Leben in Rubic City zuzuwenden. Es war seltsam mitanzusehen.

Als die Menschen aus der Pyramide ins Freie strömten, mussten sie ihre Augen mit den Händen gegen das Sonnenlicht abschirmen. Die meisten wirkten benommen, als wüssten sie nicht recht, was sie jetzt anfangen und wohin sie gehen sollten. Ich beobachtete ein paar Leute, die sich mit Phadern stritten und verlangten, dass man sie in ihren Jump zurückversetzte. Doch die Phader konnten nur hilflos die Schultern zucken. Lifelight war tot. Ob es den Bewohnern von Veelox passte oder nicht, sie mussten sich ab sofort mit dem wirklichen Leben begnügen.

Während sich die Jumper gezwungenermaßen wieder in die Realität hineinfanden, ging es in der Führungsspitze der Lifelight-Pyramide hoch her. Im Prinzip drehte sich alles um die Frage, warum Lifelight abgeschaltet worden war. Die Direktoren forderten eine Erklärung. In diesen Tagen fiel mir meistens die Rolle des Außenseiters zu, weil … na ja, weil ich eben nicht dazugehörte. Aja stand im Mittelpunkt. Zu ihrem Glück hatte sie einen ziemlich starken Verbündeten: Dr. Zetlin. Gemeinsam stellten sich die beiden den Direktoren und deren ebenso hartnäckigen wie unbequemen Fragen, warum Lifelight nicht mehr war.

Da es für Loor und mich dabei nichts weiter zu tun gab, beschlossen wir bei Evangeline zu bleiben und auf Neuigkeiten zu warten. Lange hielten wir beide es allerdings nicht aus, tatenlos in dem stillen, alten Herrenhaus herumzusitzen. Stattdessen schwangen wir uns in eins der Tretfahrzeuge und sahen uns an, wie Rubic City zu neuem Leben erwachte.

Es war ziemlich cool.

Die Straßen waren jetzt voller Menschen. Die Geschäfte öffneten wieder. Ehemals völlig verdreckte Fensterscheiben wurden blitzblank geputzt. Die Leute trugen sogar wieder normale Kleidung statt der grünen Einheitsoveralls.

Während wir durch die Straßen strampelten, schnappten wir da und dort Gesprächsfetzen auf. Natürlich war Lifelight das Thema Nummer eins. Alle wollten wissen, was schief gelaufen war. Doch nach ein paar Stunden hörten wir auch immer häufiger andere Unterhaltungen. Die Menschen redeten über ganz alltägliche Dinge wie darüber, dass ihre Häuser einen neuen Anstrich brauchten, ob es auf dem Markt wohl frisches Gemüse gab und wie schön es sei, einander endlich mal wieder zu sehen. Ich stellte mir vor, dass es überall auf Veelox ähnlich zuging.

Jetzt würde alles in Ordnung kommen. Das Territorium war zwar nicht gleich über Nacht wie neugeboren, aber es befand sich zweifellos wieder auf dem richtigen Weg. Sosehr ich mich auch für die Bevölkerung von Veelox freute – für Loor und mich bedeutete all dies noch sehr viel mehr. Es hieß, dass Saint Dane wieder einmal geschlagen war. Er hatte sich eingebildet den Sieg schon in der Tasche zu haben. Doch er hatte sich getäuscht.

Ich muss gestehen, dass ich ziemlich zufrieden mit mir selbst war. Natürlich, es war eine große und wichtige Angelegenheit, Saint Dane zu schlagen. Das war die Hauptsache. Aber für mich persönlich kam hinzu, dass ich nach meiner Schlappe auf Erste Erde jetzt endlich einmal das Gefühl hatte, auf Veelox sei es mir gelungen, die Reisenden zu vereinen, sodass jeder sein Bestes beitrug. Bei meiner Ankunft war Aja völlig überzeugt gewesen Saint Dane bereits geschlagen zu haben. Ich will gar nicht leugnen, dass sie erheblich zu unserem Sieg beigetragen hat. Vielleicht hat sie dabei sogar die wichtigste Rolle gespielt. Trotzdem wäre es ohne Loors und meine Hilfe zur Katastrophe gekommen.

Während ich mit Loor im Tretauto durch die wiedererwachte Stadt fuhr, begann ich mich mit der Vorstellung anzufreunden, dass ich *tatsächlich* der Anführer der Reisenden war. Ich konnte mir zwar immer noch nicht erklären, warum diese Aufgabe ausgerechnet mir zugefallen war und wer mich dazu ausersehen hatte, aber mein Selbstvertrauen wuchs zusehends. Ich ging sogar so weit zu glauben, dass es uns – wenn ich die Reisenden weiter so anführen könnte wie auf Veelox – am Ende womöglich gelingen würde, Saint Dane endgültig zu besiegen.

Es war in der Tat eine Menge passiert seit dem Abend damals, als Onkel Press mich zum ersten Mal zum Flume mitgenommen hatte.

Aja kam mehrere Tage lang nicht nach Hause. Evangeline spielte inzwischen die Gastgeberin und kümmerte sich ganz rührend um uns. Sie setzte uns Gloid vor (wobei wir das blaue mieden wie die Pest) und machte uns herrlich gemütliche Zimmer zurecht. Zum ersten Mal verbrachte ich längere Zeit mit Loor, ohne dass wir mitten in einer Krise steckten.

Und das gefiel mir gar nicht schlecht.

Sie erzählte mir von ihrer Kindheit und ihrer Ausbildung zur Kriegerin und ich erzählte ihr von Stony Brook. Okay, mein früheres Leben war vielleicht nicht so spannend und abenteuerlich verlaufen wie ihres, aber sie hörte mir zu und tat zumindest so, als ob sie sich dafür interessierte. Es war eine herrliche Zeit. Loor und ich hatten gemeinsam einige haarsträubende Abenteuer durchgestanden, aber jetzt gingen wir auf einer völlig neuen Ebene miteinander um. Ich glaube, man nennt das »normal«. Ich hatte sie schon immer mächtig respektiert, doch jetzt gab sie mir das Gefühl, eine Freundin für mich zu sein.

Von mir aus hätte es ewig so weitergehen können, aber so hat es wohl nicht sein sollen. Denn eines Nachmittags, am dritten Tag, als wir gemeinsam mit dem Tretauto eine neue Gegend erkundeten, eröffnete Loor mir etwas.

»Hier gibt es nichts mehr für mich zu tun, Pendragon«, begann sie. »Ich muss zurück nach Zadaa.«

Das traf mich wie ein Blitz aus heiterem Himmel. Völlig verwirrt stammelte ich: »Aber ich dachte … ich hatte gehofft …«

»Was hattest du gehofft?«, erkundigte sich Loor.

Ich atmete tief durch um meinen Kopf etwas klarer zu bekommen, ehe ich erwiderte: »Ich sehe keinen Grund, warum wir uns jetzt trennen sollten. Saint Dane wird früher oder später wieder auftauchen, jede Wette. Da wäre es doch besser, wenn wir zusammenblieben, um ihn gemeinsam zu bekämpfen, falls er das nächste Mal zuschlägt. Findest du nicht?«

Loor dachte kurz darüber nach, ehe sie antwortete: »Du hast Recht – wir wissen nicht, wo Saint Dane als Nächstes in Erscheinung tritt. Aber eins weiß ich: Auf Zadaa ist Unheil im Verzug. Ich will dort sein und mich bereithalten.«

»Okay, das verstehe ich«, räumte ich ein. »Aber Saint Dane hat sich in ein Territorium namens Eelong geflumt und Gunny ist ihm gefolgt. Ich finde, wir sollten nach Eelong gehen.«

»Gut, Saint Dane ist auf Eelong – aber Zadaa steht kurz vor einem Bürgerkrieg«, gab Loor zu bedenken. »Wie können wir wissen, wo er zuerst seine miesen Machenschaften einfädelt?«

Darauf wusste ich nichts zu erwidern.

»Geh nach Eelong«, fuhr sie fort. »Und ich kehre nach Zadaa zurück. Wenn wir klarer sehen, können wir uns immer noch in Verbindung setzen.«

Ich zermarterte mir das Hirn auf der Suche nach Argumenten dafür, dass wir zusammenbleiben sollten, doch ihrer Logik war nichts entgegenzusetzen. Ich musste mir eingestehen, dass ich mich im Grunde nur deshalb nicht von ihr trennen mochte, weil ich nicht wieder allein sein wollte. Onkel Press war nicht mehr bei mir, Spader hatte etwas anderes zu klären und Gunny befand sich auf Eelong. Aja war zwar hier auf Veelox, doch sie hatte alle Hände voll zu tun. Was bedeutete: Wenn Loor nach Zadaa zurückkehrte, blieb ich allein zurück. Und das machte mir Angst.

»Vielleicht sollte ich mit nach Zadaa gehen«, bot ich an.

»Und was wird dann aus Eelong?«, fragte Loor. »Gunny ist noch nicht zurückgekehrt. Ich glaube, du solltest allmählich mal nach ihm sehen.«

Gunny hatte eigentlich nur kurz auf Eelong bleiben wollen, um ein wenig die Lage zu sondieren und dann gleich nach Veelox zurückzukommen. Doch bisher war er tatsächlich nicht wieder aufgetaucht. In der Zwischenzeit hatten mich die Probleme mit Lifelight derart in Anspruch genommen, dass ich nicht dazu gekommen war, nach ihm zu suchen. Loor hatte Recht, die Schlussfolgerung war simpel: Saint Dane hatte sich nach Eelong geflumt. Gunny war ihm gefolgt. Gunny war nicht zurückgekehrt.

Ich musste nach Eelong. Loor musste nach Zadaa.

Ohne einen weiteren Einwand wendete ich, um sie zum Flume zu bringen. Diesmal fiel es uns etwas schwerer, ungesehen in dem Schacht zu verschwinden, weil die Straße nicht mehr menschenleer war. Wir mussten warten, bis niemand in unsere Richtung schaute, dann schnell den Metalldeckel anheben und in dem verlassenen U-Bahn-Schacht verschwinden. Ein paar Minuten später standen Loor und ich an der Mündung des Flumes. Dieser Tag entwickelte sich nicht so, wie ich es mir vorgestellt hatte.

»Richte Aja schöne Grüße aus«, bat Loor. »Und Evangeline auch.«

Ich nickte. Ich wollte nicht schon wieder Abschied nehmen müssen. Erst recht nicht von Loor.

»Danke, dass du hergekommen bist«, sagte ich.

»Nichts zu danken«, wehrte sie ab. »Ich bin schließlich eine Reisende.«

»Aber ich habe dich ohne große Vorwarnung in eine ziemlich haarsträubende Situation gebracht und ... du bist wirklich ein ganz beachtlicher Mensch, Loor.«

Ich hätte sie gern umarmt, aber sie war nun mal kein Typ für Sentimentalitäten. Umso überraschter war ich, als sie mir plötzlich die Hand an die Wange legte. Es war eine geradezu zärtliche Geste – ich hätte nie gedacht, dass Loor zu so etwas fähig war.

»Das Gleiche denke ich von dir, Pendragon«, sagte sie ernst. »Ich bin froh, dass du unser Anführer bist ... und mein Freund.«

Ein Gefühl von Stolz und Wärme überkam mich. Es ist mir äußerst peinlich, das zuzugeben, aber mir stiegen Tränen in die Augen. Natürlich riss ich mich zusammen, damit Loor es auf keinen Fall bemerkte. Sie wandte sich um und trat in das Flume.

»Zadaa!«, rief sie in den finsteren Tunnel hinein. Das Flume erwachte zum Leben, es wurde hell, und aus der Ferne kamen die Klänge, die sie gleich davontragen und in ihre Heimat bringen würden. Ich musste gegen den Drang ankämpfen, mich einfach mit hineinzustürzen. Das wäre ziemlich uncool gewesen.

»Lass von dir hören«, war alles, was ich sagte.

»Versprochen«, beteuerte Loor.

Die grauen Felswände verwandelten sich in klaren Kristall, und das Licht wurde so hell, dass ich die Augen zukneifen musste. Das Letzte, was ich von Loor sah, war ihre Silhouette. Im nächsten Moment war sie verschwunden.

Und ich war allein.

Ich brach noch nicht sofort nach Eelong auf. Erst musste ich erfahren, wie die Untersuchung bezüglich Lifelight ausging. Solange noch so viel in der Schwebe hing, war unsere Mission auf Veelox nicht abgeschlossen. Statt mich also ebenfalls ins Flume zu stürzen, kehrte ich zu Evangeline zurück.

Als ich ankam, saß zu meiner Überraschung Aja mit Evangeline am Küchentisch und löffelte Gloid.

»Wo ist Loor?«, fragte sie, sobald sie mich sah.

»Wieder auf Zadaa«, teilte ich ihr mit. »Ich soll euch beide von ihr grüßen.«

Aja nickte und aß weiter. Sie wirkte müde und wortkarg. Ich brannte darauf, zu erfahren, wie das Ganze gelaufen war, aber ich wollte sie nicht gleich mit Fragen bombardieren. Wenn sie so weit war, würde sie es mir wohl von sich aus erzählen.

Nach einer Weile bemerkte Evangeline: »Dann will ich euch zwei mal allein lassen«, und ging hinaus. Oha.

Mein Gefühl sagte mir, dass Aja Neuigkeiten hatte, und zwar nicht unbedingt erfreuliche.

»Morgen findet eine öffentliche Konferenz statt«, begann Aja schließlich. »Die Direktoren werden der Bevölkerung von Veelox die Ergebnisse ihrer Untersuchung mitteilen.«

»Was hast du ihnen erzählt?«, wollte ich wissen.

»Im Wesentlichen Lügen«, gestand Aja. »Ich habe behauptet, es sei ein Softwareproblem aufgetreten, das die Jump-Daten verfälscht und dadurch die Sicherheit der Jumper gefährdet habe.«

»Das war doch gar nicht gelogen«, wandte ich ein.

Aja runzelte die Stirn. »Nein, aber die ganze Wahrheit war es auch nicht gerade.«

»Haben sie dir geglaubt?«, erkundigte ich mich.

»Ihnen blieb nichts anderes übrig. Schließlich hatte ich Dr. Zetlin auf meiner Seite. Die Direktoren besitzen einige Macht, aber sie würden es nicht wagen, dem Z zu widersprechen.«

»Er hat deine Geschichte also bestätigt?«

»Rückhaltlos«, erwiderte Aja. »Er hat kein Wort über den Reality Bug verloren und die volle Verantwortung für das Abschalten von Lifelight auf sich genommen.«

»Und das haben sie ihm tatsächlich abgekauft?«

»Vergiss nicht, Pendragon, wir haben als Einzige den Reality Bug wirklich gesehen, aber Millionen von Menschen überall auf Veelox haben erlebt, wie ihre Jumps entgleisten. Die Leute hatten Angst. Sie wussten, dass irgendwas schief gelaufen sein musste.«

»Was ist mit dem Schaden im Alpha-Core? Wie habt ihr den erklärt?«

»Wir haben uns dumm gestellt. Offen gestanden ist uns keine plausible Erklärung dafür eingefallen, also haben wir einfach behauptet, wir wüssten nicht, wie es dazu gekommen sei. Sie mussten uns glauben – schließlich konnten wir einen solchen Schaden unmöglich selbst verursacht haben.«

»Du warst drei Tage lang weg«, stellte ich fest. »Haben sie dich etwa die ganze Zeit befragt?«

»Nein. Wir waren hauptsächlich damit beschäftigt, das Grid zu scannen und alle möglichen Daten zu überprüfen um sicherzustellen, dass keine Schäden zurückgeblieben sind«, erklärte sie. »Natürlich habe ich dabei auch auf Spuren vom Reality Bug geachtet.«

»Und?«

»Er ist weg«, sagte sie mit absoluter Gewissheit. »Ein für alle Mal.«

»Dann bist du also eine Heldin«, erwiderte ich lächelnd. »Die Leute von Veelox betrachten dich als den Phader, der einen kühlen Kopf bewahrt und dadurch eine Katastrophe abgewendet hat.«

»Mag sein«, versetzte sie. Dann legte sie ihren Löffel hin, lehnte sich zurück und musterte mich eindringlich. »Und als was betrachtest *du* mich?«

Das war eine schwerwiegende Frage. Ich wusste, wie viel sie Aja bedeutete.

»Ich betrachte dich als die Reisende, die Saint Dane geschlagen und ihr Territorium gerettet hat«, antwortete ich mit Nachdruck.

Aja lächelte. »Nicht im Alleingang«, wandte sie bescheiden ein.

»Allein kann keiner viel ausrichten.«

Aja nickte. »Haben wir es wirklich geschafft, Pendragon?«, fragte sie zögernd. »Haben wir das Territorium vor Saint Dane gerettet?«

»Du brauchst dich nur mal in Rubic City umsehen«, erwiderte ich. »Die Stadt erwacht zum Leben. Du hast den Menschen hier eine zweite Chance verschafft.«

Ajas Miene sprach Bände. Sie hatte es als ihre Lebensaufgabe betrachtet, diese Herausforderung zu meistern. Die Sache mochte sich nicht ganz so entwickelt haben wie ursprünglich vorgesehen, aber das Ergebnis war dasselbe. Ihr Plan war aufgegangen. Auf ihrem Gesicht zeichneten sich grenzenlose Erleichterung und eine tiefe Befriedigung ab.

»Und worum geht es jetzt bei dieser Konferenz?«, erkundigte ich mich.

»Ich nehme an, sie wollen der Öffentlichkeit erklären, was passiert ist«, antwortete sie. »Die Veranstaltung wird überall auf ganz Veelox übertragen. Wer weiß, vielleicht bekomme ich sogar eine Medaille.«

Das große Meeting fand früh am nächsten Morgen statt.

Es war alles sehr aufregend. Tausende und Abertausende Menschen kamen in dem gewaltigen Innenraum der Pyramide zusammen. Nachdem ich Rubic City bisher fast nur als Geisterstadt gekannt hatte, war der Anblick der unzähligen Menschen in den Straßen, die alle auf dasselbe Ziel zusteuerten, sehr beeindruckend.

Ich ging gemeinsam mit Aja und Evangeline hin. Als wir inmitten der Menschenmassen die Pyramide betraten, kam ich mir vor wie beim Super Bowl. Die Kontrollstationen zu beiden Seiten des verglasten Ganges wirkten seltsam ausgestorben. In den Sesseln saß niemand und die komplette Technik war außer Betrieb – die Monitore dunkel, die Lämpchen erloschen. Der Innenraum der Pyramide bot jetzt, da es von Menschen nur so wimmelte, ein noch atemberaubenderes Bild als vorher. Nicht nur die riesige Fläche im Erdgeschoss war rappelvoll, sondern auch auf sämtlichen Galerien drängten sich die Leute und blickten von oben auf das Geschehen hinab. Die Luft knisterte vor Spannung, auch wenn alle sich ruhig und diszipliniert verhielten.

Ebenso wie im Core waren auch hier sämtliche Anzeigeleuchten dunkel. Nicht ein einziges der zigtausend Lämpchen über den Jump-Kabinen leuchtete. Bei diesem Anblick wurde mir deutlicher denn je bewusst, dass Lifelight tot war.

Aja führte uns durch das Gedränge bis zur Mitte der Pyramide, wo ein rundes Podium errichtet war, gerade hoch genug, dass alle Zuschauer gut sehen konnten. Darauf standen fünfzehn Stühle. Auch ohne Ajas Erklärung war klar: Hier würden die Direktoren sitzen.

»Wir dürfen ganz nach vorn«, sagte Aja. »Ich gehöre ja gewissermaßen dazu.«

»Wie aufregend!«, kommentierte Evangeline.

Kaum hatten wir das Podium erreicht, als das Stimmengewirr ringsum schlagartig verstummte. Die Veranstaltung hatte begonnen. Die Menge teilte sich, um eine Reihe von Leuten in gelben Overalls durchzulassen, die im Gänsemarsch auf das Podium zugingen. Als ich Aja einen fragenden Blick zuwarf, nickte sie. Dies waren also die Direktoren. Anders als die Phader waren sie alle nicht mehr jung, manche sogar schon ergraut. Nacheinander stiegen sie die Stufen hoch und stellten sich vor den Stühlen auf.

Der Letzte in der Reihe war Dr. Zetlin. Ich erkannte ihn auf den ersten Blick gar nicht, denn er hatte sich inzwischen den Bart abrasiert und war auch nicht mehr so geisterhaft bleich wie vor ein paar Tagen, als er aus der Jump-Röhre kam. Jetzt wirkte er geradezu menschlich und ähnelte viel stärker dem Jungen, mit dem wir die Verfolgungsjagd durch das Barbican erlebt hatten … plus ungefähr sechzig Jahre. Als er den Blick über die Menge schweifen ließ und uns in der ersten Reihe stehen sah, zwinkerte er uns zu.

Nachdem alle fünfzehn auf dem Podium versammelt waren, setzten sie sich gleichzeitig auf ihre Stühle. Nur eine Frau trat vor. Sie schien die Älteste in der Gruppe zu sein, das heißt, nach Dr. Zetlin. Ihr kurz geschnittenes Haar war sandfarben, ihr Blick scharf und durchdringend. Die Frau betrachtete eine ganze Weile lang intensiv das Publikum vor sich und auf den Galerien in den oberen Etagen, als wollte sie mit jeder einzelnen Person Blickkontakt knüpfen. Die Menge aus abertausend Menschen wurde so still, dass es geradezu unheimlich wirkte.

»Das ist Dr. Kree Sever«, flüsterte Aja mir zu. »Die leitende Direktorin.«

»Also so was wie die oberste Chefin?«, fragte ich.

»Genau«, bestätigte Aja. »Du wohnst gerade in ihrem Haus.«

Richtig – der Name war mir gleich bekannt vorgekommen. Dies war also die Frau, die Aja und Evangeline netterweise ihr hochherrschaftliches Haus überlassen hatte. Jetzt, nachdem sie aus Lifelight zurück war, würden sich die beiden wohl nach einer neuen Bleibe umsehen müssen.

»Ich heiße alle, die heute hier zusammengekommen sind, willkommen«, begann Dr. Sever mit kraftvoller Stimme. »Und auch die Menschen überall auf Veelox, die uns aus der Ferne zuschauen, möchte ich herzlich begrüßen.«

Ihre Stimme erfüllte über einen Verstärker die gesamte Pyramide. Offenbar trug sie ein verstecktes Mikrofon.

»Nach drei Tagen umfassender Nachforschungen stehen wir, die Direktoren, heute vor Ihnen, um die jüngsten Vorfälle zu erklären und unsere Beschlüsse für die Zukunft mitzuteilen.«

Die Frau klang nicht wie eine Wissenschaftlerin, sondern eher wie eine Politikerin im Wahlkampf. Ich hatte den Eindruck, dass sie ihren Auftritt vor diesem riesigen Publikum durchaus genoss.

»Es ist uns eine Ehre, einen Mann unter uns begrüßen zu dürfen, den wir alle kennen, dem aber bis heute nur wenige von uns persönlich begegnet sind«, fuhr sie fort. »Ich spreche von niemand anderem als dem Schöpfer von Lifelight, dem hoch geschätzten Dr. Zetlin.«

Tosender Applaus erfüllte die Pyramide. Der Lärm war ohrenbetäubend. Zetlin rührte sich nicht – er sah aus, als sei ihm das Ganze ziemlich peinlich. Nach fünfminütigen Standingovations bat Dr. Sever um Ruhe, um fortfahren zu können. »Wer könnte besser die verwirrenden Ereignisse der vergangenen Tage erklären als der Mann, der mehr über Lifelight weiß als irgendjemand sonst? Zu meiner größten Freude präsentiere ich Ihnen jetzt den legendären – Dr. Zetlin!«

Wieder erhoben sich Beifallsstürme. Bestimmt wurde zur gleichen Zeit überall auf Veelox ebenfalls gejubelt. Dr. Zetlin erhob sich schwerfällig, nickte Dr. Sever zu und trat vorn ans Podium. Er hob die Hände um die Menge zu beruhigen. Die Leute wollten gar nicht aufhören zu klatschen. Erst nach weiteren fünf Minuten herrschte endlich wieder Stille.

»Meine Freunde«, begann Dr. Zetlin, »ich stehe heute vor Ihnen als ein beschämter Mann. Niemals, nicht einmal in meiner kühnsten Vorstellung, hätte ich das voraussehen können, was hier und überall auf Veelox geschehen ist.«

Alle hingen wie gebannt an Zetlins Lippen. Dieser Mann war eine Legende. Nein, er war ein Superstar. Für die Leute hier musste es ein unglaubliches Erlebnis sein, ihn leibhaftig vor sich zu sehen.

»Ich spreche nicht von den Problemen, die in Lifelight aufgetreten sind und die mich bewogen haben es abzuschalten«, fuhr er fort. »Ich spreche von dem Zustand, in den mein geliebtes Veelox durch meine Erfindung geraten ist. Dafür schäme ich mich zutiefst.«

Überall in der Menge war besorgtes Getuschel zu hören. Die Leute machten sich wohl auf schlechte Neuigkeiten gefasst.

»Ich habe Lifelight geschaffen um das Leben zu feiern, nicht um es zu ersetzen«, sagte er. »Eine ideale Existenz ist eine Verlockung, der man nur schwer widerstehen kann, das weiß ich. Ich bin ebenso schuldig wie Sie alle. Es war meine Absicht, in der perfekten Welt, die ich selbst mir erwählt hatte, zu bleiben und mich nie wieder den Herausforderungen der Realität zu stellen. Doch es war ein trügerisches Paradies. Wir sind zu einer Gesellschaft aus Individuen verkommen, deren einzige Sorge der eigenen Bequemlichkeit gilt, dem eigenen Spaß und Vergnügen. Indem wir uns Lifelight hingaben, haben wir unseren Städten den Rücken gekehrt, unseren Nachbarn und – was das Schlimmste ist – den Menschen, die wir liebten.«

Die abertausend Leute in der Pyramide standen stumm und reglos da wie Figuren in einem Gemälde. Es war geradezu unheimlich.

»Ich glaube, die Probleme, mit denen wir es vor ein paar Tagen zu tun hatten, werden sich letztendlich als unsere Rettung erweisen«, sprach Zetlin weiter. »Fehlerhafte Daten hatten das Grid infiziert, sodass zahlreiche Jumps abgebrochen werden mussten.«

Fehlerhafte Daten? Das war eine wirklich nette Umschreibung für Ajas Reality Bug.

»Dem raschen und furchtlosen Einschreiten von Aja Killian, dem leitenden Phader von Rubic City, ist es zu verdanken, dass das Problem unter Kontrolle gebracht werden konnte.«

Dr. Zetlin deutete auf Aja, woraufhin die Menge erneut applaudierte. Aja trat vor und hob dankend die Hand. Als der Applaus verstummte, sprach Zetlin weiter: »Doch um die fehlerhaften Daten aus dem Grid ent-

436

fernen zu können, musste ich die schwere Entscheidung treffen, Lifelight ganz abzuschalten. Am Ende waren wir in zweierlei Hinsicht erfolgreich: Das Grid konnte vollständig gesäubert werden und Veelox bekam eine zweite Chance.«

Dr. Zetlin machte seine Sache ausgezeichnet. Er erklärte der Bevölkerung von Veelox nicht nur, warum er Lifelight abgeschaltet hatte, sondern auch warum das gut war.

»Wir sollten nicht einmal daran denken, Lifelight wieder in Betrieb zu nehmen, ehe wir gelernt haben, wie wir es nur für das Wohl von ganz Veelox einsetzen können.«

Wieder lief ein beunruhigtes Raunen durch die Menge. Diese Aussage kam für alle überraschend.

»Und ich selbst verpflichte mich, mit den Direktoren und Ihnen allen zusammenzuarbeiten, damit wir ein Gleichgewicht finden. In Zukunft sollten wir in der Wirklichkeit von Veelox ebenso viel Glück und Freude erleben können, wie wir in der Fantasiewelt von Lifelight gefunden haben. Ich danke Ihnen.«

Die Zuhörer klatschten, wenn auch längst nicht mehr mit derselben Begeisterung wie zum Beginn von Zetlins Rede. Die Vorstellung, nicht mehr jumpen zu können, behagte ihnen ganz offensichtlich nicht. Aber sie hatten wohl keine Wahl. Ob es ihnen passte oder nicht, sie würden notgedrungen wieder lernen müssen sich mit der Realität zu arrangieren.

Dr. Zetlin nahm Platz. Als er uns zunickte, lächelte ich zurück. Es war bestimmt nicht leicht, sich vor die gesamte Bevölkerung von Veelox zu stellen und zu verkünden, dass es an seinem Lebenswerk einen gewaltigen Haken gab. Aber ich war fest davon überzeugt, dass die Menschen hier mit seiner Hilfe eines Tages eine Möglichkeit finden würden, die Vorzüge von Lifelight zu nutzen ohne dabei ihr wirkliches Leben aufzugeben.

Nach Zetlins Rede trat Dr. Sever erneut vor und ergriff das Wort. »Wir haben Dr. Zetlin viel zu verdanken. Mit seinem genialen Verstand und seinen visionären Fähigkeiten hat er nicht nur das Wunderwerk Lifelight geschaffen, sondern auch eine drohende Katastrophe abgewendet, indem er die schwere Entscheidung traf, das Grid abzuschalten. Darüber hinaus haben er und seine Mitarbeiterin Aja Killian in den vergangenen Tagen unermüdlich daran gearbeitet, die Störung, die Lifelight beinahe vernichtet hätte, ein für alle Mal zu beheben.«

Diese Worte wurden mit Applaus aufgenommen.

Sever fuhr fort: »Wir respektieren Dr. Zetlins geschätzte Meinung bezüglich der Zukunft von Veelox und Lifelight. Wir, die Direktoren, stimmen ihm dahingehend zu, dass wir uns Gedanken über den sinnvollen Einsatz von Lifelight in unserer sich ständig wandelnden Gesellschaft machen müssen. Allerdings …«

Allerdings? Sie legte eine Pause ein, während der das Wort bedeutungsschwer im Raum hing. Mich beschlich eine ungute Vorahnung.

»Allerdings stimmen wir bezüglich der Vorgehensweise nicht mit Dr. Zetlin überein. Unserer Ansicht nach können wir die Nutzung von Lifelight nur wirklich erfassen und begreifen, wenn wir die Möglichkeiten praktisch erkunden … während der Betrieb uneingeschränkt fortgesetzt wird.«

Oh. Ein aufgeregtes Tuscheln erhob sich. Zetlin sprang empört auf.

»Nein!«, rief er. »Das läuft unseren Absichten doch völlig zuwider! Wenn die Menschen jetzt ihre Jumps fortsetzen, stehen wir wieder da, wo wir vor dem Ausfall standen!«

»Bei allem Respekt, Doktor, der Ansicht sind wir nicht«, versetzte Sever überheblich. »Wir alle haben aus der Vergangenheit gelernt. Die Direktoren haben beschlossen Lifelight umgehend wieder in Betrieb zu nehmen.«

Auf einen Wink von ihr erwachte die Technik in der Pyramide mit einem Schlag zum Leben. Vor den Augen der versammelten Menge gingen die unzähligen Betriebsleuchten gleichzeitig an wie die Lichter einer Weihnachtsdekoration. Sobald den Leuten klar wurde, was da geschah, brachen sie in Begeisterungsstürme aus. Tatsächlich, sie jubelten wie Fans, deren Mannschaft einen Überraschungssieg errungen hat, nachdem die vernichtende Niederlage bereits unabwendbar schien.

»Was hat das zu bedeuten?«, fragte Evangeline verwirrt.

»Hast du davon gewusst?«, schrie ich Aja über den Lärm hinweg zu.

»Nein!«, erwiderte sie. »Als sie verlangten, wir sollten das Grid überprüfen, hatte ich keine Ahnung, dass sie es wieder online bringen wollten!«

Unter den Zuhörern entstand Gedränge. Die vorher so disziplinierte Menge war von einer plötzlichen Unruhe erfasst. Keiner wollte den anderen nachstehen. Jeder beeilte sich, eine Jump-Kabine zu belegen, um sich wieder in seine Fantasiewelt versetzen zu lassen.

»Wir müssen es verhindern!«, drängte ich.

Aja sprang auf das Podium und lief zu Dr. Zetlin. »Tun Sie etwas!«, flehte sie.

Zetlin erwiderte: »Wenn wir den Alpha-Core erreichen, bevor die Jumps beginnen, kann ich die Kontrolle über das Haupt-Grid übernehmen.«

Aja packte ihn an der Hand und zerrte ihn vom Podium.

»Beeilt euch!«, rief Evangeline uns nach.

Während sie am Podium zurückblieb, bahnten wir drei uns einen Weg durch die Menschenmassen zurück zum Alpha-Core.

Im Laufen fragte ich Zetlin: »Was werden Sie unternehmen?«

»Die Phader kennen jetzt das Passwort, mit dem der Ursprungscode geschützt ist. Dadurch haben sie uneingeschränkten Zugriff«, keuchte er. »Ich kann ein neues Passwort setzen, aber nur solange sie das Grid noch nicht wieder online gebracht haben. Sobald das geschieht, ist auch vom Alpha-Core aus nichts mehr auszurichten. Dann sind wir den Entscheidungen der Direktoren auf Gedeih und Verderb ausgeliefert.«

»Halten Sie diese Leute auf!«, befahl Dr. Sever vom Podium aus und zeigte auf uns.

Mehrere Phader nahmen die Verfolgung auf, aber sie kamen im dichten Gedränge ebenso langsam voran wie wir. Als ich aufblickte, sah ich, dass bereits überall an den Seitenwänden der Pyramide die Türen von Jump-Kabinen geöffnet wurden. Manche Leute stießen andere beiseite um als Erste eine Kabine zu ergattern. Die Jüngeren zerrten die Alten und Schwachen, die eine Kabine belegt hatten, wieder heraus um deren Platz einzunehmen. Es war ein gigantisches Gerangel, eine albtraumhafte Reise nach Jerusalem. Keiner wollte zu kurz kommen. Die Leute scherten sich nicht darum, was Zetlin gesagt hatte. Sie scherten sich nicht um die Zukunft von Veelox. Sie waren süchtig nach ihren Fantasiewelten und hätten alles getan um wieder dorthin zu gelangen.

Wir mussten einschreiten und Lifelight ein für alle Mal stilllegen.

Endlich erreichten wir den Core. In den Kabinen entlang dem verglasten Gang sah ich bereits Phader

440

ihre Plätze an den Kontrollstationen einnehmen um die Jumps zu starten. Aber noch war es nicht zu spät, die Monitore waren noch dunkel.

Aja rannte zu der Tür, die in den Alpha-Core führte, und schob ihre grüne Karte in den Schlitz ein. Die Tür öffnete sich nicht. Sie versuchte es noch einmal – die Tür blieb verschlossen.

»Ihre Karte wurde gesperrt«, ertönte eine Stimme hinter uns. Dr. Sever kam an der Spitze einer Gruppe von kräftig gebauten Phadern auf uns zu.

»Ihr Verhalten während der vergangenen Tage scheint uns immer noch verdächtig, Aja«, fuhr Sever fort. »Solange unsere Untersuchungen nicht abgeschlossen sind, können wir Ihnen keinen Zugang zu Lifelight gewähren.«

»Dr. Sever«, sagte Zetlin ruhig, »bitte überstürzen Sie nichts. Die Zukunft von Veelox liegt in Ihrer Hand. Würden Sie bitte noch warten?«

»Es tut mir Leid, Dr. Zetlin«, versetzte sie lächelnd. »Aber ich fürchte, es ist zu spät. In wenigen Augenblicken werden sämtliche Pyramiden auf Veelox den Betrieb wieder aufnehmen.«

Wie auf ein Stichwort leuchteten die Millionen Anzeigen und Lämpchen im Core auf und auf den abertausend Monitoren erschienen Bilder. Die Jumps hatten begonnen, die Menschen tauchten wieder in ihre Fantasiewelten ein. Dr. Zetlin schloss die Augen und senkte niedergeschlagen den Kopf.

Ich war sprachlos. Eben war ich noch überzeugt gewesen, dass wir Veelox vor dem drohenden Zusammenbruch gerettet hatten. Doch nun schwebte das Territorium wieder in derselben Gefahr wie vor meiner Ankunft. Nein, in noch größerer Gefahr, denn der Plan, mit dem Aja das Territorium hatte retten wollen, war gescheitert. Veelox hatte einen entscheidenden Wendepunkt erreicht und die Entwicklung war in die falsche Richtung gelenkt worden.

Kurz gesagt: Saint Dane hatte gewonnen.

»Das alles haben wir Ihnen zu verdanken, Dr. Zetlin«, setzte Sever zuckersüß hinzu. »Sie haben diesen fiesen kleinen Bug wirklich hervorragend in den Griff bekommen. Jetzt kann alles so weiterlaufen wie bisher.«

Bug? Hatte sie »Bug« gesagt? Von dem Bug wusste doch niemand außer …

Dr. Sever beugte sich zu mir herunter und flüsterte mir ins Ohr. Ihre Stimme klang verändert. Für alle anderen war sie immer noch Dr. Kree Sever, die leitende Direktorin von Lifelight. Mir hingegen verriet ihr kalter Ton etwas gänzlich anderes.

»Nun, was für ein Gefühl ist das, Pendragon?«, fragte sie so eisig, dass es mir kalte Schauder über den Rücken jagte. »Das erste Territorium von Halla gehört mir.«

ZWEITE ERDE

Bobbys Bild verschwand unvermittelt.

Mark und Courtney starrten ins Leere. Sie hatten das Sherwood-Haus verlassen und sich wieder einmal in den Hobbykeller von Courtneys Vater zurückgezogen um das Journal anzusehen.

»War das alles?«, empörte sich Courtney. »Ausgerechnet an dieser Stelle hat er die Aufzeichnung abgebrochen? Das ist nicht fair!«

Bevor Mark seine Meinung äußern konnte, erschien flackernd ein weiteres Bild. Die Aufzeichnung war noch nicht zu Ende. Courtney und Mark sahen fasziniert zu, wie die Drei-D-Projektion vor ihnen im Raum Gestalt annahm.

»Da kommt noch was!«, rief Mark.

Doch das Bild, das nun vor ihnen stand, war nicht Bobbys. Es war das von Aja Killian.

»Hallo ihr zwei, Mark Dimond und Courtney Chetwynde«, begann Aja. *»Ich heiße Aja Killian und bin die Reisende von Veelox. Pendragon hat mir alles über euch erzählt und auch gesagt, dass er euch beiden rückhaltlos vertraut. Darum beende ich sein Journal für ihn.«*

Aja nahm ihre Brille mit den kleinen gelb getönten Gläsern ab und rieb sich die Augen. Sie wirkte erschöpft.

»Pendragon ist nicht mehr hier«, fuhr sie fort. »Er hat Veelox verlassen, kurz nachdem Lifelight wieder in Betrieb genommen wurde. Sein Ziel war das Territorium Eelong, wo er einen Reisenden namens Gunny suchen will. Ich selbst fühle mich verpflichtet hier zu bleiben und alles zu tun, was in meiner Macht steht, um den weiteren Verfall

von Veelox aufzuhalten. *Dr. Zetlin hilft mir dabei, aber ich fürchte, wir kämpfen auf verlorenem Posten. Sämtliche Direktoren sind wieder in Lifelight. Die meisten Phader und Vedder stecken auch in ihren eigenen Jumps. Es sind nicht mehr genügend Leute in der Realität zurückgeblieben um die Jumps zu überwachen, geschweige denn sich um das wirkliche Leben zu kümmern. Die Verlockung der Fantasie war einfach zu stark. Saint Dane hat gewonnen. Veelox ist so gut wie tot.*«

Aja kämpfte mit den Tränen.

»Pendragon hat mich gebeten sein Journal zu beenden, damit ihr wisst, wie es um Veelox steht, und es euch dann zu schicken. Das ist das Mindeste, was ich tun kann. Ich mache mir Vorwürfe – ich habe das Territorium im Stich gelassen, die Reisenden enttäuscht, Pendragon enttäuscht. Ich hoffe nur, dass wir Saint Dane in den übrigen Territorien mit mehr Erfolg bekämpfen können, damit Veelox das einzige bleibt, das diesem Krieg gegen das Böse zum Opfer fällt. Meine Heimat.«

Sie schluckte mühsam, ehe sie hinzufügte: *»In meinem Herzen weiß ich: So hat es nicht sein sollen. Dies ist das Ende von Bobby Pendragons fünfzehntem Journal. Auf Wiedersehen.*«

Ajas Bild löste sich auf. Das Journal – und damit Bobbys Abenteuer auf Veelox – war beendet. Mark nahm den kleinen silbernen Projektor in die Hand und starrte ihn an, als hoffte er, es möge doch noch ein gutes Ende nachkommen.

Es kam nichts mehr.

»Und was bedeutet das jetzt?«, fragte Courtney unbehaglich. »Saint Dane hat immer gesagt, sobald der erste Dominostein gekippt ist, werden alle anderen folgen.«

»I-ich weiß es wirklich nicht«, entgegnete Mark düster.

Courtney sprang auf und begann auf und ab zu gehen.

444

»Ich hasse das!«, rief sie. »Ich fühle mich total hilflos. Da passieren all diese Sachen und wir können nichts weiter tun als untätig rumzusitzen und uns davon erzählen zu lassen.«

Mark musste grinsen. »Ich dachte, du willst dir über nichts anderes mehr den Kopf zerbrechen als über die Schule, Fußball und das normale Leben?«

Courtney blieb stehen und sah ihn fest an. »Zum Teufel mit dem Fußball«, versetzte sie energisch. »Ich dachte, wir sind Akoluthen?«

»Das lässt sich hören!«, entgegnete Mark.

Früh am nächsten Morgen saßen die zwei wieder auf der Couch in Tom Dorneys Apartment. Nachdem sie sich gemeinsam Bobbys drei Journale von Veelox angesehen hatten, erzählten die beiden Freunde Dorney von ihren Erlebnissen im Sherwood-Haus – wie sie vor den Quigs hatten fliehen müssen und wie sich zu ihrem Erstaunen plötzlich ein Flume aufgetan hatte.

»Wenn das nicht bedeutet, dass jetzt die Zeit reif ist«, schloss Courtney, »dann verraten Sie uns, was erst noch passieren muss, damit wir Akoluthen werden können.«

Dorney kratzte sich am Kinn. Dann stemmte er sich aus seinem Sessel hoch, brummelte etwas vor sich hin und schlurfte in die Küche.

»Will er uns jetzt wieder hinhalten?«, flüsterte Courtney Mark zu.

Mark zuckte die Schultern. »Abwarten – gib ihm noch eine Chance.«

Wenig später kam Dorney mit einem Glas Wasser wieder ins Wohnzimmer geschlurft. Mark und Courtney bot er nichts zu trinken an. Der Typ war nicht gerade ein aufmerksamer Gastgeber. Er ließ sich wieder in seinem Sessel nieder, wobei ihm etwas Wasser auf den Schoß schwappte.

Courtney verdrehte die Augen, doch sie und Mark hielten den Mund. Noch war der Ball auf Dorneys Seite.

»Ihr werdet Nachrichten bekommen«, begann der alte Mann schließlich in sachlichem Ton. »Manchmal von Reisenden, manchmal von Akoluthen aus anderen Territorien.«

Mark und Courtney setzten sich kerzengerade auf. Die Sache fing an, ausgesprochen spannend zu werden.

Courtney setzte an: »Was für –«

»Lass mich ausreden«, fuhr Dorney ihr über den Mund.

Courtney verstummte.

»Sie kommen durch den Ring«, fuhr Dorney fort. »Wie die Botschaft, die ich euch geschickt habe. Ihr erfahrt darin zum Beispiel, dass ein Reisender kommt, für den ihr Zweite-Erde-Kleidung bereitlegen müsst. Meist geht es darum. Aber es kann auch vorkommen, dass Pendragon etwas Bestimmtes braucht.«

»So wie damals, als Sie sich um das Motorrad von Press kümmern mussten«, warf Mark ein, der sich vor Aufregung nicht zurückhalten konnte.

»Genau«, bestätigte Dorney und trank einen Schluck Wasser.

»Was ist mit den Quigs?«, wollte Courtney wissen.

»Nehmt euch in Acht«, erwiderte Dorney. »Es gibt keinen Zauberspruch, mit dem man sie loswird. Sie sind nicht ständig da, aber ihr müsst euch jederzeit darauf gefasst machen, dass sie auftauchen. Eins kann ich euch allerdings sagen: Sie haben Angst vor den Flumes. Fragt mich nicht warum, aber wenn sich ein Flume aktiviert, werdet ihr niemals ein Quig in der Nähe sehen.«

»Können wir Kontakt zu anderen Akoluthen aufnehmen?«, erkundigte sich Mark.

»Schau deinen Ring an«, befahl Dorney.

Mark hielt die Hand hoch, und er und Courtney betrachteten den schweren Ring mit den merkwürdigen

446

Symbolen, die rund um den grauen Stein herum eingraviert waren.

»Jedes dieser Symbole steht für ein Territorium«, erklärte Dorney. »Insgesamt gibt es zehn.«

»Zehn Territorien«, wiederholte Mark leise, als sei er gerade in das größte Geheimnis aller Zeiten eingeweiht worden.

»Wenn ihr den Namen eines Akoluthen kennt, nehmt ihr den Ring vom Finger und sprecht den Namen laut aus«, fuhr Dorney fort. »Das Zeichen, das für das betreffende Territorium steht, aktiviert dann den Ring und ihr könnt eine Botschaft senden.«

»Das heißt, wenn ich Evangeline eine Nachricht schicken will, muss ich den Ring abnehmen, ›Evangeline‹' sagen und das Zeichen von Veelox öffnet dann den Ring?«

»Genau.«

»Sollen wir Sie auch auf diese Weise kontaktieren?«, fragte Mark eifrig weiter.

»Das könnt ihr tun«, erwiderte Dorney. »Ihr könnt aber auch einfach zum Telefon greifen.«

»Ach ja, stimmt«, murmelte Mark betreten.

»Können wir durch den Ring auch Kontakt zu Bobby aufnehmen?«, wollte Courtney wissen.

»Nein«, lautete Dorneys prompte Antwort. »Nur zu den anderen Akoluthen. Die Reisenden brauchen nicht mit unseren Problemen behelligt zu werden.«

»Gibt es sonst noch etwas, das wir wissen müssen?«, erkundigte sich Mark.

Dorney überlegte lange. Er blickte aus dem Fenster und schien im Geiste eine Million Meilen entfernt zu sein. Nach einer Weile begannen sich Courtney und Mark zu fragen, ob Dorney sie einfach ausgeblendet hatte oder ob er tatsächlich so tief in Gedanken versunken war.

Schließlich brach der alte Mann das Schweigen. »Ihr

seid jetzt die Akoluthen von Zweite Erde. Nachdem Press uns verlassen hat, werde ich nicht mehr gebraucht. Die Aufgabe der Akoluthen mag leicht sein im Vergleich zu dem, was die Reisenden leisten, aber ich denke, ihr werdet mir zustimmen, dass sie dennoch wichtig ist.«

»Ja klar. Auf jeden Fall, Sir«, versicherten die beiden Freunde.

Dorney ließ den Blick wieder aus dem Fenster schweifen und runzelte die Stirn.

»Verschweigen Sie uns irgendwas?«, forschte Courtney nach.

Dorney seufzte. »Es ist nur so ein Gefühl.«

»Was denn?«, wollte Courtney wissen.

»Ich weiß nicht recht«, erwiderte Dorney unbehaglich, »aber was ich über Veelox gehört habe, gefällt mir ganz und gar nicht.«

»Allerdings, uns auch nicht«, pflichtete Courtney ihm bei.

Dorney musterte die beiden. Zum ersten Mal seit ihrer ersten Begegnung schien es Mark und Courtney, als ob er seine raue Schale ein wenig ablegte.

»Was ich sagen will«, fuhr Dorney fort, »seid auf der Hut. Saint Dane hat nun schließlich doch einen Sieg errungen und es ist unmöglich vorauszusagen, wie es jetzt weitergeht. Von diesem Punkt an kann ich nicht dafür garantieren, dass die Regeln noch dieselben sind wie bisher.«

Auf der Rückfahrt nach Stony Brook grübelten Mark und Courtney über diese rätselhafte Warnung nach. Sie sprachen unterwegs nicht viel miteinander – beide mussten sich erst einmal mit der Vorstellung vertraut machen, dass sie nun also tatsächlich Akoluthen waren. Die große Frage lautete: Wie ging es jetzt weiter?

»Ich will noch mal zu dem Flume«, sagte Mark nach langem Schweigen.

»Warum?«, fragte Courtney.

»Wir können Kleidung hinbringen, ein paar von unseren Sachen.«

»Aber wir haben doch noch gar nicht Bescheid bekommen, dass jemand etwas braucht«, wandte Courtney ein.

»Ich weiß. Ich dachte nur, für alle Fälle.«

Wieder schwiegen die beiden Freunde einige Zeit lang, ehe Courtney das Wort ergriff. »Das ist nur ein Vorwand, um noch mal hinzugehen, stimmt's?«

Mark wollte protestieren, doch dann überlegte er es sich anders und nickte. »Irgendwie würde ich es mir gern noch mal ansehen. Einfach so, um mich zu vergewissern, dass es wirklich da ist.«

»Kann ich verstehen«, erwiderte Courtney. »Mir geht's genauso.«

Als sie in Connecticut aus dem Zug stiegen, ging jeder zu sich nach Hause und suchte ein paar Kleidungsstücke zusammen, von denen er fand, dass ein Reisender aus einem anderen Territorium damit auf Zweite Erde nicht auffallen würde. Courtney entschied sich für einfache, praktische Kleidung wie Jeans, T-Shirts, einen Pulli, Socken, feste Schuhe und Unterwäsche. Sie überlegte, ob sie auch einen ihrer BHs mitnehmen sollte, kam aber zu dem Schluss, das sei übertrieben.

Die Klamotten, die Mark einpackte, hatten absolut keinen Stil. Das lag nicht etwa an seiner Auswahl, sondern eher daran, dass er nicht wirklich eine Auswahl hatte. In seinem Kleiderschrank fanden sich Sweatshirts mit Logos, die nichts bedeuteten, No-Name-Jeans und Billig-Turnschuhe. Mode war ein Thema, an das Mark noch nie viele Gedanken verschwendet hatte. Er hoffte, dass die Reisenden das ebenso sahen.

Und noch etwas nahm Mark von zu Hause mit – etwas, wovon er hoffte, es selbst nicht zu benötigen. Er borgte den spitzen Schürhaken vom Kamin seiner Eltern aus. Gegen einen angreifenden Quig-Hund war dieses Werkzeug zwar eine jämmerlich unzulängliche Waffe, aber etwas Besseres konnte er auf die Schnelle nicht auftreiben.

Vor dem Tor zum Sherwood-Anwesen trafen die beiden Freunde wieder zusammen, jeder mit einem vollen Rucksack beladen. Schweigend gingen sie an der Mauer entlang zu demselben Baum, an dem sie schon bei ihrem letzten Besuch hochgeklettert waren. Sobald sie auf dem Gelände standen, hielt Mark den Schürhaken bereit für den Fall, dass ein Quig auftauchte. Courtney, die sah, dass Marks Hand zitterte wie Wackelpudding, nahm ihm freundlich, aber bestimmt die Eisenstange aus der Hand. Wenn einer von ihnen eine Chance hatte, ein angreifendes Quig abzuwehren, war es Courtney.

Doch sie begegneten keiner der gelbäugigen Bestien, sondern gelangten unbehelligt ins Haus, die Treppe hinunter und in den Wurzelkeller, in dem sich das Flumetor befand. Alles klar so weit. Die beiden packten ihre Rucksäcke aus und stapelten die Kleidung ordentlich gefaltet auf dem Boden. Als Courtneys Blick auf die Klamotten fiel, die Mark mitgebracht hatte, kicherte sie.

»Aber klar doch, Bobby sieht garantiert total unauffällig aus in einem leuchtend gelben Kapuzensweatshirt mit einem roten Logo, in dem *Cool Dude* steht!«

»He, red nicht so über mein Lieblingssweatshirt«, verteidigte sich Mark.

Courtney schüttelte ungläubig den Kopf. Als die beiden Freunde fertig waren, blickten sie lange in den finsteren Tunnel hinein, der zu den anderen Territorien führte. Schweigend standen sie da und überlegten beide im Stillen, was die Zukunft wohl für sie bereithielt.

»Ich bin gespannt und zugleich habe ich Angst«, gestand Mark nach einer Weile.

»Ja, genau«, stimmte Courtney zu. »Ich will bei dieser

Sache dabei sein, aber es ist schon beängstigend, wenn man so gar nicht weiß, was auf einen zukommt.«

»Könntest du dir vorstellen ein Reisender zu sein?«, fragte Mark, während er ein paar Schritte in die Mündung des Flumes hineinging.

»Ehrlich gesagt, nein«, antwortete Courtney.

»Also, ich habe viel darüber nachgedacht!«, sagte er. »Es wäre toll, sich einfach in das Flume zu stellen und den Namen irgendeines fremden Ortes zu nennen, an den man sich wünscht.«

»Ziemlich irre Vorstellung«, stimmte Courtney zu.

»Sieh dir diesen Ring an!«, fuhr Mark fort, während er sich in dem Flume umschaute. »Das ist ein bisschen so, als säße man im Cockpit eines Kampfjets.«

»Tatsächlich?«, sagte Courtney ein wenig spöttisch.

»Ja – du weißt, wozu das Ding fähig ist, aber du hast keine Ahnung, was du tun musst um es in Gang zu bringen.«

»So schwer ist das gar nicht«, entgegnete Courtney. »Wenn man ein Reisender ist.«

Mark grinste, drehte sich zu dem finsteren Tunnel um und rief laut: »*Eelong!*«

Dann wandte er sich wieder Courtney zu. »Kannst du dir vorstellen, was wäre –«

»Mark!«, schrie Courtney auf.

Mark sah das Entsetzen in ihrem Gesicht. Sie starrte an ihm vorbei in das Flume hinein. Was war da los? Mark fuhr herum und sah das Unmögliche.

Das Flume erwachte zum Leben!

Er sprang mit einem Satz aus dem Tunnel heraus und stolperte auf Courntey zu. Die beiden wichen bis zur gegenüberliegenden Wand des Wurzelkellers zurück und klammerten sich angstvoll aneinander.

»W-war ich das?«, stammelte Mark.

»Oder vielleicht kommt jemand?«, vermutete Courtney.

Aus den Tiefen des Tunnels begann es zu leuchten. Gleichzeitig näherten sich von fern die vertrauten Klänge. Die Felswände begannen zu ächzen und zu stöhnen. Mark und Courtney starrten fassungslos in das Flume.

»I-ich will doch gar nicht nach Eelong!«, jammerte Mark. Courntey legte die Arme um ihn und machte sich bereit ihn festzuhalten, wenn das Flume ihn anzog.

Als Licht und Klänge die Mündung erreichten, verwandelte sich der graue Fels in funkelnden Kristall. Die beiden Freunde mussten die Augen zukneifen. Sie wagten allerdings nicht, sie mit den Händen abzuschirmen – die brauchten sie um sich aneinander zu klammern.

Gleich darauf erkannten sie, dass sie nicht in den Tunnel hineingezogen wurden, sondern dass etwas anderes herauskam. Durch das gleißende Licht sahen sie eine hoch gewachsene, dunkle Gestalt im Eingang der Höhle erscheinen. Seltsamerweise erlosch das Licht nicht, nachdem das Flume seinen Passagier abgesetzt hatte, wie Bobby es bisher immer geschildert hatte. Auch die Klänge hielten an. Was immer da gekommen war – es war etwas Außergewöhnliches. Mark und Courtney schlugen die Augen auf … und hätten sie am liebsten sofort wieder fest zugekniffen, denn die Gestalt, die sie in der Flume-Mündung stehen sahen, war Saint Dane.

Er war nach Zweite Erde gekommen.

Zwar hatten sie ihn noch nie selbst gesehen, aber der hünenhafte Dämon mit dem grauen Haar, das ihm bis über die Schultern reichte, mit den stechenden eisblauen Augen und dem dunklen Anzug war unverkennbar. Das Licht hinter ihm leuchtete weiter und die Wände des Tunnels blieben kristallklar. Das war noch nie vorgekommen, soweit Mark und Courtney wussten.

»So fängt es also an«, kicherte Saint Dane höhnisch. »Die Mauern beginnen zu bröckeln. Die Macht, die einst war, wird nicht weiterbestehen. Das Ganze ist ab jetzt ein völlig anderes Spiel mit anderen Regeln.«

Er lachte schallend. Plötzlich flammte das Licht aus den Tiefen des Flumes auf und sein Haar fing Feuer! Seine lange Mähne loderte auf und wurde von tanzenden Flämmchen bis auf den Schädel abgesengt. Voller Entsetzen sahen Mark und Courtney zu, wie sich die Flammen in seinen dämonischen Augen spiegelten. Die ganze Zeit über lachte Saint Dane, als hätte er seinen Spaß daran.

Die beiden Freunde rührten sich nicht vom Fleck. Wenn Courtney nicht selbst so außer sich gewesen wäre, hätte sie bemerkt, wie Mark zitterte.

Das Feuer verzehrte Saint Danes Haar völlig, sodass er am Ende kahl vor ihnen stand. Vom Hinterkopf bis zur Stirn verliefen rote Linien, die aussahen wie entzündete Adern. Auch seine Augen hatten sich verändert und waren nun beinahe weiß. Er musterte die beiden frisch gebackenen Akoluthen mit durchdringendem Blick und grinste. Dann warf er ihnen einen schmuddeligen Stoffbeutel vor die Füße.

»Ein Geschenk für Pendragon«, zischte der Dämon. »Sorgt dafür, dass er es bekommt, ja?« Er trat einen Schritt zurück in das Licht des Flumes. »Was hat sein sollen, ist nicht mehr«, verkündete er.

Dann begann sich Saint Dane zu verwandeln. Sein Körper verflüssigte sich, er beugte sich vor und stützte die Hände auf den Boden. Zugleich nahm sein Körper die Gestalt einer riesigen Raubkatze an, groß wie ein Löwe, aber mit schwarzen Flecken übersät. Die gewaltige Katze fauchte Mark und Courtney an, ehe sie mit einem Satz in das Flume sprang. Im nächsten Moment trug das Licht sie davon und sie verschwand in den Tiefen des Tunnels. Die Musik erstarb, die Kristallwände verwandelten sich wieder in Stein, und das Licht wich zurück, bis es nur noch als winziger Punkt in der Ferne zu sehen war.

Doch es erlosch nicht gänzlich.

Noch ehe sich Mark und Courtney wieder gefasst hatten, begann der Lichtfleck erneut zu wachsen. Die Musik kehrte zurück und die Wände wurden durchsichtig wie zuvor.

»Mir platzt gleich der Schädel«, japste Mark.

Eine Sekunde später strahlte blendend helles Licht aus der Mündung des Flumes und setzte einen weiteren Passagier ab.

»Bobby!«, schrien Mark und Courtney und rannten ihm entgegen. Verängstigt und erleichtert zugleich fielen sie ihm um den Hals. Sekundenbruchteile später kehrte der Tunnel in seinen Normalzustand zurück.

Doch Bobby war nicht gekommen um seine beiden Freunde zu beruhigen. »Was ist passiert?«, wollte er wissen.

Mark und Courtney ließen ihn los. Beide waren noch völlig überdreht von dem Adrenalinschub. »Saint Dane war hier!«, rief Courtney. »Sein Haar stand in Flammen. Es war grässlich!«

»Er hat gesagt, d-die Regeln hätten sich geändert, Bobby«, stotterte Mark. »Wie hat er das g-gemeint?«

Bobby wich einen Schritt zurück. Mark und Courtney spürten, wie er sich anspannte.

»Was habt ihr gemacht?«, fragte er. Es klang vorwurfsvoll.

»Gemacht?«, wiederholte Courtney. »Wir haben überhaupt nichts gemacht!«

Jetzt erst bemerkten die beiden Freunde, in welchem Zustand sich Bobby befand. Er war in Lumpen gekleidet, barfuß, mit zottigem Haar und von oben bis unten verdreckt. Außerdem roch er nicht besonders gut.

»Was ist denn mit dir los?«, erkundigte sich Mark besorgt.

»Das spielt jetzt keine Rolle!«, schrie Bobby ihn an. Er

war ebenso geladen wie die beiden. »Habt ihr das Flume aktiviert?«

Mark und Courtney wechselten einen Blick. Es dauerte eine Weile, bis Bobbys Frage zu ihnen durchdrang. Schließlich murmelte Mark: »Ähm ... ich g-glaube schon. Ich habe ›Eelong‹ gesagt –«

»O nein!«, stieß Bobby hervor.

»Was ist denn?«, schaltete sich Courtney ein. »Wir sind keine Reisenden. Wir können das Flume gar nicht aktivieren.«

»Die Lage hat sich geändert!«, schrie Bobby. »Saint Danes Macht wächst. Er hat sich das erste Territorium unter den Nagel gerissen. Jetzt dreht sich bei ihm alles darum, die natürliche Ordnung zu verändern.«

»Heißt das etwa ... wir können die Flumes benutzen?«, hakte Courtney nach.

»Tut das bloß nicht!«, befahl Bobby. »Damit macht ihr alles nur noch schlimmer.«

Plötzlich fiel Mark etwas ein. Er lief zur Tür des Wurzelkellers und hob den Beutel auf, den Saint Dane ihnen hingeworfen hatte.

»Das hier ist für dich, hat er gesagt«, teilte er Bobby mit und reichte ihm den Beutel.

Bobby nahm ihn mit einem Ausdruck des Grauens entgegen. Als er den vergammelten Stoffbeutel umdrehte, fiel etwas auf den Boden.

Courtney stieß einen Schrei aus. Mark wich einen Schritt zurück – er traute seinen Augen nicht. Bobby stand reglos da, die Zähne so fest zusammengepresst, dass die Muskeln an seinem Kiefer hervortraten.

Zu seinen Füßen lag eine menschliche Hand. Sie war groß und dunkelhäutig. So schaurig das an sich schon war – es gab noch etwas, das den Anblick erst recht unerträglich machte: An einem Finger der Hand steckte der Ring der Reisenden.

455

»Gunny«, flüsterte Bobby gequält.

Die drei standen da, unfähig sich zu rühren. Schließlich riss sich Bobby zusammen, atmete tief durch, hob die Hand auf und steckte sie hastig wieder in den Beutel.

»Bobby, was ist los?«, fragte Courtney.

»Das erfahrt ihr, wenn ich mein nächstes Journal schicke«, wehrte er ab. Dann machte er auf dem Absatz kehrt und lief wieder in das Flume hinein, den Beutel mit Gunnys Hand fest umklammert. »*Eelong!*«, rief er. Das Flume aktivierte sich erneut und Licht und Klänge kamen um ihn wieder fortzutragen.

Mark war den Tränen nahe. »Ist Gunny …?«

»Er ist am Leben«, versicherte Bobby. »Aber ich weiß nicht, wie lange noch.«

»Sag uns, was wir tun sollen!«, bat Courtney.

»Nichts«, entgegnete Bobby. »Wartet auf mein Journal. Und – was auch immer geschieht – aktiviert *nicht* das Flume! Genau das bezweckt Saint Dane und so hat es nicht sein sollen.«

In einem letzten überwältigenden Licht- und Tonwirbel wurde Bobby in das Flume hineingesogen und seine beiden Freunde blieben allein zurück.

Mark Dimond lechzte nach einem Abenteuer.

Er würde nicht mehr lange darauf warten müssen.

(Fortsetzung folgt)